8

李季研究资料

LIJI YANJIUZILIAO

赵　明
王文金　李小为　编

中国社会科学院
文学研究所　总纂

中国文学史资料全编

现代卷

知识产权出版社

内容提要：

　　李季，现代著名诗人。本书分生平与文学活动、创作自述、评论文章选录、资料目录索引四个部分，全面收集整理了关于李季的研究资料。

责任编辑：马　岳　　　　　　　　**装帧设计：段维东**

图书在版编目（CIP）数据

　　李季研究资料/赵明，王文金，李小为 编.— 北京：知识产权出版社，2009.6
　　（中国文学史资料全编·现代卷）

　　ISBN 978-7-80247-732-2

　　Ⅰ．李… Ⅱ．①赵… ②王… ③李… Ⅲ．①李季（1922~1980）—人物研究 ②李季（1922~1980）—文学研究 Ⅳ．K825.6　I206.7

　　中国版本图书馆 CIP 数据核字（2009）第 099154 号

中国文学史资料全编·现代卷

李季研究资料

赵明　王文金　李小为　编

出版发行：**知识产权出版社**

社　　址：北京市海淀区马甸南村 1 号　　　　邮　　编：100088

网　　址：http://www.ipph.cn　　　　　　　邮　　箱：bjb@cnipr.com

发行电话：010-82000893 82000860 转 8101　传　　真：010-82000893

责编电话：010-82000860 转 8171　　　　　　责编邮箱：mayue@cnipr.com

印　　刷：北京市兴怀印刷厂　　　　　　　　经　　销：新华书店及相关销售网点

开　　本：720mm×960mm　1/16　　　　　　印　　张：30.75

版　　次：2009 年 8 月第一版　　　　　　　印　　次：2009 年 8 月第一次印刷

字　　数：480 千字　　　　　　　　　　　　定　　价：60.00 元

ISBN 978-7-80247-732-2/I·097（2578）

汇纂工作小组
名单

（按姓氏笔画排列）

王润贵　刘跃进　刘福春　严　平

张大明　杨　义　欧　剑　段红梅

编　辑　说　明

　　中国社会科学院文学研究所向来重视文学史料的系统整理与深入研究，建所50多年来，组织编纂了很多资料丛书，包括《古本戏曲丛刊》、《古本小说丛刊》、《中国现代文学史资料汇编》、《近代文学史料汇编》、《当代文学史料汇编》以及《文艺理论译丛》、《现代文艺理论译丛》、《古典文艺理论译丛》等。其中，介绍国外文艺理论的三套丛书，已经汇编为《文学研究所学术汇刊》9种30册，交由知识产权出版社出版。该书出版后，国内一些重要媒体刊发评介文章，给予充分肯定。为满足学术研究的需要，2007年初，中国社会科学院文学研究所与知识产权出版社商定继续合作，编辑出版《中国文学史料全编》，将以往出版的史料著作汇为一编，统一装帧，集中出版。

　　这里推出的《中国文学史料全编·现代卷》就是其中的一种。本卷主要以《中国现代文学史资料汇编》为基础而又有所扩展。《中国现代文学史资料汇编》的编纂工作启动于1979年，稍后列入国家第六个五年计划社科重点项目。该编分为《中国现代文学运动、论争、社团资料丛书》、《中国现代作家作品研究资料丛书》、《中国现代文学书刊资料丛书》即甲乙丙三种，总主编陈荒煤，副主编许觉民、马良春，具体组织主要由徐迺翔、张大明负责。此项目计划出书约200种。至20世纪末，前后20多年间，这套书由数家出版社陆陆续续出版了80余种，还有数十种虽然已经编就，由于种种原因，迄今尚未出版。"现代卷"将包括上述已经出版的图书和若干种当时已经编好而尚未出版的图书。

　　这项工作得到了中国社会科学院文学研究所和知识产权出版社的高度重视，为此成立了汇纂工作小组。杨义、刘跃进、严平、张大明、刘福春等具体负责学术协调工作，于2007年11月，向著作权人发出《征求〈中国文学史料全编·现代卷〉版权的一封信》，很快得到了绝大多数编者的授权，使这项工作得以如期顺利开展。为此，我们向原书的编者表示由衷的谢意。为尽快将这套书推向社会，满足学界和社会的急需，除原版少量排印错误外，此次重印一律不作任何修改，保留原书原貌，待全部出齐，视市场情况出版修订本。为此，我们也诚挚地希望广大读者能给予充分谅解。

《中国文学史料全编·现代卷》出版后，我们将尽快启动"古代卷"、"近代卷"和"当代卷"的编纂工作，希望能继续得到专家学者的大力支持和热心参与。

现代卷汇纂工作组

目 录

生平与文学活动

创 作 自 述

评论文章选录

资料目录索引

生平与文学活动

李季小传

　　李季，原名李振鹏，曾用名杜寄，其他笔名还有李寄、里计、章何紫、于一凡等。1922年8月16日生于河南省唐河县祁仪镇一个中农的家庭里。幼年丧母，父、兄除务农外，还曾在祁仪镇经营过小杂货铺。

　　李季年幼时，很喜欢历史传奇故事和民间艺术。他的记性很好，听别人讲过《三国演义》里"七擒孟获"的故事后，就能够清楚地生动地向小朋友们述说。他还能大段地唱地方曲子戏和河南梆子戏。他在1979年写的散文《乡音》中回忆说："对于儿时曾经入迷般喜爱的鼓儿词和高台曲（现在称'曲子戏'），我还怀着深深的爱恋之情。"

　　1931年，李季进祁仪镇完全小学读书，至1936年毕业。在读小学五六年级时，他就练习写小说和短诗，至今他的侄子还能背诵他当时在家乡墙头上所写的短诗。1937年初，李季升入河南南阳敬业初级中学读书，开始接触到鲁迅和巴金等的作品。后因抗日战争爆发，学校于同年底停办，李季只读了一年初中便辍学回家了。1938年春，经黄子瑞（李季的小学老师，中共地下党员）介绍，到祁仪镇南三里路的南李庄初级小学任教。

　　1938年7月，在黄子瑞的帮助下，经黄民彝（中共党员，黄火青的妹妹）介绍，李季经西安奔赴陕北，开始走上了革命道路。同年9月，进中国人民抗日军政大学总校第六大队学习，同年11月26日加入中国共产党。是年冬，李季所在的抗大六大队和五大队学员东渡黄河，开赴晋东南抗日民主根据地建立抗大一分校。后来，因日寇"扫荡"，学校把学员分配到部队和解放区，从事各种抗日工作。1939年夏，李季被分配到太行山某游击队担任文书和负责民运工作。这一年的12月到1940年4月，李季转到太行山八路军总部特务团，任连政治指导员和联络参谋。李季在游击队和特务团工作期间，常常与抗大毕业生吴象、许善述和文迅等一起讨论他们读过的著名的中外文学作品。

1940年5月至1942年2月，李季在中共中央北方局党校工作，任教育干事。他在特务团工作时，就开始对文艺发生了浓厚的兴趣，学写过一些小说和诗歌，并着手搜集民歌。1942年3月，由北方局党校调到晋东南抗日民主根据地的鲁迅艺术学校。这时，他想模仿法捷耶夫的小说《毁灭》，写作反映抗日游击队生活斗争的小说，并拟定了题目（《破晓》）和提纲，还写了一些片断，后因故被搁置下来。

1942年9月18日，李季离开晋东南鲁迅艺术学校，通过晋中日寇占领区同蒲铁路等封锁线，于冬初到延安。月余后，被派往陕北靖边县靖镇完全小学教书。1943年9月调往定边参加整风训练班。1944年春，调三边（靖边、定边、安边）行政公署教育科编写教材。由于工作需要，李季到三边的一些区、乡进行调查，了解情况，并大量搜集陕北民歌。1945年7月，调到盐池县县政府任政务秘书。此时，在经过几年酝酿、构思的基础上，开始写作长诗《王贵与李香香》。1946年秋，到《三边报》任社长。李季生活、战斗在三边的日子里，他的足迹几乎踏遍了三边的每个区、乡，与当地人民群众建立了十分深厚的感情。他熟悉了陕北人民的思想、性格、语言及其所喜爱的文艺形式，并了解到许多感人至深的革命历史故事。在群众的帮助下，他热心地搜集了大量的陕北民歌"顺天游"❶。所有这些，都为他以后的创作奠定了坚实而深厚的基础。

1942年，毛主席发表了《在延安文艺座谈会上的讲话》。从1943年开始，李季先后写过一些通讯、说书、民间故事和小说，以李寄、里计、李季等笔名，发表在延安《解放日报》上。到1945年12月，他以陕北民歌"顺天游"的形式，写出了著名的优秀长篇叙事诗《王贵

❶ 顺天游：即信天游。

与李香香》。在这首长诗中，诗人用群众所喜闻乐见的艺术形式反映了陕北人民的斗争生活，成功地塑造了王贵和李香香的动人形象，揭示了劳动人民只有在中国共产党领导下起来闹革命，才能获得美满幸福生活的深刻主题。这首具有浓厚地方色彩的长诗，是诗歌领域里实践毛主席文艺路线的第一个硕果，在中国现代文学史上占有十分重要的地位。

1947年底，李季因病离开了他生活五年多的三边，调回延安，任《群众日报》副刊编辑。1949年3月，到河南洛阳任中南职工学校秘书。同年6月10日，中原文协筹委会主办的《长江文艺》在郑州创刊，李季任该刊编委。7月，出席在北平召开的第一次全国文学艺术工作者代表大会。会后不久，离京去武汉，任中南行政区文学艺术界联合会编辑出版部部长。翌年1月任《长江文艺》主编，直至1952年12月。这期间，诗人创作的短诗收在诗集《短诗十七首》里。此外，他还利用工作的间歇时间到湖南的韶山、长沙、浏阳等地参观、访问，根据他在访问中搜集的材料，写出了《毛泽东同志少年时代的故事》和采用湖南民歌"盘歌"的形式创作了长篇叙事诗《菊花石》。这是诗人继《王贵与李香香》之后，在叙事诗形式方面所作的新的探索和尝试。1951年，诗人曾随中国作家赴苏访问团到苏联访问。

1952年底，李季离开武汉经北京去玉门油矿深入生活，担任矿党委宣传部部长，这是他生活和创作的大转折。过去他对于农村生活比较熟悉，现在进入了新的生活领域——工业战线。为了熟悉工业生活，他在相当长的一段时间内没有写作，全身心地投入到这新的生活中去，同石油工人交知心朋友，他热爱他们，热爱那黑得发着闪光的石油，他又情不自禁地用他那支勤奋的笔来歌颂社会主义工业建设的成就和石油工人的辛勤劳动，表现他们崇高的思想境界和艰苦而愉快的斗争生活。在这里，诗人先后创作了长篇叙事诗《生活之歌》和短诗集《玉门诗抄》、《玉门诗抄》（二集）和《致以石油工人的敬礼》中的部分诗篇。

1954年底，李季离开玉门油矿回到北京。次年初，任中国作家协会创作委员会副主任。1956年9月，进中央党校学习，1957年底学习结束。在这一段时间内，他创作、出版了儿童诗《幸福的钥匙》和短诗集《西苑诗草》。

1958年初，李季再次去兰州、玉门等地深入生活，进行创作，直到1961年初才回到北京。这期间，他曾担任中国作家协会兰州分会主席的职务，主编过该分会的刊物《红旗手》。1958年至1960年，是诗人创作上的多产时期。叙事长诗《杨高传》就是在这个时期创作的。长诗包括《五月端阳》、《当红军的哥哥回来了》和《玉门儿女出征记》三部。长诗的规模宏伟，人物众多，故事复杂，所反映的生活面比《王贵与李香香》更广阔。通过对主人公杨高战斗一生的描绘，真实地反映了我国土地革命、抗日战争、解放战争和社会主义建设各个历史时期的尖锐、复杂的斗争生活，显示了诗人的高度概括力。在艺术上，诗人把民歌和古典诗词、鼓词结合在一起，采用了我国传统的说唱文学的章法和句法，在民族化大众化的道路上又前进了一大步。在1958年，诗人还写了许多配合当时政治形势的报头诗，分别收入与闻捷合集的《第一声春雷》（"报头诗"第一集）和《我们遍插红旗》（"报头诗"第二集）中。这期间，诗人还创作、出版了儿童诗《三边一少年》、短诗集《心爱的柴达木》、散文集《戈壁旅伴》、长篇叙事诗《李贡来了》和他的建国十年来短诗选集《难忘的春天》等。

1960年5月至1961年4月，李季先后访问过捷克斯洛伐克、苏联、保加利亚和日本等欧亚四国。诗人以访问见闻为题材，先后创作了一些组诗和短诗，如《捷克斯洛伐克行》、《访苏诗抄》、《保加利亚行》和《海誓》等。这些组诗和短诗，后结集为《海誓》出版。其中的《海誓》是以日本的一个古老而美丽的传说为题材的叙事诗。这首诗风格别致，揭露深刻，成功地塑造了阿初姑娘的动人形象。

李季于1961年初调回北京后，在中国作家协会工作，任《人民文学》副主编、作协外委会和作协党组成员，直至十年内乱开始。在此期间，诗人陆续创作、出版了叙事长诗《向昆仑》、短诗集《剑歌》和《石油诗》（一、二集）。

1969年9月去湖北咸宁干校劳动。1972年6月，根据周恩来同志的要多出好书、恢复全国性文艺刊物的指示精神，李季由咸宁干校调回北京，筹备《人民文学》的复刊工作，未果。1973年初，调往石油部，任石油勘探开发规划研究院副院长。他曾到胜利油田、辽河油田深入生活，到陕甘宁石油会战前线调查访问。1975年秋，任《诗刊》主编。

1976年10月，粉碎"四人帮"后，李季参与了中国作家协会的恢复工作，主编《人民文学》，还被选为第五届政协全国委员会委员。1979年11月，中国文学艺术工作者第四次代表大会期间，被选为中国作家协会副主席和作协书记处常务书记。在行政工作和编辑工作十分繁忙的情况下，诗人还先后创作了具有浓郁的石油工人生活气息的叙事长诗《石油大哥》和《红卷》以及一些短诗、散文和小说等。1980年2月，他的短篇小说集《马兰集》出版，这是作者自1945年7月到1978年9月陆续创作的短篇小说的续集。

1980年3月8日下午，李季的心脏病猝然发作，抢救无效，于17时在北京阜外医院逝世。逝世前正在撰写的散文《三边在哪里》，未能终篇。

致 萧 三 信

李 季

萧三师：

来信读到了。在遥远而荒漠的戈壁滩上，读到你的信，这比去年冬天在北京你的住所谈话时还更亲切些。小为我们深深被你对我们的关怀所感动。

你们一家都回来了，可惜我们不能在北京欢迎你们；但无论如何，今后会比过去好了，至少通信更方便些。能经常和你通信，经常得到你的亲切的指导和热情的鼓励，这也是一种幸福呵！

我们是在今年一月底、二月初由汉口到北京，又由北京到西北来的。算起来，我们已在这个石油城里住了十个整月了。我在这里的具体工作是：矿区党委宣传部长（小为是工会女工部长）。虽然过去没有直接做过工矿工作，但群众工作，是我喜爱和熟悉的。我干得很起劲。这里好多人都说：我不象个作家。真的，我自己也感到干这个工作，比写东西更顺手一些。有时，我甚至还在想业余为文，主要就搞工矿的政治工作。最近，我帮助工作所在的那厂子，提前两个半月完成了国家全年计划。工人高兴，我也感到一种不亚于创作收获时的愉快。生活是多么诱惑人呵！

一年了，我除去写了几篇短东西之外，什么也没写。《菊花石》是在这一时期修改的。关于这首诗的讨论，想你已看到了发言记录。从这首诗的写作和讨论中，我体会到许多过去不懂的学问。总的说，它是一首失败的作品，但它的确教会了我很多东西。有的同志为我惋惜，说我不该发表它，但我却不愿"藏拙"，不发表，怎么能使我受到这么多的教育呢？我也知道，将会有许许多多的人，在诗的道路上会接受我这次的失败的教训的。你说对吗？

这里的生活，的确够苦了，但最必需的用品，还是可以买到的（虽然比外边要贵几倍的价钱）。

我们的身体都好，特请释念。这里虽比北京和三边都更冷一些，但我们都穿了皮衣。过去在三边被冻病，主要是那股傻劲在作怪，现在，可再不敢逞英雄了。

我不知道你的生活、写作计划，但我长时间有这么一个希望：请你把这几年在国外做"和平工作"的见闻，写一些象过去在人民日报发表的那样短文（或诗），至少象我这样的读者是万分欢迎的。

小川、杜惠他们都已调京，均在中宣部工作，我已写信告诉他们了，要他们去看望你。再过三、两年之后，我们也回到北京，那时，可以经常见到你，得到你的指导，想到这些，我就特别高兴！

（问候叶华同志！）

握手

李 季

敬上

小 为

1953 年 10 月 23 日于玉门油矿

我和三边、玉门

李　季

　　三边是我在抗日战争胜利的三年中，和几乎整个解放战争时期都在那里工作和生活的地方。第一个五年计划开头的两年，我是在玉门度过的。一直到现在，每隔些时，我总要象回家探亲似的，回去住些时候。这两个地方对于我，真比我出生的故乡还要亲切。

　　我从来不掩饰这种心情。当天安门前响起第一声礼炮，宣告我们祖国诞生的时候；当我在红场上观礼，听到苏联人民热情地祝贺我们祖国伟大胜利的时候，我都想到了三边和它的人民。最近这六、七年来，每当我听到石油战线上任何一个大大小小的捷报，甚至有时坐在公共汽车上，偶而闻到石油的芳香时，我都情不自禁地想到玉门。我为玉门和石油工业给祖国的贡献，感到骄傲，我不只一次在诗里称自己是"玉门人"。

　　三边和玉门，是我的生活源泉，也是我的诗源泉，回顾这十几年来，我所写的几百首短诗和几部长诗，几乎每一首都和它们有着直接、间接的关系。这些诗，大多是直接写它们的，少数吟颂其他地区生活的诗，也多半是以三边、玉门的生活为间接的基础。我曾在给一个同志的信中写过："离开了三边和玉门，我几乎连一行诗也写不出来。"这至少是我过去一段创作生活的虽然稍有夸张、但却不失为老实的自白。有人责备我的作品中所反映的生活面太窄狭了，事实的确如此。但是，这有什么办法呢？也许这正就是我的局限性所表现的一个方面吧。

　　我是一个创作才能不高的人。我缺乏一个作家所必须具有的敏感。熟悉和认识一件事物，我往往需要比别人多好几倍的时间。不但远离人民生活，不能写诗（解放初期在武汉工作的几年，以后在北京工作的几年，我都写得很少，写出来的一些，也都缺乏光彩），就是对于接触不久的生活，我也缺乏描述它们的信心和勇气。我是在三边工作了整整三年之后，才开始写作反映三边人民生活的作品的。关于玉门的那些赞歌，也只是在我做了一年半到两年的"玉门人"以后，才敢拿起笔来写作的。

　　很早的时候，好象听人说过这样的话：你要描写什么人，你就必须变成这样人。这当然是一种不可全信的、近乎绝对化的说法，但从我自己和三边、玉门的关系中，却使我懂得了，从心里爱着一个地方，把你自己变成一个不折不扣的当地人，这一点，对于一个象我这样的作家，是多么重要。在三边工作的那些年，我还不是一个文艺工作者，在旁人眼里，在自己心里都只是一个普通的农村工作干部。到玉门去的时候，情况有些不同，因为在这之前，我已经是一个专业的文艺工作者了。总结了三年的生活经验，我尽力地忘掉自己的作家身分，从一切方面，（从工作、生活到思想感情）把自己变成一个和当地所有人一样的"玉门人"，这当然是困难的，但却不是不可能的。经过几个月的努力，连最熟悉我的同志，也不得不好心地告诉我说："你简直一点儿也不象个作家，可不要忘了你的本行哪！"

　　采取了这种生活态度，你就会和周围的人们一起欢乐，一起忧愁，一起爱，一起憎恨。人们这时就会把你当做亲人，当做知心朋友，对你倾谈肺腑之言，为你揭开他心灵的秘密。

　　根据三边、玉门的生活经验，使我一直到今天，总是不能够完全没有保留地同意这样的意见：写诗和写小说不一样，可以不要在一个地方长期生活，只要到处走马观花，就可以行吟歌唱了。柳树的根扎得越深，枝叶也就越是茂密，白杨又怎么能够例外呢？离开了三边、玉门的生活基础，我是很难写诗的，我的诗就失去了光彩。三边的沙漠、小木，玉门的戈壁、石油，深深植根于我的心中，只要一有机会，我就会回到那里去，我坚信它们会是我长时期的取用不尽的诗的源泉。

当我在这普天同庆的伟大节日前夕，检视自己十年来的生活创作历程时，我又一次遥望着三边、玉门，怀着深沉的感情，怀着热烈的期望，我默念着它们，祝贺着它们，随着祖国飞跃前进的脚步，我将可能继续在新的地方，建立新的生活基地，但是，不论到什么时候，我都不会忘掉曾经哺育了我的三边、玉门，和它的人民。三边牧羊人的淳朴，玉门石油工人的豪放，将永远是我心中不能磨灭的形象。就象我的不能改变的乡土口音一样，在我的诗里，也将永远带着三边，玉门的乡音。

（原载1959年《文艺报》第18期）

我所认识的李季

黄子瑞

　　李季同志原名李振鹏，河南省唐河县祁仪镇人。我家也曾寄居祁仪镇，两家相距只有十来丈远近。我是一九一六年生，振鹏是一九二二年生，我比他大六岁。当我十一、二岁上高小时，当了祁仪镇南头一带的娃子头。那时好看旧小说，特别爱看《三国演义》，尤其爱看诸葛亮七擒孟获。我曾布置我的部下十几个孩子表演这个故事。按照《三国演义》上的层次，一次一次地表演下去。我当诸葛亮，命令这个当孟获，那个当赵云，那个当魏延。人分完了，没有给振鹏分。他站在我面前，抬起他那六、七岁的稚气的脸蛋，问："我当谁？"我看他太小了，不能当将官，便说："你小，给我当个卫兵吧！"振鹏高兴地接到了任务，找了一根棍子背着，站在我的旁边，给我当起卫兵来。他看我怎样作军事布置，怎样把孟获捉着，孟获怎样不服，我怎样把孟获放了。一次、二次，直到七次，孟获才心服口服，投降了。振鹏记性很好，很聪明，几天以后，我发现他在给别的孩子们讲七擒孟获的故事。他能把很复杂的故事情节，讲得一次不少，一件不差，因而取得了孩子们的拥护，就是比他大三、四岁的孩子也很听他的话。后来我往县城上师范了，振鹏就当了那一带的娃子头。

　　我只上了初级师范毕业，便当起小学教师。一九三四年秋和一九三五年春，我在祁仪镇完小教高年级历史、地理，振鹏那年上五年级，成为我的学生。他最好的功课是语文。但是历史、地理也学得不错。高小时，振鹏和我一样，热爱看旧小说，知道很多历史故事，因而学历史就比较容易。我们两个之间，是老邻居，老相知，小孩时一起玩耍的小朋友，所以感情很好。实际上他把我当成哥哥，我也把他当作兄弟。那时，振鹏思想已经开始活跃，开始会思考问题。有一次，他突然问我："人活着为什么？"把我这个老师哥哥问得瞠目结舌。过了一天，我才答复了这个问题。不过答复得不令他满意。因为那时我确实说不清楚这个大问题。振鹏以十一、二岁的年龄，就开始考虑人生道路问题，比我上高小时强得多了。

一九三七年，我在安徽教小学，那年抗日战争爆发，年底回到祁仪。振鹏也在南阳上了一年多的初中，因敌机轰炸，学校停办，回到祁仪。振鹏告诉我，说他在南阳上初中，有一位语文老师叫姚雪垠，教过他的课，姚老师喜爱写作，他很敬佩姚老师，我为他庆幸。不久，我们都卷入抗日救亡的热潮中。我办油印小报，振鹏忙着写稿、送报；我组织青年学生演剧，振鹏当演员。一九三八年春，我回到祁仪完小教学，介绍振鹏到我的老家——李庄初级小学作教师，那年我二十二岁，振鹏十六岁。我是十七岁才开始教小学的，振鹏又先我一步，十六岁便作起教师。

李庄初级小学是个老学校，在祁仪镇南三里，辛亥革命后不久就开办。后来因军阀混战停办了。一九三三年秋恢复，我是李庄初级小学恢复后的第一位老师，现在该振鹏去作教师了。虽是个老学校，说来可怜，没有校舍，租了五间民房，三间破草房作为教室，两间矮瓦屋当教师的办公室、宿舍、会客室和厨房。学校单级复式，三、四十个学生，四个年级，都在一个教室上课。学校只一个教师，什么课都得他教。上课外，教师自己要做饭，要劳动。在那样一个艰苦环境里，振鹏振奋精神，全心全意地教起那三、四十个孩子来。他没有上过师范，没有学过教育学、心理学，年龄只十六岁，身材也不高，可是在孩子中很有威信。他很会教学，教学生学科学文化知识，教学生要革命要抗日的道理，教学生要作一个勤劳、正派、光明正大的人。他还在学校中开垦了校园，种了蔬菜、花卉；办起了动物园，喂了鸡、鸽、兔、狗，出版了壁报，刊登师生作的诗歌，文章；举办了运动会，组织学生作越野赛跑、爬山活动。四年级六、七个学生毕业，振鹏领着他们背起小背包，步行六十里，到唐河县城参观，还在县城照了像。

沿途他教学生指点江山，品评人物，认识自然，认识社会。就在那个环境艰苦的初级小学，振鹏把它搞得轰轰烈烈的，成为该校校史上的黄金时代。就那半年的短暂时间，经振鹏教过的学生，后来有的成了共产党员，有的当了革命干部，没有外出的也都在家当老实农民，没有一个当反动派的。多么好的小学教师！

就是一九三八年，振鹏在李庄初级小学作教师的时候，在党的教育下，在抗日救亡的形势推动下，他的思想愈来愈进步，有了把一生献给党，终身干革命的要求。临近放暑假，他向我提出想往延安学习，要求我帮助他，支持他。我慨然答应了。那时候，一个青年人想往延安学习，并不是件容易的事。有步行两千里的跋涉劳苦，有国民党反动派的沿途刁难，这些都得一一排除，毫不畏惧；还必须有我党地下组织的介绍，证明确是爱国青年，才能受到延安的接待。于是，我去枣阳县北部农村找到我党的老党员黄民彝同志，请她作介绍。黄民彝同志是黄火青同志的妹妹，她以个人的名义给西安七贤庄八路军办事处熊天荆写了一封信。振鹏拿着这封信出发。临行的前一天晚上，我为他饯行。当时既不便大张旗鼓，也无力置办酒席，只买了两包点心，配了一壶热茶，两人面对在棉油灯下，吃着、谈着，回忆既往，瞻望未来，有说不完的话在心头涌着。一直谈到更深夜静，街下灯火全熄，道路没有行人，我才送他回家。临分别时，我握着他的手嘱咐："振鹏！振鹏！为革命事业，为抗日救亡，振翼高飞，鹏程万里。"

第二天清晨，他便离开祁仪北上，关山万里，踏入征途。

时光荏苒，岁月如流，转眼一十一年，冰雪崩溃，春回大地，家乡换了颜色。一九四九年，唐河县民主爱国政府成立，我作了县教育馆馆长。一天午后，振鹏突然来到我的住室。这是意想不到的奇遇，我惊喜交加，不及寒暄，便拉着手坐下交谈别后的经历。从一九三八年经西安到延安，一直谈到三边农村工作，之后爱上了文艺，尤其爱上了新诗。他一边说，一边便掏出一本《王贵与李香香》，摆在桌上，恭恭楷楷地写上"子瑞吾师存正，李季敬赠"，我才知道他改名为李季。他是那天午前到唐河县委的，一下车，便打听我的下落，得知我在县教育馆工作，吃过午饭，便慌忙到教育馆来。那时解放不久，生活条件差，我的住室兼会客室，也兼办公室，简陋得只有一张床，一个桌，一条板凳。我去茶馆里倒了一壶茶，连买点心、纸烟的钱也没有，可是两人却热烈地谈了起来。分别十一年，虽然都成为中国共产党员，但各有着不同的经历和遭遇，乍一见面，话不知从何谈起，竟是滔滔起来，时而放声大笑，时而相对默默。始为互相询问，终至共同勉励。一直谈到掌灯时分，他才回县委去。晚上在县委商谈了工作，第二天便匆匆回武汉去了。久别重逢，友谊仍旧。

半天的谈话，使我永远不能忘记的内容是很多的，中间也曾谈到写作，那时他已是初露头角的诗人了，我说："我想写几篇散文，记载唐河南部、枣阳北部两省边境一带革命斗争，写后请你过目指正。"李季坦率地说："光想写，光有东西写，还不行。必须抓紧时间，说写就写。因为革命工作很忙，你又不是专搞文艺工作的，想写而没有写、时过境迁，自己也不想写了，要写的内容，也会逐渐忘却，等于空想一阵。"这一段话，给我很深的印象。李季走后，我第一个写的任务就是把《王贵与李香香》改成曲剧剧本，发给唐河县教育馆领导下的一个曲剧团排练，后来在唐河县各界人民代表大会和全县干部会议上演出，得到全县的好评，让家乡人民普遍看到李季的著作，为家乡的剿匪反霸及土地改革服务。可是李季同志嘱咐我的话"必须抓紧时间，说写就写。"我只记在心头，而没有来得及照办。

从一九四九年后，没有再见到李季。他也没有给我来过信，但他每次作品出版，总要寄给我一本，而且在扉页上亲笔写着"子瑞吾师存正"。我每次接到寄来的书总要高兴很久很久。作教师出身的人，看到自己教过的学生青出于蓝而胜于蓝，对人民革命事业的贡献更大，超过自己，才是教师真正的快乐。不在于桃李满天下，而在于对革命事业贡献的大小。我认为李季的诗，别具风格。要说足迹广阔，李白没有李季到过的地方多；要说有人民性，杜甫没有李季与人民的关系密切；要说通俗化，白居易的诗没有李季的诗通俗易懂；要说爱国，陆放翁没有李季那样身体力行。他深入群众，采自民间、发于内心，形为新诗，热情奔放，好懂易学，不拘一格，自成一家，是我国诗坛上的奇葩，诗史上的明星。对祖国的民主革命、社会主义革命、社会主义建设，有着卓越的贡献。李季的成长，李季的成就，都归功于党，归功于劳动人民，归功于无产阶级。李季同志称我为"吾师"，

"恩师"，"终生难忘的老师"，这些我不敢当，我只当哥哥，只当同志。

李季同志的一生，是光辉的一生。他代表着祖国二十世纪千千万万个不愿作亡国奴，不愿意自私自利的知识青年。在二十年代，他是聪明的儿童，别个儿童还只会哭闹吃糖的时候，李季就要问"我当谁？"他要把自己谱进青史之中，他要作历史上有用之人。三十年代初期，他上高小时，便是活泼的少年，表面看来很稳重，实际上思想很活泼。个别少年学生只知道看戏，玩耍的时候，李季却要问"人活着为什么？"这样的大问题。三十年代后期，李季同志以十六岁的稚龄，有着无产阶级觉悟，把自己的前途同无产阶级的前途、劳动人民的前途联系在一起，毅然离开熟悉的故乡，安定的生活，年迈的父母，温暖的家庭，作坚强的战士，人民的勤务员，把一生献给党，献给无产阶级，献给人民革命事业。他没有虚度年华，他不曾碌碌无为，他抛弃个人打算，他鄙视名利要求，他成为一个没有低级趣味的真正的人。可是，刚刚踏进八十年代，正需要有为的人大有作为的时候，正需要他挥动诗笔、放开歌喉的时候，李季同志却与世长辞了。天不与寿，病夺人愿，先我而去，悲痛曷极！

少年时期，李季同志曾经问我："人活着为什么？"当时我不知怎么回答。一天之后的答案，他不满意，我也不满意。现在我有了满意的答案，就是：应该象李季同志那样活着，应该象李季同志那样一生为革命，把一切献给党，献给人民。诗坛为有李季而添色，诗史为有李季而增辉，家乡为有李季而欢乐，祁仪为有李季而骄傲。

（原载1981年7月河南人民出版社《叙事诗丛刊》第2期）

党的战士和诗人——李季（节录）

吴 象

一九三八年冬天，从祖国四面八方奔赴陕北的革命青年，有二、三千人响应党中央、毛主席的号召，背起背包，辞别延安，东渡黄河，挺进敌后，到晋东南建立抗大一分校。在这充满革命豪情的东征战士的行列中，有李季，也有我们三个，文迅和我同队同班；李季、善述和我们同一个营，但不同队，当时尚未认识。一九三九年夏天抗大毕业，文迅和我被分配到八路军总部特务团工作，善述也同时来了，李季先到一个游击队，后来游击队改编，也到团里来了。在这个团工作的抗大学生不止四个，但我们四个却被一条无形的纽带紧紧联结在一起，这就是对文艺的爱好。那时候我们都才十八、九岁，热情真挚，稚气十足，打听到谁爱好文艺，就想去交朋友。我们交往时间不长，却一见如故，视为知己，成了终生难忘的挚友。

记得我和李季初次见面是一九三九年八、九月间。我在二营七连当文化教员，随这个营到敌占区边沿打游击，曾奉命去同李季所在的游击队联系。他那时候叫杜寄，满口河南腔，一身半军半民的"土八路"打扮，腰里掖着两颗手榴弹，还挂着一把马刀。看来年纪很小却竭力模仿大人的样子，这大概是为了要同"无产阶级革命战士"的称号相称吧。我同样也是"不服小"的，最讨厌别人把自己和小字联起来乱叫。我们见面一谈，知道是抗大同学，又都爱好文艺，立刻亲热起来，刚开始那一点小小的矜持早跑得无影无踪了。他说他在《火炬报》（一份学校油印小报）上读过我写的诗，还说他只念过一年初中，名著读得不多，但是喜欢学习写作，希望同我"研究"文学。第一次见面，他就把心里的话全掏出来了。我已忘记自己说了些什么，大约也是很坦率热情的吧，只见他厚厚的嘴唇边浮起微笑，大睁着眼睛静静地听，露出一种使人感动的真诚。这谦虚、专注的神情，给我留下了永难忘却的印象。

我们营和游击队配合作战，在一个夜晚袭击了屯留县常村的敌人据点。我和杜寄都参加了这次战斗，不过天亮撤退时七连和游击队分路转移，没有再碰见。我写了一篇战斗通讯，不久在华北《新华日报》发表了。一个爱好文艺的青年，第一次看见自己的作品用铅字排印出来，那高兴是可以想见的。我在直率中开始夹杂着一点放肆，言谈举止吊儿浪当，显得有些自命不凡。十月间，我回了团部。那是根据地一段短暂的相对安定的时间。总司令部住在武乡王家峪村，我们团住在武乡、襄垣交界的南坪、城底一带，为总部各机关担任警戒。我和文迅、善述见面的机会多了，对文学的讨论也更起劲了。每当发下津贴（二元半），便结伴到漳河对岸西营集上去吃拉面，回来再买几个梨，边走边吃边谈，有时就在路旁打谷场的草堆上躺着晒太阳，指手划脚地高谈阔论，开口闭口不是鲁迅就是高尔基。有一次还把新发的军鞋也卖掉吃了。这些虽不是大错误，毕竟与严肃的军人生活不合，不能不招致非议。正在这时，忽然收到杜寄的信，说游击队要编到特务团来，得知我和文迅、善述都在团部，希望和我们见面，同我们一起"研究"文学。我还清楚地记得，那天天气很冷，我们三个人围着火炉读信，心里热呼呼的，立即联名写了回信。这样，文迅、善述和杜寄还没有见面就互相结为好朋友了。杜寄这个连住地离团部远，后来我找了个借口去看了他。当时有些同志对我们三个看不惯，见面勉强握握手就躲开了，有的甚至公开侧目而视。杜寄想必多少会有所闻，他却不顾一切，仍然要同我们"研究"文学。他热情地指着我向陌生的同志介绍："我们都是爱好文学的。"他把珍藏在包袱里的笔记本取出来，郑重其事地要我对他的习作提意见。他对我毫无保留，我也就毫无保留地把所能想到的都说了。我还说："我不写诗了，你以后也不要写诗了，初学写作要从散文入手。"这个意见，并非我自己有了什么体会，而是从一本偶然看到的书上抄来的。我自己改变了主意，看见杜寄喜欢学习写诗，便又信口开河地对他胡乱发挥了一通。他并没有不高兴，反而不断地点头赞许，说我毕竟比他读得多也懂得多。他厚厚的嘴唇边又浮起微笑，眼睛睁得老大，露出那种使人感动的真诚。

此后是否在开会时、听报告时还见过杜寄，记忆已经模糊。这年年底，我就被调到一二九师三八五旅去了。野战部队行军作战频繁，驻地极不固定，信不容易收到。听说我走后善述和杜寄同在一个营工作，后来又听说他们三个先后也离开特务团了，但是没见到信。如此约近二年，到一九四一年秋末冬初我忽然收到文迅辗转捎来的一封信，得知他在新一旅轮训队工作，离我们部队只一百多里。我请了假，背着背包从武乡翻过太行山到黎城去看他，我们欢畅地彻夜促膝长谈，这才知道善述和杜寄的确实消息。杜寄在北方局党校，和文迅经常通信，隔两三天就有一封，寄习作征求意见，同他交换读书心得，还跑去看过他几次，关系比在团里的时候还亲密。这次重逢我只呆了一天，怕部队出发，又急急忙忙独自背着背包翻山越岭回来了，但我心里充满了欢乐，因为不仅见了文迅，还见了善述和杜寄的信。他们对我的惦念、信赖和期望，使我深受鼓舞，得到力量。杜寄睁大着眼睛的那副谦虚、专注的神情，又一次浮现在我的眼前。

后来，我又和他们失去了联系。在战争岁月这种事情是常有的。日本投降后，我好不容易才打听到文迅和善述的消息，杜寄却找不到了。这个热情似火的青年文艺爱好者，连文迅、善述也不知道他跑到哪里去了。

原来他已经走上文坛，成了开一代诗风的诗人。

一九四七年夏天的一个夜晚，《人民日报》（晋冀鲁豫中央局机关报）一位编辑跑到我的屋里，大声叫喊："寻人广告找你了！"我很奇怪，怎么会有人登广告寻我呢？这是什么人呢？一看署名是李季，括号内写着"即杜寄"。要寻的人除了我还有文迅、善述。那么《王贵与李香香》的作者李季，果真就是杜寄么？这部已在全解放区，不，全中国产生了巨大影响的杰作，果真是杜寄他老兄写出来的么？这个发现对我太意外了，太使我高兴了。一连几天，我沉浸在惊喜若狂的情绪之中，好象成了诗人的不是李季而是我自己。我赶紧按广告上的地址给他写信，又写信向文迅和善述报告好消息。这时华北解放区已联成一片，邮电交通比过去方便多了。没过多久，回信来了，兴奋之情一个超过一个。我们终于互相找到了，而且找到了一个诗人，这使昔日的友谊增添了光辉，三个挚友内心深以为荣。

《王贵与李香香》我读过不止一遍，同千百万读者一样喜爱它。喜爱它所反映的时代精神和社会风貌，喜爱它的革命气魄、优美语言和群众喜闻乐见的民歌形式。现在，我怀着无比的亲切来重读，又一次为它的深刻和清新所吸引、所倾倒。在我面前，李季睁大着眼睛的那种谦虚、专注的神情又浮现出来。使他成功的不正是这种谦虚和专注吗？从他的信上知道，他是一九四二年夏天回延安的，原来打算进鲁艺，那里嫌他基础差没有录取。这没有使他气馁，反而使他更勤奋更刻苦了。组织调他到三边地区做基层工作，他听从党的召唤，不畏艰苦，老老实实扎根在陕北农村，热情地为群众工作，在三边生根开花。他深入体验生活，同时发愤读书。他谢绝了组织上的照顾，不要大衣也不要烤火费，经常半夜冻醒，冻醒了就爬起来读书，贪婪地读着一切能搞到手的中外名著。他背着背包在农民中寻师访友，吸取营养。他搜集了大量的"信天游"，密密麻麻地抄录了十几本，再经过提炼、加工、创作，终于写出了这部名震一时的杰作。我曾思索过李季的生活和创作的道路。他不是什么天才，而是劳动人民的儿子。他出身于农民家庭，深深扎根于农民之中。他的诗来自生活，来自群众，他真正是和群众血肉相连、呼吸相通的。是太行的硝烟、延安的泥土和三边的风沙哺育和造就了我们的诗人。当年我们几个都是爱好文艺的青年，但有个根本点不同。他搞文艺不是凭兴趣、凭灵感，而是象战士打仗那样，瞄准了目标，就一定要把它打中，否则决不罢休。他的谦虚，加上他的专注，表现为顽强的韧性的坚持不懈的努力，是作为战士的最可贵的素质，使他由一个普通的文艺青年成长为杰出的诗人。我渴望见到他，向他倾吐积愫，但是千里迢迢，未能如愿。

一九五二年，我们终于在北京重逢了。乍见几乎不认识，但一笑、一说话，就显出了青年时期的面影。那河南腔，那说话的语气和姿势，不是活生生的杜寄吗？那厚厚的唇边浮起的微笑，那睁大着眼睛的神情，更为杜寄所特有。多年久别，心头有多少话想说，自然一开始就谈到文迅、善述。他立即提议："上街去照个相吧，一个人寄一张，让他们欣赏欣赏四分之二的尊容。"照完相回到家里，又继续热烈、诚挚的交谈。我们忆起那次劝他不要写诗的事，彼此忍不住捧腹大笑。他却忽然认真起来，半是鼓励半带责备，充满深情地说："我在信上早同你说过，你是应该写的，完全应该写的，一定要继续写，继续不断地写下去。"他仍然象一团火，使我心里热呼呼的，也使我感到惭愧和不安。

此后每次到京，必定到他家。他到太原几次，也必定到我家去，有时就住下了。善述来京后，他们见面机会多。有一年秋天，我来京开会，三个人曾同游过一次香山，李季一再叹息："如果文迅也在多好啊！"他和文迅在广州见过几次。有一次文迅到北京出差，又和善述在李季家过了个星期天，叙旧、下棋、打扑克、包饺子，小为与孩子们和他们一齐动手。还写了封信给我，一个人写一段，用这种方式让我也分享他们共同的欢乐。尽管李季的诗名早已上了文学史，跨越祖国的山川，传到地球的远方。但他并不是"谈笑皆鸿儒，往来无白丁"。我在他家里不止一次遇到无名的业余作者和基层来的同志，他和他们倾谈也是那样热忱亲切，那样推心置腹，神情酷似四十年前。他有时急躁，也会说出难听的话，但他对同志对朋友始终保持了一片童心，一片天真无邪的赤子之心。他那些感人至深的诗作是真情流露，不是仅仅凭笔就能写出来的。有一次他告诉我，准备以我们同时代的几个青年的成长和离合为线索，创作一部长篇小说，已积累并整理了一部分素材，今后的一个大志愿就是把这部小说写出来。我也怂恿他抓紧快写。然而，十年动乱开始了，一切美好的愿望只能化为泡影。

一九六六年五月，一个紧急命令把我调到《北京日报》。但不过两三个月就靠边站了，到年底，彻底打倒了。后来，造反派忙于打派仗，对我的看管松了一些。一九六七年五月的一天，我躲开别人，故意多换了几次电车，悄悄来到了李季的宿舍，他又惊讶又高兴，赶紧拉我坐下，关切地询问我被冲击得怎么样？劳动重不重？身体顶得住顶不住？这时，夺权的高潮已经过去，下一步会出现什么灾难还捉摸不定。李季已经多次被批斗并被抄家，小为说："不知道什么时候就来了，屋子里经常被扔得乱糟糟的，收拾也没法收拾，这还不说，可李季有心脏病，经常运煤卸车，实在叫人担心。"李季却打趣说："我们这些修正主义老爷，劳动劳动对改造思想有好处，对锻炼身体也有好处嘛！"谈了一阵，他终于激昂起来，睁大着眼，嗓门也高了："说你反党反社会主义？！我也有这一条。我们这些人，都是吃八路军的小米长大的，怎么会反党反社会主义呢？这可能吗？老实讲，我们是堂堂正正的共产党员，不是反党的，而是爱党的；不是反社会主义的，而是爱社会主义的。"小为说："你看你，声音小一点好不好？"他却更激昂了："我偏要大一点！谁爱听就听去，难道我说的不符合实际吗？"临别之际，我们再三互道珍重，因为不知道什么时候才能重逢。果然不久我就被揪回山西，关进了牛棚。他后来曾断断续续给我寄过小报和传单，当然没有信，我也见不到，是事后听说的，孩子们从写姓名地址的笔迹上认出来了。他和小为离京去湖北干校之前，曾给我爱人写了封信。

　　一九七二年，李季经周总理提名调回北京，负责《人民文学》复刊的筹备工作。他写信给我，兴高采烈，决心大干一场。但是为时不久，就遭到"四人帮"的忌恨，又挨批了。当我得到机会去北京再到他家里看望的时候，他已经成了所谓"黑线回潮"的代表人物。这次批斗形式与前几年有所不同，但造谣、诬蔑、陷害和满天飞的大字报所造成的政治压力、思想压力却比过去更大。他的心脏病犯了几次，斜靠在我很熟悉的那把藤椅上，平静地把事情的始末和背景简略地告诉了我，接着轻蔑地笑了笑说："没有什么了不起，不会把我压垮的，你不用担心。"这些年来，黑云满天，人妖颠倒。我们都经历了很多，感受了很多，思索了很多。李季显得更为深沉了，政治上也更趋成熟，对一些根本性的问题有了更明确、坚定的看法。偶尔也发牢骚，叫喊："再也不干这一行了！"实际上他的笔是他的武器，他是决不肯放下的。有一段时间，他被"四人帮"排挤出文艺界，到石油部去工作了。有位同志和我谈起，对此深表惋惜。但我想，这无宁更有利于他的创作。五十年代党号召作家深入生活的那一次，李季本来是打算回三边的。乔木同志对他说，最熟悉的东西不一定最有意义，建议他作另外的选择。他毫不犹豫地放弃了自己最熟悉也最有感情的地方，去了人们不大愿意去的"春风不度"的玉门，全心全意地投入了石油战线火热的斗争,结识了一大批新时代的英雄人物,唱出了豪迈磅礴的石油赞歌,成了新中国第一个石油诗人。到这样的生活基地去,将获得丰富的创作源泉,对他有什么不好呢? 有一天,他忽然又出现在我面前。原来他到西北跑了几个油田,路过太原回北京。他容光焕发,神采奕奕,果真没有被压垮,而且如鱼入水,适得其所了。

但是没有多久,一九七五年他又被党召唤去干"再也不干"的"这一行"。他去了,没有讲价钱。他是共产党员,怎么能对党的决定讲价钱呢? 不仅如此,他党性强,能自觉地服从党的利益,党的需要。文学家们大多不愿做领导工作,尤其是组织工作和行政工作。搞创作的人需要时间,需要清静,需要别人照顾,却往往不大会照顾别人,因此组织工作、行政工作比别的部门更加难做。李季不是热衷于名位的人,他当领导是出于一个战士的责任感。他永远以普通的革命战士自居。当他成为著名的诗人之后,仍然没有忘记自己是党的战士,首先是党的战士。为了党的事业,他可以默默地献出自己的一切。有人曾经讥讽李季,说他"开端就是顶点"。事实上他一点也没有满足于已有的成就,他以惊人的毅力不倦地追求在艺术上探索和创新。他的勤奋和刻苦是与年俱进的,他的才华由于学识和经验的增长必定会放射新的光辉。他曾不胜向往地同我谈到准备创作的那部长篇小说,流露出十分急切的心情。为了这部不幸未能出世的作品,他曾耗费过多少精力和心血,经历过多少个不眠之夜啊! 然而,作为一个共产党员,他不把个人的创作看得高于一切,必要时他就放在一边,甘之如饴地挑起了文艺组织工作和行政工作的重担。那些麻烦的事情,琐细的事情,得罪人的事情,出力不讨好的事,可能卷入无谓纠纷的事情,他都揽过来,挑起来,不往外推,也不叫苦。一九七八年年底,我到北京住医院。当时他的工作很重很忙,有限的一点时间,被各种各样的事情和约会排得满满的,但他仍然挤出时间来看我。那一阵他心脏不好,那天恰巧又没有电梯,他是扶着楼梯上的扶手,一步一步地走到四楼上来的。他慢慢地走进病房,微喘着气,脸色很难看,说话很吃力,把我吓了一跳。他却很不在意地笑着说:"你不要瞎紧张,过一会儿就会好的。"我劝他要保重身体,应当进医院认真治疗一段时间。他摇摇头说:"事情太多,走不开。我们作协几个负责人都是病号,只好我来搞。"其实，他自己何尝不是病号？他自己又何尝不知道自己是病号？他心里总记着党，记着革命，记着同志，却忘了自己。李季，他就是这样一个人，这样一个诗人，这样一个党的诗人。

一九八〇年三月八日，天下着雨，阴冷阴冷的。上午十一点左右李季到招待我所住的房间里来了。我是前三四天到北京的，和他通过一次电话，想把要办的几件事办完再去看他，不料他先来了。谈不几句，他就要拉上我走。我说："今天不去了，以后我有空再去家里。"他说："难得今天会散得早，又有车，正好一起回去吃饭，边吃边谈。下午我要去丁玲家商量她住医院动手术的事，也正好有车送你回来。快开路吧，我的同志！"于是，我们坐车到了新源里他家，小为埋怨他为什么不先打个电话，好准备点菜。他还开玩笑说："又不是客人，有啥吃啥，保证不提抗议，不闹情绪。"谁料下午起床他病就发作了。请医生抢救，送医院抢救……屋子里的气氛是焦急、慌乱和沉重的不幸的预感。极度的疼痛使李季几次昏迷。小为是个病人，突然降临的打击使她陷入无法支持的悲痛。甜甜强忍着泪协助医生打急救针，上氧气包，叫救护车。我心神无主，不知如何是好。救护车走后，我又呆呆地坐了一阵，仍然想不出什么可以安慰小为的话，对她喃喃了几句，自己也不知道说的什么。我下楼走到门口，天快黑了，凄风苦雨，满街泥泞。我赶到善述家，又同他一起赶到阜外医院，我们还抱着最后的一线希望，然而李季已经被送进太平间了。任凭千呼万唤，再也叫不醒了。这是不能接受的，但又非接受不可：我们失去了亲如兄弟的挚友，党失去了一个好党员，中国失去了一位杰出的诗人。

李季自己说过，他是"吃八路军的小米长大的"，没有太行的硝烟、延安的泥土、三边的风沙，便没有李季和李季的诗。显然，石油的芳香又使他的精神境界升华到了新的高度。倘若天假以年，我相信他是会写出更好的长留人间的作品的，可惜他过早地死去了。这是李季的不幸，也是党的损失。但是，作为一个共产党员，李季可以毫无愧色。他在刚到十八岁的时候就加入了党，一生中经受了各种不同的考验。他的党性是不断增强、至死不渝的，他是怀着对党的无限忠诚和信念停止呼吸的。凡是党要求一个党员做到的，他都认真去做，坚决去做，视为当然，毫不勉强。这是李季党性的表现，也是他最值得学习的地方。我愿同文迅和善述以此互勉，并纪念我们共同的挚友，党的战士和诗人——李季。

一九八一年三月十六日

（原载1981年《文汇报月刊》7月号）

一支没唱完的歌

李小为

> 清油灯盏羊油蜡，
> 你还有啥没说完的话……
>
> ——信天游

他走了，他在母亲的怀中永久地睡去了。可是，就在这一天的早上，他不是还在案头工作、思索，为着哺育了他的母亲而发着心底的讴歌么。这一向，他实在太忙了。开会，布置工作，给一个业余作者看了一部十多万字的长篇，他几乎抽不出一个完整的时间去展开他的构思。可是，他有多少东西要赶快写呀！眼下，这一篇《三边在哪里》，是他几年来就一直想动笔的。三边人民在最艰苦的年代里，用小米和酸菜养育了他，每每回忆起这段历史，他就怀着深深的感激。现在，他要向他的第二故乡，和故乡的人民奉上一颗赤诚的心。他又是激动，又是深情。稍有闲暇，他便沉浸在对往事的缅想之中。有时，一些细微却又是生动的情节，甚至在梦中还在惊扰着他。一天，他对我说："三月草长，家乡的毫瓜瓜、沙蓬草也一定遍野萌发、满川青翠了。我写完了这一篇，真想回去看看呢。"

"回去看看"，余音绕耳，可是他在哪呢？我的手抖动着，拿起了还散发着墨香的未完手稿。他终因工作繁忙，没有完成这最后的一篇，可是他却"归去来兮"，"载欣载奔"地回到了三边——那永久永久的梦境！

　　我默然地在他的手稿中努力搜寻着他思绪的线索，在"一鳞半爪"、"金沙小集"、"思想的火花"等句子旁发现了这几行字："你问我，三边在哪里？我的祖国对于我就是三边的一撮沙土，一根甘草。我的命运，同三边人民紧紧拴在一起。三边沙原变成了我的第二个故乡本土，三边人民成了我相依为命的亲人。三边啊，你就在我的心里。"是啊，三边真的就在他心里。

　　那是一个早春的午后，柳絮飘飘，李季对我说起陕北，说起信天游。他忽地兴奋起来，眼睛放着光彩，思绪悠悠……虽然，时间的波浪会增加记忆的沙层，可每当回忆起这段生活时，他的心情总是象雏菊铺缀的山坡，那样多采，那样开阔。"清水水鸭子混水水鹅，我把哥哥送过河……"他说："信天游真美。"又说："每首民歌都是一扇洞开的门，那里面既广大又幽深。"他瞭着窗外纷纷扬扬的飞絮，随手翻开了一本记有民谣的小本，操着浓重的乡音给我朗诵起来。于是，信天游插上了透明的翅膀，立即串起了他全部温馨的记忆，越过了时间的阻隔，飞向了戈壁荒原，落脚于沙柳树下，在土窑的矮檐下撞出了回音……

　　一九四三春，李季从太行山到陕甘宁边区的靖边县教完小时，刚刚二十岁。他的学生很多都比他年长，他跟他们玩在一起。下课铃儿一打，他们就跑上城墙去看戈壁沙原的风光。有一次到学生家里访问，他第一次听到信天游那抑扬优美的吟唱，他简直惊呆了。在河南老家时，他就喜欢听说书和曲子戏，可是他感到信天游要有味道得多。

　　李季很早就喜爱民歌，一九四〇年，还在北方局党校当教育干事时，他就抄录过很多，其中就有这样两首：

　　　　"送郎送在大路西，手扯着手儿舍不得。老天下雨，左手与郎撑起伞，右手与他拽拽衣，恐怕溅上泥，谁来与你洗？身上冷，多穿几件衣，在外人儿要小心，谁来疼顾你？"

　　　　"约情哥，约定在花开时分，他情真，他义重，决不做失信人。手提着水罐儿，日日把花根来滋润，盼得花开了，情哥还不动身，一般样的春光也，难道他那里的花开偏迟得紧！"

他喜欢诗中这种憨厚、淳朴而又天真可爱的性格。而信天游，就表现感情而言，不也象这些民歌一样的新鲜、泼辣、大胆而深刻么。他决心深入到实际生活中去，真正了解产生着这样美好民歌的这块土地，和生息在这块土地上的人民。

一九四三年春天，他在三边专署工作，有了更多的机会接触根据地群众。为着检查冬学的情况，他背着挎包，跑遍了三边的戈壁沙窝，山川沟壑。他和边区人民建立了深厚的感情：边区人民也把他当成了自己的亲人。他在后来的《杨高传》中这样写道：

> 人说三边风沙大，
> 终日里雾沉沉不见太阳。
> 这话是真也是假，
> 没风时沙漠风光赛过天堂。
>
> 平展展的黄沙似海浪，
> 绿油油的草滩雪白的羊。
> 蓝蓝的天上飘白云，
> 大路上谁在把小曲儿唱：
> 鸡娃子叫唤狗娃子咬，
> 当红军的哥哥回来了。
>
> 山羊绵羊五花羊，
> 哥哥又回到本地方。
>
> 千里的黄沙连山川，
> 好地方还数咱老三边。
>
> 亲不过爹娘一片心，
> 三边是咱的命根根。

这是他发自心底的诗句，多少年后他还怀着深情说："我在三边获得了最初的温暖，我是先爱上了那里的人民，才爱上那里的民歌的。"

在未完成的《三边在哪里》的后一部分，李季要讲述一个《七笔勾》的掌故：说的是清朝有一个官员被派到宁夏盐池和陕西靖边一带巡视，他看到塞上地瘠民贫的荒凉景象，曾触景生情，写出了七首古词：

> "万里遨游，百二秦关，天尽头。山秃穷而陡，水恶声似吼，四月柳条稠，花无锦绣，一阵狂风，不辨昏和昼。因此上，把万紫千红一笔勾。"

> "未雨绸缪，窑洞低屋措土修。夏日晒难透，阴雨便肯漏，土炕砌墙头，灯油壁流，掩藏臭气，马粪与牛溲。因此上，把画栋雕梁一笔勾。"

> "客到久留，奶子熬茶敬一瓯，面饼葱汤醋，'锅盔'蒜盐韭，牛迹（蹄）与羊头连毛入口，风卷残雪，吃尽方撒手。因此上，把山珍海味一笔勾。"

就这样，在他连勾七笔之后，三边剩下的只是愚昧、黯淡和一片苍凉了。

可是，只有你倾心相爱的地方，你才能看出他的美来，不正是这样的吗？布衣暖，菜根香，当李季穿上婆姨们给他做的市布对襟小褂，盘坐在炕上，吸着老汉递给他的烟锅子时，他已经实实在在地爱上了三边。现在，谁还能说他不是地道的"三边人"呢？不信，和他对对信天游吧，他几乎能唱出所有的曲调，敢与当地最好的歌手对垒。陕北的婆姨们是风趣的，她们不但会唱缠绵的情歌，诙谐起来，也很能叫区乡的干部吃些苦头呢。你去她家讨碗水喝，她立刻唱到："山丹丹花来背洼洼开，孩子她舅你从哪里来？"李季也毫不示弱地回她："羊肚子手巾三道道蓝，我的小侄儿真好看。"有的时候，连普通的说话都为信天游所代替。举凡聊天、问路、道喜、骂人，奇闻轶事，喜怒哀乐，他都能驾轻就熟地编成小曲，即兴吟唱。后来，在回忆这段经历时，他写道："假若歌唱者丝毫没有觉察到你在眼前，他（或她）放开喉咙，一任其感情信天飘游时，这对你来说，简直是一种幸福的享受。我将永远不会忘记，当我背着背包，悄然地跟在骑驴赶骡的脚户们的队列之后，傍着一眼望不到头的长城，行走在黄沙连天的运盐道上，拉开尖细拖长的声调，他们时高时低地唱着'顺天游'那轻快明朗的调子时，真会使你忘记了你是在走路；有时，它竟会使你觉得自己简直变成了一只飞鸟……另外，在那些晴朗的日子里，你隐身在一丛深绿的沙柳背后，听着那些一边挑着野菜，一边唱和着的农村妇女们的纵情歌唱，或者，你悄悄地站在农家小屋的窗口外边，听着那些盘坐在炕上，手中做着针线的妇女们的独唱或对唱，这时，他们大多是用'顺天游'的调子，哀怨缠绵地编唱着对自己爱人的思念。只有在这时候，你才会知道，记载成文字的'顺天游'，它是已经失去了多少倍的光彩！"❶李季就是这样从人民那里饱汲着民歌这一"山涧的清水，地下的甘泉"（高尔基）的。他没有止境地发掘着。深入宝山，他决不空手而还。虽然，在粗糙的马兰纸上，一个字只有米粒那么大的民歌已经抄录了十多本，可是，在老乡的窗下，在送粮的大道旁，在沙畔的柳阴里，依然看得见他忙碌的身影。"坐下来，聊起来，聊到鸡毛沉下水，聊到石头浮起来。"灶下的干柴和粪饼"毕剥毕剥"地响着，马兰纸卷的烟叶冒着青烟，李季如痴似醉地听着婆姨们如怨如诉的吟唱，有时，他和乡亲们一起开怀大笑；有时，他竟扑嗒扑嗒地掉下泪来……

　　一九四五年冬天，天冷得可怕，塞上的寒风呼啸着，恶狠狠地撞击着门板，掀动着屋顶。二更时分，他忽然冻醒了，钻出捆着脚头的被子，跳起身来。已经有两个冬天没有领供给的新棉絮了，他是用这种办法迫使自己能在半夜醒转。三星还在天空中发抖，可他不能再睡了。点起小青油灯，他瞥了一眼贴在墙上的座右铭："生活太安逸了，工作就会被生活所累。"现在是开拓和奋进的时候，他必须象仙人掌一样地生活下去。因了一个朋友曾告诉过他：不要过勤地给这种植物浇水，经常地给它制造一种"危机感"，它会有更强韧的生命力！

---

❶ 《我是怎样学习民歌的》。

这一年秋天，他二十三岁，并且在盐池县代理县长的工作。白天，他要处理离婚、打架、民事诉讼、布置扑灭蝗虫等项工作；晚上，他完全沉浸在自己精神的乐园中。在那里有洼地上传出的琤琮鸣琴，有折断了羽翅躺在沙窝里的雏雁，也有小鸟双双理新毛，雨滴红梨分外娇的欢喜和清新。蒿草之下确有芝兰，紫金盆里，信天游的甘露装得满满的。瞧，它都溢出来了！形象早就在心头跳荡，故事梗概也已顺理成章。他寻思：前些时，小通讯员为什么总是问我这几个字呢？把这些字联起来，细思量，噢，原来这是他写给乡下他心上人儿的情书，那姑娘的名字叫香香。"香香"，多美的名字，纯朴得几乎让人掉泪。温柔、羞怯、容颜姣好的女子，想一想也叫人心驰神往！就这样，在一灯如豆的小柳木炕桌上，完全是在夜晚，他用自己心爱的小小曲本，编织着人民的喜怒哀乐。手——不停地呵着冻僵的手，紧捏着那支木棒绑着笔尖的钢笔在毛边的马兰纸上飞快地写着。有时几乎都跟不上飞涌出的诗行。象是春水涨满的河里一只没有受到阻隔的小船，它扬着帆，飘飘悠悠，载走了李季全部的挚爱、欢欣、希冀和热望。仅一个多月的时间，连他自己都暗自吃惊！没有受到苦吟的磨难，行文有如神助。《王贵与李香香》这首近千行的长诗写起来竟如此轻松、流畅。暗夜逐渐消退，窗棂已现微光，青油灯熏花了他的脸，瞧他那个样子，真惹得桌上的墨水瓶也笑起来呢。

几十年过去了，他在永远是簇新的生活中挥洒着苦咸的汗水，他辛勤耕耘播撒着从三边带来的硕大或细小的种籽，他没有辜负乡亲们的希望。三边，梦魂牵绕的三边！现在，当他从记忆中缓步走回，并想到他从母亲身上获得的无穷无尽的力量时，他的心里的确感到了一种空前的安泰与宽舒，他在深深地思索，就象这三十多年来他的匆匆脚迹，在多少个旅途客店的窗棂下，看星、看月、听雨、听风时所想过的一样，他真的在静观默察中寻求到了诗歌的民族气魄、民族风格和优美的民歌形式？而这一次，他要把一切都置于迸着高热的感情炉火之中！

"我要走了，我要到外边去好好想一想。……"他出了门，没带帽子就向林间的绿树丛走去。他的身影，他的构思和夕阳的红光溶在一起，渐渐远了……多少年来，风霜雨雪，他常常就是这样离我而去。

可这次，他却是去了很远很远的地方……

　　　　　　　　　一九八〇年五月十四日于北京

　　　　　　　　（原载1980年《人民文学》第7期）

最初的孕育

——记李季同志在三边生活之一

李小为

我面前摆着两幅非常精致的水墨画：一幅画的是经过千难万难终于与王贵成婚的李香香送王贵参加游击队；另一幅画的是香香在井台怒斥地主崔二爷的场景。这是画家彦涵同志为李季的长诗《王贵与李香香》绘制的插图。

这两幅画不仅具有极为浓郁的陕北民间泥土气息，更可贵的是画家生动地刻画出了人物的性格，栩栩如生。这不能不使人赞叹画家对陕北革命根据地人民生活的熟悉和深厚的感情。

看着这两幅画，我思绪万千，仿佛又回到了遥远的陕北，难忘的三边。

一九五六年初秋，我随李季重返三边，访问了他曾经教过书的靖边县。我们沿着李季当年常常带着学生们走的那条路，登上沿山的古老的城墙，放眼望去，远处是九曲十八弯的长城，气势磅礴一直伸延到远方，那壮观的烽火台，象坚强的哨兵巍然屹立在边防。俯视山下，是浓林密树遮掩的村庄、山峦，碧绿的沙柳给农田围起了天然的屏障。一条平展展的柏油公路，代替了过去车轮和牲畜蹄印交错、坎坷不平的山间小路。李季说："这一带解放前是个半农半牧区，沙碱地，土壤贫瘠，风多雨少，灌溉非常困难，庄稼十年九灾。有时一场大风，流沙就能堆起三、五丈高的沙丘，把庄稼地都盖住了。因为缺水，种不活树，大片大片土地都是光秃秃的。老百姓叫这里的山是'干山'、

'火焰山',而今人口多了,树木也长起来了,靖边真是认不出来了。"说着他哼起一首当年老乡唱的民谣:"多栽一棵树,多养一只羊,多烧一升粪,多打一升粮。"

凌晨,我们踏着田间小道走出废弃古城,穿过一垅垅散发着朝露清芬的青纱帐,走向河滩。此时,空气格外清新,阵阵微风送来糜子、狼尾谷和野花的芳香,远处不时传来叮当、叮当的驼铃声。几只沙鸽在芦苇塘边戏水,羊群象片片白云落在丰茂的草地上,我看见了三边凌晨的朝霞。天渐渐亮了,东方放射出鱼肚白色,逐渐变粉,变黄,变红,刹那间,火红的太阳从鄂尔多斯大草原的深处突然跃起,把万道金光洒向无垠的大地。望着这经过三边劳动人民镇沙治水,用神奇的双手绘出的塞外风光,我不禁感到由衷的敬意。李季感慨地问我:"美么?"我说:"真美!"他说:"憨厚纯朴的人更美呵!"我正琢磨李季说的"人更美"那句话,不觉远处传来拖着长腔的歌声:"羊羔子皮袄狐皮领,坡洼上来了个工作人。"我四下搜寻着那声音,还是他耳熟能详,他欣喜若狂地指着羊群蠕动的草滩那边说:"走,咱们快上那儿去!"一袋烟的工夫,那放羊老汉和李季就攀谈得热火起来。他们讲起挖甘草,又说起骡马大会,搞社火的事,真是津津有味。

到老乡家吃酿皮子和荞面饸饹,听婆姨老汉们唱信天游,这是李季最为向往的。这一天我们来到了一位老乡家,女主人掀起了毡门帘,让我们进去,又用毛巾为我们掸去衣襟上的沙尘。看那间屋子并不大,但收拾得干干净净。屋角墙上贴着一张头上裹着羊肚子手巾、胸前披着大红花的"灶马爷",另一面墙上挂着一张画有男女劳动英雄的彩色年画。李季象到了自己家里一样,一步上炕,盘腿坐了下来。女主人端来茶水和新摘的沙枣,李季接过老汉装的一袋羊腿棒棒水烟,屋子刹时罩上了一层轻雾。我新来乍到,不免有点拘束,李季要我尝尝沙枣,女主人也忙让我喝水,并说:"我们这儿的水可甜啦!"李季朝大嫂瞥了一眼,冲我笑着说:"今天大嫂对你可真客气,过去我们要碗水,不唱支歌,磨破嘴皮也别想喝,为这,我不知吃过多少苦头!"他扭头问老汉:"你说是吗?"他的话逗得全屋人都笑了。接着他又说:"不过话又说回,靖边的乡亲们对我可好啦!"大家才拉了一会家常,小屋的空气就活跃起来。李季请老汉唱支歌,他也美滋滋的随着老汉的歌音，用手指头在炕席上有节奏地打点着"信天游"、"打宁夏"、"打黄羊"等曲调的节拍，真是几股弦弹着一个调，歌声让人想起了多少往事。

李季当年教过书的靖镇"完小"仍旧座落在镇子旧街的一角，那旁边的小河依然涓涓细流。学校的房子早已翻修一新，面目全非了。一九四二年李季就是在这所小学校教书的。我们看了学校的教室、操场、墙报，看遍了学校的一切。当我们跨出小学缓步向县招待所走去的时候，李季又一次回转身，凝视着那座绿树丛中的充满生机的小学校。看着他那深沉的目光，我纳闷地想："莫非他在怀旧？要不他又是灵感来了？过了一会儿，他突然问我："我哭过，你相信吗？"我说："我可没见过。"他说："我刚来这学校的第二天，就美美哭了一场。"人不伤心不掉泪，他的话倒使我要寻根问底了。

李季说，他刚到靖边只有二十刚出头，一个人从延安分配到靖边县的这个靖镇"完小"当教员。那时他的身材不高，有的学生比他还高半头，下课后，走在他身后偷偷跟他比高低。他刚上第一堂课时，一个稍大些的学生就想方设法刁难他，他气得心怦怦直跳，两条腿不听使唤，他真不知如何是好。他再看看四周，山上山下光秃秃的。老乡院墙上到处贴着粪饼。做饭烧的是牛粪，一进屋子满屋都是酸菜味、羊腥味，他很不习惯。当时他们学校只有两个教员，那个教员是当地人，下了课，人家就回家去了。那天晚上他一个人睡在一间小屋里，塞上的狂风，发着尖声的呼啸，拍打得小屋顶"唰唰"地响，挂在门头上的毡门帘也东摇西摆的，风越刮得紧，他越睡不着觉。他想东想西，想远在家乡的父兄；想太行山部队的战友。他在部队时，就喜爱文学，本想到延安鲁艺去上学，可没料鲁艺嫌他文化底子薄，没收留他，组织上却把他分配到这个苦地方。他真后悔不该离开部队。这里没有文化，没有太行山几个挚友促膝谈心，更找不到他心爱的书籍，日子清冷。他怀疑他能否在这个一年到头刮不完的黄风的沙窝子待下去。他越想心里越不是滋味，穿上衣服，想到院子里走走，房门一打开，一阵风卷着沙粒向他扑来，他只好缩着头，急忙转身走回屋里。不觉鼻子一阵酸涩，他竟号啕大哭起来。他哭着想，想着哭，不觉竟俯在桌子上睡着了。当他睡醒一觉，天仍不明，他点着了灯，小小的清油灯，给阴冷的小屋带来了温暖，也照亮了他的心。他的心情渐渐平静下来，他想起临来时领导对他的勉励，想起了在党旗下的宣誓，想到在前方作战的战友，他惭愧地低下了头。是啊，党号召知识分子和工农结合，决不应该是形式上的结合，而应是一个艰苦的自我改造、自我学习的过程。自己是一个共产党员，党叫干什么就应该干什么，回想在部队当指导员的时候，有些战士经受不了战争的艰苦，自己不是经常给他们做工作吗？可现在自己怎么也……不觉他脸上泛起了一阵红晕。那天早晨，他揉了揉眼睛，一骨碌跳下炕，抖抖精神，鼓励自己就在这里扎根，投入新的战斗。在和老乡进一步的接近中，他越来越感到自己原来的想法是多么错误，看不起劳动人民，自视比普通工农高明，其实自己的知识是多么贫乏，自己躲在小天地里孤芳自赏的东西，恰恰正与劳动人民和火热的斗争生活多么不相称。从此他更自觉地向群众学习了。李季在一九八〇年没有来得及写完的散文《三边在哪里》，就是记述了这一段的生活。

李季是怎样爱上民歌的？这是不少同志所关心的。当我们乘坐汽车从靖边返回定边的路上，我向他提出了这个问题。他说，他在靖边时间不长，在那段时间里他对民歌仅仅做了一些收集的工作。真正从感情和思想上认识劳动人民的艺术创作，还应是在盐池、定边、吴旗等地的几年实际工作中逐渐端正和提高了认识。他说，在靖边他听到不少的民间故事、传说，从收集的过程中，发现那儿农民文化落后，文盲众多，但民间口头文学流传极为广泛，辞藻的美丽，感情的深厚，感觉的敏锐是惊人的。在收集的过程中，他了解到不少陕北土地革命斗争中可歌可泣的事迹，从而激励着他，使他越来越对民歌和群众中流传的口头文学发生极为浓厚的兴趣。

我们一说一问的几乎没有感觉汽车的颠簸。汽车飞速地往前奔驰着，真可谓黄沙滚滚，沙柳碎草难辨。我们热心的同伴还是请李季再讲下去，李季没有拒绝，看得出，他也深深地陷入往事记忆的海洋。他深情地回忆说：告诉你们一个秘密，大凡从事创作的，都要经过生活、酝酿、写作的甘苦，而我的长诗《王贵与李香香》，就是在靖边开始孕育的。事情是这样的：那时我在靖边"完小"教书。有一天在靖边县委听到苏奋同志讲了一个土地革命时期的民间故事。说的是刘志丹领导红军打靖边城的时候，不少的贫苦农民被地主压迫得活不了命，纷纷参加了红军。当时有一个青年人没有参加红军以前，就与一个富裕人家的女子相爱。女子父母知道了，坚决不答应。女孩和男孩就相约逃跑。在逃跑之前，男孩问女孩，我人穷又要投奔红军，你为啥跟我？女孩很坚决，表示死活都是他的人。后来女孩被家里人捉回，打得死去活来，哭得干羊肚子手巾都拧出水来。逃了捉，捉了逃，最后终于逃走，两人参加了红军。

　　他听了这个故事，几乎惊呆了。这一对青年男女心灵深处那种从苦难中磨炼出来的倔强和反抗性格，那质朴、纯真的爱情和他们身上所具有的农民气质，深深地感动着他。他在返回学校的路上，就想到以这一对青年男女恋爱的故事为主线写一部小说，写土地革命时期的阶级斗争，写革命与人民的血肉关系，人民与革命利益的不可分……他又想到他喜爱的那部外国名著《我是劳动人民的儿子》的人物故事情节、文学生命力和他从中得到的启示。经过一段时间的酝酿思考，故事情节，人物场景，一个个渐渐开始浮现出来了。但是总感到集中概括不起来，无法下笔，心里很苦闷。他冥思苦想地找原因，他终于找到了，关键还在自己并没有真正熟悉群众生活，偶尔听到了故事便开始写作，自己并无深厚的生活实感，这是难以写出好的作品来的。于是他放下笔，投身于生活之中。他细心观察不同性格的农民的生活和形象，他揣摸如何表现农民心灵深处朴质的美。这个时期，靖边县委经常组织当地民歌手演唱，各区民歌手纷纷云集一堂，特别是那些青年妇女，她们天资聪慧，敢于想象，勇于向封建势力斗争。随编随唱，她们放开歌喉，任其感情信天飘游。那歌声时而娓娓动听，忽而铿锵有力。他边听边记着，完全沉浸在欢快的享受之中。生活是取之不尽的文学源泉，在这儿完全充分得到了体现。至于作品用什么形式来表现，他迟迟没有决定下来。直到一九四五年，他调往盐池县工作时，才最后决定用民歌体写作叙事诗《王贵与李香香》。

　　李季在靖边教书时，属于他自己的业余时间是很少的。上午教学生念书，下午和学生一起纺线捻羊毛，晚上还要开展群众扫盲活动。但是创作的激情，使他忘却了时间，忘却了休息。他在业余时间一直不间断坚持练笔。那段时间他曾习作小说《退却》，诗《生活在春天的孩子们》，散文《记八连的同志们》等。虽然这些作品不能使他满意，然而这一段的生活，对他学习民歌、研究民歌，对他下一步创作，却打下一个坚实的基础。

当我们临走的那天傍晚，我们又一次走向沙梁的那条小道。沙梁的沟沟洼洼，到处都是一簇簇蓬勃青翠的红柳。落日的余辉映照道旁的骆驼刺、马兰、金盏花，枸杞子也显得那样火红艳丽。面对眼前的这一切，李季是那样深情、专注，仿佛这里的一草一木都能使他生情，勾起他绵绵不断的回忆。是啊，这是他当年挥洒过汗水，往来奔波的小道，这也是他当年忘情地听赶毛驴、牵骆驼驮盐脚户们唱民歌的小道啊！这充满了火热生活，战斗情怀的小道，这难忘的崎岖的小道！小道弯弯曲曲翻过一个沙梁又一个沙梁，一直伸向遥远遥远的地方。当我正在采摘着一支似红玛瑙一般熟透的枸杞时，我蓦然想到：长期以来，李季不就是一直这样走过来的么？

一九八一年五月二十四日于北京

（原载1981年《萌芽》第1期）

李季创作《王贵与李香香》前后

——记李季在三边生活之一

李小为

一九四二年，李季从革命圣地——延安来到三边地区的靖边、定边、吴旗、盐池这几个县工作。一九四三年，组织上把他从靖边县完小调到三边专署教育科负责编写教材。这就需要他了解三边的经济、文化、历史、风土人情，了解各个区乡学校的教学情况。他不仅了解儿童和青少年教育，而且还要了解成年人开展扫盲的活动。李季那时还是个年轻的小伙子。他终日背着心爱的小挎包，走完一架沙梁，又跨进一架沙梁；他的足迹几乎走遍了三边的各个区乡。那时交通不方便，全靠两条腿，碰到顺路驮盐的脚户们，热情的老乡还能让他骑着毛驴歇歇脚，赶上运气不好的时候，就只好顶着狂风，迎着飞沙迈开大步前进了。他回忆那段生活时总说："说苦真叫苦，说甜也实在甜哪！"

没有去过塞外沙乡的朋友，是难于想象那塞上风光的。三边是鄂尔多斯台地的一部分，它南部有连绵不断的山脉，北部毛乌素沙漠好似黄色的海浪，在这里还有大块大块的草原。那时，他差不多每天要步行七、八十里。李季常常说起在路途上，他遇上那再好不过的上等客店的洁白土窑、石窑，也没有住进驮盐脚户们放青的帐篷好。每当夕阳西下，脚户们有一个自然的习惯，一队队脚户就选好一块水草丰美的天然牧场，支上帐篷，放下鞍架，架锅煮饭。那野火的炊烟飞向无边的远方，与天空云彩相接，烟呵，云呵！烟、云难辨，诗人陶醉在沙原的美景之中。一到天黑，你去看罢：那草滩上这里架起一座帐篷，那里架起一座帐篷，有的短腿脚户不架帐篷，就和衣躺在牲口的鞍架下边。这帐篷象古时战场上的军营，现在它变成了发展陕甘宁边区经济建设的大军。有的躺在地铺上低声哼着顺天游；有的用高八度歌声唱着欢乐的今天，令人向往的明天幸福生活；有的对唱顺天游。真是见山说山，见水说水，说说笑笑有趣极了。特别是那些长腿腿脚户们，常年走南闯北，见多识广，唱起"走西口"来，实在叫人动心。他们说"顺天游，不断头，断了头，穷人无法解忧愁。"在那小小的帐篷里，那歌声激荡着草滩上的清泉，夜空的群星也和李季分享那歌声的欢乐呢！李季收集的不少民歌，就是在这种场合下边记录下来的。

年轻的朋友们逛过上海的"大世界"和北京的"王府井"，你们很难想象塞外土、特产交流的骡马大会的盛况。当你跨进定边，或者是盐池的骡马大会，那东关的脚户店，西关大栈的墙上、电线杆上，到处都贴着"促进物资交流"，"发展边区贸易生产"等红红绿绿的大标语。流动售货棚帐一个连着一个。出售牲畜的场地那膘肥的黑紫羔羊、骆驼、大青骡子，更是诱惑老汉们。婆姨女娃欣喜地提着购买到的东西。这儿的货物丰富齐全，有精制的毛毡、布匹、百货。有酥油、奶酪、枸杞，还有如蜜似露沙原西瓜，什么冰激凌、汽水……难以比拟了。两台大戏摆起来，熙来攘往，人欢马叫，一片繁荣而又欢乐的景象。局外人，哪能分享这塞外特有的情趣。这场合照例少不了李季，小地摊买几本心爱的小唱本，去听唱二人转，郿鄠调，他坐在一旁细品幽美动听的顺天游，欣赏着在毛主席和边区政府的领导下，人民翻身后愉快和喜悦的心情。

三边的脚户老乡最讲究对牲口的披戴和装饰，不信你去定盐大道走一趟罢。有的给走头骡子头上披上红缨、戴上串铃，有的给骆驼颈上挂上一个似铜钟般的大铃，走起路来，特别是在深夜旷野走路时，远远听到叮咚叮咚，或小铜铃哗哗的响声，是多么动听的乐曲。一歇下脚，李季常爱听脚户老乡互相评论谁的牲口好美；谁的牲口铃铛好响头。他懂得的对牲畜的饲养常识，不少是这样得知的。最使他心驰神往的是尾随着甩长鞭吆牲灵老乡的身后，听着他们扯着长腔唱顺天游，当他听到："一杆红旗半空中飘，领兵的元帅是朱、毛"，"革命的势力大无边,红旗一展天下都红遍"那样具有革命气魄的民歌时,他真犹如置身在漫山遍野尽是人群的伟大进军行列之中。他的心在激荡,他的血在沸腾。对那段生活,他觉得既愉快,而又增广见识。他有时在盐户老乡的热炕头听记民谣和民间传说;有时走在坡洼里、沟底里聆听青年男女相爱、传情的曲调;有时又和牧羊老人促膝谈过去悲惨生活和辛酸。李季就是这样抓紧利用一切机会深入挖掘陕北民歌、民间口头文学的宝藏的。

民歌,这浩瀚的大海,你若有心去收集,就会象滚雪球似的越滚越大,使你爱不释手,特别那些脍炙人口的绝句,是在记载成文的"顺天游"的字里行间难于品味得到的。三边地区为什么这样盛行民歌和民间口头文学? 文艺如何为群众服务,民族化,大众化? 如何起到教育群众,宣传群众的战斗作用? 这一系列的问题,是他学习了毛主席的《在延安文艺座谈会上的讲话》之后,所经常考虑的问题。尤其是在三边一带,文盲众多,而不少群众以民歌和口头文学来表达他们的生活和劳动情景,歌颂共产党领导穷人闹革命得来的幸福,并憧憬到未来的远景。他想,知识分子也好,文艺工作者也好,首先应考虑的是如何运用群众喜闻乐见和通俗易懂的形式来为群众服务,这是挺重要的事。于是他利用专署派他深入农村作调查的机会,经常为文化程度较低的区乡干部代写新闻通讯,并由他们署名向当地的《三边报》和延安《解放日报》投稿,培养他们学文化,搞写作的兴趣。一九四六年秋天,他开始进行了一项新的尝试。他以三边破除迷信模范崔岳瑞在农村宣传科学知识破除迷信的事迹,写了一个唱本《卜掌村演义》。在三边,尤其是在定边、盐池一带群众很快就传开了,很受欢迎。一九四六年在《解放日报》上发表,当天报纸副刊以数百字的编者按语肯定他这种形式对人民艺术,对人民群众的教育和宣传作用。一九四五年夏天,他由三边专署被派往靖边县政府帮助结算粮食帐目并参加灭虫灾的工作。在灭虫灾工作中,他又尝试写了一篇章回体的小说《老阴阳怒打"虫蝻爷"》,内容是写灭虫工作中,一个迷信职业者——阴阳,破除迷信的思想斗争。这篇作品也于那年七月间在《解放日报》显著的位置发表。

新社会的民歌,它不仅长于表现青年男女纯真的情感,同时也适于表达新的生活和新的思想感情。但民歌对人民文艺的作用，和它能否表现较为复杂的斗争生活和场景，他在很长一段时间中，是没有认识的，多为民歌的情真意切和语言流畅所陶醉，还是后来的一件事教育了他。

一九四五年，他在盐池县政府工作时，组织上派他和几个同志到基层调查一件案子：一个贫农只有一个寡妇老母和儿子。其妻被一个地主以小恩小惠腐蚀，进而离婚，并同地主儿子结了婚。这贫农为这事告到县上、区上。由于主管干部丧失立场，犯了严重的阶级路线错误，这贫农被判输了。他一气之下，就骑了地主的马跑向白区，在途中被地主赶上，打死在沙滩里。事后有个名叫王有的放羊老汉，认为当时在任的县长政策水平不高，经验又不丰富，事情复杂，将这件事编了一首叫《寡妇断根》的民歌，其中有一句"×县长太年轻，这个官司你断不清"……还批评区、乡干部徇私的情况，如："×××，吃不够，小炒羊肉和烧酒。"批评县上区上的干部受贿的恶劣行为。县上以污蔑政府罪把王有捉起来。王有不服，又提出申诉，县里当时就派李季和其他几位同志到基层调查这个案件。最后弄清是件错案。县上配合选举公开向群众承认错误。王有编民歌尖锐批评了某些干部立场不稳，那首民歌真切地描述了案件的起因、过程和本质的矛盾所在。由这件事使他认识到：新社会的民歌，它不仅长于表现青年男女相爱的真挚感情，民歌随着时代的变迁，形势的发展有它的特定内容。民歌不仅能表现伟大的革命感情和雄伟的生活场景，同时对批评自我批评，还是个锐利武器呢。

在那段时间里，他想过许多问题。他想我们古代的许多优秀诗人，他们的不少诗歌，都融汇着我们民族和民间文学的血液。而在劳动人民生活中间，不处处也显示着高度的智慧和丰富的诗意吗？诗是永远属于人民的。怎样使诗为广大人民群众所接受，这首先要考虑群众听得懂不懂，爱不爱听。为要群众听得懂，喜欢听，那就得运用群众所喜闻乐见的艺术形式和语言，才能为群众接受。原来，他是打算用章回体小说写作的，但经过对顺天游的收集和整理过程中，他突然灵感一闪念：我何不将在靖边迟迟举棋不定的那个以青年男女相爱的故事用民歌体来表现呢？他很快拿定了主意，决定用群众喜爱的顺天游形式写作一首长诗，来表现陕北劳动人民的生活和斗争。这首叙事诗要在民歌的基础上，加以创造，成为更完美的民族民间形式。诗的风格上，吸取民间文学的真挚朴素、自然易懂的特点，为了照顾到群众喜欢听有情节的故事，容易上口，容易记住，必须结构完整的故事情节。他想，不论内容、形式、构思和手法上，他都要进行一番大胆的尝试。对于群众语言的运用，不是单纯的照搬，而是运用民歌的精华，经过加工与要叙写的故事内容有机的融合起来，根据诗的构思要求进行创造性地发挥，"去瑕存玉"，使之这块玉石经过磨砺之后，发出更加璀灿的光彩。

他命名这部叙事诗叫《太阳会从西边出来吗？》副标题是《三边民间革命历史故事》。长诗的人物故事情节，基本以他在靖边即开始酝酿构思的架子来安排。男主人公叫王贵，可那个可爱而纯真的女孩叫什么呢？为了她的名字，他反复考虑，一张粗糙的纸头上，密密麻麻开列了一百个农村女娃常用的名字，但却都不能使他满意。一天晚上，小通讯员又来找他问字了，那小鬼刚跨出他的房门，他就琢磨起来：这小鬼头为什么今天问几个字，明天问几个字？他把那些字连结了起来，原来是一封给他乡下情人写的书信，那女孩的名字叫香香。香香，多动听的名字呀！他的眸子闪烁着兴奋的光彩，长长松了一口气，急忙拿起沾水钢笔，在那张小小纸头上一百零一个名字下边加了"香香"二字，他边写边自言自语说"王贵的爱人就叫香香吧！"

对一个人物的名字他都作了再三思考，可想他对长诗的故事、语言、人物、情节，更是苦心安排，精雕细刻的了。他对我说过：他对陕北民歌顺天游由喜爱而进入到整理工作。他确实下过一番苦功夫，进行仔细研究之后，才加以运用和创造的。他的《王贵与李香香》准确地说，它已经是具有独特风格和艺术生命力的作品了。对于一个作家来说，难能可贵的是经常能够想到劳动人民。要忠实地、真切地、热情地表现劳动人民，这是一个党员作家的神圣职责。

工夫不负有心人。李季于一九四二年起即开始酝酿的作品，终于在一九四五年定稿了。一九四六年夏天，先在《三边报》上发表，受到了三边群众的欢迎。同年九月延安《解放日报》也发表了。发表时，为使作品主题突出，经与作者商定，将作品的标题改为《王贵与李香

43

香》。李季对于当年《解放日报》编辑黎辛同志，在《王贵与李香香》发表之后，及时热情撰写文章，经常和他通信联系，支持他坚持民族民间文艺的创作，是很感激的。李季称他为编辑老大哥。对于当年也在《解放日报》工作，而解放以后写了不少热情评论李季作品的冯牧同志，李季生前和我也同样是怀着感激之情的。笔者有幸，最近从延安纪念馆借到该馆珍藏的《王贵与李香香》初稿本。我曾将这个本子和当年《解放日报》发表的《王贵与李香香》对照了一下，除标题改为《王贵与李香香》之外，其他诗句几乎未作改动，也没有删节。这和黎辛同志的记述是一致的，不象有的同志误说的那样，经过不少改动才发表的。

一九五六年，我曾随李季去三边参观访问。一次我们由靖边驱车返回定边的路途上，他曾对我们诙谐地说过："人家怀胎十个月，而我那个'胎儿'（指《王贵与李香香》）却怀胎多年。"立时，说得同车的同志都哈哈大笑。接着他意味深长地说："为了将这对质朴而纯真的青年男女的形象集中概括，使之富有文学生命力和光彩，在酝酿构思之中，真不知熬过多少不眠的长夜啊！'胎儿'终于坠落了，现在看来《王贵与李香香》这部民歌体的长诗问世及其影响，虽然与我的精心构思和创作分不开，但毋宁说是群众的，是集体的智慧和力量。群众生活和斗争给予我创作的基础，素材来自人民之中，也孕育在人民之中。和我一起的战友在创作过程中对我的关心和启示，使作品日臻完善。这是促进我创作完成的动力啊！"

当这篇文章即将结束时，我不打算对李季的《王贵与李香香》作出任何评论，我也难以评论。这里，我只想告诉朋友们与《王贵与李香香》有关的一件事：

长诗《王贵与李香香》在报纸上发表之后不久，有一天他行走在陕北的定边到盐池县的那条定、盐大道上，远远听见驮盐脚户吟唱的民歌声：

......

太阳出来天大亮，
红旗插在垴畔上。

太阳出来一朵花，
游击队和咱穷汉们是一家。

滚滚的米汤热腾腾的馍，
招待咱游击队好吃喝。

……

　　他听到那清脆、嘹亮的民歌声，感情的诱力驱使他三步并成两步地追赶着那辆大车的印迹。当他气喘嘘嘘地赶到时，他见车上坐着一个赶大车的青年人，他一只手摇晃着鞭杆，另一只手拿着报纸上登载的《王贵与李香香》，在那儿吟唱。见那青年那认真、欢快的样子，他的心犹如涛飞浪卷，他的血在沸腾，感情的潮水随之从他的眼角大滴大滴的溢了出来。

　　他说：他那时激动的心情是极为复杂、难言的。他未对我说清，现在我更难以理出来了。我想，还是让关心李季创作的朋友去细心揣摩吧！

一九八一年六月十四日于北京

（原载1982年《收获》第2期）

长江在为你哭泣

骆 文

　　白桦给我电话，说：李季同志星期六下午（三月八日，节令是九九第六天）在北京不幸逝世。惊蛰乍过，暴雷滚地而来，云何其漠漠，雾何其茫茫！我不信死亡会和李季的名字相联系，他正当中年，长伴着他的应该是生命、力量和世界的青春；可我向《人民文学》编辑部同志探询，他们回答：李季同志真的走了，告别了他的家人，告别了他的党，告别了喜爱他的鼓舞他的群众；我们的诗人李季，那样的孜孜靡己，从事着广泛而多样的活动，刚由黄浦江边回到北京不久，却什么也不曾携带，就匆匆离开我们走了。天哪，为什么要到那个永不复返的冥晦的地方去呢……三个月前，我哭过恩裕，（不论在社会科学方面，在中国古典文学方面，吴恩裕同志都是造诣很深。）而今天，又为李季恸哭，如果再走访他家，我只能见到映窗的素蕊。若在某个春朝，当新叶透绿的时候，想去看望李季，只能抚摩着我的故人坟树。

　　多年来，他从事诗歌创作。一提起李季这个笔名，立刻就会想到他是人民的诗人，他是值得我们骄傲的民族的歌手。

　　陕北的定边、安边、靖边绵延几百里的高原沟壑地区，就是他的第二故乡。毛乌素朔漠沙风吹得他一脸红黑。生活培植了他的诗篇、人民培植了他的诗篇。陕北民歌是鲜明的，壮丽的，而又泼辣。李季开始接触这些风翼之诗。后来，他和乡亲们纯诚相处，成为极其真实的朋友，在长城线上、在纤曲的山道上，在一孔孔土窑里同那飘着络骡之缨的运盐队，诗人用他整个心灵——民族的心灵感受着许多民间歌谣，各种各样的生活习俗、生活情思。在人民的激动的精神世界，他细致地采撷，研究它的源流、变革，从而加以缕析、鉴辨。凄惋的地方使他哭泣；沉郁的地方使他思索；悠悠朗朗传送十里平川的"信天游"，有时使他欢乐的跳跃起来。正因为这样，他不可能不在人民的母怀中受到哺育，成熟了他的诗的艺术。

在长江边上呆了三年多，大约是五二年年底他到了河西走廊的酒泉盆地，在以老君庙为中心的玉门油矿安家。他喜欢回转钻探提取出的岩心，这就要见到乌金了，多好的矿物油料呵，于是他研究那种可燃性物质的热值。他跟我说过，他抽点纸烟，但是原油里的烃的芳香，烟草味道未必能超过哩。他是多么热爱那里的生产劳动啊！一九六〇年他去了茂名，还是为着石油，沉积岩中的页岩炼制出的石油。诗人象雁，他不能离群索居，即使迁移飞至另一个地方，也要努力争得到春暖，掘饮上可口的桃花水。你不可能让李季跟熟知的地方、生根的地方切断，他从嘉峪关外并没有忘掉盐场堡的长城城垛，试读他石油工人的歌吧，带泥土味的语言，升华创造了的语言形象，还是非常亲切的陕北家常话。当然，又是提炼了的玉门石油工人的实在话。一点也不晦涩，而是很好的素朴。一点也不做作，而是十分自然。这样，把人的精神行为描绘得那么真切、美好。给我们启示，让我们思考，革命、阶级、党、劳动创造的生活在这个星球大流中的伟大作用。

怎么也不能忘怀他在长江边上度过的日日夜夜。远在四九年春，解放战争的炮火扫过中原的时候，他就和几位同志一起创办了《长江文艺》，并担任这个刊物的副主编，把千头万绪的工作，搞得条理分明。对青年作者的培养，是有创造性的，也富有浓郁的感情。他说，为着普及文艺工作，从工农兵群众业余作者中，发展"长江文艺通迅员"，组织他们写稿，帮助他们学习、加工、提高。正是这样，解放之初，团结了、培养了一批批新作者，我们的队伍兴旺起来了。好象这不是属于纯粹文学方面的工作，有人有这样的错觉；然而，正是这样做，才含有建桥筑路的基础意义，就是要这样才能让我们文学史发生剧变！当李季给初学写作者做"理发师"的时候，显然是耽误自我写作的时间，可是他却引为快乐，"在林彪、'四人帮'为害肆虐、暗无天日的年代里，"他写道："我几乎被剥夺了写作和通信的合法权利，但就是在这种情况下，也还是通过各种渠道，不时收到一封封青年同志的来信。"这里，李季得到的是最好的慰藉。然而，许多业余作者，仅仅因为写了一篇小说，一首诗歌，或者跟作家们有过书信联系，就被打成"文艺黑线代理人"，"修正主义黑苗子"，业余文学作者的种种遭遇，使得李季"心上象压了一层沉甸甸的重铅久久透不过气来。""四人帮"一伙法西斯文化专制主义能够迫使文学青年"改悔"吗？能够掳走他们笔的投枪吗？李季说：他们"继续坚持业余写作。他们没有钱买稿纸，就在孩子的作文本背面写。晚上家里没有地方写，就跑到大街上蹲在路灯底下写。"有的家属耽心受到牵连，"竟至夺过他们的稿子，拿剪刀剪成碎片，或者干脆塞到炕洞里，一把火烧掉了。……"而他们中的不少人"仍然利用每一点业余时间，继续坚持写下去。"我相信李季是噙着泪水在告诫啊："当你在报纸、刊物上读到他们写的那些带着扑鼻的泥土气息和松油芳香，真诚地为人民的疾苦呐喊呼叫，为人民的胜利狂欢歌唱的诗歌小说时，你可曾想到他们中的不少人，直到今天还背着这样那样的'黑锅'，多少个诬蔑不实的'罪行材料'仍然塞在他们的档案袋里。"能有什么罪犯象"四人帮"那样，毁灭着向往为祖国社会主义文学建设、如此磅礴的群众性劳动创造！

我的亲爱的读者，李季和他战友创办的这分有密切联系群众传统的《长江文艺》，也不可避免地遭到了禁锢。但是，在"四人帮"一伙恶人被剪除之后，还有那样的政治野蛮人，并不想清除他满眼云翳看看《长江文艺》的本来面目，因而理所当然遭到诗人李季的斥责……

一九七七年全国政协分组会上，李季介绍了《长江文艺》命运之后，对阻挠恢复刊物的事态非常惊愕，于是他大声呼喊"为什么被四害砸烂的湖北《长江文艺》不叫复刊？有人指责沿用原来刊名是个路线问题，那末，还想禁锢这个刊物的某些人执行了哪家路线？"在这个问题上，李季寓理于言情中，他对那种帮派思想的激愤，使他不能自禁地从座位上倾颓下来，而被送去医院紧急抢救。那次差一点叫恶毒的女巫夺去他的生命……

你听听事后的有些议论吧：李季不是在上头吗？他离开这里很久了……意思很明显，他不了解下情，他并不熟知、热爱湖北。

七九年十一月七日《光明日报》上发表《有一个李文元》，李季在文章中怀着真实的感情，透到深处去追念《长江文艺》一位老的业余作者，他说："我又想到李文元……在遭受二十多年残酷迫害后，贫病交加，去年病情垂危时，捧着家中仅有的两个鸡蛋，挣扎着到卫生所求医，因为他的'问题'还未解决，遭到拒绝。他就这样在当天晚上死去了！"李季闭目含泪，哀悼在雾雾笼罩下的一位农民作者，李季血液点燃的火焰又温暖着多少文学青年跃动着的心房！能说我们的诗人不了解下情吗？

荆江岸边，老铁匠一对双生女，在官家敲诈、勒索、逼迫下，舍身投炉，用青春和生命换来千斤钢铁，打成了工具，赶在汛期之前，抢险保堤。就这样一个人形铁矿石，——荆江铁女的传说，诗人李季化为哀歌之花，化为史诗之树。这篇作品发表在八〇年二月二十日《羊城晚报》上，恐怕是他最后的一篇文章了，他还在歌唱荆江英雄，能说诗人不爱湖北？

我们切不可低估极左思潮，它可能潜藏很深，在蓄积爆破能量。在四化建设中，如果不扫除障碍，不坚持科学精神，我们就不能前进。李季同志的力量正是这样鼓舞着我们！

传说中我们长江的峡女渔哥，曾经为三闾大夫哭泣，从城陵矶她们望穿了山崩水啸的汨罗。位于长江中游北岸的巴河，是闻一多先生故乡。在《忆菊》诗中他写道："秋风啊，习习的秋风啊！我要赞美我祖国之花！我要赞美我如花的祖国！"爱国诗人壮烈牺牲如今已是三十三年，长江还在为他饮泣。"船头已入鄂，船尾尚留川"，郭老由江中渡归北京，过巫峡，步巴东，非常留连这条大河，为这位逝世的伟大诗家，波涛仍在哀叹！郭小川是长江的赞美者，他烈火一样燃烧的心灵借这一江之水联翩浮想时，竟然遭到四凶一伙的进一步迫害，当他早逝的那年，江水不禁呜咽！荆江分洪工程开始，李季就在担土垒石的劳动中孕怀了"敢教荆江锁蛟龙"的诗句，水流沙石不再回转，你的去世，给予这阔大的水域遗恨绵绵！

我不相信李季同志会和死亡联在一起，他的诗歌永在，他的革命精神永在。我们很多人不可能都去参加李季同志的葬仪，可是在哀乐声中，在长久的记忆里，我们会想到你艺术中的真实图画，你不回避矛盾，不粉饰生活，也不失党性原则。我们会想到你平易近人、勤奋工作的美德。更会想到你在真正原则方面，丝毫不可妥协的战斗性！

春天，色彩绚烂的春天，还有点冷，有点凄雨散丝，不过很快就会风澄云霁，我们要珍爱这个春天，由此起步，去夺取丰腴的收获，用最大的努力来祭奠我们亲爱的同志——李季。

一九八〇年三月十日，武汉。

（原载1980年《长江文艺》4月号）

作家生活报导

李季已在今年二月间去甘肃玉门油矿，他计划在那里生活三年至五年。目前他参加油矿党委会宣传部工作，他打算先搞一年实际工作，然后再抽出身来到矿区各具体业务部门及矿区附近农村、牧区跑它一年多，以了解全区情况。初去的一、二年写些短诗、短篇小说或报告，第三、四年着手写一长篇小说或长诗。

他在矿上工作，一天上班、下班，十分忙碌。他去玉门前，在中南时曾写了长篇叙事诗《菊花石》，现在正抽空改写。他来信谈到对玉门的印象："矿区地处大戈壁滩上，附近既没有林木，也没有居民，矿区一切用品都由外边供给。这里除生产外，很少其他社会活动，真是读书、写作的好环境。""这个地方说苦也的确苦，但甜的地方却比苦的地方更多。如果可能，我真愿意在这里住它一辈子，就光看那些黑得发着闪光的石油，它也会诱惑着你为它献出全部身心的"。

（原载1953年6月30日《作家通讯》第1期）

根深才能叶茂

——回忆李季同志在玉门油矿的生活片断

李小为

　　一九五二年，中国作家协会组织第二批作家深入生活。在确定生活根据地时，许多作家都选择好了自己要去的地方。李季到哪里去呢？是去他朝思暮想的故乡，还是重返三边老沙窝？他举棋不定。正在这时，他见到了胡乔木同志。乔木同志问他今后的生活和创作打算。李季说，他想回农村。乔木同志非常关切地说："最熟悉的不等于最有意义。"又说："石油是我国新兴的工业，这方面还没有作家下去，很需要去反映、报导。"他建议李季去玉门油矿。乔木同志的话，打开了李季心灵的门窗，他很快就向领导提出请求。他从北京回到武汉时，高兴地对我说，组织上已经批准他去玉门油矿，并且把家也搬到那里去。还笑着说："现在就看你的了，你要把咱们的'小家当'大大精简一下。"我听了他的话，有点不是滋味，就说，"写工业你根本不熟悉，那里又人烟稀少，气候寒冷，对你的心脏不利。再说，我们刚建立起来的小家就丢掉，实在太可惜了。"李季一听脸色突变，向我瞪大着眼说："刚刚生活好了点，你就忘了本，假若明天敌人打来了，我看你还能背着'小家当'去打游击？"我了解他的脾气，他说得有道理。几天后，我们就出发去玉门了。

　　我们乘飞机到了酒泉，又改乘玉门油矿的汽车向西行驶。路旁三五成群的黄羊，被汽车驱赶得四散奔逃。苍鹰不时在高空盘旋，消失在远方的尘雾里。汽车开过去了，大戈壁又恢复了它的静寂。看着这荒凉景色，我感到身上凉嗖嗖的，我侧身望望李季，想问他点什么，但见他那一对闪灼着热情的眼睛，正在观赏这大戈壁的奇景哩。天渐渐灰暗下来了。当汽车快开进祁连山脚时，空气稀薄得使人透不过气来，远远地已能看见矗立的厂房和一丛丛银白色的井架，同车的一位青年对李季说："看，那就是玉门油矿。"这时，李季显得很兴奋。

李季去玉门时，他不只是为了获取创作的生活素材，而且是去当一名学徒工，并为党做一些实际工作。在他担任油矿党委宣传部长的那段时间，他花了不少心血整顿油矿党的宣传工作。他手把手地为《石油工人报》培训编、采人员，组织宣传队，业余创作组，还帮助组织舞会和各种文艺活动。他在工作和下井队时，接触了各式各样的工人，并熟悉了钻井、采油、炼油等方面的生产知识。他为了学习、掌握生产技术，常常下到井队和工人一块劳动。

一九五二年严冬，常常是头一场雪还没有化完，第二场就跟着下起来了。祁连山老是披上银白色的盔甲。有一天早上，又开始下着鹅毛大雪，屋外一片白茫茫的。他叮嘱我上班时走路要当心，别滑倒了。并说，他下午要去采油厂，倘若回来晚，就别等他。天很晚了，我等他等得又困又乏，伏在桌子上睡着了。突然，一阵乒乒敲门声把我惊醒。我急忙开门，只见他完全成了一个雪人，皮帽子下边的眉毛、胡子都看不出来了。我一边埋怨他，一边为他扫掉身上的雪。他告诉我，他去采油厂看搞试验去了，在回家的路上，风大雪又深，一不小心就跌进路边的雪沟里，费了好大劲才爬出来。他见我有些害怕的样子，就笑着说："看你怕成那样子，我哪能掉进坑里，就冻死在那里呢。快快！拿酒来。"他坐在椅子上，一边喝着酒，一边从身上取出他的小本本，在那上边写了好一阵子。我揣摸到，这是他的诗兴来了，就轻轻地回到厨房去。过了一会儿，他收起了小本本，象个泄了气的皮球似地倒在床上，动弹不了啦。只见他脸色发黄，大张着嘴呼吸。我急忙将枕头替他垫得高高的。看着那难受的样子，我的鼻子一阵酸涩，偷偷地流泪了。第二天，天放晴了。他的精神已不象昨晚那样困乏，他坚持要去上班。我们踏着没膝的雪路走着，他给我吟咏起昨晚写成的几句诗：

> 茫茫的山野，变成了一片雪海，
> 我们的油矿，就象是雪海上的巨船。

雪后新晴，远处的祁连山和眼前林立的井架，在大雪的覆盖下，银装素裹，分外妖娆。李季望着这情景，眼睛闪烁着，他又沉浸在诗情画意中了。

为了熟悉勘探队员的生活，李季经常随队员们去野外。一九五四年，他和李若冰同志随勘探队进驻柴达木。那时的柴达木荒凉极了。没有水，没有草，更没有人烟，他们喝的、吃的都是进去时带的水和干饼。他俩每天和队员们一齐上山看地形、采油苗。一天晚上，大家怎样也找不到他俩。第二天黎明时，才发现他俩和几个勘探队员们在露天地里睡了一夜。他们身上全是露水。李季高兴地对大家说："我们也领略了戈壁滩的寒夜了。"藏族老人依沙——阿吉是地质队的向导和翻译。那年，他六十岁生了一个女儿，他要李季给他女儿起个吉祥的名字。李季想了想说：就叫柴达木吧！柴达木是藏语，意思是有盐的地方。老人听了连声说，好！好！高兴得都流出了眼泪。老人的女儿长大了，现在担任茫崖镇妇联主任。为了纪念她的父亲和作家叔叔，她就在柴达木后边加了一个"花"字，现在她的名字叫"柴达木花"。

李季在玉门油矿所写的短诗中，不少是直接写石油工人的平凡劳动生活的。玉门油矿有不少老职工坚守岗位，十年如一日。一天他到采油指挥部去，见到工会主席正在动员一位六十岁的老工人刘春和退休。但刘春和对劝他退休的工会主席说："你们总是劝我去休息，你们就没有想想，当矿上工作在日夜进行的时候，我能闲得住吗？我能干一天就干一天嘛！"李季回家时感慨地对我说：一个石油工人，简直就象戈壁滩上的石头那样。他们常年在野外操作，忍受大戈壁的严寒酷暑。生活条件那样差，但他们从没有任何怨言和索求。他们一心想的是为祖国开发宝库，消灭荒凉。李季说："我多少日子以来，都在揣摸着。我今后写石油工人，就要把这些普通劳动者的平凡工作，但又不平凡的品质，他们崇高的内心世界写出来。用朴素的语言对人物形象和生活场景进行艺术概括，力争使人物成为一个个有血有肉的艺术典型。这些，说起来容易，但做起来就难了。怎样塑造这些人物形象，描绘这些平凡而又不平凡的人物的精神世界，日夜在折磨着我呀！"

李季到玉门油矿后，在很长一段时间里很少想到写作。但是到了一九五三年的后几个月，他已感到难于抑制自己的感情了。那年阴历八月中旬的一个夜晚，我们同去东岗俱乐部看电影。电影散了，李季坚持要去东岗俱乐部前面的山岗上走走。八月，玉门的夜晚秋高气爽，月光照亮了山岗、油矿。我们坐在山坡上，谈北京，谈油矿的远景。李季心情异常兴奋，他对我说：他到油矿一年多来，一直考虑的是怎样使诗歌很好地和劳动人民结合的问题，为此，他长期地生活在工人中间，但这些天来，他实在有点按耐不住自己了，他要开始将那些他为之倾心的石油工人的形象，用诗的语言表现出来。他还说，他打算将一年多来的生活感受，写一些抒情短诗，并且还要写两部长诗。一部长诗的主人公的名字他已想好，他准备将他多年积累的长篇自传体小说的一部份材料用进去，写一个青年怎样在战斗生活中锻炼成长，写他同疾病进行顽强的斗争，写他如何从战争转入工业"战场"……当我正要说出："这不容易"时，不知怎的，李季突然向我摆了摆手，这时我听见他嘴里细声细气地说着"七星"、"甲虫"，"噪呜"……我知道他又进入诗的世界了。为了不打搅他，我悄悄地坐在一旁，观看着山岗下边。那油罐车象一对对发光的鱼在灯海里游泳；那祁连山四周林立的井架上的灯光又象夜空中一串串美丽的明珠。再远些，炼油厂喷射出来的光焰照彻了云霄。看着这油矿瑰丽的夜景，实在叫人心旷神怡。一会儿，李季站起来了。他边走边哼着。透过月色，我看着李季嘴角上那一丝淡淡的微笑，知道他的构思已经完成了。果然，回家后他就连夜把《油矿之夜》这首诗写了出来。

在这一时期的创作中，李季刻画了很多领导干部的形象。这些领导干部，有些是参加过解放玉门油矿的；有些是解放初期由人民解放军集体转业到玉门油矿的。为了社会主义建设，他们放下枪杆子，从头学生产，学习企业管理。他们的性格爽朗，充满革命的乐观主义精神。他们不仅在领导油矿的生产、生活方面发挥了聪慧的才智，而且不少同志爱好文学，并且具有相当的文学素养和才能。李季和他们常常谈创作，谈撷取生活素材等方面的问题。他们对李季的诗歌曾经提出不少精辟的意见，李季和他们之间有着深厚的情谊。李季不仅熟悉他们每个人的历史、性格，还知道他们生活中的许多故事。李季的长诗《杨高传》主人公的形象，也概括了这些可敬的厂矿长们的形象。

李季在玉门油矿生活近三年，做了很多实际工作。这段生活，对他以后的创作，也产生了巨大的影响。

"根深才能叶茂"。这是李季常常爱说的一句话。任凭时光流逝，星月推移，他说这句话时的音容笑貌，却永远浮现在我的眼前，铭刻在我的心底。深夜寒灯，往事历历。李季呵李季，谁说你已离去？！

1980.10.24.于北京

（原载1981年《长江文艺》第一期）

陇上的怀念

曹杰　杨文林　于辛田　清波　刘传坤

　　突然听到李季同志逝世的消息，一时间，我们几个全都惊呆了，谁也不相信这竟是真的！我们彼此默默地对望着，谁也想从对方的目光里，找到一个慰藉心灵的相同信息，这不能是真的。然而电报就放在眼前的桌上，我们重新拿起来，又沉重地放下去，一会儿，忍不住又拿了起来，在难挨的沉静中，我们终于从悲痛里醒了过来：李季同志早逝了，这是真的，我们的上级、兄长和前辈李季同志，真的离开了我们。多年来，我们为闻捷同志的早逝哀伤、悲痛，而把李季同志的健在，做为我们心灵的慰藉，虽然相隔千里，感情的线则是息息相通的，总觉得他近在身边，时刻以关怀的目光，注视着我们。谁能料到噩耗竟至，我们只能以模糊的泪眼，忆着他——我们的师长那朴实的形象……。

　　李季是我们早已熟知而敬重的一位诗人，早在我们踏上文艺岗位的那一天，放在床头书籍之中的，就有李季的那本脍炙人口的长篇叙事诗《王贵与李香香》。建国初期，在向江南的进军中，在水乡农村的炕头上，在如火如荼的建设年月里，李季一直坚实地在生活中，为中国人民的胜利由衷地唱着赞歌。诗人用长期的生活实践和艺术实践，为我们树立了一个榜样。要搞创作么，学习李季，到生活中去汲取养料。这是甘肃文学界的很多同志对自己的策励。

　　早在一九五二年，李季就来到甘肃，在玉门石油工人中扎根、开花、结果，写下了热情洋溢的歌颂石油工人的诗篇，"凡有石油处，就有玉门人"的名句，至今为石油工人所传颂。

一九五八年，李季和闻捷这一对清凉山下的老战友来甘肃落户了。呵！这就是李季么？真是文如其人，他给我们的印象，就象他的诗作一样，那么朴实无华。他的衣着十分随便，敦实的个头，走起路，迈着快而碎的步子，那双黑白分明的眼睛，充满热情，时而微眯起来，又透着一抹遐想中含蓄的光。诗人一到甘肃，还没有顾得洗去一路的风尘，就找省委请示工作，找文艺界的同志们谈心，了解情况，交换意见，准备大干一场了。有李季领班工作，仿佛就有一股热力扑面而来。他是个闲不住的人，但是你能看得出来，他的经验、才智、精力、速度，都紧紧地贴在党的事业的方向盘上，几乎整天脚不沾地地奔波着，从找房子，解决交通工具，到省文联人员的调整，筹办《敦煌文艺丛刊》，都是李季日以继夜的领导大家在短短三四个月里操办起来的。

这年的八月一日，作协兰州分会成立了，《红旗手》文艺月刊也相继问世，当时的编辑力量十分微薄，就因为李季无论干什么事情，总是以身作则，事事干在前头，给大家树立了榜样，因此，虽说只有很少几个编辑，但大家却干劲十足。那会哪有个礼拜日哩，谁还理会什么白天黑夜！工作做不完，熬个通宵达旦简直是小事一桩。李季呢！更是一杆子插到底，既是刊物的主编，又是编辑，从选稿、审稿、确定封面、排版、印刷，全跟大家一起干，他常常凌晨一两点钟才回家，有时回到家里不久，又来了电话，具体而详尽的布置当天工作了。

在和李季一起工作的日子里，有这样一件小事，至今仍然萦绕在我们心头，记得是发《红旗手》第二期稿件的一个晚上，深夜三点多钟，突然李季出现在编辑部的门口，大家惊讶地说："这么晚，你怎么来了？有事打个电话不行么？"李季笑了笑，坐下来，要来头一天下午他看过的一篇小说，又仔细地读了起来，边看边想，最后十分妥贴地修改了一处重要的情节之后，这才轻松的靠在椅背上说："我琢磨了半个晚上，总不放心这篇小说的一个情节，现在我才可以睡个安稳觉去了。"在场的同志都很激动。大家出于关心，执意要送他回家，李季摆了摆手，走出作协的大门，独自去了。

李季是作协的主席，但从作协成立的那天起，说的第一件事，就是绝不允许同志们以官职称呼他，也不让称呼其他领导同志，这样机关工作人员无论是谁，都以同志相称，亲切感人，机关的风气十分生动活泼。李季就是这么一个人，说工作，雷厉风行，一丝不苟，一下班，他最爱和同志们凑在一起聊天，那真是山南海北，天文地理，名胜古迹，滔滔不绝，应有尽有，有时说得大家目瞪口呆，有时又说得大家欢畅地大笑，一天的疲劳，就在纵情的笑声之中，抖落的一干二净。

作家协会的上上下下，都和李季相处的十分和谐。在工作上，李季是领导，在生活上，李季是大家的诤友。他对司机、通讯员、炊事员也很体贴、照顾，关心他们的冷暖，李季有极敏锐的观察力，他不但有很强的领导才能，而且能细致入微地关心同志们的生活。有一次，他看见通讯员只买了个馒头，蹲在伙房外边干啃着，便到伙房一问，才知道一份菜五角钱，他立即告诉炊事员，以后也要做一些物美价廉的菜，照顾低工资的同志。

李季很象一根蜡烛，时时给别人以光亮，他是诗人，又是作协兰州分会的主席，公务繁忙自不必说。每天还要接待为数不少的业余作者，和他们深入浅出地谈文艺问题，看稿，交换对稿件的意见，常常谈到深夜而毫无倦意。农民作者刘志清写了一篇自传体的叙事诗求教李季，他看了之后，认为这篇诗稿很有生活气息，当即指定编辑部的一位负责同志专门下去帮助修改。李季是一位辛勤的育苗人，也是一位热情的播种者。在李季的倡导下，作协举办了文学函授班。他说，这是播种工作，十年以后才能看出成效。果然，经过二十年风雨之后，当时函授班的学员，现在成为文学队伍中的骨干力量，远在东北，也有那时撒下的种子，已经开出了花朵。省文联搞了一次青年版画展览，请他去指导，李季高兴的应邀前往，每一幅画看后，都提出自己的意见，还在《甘肃日报》上撰写文章给了热情的赞扬和鼓励。

李季是个从来不知道疲倦、愈忙愈精神的实干家，尽管会务编务有处理不完的事情等着他去解决，李季却没有忘记诗人的职责，没有忘记和人民群众保持紧密的联系。在甘肃，他写下了《五月端阳》《当红军的哥哥回来了》《玉门儿女出征记》三部长诗，他还经常抽出时间去甘南、河西走廊深入生活，又写下了不少反映甘肃人民英雄业绩的短诗。一九六一年，他和闻捷同志先后离开了甘肃，但他时刻关心着甘肃的文艺工作，给由《红旗手》改刊的《甘肃文艺》寄来了连载的《祝福随笔》，并且写信说，要是闻捷同志忘了给"自己的刊物"写稿，大家可以写信给他提意见。当然，他们谁也没有忘记自己辛勤耕耘过的地方。

我们和李季同志在一起工作只不过短短的三年，他却以一个诗人肝胆照人的胸怀，给我们留下了难忘的印象，和我们结下了深厚的友谊，在十年浩劫的日子里，我们更加思念着李季，一直想方设法打听他的消息。

去年十一月，在第四次全国文代会期间，李季特意抽出一个下午，来到甘肃代表团的驻地看望大家，还参加了代表团文学组的讨论会，和大家一起度过了洋溢着友情的时光。他不显老，但两鬓却添上了白发。由于心脏病的原因，他已经不抽烟了，但大家同时给他递上了六七支烟，还泡了一杯一定会苦得难以下咽的浓茶，他太累了。但他却一扫倦意，兴奋地点起烟，询问起对作协的工作有什么要求。大家告诉他："我们正在讨论作协的章程，请您，我们的老主席主持开会吧。"于是，大家倾谈十年浩劫中的经历和遭遇，倾谈三年拨乱反正的大好形势。李季高兴地说："我们甘肃是有希望的！"他说，他看了《西安事变》、《丝路花雨》，感到光荣。他希望甘肃的小说、诗歌，努力赶上，取得新的成绩。"我们甘肃是有希望的！"他以诗人的激情，不断重复着这个衷心的祝愿和期望。

在畅谈中大家没有忘记抱怨他："那年您到长庆油田，为什么不顺便到兰州来一趟，我们对您有意见呢。要知道，大家都很想念您……"李季同志笑了，用他常讲的"以心对心"的诚挚，解释说："亲爱的同志们，我何尝不想去看望你们，可是那时候，李季拜访石油工人，不会被人注意，但要是到了兰州，就可能给我们都招来横祸，说不定你们都得写交待。"也是真的，那些人们心头布满阴霾的"反复辟、反回潮"的年月里，大家也只能悄悄地、不事声张地给他寄去一些问候的信函，也悄悄地在相熟的同志中互相传递他的信息。他是那样关心着大家，他让有机会见到了他的同志捎来话："对现在的那些文艺理论，根本不要看，写什么，干什么，要有自己的主意。"想起李季同志这种师长的关怀，大家还会有什么抱怨呢。

当大家强烈要求他"明年一定甘肃一行"时，他是那样地高兴，"一定要去，一定要去。"他让给他找个安静的地方，能够偷闲两个月。他说，甘肃是他创作生活中最值得纪念的地方，他是多么思念玉门呵！

话是说不完的，友情是叙不尽的，我们带着依依惜别的心情送走了李季同志，哪想到这竟是最后的一别呢？请记住人民的歌手李季吧，记住他永远扎根在人民中间，想人民所想，忧人民所忧，怒人民所怒，唱人民所唱吧！

李季离开了我们，这信息是那样突然！当我们怀念他在甘肃生活、工作时，好象李季仍在我们面前，他还在领着我们去生活、工作、战斗……

（原载1980年《甘肃文艺》5月号）

怀念 "石油诗人" 李季同志

尤 涛

李季同志是石油工人熟悉和热爱的著名诗人。在他的全部诗作中，约有半数是写石油的，在石油工人中广为流传，深受石油工人的喜爱。石油工人常常以亲切的口吻，称李季为 "石油诗人"。

在过去二十多年里，李季五出嘉峪关，三出山海关，走遍了全国各个油田。他在作品中忠实地记述了我国石油工业战线艰苦奋斗，自力更生，不断发展的战斗历程，满腔热情地讴歌了石油工人艰苦创业的战斗生活。

一九五二年冬，第一个五年计划前夕，李季就冒着戈壁的寒风，背着被包，带着全家老小，从大城市到了我国第一个石油基地——玉门油矿。并从此 "和石油结下了不解之缘"。

李季在玉门油矿两年期间，一直担任油矿党委宣传部部长职务（有一段还兼任《石油工人报》社长），工作繁忙，但始终对工人业余创作队伍的成长很关心，给他们作创作辅导报告，给他们修改稿件，同石油工人建立了深厚的友谊。据李季后来讲，长期深入油田的结果，使他 "感到难以抑制自己的感情"，于是他 "开始为石油和探采石油的石油工人而歌唱了"！他在玉门油矿两年的时间，就写成几十首诗，出版了长篇叙事诗《生活之歌》、短诗集《玉门诗抄》、《玉门诗抄二集》、《致以石油工人的敬礼》等。

一九五四年，李季又伴随石油部门的几位领导同志，来到了荒漠的柴达木。当时的柴达木盆地，千山鸟飞绝，百里无人烟，"大野滚滚望无尽，沙柳碎草都不见"。吃的是进盆地前带去的干饼子，喝的是严格限量的泥汤水，临时搭起的帐篷算是最好的住处。李季和大伙一起，过着最艰苦的生活，不要任何稍微特殊一点的照顾。他每天早出晚归，和勘探人员一起爬荒山，看构造，寻油砂，找油苗。有一次，人们发现李季和另外一位作家，在露天地里睡了一夜，天亮时脸上蒙着一层湿漉漉的露水，感到十分不安。李季却反而安慰大家不要为他们操心，并说："不吃点露水，哪能知道勘探队员怎样度过戈壁的寒夜？"

大庆油田的发现和高速度建成，是我国石油工业发展史上一件惊天动地的大事。李季闻知欣喜万分，激情满怀："一听说石油工人打了大胜仗，止不住心花怒放高唱石油歌。"一九六一年冬，李季冒着零下三十度的严寒，来到大庆参加会战，同工人们一起宿工棚，住地窝，啃窝头，饮冰雪。

李季和"铁人"王进喜早在玉门油矿就已相识，并结下了深厚的友谊。在大庆，有一天李季发现"铁人"不见了，到处寻找，才见他独自蹲在野地里，一动不动地思考着什么问题，一问才知道他正在想着给工人和家属盖"干打垒"的事。李季摸摸"铁人"的手，冰冷冰冷的，问他身上的老羊皮哪里去了？"铁人"说脱给了在井场值班的技术员。李季一听，感动得落了泪，立刻脱下他当年在兰州买的一件老羊皮大衣，披在"铁人"的肩上。一九七〇年八月的一天，李季正在"五七"干校农场劳动，从广播里听到"铁人"逝世的消息，心里一阵悲痛，竟然昏倒在地上。

大庆石油工人战天斗地的革命精神和英雄事迹，深深地感染和鼓舞了李季。他先后三次上大庆，写了不少歌颂大庆石油会战和大庆石油工人的壮丽诗篇。可是，在文化革命运动中，李季却遭到"四人帮"的诬陷和迫害。有很长一段时间，李季的名字从文坛上销声匿迹了。石油工人想念他，关怀他，都为他捏着一把冷汗。李季在最困难的日子里，也想起了石油，想起了曾朝夕相处的石油战线的同志们，他对石油部的领导同志说："我是石油的一个老兵，还是回石油吧！"石油部领导同志甘冒政治风险，向他伸出了友谊的手："也好，先到这里工作些时候。"于是，从一九七三年起，李季第二次到石油部任职，在石油规划研究院当副院长。这期间，他先后到过胜利油田、辽河油田和陕甘宁石油会战前线。有时他写点小诗，贴在钻井工人的帐篷里，称作"帐篷诗"。他说："写诗给石油工人看，这是我最大的快乐。"

粉碎"四人帮"以后，李季听到在河北任丘地区发现了高产大油田时，心情特别兴奋。但由于经过近十年的折磨，李季当时正在患病，未能参加油田会战的"大合唱"。然而，在一九七六年十二月的一天，李季用颤抖的手还是提笔写了一首小诗："口含'消心痛'（心脏病患者的一种急救药），挥笔画油龙；但求心竭日，油龙腾太空。"

一九七七年春天，李季来到任丘油田养病。在近三个月里，他全然不象个养病的样子，经常带着急救药品和氧气袋，深入钻井前线访问，有时一去就是两三天。平时，他白天殷勤地接待来访的同志，晚上夜深人静时，还强支着身子搞创作，一写就是大半夜。他的两部长诗《石油大哥》和《红卷》，就是在任丘油田写成的。

最近两年，李季在文学界担负繁重的组织工作，比以前更忙了，但他还是不忘石油，总是见缝插针，尽量挤出时间到油田跑跑。去年秋天，李季陪同外宾到新疆喀什访问。距喀什三百公里地方，石油工人打出了两口高产油井，李季决心到那里看看。因为只有两天空隙时间，为了赶路，汽车在坎坷不平的土路上跑了整整一夜，下车后胡乱吃了点早饭，他就到井上看喷油，到钻井队住地探望石油工人兄弟们。那天下午，医院院长给李季作心电图检查，大吃一惊，甚至把一位和李季同行的青年错认作医生，用责备的口吻批评他失职："我如果是你，决不会同意让他跑这段路程。"

诗人李季就是这样一个热爱石油、热爱石油工人的人。但是，这样一个好同志，这样一个不知疲倦的石油工人的好歌手，却过早地离开了我们。这使我们多么悲痛和惋惜！

李季生前最爱穿石油工人的服装，并叮嘱他死后也要穿这样的服装。临终前，任丘油田的同志们怀着对诗人沉痛悼念的心情，满足了他的遗愿。李季身穿石油工人的战衣，静静地睡去了！这使我们不禁想起他二十年前在《悼》这首诗中的句子：

这里长眠着
一个普通的石油工人

　　李季同志将长久地活在石油工人的心中。李季的诗，将鼓舞百万石油工人在新长征的道路上奋勇向前！

（原载1980年4月5日《工人日报》）

泥土气息与石油芳香

——怀念李季

刘白羽

　　《文艺报》要我写一篇悼念李季的文章，这对我实在是一个大难题。李季逝世二十多天以来，我想起来的总是活的李季，我觉得李季的声音笑貌还留在我的屋内，李季可以随时出现在我面前。对于我来说，对亲近的人的消失，我只有把它深深埋在心的深处，不去触动它、而悄悄忍受着痛苦。我只在一篇短文中流露了一点心情："老友遽然永别固令人悲哀，但本来应当活在我们后面的却走到我们前面，这简直就是一种痛苦。"这里所指的就是李季。李季长期患心脏病，引起我的忧虑，而近年来，他逐渐好起来了，在我面前总显得神采奕奕、谈笑风生，我怎样也没想到，李季会走在我的前面呀！

　　我和李季相识甚久，但交往亲密，却和他同石油发生关系一道开始的。他原是一个有泥土气息的人，这是他纯朴的本质，正因为如此，他在风华正茂的年代，就写出了《王贵与李香香》，那是从农民心坎上发出的歌唱。但最难能可贵的，是建国以后，随着祖国工业建设的发展，他立即转到石油战线。现在，我应当公允地评价，在解放后，继续深入工农兵生活，在我们中间，李季是做得最好的一个。久而久之，他原来的泥土气息变成了石油的芳香。每当他从石油工地走到我这里来，他总是风尘仆仆，却豪情满怀。石油工人的蓝色粗布工衣，一直到最后，还是他最喜欢穿的服装。随着长期深入生活，石油工人深深感染了他，他已成为他们当中的一员，我发现他的思想、感情、语言、动作都改变了。他变得更加质朴、更加热情。你和他接触，从他身上总传来一种热烘烘的活的动力。正因为这个缘故，我爱李季。

想起李季，使我最难忘的，是在我最困难时他给予我的最大的支援。那是一九六二年，我患神经瘫痪症卧病在医院里。炎热的夏天，只有藤荫里传来摇曳的蝉声相伴，寂寞极了。有一天，李季兴匆匆跑来，坐在床边跟我谈起大庆会战。他自己就是亲身参加会战的，他说得眉飞色舞，绘声绘色。他说到大庆人头顶青天，脚踏荒原，披荆斩棘，辟莽开荒，这一切立刻吸引了我。他象一阵旋风吹来又吹走了，但他带给我心灵上最大的鼓舞。他告诉我：彭真同志主持召开了一个大会，康世恩同志作了一个长篇报告，他说精彩极了，他临走答应把报告稿送给我。李季来了又走了，但他把一股时代的洪流引进我这寂静的病房，使我产生了一种渴望，象一个负伤的战士，想望着火热的战场。两天后，讲演稿送来了。当时，我神经情况很不好，一兴奋起来就无法抑制自己，而全身簌簌发抖，但我挣扎着，奋斗着，一点一点读完了。李季带给我精神上的治疗对我太好了。我想我不能就这样卧在病床，我应该有一分热发一分光，我还要战斗。从那以后，多少深沉的思索，多么激荡的心弦，我用颤抖的手握着笔，断断续续，写下《平明小札》一批文章，发出战斗者的呐喊与歌唱。

是的，李季是一个好的文艺组织工作者，好的编辑工作者，但在我与他相处中，话谈到深处，我总觉得他的心一直是在石油工地上。

经过十年浩劫，我还残存着李季给我的信，今天，我一面看一面热泪滚滚而下，我在这里摘录两封：

"……我要向党申明：通过这一次的斗争，使我进一步认识到在今后长期、复杂尖锐的阶级斗争中，文艺这一武器的重要作用。意识到这种责任，更加坚定了我做一个党的文艺战士的勇气和信心。不因困难而逃避，不因任务艰巨而退却，力争做一名不负于党的文艺战线上的无产阶级战士。

"从我对自己的这个要求出发，我请求党组织能批准我再到生活中，到社会主义建设岗位上，去工作、锻炼若干年。

"具体说，希望能批准我象一九五二——一九五四年在玉门油矿那样，把家搬到石油工业的基层厂矿，挑起担子，象一个普通干部一样的生活、工作一些年。并争取在工作过程中，学会掌握一至二种生产技术，达到三级工的水平……"

这封信表现出李季对于深入生活的强烈的愿望和诚挚的理想。不久以后，我收到他从萨尔图寄来的一封信：

"……我于十四日离京，现已到达这里。

"……这里的情况，比我所听到的和想象的都要好，特别是这里人们的那种朝气，真使人感奋。年来外边的那些风，这里好象很少波及。人们既苦（居住，生活条件）且乐——在不到两年的时间里，拿下了好几个玉门和克拉玛依，他们怎能不乐呢？最近少奇、小平以及许多中央负责同志，都来参观了。虽是遍地土房，有时间的话，真该来看看。……"

我爱我长期共同战斗的同志，只要他是真的战士，但我从心里特别器重李季。这不仅仅因为个人情谊，由于他不间断地深入生活，他是把知识分子习气洗涤得比较干净的一个。

当我被隔离七年之后，回到家中。一个夜晚，李季来看我，我发现，浩劫与折磨，没有改变了他，不过同时我也发现他在严重病痛之中。他比从前容易激动。多少年生死两渺茫，而今有多少肺腑之言，需要倾诉。诉说中，他说着说着，就激动地从沙发上跳起来，瞪着两眼，伸着手指，他那慷慨陈词，说明他胸中压抑着无情的怒火。握别时，我勉励他：

"李季！你要保重身体，我们活着，还要战斗！"

他天真地笑起来，连声说："还要战斗！还要战斗！"

令我永远难忘的，是一九七七年春天，我和李季、光年一道在华北油田过的那段生活。这一回，我亲身感受到李季一种高贵的品质，他和油田指挥、工程师、工人一样，是油田的主人。他谈到石油，就象谈到自己的生命一样。他那时，笑得那样天真，眼光那样温暖。他那样熟悉，那样热爱油田上的一切。他一下出主意要我们一定到那一个大队去一下，一下又介绍一个工地指挥跟我们交谈。当那个女青年走后，他赞叹着说："大庆会战时的小鬼，现在挑重担子了！"总之，他对油田每人每事，都是那样喜爱，是的，没有热爱生活的品质，是不能成为一个出色的诗人的。他的热情感染了光年和我。当时，冀中平原，梨花刚谢、早寒还重。但我这个似乎多年不见阳光的人，一下给强烈的阳光吸引住了。光年和我身体都还没从摧残中恢复过来，可是石油英雄战斗精神召唤着我们，我们还到了渤海，到海上钻探船和采油船各住了一个夜晚，披着海风，迎着海浪。这是我和李季共同度过的最美好的一个春天。

我跟李季接触太密切，要写的会很多很多。我今天主要写长期斗争生活的风云雷电怎样熔铸出这样一个人，他真正成为无产阶级革命战士，而后成为无产阶级革命诗人。李季是我们队伍中一个很好的榜样，他从不自浮在人民之上，而深深扎根人民之中。直至最后，他和我还盼望着什么时候再到油田去呢！

李季的逝世太突然了，对我简直是猛烈的雷霆轰击。仅仅三天前，我们还在一道开会，热烈交谈。八日下午，小为打电话给我说：李季病犯了，正在抢救，……我急着问怎么样？小为说不下去了，张僖接过电话告诉我：马上送医院。谁知我赶到医院，他竟弃我而去了。我不能相信，我无法相信，而这一切一切都已无可挽回了，我除了痛哭，还能为李季做点什么呢！？使我悔恨的是近年来只为李季恢复健康而高兴，却没有想办法为他减少一点工作量，让他得到休息。李季逝世第二天，他的长男到我这里来告诉我：他心脏有时疼痛，但他总不让说。我才知道李季是隐蔽着不肯告人，而用全生命工作着、工作着，一直到他用尽最后一丝气力。李季！你确确实实做到了"春蚕到死丝方尽"。正因为如此，李季！你想过吗？你留给我们的悲痛实在太大了。我们文学战线失去了这样一个人，他很平凡，又很杰出。从泥土气息到石油芳香，就是李季一生的经历，这是我们永远不能忘却的宝贵的经历。

三月三十日

（原载1980年《文艺报》第5期）

泥土和石油的歌者

——记诗人李季

雷 达

一九四二年六月的一天，在山西省左权县的一个山谷中，枪声、炮声响成了一片，空气里弥漫着浓厚的火药味，八路军野政太行鲁艺学校的师生，被敌人包围了，冲散了！

崖顶上，几个鬼子叫嚷着，架起机枪向下面的河边扫射。就在鬼子脚下，离崖顶五、六尺的峭壁上，紧贴着一个二十岁的青年！他，高高的颧骨，一双机灵聪慧的眼睛，那黧黑的、憨厚的脸型，看上去更象当地的一个农民。此时，情况危险到了极点，他手无寸铁，随时有被敌人发现的可能。头顶上，土扑簌簌直往下掉，汗水渗出了他的额角。但是，他还是轻轻地把手伸进了小挎包，掏出两张绿油光纸印的党内文件，塞进嘴里，艰难地咀嚼着，咽了下去。

天色暗下来，敌人转到别处去搜剿，包围圈却丝毫没有松动。这青年弯着腰，沿着陡削的山路走下来。在不远处的农家附近，他遇到隐蔽着的一个女同学。此时她正怀孕，因为突围不出去而焦急万分。这青年没有丢弃她，凭着对周围地形的熟悉，带她一同向深山走去。他们的心中回响着罗瑞卿同志动员销毁文件、分散突围时的话："能冲出去的，就是优秀的共产党员！"

太行山的石头真多，真硬呵！那青年的鞋底早磨穿了，血渗出脚跟。他从一棵矮树上掠下一小块树皮，垫在脚下。但不一会儿，在巉岩上，在石缝间，就一步留下一道血印子……。

时间推到三十七年后。一九七九年的十一月，第四次全国文代会在北京隆重举行。自第三次文代会后，已经十九年没这么热闹过了。饱受"四人帮"迫害的艺术家们欢聚一堂，那种重获解放的翻身感，自豪感，向四化进军的紧迫感，洋溢在每个人的眉宇间。近三年来，大批的新人新作涌现，重重禁区被打破了，人们觉得，文艺的春天确乎快来到了。这一天，在西苑旅社的礼堂，作家协会的代表大会快开始了。我们竟又发现了那个当年突围时的青年；依然是高高的颧骨，深眼窝里一对明亮的眸子，一副北方农民式的脸膛。然而，岁月的无形的刀斧，改变了他的容颜，白发染顶，眼角额头又添了许多皱纹。他精神抖擞，披着一件棉军大衣，在后台忙得团团转。一会儿通知主席团成员到后面议事，一会儿和人商量安排发言顺序，甚至连票箱准备好了没有，他都想到了。一个外地的老业余作者径直闯到后台找他，他匆忙地、热情地与这个作者交谈了几句，收下那人的一大叠稿子。人走了，他还冲着背影喊道："过两天我一定看，一定！"

等到忙完了，会议开始了，他才喘一口气，倒上半杯开水，把几枚药片送进嘴里，一仰脖，咽了下去。

以上不是电影脚本里的描绘，丝毫不带虚构和夸张的色彩，它只是一个人生活道路上的两个真实的剪影。这个人是谁？他就是《王贵与李香香》的作者，对我国新诗发展作出了重大贡献的诗人李季。四次文代会后，李季当选为文联全委，作协副主席，作协书记处的常务书记，又兼任着《人民文学》的主编。他的工作更繁忙了。

人们想知道：一个八路军的游击队员，仅有初中一年级的文化程度，即使前面写到突围的时候，也不过刚到太行鲁艺学校几个月，可为什么能在三年以后，写出了具有浓郁民族风格，产生了深远影响的叙事诗《王贵与李香香》？是什么神奇的力量给了他灵感和智慧？为什么从那以后，他的创作便一发而不可收止，每隔几年，便拿出一部长诗。《菊花石》、《报信姑娘》、《生活之歌》、《杨高传》、《海誓》、《向昆仑》、《三边一少年》、《石油大哥》等长诗和几百首短诗，记载了他在内容和形式两方面艰苦的探索。在抗日战争、解放战争和社会主义建设的漫长历程中，是谁给了他不竭的创作源泉，保持着创作的青春？如果说，整部当代文学史，是以众多作家及其作品为经纬编织而成的,那么,透过李季从战士到诗人的生活和创作道路,会带给我们一些什么重要的启示呢?

(一)

路,在脚下曲曲弯弯地延伸着。

在河南唐河县祁仪镇外的小路上,每逢农忙,母亲拉着小李季的手匆匆地走着,他们要去下地劳动。烈日当头,大人们吃力地弯腰割麦子,李季就和小伴伙们挎着小筐,跳过一道道垅沟,跟在后面拾麦穗。一会儿,他又把比他还高的麦捆儿,连拖带拽,运到场院上。妈妈招手喊他来,看见黑红的小脸蛋上汗珠滚滚,便用粗大的手掌给李季擦掉汗水,可一转身,人不见了,李季和他的伙伴又跳进小河里洗澡去了。

李季出生在一九二二年八月十六日。他出生前,父母还在乡下种地,可那一带土匪闹得太凶,胆小的父母便把全家迁到十几里外的祁仪镇,开一爿小铺。农忙时,还回到乡下干活。李季对童年的回忆,是和山地里母亲佝偻着的身影,和童年的伙伴,和一个穷庄稼汉们联系在一起的。故乡留给他最深的印象,便是粮食的珍贵,农民的辛劳。

十岁那年,母亲去世了!这对李季幼小的心灵,是个重大的打击。姐姐早就出嫁了,父亲忙着经营他的"李家小铺"。来了个后娘,对他自然是冷漠的。失去了母爱,李季感到从未有过的孤单和寂寞。但失去了精神寄托,不久又找到了另一个精神寄托的所在,那就是祁仪镇上艺人们说唱"鼓儿词"和"曲子戏"的地方。李季是最忠实的观众,每天人都散尽了,他还痴呆呆地站着不肯离去,等到太阳拉长了他的身影,父亲从背后揪住了他的耳朵,他才懒懒地回到家里吃饭。"鼓儿词"里的志士仁人的故事,成了他驰骋想象的天地,那些故事中人民道德情操的美,滋润着一颗幼小的心!仅有的一点糖果钱,舍不得花,买了本"七字断"的小唱本儿,放在枕头边,品味着里面的意思,禁不住模仿艺人的腔调哼唱起来。后来,他在散文《乡音》里回忆说,倘若不是投身革命,他很可能成为一个蹩脚的曲子戏演员。

诗歌的灵魂是真情实感。没有真情实感的诗,象纸扎的花儿,没有香味，没有生命；只有贯注着人民感情的诗，最朴素，最深沉，最厚实。对一个诗人来说，没有比获得这种感情基础再重要的了。从李季童年的生活点滴中，不难窥见他心中已经悄悄萌生出了人民感情的幼芽。

这幼芽顶开顽石，沐浴着时代的风雨，苗壮地生长着。小学毕业，李季考进南阳的敬业中学。那已是一九三六年夏天，大批平津流亡学生来到南阳、开封，抗战气氛笼罩着中原大地。李季呼吸着时代空气，热血在心中奔流。既然，"华北之大已经安放不下一张平静的课桌"，李季哪有心思坐在平静的书桌前呢？第二学期，他休学了，家庭的日渐贫困固然是原因，但真正的原因是他想投身到抗战的宣传活动中去，学那些流亡青年的样子。

祁仪镇的街当心，破天荒地贴出了墙报，花花绿绿招引着大群过客，编绘者正是李季和他的同学。更有趣的是，又黑又矮的李季，竟在活报剧《放下你的鞭子》里扮演了女角。起初，认识他的邻居忍不住掩口发笑，可笑到后来，被剧情和他认真的表演感动了，直到举起激昂的拳头。

民族危亡的时代，唤醒了一代热血青年，也唤醒了李季爱国主义的感情。他已不仅眷恋去世的母亲，感情升华了，变成对祖国和人民命运的关切。他永远深深地感激一个人，他小学时期的老师黄子瑞。这是他在人生十字路口上的向导。过去，黄老师对李季的作文格外赏识；现在，又介绍李季到他所在的小学校里教书，变成同事关系，并不断介绍进步书刊给李季阅读。

是那样一个难忘的夜晚，李季小屋里的油灯还亮着，黄老师推门进来了。看见李季正伏案读那本叫《陕北速写九十九》的小册子，毫无倦意。

"你不是看过一遍了吗？"黄老师问道。

"我这是在看第三遍，真是写得太有意思了，陕北完全是另一个世界。这几天，我看完了想，想完了再看，老是幻想着有一天，自己进了'抗大'，学会了一套游击战的本事，回到家一看，祁仪镇让日本鬼子给占了，我就带人用游击战把他们全打垮了？你说，有意思不？"李季说着，眼里闪着兴奋的光。

黄老师沉默了一会儿，抬头说："你要去也不难，我给你想法开个介绍信，去进抗大。就看你决心大不大了。"

李季忽啦一下站了起来："介绍信？难道说你是共产党？"

黄老师忠厚地点头笑了，李季高兴得几乎跳起来。

很快地，李季串连好几个同学，约定一起去延安，只等着介绍信到手，就登程上路。

父亲知道了，气得胡子直打颤，他指着李季的鼻梁骨吼道："你走，你敢走！你走我打断你的腿！"话没说完，老人的眼睛就碰上一对年轻的倔强的目光，心一抖，认输了。小儿子的脾气他是知道的。可是谁曾想，介绍信拿到了，老人也给李季凑了一小笔盘费，约好的几位同学却又变卦了。李季咬了咬牙说："没人去，我自己走！"

就这样，一个十六岁的孩子，从没出过远门的乡下少年，象夜幕笼罩中的一只幼蛾，向闪着太阳光辉的陕北飞去。飞呵，飞呵，一路的艰辛自不必说，而监禁、活埋的阴影还一直紧跟在他的身后。人生，第一次在他眼前展开了复杂的面目。他认识了国民党凶残的嘴脸，亲身感受了红色根据地的光明和温暖。革命风暴卷着他前进，他也在这风暴中经受考验。先在抗大洛川分校学习了几个月，由于他单纯、积极、热情，很快加入了党组织。三八年冬天，随军渡过黄河，他到了晋东南八路军的一支游击队。先当文书，不久提升为连队的指导员。那时候，他才十七岁，比七九步枪还要矮一寸半呢。

十七岁小指导员的生活，终生难忘。现在人们会觉得，李季是个比较成熟、刚强、坚定的人，身上很少看到知识分子的脆弱性。其实，他何尝没有哭鼻子抹眼泪的时候呢！部队经常转移，越走越远了，他不禁想起了唐河的老家。起初离家，只是想进"抗大"学一套游击战术，可是，一踏进革命队伍，似乎永无归家的希望了。

这支队伍，大都是老战士，新战士也多是结过婚的农村青年。白天，他们听李季指挥，可夜里，李季蹬开了被子，还得他们盖好，至于缝缝连连的事，也是他们照顾李季，象对待小弟弟一样。于是，吃饭的时候，李季只顾了低头吃饭，没注意几个调皮鬼悄悄挨近他身后，伸头探脑，跟他比高矮，等到满屋子爆发出哄笑声，他才醒悟。他没有笑，一颗泪珠滴进了饭碗。他生性好强，没想到这是善意的笑。

有一回，部队外出二十里地背粮食，天气冷得叫人打颤。他这个指导员没和炊事班商量好（也许炊事班还不怎么认真听他的），就给大家许了愿：回来喝一顿"酸辣汤"。酸辣汤，也就是放几个干辣椒，搁一点醋，用开水滚一滚罢了，现在没人希罕它，可那年月，实在是一顿丰盛的美餐。等到战士们挨够了冻，回到营地，哪里有什么酸辣汤？炊事员摊开双手说：我没处弄辣椒去！这一下，惹恼了一些战士，埋怨指导员在卖狗皮膏药，说话不算数。本来，人们不过在气头上说两句而已，可李季撑不住了，眼泪夺眶而出，跑了十几里找营长，要求继续当文书，不干指导员了。

营长四十多岁，长着络腮胡子。听完了李季的哭诉，先扶正李季的军帽，然后大声说："谁天生就会当指导员？谁从娘肚子出来就能扛枪打仗？我还不如你，斗大的字识不了半筐，就会在大别山里放牛，做梦也想不到当营长呵！可是，党要我干，打了几场恶仗不也就学会了。快别说傻话了，快把眼泪擦干，免得战士们看见笑话！记住，一个人要刚强！"营长的几句话，多少年来他还记得，特别是"要刚强"这三个字。

那其实是一种哭鼻子也高兴，睡觉也唱歌的特殊生活。李季很快得到了战士们的信任。冬天发棉衣棉鞋，只能部分解决，李季就三个冬天不领棉衣，把它让给战士们穿。这支队伍，既非地方"土游击队"，也非正规军，给养非常困难。吃盐，每人一个小纸袋，装一点硝盐。每顿饭，七八个山药蛋就算丰盛。偶尔弄到一点酸菜，也是李季一勺勺分给大家。有谁拉肚子了，把锅巴烤焦，擀成细面面，每天冲水喝上三包。所谓卫生员的药包里，净装着这些玩意儿。这样的处境，不善于联系群众，一天也呆不下去。李季一口河南腔，却跟山西人谈得很投机。每到一地，他就走门串户，发动群众，扩大武装。他学得那样善于接近人，关心人，摸透了老乡的脾性。平时，和战士们滚在一起，患难相扶，生死与共，培养了高度的集体主义和阶级友爱精神。他迅速地成长着，变得乐观、坚强，浑身有股使不完的力气。劳动，能教人从小懂得生活的艰难；革命，却能催人早熟！这个十七、八岁青年的胸膛里，装载着厚重的劳动人民的感情。他不再想家了，时时考虑的是革命队伍和国家这个"大家"；他也不再成为别人照料的对象，俨然是成熟的兄长，更多地照拂新战士。

人们喜欢讲"创作的准备"。对一个诗人来说，这是多么富足的准备呵！这段生活奠定了李季日后作品中厚实的感情基础。虽然他还没有开始写作，但谁能说，他不是早在心中默写着一首不尽的长诗呢？

文学，他所爱好的文学，似乎与他绝缘了。他拿惯了枪杆子，笔杆子倒陌生了。四二年，李季刚从北方局党校转到太行鲁艺学校几个月，就赶上了"五一"大扫荡。左权将军蒙难于是役。清扫战场时，李季看见，左权将军心爱的，也是晋东南唯一的一部《鲁迅全集》，被炮弹打飞了箱子，飘散在山头上。他心疼极了，一页页地拣起来。这时候，他忽然又想起了文学。

（二）

厚实的劳动人民感情的库藏，就象埋着火种的柴堆，一旦人民喜闻乐见的文学火星去碰撞它，便呼隆一声燃烧起来，迸射出灿烂的火花，这便是具有中国作风，中国气魄的长诗《王贵与李香香》的诞生。这是李季创作道路上的第一个硕果，也是当代文学史上值得瞩目的事情。

四二年秋，李季以鲁艺太行学校学生的身分，辗转来到延安，准备到鲁艺文学系上学。但是，他毕竟还没有显露出文学上的才华，人们也不了解这个从前线来的黑黝黝的小伙子，究竟是否适合做文艺工作。很遗憾，"自传"递上去了，学校没有留他，他被委派到三边当小学教师了。

在延安居留一个半月，是短暂的，也是难忘的。他第一次读到了尚未正式发表的《在延安文艺座谈会上的讲话》。他如饥似渴地读着，象是干裂的土地吮吸着甜丝丝的水一样。那里面的话，敲击着这个刚从纷飞战火中走出来的青年的心扉："中国的革命的文学家艺术家，有出息的文学家艺术家，必须到群众中去，……到火热的斗争中去，到唯一的最广大最丰富的源泉中去……"这些话是那样新颖、深刻，李季的眼前一片明亮。

那时，鲁艺新排演了《兄妹开荒》等秧歌剧，轮流在延安各机关门前演出。担任演出的女同学体弱,从一处到另一处要爬坡下沟,需要年青力壮的男同学挑运道具。李季也被临时找来挑运道具,被戏称为"脚伕"。不过,这个"脚伕"外表平静,内心却不安宁。他还在寻味《讲话》里的意思。此时,他还不可能见到《白毛女》和《李有才板话》,他在沉思,什么才是群众喜闻乐见的文艺呢?李季没有把自己当作文艺工作者,但他却总爱考虑文艺上的问题;他没打算写什么作品,却有一种朦胧的创作欲,在心底翻腾。他蓄了很多感情,不知道怎样喷发出来,也还没有遇到足以喷发出来的契机。

人民的斗争生活给了他创作的契机,"信天游"给了他一支牧笛。信天游,不断头,你是一支永远唱不完的歌,你是一眼永远流不尽的泉,你是一片浩瀚的海!

但是,初到三边的李季并不喜欢"信天游",也没有认识它的价值。他苦苦寻求着人民乐于接受、易于接受的艺术,可从脚户、农妇、牧童的唇舌间流出的质朴的歌儿,在他听来是那般粗糙、简单,并不悦耳,排除在他的视野之外,就象有些情人起初天天在一起,可是互不理解甚至嫌弃一样。因为,李季还不明白这歌声究竟是从心底发出还是仅仅是声带的颤动。他还不了解三边人的心。

为什么这里的妇女总爱唱"走西口"、"绣荷包"呢?他不爱听!可是,当他知道了在旧社会,三边人活不下去,只得铤而走险,出西口,闯包头,而外出者十之八九流落异乡,或为丐,或为奴,或葬身他乡;他们的妻女望穿双眼,不见归来,只能用捎个绣荷包来寄托感情的情况时,他忽然觉得,那两支歌里有叫人的心颤抖的东西,蕴藏着多少爱与恨,血和泪呵!

三姓庄外沤麻坑
沤烂了生铁沤不烂妹的心!

多深刻的诗句!李季开始理解信天游了。

李季所在的靖边县,是陕北土地革命时期的老苏区。这个半似城市,半似乡村的小县城,本身就是一座史料丰富的博物馆。那残破的城墙,破旧的钟楼,弹痕斑斑,记载着第二次国内战争的遗迹。李季身边的干部、农民、还有比他岁数还大的学生，很多是曾经手持梭标、红缨枪的赤卫队员或少先队员。他们经常有声有色地向李季讲述，在哪一个城垛上，他用马刀砍倒了两个白军，他受伤时，是隐藏在那一家老乡的炕上，他的血，又是怎样从浸透了的炕皮上，流到了和炕连在一起的锅台上……

当知道了这一切的时候，李季的耳旁响起了他听过多次的歌声：

> 一人一马一杆枪，
> 咱们红军的势力壮！
> 革命的势力大无边，
> 红旗一展天下都红遍！

他的眼前蓦然展示出一个漫山遍野尽是人群的进军场面，他仿佛看到了刘志丹、谢子长领导的暴动，陕北农民怎样从自发的反抗走上了自觉的斗争，他满眼是旌旗，是火炬，是慷慨高歌的西北青年男女的形象。

从此，李季深深地爱上了信天游，爱得入了迷，就象童年时爱家乡的鼓儿词一样。他直接收录了近三千首信天游。他经常悄然跟在骑驴赶骡的脚户行列的后面，傍着一眼望不到头的长城，听脚户们放开喉咙，一任其感情信天飘游，迅速地在小本本上记着。他有时隐身在一丛沙柳后面，听挖野菜的妇女们的独唱和对唱，或者站在农家小屋窗下，听盘坐在炕上，做针线活儿的妇女们的歌声，迅速地记着。他知道，记下来的文字的信天游，比起从心中发出，振荡在天空中的信天游，已经减少了无数倍的光彩，但他还是记下来。他不但收集，而且自己也唱，直唱到和三边人难辨真假的地步，唱到把自己完全溶化到三边人的行列中的地步。他不是为了猎奇，不是为了装饰自己，而是因为那里的感情也在他胸中起伏。他自幼热爱民间文艺，所以正是他，而不是随便一个外乡人，对信天游的驾驭达到如此出神入化的境地。他终身的恨事是，寄存在老乡家的一部分珍贵的歌稿，被侵犯三边的马鸿逵匪军塞进灶膛更烧火了。

陕北人民的斗争生活冲击着他，信天游触发着他的感情，终于，他拿起了笔，成为了一个信天游的歌者。

创作的过程是单纯的，又是复杂的。很难说是哪一件具体完整的事件，使李季写出了《王贵与李香香》。它是累积到一定程度的一次总爆发。爆发之前，有时候，几句信天游会成为未来诗章中的一些主旋律；有些小事，也会成为艺术构思的引爆线。四五年冬，李季在盐池县政府当秘书。他身边有个帮助工作的青年农民，时常找他询问一些生字怎么写，次数一多，引起李季的好奇。一了解才知道，这青年是在给他乡下的情人写信哩！他的情人正在敌人占据的安边受罪，名字叫香香。香香，多好的名字！这一对青年使李季联想到千百个陕北青年悲欢离合的遭遇，他亲眼看见的，听说过的。他熟悉三边的揽工汉，也熟悉三边的贫苦女儿，了解他们对革命发自内心的激情，知道他们参加革命的曲折经历。我们知道，李季是个实际工作者，整日埋头县政府的日常事务。但这只是一个方面。另一方面，他又是一个"有心人"，喜欢分析人、研究人，观察和研究三边人的性格和心灵，脑子里贮藏了不少有血有肉的人物，不少曲折感人的故事。而且在写《王贵与李香香》之前，他已经写了《老阴阳怒打虫郎爷》这样精彩的短篇，他已经在用一个创作者的特殊眼光认识生活了。假若没有这一方面，李季是不可能写出作品的。于是，在李季的心目中，一个揽工汉王贵和贫农女儿李香香的形象便渐趋成熟，呼之欲出了。他决定以这样一对青年的悲欢离合为线索，去展开陕北人民斗争的历史画幅。

一九四五年的冬天，雪花静静地飘着，油灯闪烁着，在县政府夜深人静的时候，李季怀着抑止不住的激情，开始了《王贵与李香香》的写作，从十一月初写到十二月初，前后历时一月。真奇怪，他几乎没费多大气力，写得那么自如，流畅，那么举重若轻，仿佛是有一个智慧的神灵在冥冥中帮助着他。

他起初只是想：写个小曲儿吧。他还不太明白叙事诗的定义。可是他却写出了一首标准的叙事诗，中国气派的叙事诗。

这首诗起初并没有发表在铅印的报刊上，可是人民优先在口头上发表了它。诗稿在县政府的同事们手中辗转相传，竟不胫而走，不翼而飞，很快在脚户和农妇的歌声里，加入了王贵与香香动人的旋律。人民爱它，传播它，因为它是属于人民的。这样的"发表"是耐人寻味的。这是人民对李季最高的奖赏，也是对这首诗最重要的评价。

四六年春天，游击队打了大胜仗，延安派文艺工作者前去慰劳演出，他们从赶驴脚户的口中听到了这支长歌的片断，带回延安汇报，引起了注意。博古同志当即问，作者是什么人？并说，这首诗很有创造，很了不起。同年九月二十二日，《解放日报》的编者冯牧、黎辛把原题《太阳会从西边出来吗？》改为《王贵与李香香》发表了。副刊连载三天。

长诗轰动了延安。新华社发了报道，它又轰动了各解放区。红色报刊相继转载，连国统区也流传开来，甚至出了单行本。李敦白把长诗译成英文，向外广播。陆定一同志在九月二十八日发表了《我读了一首诗》的文章。他说："这首诗是用丰富的民间语汇做诗，内容形式都好"，他欢呼道："我们看到，文艺运动突破重重关，猛晋不已，出现了新的一套，出来一批新的人物。谢谢毛主席，他给我们指出了道路……，谢谢新文艺的开路先锋的各位同志，他们在文艺战线上披荆斩棘，开出了道路。"他还指出，五四以来的新诗也有根本的缺点，那就是没有和劳动人民很好地结合，诗人和劳动人民在思想感情上有很大的距离。而这首诗，是用劳动人民的思想感情和语言表现劳动人民，不再是从人道主义和空想社会主义的观点出发表现劳动人民，而是站在人民的立场上，表现劳动人民自己解放自己的伟大斗争。郭沫若说："中国的目前是人民翻身的时候，同时也就是文艺翻身的时候，这儿的这首诗，便是响亮的信号。"周而复称赞道："一颗光辉夺目的星星，从西北高原上出现，这就是《王贵与李香香》。"民间文学专家钟散文则从民谣的角度探讨长诗的成就，称它"在诗的进程上竖起了一块纪念碑"。最近作家孙犁还写过这样恳切的话："《王贵与李香香》，绝不是陕北民歌的编排，而是李季的创作，是全新的东西，是长篇乐府。这也绝不是单纯采风所能形成的，它包括集中了时代精神和深刻的社会面貌。他不是天生之才，而是地造之才，是大地和人民之子。"

这是我国新文学史上的一次重要的突破。诗人握着信天游的短笛微笑了。

（三）

李季始终是一个唱信天游的歌者。全国解放以后，他写出为数可观的长诗和短诗，他的笛子吹奏出了各种变调和复杂的音符，笛音里夹入了各种风味和流派的声音，但他仍然握着信天游这支短笛。因为，这是他的起点和基础。诚如他自己说的："三边牧羊人的淳朴，玉门石油工人的豪放，将永远是我心中不能磨灭的形象，就象我的不能改变乡土口音一样，在我的诗里，也将永远带着三边、玉门的乡音。"

李季的可贵处在于，他永远不满足于自己，永远不停地探索。他不同意这样的意见：写诗和写小说不一样，可以不在一个地方长期生活，只要到处走马观花，就可以行吟歌唱了。他说，柳树的根扎得愈深，枝叶愈繁茂，白杨又怎能例外？他"不做无根的沙蓬"！

探索，是对新的生活足音、新的时代精神的探索，也是对艺术形式的探索。李季在生活和创作的旅途上，走到了一个新的路口。一九五二年，开始了第一个五年计划的建设，作家们纷纷奔向自己选定的生活基地。正在《长江文艺》任主编的李季打算到何处去？胡乔木同志找他，征求他的意见。他说："还是让我回到三边的老沙窝去吧，那里比我出生的地方还要亲呢。"乔木同志笑了，他用朴素的语言说出了使李季震惊的话："最熟悉的地方，不一定是最有意义的地方！"这一句话擦亮了李季的眼睛，使他站高了，眼界开阔了。是呵，在全国向社会主义建设大进军的关头，三边确实不算最有意义的地方，而对社会主义建设至关重要的石油工业，也许更应该引起作家们的关注。石油，这是工业的血液，可是偌大的国家，只有一支几千人的小队伍，只有一个小小的油矿！李季决定到玉门去，加入到石油工人的行列里去！从此，他和石油结下了不解之缘，他从信天游的歌者转化为石油诗人。

他穿着一件老羊皮大衣，出现在荒凉的戈壁滩上，从一个井架跑到另一个井架，戈壁的狂风吹硬了他的筋骨。他不是这里的闲人，每天忙得不可开交，他担任着党委宣传部长。他的信条是：要爱一个地方，就把自己变成不折不扣的当地人；要变成不折不扣的当地人，就要忘记作家的身份。这种"忘记"，是发人深思的。

他交了多少可敬的工人朋友呵！还在王铁人做井场勤杂工的时候，他们就交上了朋友。那是一天早班乘交通车的时刻，他们站在汽车上，脸对着脸，互不相识。在他眼前的是个黑红脸膛的剽悍的青年。下车时，李季几乎被雪滑倒，这青年扶了他一把。多有劲的手！他道了声"谢谢"。当天李季赶到青草湾一号井场，登上钻台，仰视着钻头上下起落，泥浆夹着雪花飘落着。忽然，一双有力的手把他拉下了钻台，耳边浓厚的甘肃口音向他喊道："不戴铝盔不准上钻台，下来！"声调是严厉的。他一抬头：正是早班车上遇到的青年。李季笑了，忙接过他递来的铝盔，好奇地问：你是哪里人？搞什么工作？他说：赤金人，当井场工，名叫王进喜。此后，两人常常见面，彼此喜欢接近。当时李季不会想到，王进喜后来成为工人阶级的楷模，但他象爱每个玉门人一样地爱着这个朴实的"油娃子"。

李季对玉门油矿的感情是很深的。有谁说了句玉门的坏话，或者对石油工人的作用估计不足，都要引起他的反感，乃至愤怒；而油矿每一项新纪录，都使他由衷地兴奋。他说，自己种的瓜菜，吃起来格外鲜美，渗透着自己汗水和感情的生活，你也会十倍、百倍地热爱。他和玉门人一起欢笑，一起忧愁，一起爱，一起憎。人们把"老李"当作亲人，向他打开内心的秘密。他已经完全混同于一般的石油干部，以至好心的人不得不提醒他了："老李，你简直一点也不象个作家，可别忘了你的本行哪？"李季笑着点点头。是感谢的笑，也是苦笑。

"不象作家"的作家，这就是李季的本色。从外形到言谈，他确实不如想象的那般具有诗人气派和风度，但他又确实是作家，是诗人。创作的苦恼无时无刻不在折磨他，而经验又告诉他，诗的生命在于感情的深度和浓度，而不在词藻的华美。他不舍本逐末，他觉得首先要热爱生活，才可能反映生活。他说，玉门和三边，是我生活的源泉，也是我诗的源泉，离开了三边和玉门，我几乎连一行诗也写不出来。这不是夸张，是真话。

玉门没有亏待勤奋的钻探者。李季在当时和后来，写了大量的"石油诗"。长诗《生活之歌》，短诗《玉门诗抄》（一、二集），都是这一时期的收获。他其实已经在酝酿后来的著名长诗《杨高传》和《向昆仑》了。"凡有石油处，便有玉门人"，这是李季朴素的名句。其实，凡有石油处，又何尝不是传颂着李季的石油诗呢？后来，玉门向全国各油田输送了大批石油干部，撒向大庆、克拉玛依、川中、柴达木、长庆、大港和胜利油田，同样地，李季的石油诗也随着他的战友们的足迹，飞向四面八方。

按李季自己的话说，他是个痛苦的探索者，他一再自称是个"没有充分写诗才能的人"，"是个笨拙的歌者"。其实，他的才华是一种带着泥土色彩的才华，他一直沿着与劳动人民相结合的道路前进，一直在探索怎样才能写出群众喜闻乐见的作品。他强烈地感到，生活向前发展了，描写对象变化了，仅用"信天游"已经不能适应内容的需要了。可是抛开民歌，他最熟悉的民歌，另起炉灶，对他已不可能。他认定的道路只有一条，那就是在传统诗歌和民歌的基础上，根据新生活内容的要求和五四以来新诗的经验，创造一种既为人民喜闻乐见，又能反映时代精神的新形式。多少年来，他正是在这一艰巨的路上摸索着。在武汉工作时期，他来到南方，便去钻研湖南民歌"盘歌"，写出了长诗《菊花石》。这是李季的又一部重要作品。它通过老石匠、聂虎来、荷花这样几个劳动人民的形象，歌颂忠于革命、忠于艺术的民间艺人，长诗对民间艺人的创造性劳动作了诗意浓郁的描绘，对劳动人民之间生死同心的感情作了尽情的抒发，当然，它也有比较明显的弱点。真正在探索中取得重大成绩的，还是包括《五月端阳》、《当红军的哥哥回来了》和《玉门儿女出征记》的大型长诗《杨高传》和另一首长诗《向昆仑》。而这，又不能不和诗人后来生活的足印联系在一起。

一九五七年底，李季和闻捷结伴来到了甘肃。这是他们自己选择的生活点。陕西有一大批作家，相对来说，甘肃在文艺学术的发展上就比较闭塞和缓慢。两位诗人一面热心地促进甘肃文艺事业的发展；另一方面，又找到了理想的生活基地。兰州离三边和玉门都不远，李季等于踏进了自己的老家。而这里距闻捷最熟悉的新疆，也是紧紧毗邻。正是在兰州，闻捷写出了著名的长诗《复仇的火焰》。

至今甘肃文艺界的同志深深怀念这两位诗人。闻捷饮恨以殁的消息传到兰州，人们流过泪；李季从五七干校调回北京工作的消息，也使他们兴奋得奔走相告。李季保持着他一贯的埋头实际工作的风格。

他和闻捷等人筹建了兰州作协,他把大量的精力用于发现、扶植业余作者,他亲手筹办了《红旗手》文艺月刊,常常改稿到深夜,炉子上温着半碗白菜和两个干馍……。

李季和闻捷的关系很好,他们之间所表现的同志爱,革命的人情,颇能看到诗人的品格。自古道:"同行是冤家"、"文人相轻"。可这两个人不但不"相轻",而是"相重",亲如兄弟。李季年长,爽直、热情、严肃,闻捷生性活泼、豪迈、洒脱。在事业上,他们互相砥砺,谁写出一首好诗,两人都欢喜,都象是自己写的。会上闻捷激动起来,说了过头的话,李季替他纠正、承担。他们带着从清凉山就建立的友谊,以全副的热情,歌颂着甘肃人民的火热斗争。

李季还是披着当年的"老羊皮",又出现在戈壁滩上了。一到玉门,王进喜和一大批熟人,便把他围住了。卷起"莫合烟",一支接一支地吸着,苦涩的烟雾弥漫了满屋子,知心话象淌不尽的小河,从傍晚直唠到天明时辰,方才散去。说起"老羊皮",还有一段后话,不能不提。六十年代初,大庆石油会战,王进喜在大庆,李季也赶去了。油田指挥部为了照顾不肯休息的铁人,安排他和李季同住在招待所的一个房间里。一天深夜,王进喜又不见了,李季四处寻找。忽听得咚咚声响,走近一看,铁人正浑身冒汗地在打夯。李季很奇怪,问他深更半夜打夯做什么?铁人说,眼看冬天到了,总不能叫大伙睡在野外,他想起小时候在赤金堡,父亲就是教他用黄泥沙土打墙,叫"干打垒",他正在试验这里的土质行不行?李季把他拖了回来,发现他没有穿大衣。问他,他说给了值班的司钻。李季顿时感动得眼圈发红,把自己的大衣披在王进喜身上。第二年冬天,王进喜探亲路过兰州。李季写了封信,让人把他留在那里的"老羊皮"送给过路的王铁人了。老羊皮呵,在诗人写三边的诗歌里就多次提到了你,你陪伴着诗人迎击三边的沙,玉门的雪,戈壁的风,你维系着诗人与西北人民的感情,现在,你从诗人的身上又披到铁人的身上,你真是永不脱离人民的象征!

就是这样,经过长期孕育,不断的生活实践,在五十年代末,李季写出了长诗《杨高传》和《向昆仑》。这是他创作上幅度很大的跃进,其实,"小羊羔"(杨高)的形象,早在写《王贵与李香香》之前就在他心中初步诞生,但只有诗人经过了漫长的思考,经过时代风雨的锻炼，这一形象才成形了，闪射出光彩。这部长诗，以雄浑的笔调，在土地革命、抗日战争、解放战争和社会主义建设的广阔背景上，描写杨高的一生，塑造了杨高、端阳、桂叶等一系列英雄儿女的形象。它的生活面远远超过了《王贵与李香香》和《菊花石》，它把民歌、鼓词、古典诗词结合起来，使用了说唱文学的章法和句法，在诗歌民族化上进行了大胆的尝试。

　　探索呵，你就是艺术的青春！

（四）

　　一九七〇年，李季在湖北的五七干校里劳动，突然有一天，广播喇叭传出了王铁人病逝的消息。正走在田埂上的李季听到了这个消息，只觉双脚一滑，两眼发黑，便无力地跌坐到田埂上，泪水洒进了水田。他早听说过铁人受迫害的情况，但绝想不到，他竟这么快地倒下了，再也起不来了！石油基地简直是他安身立命的基础，他和铁人的友情，似乎就是这种联系的象征。如今，联系切断，基础从脚下抽走，这个象征忽然化为乌有，他感到从来未有过的空虚，内心空荡荡地。这些年，他挨过批斗，受过审查，剥夺了笔杆子，但心并没有灰，总觉得身后有靠山，这靠山就是王铁人和千万石油工人，他深信，总有一天，笔会归还，他还会歌唱，可是，铁人之死给了他一个痛击！信念几乎崩溃了。顽强如铁人，居然也被整死，世路的险恶可知，天空的阴霾可知。

　　七二年秋，他忽然接到一纸调令，让他立即回京筹办文艺刊物。李季匆忙登上北上的火车，告别了干校的战友。在摇晃的车厢里，他的心忐忑不安。这调动并没有给他多大兴奋。虽然他一直想重新工作，重新写作，但眼下低沉的政治空气，能办好刊物吗？能写东西吗？他半信半疑。有一点使他不解：究竟是谁调他回京的呢？是文化组那几个炙手可热的小丑吗？不会！是张春桥、姚文元吗？更不会！他和他们格格不入，他们不会看得起这个唱信天游的歌者的。那么又是谁呢？后来才知道，还是前一年召开的出版工作会议上，敬爱的周总理提了他和其他同志的名字。

到了北京，他天真地幻想着、编织着筹办《人民文学》的计划，调来了一些旧日的编辑，想挽起袖子大干。可是，报告打了一次又一次，石沉大海，无人理睬。他总在劝慰自己：中央领导太忙了，顾不上啊！一年，二年过去了，依然毫无动静。待到批林批孔开始，他倒作为复辟回潮的头面人物挨了一顿狠批。这时候，他才懂得了其中的蹊跷。粉碎"四人帮"后，在上海徐景贤和同伙的来往信件中发现，人家早在骂街了：《人民文学》这样的阵地，怎么能交给李季这样的人去办！

筹办刊物以悲剧收场，李季也只能"落荒而逃"。他本想，在黑风恶浪中，点燃一支文学的蜡烛，可是，几股风，几个浪，便把它扑灭了。原来文学是这般的脆弱。懊丧之余，旧日的首长，石油部长康世恩同志知道了"老李"的处境，对他说："他们不让你革命，到我这里来革命吧！你本来就是石油行业上的人嘛！"石油部安排李季担任石油规划院的副院长。此后一段时间，李季就象脱笼的小鸟一样欢快，他不顾有病之身，跑了十几个油田，直到累垮了，病倒在医院里。

他不知道，阴影其实一直笼罩着他，江青的鹰犬始终没有放松对他的盯梢。有一天，那位正红得发紫的"诗人"来医院"探望"他。四十年代末尾，这个人和李季曾被誉为诗坛的两颗新星，一个在国统区，一个在解放区。现在可只剩下这颗"星"发出刺人眼目的光。这"光"，不是靠他的诗，而是靠他的善于随风转舵。他先是殷勤地探问病情，接着话锋一转，便道明了来意。他问李季筹办刊物都联系过些什么人，又说，现在是文艺的春天了，他要主持《人民文学》，希望李季给他一点诗。李季听完，怒火涌上喉头，冷冷地说："你说是春天，我看是冬天！至于写诗，我决不会给你一个字的，没有发表的地方，我就抄成大字报，贴到油田的工棚里去！"那位诗人恼怒了，装出一副平和的样子，劝李季不要火气太大，安心养病，便尴尬的退出了。第二天，他专为此事打了一个小报告。

事情并没有完结。在光明与黑暗激烈搏斗的时刻，李季的行踪竟被鹰犬们探听去了。"反击右倾翻案风"开始，初澜的文章暗点了李季的名，说有人企图利用一个老知识分子"捉刀代笔，上书言事"，并无限上纲，詈骂万端。李季在病床上听到这篇文章的广播，悲愤填膺。没想到，病房的门开了，那位诗人又笑吟吟地出现了。他得意地笑着，不顾李季正在"打点滴"，便开了腔："今天的报纸你看过没有？广播听了没有？"声音里透出威胁。

"听了！"李季冷淡地回答。

"那么，你作何感想？"对方逼了一句。

李季没出声，竭力忍耐着自己的愤慨。半晌，才语带双关地说："阶级斗争，触目惊心呵！"

那位"诗人"看出了李季的"顽固"，便一边退出，一边阴沉沉地说："你还是好好养病，也再好好考虑一下吧！"

出了医院，这位诗人赶忙打了小报告。没多久，江青就在一次省委书记的会议上公开点了李季的名。

在那个人妖颠倒，混沌迷离的年月，李季从自己切身的痛苦中，从一次次的碰壁中，逐渐认清了"四人帮"的嘴脸，从心底发出了深深的憎恨。后来，他又被找回来，办过几期《诗刊》，就迎来了"四人帮"的粉碎。

粉碎"四人帮"以后，他象紧握武器的战士，没有忘记作家职责。他接连写出了长篇说唱诗《石油大哥》，长诗《红卷》，抒情诗《石油万里从军行》，儿童长诗《葡萄的传说》等。这些诗在艺术上也许不如他那些最著名的诗篇，但其中仍然洋溢着可贵的革命激情，散发着浓郁的石油工人生活的气息。他说，作家的笔是不应该停下来的，就象工人要擦拭机器，农民要捡粪，必须保持劳动的习惯。他每天清晨五点起来，写一个半小时左右，就匆匆地赶去上班。其实，病魔已经更紧地扼住了他的心脏，以至有一天写作时心痛难耐，他随手在一片纸上写下："口含'消心痛'，挥笔画油龙，但求心竭日，油龙腾太空"的令人悲怆感动的小诗。

今日的李季，绝大部分时间花费在文艺编辑工作和组织工作上。这是他的两项专长，从中可以看出他性格另外的侧面。他的大半生都在从事具体的编辑工作。早在一九四七年前后，他是三边石印小报的主编。"出来就是胜利！"是他挂在嘴边的一句口头禅，留给战友们深刻的印象。一九五〇年到五二年，他是《长江文艺》的主持者，培养过许多作者。一九五五年到五七年，在作家协会创委会，更是致力于培养、扶植作家的工作。当今著名的新疆诗人铁衣甫江的诗，头一次便是他翻译成汉语诗歌的。五八年到六〇年，他在甘肃创办《红旗手》月刊，六二年至今，一直在《人民文学》工作。陷身在编辑工作中，对一个作家来说，无异于牺牲自己，照亮别人。而李季思考得更多的，是怎样进一步解放文艺的生产力。前一段时间，下班回家，想继续自己的创作，总觉得有一个声音在耳边喊着：大人物都落实了政策，我们这些不出名的业余作者，有谁去管呢？有谁替我们申冤呢？空空的屋子没有人，这个声音却是如此清晰，如此凄恻动人。李季的眼前掠过了一个个他认识或他亲手培养的业余作者的面容。不论是武汉时他亲手发展的《长江文艺》通讯员，还是甘肃时期的许多业余作者，他们之中，多少人仅仅因为一篇文章，几句话，便半生罹难，或含恨而终。他选择了一个熟悉的业余作者的遭遇，写了《有一个李文元》的文章，登在《光明日报》上。它引起了意料不到的强烈反响。李季收到了多少和着血泪的信件呵！这篇文章引起了多少人的深思、重视和感叹呵！正如文章说的，人们坚信："严冬既然过去了，明媚的春天已经来到，党的政策的阳光最终是会照拂到他们身上的。"

李季更多的精力放到了作家协会的机构重建，办公楼的营建，人事的安排等等杂务上了。这是麻烦而又繁重的工作。李季觉得，这也要有人去做。面对一场浩劫之后的烂摊子，不能束手不管。他有这方面的经验和才能。四五年在盐池县，他其实是个代理县长的角色，一县之事，都由他这个"红笔师爷"委决，民政、司法、财会、工商，都能讲出个道理。四九年他曾在一个职工干部学校里当秘书，调遣过桌椅板凳、炉子茶壶之类。现在，他又陷身在行政事务的罗网中了。他是愉快而开朗的，他知道这是党的需要，就象当年需要他当小指导员一样。

五十八岁的李季，走过了一条漫长坎坷的创作道路，四十年的创作道路，从握枪的小八路到握笔的诗人的道路。这条路上，最先走来了粗眉大眼的王贵和热烈多情的李香香，接下来，是杨高，端阳、桂叶，报信姑娘……英雄儿女们高唱着：

三边的男子英雄汉，
三边的女儿铁一般；

哥哥你永远不低头，
让我们用鲜血迎接明天！

明天，胜利的明天终于来临了：王贵与杨高没有停步，《向昆仑》里的老祁，《石油大哥》里的石占海，都没有停步，他们向往着新的明天。

李季也行进在这些人物的中间，他没有自满、没有欣赏自己的羽毛，他轻轻地吟唱着：

促膝回首万里路，
心赛坚钢望明天……

哦，那是《向昆仑》里的诗句。

1879.12—1980. 2. 三稿

作者附记：

去年底，我应北京出版社之约，写一篇记述李季同志生活与创作道路的文章。为此，曾与李季同志有过几次长谈。文章写好，已经是今年二月了，李季同志亲自过目，并认真核对了事实。可是，万万没有想到，就在十多天以后的三月八日，他突然逝世了！

我成了最后访问他的人，这篇文章成了回溯他一生活动的最后的记录。不过，文章是把他作为一个活着的生龙活虎的战士来写的，现在他去世了，要不要改？我想，这是经他看过的稿子，保留原貌，更能表达对死者的尊重和哀思。而且，"一个作家的笔总是比他本人更伟大"。他创造了王贵与李香香，杨高与崔端阳等英雄儿女的形象，这些人物已经获得了永生的生命，那么，这些人物的孕育者李季，也就一定会在新文学史的画廊里，留下他含笑的朴实的面容。从这个意义上说，他是不会死的。所以，还是不改的好。

1980. 6. 9.于北京

（原载1980年《新文学史料》第3期）

直到最后一息

——哭李季

袁 鹰

　　呜呼李季！直到此刻，在你的心脏停止跳动整整一星期之后，我依然不相信你真的离开了我们。怎么能叫人相信呢？这些日子，你并没有一点要发病的征兆，一直工作到最后一息。三月五日，你去世前三天，你主持全国短篇小说评选委员会开了一整天的会，反复研究了一九七九年当选作品的篇目，仍然那样精神焕发，认真细致；三月七日，你去世前一天，你参加文联和各协会党组扩大会议，听周扬同志传达十一届五中全会精神，仍然那样谈笑风生，为全会的成就感到由衷的欢畅；三月八日上午，你还在作家协会上班，研究文艺期刊编辑工作会议的问题。在你的工作时间表上，当天下午要去医院探望丁玲同志和《人民文学》邀请来京写作的几位中青年作者，第二天星期日要看望另一位老同志，星期一要去团中央商讨有关儿童文艺评奖的事，星期二……总之，日程排得满满的。我曾约请你为《人民日报》写一首悼念刘少奇同志的诗，你一口答应："我要写的。你让我忙过这几天，我一定考虑。"我还在等待着你象往常一样，来个电话说：诗写好了，这就给你寄去……仿佛你还是同前几次一样，正安详地躺在阜外医院的病房里，床前小柜上堆着没有翻完的报纸杂志，你那只保温杯里茶水还没有凉。仿佛你只是在身心交瘁之后略作小憩，不久又会出院，带着那爽朗的笑声同我们在一起的。多少事情还在等着你来商量决定，多少风流人物等着你的彩笔描绘啊！

然而，人类至今还未能完全征服的病魔，没有留给你更多的时间。在人们猝不及防中，突然地——几乎有点偶然地进行了一次凶残的袭击，顷刻之间，夺走了当代这位优秀的无产阶级文艺战士、杰出的诗人的生命。我们还未及读到你悼念少奇同志的诗篇，却先为你举行追悼会了。

三月八日晚上，我乘车赶往阜外医院，满以为你还在抢救中。谁知一进急诊室，白床单已经把你全身都罩住。掀开床单，你紧闭着的双眼再也睁不开。你真的就这样离开我们了吗？离开你毕生挚爱的党和人民了吗？千呼万唤，也听不到你一声回音了！告别了你的遗体，我又由西到东，横穿北京城，出东直门到你家去看望小为同志。春雨潇潇，灯光黯黯，街上行人不多，好凄寂啊。近三十年来交往的情景，象过电影似地一一闪过脑际。我想起一九五三年第二次文代会上初次见到你，你从玉门油矿来，一身旧劳动服，挎个布书包，完全是个基层工会干部模样，哪象一个中外闻名的诗人！此后多年，一直到你逝世前几天，你还是一身旧劳动服。你是农民的儿子，你是石油工人队伍的一员，你是无产阶级的战士，几十年来，身上总是保存着泥土和原油的气息。我想起一九五四年你在作协创作委员会的工作，一九五六年你筹备第一次青年创作会议，想起一九六三年我们一起筹备报告文学座谈会，一九六四年你到报社来介绍大庆会战的动人事迹……但我想得最多的，还是一九七二年夏天你回北京以来的八年岁月。如果说，在那以前，作为一个优秀的诗人、出色的文学组织工作者和刊物主编的李季使我心折，那么，最后这七八年，作为一个忠诚的坚强的共产党员、一个坚持原则而又顾全大局、爱憎分明而又诚挚待人的革命者李季更令我感佩。这一点，尤其使人感到不可补偿的损失，感到一阵阵揪心的悲恸。

一九七一年，周总理亲自指示要多出好书，要恢复全国性的文艺刊物。不久，将你从湖北咸宁干校调回，到人民文学出版社工作。你原来在北京的家已经被人占了，全家挤在出版社纸库旁的一间小屋里，只有一张小桌，两只小凳。你几乎是赤手空拳地开始工作，按照总理指示，着手重版一批优秀的文学作品。经过几年动乱——那时候对这场空前的浩劫，体会还十分肤浅——我们重逢时，你不愿多谈风暴初期受到的凌辱，也不愿谈干校的"劳动改造"，却详细询问文艺界许多同志的近况。其实。我虽比你先回北京，知道的并不比你多。那个时候，文艺界大多数人消息沉沉。谣传很多，都无从核实。今天说某某人死了，过几天又说他刚从干校回来；上个月说某某人"解放"了，下个月又说他成了"现行反革命"。在谈到这些同志时，你总是怀着深切的关注之情，也流露着难以名状的愤慨。我们多次悲愤地谈到闻捷的死，你噙着泪水惦念着他留下的三个孤雏。那几年，我们每隔一个月左右就见一次面，用你的话是"通通消息"。可是，总是坏的消息多，好的消息少。林彪虽已折戟沉沙，江青、张春桥一伙却更加猖狂，忽而批"四条汉子"，忽而批"文艺黑线回潮"，忽而又"批林批孔批周公"，雷声隐隐，风雨飘摇。偶尔两三知己在你的小屋里拉上窗帘畅叙一晚，或者外地有同志来，比如有一次玛拉沁夫从呼和浩特来，我陪他悄悄去看你，喝杯啤酒，娓娓而谈，就算是动乱中最堪欣慰的事了。

但你不是避乱遁世的逍遥派，而是主动出击的战斗者。七二年底一个秋夜，你约我商量筹备《人民文学》复刊的事。为了躲开"四人帮"爪牙的耳目，我们坐在美术馆东侧街头小公园的长椅上，低声交谈，仔细研究请哪些同志参加编委会。当时，绝大多数知名作家不是横遭诬蔑、身陷囹圄，就是变相囚禁在干校养猪种地，有的更是下落不明，存亡未卜。只有少数同志，由于总理庇护，"四人帮"不能轻易下手，他们还能参与一些社会活动。在斟酌一个一个名字的时候，你说：不仅要考虑他们能不能出来，更要考虑担任编委以后会不会给他们带来不利的后果。在谈到刊物名称的时候，你突然激动起来："我是主张恢复《人民文学》这个牌子的。《人民文学》在全国有那么大的影响，究竟有什么罪过嘛！可以拿出来一本一本检查嘛！为什么不可以用！"我劝你慢慢谈，因为从你们一回北京，小为同志就告诉我，在干校期间，你原有的心脏病加重了。你苦笑着叹口气："不行啊！这个牌子是通不过的。人家更要说是文艺黑线复辟了。咳，换个名字也未尝不可，只要能出版就行！"当时，你手边一无所有，有的只是一颗火红的心，一支未必能实现的畅想曲。一阵西风撼动枯枝，我们警觉地四顾，才发现这小公园里只剩下三五个人，夜已深了。从长椅上站起来，你感慨万分："我们这是干什么呀！在共产党当政的国家，办一个为人民服务的刊物，竟象做地下工作一样！"分手后，坐上电车，我一直咀嚼你这句话，涌起一阵说不出的恶劣心绪。

刊物还没有出世，就夭折在一股反"复辟回潮"的黑风里。总理的指示，人民的愿望，被"四人帮"及其爪牙罪恶地践踏了。种种明枪暗箭，开始从四面八方向你射来。然而你横眉冷对，泰然处之。"怕什么！了不起再回延安山洞里去！""我准备好再去当一名石油工人，我本来就是从玉门来的。"这是你当时多次说过的话。你心里装着革命的成败，装着许多战友和同志的安危，唯独没有想到自己。唯其无私，才能无畏。在豺狼面前，你没有丝毫怯懦，但你也绝不赤膊上阵，去上他们的圈套。是的，你是一名石油工人，你在油田流过血汗，绞过脑汁。你为石油工人的英雄业绩放声歌唱，你在大庆石油会战中立过功。中国石油战线和工艺战线都为有你这样一位"石油诗人"而感到骄傲。一九七五年初，正当"四人帮"的爪牙们打算再一次对你下毒手的时候，石油部的老同志们把你接到石油系统去，任命你担任石油勘探开发规划研究院的副院长，并且给你无微不至地照顾：可以不必上班，可以随时到任何一个油田去访问。于是，就象鲋鱼从涸辙进入江湖，你不顾心脏病还时常发作，不顾旅途劳顿，兴致勃勃地从松辽平原到渤海湾，从华北大地到陕北高原，在几个油田间仆仆风尘。在你所熟识的石油工人中间，你暂时丢掉忧虑、烦扰、愤怒、苦闷，暂时扔开在北京遭受的那种种"鸟气"。

那年秋天，邓小平同志主持工作期间，中央批准《人民文学》和《诗刊》的编委会名单，任命你当《诗刊》主编。你从医院直接来到国家出版局楼下那间小屋里筹备《诗刊》复刊。我问你：不怕担风险？你神情振奋，侃侃而谈："上面有总理和小平同志在，还怕什么！石油部的同志说了：'既然中央有调令，当然服从，你就去编吧！如果他们把你打成反革命，你就回来，当反革命也要在油田当！'有这句话，我还怕啥！"正如你自己在《玉门儿女出征记》（《杨高传》第三部）里写到的那样，迎着艰难困苦，风霜雨雪，义无反顾地走上新的战场。你还是一身旧劳动服，挎个背包，抱病奔走，在危机四伏中指挥若定。《诗刊》在一九七六年一月复刊，在版权页上仍然公开注明"总第八十一期"的顺序。细心的读者可以从这几个小字里，看到刊物的连续性，看到历史是不容阴谋家肆意割断和践踏的。这个小小的数字，体现了你坚持真理、藐视"四人帮"的斗争精神。有人去告密了，惹起"四人帮"爪牙于会咏之类的咆哮。你告诉我这个小小的胜利时，微笑说："就是要让部长老爷们不痛快一下。"我问："他要下令查封怎么办？"你冷笑一声："他们敢！《诗刊》五七年创刊时，有毛主席的诗词和信。这期复刊号上，又有毛主席的词。他们不是'一贯高举'的吗？敢来查封！"在勇敢的战士眼里，什么样的庞然大物也不过是几只虫豸。

《诗刊》复刊才一星期，晴天霹雳，梁摧柱折，总理去世了。突如其来的哀音和巨大的悲恸，使你很快也病倒了。病魔的阴影，罪恶的黑手，在凛冽寒风中同时向你袭来。"四人帮"的御用文痞们，在一阵所谓"反击文艺界右倾翻案风"的喧嚣中，卑劣地对你施放冷箭。你在病床上，面对祖国大地上阴霾滚滚，鬼影憧憧，忧心如焚；但讲起那帮小丑对你的鬼蜮行径时，你只报以轻蔑的一笑。丙辰清明后，风云突变，我去医院看你，只能相对无言，紧紧握别，互道珍重。你披衣下床送我到病房门口，低声说了两句话："形势险恶，千万小心！"你那沉重却又坚定的神情，至今历历在目。

残酷阴险的迫害，使你的心脏病越来越重了。我对心脏病的病理几乎一无所知，只听说"房颤"随时有出现危险的可能。然而，你却支撑着，一定要支撑到胜利的到来。你说：对自己的病没有多大信心，但对这场斗争却是充满必胜信心的。我还记得，当胜利在我们不曾料到的时候提前来到时，你曾经那样激动和兴奋。那天在贺敬之同志家里，谈起"四人帮"一朝覆灭的喜讯，你竟象年轻人那样大声谈笑。我们劝你不要过分激动，你说："哪能不激动！我们等待这一天等了多久了啊！"然而，当时我们全都处于狂喜的状态中，还来不及回味十年祸乱留下那么多的苦果。几天以后，小川惨遭不幸的噩耗传到北京，使我们大家为之震惊、悲愤。在小川的追悼会上，你悲痛失声，竟至突然发病了。使你忧伤、使你愤懑的，不仅仅是由于小川和其他同志先后去世，而是林彪、江青一伙炮制的那个所谓"文艺黑线"的枷锁还在禁锢着许多人（包括某些领导人）的头脑，还在沉重地压住

94

文艺界翻不过身来。作为一个正直的共产党员，一个几十年来一直坚持和捍卫党的文艺路线的文艺战士，你一谈起在粉碎"四人帮"以后居然还有人鼓吹"文艺黑线"谬论，就义愤填膺，不能容忍。一九七七年，在《人民日报》编辑部举行的批判"文艺黑线专政"论的座谈会上，你用大量的事实，说明我们这支文艺队伍从左翼文化运动以来，从延安文艺座谈会以来，历经革命烈火的种种锻炼和考验，证明是一支很好的、很可爱的队伍。你说得完全符合实际。你本人就是这支队伍杰出的代表之一。你热爱这支队伍，为了发展和巩固这支队伍呕心沥血，增添了许多白发。你在作家协会工作多年，不论前辈的、同辈的和年轻的作家，都乐于同你倾心交谈，你总是肝胆照人，赤诚相见，一直到生命最后一息，你还在考虑再组织一批作家下去和举行第三次青年文学创作会议的事。我们这支队伍，一定会越来越兵强马壮，形成一支可以信赖的浩浩荡荡的大军。然而，队伍正在集结大军正在组成，一个出色的指挥员却过早地离开了我们，这怎能不使人潸然泪下！

前几天，你的孩子整理你的遗稿，发现一首小诗，那是你在粉碎"四人帮"以后写《石油大哥》时随手记下的：口含"消心痛"，挥笔画油龙；但求心竭日，油龙腾太空。

呜呼李季！你没有能看到祖国油龙腾翔太空之日，心力就过早地衰竭了。这两三年来，你在繁忙的行政工作之余，"口含消心痛"，不停息地"挥笔画油龙"。你写《石油大哥》和《红卷》，写《周总理，大庆儿女怀念您》，写反映石油工人在新长征路上的精神面貌的短篇小说，你还准备画更多更美的"油龙"，有不少创作的设想，有的已经开始酝酿腹稿，而今，这一切都成为千千万万读者心头的余痛了。听小为说，你曾嘱咐过她，死后一定要穿一套石油工人的工作服，因为你是一名石油工人！石油工业部的领导同志尊重你的遗愿，送来了一套崭新的工作服。当年，你带着一身油香从玉门东来，为中国的诗坛、文坛注入了现代化工业的气息；今天，你穿一身石油工人服西逝，让你的满腔诗情随着油龙流向祖国大地。你确实是一名成绩优异的石油工人，你用毕生心血去勘探、开发的，不仅是社会主义工业的能源，更是无产阶级革命事业的智力资源！你几十年孜孜不倦、梦寐以求的，正是要从中国人民的地心深处，开发那蕴藏着的无穷无尽的人的能源，使它发热、发光，改变伟大祖国的物质面貌和精神面貌。而你自己，也正是从三边牧民、太行战士、江汉农民、大庆工人、柴达木勘探队员和千千万万革命者中，寻得和吸取了充分的能源，支持自己永不熄灭的生命之火，也化作向一切魑魅持久战斗的智慧和力量。

近一两年来，你以带病之身，竭尽全力投入到刊物和作家协会的工作中。你是杰出的诗人、作家，千千万万读者渴望你不断拿出新的作品。但你更是忠诚的共产党员，你自觉地服从党的命令和革命的需要，去担负繁重的组织工作和行政工作，全然不顾这些工作会给个人的创作带来不利的影响，至少要占去许多你有限的时间。你每天要开会，要看稿件，要看望作家，要约人谈话，要处理繁琐的事务，解决那些复杂的、甚至无谓的纠纷。十年祸乱，十年灾难遗留下成堆成山棘手的问题，至今还在继续消耗许多同志的精力和心血！你带着药瓶开会，有一次竟突然发病，晕倒在会议桌上。但是，只要病情稍有好转，你就又象不知疲乏的骏马，四蹄生风，日行千里。大家经常提醒你不要紧张，不要激动。可是，这两三年来，有些事也确实叫人不能不紧张，不能不激动。几个人聚在一起，谈着谈着就会愤愤然，也就忘却你是不该紧张、不该激动的了。有时看到你的精神异乎寻常的旺盛，比如第四次文代会期间，你在西苑饭店几乎天天熬到深夜，似乎若无其事，就不免有点麻痹。你从来是达观而且乐观的，对自己的病更是如此。你知道这类病是很难根本好转的，所以只要不发病，就卜昼卜夜地工作，用忘我的工作同病魔搏斗，同死神赛跑一直到最后一息。可是，由于林彪、"四人帮"一伙连续迫害而造成的严重心脏病，终于还是给了你致命的一击。如果不是由于他们的摧残加剧了你的心脏病，你何至在五十七岁的壮年就过早地离开我们！你再继续工作，创作十年、二十年，将会为党为人民增添多少贡献！这伙刽子手十年来虐杀了多少文艺战士，又使得更多的作家、艺术家们横遭伤残，未老先衰，到今天继续身受其害。这不能不使我们在哀伤之中，又增添无限愤慨！在痛哭你的时候，不由得想起一连串闪光的名字，想起一张张故人的容颜。唉，真是"十年生死两茫茫，不思量，自难忘……"啊！

呜呼李季，你是不死的！你从《王贵与李香香》《玉门诗抄》《杨高传》《菊花石》《三边一少年》《海誓》直到《石油大哥》的许多不朽诗作，是人民群众生活和斗争土壤中结出的奇葩，因而为人民群众喜闻乐见，它们是中国文学史上永远屹立的丰碑。你的独特的、丰富的创作成就和经验，将成为一代文学新军珍贵的营养，在他们的作品里获得新的生命。你浇灌了无数心血的无产阶级文学事业，你抛洒了许多汗水扶植的文学新苗，正在争妍斗艳，欣欣向荣。你的忠诚坚贞的革命品德，爱憎分明的阶级立场，无私无畏的斗争精神，任劳任怨的工作态度，艰苦朴素的生活作风，永远都是我们奉为圭臬的。山高水远，前路迢遥，你那一身旧劳动服、挎黑背包的身影，将在我面前闪动着，闪动着，为我引路，鞭策我奋进，直至永远！

一九八〇年三月十五日深夜

（原载1980年《人民文学》第4期）

人有尽时曲未终

——怀念李季同志

丁 宁

　　我是不是在梦中？我不断地问自己，也问别人。

一

　　三月八日那天下午，五点左右，《人民文学》副主编刘剑青同志打来电话，说李季病危！全家顿时紧张。记不清我是怎样赶到李季家里的，只记得天气阴晦，小雨夹着碎雪花，心脏觉得受到压迫，猛烈地跳动。到了他家，病人已送到阜外医院，只有李季的爱人李小为同志和一位客人留在会客室。那房间很冷，小为瑟缩着，心神不定。和我同来的同志，旋即去了医院，我留下陪着小为。少时，客人也走了。可怜的小为，原就有病，弯着腰，扶着沙发，吃力地站起来，又坐下，又站起来……低声地断断续续地念叨："情况严重，恐怕没有希望了，能这样离开我们吗？昨天开了一天会，不见他有倦容，今天又忙了一上午工作，中午招待客人，又说又笑，下午还准备去看丁玲同志，怎么会……他还有那么多事情要做。真要是……"我极力搜索些能够宽慰她的话，但越说越觉得笨拙，小为甚至根本没有听见。怎么可能！我压根儿不相信会有可怕的事情发生。李季虽然多年患心脏病，但治疗情况一直很好。文代会以来，紧张繁重的工作，不但没有把他压垮，反而使他变得更年轻和壮实了。春节过后，我见过他三次：头一次是作协新春茶话会，他是主持人。节日的欢乐使他红光满面，和许多人握手笑谈。走到我们桌边，和几个老作协的同志开着玩笑："哈，你们这一个小宗派！"他那生气勃勃的神气，使我内心感到欣慰，我相信作协今后的工作是大有希望的。第二次见他，是农历正月初四那天上午，他约我和江波同志一起去看刘白羽同志。那天，他的兴致依然很好，路上和我们约法三章，说新春佳节，都要轻松一下，白羽同志身体也欠佳，到了他家，只拜年，不准谈政治。果然，到了以后，他先宣布纪律，可是没有说上两句话，他自己首先犯规。我们当即揪住他的小辫子，质问他：你说不谈政治，却出口就是政治。他开心地笑着：是啊，要回避是难的，你不找它，它找你哩！第三次见他，是三月三日的上午，作协召集我们几个从外地短期生活回来的同志举行座谈，这个会，又是李季主持。他仍然精神饱满，乐哈哈地，最后还讲了话。

过了一天，我们还曾通过一次电话，我提醒他，多久以前他就打算写的长诗和长篇小说，也应安排好时间，可是他在电话中大声嚷嚷着："哎呀，同志，我感谢你这份好意，可是你看能行吗？作协多少事得有人鼓捣，得理一个头绪呀！个人的创作暂时靠边站吧，以后还有的是时间嘛！"

就是这个乐观、开朗、精力充沛，对党的事业具有高度信念的人，他的那一颗活跃着的心，怎么可能会突然停止跳动！我不能相信啊！

天逐渐黑下来。我和小为在那间被书橱占满了的小小会客室，焦急地期待着。我不断地瞥视腕上的表，一个钟头过去了，怎么还没有电话来？不是嘱咐过了去医院的同志了吗？

小为有些支持不住了，却又站了起来，走到写字台，收拾散乱的文件和报纸。她说，李季生性爱整洁，房间凌乱会影响他的情绪。又说，公家的文件，他从来不许孩子们翻动，要保存好的。于是我帮她分种别类，整理包好，有次序地放进书橱。少顷，她又到寝室去整理床铺，换上了洁净的床单和枕巾，低低地哭着说："等他回来，让他躺下舒服一点……"

我再也没有勇气看表了，只觉得心中的希望，随着那嘀嗒嘀嗒的声音，一分一秒地在消失。小为沉默下来，黑夜更浓了，象可怕的恶魔袭来。

　　突然，楼梯响起匆匆的脚步声。我急忙迎了出去，柯岩同志和甜甜（李季的女儿）进来了。

　　"怎么样？"我急急地问。

　　"没有希望啦！"柯岩喘息着，边说边把我拉到门旁盥洗间，先制止我的哭声，说："现在要紧的是想想小为怎么办？"

　　谁知道怎么办啊！不管怎样，这残酷的打击是无可挽回地落在她头上了。慌乱中，我们冲到房间，一齐抱着小为。她什么都明白了，脸色煞白，全身痉挛，已经哭不出来了，只能有气无力地呻吟："李季太可怜了啊！"

　　"不！小为，现在是你可怜！李季没有痛苦，已安静地睡了。现在大家关心的是你，你得让孩子们，让我们不可怜你吧！"柯岩抱着小为，温存地劝说着，甜甜也懂事地安慰着妈妈。小为如醉如痴，努力地压抑着自己，慢慢冷静下来。

　　夜已深，又是周末，可是电话的铃声仍然不断。

　　"有重要事，请李季同志接电话。"到哪里去请啊？又如何答复那些未报姓名的人！

　　草明同志的电话，说有事找李季。我不知道自己和她说了些什么，她只求我再说一遍，然后沉默了。最后只听得一声深沉的叹息："怎么办呢！"

　　接着，是苏灵扬同志的电话。她已经听到一点消息，却还抱着希望，想听到一个好消息。唉，在那样的深夜，怎忍心向她说明一切！只听又是那么一句："怎么办呢？"

　　次日清晨，冰心同志也来电话，说为一件外事，请李季亲自讲话。我又不知对她说了些什么，好半天她才明白过来，令人奇怪，又是同样的声调，同样的话："这怎么办呀！"

　　为什么都说："怎么办？"我思索着这打击的分量，它是来得那样突然那样沉重啊！

二

　　我久久注视着他书橱中嵌在镜框里的那张被珍藏着的半身照片。

他多么年轻，说是二十几岁，看样儿也不过十七八。头戴军帽，身穿军衣，微微的笑容，是那样纯朴和开朗，一个典型的八路军"小鬼"。岂知，那时他已经是个老兵，闯过战场，受过战火硝烟的洗礼，还不到十八岁就入了党。我觉得这张照片，反映出一个时代，它代表了在毛泽东思想哺育下成长起来的一代人的精神面貌。他们有崇高的理想，火一样的革命激情。只是，谁也不去理会在自己的征途上，会遇到什么样的波折和险阻。

最初，我在作协认识李季时，印象和这张照片差不多，年轻、纯朴、开朗。虽然他早已成为名诗人，却好象浑身还带着三边"沙漠老窝"和王贵与李香香家乡的泥土味儿。后来和他熟了，我讲对他的印象，他张着嘴大笑，说："你的嗅觉根本不灵，我那时的泥土味儿早已被石油冲走了，换来的都是石油香，只可惜这香味越来越少了！"人们都说他和石油结下了不解之缘，果然，他又提出返回那茫茫的戈壁滩。记不得什么时候，他从机关消失了，一去又是好几年，他在玉门油矿做了党委的宣传部长，全国都传唱着他的石油歌。等到再调回机关的时候，他还是老样子，年轻、纯朴、开朗，满身带着豪情，只是那祁连山上的雪和戈壁滩上的风，把他磨炼得更结实，脸也更黑更有光彩了。至于那一身灰蓝色的"劳动布"的石油工人服，散发出的石油味儿，真可以"香飘十里"了。那时，我们谁也没有去过玉门，只想象那里风沙弥漫，如古人形容的"春风不度玉门关"。可是看看李季的诗却歌颂着："还有什么比你更象春天！"古人抒发悲愁："劝君更尽一杯酒，西出阳关无故人"，李季却唱：劝君更尽一杯酒，西出阳关"皆亲人"。在玉门，他认识了后来成为著名"铁人"的王进喜，大家都佩服他"慧眼识英雄"。他拜王进喜为师傅，常常夸耀地说，是王师傅教给他怎样戴铝盔，又怎样平井场。记得大庆会战的炮声刚打响，王进喜就托人带话给李季，要他赶快去。李季就好象接到了军令，恨不得插翅飞到大草原。到了大庆，他立即穿上石油战士的老棉袄，参加第二场的攻坚战。他以后返回机关说，在这次会战中，他和王进喜久别重逢，那股亲热劲儿，简直无法形容。王进喜特地用罐头筒亲自给他蒸上喷香的小米饭，招待老战友。他们白天一道工作，晚上就肩并肩的谈知心话。那时节，秋分刚过寒露还没到，北国的严寒就降落在大草原。有天夜里，李季突然发现在刺骨的寒风中，王进喜只穿着一件单薄的棉衣，"你的老羊皮呢？"他关切地问。王铁人，果然名不虚传，抖了抖铁肩膀，笑了笑说："我用不着，留给值班的司钻了。"我们的诗人当即脱下自己的皮大衣，坚决披在师傅的身上。师傅不接受，徒弟就发脾气。最可笑的是他回到家中，小为突然发现他的皮大衣失踪了，问他时，他却乐呵呵地打哑谜："猜猜看，什么人最需要？"这自然难不倒最了解他的李小为，善良的妻子竟感动得流下了眼泪。小为说，那时候早已发现李季患有风湿性心脏病，可是他从来不在乎。从五十年代到六十年代，石油战线上的大会战，哪里打响，他就出现在哪里。巍峨的昆仑山，美丽的尕斯湖，茫茫的克拉玛依和搭着白色帐篷的柴达木，还有茂名的竹棚宿舍，川中的稻田井架边……都留下了李季深深的脚印。他和那些满身油渍的石油战士，共命运，同甘苦，"老皮袄不分你和我，帐篷里卷起莫合烟聊到天明"，"采油树下说不尽的家常话，钻台上结下的友谊深又重"。那感情的真切，只有他自己才能体会到：一声把"老李"叫，"暖流传心间"。在艰苦的环境，他学会了用沙子洗碗，有时整天不喝水，一根烟要抽好几天。他有许多惊险故事，讲也讲不完。有一次，他在戈壁上迷了路，黑夜沉沉，不辨方向，索性一头钻进沙窝里，"美美"地睡了一整夜。他的诗里有两个精辟的警句："不怕劳动的就是勇敢的人，那钥匙就是一颗勇敢的心。"李季啊，确有一颗勇敢的心。他的这颗心，不仅使他勇敢，而且使他在征途上总是充满了乐观和自信。

三

但是，李季在自己生命的旅途将要接近尽头的时候，却说过这样深沉的话：每个人的漫长生活征途，都有"坎坷"啊！我反复考虑"坎坷"两字，只有身临过那黑夜中的深渊而侥幸挣脱出来的人，才能悟到这两个字的严峻含义。一九六六年的秋冬，他是那场迅猛的暴风雨冲击的重要对象。随着"四人帮"指挥棒的挥舞，对他的批斗，也越来越升级。那时，我们同住一楼，他楼上，我楼下，在和许多经常来往的同志们失去联系之后，只有我们两家及极少数人保持着密切的关系。就是在那种混乱而痛苦的日子里，我所接触的李季，也没有失掉乐观和自信。记得是一个星期天的上午，"造反派"来抄他的家。我的头顶上，噼呖啪啦，叮叮咚咚，响声震耳，好象桌椅板凳都在乱蹦乱跳，加入了"造反"行列，天花板都几乎要塌下来了。当时，这种"革命行动"已屡见不鲜，所以我不觉得特别紧张，只是暗暗地担心着小为，怕她受不了。抄家的人一走，小为也离开了那狼藉不堪的家。直到黑天，我们从窗口上看到李季陪着小为从从容容地回来了。李季穿得整整齐齐，脸上似乎还挂着一丝微笑。第二天上班时，我和他走在一起，我小声说："昨夜真该请你喝杯啤酒压压惊"——李季特别喜欢喝啤酒，尤其是那种带糊味的浓郁的黑啤酒。"只是我们的心情实在太坏。"李季脸上又闪过一丝微笑，快步走上电车，只说了一句："生活中的小插曲嘛！"有一天，他告诉我，他在牛棚中背诵毛主席语录的同时，也看鲁迅的杂文（那时读鲁迅的书还不犯法），接着给我背诵了一段："革命是痛苦，其中也必然混有污秽和血，决不是如诗人所想象的那般有趣，那般完美。"他说，很奇怪，过去在战争年代，艰苦、斗争，并未觉得其中"混有污秽"，相反，倒真觉得那是诗，所以才培养出诗的激情。而现在却真正体会到鲁迅这段话的深义。可是，他又问自己：这是革命吗？

那时，我们常被驱使着劳动，打扫厕所，清理着楼上楼下铺天盖地又脏又烂的铺草。他在劳动中，是员猛将，也很细心，冬日傍晚，下班时天已浓黑，路灯下，他停住脚步，解下围巾，用力地左右扑打肩上、背上的一些尘土和乱纷纷的稻草屑。每当我们一同默默走近宿舍楼的楼梯，我就注意到，他总是忽然换了一幅样子，变得轻松、安闲，蹬蹬蹬蹬敏捷地几乎是跑着上了楼，然后轻轻地推开门。

动乱的情况更加严重了，武斗也已经成风。有一天下班，我们又碰在一起，他低着头，只管走路，不爱说话。我跑到他前面问："是不是发生了什么事？"因为我听说他又挨了斗。他回答："没有什么。"我看到他的脸颊有些红肿。到了楼梯口，他照例地整了整衣服，又若无其事的样子上了楼。

这一切我明白：他不愿把烦恼和痛苦带给善良的小为。他自己在受苦，却总想着别人。当我被打成"现行反革命"时，他常常在深夜派小为下楼安慰我："不做亏心事，不怕鬼叫门。"有一天，在路上，他悄悄地告诉我："我家里还藏着个'反革命'——闻捷呢！"当时上海的造反派正在到处搜捕闻捷。

那时候，使他最痛苦的，是和"石油"断了线。他对人叹息着："你该知道掉队的战士是啥滋味？"他从当时满天飞的各种小报、传单上，探询石油战线上的消息。有一天，他在回家的路上，递给我一张红卫兵的小报，上面罗列着石油战线的领导人和王铁人的所谓罪状，他忽然提高了嗓门，压住了那震耳欲聋的高音喇叭，喊着："老天爷！马克思主义的真理在哪里！"我立即阻止他说，不要叫别人听见，他却更愤怒得不可遏制："听见吧，反正我也是反革命！我心不死，就豁出去！"那时，他还不曾想到，更大的打击，还在后面。一九七〇年十一月，当他在湖北咸宁"五七"干校时，一天，广播中忽然传出王铁人的死讯，他差一点晕倒在田埂上，只觉得自己的心碎了，痛哭着："我的好师傅啊！……"有一次，他忽然迸发出一声被深深压抑着的长叹："庆父不死，鲁难未已！"我永远不忘他说了这样的话："只要我不死，我要瞪大眼睛，看到这些坏蛋们的可耻下场！"

四

一九六九年国庆前夕，江青一伙终于把他们捏造的"文艺黑线"和文联各协会一起砸烂了。于是，一声令下，把所有的作家和文艺工作者，不分年龄大小，身体强弱统统驱赶到"五七"干校，连一片纸也不许留在北京。当时，不少同志觉得心灰意冷，不知以后的命运究竟如何。可是李季却迅速果断地处理了家务，连劫后余下的艺术品和小古董之类，都看作"身外之物"，一律消除。"轻装前进！"——他这么说。"朝哪里前进呢？"我说。"到劳动人民中间去。"他那种乐观的精神，对我的确很有影响。

后来，在湖北咸宁的"五七"干校，他一直保持着高昂的情绪。南方火辣辣的阳光，把他的脸晒得黝黑。那时，我们不在一个排，谈话的机会很少。咸宁多雨，有一天，我碰到他挑着一担沉重的东西，满脸汗水，在泥滑的路上，一步一趔趄。我很可怜他，走近他说："能行吗？你心脏有病啊！"他却说："你这人老看陈年旧帐，它早被制服了。我觉得干活越累，心里越痛快。"几年以后，我在山东，曾收到他托人千里迢迢带给我一条扁担，这扁担是他自己使用过的，背面用油漆写着两个大红字："李季"。我能理解，他送我这件东西，一方面使远方的友人见物如见人，相信他在劳动中仍然健康，另一方面也启示我在劳动群众中寻找真理和愉快。这条扁担，我至今还保存着，本想等他六十花甲时，作为珍贵礼物送还给他，谁知竟没有等到！

当我离开干校，到山东偏僻的基层时，李季是赞同的，他鼓励我到劳动人民中间去汲取力量。记得走的头一晚上，我到他和小为住的那间仓库小屋，他们用浓茶和一个罐头为我饯行，我心情激动，说："这次分别，也许再也见不到了！"李季哈哈大笑，嘲笑我感情脆弱和悲观。他大声说："我的同志，你必须相信，只要我们的信念不变，天还是要变过来！"离开那小屋，他和小为在我背后同声喊着："后会有期！"

我在山东的几年，李季经常来信。他的坚强信念总是带来鼓舞和力量。林彪摔死在温都尔汗，他兴奋的心情跃然纸上。记得信中有这样的话："这是马克思主义真理的胜利！"

大约七三年，他回到北京。看到文坛上满目疮痍，他觉得应该用自己的汗水，在荒芜的园地上做一点浇灌工作。但事实上根本行不通。"四人帮"怎么能够信任他呢，名义上让他主持恢复《人民文学》的工作，却又设置重重障碍，排斥和打击他。那时间，他给我的信，尽是隐隐约约叙述这一方面的苦恼。他说，无路可走了，便率领一批同志到工人中间去。一九七五年的一月二十一日，我收到当时在人民文学出版社工作的谢永旺同志的信，说："李季又成了这次'反回潮'的重点。"李季自己的信上，也提到"又处逆境"。信中记不清引的谁的一句话：屈膝投降是可悲的。当我们在那闭塞荒凉的盐碱滩上，正为他耽心的时候，就在这年的三月十七日，李季突然风尘仆仆一脚闯进我们的乡间小屋，第一句话就是："为我拍手吧，我归队了！"原来他真的奇迹般地回到了石油战线，那里的领导和战友们，一齐张开双臂欢迎他，还任命他为石油部勘探开发规划研究院的负责人。他象一个凯旋归来的胜利者，脸上放着光彩，尽是催着："快拿啤酒来！"

我问他："那么你真的离开文艺界了？"他说："这不更有利于文艺嘛！"又说，他这次下来，虽然是到油田调查研究，但同时还另有一个任务。那时，《创业》影片正遭查禁，文艺界又面临着恐怖，李季便愤然躲开"四人帮"和他们的打手，跑到油田和石油战士们一起看，一起叫好。他兴奋地描述，石油工人和指挥员看了这部影片欢呼着："好得很哪！"一片掌声，千行眼泪！他说，这就是石油战士们给《创业》作出的最有权威的评定。

这天深夜，正是春寒料峭，特地给他生起小火炉，上面炖着一只老母鸡，我们围着小桌，边喝茶，边谈话。那炉中烧得红红的煤炭，毕毕剥剥地发出响声。他高兴地说："这里真不错啊！'结庐在人境，而无车马喧'，我们要作长夜谈。"他把京中一些文艺界老同志的近况，凡我们认识的，都说到了。"你们认识孙维世吗？"我知道孙维世是大庆人最喜爱的"大姐"，我也认识她。"她早被那女人谋害了！"我一听忍不住哭了。李季说，他们谋害孙维世，矛头就是对着周总理。并说，他这次到大庆，要和石油战士们，为王铁人、为孙维世，一起放声大哭。"有朝一日，石油战士们是要报仇的！"他拍了一下桌子，那被炉火映红的脸，更加绯红。

他这次下来，一气跑了几个大油田。在他的《石油万里从军行》中，描述了旅程中的悲欢离合以及许多热烈的情景：

> 侥幸从魔爪下奔逃回帐篷，
> 多少双油黑的手把我欢迎。
> 笑眼里含着滚烫的眼泪花，
> 多少颗战友的心为我庆幸。
>
> 恨不得一晚上补足十年课，
> 恨不得一分钟当作一年用。
> 脚踩淤泥黄河口孤岛访战友，
> 跋涉千里松辽平原上探新井。
>
> 大庆新区狂风撕裂帐篷度中夜，

西北沙原飞沙走石吃午饭开电灯。

最难忘悲愤鏖战华北平原日，

愤怒的油柱冲天呼啸斗妖风。

旅途中，奔波劳顿，悲喜交集，再加上那火一样的脾气，使那衰弱的心脏，一直处于激动之中。结果，旅程未结束，途中心脏病第一次大发作，十分危险，幸亏抢救及时，才从死神手中把他夺了回来。

返回北京之后，并没有安心治疗休养。当时的形势，好象阳光已经冲破乌云，大地回春了。他的信上，不断报道振奋人心的消息：毛主席对《创业》作的批示，毛主席批评：没有小说，没有诗歌……信中竟然指骂"那个水边上的人""已是老鼠过街"，说："革命者吐闷气的时候到了！"同年七月二十日，他来一短信，要我立即到京"有要事相商"。几天以后的二十六日，又有信催："早日动身"。并且叮嘱，谁也别告诉，到站后有小为迎接。什么"要事"？我作了各种推测。那时我正患肾炎卧床，一时动不了身。又过了些日子，来信说："可以不必来了。"直到大刮"批邓、反击右倾翻案风"时，他又成了批判对象，这事才揭晓：原来，他和几位老同志共谋上书中央，控诉"四人帮"在文艺上大搞法西斯专政及其造成的恶果。后来，形势迅速逆转，他也病倒了。他当时催我进京，就为此事。一九七六年春，李季病重入院，"四人帮"的舆论工具，抓住这一事件，进行疯狂反扑。三月四日、三月六日，两报一刊均发表"初澜"的文章，叫骂："他们横了心，要'整顿'一番，于是策划于密室，点火于基层，他们妄图强迫文艺界有的老知识分子'上书言事'，攻击党的文艺政策，诋毁文艺革命的大好形势……"。文中所谓"老知识分子"，就是指的李季。当时"四人帮"攻击的总目标自然是邓小平同志，所以文中用了"妄图强迫文艺界"这种字样。这时，我已返回北京，当即去医院看李季。他在病床上竟泰然自若，笑眯眯地说："我被称为'老知识分子'，也算一大荣幸！"为这件事，他曾遭到极大的压力，他的心脏病，这时频繁发作，斗争的意志却更顽强了。

初夏，我又去看他，他正在背诵鲁迅某一篇文章中的一段话："人的生命是可贵的，但一代的真理更可宝贵，生命牺牲了而真理昭然于天下，这死是值得的。"

五

李季很早发下的誓言：要瞪大眼睛看到"四人帮"的可耻下场！这预言实现了！一九七六年的十月七日晚间，我得知揪出"四人帮"的消息，八日一早就跑到东郊去敲李季的门。小为上班已走，李季亲自出来开门。他用怀疑的眼光打量我，意思是：来的这么早？我一眼就看出，他还不知道那震动人心的消息，便先进屋坐下，压住心跳，然后平心静气地——唯恐惊着他——对他说："你可知道发生了大事？"他摇摇头："什么大事？"我按捺不住，突然提高嗓门："那四个坏蛋揪出来了！"

"怎么，哪四个？……"

"还有哪四个！江青、张春桥……。"

他陡地离开椅子站起来，两眼发直，脸上的红晕一下子消失，变得苍白，嘴唇抖动着，竟无言地向寝室走去。可把我吓坏了，他的心脏病发作了！顿时出了一身冷汗。原来他从寝室取出两片镇静药，吃下之后，才又坐下来，恢复了脸上的色彩。

"这是真的吗？这不是你做的梦吧？"

我好容易才使他平静下来，一五一十把我所知道的情况告诉他。他那激动的情况，仍叫人害怕。"得设法尽快告诉他们——"他说了一大串老作家、老朋友的名字。我说现在党中央还没有公布，先得悄悄地说。他又激动起来："悄悄地干什么？要敲锣打鼓！要放鞭炮！"过了一会儿，他抱住了头："我的老天爷，我们的党得救了！人民得救了！文艺得救了！"于是哭了起来。我立即拉他坐下，请求他平静。他却跑到壁橱旁，高声说："好象我已预见到要庆祝大胜利，你看——"他一手擎着一瓶"五粮液"，一手擎着一瓶黑啤酒。

饭后，我们的话题转到文艺上。他说，党中央不可能马上顾到文艺，我们自己得先想一想。"怎样抢救我们的文艺啊！"可是我们的文学队伍呢？叫"四人帮"打散了，东一个，西一个，怎么集合？"请个登山英雄，到喜马拉雅山的最高峰去吹集合号！"他一面说，一面笑，竟又乐极生悲，想起了闻捷、金镜、荃麟、老舍、杨朔……"多少有成就的老同志含冤而死，看不到这胜利了！"他又想到孙维世："她很惨哪，大庆人这会儿一定又想起她！……"

李季自从得知"四人帮"垮台的那天起，就把自己的整个心身都扑到文艺上了。在那些狂欢的日子里，他常常打电话，声音里总是充满着激情。

"你们知道了吗？文化部已派去工作组，有老贺（贺敬之同志）呵！这个堡垒不早早拿下，我们没法进军啊！"

同年十一月间的一个早晨，他又来电话："许多同志都已走上工作岗位了，你自己是怎么考虑的呢？"

"怎么考虑呵，我连个岗位还没有呢！"

"怎么没有嘛，冯牧那里正缺人手，大家忙得头都炸了，你在家里做什么嘛！"

放下电话，我觉得啼笑皆非。一个共产党员，被剥夺了工作权利达十年之久，那痛苦的滋味，都有体会呵！我要工作，也得经过组织上研究和作出决定嘛！于是我又拿起电话，对李季说了我的意思。谁知，他听了竟火起来："现在叫哪个组织给你研究呢？有工作就做嘛！难道还得等人'请'吗？你赶快到冯牧那里去报到就是了，他忙得很哪！"

这之后，李季的电话逐渐少了。有时找他，不是在《人民文学》，就是在《诗刊》。小为说，他连吃饭的空儿也没有了。

一九七七年，教育界批判"两个估计"的文章刚发表，我见到李季，他兴高采烈地说，文艺界推倒"文艺黑线专政论"的时机也到了，"不把这个枷锁彻底砸掉，就谈不上真正解放。"可是过了些日子，又听说有人认为，文艺上推倒"黑线专政论"，却仍然存在一条黑线，李季听了又激动起来。之后，在几个刊物的编委会上，他发言痛斥这种错误观点，心脏病又发作了。他对什么事总是那么认真，在原则问题上是绝不妥协的。

作家协会恢复以后，许多同志耽心他太劳累引起心脏病发作，劝他出去休养一阵子，他却俏皮地回答："我自己是愿意的，但党的事业不愿意啊！"作协被"四人帮"扫地出门，弄得人财两空。他坐在那新搭起的简易平房里，乐滋滋地忙碌着。文代会前前后后，据说李季每天都要服大量药品以维持体力，防止心脏病发作。会议期间，我们都住在西苑旅社，一天深夜，他听说我们在楼上正忙着，特地打电话叫我到他的房间喝杯咖啡。我看他与几位在坐的同志谈笑风生，精神焕发，不禁想到郭小川，小川同志在第三次文代会上不就是李季这个样子么！

小川的突然逝世，给李季的打击是难以言喻的。是他第一个在电话上用颤抖的声音，通知我这不幸的消息，又通知我去迎接骨灰。他在参加小川的追悼会上，几乎晕倒。从那以后，人们就再也不让他参加追悼会了。周立波的逝世也使他悲痛欲绝。

搞好创作、培养新人和关怀作家，是李季心头上的大事。文代会前夕，作协通过将近五百新人入会，他高兴地眉开眼笑说："这是大喜事，我们的队伍又壮大了，要开大会庆祝的！"他对几位从事创作较早的女作家也关怀备至，不断地在她们面前唠叨着：多写，多写！甚至对一位女作家发布命令："你必须最近交出个短篇小说！"那女作家按期交了卷儿，不久，刊物上发表了出来，他十分高兴，对许多人说："那小说写得细腻，确是她自己的风格，你们看过没有，我希望你们看看！"对一位在"四人帮"时代退休的老作家，他想方设法让他归队，有人说，按规定，既已退休就不好办理复职。他厉声说："规定！是哪一朝代的皇历，人家受'四人帮'迫害才退了休，现在我们的任务就是把他请回来！""请"字说得特别重。

他不仅关心已经有成就的老作家，也满腔热情地培育年轻的作者。有一个星期天，我们按照约定到他家里去。一进门，他正在同一位业余青年作者谈话，见我们进来，只打了个手势，就又继续他的谈话，谈得那么耐心热情，似乎忘记了我们的到来。送走青年之后，他才回过头来抱歉地说："你看，这样的不速之客，我简直应接不暇。"

对作家深入生活，他不仅自己作出了榜样，也是作协这一活动的主要组织者。三月三日，在我们几个外出回来的同志的座谈会上，他以昂扬的精神宣布：中国作家协会将采取各种方式，不断组织作家深入生活。他满怀信心地期待着一九八〇年将有更多更好的作品问世。可是，作为作家和诗人的李季，自己的心血却都用在工作上了，他那庞大的创作计划，还远远没有完成啊！

他新版的《石油六歌》代序诗《石油万里从军行》中的最后两句是：

> 就是在心脏停止跳动时，
> 也将是人有尽时曲未终！

这两句诗已成为李季留下的悲壮遗言。他用自己纯净的血，为自己写出了光荣的一生，这也就是一部宏伟动人的诗卷啊！

可是，我仍继续在问自己，也问别人，是不是在梦中？倘若是梦，为什么"李季同志治丧委员会办公室"举行追悼会的通知，那印着粗体黑字的白色大信封，那么怵目惊心地躺在我的书桌上呢？为什么三月十九日在八宝山革命公墓礼堂的追悼会上，那无数悲痛的面孔和深沉的哭声还萦绕在我的心头呢？！

不，李季是睡着了，他还要到油田去，他已穿好崭新的石油工人服，铝盔就放在他的枕旁！

一九八〇年三月二十六日

（原载1980年《诗刊》5月号）

最后的闪光

——记李季同志逝世前两天

刘剑青

我的心情异常沉重，《人民文学》编辑部的同志们也一样。大家相见，默然无语。我们这些在你身旁工作的人，谁也不相信你和我们永别了，谁也躲避不开那撕心裂肺的事实。往日最爱说话、嬉闹的几位同志，也出奇的安静，低头看稿，不时用手擦去泪水。我想在工作中排除、忘却内心的哀伤，而你的身姿面影，总在眼前浮现，你的音容笑语，总在耳边缭绕，没法工作下去。晚上回到家里，家里人的话也少了，我独坐灯下，望着一九七八年一张集体合影，你和当代著名的一批老中青作家并排而坐，喜形于色，笑眯眯地望着我，我忍不住哭了……

凭窗伫望，透过路灯的昏黄惨淡光线，春雨如丝，淅淅沥沥下起来了，这是呼唤万物苏醒萌生的信息啊，而你偏偏在这个时候长眠了。夜深人静，伏案动笔，我要写篇怀念你的文章。你，十六岁，做为一个穷乡僻壤的农村少年，察觉到了民族的危难，冒着丢掉生命的风险，奔赴革命圣地延安，奔赴太行山前线，参加革命。在刀光剑影、戎马倥偬的岁月里，你和人民群众风雨同舟，写出了轰动延安、并在各解放区广泛流传、驰名中外的长诗《王贵与李香香》；解放后，又写出了《杨高传》《向昆仑》《五月端阳》《当红军的哥哥回来了》《海誓》《石油大哥》《红卷》等一系列优秀作品，你整整战斗了四十多年……

前天，三月七日，上午十一时半，我们听完周扬同志传达的五中全会精神，你那样兴奋，那样激动，拖着疲惫不堪的身子，在会场的出口处，小声叮嘱我："回去快点传达、讨论。下午两点半开会，先把七九年短篇小说获奖篇目定下来，早点交给上海文艺出版社。"说完，你就匆匆走了。

下午一时五十分，你提前来到编辑部，一进门就问：通知开会了没有？我说离开会时间还有四十分钟。你看一下表，一声不响坐下了，从口袋里掏出随身携带的白色塑料小药瓶，拧开绿色小盖，倒出一片药片，放进嘴里嚼着问我："第三期刊物付印了吗？有什么问题没有？职工升级摸底工作搞得怎么样？把政策交给群众，充分尊重群众意见，把思想工作搞细点，再难办的事情也好办了。第四期刊物，有什么重点作品没有？"你没等我把话讲完，忽然又站起来说："拜托你，这几天作协的事情太多，我忙不过来，请你在刊物检查会上说几句。据外面反映，咱们刊物的封面设计、美术插图，也要注意改进一下，体现'百花齐放'。全国美术家那么多，可以广泛组稿嘛。发表文学作品也一样，要广泛团结各地作家，特别要注意发现、培养青年作家。一个编辑的功绩，就在于你能不能发现新人，能不能当好伯乐。要创造一些条件，让年轻的编辑有学习、生活的进修机会，不断提高政治思想水平和业务能力。"你沉思一阵之后，又说："我有个想法，能不能订个制度，由我带头，咱们自己写的东西，不要在自己编的刊物上发表。全国报刊那么多，可以到别处投稿嘛，我赞成嘛……"说到这里，你忽然又神秘地笑了，拉过椅子靠近我坐下，悄悄讲："你听说了没有，咱们编辑部那个'小鬼'，又怀孕了。你要提醒她注意点，别象上次那样再流产，身体要吃亏的，工作安排上，也适当照顾一下，别让她东跑西颠约稿啦……"我答应了你，也提醒你尊重医生的警告：你有严重的风湿性心脏病，要注意。象往日一样，你又不耐烦了。三言两语把我的话岔过去，满腹忧虑地说："全国文学期刊编辑座谈会，打算四月份开，时间越来越紧了，筹备工作要赶快上马。党组委托老孔亲自抓，一个人怎么行，作协事那么多，到哪里找人去。你要抽出点时间，参加筹备工作。作协一盘棋，各编辑部也要抽人，保证把会议开好。"我答应随叫随到，你点头笑了，又补上一句："就是开夜车，也不能影响刊物发稿呀！"你坚持带病工作，我们能够偷懒吗？

二时半，编辑部参加评选一九七九年全国优秀短篇小说工作的人员到齐了。你兴致勃勃地靠在椅子上，聚精会神，倾听葛洛同志综述评选委员在会上会下对当选篇目的详细意见，倾听到会人员的各种意见。当你听到一致同意某些篇目当选时，你笑了；听到对某个篇目截然相反的意见时，你笑了；听到群众对某些篇目投票数目多寡时，你笑了；讨论当选前五篇篇目和后二十篇排列次序发生争执时，你还是笑容满面。难道你从各种矛盾中找到了什么乐趣吗？要知道，评委会委托你最后拍板，你能在民主讨论的基础上，做出使大家满意的集中吗，为什么笑得那么轻松呢？

到会人员的议论停息了，专等你来发表意见。你又掏出小药瓶来，在手里攥着。你泰然自若，谈笑风生。你说矛盾越多越好，这表明大家对评选工作的认真，应该高兴。要繁荣文学创作，需要的就是各方面的认真。群众是认真的，投了几十万张票，专家是认真的，提出了许多好的意见，有分析，有见解，有些分歧意见，可供我们反复思考。你综合了绝大多数同志的意见，果断地排除了编辑部某些片面性的观点。你重申："我们要充分重视群众的意见，实践是检验真理的标准嘛；我们也要充分重视专家的意见，他们有鉴赏作品的经验嘛！两方面的意见，要结合起来考虑，不可偏废。我们要挑选反映'四化'建设的佳作，也不能漏掉揭露矛盾、鞭笞黑暗面的名篇。我们要注意题材、主题、人物的广泛性，又不能忽略艺术风格、流派和表现手法的多样性。要注意选拔、推荐后起之秀的新人新作，也不能排斥驰名文坛的力作。要提倡反映生活的真实，也不能忽略艺术真实的倾向性，要用典型化的原则来衡量一下。我们要重视兄弟民族文学作品的推荐工作，不能苛求，也不能降格以求。凡是能入选的作品，在思想艺术水平相似的前提下，可以有地区、报刊、作者方面的照顾，但要宁缺勿滥。我们搞年度短篇小说评选，一来为促进创作的发展繁荣，二来，也是最重要的一点，就是努力发现、培养一代文学新人，扶植他们更快更好地成长起来……"我们根据你综合、阐发出来的原则精神，又把当选篇目逐个进行了分析、比较、讨论、协商，终于搞出了一个最后方案。这时，编辑部已经下班了，可以散会了。你又把我们留下。

你提出把最后方案打印出来，明天派人分头送交评委审定，再最后征求一次意见。你指定专人加速了解、搜集当选作者的简历、创作情况，做好招待记者的宣传准备工作。你询问筹备发奖大会各项工作的落实情况，你提醒提前考虑怎样开好获奖作者座谈会；你建议协助上海文艺出版社，尽快把七九年获奖作品集搞出来，力争在六月份出版，越早越好。你让我们主动和有关报刊联系，搞好对获奖作品的评论工作……一桩桩，一件件，你想得那么周到，那么细致。天已经黑下来了。散会时，我们都感到有点头晕脑胀、精疲力竭了，你这个连续几次拒绝住院和疗养的大病号，难道是那么精神饱满吗？当你蹒跚进入汽车的时候，何以脸色铁青，手捂胸口，双眉紧锁，一下子就软瘫在座位上呢？

三月八日，你没有来编辑部。我们有些要紧的事情，也没打扰你，想让你好好休息一天。谁能料到，下午五点多，突然接到一个紧急电话通知，说你心脏病复发，病情严重，正在家里抢救。我们立刻慌了手脚，急如星火，前去看你，你已经被阜外医院救护车接走了。从你爱人小为同志的口里，我们才知道你上午根本没有休息，清晨起来，你就伏案写作，一篇未完成的散文《三边在哪里》，放在写字台上，就急匆匆赶到作家协会。后来据作协创作联络部办公室主任告诉我，这天上午，你和他们一起，共同商量安排作家、评论家、编辑到生活中去的问题。中午十二点以后，你才回到家里吃饭……

我们怀着慌乱、忧郁的心情，冒雨来到阜外医院急诊室。几位白衣战士正在抢救你，输氧、打针、测心电图。许多文艺界老同志相继而来，有些同志失声痛哭了。谁能相信这是真事呢。不少同志守候在你的身旁，期待你睁开眼睛，哪怕你轻微动弹一下也好啊，五分钟、半小时过去了，你依旧安详仰卧着。测心电图的医生关闭了机器，其他几位医生开始收拾医疗器械，先后默默地走开了，只有氧气筒和守候你的同志们，继续催你醒过来，醒过来……

你——当代著名诗人、《人民文学》主编、中国作家协会副主席、书记处常务书记、党组副书记李季同志，正当五十七岁的盛年就过早地离开了我们。近几年来，一副副的重担子，压在你的肩上，你从来没有撂挑子，叫过苦。你深知自己的病情："好象一个晶体玻璃管，一压就碎"，却从来没有顾影自怜，总是争分夺秒地工作。你撂下个人的长诗、长篇小说的创作计划，一心扑在文学组织和编辑工作上。你认真贯彻"双百"方针，热情关怀培养文学新人。你广泛团结老中青作家，调动他们的积极性。你热情关怀年轻文学编辑的成长，教育他们热爱本职工作，帮助他们提高政治思想修养和业务水平。在日常工作、生活中，你大公无私，爱憎分明，平等待人，热爱群众，吃苦在前，享受在后，生活简朴，忘我奋斗，几十年如一日，直到生前的最后一息。

我把这不幸的消息，电话告诉几位在京编委，谁也不相信："不会吧，前几天他还来看过我呀！"一阵沉默之后，话筒便传来了哽咽声。他们哪里知道，就在三月八日下午，李季同志还计划去医院探望丁玲同志，然后再去旅馆看望《人民文学》邀请来京写作的几位青年作家。这一点，我没有告诉他们。

告慰李季同志在天之灵，你为革命文学事业鞠躬尽瘁的事迹，象一团火，不仅照亮了《人民文学》编辑部，也将照亮为"四化"建设而进军的文坛将士……安息吧！我们永远难忘的可亲可敬的同志！

三月九日夜草，灯下。

（原载1980年《散文》第4期）

悼念李季同志

孙　犁

　　已经是春天了，忽然又飘起雪来。十日下午，我一个人正在后面房间，对存放的柴米油盐，作季节性的调度。外面送来了电报。我老眼昏花，脑子迟钝，看到电报纸上李季同志的名字，一刹那间，还以为是他要到天津来，象往常一样，预先通知我一下。

　　绝没想到，他竟然逝去了。前不久，冯牧同志到舍下，我特别问起他的身体，冯还说：有时不好，工作一忙，反倒好起来了。我当时听了很高兴。

　　李季同志死于心脏病。诗人患有心脏病，这就是致命所在。患心脏病的人，不一定都是热情人；而热情人最怕得这种病。特别是诗人。诗人的心，本来就比平常的人跳动得快速、急骤、多变、失调。如果自己再不注意控制，原是很危险的。

　　一九七八年秋季，李季同志亲自到天津来，邀我到北京去参加一个会。我有感于他的热情，不只答应，而且坚持一个星期，把会开了下来。当我刚到旅馆，还没有进入房间，已经是晚上八点多钟了，就听到李季同志在狭窄嘈杂的旅馆走道里，边走边大声说：

　　"我把孙犁请了来，不能叫他守空房啊，我来和他作伴！"

　　他穿着一件又脏又旧的军大衣，右腿好象有了些毛病，但走路很快，谈笑风生。

　　在会议期间，我听了他一次发言。内容我现在忘了，他讲话的神情，却深深印在我的记忆里。他很激动，好象和人争论什么，忽然，他脸色苍白，要倒下去。他吞服了两片药，还是把话讲完了。

第二天，他就病了。

在会上，他还安排了我的发言。我讲得很短，开头就对他进行规劝。我说，大激动、大悲哀、大兴奋、大欢乐，都是对身体不利的。但不如此，又何以作诗？

在我离京的前一天晚上，他还带病到食堂和我告别，我又以注意身体为赠言。

这竟成最后一别。李季同志是死于工作繁重，易动感情的。

李季同志的诗作《王贵与李香香》，开一代诗风，改编为唱词剧本，家喻户晓，可以说是不朽之作。他开辟的这一条路，不能说后继无人，但没有人能超越他。他后来写的很多诗，虽也影响很大，但究竟不能与这一处女作相比拟。这不足为怪，是有很多原因，也可以说是有很多条件使然的。

《王贵与李香香》，绝不是单纯的陕北民歌的编排，而是李季的创作，在文学史上，这是完全新的东西，是长篇乐府。这也绝不是单凭采风所能形成的，它包括集中了的时代精神和深刻的社会面貌。李季幼年参加革命，在根据地，是真正与当地群众血肉相连，呼吸相通的。是认真地研究了民间文学的内容和形式的。他不是天生之才，而是地造之才，是大地和人民之子。

很多年来，他主要是担任文艺行政工作，而且逐渐提级，越来越繁重。这对工作来说，自然是需要，是不得已；对文艺来说，总是一个损失。当然，各行各业，都要有领导，并且需要精通业务的人去领导。不过，实践也证明，长期以来，把作家放在行政岗位，常常是得不偿失的。当然，这也只是一种估计。李季同志，是能做行政工作，成绩显著，颇孚众望的。在文艺界，号称郭、李。郭就是郭小川同志。

据我看来，无论是小川，还是李季同志，他们的领导行政，究竟还是一种诗人的领导，或者说是天才的领导。他们出任领导，并不一定是想，把自己的"道"或"志"，布行于天下。只是当别人都推托不愿干时，担负起这个任务来。而诗人气质不好改，有时还是容易感情用事。适时应变的才干，究竟有限。

因为文艺行政工作，是很难做好，使得人人满意的。作家、诗人，自己虽无领导才干，也无领导兴趣，却常常苛求于人，评头论足。热心人一旦参加领导行列，又多遇理论是非之争，欲罢不能，愈卷愈脱不出身来，更无法进行创作。当然也有人，拿红铅笔，打电话惯了，尝到了行政的甜头，也就不愿再去从事那种消耗神经，煎熬心血，常常是费力不讨好的创作了。如果一帆风顺，这些人也就正式改行，从文途走上仕途。有时不顺利，也许就又弃官重操旧业。这都是正常现象。

李季做得还算够好的，难能可贵的。他的特点是，心怀比较开朗，少畛域观念，十分热情，能够团结人，在诗这一文艺领域里，有他自己广泛的影响。

自得噩耗，感情抑郁，心区也时时感到压迫和疼痛。为了驱赶这种悲伤，我想回忆一下同李季在青年时期的交往。

可惜，我同他是在五十年代初期，一次集体出国时，才真正熟起来。那时，我已经是中年了。对于出国之行，我既没有兴趣，并感到非常劳累。那种紧张，我曾比之于抗日战争时期的反扫荡。特别是一早起，团部传出：服装、礼节等等应注意事项。起床、盥洗、用饭，都很紧迫。我生性疏懒，动作迟缓，越紧张越慌乱。而李季同志，能从容不迫，好整以暇。他能利用蹲马桶时间：刷牙，刮脸，穿袜子，结鞋带。有一天，忽然通知：一律西服。我却不会结领带，早早起来，面对镜子，正在为难之际，李季同志忽然推门进来，衣冠楚楚，笑着说：

"怎么样，我就知道你弄不好这个。"

然后熟练地代我结好了，就象在战争时代，替一个新兵打好被包一样。

人之相知，贵相知心。对于李季同志，我不敢说是相知，更不敢说是知己。但他对于我，有一点最值得感念，就是他深深知道我的缺点和弱点。我一向不怕别人不知道我的长处，因为这是无足轻重的。我最担心的是别人不知道我的短处，因为这就谈不上真正的了解。在国外，有时不外出参观，他会把旅馆的房门一关，向同伴们提议：请孙犁唱一段京戏。在这个代表团里，好象我是唯一能唱京戏的人。

每逢有人要我唱京戏，我就兴奋起来，也随之而激动起来。李季又说：

　　"不要激动，你把脸对着窗外。"

　　他如此郑重其事，真是欣赏我的唱腔吗？人要有自知之明，直到现在我也不敢这样相信。他不过是看着我，终日一言不发，落落寡合，找机会叫我高兴一下，大家也跟着欢笑一场而已。

　　他是完全出于真诚的，正象他前年要我去开会时说的：

　　"非我来，你是不肯出山的！"

　　难道他这是访求山野草泽，志在举逸民吗？他不过是要我出去活动活动，与多年不见面的朋友们会会而已。

　　在会上，他又说：

　　"你不常参加这种场合，人家不知道你是什么观点，讲一讲吧。"

　　也是这个道理。

　　他是了解我的，了解我当时的思想、感情的，他是真正关心我的。

　　他有一颗坚强的心，他对工作是兢兢业业的，对创作是孜孜不倦的。他有一颗热烈的心，对同志，是视如手足，亲如兄弟的。他所有的，是一颗诗人的赤子之心，天真无邪之心。这是他幼年参加革命时的初心，是他从根据地的烽烟炮火里带来的。因此，我可以说，他的这颗心从来没有变过，也是永远不会停止跳动的。

一九八〇年三月十四日

（原载1980年3月20日《天津日报》）

在一个没有星星的夜晚

李江树

　　父亲，在一九八〇年春天里的一个天色微阴的黄昏，我要去小兴安岭出差，就匆匆地与你分别了。要上车了，你掂了掂我的摄影包，说："好沉！"我问："还有什么要说的吗？"你说："有，等你从小兴安岭回来后，再告诉你吧。"可是，才十几天，当我听到消息，踏着两尺厚的积雪，从汤旺河西岸的原始森林中奔回来时，你已经永远地离开了人世！没想到这次平平淡淡的分别，竟成了永别，当时我怎么没有丝毫的预感？

　　你逝世后，我怀着极度悲痛的心情，翻拣着你的手稿。我拉开你常用的公文包，——那里面有一只黑杆水笔，刻着你的名字；还有一摞信笺和一张记满了姓名、电话号码的通讯录。我正要合上包，忽然，夹层里露出的白纸边引起了我的注意。那是半张对折起来的道林纸，上面用钢笔断断续续地写着如下几行字：

　　　　昆仑山奇遇记。多少年以后衡量是非。今天看过去，是非分明；
　　　明天看今天，也是如此；而今天看今天，就不完全如此。
　　　　九问（政治抒情诗）。写人物命运，写哲学思想。

我捏着这半张小小的纸片，它竟象一片枯叶一样，在我手里簌簌地抖起来。我凑近灯光，接着读纸片上的最末一句：

　　　　多少回我曾暗自发誓，再不写那些不痛不痒的诗了。

看完这半张纸片，我沉思良久：你到底又在构思一部什么作品？你所说的，"再不写那些不痛不痒的诗了"，又指的是什么？你没跟我说过。可是，十八年前，你读完雨果的《九三年》时，在书的最后一页，不也分明写着一句类似这样的话么：

　　　　我将近"不惑之年"了。在这种年龄，读了这本书，使我悟到了什么是真正的创作。虽然这晚了些，但总是好的。它比再继续以往那种近于无知的写作，是一个飞跃的前进。

那一年我十三岁。当我从劫后余生的书堆里，找到这本书，并读到你在书的末尾写的这几行感想时，我想象到，你在读这本书的时候，该是受到了多么大的震动啊！要不然，你怎么能写出这样的话。那时，我真想问问你，可是我们父子在一起说话的机会是多么少呀。

　　"文化革命"前，你总是那么忙，很少能有时间跟我们在一起。下了班，吃完饭，你把门一关，我就知道你又要写东西了。你穿着件旧棉背心，戴一顶绿色的新疆小帽，在屋里来回踱步。我不敢进去，只好从锁眼往里看。屋里那么黑，你也不开灯，烟头上的火光，随着你的走动，一闪一闪的，形成了一条曲线。从那时起我就觉得：当作家一定是个挺神秘的职业。不然的话，他们为啥老是跟他们脑子里那些看不见的人物在一起生活？

　　可有一天，你忽然问我要走了我的暑假作文，过了一会儿，你拿着我的作文本回来了，高兴地摸摸我的头，说："这篇《去捉小蝌蚪》写得好。要学会观察，写自己的生活，别象前头那篇似的净是什么花园啦，什么万紫千红的……"

　　我高兴了。简直有点受宠若惊。我说："爸，赶明儿起，我每天都给您打扫书房。"

　　你笑了，说："小树头，去拿瓶啤酒来。"

　　一瓶啤酒三杯，你喝两杯半，我喝半杯。喝完了我问你："爸，墙上挂的那幅像是谁？"

　　"是普希金。"你回答，又问我，"爸爸的诗你读过吗？"

　　"没。"

　　"那好，让妈妈给你找几本来。"

　　这以后，我读了《幸福的钥匙》、《三边一少年》和我特别喜欢的诗句：

> 　　列宁格勒有一个青年，
>
> 　　他有着普希金式的卷发，
>
> 　　他有着早晨太阳般的笑脸，
>
> 　　……

　　一九六六年，那场"革命"使我的内心经受了一次猛烈的冲击。一年后，当我从最初的恐惧和迷惘中醒悟过来，成了坚定的"保爹保妈派"时，我多想能有机会跟你谈点什么。可是你还是象以前那样白天开会，晚上写作。——只不过白天开的是挨斗会；晚上写的是认罪书。一九六七年夏的一个早晨，我送你到机关指定的地点集合。咱俩在一家早点铺的桌子前，默默地面对着各自眼前的一碗凉豆浆时，还是你先说："快喝吧。"

　　我拿起一只干烧饼狠狠地啃出了一个月牙儿，这时，郭小川伯伯走来了，他还很勉强地跟我开着玩笑："小树，听说你学会做饭了，哪天我去尝尝你的手艺。"

　　你听了，眉头蹙了一下，什么话也没说。

　　那天，你、小川伯伯，还有其他一些"黑线人物"被送到郊区，除了参加拔麦子，休息时，你们还被拉到烈日下弯腰、罚跪……，晚上回来，你痛苦得整夜都不能合眼。

　　又过了一年，有段时间，你被允许在家里写交待材料了。就在那一段，我们父子第一次在感情上有了一种默契，一种极深的交融，这使我们好象忘掉了年龄上的差异，忘掉了在普通意义上父子关系的含义。有一天，是该吃晚饭的时候了，我给你盛了一碗热乎乎的"阳春面"，上面还放了两段手指般粗的生葱。你象握毛笔似的握着筷子，非常认真地吃着每一口。我看着你那塌陷的、瘦长的脸，心里有些酸楚。

街灯亮了。我从窗户望出去，远处雾濛濛的，啥也瞧不见，只能听到雨水敲打着路灯罩发出"当""当"的声音。我们坐在小板凳上，围着一个脸盆，——里面全是用水泡烂了的纸片。你教我用铝盆当模子，糊起一个小纸盆。你说，这是陕北的婆姨们教你的。还说，以后我要是有机会下乡，一定要看看北方山区农民用的那种泥火盆。稀黄泥，里面掺上黍子穗、麻刀、头发渣子，和好以后，往模子上一贴……干了，慢慢取下来就是一个泥火盆。甭看泥火盆外表挺粗，可来了客人能置火炒菜。山区冬天冷，老奶奶在炕头做针线时，往泥火盆里添上几块炭，可搁在腿边取暖，这时，偎灶猫也贴过来了，有时，它睡得迷迷瞪瞪的，不小心把胡子也燎了。

"半夜灯前十年事，一时随雨到心头。"你又讲起了豫西的鼓儿词、曲子戏；雨后到处是泥浆的小镇，肮脏的小铺里飘散出来的醇香的酒气。毛乌素的沙风，绵延百里的高原沟壑，顺天游，装糜子酒的坛子和羊腿巴烟袋……你边讲，边往盆模上贴烂纸，可是，你的手怎么忽然震颤起来了，是你已经老了？还是你那诗人的激情陡然凝聚在你的指尖、掌上？你曾跟我说，小川伯伯在牛棚里跟你关在一起，都到了这份上，他还嚷着：李季，我憋，我想写呀！而你，又何尝不是这样。你和小川伯伯活在这个世界上就是为了要写作的。这正象白桦叔叔为你写的那首诗里说的："在你的中年和我的青年时代，有多少歌都被掐死在喉管里！"

一九七五年底，"反击右倾翻案风"的时候，我拖着沉重的步子，到你病房里，向你报告外面要整你的消息。第二年四月，伟大的"天安门运动"爆发了，我又兴奋地把你叫到医院的小花园，为你传递着每一天的战绩："到处都是花圈，到处是人群。空气里全是火药味，只要一根火柴……"

听着我的叙述，你的喉节忽然很剧烈地滑动起来，问我："你拍下来没有？"我狠命地点了点头。你那显得有些焦干的嘴唇挂出了一丝微笑。

就在那一年的十月，金风吹遍了祖国大地，"四人帮"被粉碎了。你这个严重的心脏病患者也大口地喝着酒。你开怀地大笑吧！当你看到你的老战友、著名画家石鲁的惨状时，你的心又象铅一般沉重了。

一天下午，我们俩一起去医院看望石鲁。你叮嘱我：要给石鲁好好拍一张照片。你说，艺术摄影和文学一样，要用典型，抓住一瞬间人物的表情，去表现人物性格，人物的内心世界。

石鲁看见你来了，从床上微微探起身来，你快步上前，你们的手紧紧地握在一起，——一只手的颤动引起了另一只手的颤动。短短的几十秒，你们谁也不说话。过了好一会儿，石鲁把头深深地低下去。当他再度抬起头来时，窗外的一缕微光照彻了他那张极有表现力的脸孔——老迈的褶皱里包藏着愤懑和不幸；那双深沉的眼睛，包含着他说不尽的话语。

我进入了一个异常昂奋的状态，不断地提醒着自己："注意眼神，抓住这一瞬间！"我意识到：要是这张照片有可能成功，那也是我和你共同创作的一个艺术典型，因为是你给了我创作的思想；也只有你们俩在一起，石鲁才会流露出那样深沉的感情。

当天晚上，我把样片送给你看，你大声说："这是石鲁，是石鲁！"

这的确是石鲁。当年，你们曾一起在宝塔山下漫步；在延河里畅游。你在长诗《向昆仑》里用"手挽手淌涉过雨后的延河，又一同背起背包走向前线。"这样的句子，记述了你们的这段友情。然而后来，当这幅照片在《大众摄影》上发表后，有人却说这是"伤痕摄影"。你知道了，对我说："什么'伤痕摄影'，哼——要是我们没有经历过那样一个时代，……"

有时我总想：这个时代真象是一副担子，我挑着它从童年走到了青年，你挑着它由中年步入老年，虽然，它对于我们来说都是沉甸甸的，可这沉甸甸的内容却不尽相同。秋天，芦花冒白的时候，咱俩沿着通向亮马桥的小河散步，我说："你知道吗？外面很多人都说你是'正统派'呢。"

你回答："知道。"又问："常来找你的那些青年伙伴们，他们是怎么看我们这个时代的？"

我说："看法也不太一致。可不管怎么样，有一点是相同的，他们，不，我们，再也不要听那些现成的、结论式的语言了。我们要自己看这个世界！"

这一次，你什么也没说。你失去了往昔的爽朗，把目光投向了绛红色的天际。——你在想什么呢？

经过这样的时代，你以你的真诚，和不减当年的热情，写下了一些成功的和不成功的作品。我看得出来：你从精神上和感情上经历过多少次痛苦的思考和沉重的时刻。有一天，我见你早早就起来了，你伏案疾书，停下来的时候，还不时兴奋地抖着肩膀，那件有四十八道杠杠的工作服棉袄都掉落下来了，你全然不觉。你上班去了，我看见你的桌上，有一篇已经开了头的散文《三边在哪里？》旁边还有一个翻开的小本本，那上面写着："你问我，三边在哪里？我的祖国对于我就是三边的一撮沙土，一根甘草……"我知道，你要写一篇回忆你第二故乡的散文了。陕北的老乡用小米和酸菜养育了你，使你写出了"鸡娃子叫唤狗娃子咬，当红军的哥哥回来了。"那样淳朴的诗句，你会永远怀着激情回顾过去；然而，现在呢？在你生命的最后阶段，你暗自发誓："再也不写那些不痛不痒的诗了。"那你又该如何孕育你的新作品？你在那个小纸片上，写下了这部政治抒情诗的构思片断，可这篇东西写出来，又会是什么样子？

一九八〇年三月，我从北国揽天的风雪中赶回来，向你深深地鞠躬告别。我临行前，你说："等你从小兴安岭回来再告诉你。"告诉我什么？我们还会象那个雨夜一样，在一起一边糊小纸盒，一边谈天儿吗？谈点什么？谈你爱喝的黑啤酒，爱吃的家乡面？还是谈人生，社会，友谊，理想和爱情？你也许要跟我谈起你那篇作品吧。现在，这半张对折起来的小纸片，就在我手里，我想到：你一定还会用你特有的那种质朴、平淡，去表现你的痛苦，你的思索，你的挚爱，你的欢欣。这会儿，在这个没有星星的夜晚，我闭上了眼睛，我分明已经看见：风吹散了天边的浮云，你的那些诗行，飘忽，闪亮，象星星……

1983年2月23日

忆李季

王一桃

是去年春雨连绵的时节吧，李季治丧办公室给中国作家协会广西分会拍来了一份电报，我打开一看，双手不禁颤抖，悲泪顿时和春雨俱下——我们的诗人李季真的离开我们，与世长辞了！

我是六年前才认识李季的，但我很早就接触他的作品。那是四十年代后期，其时我还在海外从事进步文化活动。通过香港的媒介，我有机会读到解放区作家的作品，李季的《王贵与李香香》，便是其中之一。后来我从海外回国，又先后读到他的《菊花石》、《玉门诗抄》和《杨高传》等作品。李季笔下的三边牧羊人的淳朴、浏阳菊花石工匠的忠贞、玉门石油工人的豪放，都深深地铭刻在我的脑海中，经久不忘。一九七三年，听说《人民文学》正筹备复刊，我很高兴，立即给李季写信表示祝贺。不久收到他七月二十七日的复信："因病住院，复信迟了，敬请原谅。……出版文艺刊物，就目前情况看，还是很遥远的事。"当时我很惊异，为什么人民文学出版社根据一九七一年"全国出版会议纪要"的精神拟筹办《人民文学》，"就目前情况看，还是很遥远的事"呢？其中到底有什么奥妙？后来从李季那里获悉，原来是"四人帮"不点头！据说当时的文化组对李季很不放心，时刻警惕文艺界的"复辟回潮"，自然不会轻易同意《人民文学》的出版了。

过了一年，我因事赴京，顺便到人民文学出版社访问李季。寒暄之后，我问他近来忙什么，写诗不写，他指着堆积如山的稿件，用河南口音不胜感慨地说："这些全是歌颂文化大革命的长篇小说，又长又臭，偏要我来看！"说来的确令人气愤：李季是诗人，却不能写诗；李季当过《人民文学》副主编，却不能编《人民文学》，反而要硬着头皮去"审查"不忍卒读的大部头！"四人帮"就是要这样整苦李季的。

粉碎"四人帮"后，我又在北京见到李季。那时他心脏病未愈，医生劝他不要过分激动。但他仍抑制不住对"四人帮"的愤慨。他对我说："'四人帮'给我们文艺工作者戴上沉重的政治枷锁，我们早就憋足了十万个大气压！"的确，当时的文化组不仅迫害郭小川、闻捷，而且连贺敬之、李季也不放过。贺敬之因见郭小川一面，就被文化组反复追查，还被送到首钢监督劳动。听李季说，当"四人帮"活动猖獗之时，贺敬之不得不带夫人柯岩和两个孩子贺小风、贺小雷到东直门外新原里李季家避难。而李季本人也多次受到"四人帮"的陷害，搞得心脏病经常猝然复发！要不是及早粉碎"四人帮"，这"十万个大气压"不知要"整"到什么时候！

我又问起《人民文学》复刊的情况，李季回答道："一九七五年邓小平恢复工作，张春桥才不得不在钓鱼台同意《人民文学》和《文学评论》等刊物的出版。但要由他们的文化部领导，我当然不干。当时邓小平就说：'看来现在这个文化部领导办好刊物不容易。'结果实践证明，那段期间的刊物大多变成'四人帮'阴谋文艺的阵地。直到'四人帮'被粉碎，这些刊物才获得新生，我也才回到《人民文学》编辑部，担任《人民文学》的主编。"

当我们的话题转到诗歌创作，李季兴致更浓了。他说他在一九七六年十二月抱病写的长诗已在刊物上连载，人民文学出版社很快就要出版。他还准备写另一部长诗，加工修改早年写的《菊花石》。记得前几年我曾在信中赞赏过他的诗，可他回信却说："你太客气了、在写作问题上，我们都是小学生。"即使他的处女作《王贵与李香香》作为划时代的作品出现在中国的新诗坛上，他也仍然是那样的谦虚。三十五年来，他就是这样埋头创作，写了二十多部长诗、短诗和其他样式的文学作品。

我给李季介绍广西歌海的情况，他很感兴趣，说有机会准备到广西一趟，看看刘三姐的故乡，听听《百鸟衣》中古卡和依娌的歌声，向广西各民族的民歌学习。众所周知，李季对于民歌是非常重视的。在三边，他收集了近三千首的《信天游》，并用这一形式写了脍炙人口的长诗；在浏阳，他学习了湖南民歌，还用"盘歌"的形式写了独具一格的《菊花石》。他认为，民歌是一个浩瀚的大海，从中可以汲取无穷无尽的宝藏。

万万没有想到，李季还没有来广西歌海，他的心脏竟停止了跳动！我再也无法看到他用广西民歌的形式写的新作，只能从他生前赠送给我的旧作中，去领略他质朴的风格和娓娓动听的语言……

（原载1980年9月9日香港《新晚报》）

李季同志追悼会在京举行

新华社北京三月十九日电　我国著名诗人、中国作家协会副主席、政协全国委员会委员李季因心脏病突发,于三月八日在北京逝世,终年五十七岁。

李季同志追悼会今天下午在八宝山革命公墓礼堂举行。

彭真、邓颖超、胡耀邦、王震、余秋里、王任重、谷牧、宋任穷、胡乔木、周建人、康世恩、沈雁冰、康克清等以及全国政协、中共中央组织部、宣传部,文化部、石油部、共青团中央书记处和中国文联及所属各协会、《人民文学》编辑部等有关部门送了花圈。

王震、余秋里、王任重、胡乔木、康世恩、康克清以及文化艺术界知名人士和李季同志生前友好黄镇、朱穆之、张香山、邓力群、夏衍、傅钟、谢冰心、林默涵、陶钝、周巍峙、王阑西、贺敬之、焦力人、冯至、冯牧、艾青、陈荒煤、赵寻、袁文殊、吕骥、贾芝、华君武、臧克家、公木、魏巍、艾芜、陈登科、田间等共五百多人出席了追悼会。

追悼会由中国文联主席周扬主持,中国作协副主席刘白羽致悼词。

悼词说,李季一九二二年出生在河南省唐河县的一个农民家庭。一九三八年奔赴陕北参加革命,同年十一月加入中国共产党。他是解放区成长起来的优秀诗人。他的长诗《王贵与李香香》是在诗歌领域实践毛主席提出的文艺为工农兵服务方向的第一部杰作,在国内外产生了巨大的影响。全国解放后,他继续深入工农兵的斗争生活,同广大群众保持紧密联系,刻苦勤奋创作,写出了《杨高传》、《向昆仑》、

《石油诗》等影响广泛的长短诗篇和小说、散文作品。粉碎"四人帮"三年多来，他在工作异常繁忙的情况下，仍然坚持业余写作，发表了歌颂石油工人的长篇叙事诗集《石油六歌》等。

悼词说，早在五十年代，李季就到玉门油矿深入生活，和"铁人"王进喜结成了最亲密的朋友，后来他又参加了著名的大庆石油会战。二十多年间，他的足迹几乎踏遍了祖国所有的石油矿区，同石油战线的广大职工共甘苦、同劳动，赢得了"石油诗人"的美誉。

悼词说，李季自觉地服从党的分配和革命文艺事业的需要，不顾对个人创作的影响，一心扑在文学组织工作上，为党的文学事业作出了卓越的贡献。多年来，他积极参加中外文学交流活动，为发展中外作家之间的广泛联系作了大量工作，特别是在培养文学新人方面作出了显著贡献。由他主编的刊物，向文学战线输送了一大批新的作家和诗人。

悼词说，李季是优秀的共产党员，具有坚强的党性。他毕生忠于马列主义、毛泽东思想，忠于党的事业，光明磊落，平等待人，生活简朴，艰苦奋斗，忘我劳动，几十年如一日；他爱憎分明，嫉恶如仇，在林彪、"四人帮"统治时期，他忧国忧民，不怕威胁迫害，敢于抵制、蔑视"四人帮"及其爪牙。李季的逝世，是党的文学事业、特别是诗歌界的重大损失。

（原载1980年3月20日《人民日报》）

生平与文学活动年表

1922年　　　　　　　　　　　　　　　　　1岁

8月16日，生于河南省唐河县祁仪镇。原名李振鹏，在太行山时期，曾改名为杜寄。常用笔名李季，此外用过的笔名还有：李寄、里计、章何紫、于一凡等。

李季出生于中农家庭。其父李克明，1885年生，曾读过三、四年私塾，1965年去世。其生母娘家姓李，1885年生，1931年去世。李季生母去世后，其父续娶。李季排行最小，上面还有两兄一姐。

李季的家，原在祁仪镇东南十二华里的小庄，家有四十八亩土地，由其父、兄耕种。后来因山里的土匪闹得很厉害，其父将全家搬到祁仪镇，开个小杂货铺，字号"德顺昌"，当地人喜欢称"李家小铺"。

1931年　　　　　　　　　　　　　　　　　10岁

进祁仪镇完全小学读书。据李季小学老师黄子瑞回忆说："他最好的功课是语文"，"热爱看旧小说"。（《我所认识的李季》，河南人民出版社一九八一年《叙事诗丛刊》第二期）他还很喜欢民间文艺。在入小学的前两年和小学阶段，他常到镇上去听艺人们说唱。李季回忆儿童时代的生活时曾说：我那时对于"鼓儿词"和"高台曲"（现在称"曲子戏"）达到了"入迷般喜爱"的程度，至今，我还"怀着深深的爱恋之情"。那时，我曾买了"七字断"的小唱本，经常学唱，倘若不是后来参加了革命，"我很可能成为一个曲子戏的蹩脚演

员"。(《乡音》)

1936年　　　　　　　　　　　　　　　　　**15岁**

在祁仪镇完全小学毕业。在小学高年级的时候,学写诗歌,并把所写出的诗歌贴在砖墙上。至今,李季的侄儿还能背诵其中的一、两首。李季参加革命后,李季的哥哥和侄儿将这些习作的手稿保存起来,后来丢失了。

1937年　　　　　　　　　　　　　　　　**16岁**

年初进南阳初级中学读书,开始接触到"五四"以后的一些文学作品。因抗日战争爆发,学校停办,只读完一年初中,便于是年底辍学,回到家乡祁仪镇。不久,与地下党员黄子瑞一起参加了抗日宣传活动。黄子瑞在《我所认识的李季》一文中回忆说:"我办油印小报,振鹏忙着写稿,送报;我组织青年学生演剧,振鹏当演员。"

1938年　　　　　　　　　　　　　　　　**17岁**

春,在祁仪镇南三里的李庄初级小学任教。这所学校设备简陋,三、四十个学生,分为四个年级授课,教师只李季一人。他除"教学生科学文化知识和懂得要革命、要抗日的道理"外,还"出版了壁报,刊登师生作的诗歌、文章"。"在抗日救亡的形势推动下,他的思想愈来愈进步,有了把一生献给党,终身干革命的要求"。(黄子瑞:《我所认识的李季》)。

7月,李季请求黄子瑞帮助他奔赴延安,参加革命斗争。黄子瑞去湖北省枣阳县北部农村找到我党的老党员黄民彝同志(黄火青同志的妹妹)。经黄民彝同志介绍,李季奔赴西安七贤庄八路军办事处。

9月,由八路军驻西安办事处介绍,进中国人民抗日军政大学总校第六大队学习。这所学校对外名称是八路军随营学校,校址在陕西省洛川。李季是第六大队一支队二队的学员。

11月26日,加入中国共产党。

冬,抗大六大队和抗大五大队学员,东渡黄河,开赴晋东南抗日民主根据地建立抗大一分校。

1939 年   18 岁

4月，从学习队抽出，任抗大一分校文书。

夏，在抗大毕业，被分配到太行山某游击队任文书和负责民运工作。他那时的名字叫杜寄。

12月，李季所在的游击队编到太行山八路军总部特务团。李季来到该团后，任连政治指导员和联络参谋。当时在这个团工作的抗大毕业的学生，有不少人，但李季、吴象、许善述、文迅"四个却被一条无形的纽带紧紧联结在一起，这就是对文艺的爱好"。他们在一起阅读和讨论鲁迅、高尔基的作品；李季"把珍藏在包袱里的笔记本取出来"，征求大家"对他的习作"的意见。那时他们"热情真挚，稚气十足，打听到谁爱好文艺，就想去交朋友"。（吴象：《党的战士和诗人——李季》）

1940 年   19 岁

1至4月，仍在太行山八路军总部特务团工作。

5月，由八路军总部特务团调至中共中央北方局党校（部队建制）工作，任教育干事。他"和文迅经常通讯，隔两三天就有一封，寄习作征求意见"，并同文迅"交换读书心得"。（吴象：《党的战士和诗人——李季》）

1941 年   20 岁

仍在中共中央北方局党校工作。

1942 年   21 岁

2月，仍在中共中央北方局党校工作。

3月，由中共中央北方局党校调至晋东南抗日民主根据地的鲁迅艺术学校工作。李季在八路军总部特务团和党校工作期间，对文艺作品和文学创作发生了浓厚的兴趣，曾写过十几篇小说和诗歌。至今，许善述、吴象、文迅等同志回忆起来，仍难忘当时李季那种热心创作及虚心征求对其习作意见的情景。

春，根据1939年在抗日游击队的生活经历和陆续积累的素材，构思小说《破晓》。作者想模仿法捷耶夫的《毁灭》，写各式各样的人物参加游击队，在战斗中被改造、锻炼成八路军战士，终至形成八路军一个连的过程。写出了提钢和一些片断后，被搁置下来。（《我的写作经历》）

9月18日，从晋东南出发，经晋中日寇占领区同蒲铁路等封锁线，于初冬至延安。

冬，分配到陕北靖边县靖镇完全小学当教员。"这可真是一个理想的工作岗位，直到今天，我还用留恋的心情，回味着这段生活"。"这个半似城市，半似乡村的县城，本身就是一座再好不过的革命历史博物馆"，"比这更重要的，倒是那些在城里工作、生活的机关干部们、农民们，和我的那些有的甚至比我还大一两岁的学生们，他们不但是历次革命战争的目击者，其中不少人，还是当年红军的战士、指挥员，或者是手持梭标、红缨枪的赤卫队、少先队员"。学生们"对我指点着红军最先从哪里爬上城墙，白军在哪个炮楼里死守。他们讲得生动而又逼真"，还"听他们唱土地革命时代的民歌，讲土地革命时代的革命故事"。（《戈壁旅伴》）李季到靖镇完小教书后，开始搜集民歌，但他说，这时对民歌的认识是肤浅的。

1943年　　　　　　　　　　　　　　　　　　22岁

1月12日，发表通讯《在破晓前的黑夜里》，署名李寄，载同日《解放日报》。这是作者公开发表的第一篇文章。它是根据1942年秋，通过敌人封锁线时，所了解的情况写成的。此后作者还写一些通讯，散文，载《解放日报》。

春，作叙事诗《生活在春天的孩子们》，并完成小说《退却》的创作。这两篇作品都未发表。《退却》是作者写的第一篇小说，"写的很艰难，前后写了好几个月"。（《我的写作经历》）

9月，结束在靖镇完小的教书生活，调至定边参加整风训练班。著名长篇叙事诗《王贵与李香香》，是在靖镇完小教书时，开始孕育的。诱发作者创作冲动的事件，是一个简单的故事：一天作者在靖边县委听苏奋同志讲，在刘志丹领着红军打靖边县城的时候，不少青年纷纷要求参军，其中一个男青年态度非常坚决，但因为他未婚妻的父母不同意，愿望无法实现。于是这对青年男女相约偷偷逃跑，去参加红军。后来女青年被家里人捉回，打得死去活来，可是她态度非常坚决，捉了逃，逃了捉，终于两人一起参加了红军。作者听了这个故事后，"几乎惊呆了。开始打算用小说形式来表现这个故事，但总是集中不起来，苦恼着无法下笔"。（李小为《最初的孕育》）

1944年   23岁

春，调至三边行政公署教育科编写教材。由于工作的需要，曾到三边的一些县、区和乡镇调查了解情况，在这一过程中，李季由于加深了对三边人民的了解，于是"对民歌发生了强烈的兴趣"。"不间断的进行民歌收集工作。辑录得最多的是'顺天游'（在陕北三边一带这也是主要的民歌形式）"。李季说："人民、劳动人民是有无可限量的艺术创作才能的。这一真理，只有在这时候，我才不仅在理论上，而且在感情上认识了它；也是在这时候，我才真正发觉了自己的浅薄无知。小资产阶级的那种自大狂，是丝毫根据也没有的。"（《我是怎样学习民歌的》）

1945年   24岁

7月，由三边行政公署调至盐池县县政府任政务秘书。

7月20日，发表小说《救命墙——三边民间传说》，署名里计，载同日《解放日报》。

9月12日，发表短篇小说《老阴阳怒打"虫郎爷"——新编"今古奇观"之一段》，第一次使用"李季"的笔名（以下作者发表的作品，凡署名李季者，均不再注明），载同日《解放日报》。

11月，酝酿三年多的长篇叙事诗《王贵与李香香》，构思成熟，开始写作。

12月，完成长篇叙事诗《王贵与李香香》的创作。当时的题目为《太阳会从西边出来吗？——三边民间革命历史故事》。作品完成后，作者念给盐池县的一些区乡干部听，"征求他们的意见"。（《我的写作经历》）

1946 年   **25 岁**

夏，长篇叙事诗《太阳会从西边出来吗？——三边民间革命历史故事》在《三边报》上连载。

秋至冬，任三边报社社长。

9 月 22 日，延安《解放日报》编者，经与作者商定，将《太阳会从西边出来吗？——三边民间革命历史故事》，改题为《王贵与李香香》，在同日的《解放日报》上，开始连载。长诗发表时，《解放日报》的编者解清（即黎辛），以《从〈王贵与李香香〉谈起》为题，写了推荐文章。解清同志回忆说："用这种方式发表和推荐好作品，《解放日报》是第一次。"

这以后，曾由新华社分别用中文、英文电讯发出，不少解放区和上海、香港出了单行本（参见《李季著作书目》）。陆定一、郭沫若、周而复、钟敬文等都写了评论文章。陆定一说：这是在《讲话》精神照耀下产生的第一首优秀的人民诗篇。从内容到形容都"出来了新的一套"，"表示了新民主主义文艺运动对于封建的买办的反动的文艺运动的胜利"。建国后，除了国内多次再版外，还被译为英文、法文、德文和印尼文等，向国外发行。

10 月 7 日，发表小说《卜掌村演义》，署名李寄，载同日《解放日报》，至本月 14 日载完。发表时，《解放日报》的编者写了七、八百字的按语。按语中说："作者在《王贵与李香香》叙事诗中曾表现了他对人民艺术的热爱与理解；这个说书则更说明这一点。"说书"这种形式在教育与宣传方面非常有用，值得广泛采用"。这篇小说，1948 年由太岳新华书店出单行本。1951 年由人民出版社出版。

冬至次年春，反映边区人民生活的长诗（诗的题目，作者想不起来了），在《三边报》上连载，写一节，登一节，后因战争开始，没有载完。

1947 年   **26 岁**

夏，胡宗南、马鸿逵进犯边区，为了鼓舞群众的对敌斗争，作说唱诗《阎家英雄传》，油印成小册子，随同《三边报》一起散发到敌占区。

年底，离开三边，调至延安。作者说，五年多的三边生活，"三边人民以小米和酸菜哺育了我，更以他们顽强、不畏强敌、乐观的伟大品德教育了我。在艰难的岁月，在胜利的时刻，日日夜夜，生生死死，把我磨炼成了一个道地的三边人。象是有一条无形的链，把我的生命，我的命运，同三边人民紧紧拴在一起。三边沙原变成了我的第二故乡本土，三边人民成了我相依为命的亲人。"（《三边在哪里》）三边的民歌"顺天游"，使"我得到了难以估量的教益"。（《顺天游·辑者小引》）

1948 年 27 岁

春，任延安《群众日报》副刊编辑。

6 月 18 日，作叙事诗《新烈女传》。1981 年《奔流》第七期，保持原稿面貌，发表了这篇遗作。

秋，仍在《群众日报》社工作。作说唱诗《凤凰岔历劫记》。

8 月，经画家钟灵和陈昭二同志介绍，作者与李小为同志相识。

10 月，作短诗《白发与皱纹》，署名章何紫。这是作者赠给李小为的诗作之一。

1949 年 28 岁

3 月，在河南洛阳中南职工学校任秘书。

5 月 14 日，与李小为同志结婚。

6 月初，由洛阳调至郑州，筹备出版《长江文艺》。

6 月 18 日，《长江文艺》在郑州创刊，李季任该刊编委。

同日，在《长江文艺》创刊号上，发表叙事诗《五月端阳》。原打算以《五月端阳》为题写三部，这里发表的是"第一部。""第二部为共产党领导下，陕甘宁边区生产建设运动及丰衣足食生活；第三部为 1947 年 3 月，胡、马匪帮侵入边区后，毛主席及中共中央坚持陕北，领导陕北军民英勇斗争的情形"（发表时，作者写的《附记》）；"后来没有再写下去"，其中有些材料，吸收到《杨高传》中去了。（《我的写作经历》）

7 月，出席第一次全国文学艺术工作者代表大会，当选为中华全国文学工作者协会委员。会议结束后，离京去武汉，任中南行政区文学艺术界联合会编辑出版部部长。

秋，由武汉返回阔别十余年的故乡唐河县探视。

11月5日，发表短诗《三边人》，载同日《长江日报》。

12月10日，发表创作经验谈《我是怎样学习民歌的》，载《文艺报》一卷六期。

1950年   29岁

1月初，任《长江文艺》主编。

1月21日，主持召开《长江文艺》改版座谈会，并作了长篇讲话。会议决定了改版《长江文艺》的多种措施。（《长江文艺改版座谈发言》，载《长江文艺》二卷一期）

同日，发表短诗《同志，你可认得他》，载同日《长江日报》。

4月1日，发表长篇叙事诗《报信姑娘》，载《人民文学》一卷六期。

4月8日，发表短诗《只因为我是一个共青团员》，载《中国青年》第三十六期。

5月7日，发表章回体小说《邵二兴巧遇"红旗飘"》，署名章何紫，载同日《长江日报》。

5月，作《顺天游·辑者小引》，收入1950年9月上海杂志公司版民歌集《顺天游二千首》。

6月4日，针对读者对其小说《邵二兴巧遇"红旗飘"》的意见，发表《关于〈邵二兴巧遇"红旗飘"〉》一文，署名章何紫，载同日《长江日报》。

9月，民歌集《顺天游》，由上海杂志公司出版。集子里的二千首民歌，是从他在三边搜集的近三千首"顺天游"中选出来的。（《顺天游·辑者小引》）

12月，以作者《憎恨之歌》一诗命名的多人短诗合集，由中南新华书店出版。

本年，作者利用编辑工作的间歇时间，曾到湖南韶山、长沙、浏阳访问。访问浏阳时，"拜访了城郊五、六家刻制菊花石的老工匠"，

"我不禁对这些巧夺天工的农民艺术家们，从心里油然而生一种强烈地尊崇的感情"，于是"我要写一首在湖南农民革命斗争中菊花石工匠命运的诗"。（《菊花石·重版后记》）

1951年　　　　　　　　　　　　　　　　　　　　30岁

2月4日，在"长江文艺通讯员运动"一周年纪念大会上发表讲话。这个讲话，后以《初步的收获》为题，发表在《长江文艺》四卷二期上。

6月1日，发表儿童故事《毛泽东同志少年时代的故事》，载《长江文艺》四卷五期。后经作者修改，1951年8月由中南人民出版社出单行本。

11月至12月，随"中国作家赴苏访问团"，访问苏联。

本年，写作了一些反映我国城市、农村新生活的短诗。（见《李季著作系年》）

1952年　　　　　　　　　　　　　　　　　　　　31岁

2月至4月，根据1951年底访问苏联的见闻，所写成的短诗，如，《苏联人民和我们在一起》、《莫斯科的冬天》、《致托尔斯泰幼儿院的小妹妹们》等等，分别发表在《长江文艺》、《长江日报》和《人民文学》等报、刊上。（见《李季著作系年》）

夏，参加荆江分洪工程建设。荆江分洪工程结束后，组织上曾指定作者和袁静、孔厥等合写关于荆江分洪工程建设的电影剧本，研究讨论了近一个月，后因作者调作其他工作，未再参加。

9月，在武汉创作长篇叙事诗《光荣的姑娘——记荆江分洪工程特等模范、女青年团员谭文翠同志》。

12月，短诗集《短诗十七首》，由中南文学艺术出版社出版。这是作者建国后出版的第一本短诗集。

年底，全国文协组织第二批作家深入生活，作者调离武汉，去玉门油矿担任矿党委宣传部部长。这是作者生活和创作的大转折。作者说："那时乔木同志跟每个人谈话，问我到哪？我说回三边，乔木同志说，请你考虑：最熟悉的不等于最有意义的。""这句话对我后来

创作很有影响"。(《李季在作家协会诗歌座谈会发言》)

1953年　　　　　　　　　　　　　　　　32岁

2月，抵玉门油矿。抵玉门油矿不久，作者给作家协会写信说：打算先搞一年的"实际工作和实地调查"，"如果可能，我真愿意在这里住它一辈子，就光看那些黑得发着闪光的石油，它也会诱惑着你为它献出全部身心的"。(《作家生活报导》，1953年6月《作家通讯》第一期)

春至夏，为《石油工人报》培训编、采人员；组织油矿业余创作组和宣传队。

8月7日，发表长篇叙事诗《菊花石》，载本年《人民文学》七、八期合刊。作者说：在这首诗里，我采用湖南民歌"盘歌"的形式是一种"新的尝试"。(《菊花石·重版后记》)

10月13日，阅读了陈淼同志关于对《菊花石》长诗讨论的来信和讨论会的发言纪录后，复陈淼同志信。"从内容上说，我是想在这首长诗里，塑造一个忠于艺术、为艺术创造献身，处在黑暗的旧社会的淫威下，坚贞不屈的无名的民间艺术家的形象。老工匠牺牲后，我安排了他的女儿荷花，为其事业的继承人和其性格的发展。人物虽然是两个，但我是当作一个统一的人物来处理的。我承认我是在写自己。这就是我的基本意图。""在语言、形式方面，如象许多同志所指出的那样，我是有意识地作着一种新的探索。"(载本年《作家通讯》第七期)

10月20日，致萧三信。"我们在这个石油城里住了十个整月了。我在这里的具体工作是：矿区党委宣传部长(小为是工会女工部长)。虽然过去没有直接做过工矿工作，但群众工作，是我喜爱和熟悉的。我干的很起劲。这里好多人都说：我不象个作家。真的，我自己也感到干这一个工作，比写东西更顺手一些。有时，我甚至还在想业余为文，主要就搞工矿的政治工作。最近，我帮助工作所在的那厂子，提前两个半月完成了国家全年计划。工人高兴，我也感到一种不亚于创作收获的愉快。生活是多么诱惑人啊！""一年了，我除写了几篇短东西之外，什么也没写。《菊花石》是在这一时期修改的。"

1954年   **33岁**

1至7月，作者以《祁连山情歌——"春风普度玉门关"》为总题目，写作和发表了十几首短诗。（见《李季著作系年》）

7月，创作长篇叙事诗《生活之歌》。11月1日发表在《中国青年》第二十一、二十二期合刊上。"这虽然是一首叙事诗，其实也就是对青年的劳动英雄人物和祖国工业建设的一支颂歌，主题意义是很清楚的，抒情成份是相当浓的，自然景色的描写是颇为动人的，这是由于作者亲身体验了这种生活的一个结果。"（臧克家《李季的〈生活之歌〉》，载1955年《文艺学习》第五期）

11月上旬，随同石油部门的几位领导同志和第一批进驻柴达木盆地的石油地质勘探队队员一起赴柴达木。"当时的柴达木盆地"，一片荒芜。进驻后，吃的是"带去的干饼子，喝的是严格限量的泥汤水，临时搭起的帐篷算是最好的住处。李季和大伙一起，过着最艰苦的生活，不要任何稍微特殊一点的照顾。他每天早出晚归，和勘探队员一起爬荒山，看构造，寻油砂，找油苗"。他还曾在野外露宿，当大家"感到十分不安"时，他却说"不吃点露水，哪能知道勘探队员怎样度过戈壁的寒夜？"（尤涛《怀念"石油诗人"李季同志》，载1980年4月五日《工人日报》）

11月中旬，作者开始发表《初进柴达木》的组诗。关于"组诗"，作者曾说："我第一次写组诗，是在一九四九年"。那些诗"曾被一些读者所喜爱，但作为组诗来说，却不是很成功的"。"经过一个时期的学习，逐步地多少掌握了若干关于组诗的特点和规律"。"这样我就在1953—1954年，在我写作反映玉门油矿生活的第一批诗歌里，有意识地运用起组诗这一形式"。（《兰州诗话》）

年底，调离玉门油矿。作者回忆这两年的生活时说：1952年冬天到玉门油矿，"这是我最初同石油工人结识，也是我接触我国工人生活的开始"。当时"我又接触到一个新的问题——怎样用我所唱惯了的调子，来歌唱工人和他们的生活？几年来，我以几十首反映石油工人生活的短诗和一部长诗（《生活之歌》），对这个问题作了回答"。"我的诗的风格，和我的生活基础，都决定了我在描绘石油工人形象的过程中，必须经过一段较为长期的熟悉和探索阶段。这些诗，就是

这个阶段的'试产品'。"（以上引文见《难忘的春天·后记》和《生活之歌·重版后记》）

1955年　　　　　　　　　　　　　　　　　34岁

年初，调任中国作家协会创作委员会常务副主任。

4月，短诗集《玉门诗抄》，由作家出版社出版。1957年8月，译为英文，由中国外文出版社出版，向国外发行。向国外发行时，作者写了《题记》，《题记》中主要谈到他的这些诗是在一种什么感情支配下写成的。

同月，长篇叙事诗《生活之歌》，由中国青年出版社出版。

10月1日，发表童话诗《幸福的钥匙》，载《长江文艺》11月号。这首童话诗"是响应多写儿童文学作品而写的"。（《我的写作经历》）1956年4月，由上海少年儿童出版社出单行本。

本年，中国作家协会举行第十次主席团会议，作者被推举为青年创作筹委会委员。

本年，作者写作了反映石油工业战线生活和建设的大量短诗和组诗。（见《李季著作系年》）

1956年　　　　　　　　　　　　　　　　　35岁

1月初，自北京抵宁夏，直到本年秋才返回北京。

3月8日，发表创作经验谈《热爱生活，大胆创造——和同代的同行们谈写作的二三感受》，载《文艺学习》第三期。作者在本文中，讲到自己的创作生活时曾说："我在开始学习写作的时候，是比较喜爱散文形式（小说、通讯报告）的。一直到开始写作长诗时，我还是决心学写散文。这些年来，由于许许多多的原因，弄得自己骑虎难下。结果，放松了对散文技巧的磨练和学习，而用较多的时间，去钻研诗的写作技巧。从长诗发表到现在这一段时间，证明我并没有很高的诗的才能。虽然也没有任何根据来说明我更适合写作散文作品，我也不相信自己写作散文的才能会比写诗的才能更高一些。但是，企图用散文形式来表达自己的生活印象的念头，却经常诱惑着我。"

6月，连环画《王贵与李香香》，由人民美术出版社出版。周令剑作画，李季将原诗重新节编配文。

初秋，与其夫人李小为一起赴三边访问。时间约一个多月，先去银川，后到定边、安边、靖边、盐池、吴旗等县。访问了当地群众和有名的民歌手王有，参观了毛主席当年住过的青杨岔和王家湾。在访问过程中，李季回顾了当年构思、创作《王贵与李香香》的过程及学习民歌的情况。（李小为《最初的孕育》）

9月，进中央党校学习。

10月，短诗集《致以石油工人的敬礼》，由长江文艺出版社出版。

12月5日，发表说唱诗《银川曲》，载《延河》12月号。这篇作品"原是我在一九五五年冬，在银川和姚以壮、朱衡彬几个人合写的一个反映银川合作化的电影剧本，几经修改，最后还是失败了。我根据这个故事，重新加工改写成了这篇说唱诗。"（《我的写作经历》）

1957年   **36岁**

本年，仍在中央党校学习。

1月，致作协书记处信，并附本年的写作计划。均载本年《作家通讯》第一期。

2月1日，发表组诗《西苑书简》，包括五首短诗。载《长江文艺》2月号，后收入《西苑诗草》。

6月，长篇叙事诗《菊花石》，经作者修改后，由长江文艺出版社出版。

7月24日，《收获》（双月刊）在上海创刊，李季参加编委。

8月，散文集《银川曲》，由通俗文艺出版社出单行本。

12月1日，发表组诗《北京速写》，包括五首短诗，载《长江文艺》12月号。属于这组组诗的还有两首，后均收入短诗集《西苑诗草》。

秋至冬，作者曾陪同外宾到南京、上海、江苏等地参观，在参观途中作者所写的九首短诗，合称为《江南草》，先以组诗的形式在刊物上发表，后收入《西苑诗草》。

年底，在党校学习结束。

1958年　　　　　　　　　　　　　　　　　　**37岁**

年初，赴兰州、玉门等地深入生活。这次去甘肃主要是为了写作长篇叙事诗《杨高传》，因此时间较长，直到1961年初才回到北京。

春至夏，深入到玉门油矿、皋兰县（甘肃省最干旱的地区之一）和陕北三边等地生活和访问。其间，还参加了《甘肃民歌选》（日本）、《敦煌文艺丛刊》和《工农文艺》的编辑工作。（《诗人李季在甘肃》，载1958年5月18日《甘肃日报》）

4月5日，发表小说《戈壁旅伴》，载《延河》4月号。它可以说是《杨高传》的一个详细提纲。作者说："开始写作'杨高传'之前我便写了一篇长的小说——'戈壁旅伴'，把我对这部长诗已经近于成熟的艺术构思，和一些重要的场景、人物、情节，都写了进去。这样，在写作长诗的时候，就避免了顾此失彼，因局部而忽略了全局等缺点。"（《兰州诗话》之二十九）

5月，短诗集《西苑诗草》，由作家出版社出版。

6月1日，发表长篇叙事诗《三边一少年》，载《长江文艺》6月号。1959年2月由中国少年儿童出版社出版；1960年7月，译为德文，由中国外文出版社出版。

7月31日，由李季主持筹备的"工农兵文学剧院"，举行成立大会，并举行首次演出。演出前，作者登台赋诗，以示祝贺。

7月，由李季主持筹备的"中国作家协会兰州分会"，正式在兰州成立。李季被推选为兰州分会主席。

8月18日，由甘肃赴北京，出席中国作家协会主持召开的作家深入生活座谈会。作者在座谈会上讲了他赴甘肃半年多来深入生活的体会以及这一阶段的写作情况。（见1958年9月《作家通讯》第八期）

9月24日，发表长篇叙事诗《杨高传》第一部——《五月端阳》，载《收获》第五期。

9月，由作者主持筹备的《红旗手》月刊，在兰州创刊。作者"既是主编，又是编辑，从选稿、审稿、确定封面，到排版、印刷，全跟大家一起干"。（曹杰等：《陇上的怀念》）

同月，赴柴达木盆地。这是作者第二次进入柴达木盆地。第一次是在1954年冬天，相隔四年再度来访，看到这里的变化，"感受很

深"。(《心爱的柴达木·后记》)

10月，短诗集《玉门诗抄》（第二集），由作家出版社出版。

同月，作者与闻捷合写的"板头诗"诗集《第一声春雷》和《我们遍插红旗》，由敦煌文艺出版社出版。

本年，作者创作极为勤奋，除上面提到的几首长诗和三本诗集以外，还写作和发表了四十五首反映石油工业建设和描写玉门、克拉玛依的自然风光的短诗。

1959年   38 岁

1月初，自甘肃致中国作家协会信，信中说："上半年，到洮河工地去，根据此间省委的决定，写作引洮上山的作品（用什么形式写，没有最后确定）"。下半年，写作《杨高传》第三部（题目也未最后确定，"还要到玉门油矿去补充材料"，"我计划争取年底完成它。如有时间拟将前两部通篇再修改一遍，并考虑将三部长诗合在一起，改编歌剧和电影"。（见1959年1月《作家通讯》第一期）

1月8日，发表长篇叙事诗《杨高传》第二部——《当红军的哥哥回来了》，载本年《人民文学》1月号。

1月10日，发表创作谈《兰州诗话》之一，载《红旗手》第一期。"这是我从给各地读者的回信中摘录出来的片断"，从此时起至1962年，陆续在《红旗手》和《甘肃文艺》上，"发表了三、四十封这样的信。这些信，都是根据我当时的认识，对读者提出问题的回答，它反映了我那一时期的文艺思想状况"。（《我的写作经历》）

2月，短诗集《心爱的柴达木》，由百花文艺出版社出版。"收在这里的十九首短诗，都是我在一九五八年秋、冬之间写作的"，"第一、二部分，都是在柴达木盆地和昆仑山中写成的。第三部分是在参加石油工业部克拉玛依现场会议期间写作的"。（《心爱的柴达木·后记》）

4月1日，发表《为石油和探采石油的人们而歌——诗集〈石油诗〉编后记》，载《星星》第四期。作者在这篇"后记"里，回顾了他自1952年底至1958年底的生活和创作的情况，他说："在玉门的两年间，我很少想到写诗的事，我为油矿每一个新的建设成就，感到衷心地喜悦。""随着时间的延长，我越来越深地爱上了石油，和万千个为探采石油的石油工人们"。"一九五四年的后几个月，我感到难于抑止自己的感情，我开始为石油和探采石油的石油工人们而歌唱了。在不到半年的时间里，我利用业余空闲时间，写了近两千行诗"。"从一九五五年起，我离开了玉门油矿，人虽然离开了，心却留在那里"，"收集在《致以石油工人的敬礼》、《西苑诗草》里的一些关于石油工人生活的短诗，就是在这种心情里写出来的"。1958年"我终于又回到了玉门油矿，回到了柴达木，并且访问了我久久思念的克拉玛依"，写出了收集在《玉门诗抄》（二集）和《心爱的柴达木》中的"二十多首短诗"。现在"当我执笔写这篇追怀近五、六年来我和石油关系的文章时，我是充满了感愧交集的心情的，我要感谢千千万万石油工人们，他们以创造性的劳动，冲天的干劲，教育了我丰富了我；我没有他们的劳动，我是连一行关于石油的诗，也写不出来的"。

5月1日，发表创作谈《谈诗短简》，载《长江文艺》5月号。这是作者从他"给一个写诗同志的回信"里，摘抄出来的。

5月，长篇叙事诗《杨高传》第一部——《五月端阳》，由作家出版社出版。

6月，长篇叙事诗《杨高传》第二部——《当红军的哥哥回来了》，由作家出版社出版。

9月26日，发表创作经验谈《我和三边·玉门》，载《文艺报》第十八期。1961年《中国文学》第一期转载此文，向国外介绍。

9月，散文集《戈壁旅伴》，由上海文艺出版社出版。收在这个集子里的四篇作品，"所写的四个地方（三边、银川、玉门——柴达木和甘肃），都是我曾经比较长期生活过的地方，我一直爱着这些地方。"这四篇作品"由于在语言、形式方面进行尝试、探索的比较多，对人物的刻画就相对不足了，至少在第一、二、四篇是这样的。"（《戈壁旅伴·前记》）

同月，诗选集《难忘的春天》，由人民文学出版社出版。这本诗集"选辑了从一九四九年到一九五八年这十年间，我所写作的一百篇诗"。它"是我在学习写诗的道路上，开始学步的十年"，"也是我在诗的语言、形式方面，探索、尝试的十年"。（《难忘的春天·后记》）

1960 年　　　　　　　　　　　　　　　　　　　　　　　　**39 岁**

本年，仍在甘肃生活和创作。

1月1日，发表长篇叙事诗《杨高传》第三部——《玉门儿女出征记》，载《解放军文艺》一月号。

1月7日，发表电影文学《高山运河交响曲》，载《电影创作》一月号。

5月，长篇叙事诗《杨高传》第三部《玉门儿女出征记》，由作家出版社出版。

5月，访问捷克斯洛伐克。

7月10日，发表长篇叙事诗《李贡传》，载《红旗手》第七期。1963年2月百花文艺出版社出单行本时，改题为《李贡来了》。

7月22日至8月3日，代表甘肃文艺界，参加第三次全国文学艺术界代表大会，当选为中国作家协会理事。在作协第三次扩大理事会上，作者与闻捷联名作了题为《诗的时代，时代的诗》的发言。这个发言作为大会的综合报导，载本年7月《文艺报》第十三、十四期合刊上。

9月，访问苏联。

10月，访问保加利亚。

本年，作者除继续发表创作谈《兰州诗话》以外，根据他到苏联、保加利亚、捷克斯洛伐克访问的见闻，写作了近二十首国际题材的短诗，这些诗先在报刊上陆续发表，后收入短诗集《海誓》。

1961 年　　　　　　　　　　　　　　　　　　　　　　　　**40 岁**

年初，在甘肃、玉门等地深入生活和写作三年之后，重返中国作家协会工作。自此时至1966年夏，先后任《人民文学》副主编（主编张天翼同志生病期间，由李季主持工作）、作协外委会和作协党组成员。

2月12日，发表小说《马兰》，载本年《人民文学》一、二月号合刊。1963年《中国文学》第十一期转载，向国外介绍。

3月至4月，随中国作家代表团赴日本，参加"亚非作家会议东京大会"。在日本逗留期间，先后访问了京都、大阪和琵琶湖等地。

4月17日，从日本镰仓到箱根访问，途经热海时，陪同的一位日本作家向作者讲了一个"美丽感人的民间传说"，作者根据"这位日本朋友的讲述"，作长篇叙事诗《海誓》。（《海誓·附记》）此诗载本年《诗刊》5月号。

8月1日，作儿童诗剧《奈良川的大石桥》。这里作者根据日本民间传说的故事写成的。1962年11月，由中国少年儿童出版社出版。

本年，除了上面所说的一些诗作外，作者还根据访日的见闻，写作了一些短篇叙事诗和描写日本自然风光的抒情诗。

11月，短诗集《海誓》，由作家出版社出版。

冬，赴大庆参加石油大会战。

1962 年　　　　　　　　　　　　　　　　　　　**41 岁**

本年，仍在中国作家协会工作和任《人民文学》副主编。

秋，赴越南访问。访问越南期间以及此后所写的反映越南人民抗美斗争和中越人民之间的友谊的诗篇，均收入短诗集《剑歌》。

10月，在北京欢迎日本中岛健藏来华访问。

11月，叙事诗《奈良川的大石桥》，由中国少年儿童出版社出单行本。

1963 年　　　　　　　　　　　　　　　　　　　**42 岁**

本年，仍在中国作家协会工作和任《人民文学》副主编。

1月1日，发表散文《祝福随笔》之一，载《甘肃文艺》第一期。这组散文，共九篇，其他八篇此后陆续发表在《甘肃文艺》等刊物上。它是描写石油工人开发大庆油田的英勇劳动的。因那时大庆没有公开，故根据"安达"是蒙古语"祝福"的意思，取名《祝福随笔》。（《我的写作经历》）

1月22日，发表短篇小说《脊梁吟》，载同日《人民日报》。

1964 年　　　　　　　　　　　　　　　　　　　**43 岁**

本年，仍在中国作家协会工作和任《人民文学》副主编。

1月，发表长诗《向昆仑》，载本年《解放军文艺》一月号。"我

在这首诗里，穿插我自己的生活经历，写了我那一时期对国内外形势的看法。"（《我的写作经历》）

3月，短诗集《剑歌》，由百花文艺出版社出版。

5月12日，发表长篇叙事诗《钻井队长的故事》，载同日《人民日报》。

1965年   44岁

本年，仍在中国作家协会工作和任《人民文学》副主编。

2月，短诗集《石油诗》（第一集），由作家出版社出版。诗集收入作者1953年春至1964年初，所写的以石油工业战线生活为题材的短诗四十四首。

同月，《石油诗》（第二集），由作家出版社出版。诗集收入作者反映石油工人生活的两首长诗：《生活之歌》和《向昆仑》。

1966年   45岁

本年，继续担任中国作家协会工作和《人民文学》的编辑工作。由于工作繁忙，上半年没发表作品，但他利用工作余暇曾构思了反映石油工人生活的散文和小说；搜集整理多年来深入生活的心得体会，打算写自传体的小说。后来由于"文化大革命"开始，致使上述计划未能实现。李季在小说的创作方面，曾有过探索和追求，已发表过十几篇小说，直到1979年他还表示："我愿在今后的岁月里，继续努力，争取写得更多些，也力求写得更好些。"（《马兰集·书后》）

1967年   46岁

参加劳动，接受"审查"。

1968年   47岁

继续被"审查"。发表在1981年《新文学史料》第四期上的《我的写作经历》一文，即是本年在受"审查"期间，写的"交代"材料。

1969年　　　　　　　　　　　　　　　　　　　　　　**48岁**

9月，自北京至湖北省咸宁"文化部五·七干校"参加劳动。

1970年　　　　　　　　　　　　　　　　　　　　　　**49岁**

继续在"五·七"干校参加劳动。11月间，当李季得知与他结下了深情厚谊的王铁人逝世的消息时，非常悲痛，竟然昏倒在地上。

1971年　　　　　　　　　　　　　　　　　　　　　　**50岁**

继续在湖北咸宁"五·七"干校参加劳动。

1972年　　　　　　　　　　　　　　　　　　　　　　**51岁**

1至5月，继续在湖北咸宁"五·七"干校参加劳动。期间，李季曾给赴北京探亲的郭小川同志写信说："在你的探亲假期满之后，请你主持一项工作——专案复查。任务是复查自文化大革命以来所有曾被审查的同志的结论，性质重否？文字妥当否？……此事很有意义，在同志们大量安排工作之前，认真复查一遍，对党、对这些同志都是我们应尽的责任。"（1972年2月23日致郭小川信）

6月，由湖北省咸宁"文化部五·七干校"调回北京人民文学出版社，遵照周恩来同志要多出好书，要恢复全国性文艺刊物的指示，筹备《人民文学》的复刊工作。

秋，由于"四人帮"的阻挠、刁难，《人民文学》复刊的工作无法进行，李季重返石油战线。

1973年　　　　　　　　　　　　　　　　　　　　　　**52岁**

年初，任石油勘探开发规划研究院副院长。曾深入到胜利油田、辽河油田和陕甘宁石油会战工地调查、访问。

4月，作为中日友好协会访日代表团成员，访问日本。

1974年　　　　　　　　　　　　　　　　　　　　　　**53岁**

10月23日，听取黑龙江李柏、康锋戟、张梅陆和张爱忠四同志，关于长诗《历史的主人》（写铁人王进喜）创作提纲的汇报。听了汇报后，作了长篇发言。这个发言，后由以上四同志整理，发表在黑龙江《创作通讯》1980年第二期上。

1975年   54岁

秋，由石油勘探开发规划研究院调至《诗刊》编辑部，任主编。

7月，"与文艺界几位老同志共谋上书中央，控诉'四人帮'在文艺上大搞法西斯专政及其造成的恶果。""一九七六年春，李季病重入院，'四人帮'的舆论工具，抓住这一事件"，曾攻击说："他们横了心，要'整顿'一番，于是策划于密室，点火于基层，他们妄图强迫文艺界有的老知识分子'上书言事'，攻击党的文艺政策，诋毁文艺革命的大好形势"。（丁宁：《人有尽时曲未终》），载1980年《诗刊》五月号。

1976年   55岁

1月1日，由作者主编的《诗刊》，正式复刊。因在版权页上注明"总八十一期"的顺序，曾遭到"四人帮"的指责和批判。

11月，怀着粉碎"四人帮"后的兴奋心情，开始写作长篇叙事诗《石油大哥》。当时作者心脏病较严重，为了激励自己早日完成这部长诗，曾在日记本上写下了这样的诗句："口含'消心痛'，挥笔画油龙；但求心竭日，油龙腾太空。"（见1980年3月20日《人民日报》）

1977年   56岁

1月，筹备、举办怀念周恩来总理的诗歌朗诵会、演唱会，并作抒情诗《大庆儿女想总理》，此诗载本年1月8日《人民日报》。

2至3月，抱病到河北任丘油田深入生活和写作，就在这里，完成了长篇叙事诗《红卷》的创作。

2月16日，发表长篇说唱诗《石油大哥》，载本年《解放军文艺》第二、三期合刊本和第四期上。1977年4月，由人民文学出版社出单行本。人民文学出版社在该书的内容介绍里说："这是李季同志的一部长篇说唱诗新作。反映我国石油工业战线'向海洋'的进军中，一支以王铁人式的英雄石占海为首的钻井队，冲破'四人帮'的干扰和破坏，……取得了开发新油区'海底油田'的重大胜利。长诗运用民间说唱形式，有较浓郁的油田生活气息。"

11月20日，参加《人民日报》编辑部举行的彻底批判"文艺黑线专政"论的座谈会，并在会上作了发言。在此前后，李季为批倒"文艺黑线专政"论到处造舆论，他说：文艺界"不把这个枷锁彻底砸掉，就谈不上真正解放"。（丁宁：《人有尽时曲未终》）

11月30日，发表《毛主席的革命文艺队伍是一支好队伍——斥"四人帮"对文艺队伍的诽谤和诬蔑》，载同日《人民日报》。

1978年   57岁

3月20日，发表叙事诗《红卷》，载本年《人民文学》第三期。

8月，作《李季诗选·编后小记》。

同月，发表散文《清凉山上的怀念》，载《战地增刊》第一期。此文是作者为其故去的战友闻捷的诗集所写书后，后收入《闻捷诗选》。

10月3日，发表小说《油乡近事》，载同日《人民日报》。

11月20日，发表小说《病房三章——暮云期手记断片》，载本年《上海文学》十一月号。

12月，作诗集《石油六歌·编后记》。

1979年   58岁

1月14日至20日，参加《诗刊》编辑部在北京召开的全国诗歌创作座谈会。作者在座谈会上说："我是民歌起家的，我从创作实践和编辑实践考虑，民歌、古典诗歌可作基础，但仅仅是这样，是不行的，还是应把路子放宽一点，多方面吸收营养。我后来写长诗，就学习了外国的诗歌，如用了'第一部'、'第二部'的分法，这在中国是没有的。"诗人"仅仅熟悉原来的生活不行"。"现在，每个诗人都面临着一个怎样迅速地投入到战略大转移中来的问题。""为了更好地歌唱战斗，就要熟悉新的时代，新的人物，新的生活。全国人民都在学习，这一课必须上，这是我们民族的阶级的最高利益。"（《李季

同志在小组会上的发言》）

1月，作电影《啊，摇篮》中的两首插曲的歌词：《摇篮曲》和《信天游》。

2月5日，在中国文联筹备组召开的省市（自治区）文联工作座谈会上发表了讲话，讲话强调：必须肃清"文艺黑线专政"论的流毒，落实党对作家、艺术家的政策。从报刊上发表的回忆李季生前活动的文章获悉：他在这些方面作了大量的组织工作和具体工作。

3月25日，发表抒情长诗《石油万里从军行——致连长》，载本年《收获》第二期。

3月26日，主持召开1978年全国优秀短篇小说评选发奖大会。这次评选活动是由李季首先倡议的，并自始至终参与了组织工作和评选活动。

10月，长诗集《石油六歌》，由山东人民出版社出版。

11月7日，发表散文《有一个李文元》，载同日《光明日报》。

11月，参加全国文学艺术界第四次代表大会，被选为作协副主席。粉碎"四人帮"后至逝世前，还担任过《人民文学》主编，作协书记处常务书记和党组副书记等职。李季自1961年以来，长期投身在编辑工作和行政事务工作中，他"是一个好的文艺组织工作者，好的编辑工作者"。（刘白羽《泥土气息与石油芳香》，载1980年《文艺报》第五期）

12月26日，发表儿童叙事诗《葡萄的传说》，载本年《儿童文学》12月号。

1980年 59岁

2月，短篇小说集《马兰集》，由河南人民出版社出版。收集在这本集子里的十篇小说，是作者自1945年7月到1978年9月，这二十多年先后写作的。

3月3日，主持召开由外地深入生活回京的同志的座谈会。

3月5日，主持召开1979年"全国短篇小说评选委员会"会议，研究当选作品篇目等问题。李季逝世后，茅盾谈到此事时曾说：连续两年举办的全国短篇小说评奖，受到了"海内外文艺界人士交口赞许"。"李季同志不幸早逝",希望"同人等兢兢业业,继承遗规"。
(1980年第一期《小说选刊·发刊词》)

3月7日,参加文联和各协会党组扩大会议。

3月8日,上午在作家协会上班,研究召开文艺期刊编辑工作会议的问题;下午心脏病猝然复发,多方抢救无效,十七时逝世于北京阜外医院。他逝世后,桌子上还放着未写完的散文《三边在哪里》。

李季"是解放区成长起来的优秀诗人。他的长诗《王贵与李香香》是在诗歌领域实践毛主席提出的文艺为工农兵服务方向的第一部杰作,在国内外产生了巨大的影响。"建国后,他又"赢得了'石油诗人'的美誉"。"李季自觉地服从党的分配和革命文艺事业的需要,不顾对个人创作的影响,一心扑在文学组织工作上,为党的文学事业作出了卓越的贡献","为发展中外作家之间的广泛联系作了大量工作,特别是在培养文学新人方面作出了显著贡献。由他主编的刊物,向文学战线输送了一大批新的作家和诗人"。(引文均见《悼词》,载1980年3月20日《人民日报》)

创 作 自 述

我的写作经历

在 1942 年初，我被调到晋东南抗日民主根据地鲁迅艺术学校以前，是一个业余文艺爱好者，除学着写过一些几百字的小消息向报纸投稿外（一次也没有被采用过），什么作品也没有写过。1942 年前后，我曾有过一个想把我在 1939 年抗日游击队的生活，写成小说的想法，那时还拟了个题目《破晓》，并陆续积累了一些资料（包括我对当时生活的回忆），还曾写过一些零星的提纲和片断。想写这个小说的想法，主要是读了法捷耶夫的《毁灭》和当时流行的一些作品，想模仿《毁灭》，写各式各样的人参加了游击队，怎样在同敌人战斗中，被改造、锻炼成坚强的游击队战士，最后在一次同敌人的严重战斗中，经受了考验，一直打到天亮（"破晓"这个题目就是按照这个意思想的），终而突围，战胜了敌人，最后变成了八路军的一个连。

1942 年秋天，从晋东南经晋中日寇敌占区过封锁线返回延安途中，我写了一篇通讯，题目是《在黎明前的黑夜里》，年底回到延安时，投给了《解放日报》，被发表在 1943 年 1 月 12 日的四版头题。这是我公开发表的第一篇东西。此文主要是根据我过封锁线时和敌占区人民接触中，所了解到的一些材料，说明我们抗战将要胜利，敌人必然死亡。和写这个东西差不多同一个时候，我还写过一篇《在汾河平原上》，内容和材料，也都是我在路过封锁线时所接触的那些材料，形式也和前一篇同样是通讯。这一篇没有发表过。

1942 年以后，确切时间记不起来了，我想写一部小说，叫《生活颂》（也想过用"生活之歌"、"青春之歌"、"还我健康"等这些题目）。这部小说，主要是模仿《钢铁是怎样炼成的》，我断断续续地酝酿了好几年，一直到解放初期，还没有断念。这主要是想以我自己的经历，写一个青年是怎样在战争中锻炼成长起来的，写他同疾病斗争的不屈意志，想用"还我健康"这个题目，就是从这一点考虑的。这个作品酝酿很久，也积累了一些材料，其中有不少材料和情节，以及我的一些想法，都吸收在1958—1959年所写的《杨高传》里。

1943年春，我在陕甘宁边区靖边县完小当教员时，根据在太行山区农村帮助工作时所认识的一个女村长的故事，学习着写过一篇小说，题目叫《退却》，这是我第一次学习写小说，写的很艰难，前后写了好几个月。这篇东西，我是作为写作练习来写的，除了两、三个相熟的同志看过外，从未拿给其他人看，更没想到过要拿出来发表。在靖边完小教书时，我还写过一首稍长些的诗，题目可能叫作《生活在春天的孩子们》，内容是写边区新社会里，孩子们在党和政府的关怀下，过着怎样幸福的学校生活，主要是以靖边完小学生们为材料写的。这首诗，曾投给延安《解放日报》，未被采用，被退了回来。另外还有一篇《寄八连的同志们》，这也是在靖边完小教书时写的。这是用回忆形式写的小散文。主要内容是写我在部队时所在的那个连队的生活回忆。当时打算写几篇，但写了这篇后，就写不出来了。这也是作为学习写作的练习来写的。这篇东西，从来没有给谁看过。

1944年秋天，我曾根据《解放日报》上介绍陕甘宁边区文教群英大会上表扬的破除迷信模范崔岳瑞，在农村宣传科学知识，破除迷信的事迹，写了一个唱本《小掌村演义》。此稿后来在1946年秋天的《解放日报》上发表过。解放战争时，曾由太岳等地新华书店印过单行本。

1945年上半年，我在陕甘宁边区三边专员公署工作时，因参加一个复员军人先进生产者的会议，担任整理材料工作，我曾把一个复员军人的事迹，写了一篇通讯《复员军人赵连秀》，由三边地委宣传部审查后，寄给《解放日报》，也未发表被退了回来。

1945年夏天，我由三边专署被派往靖边县政府，帮助结算粮食帐目，并参加扑灭蝗灾的工作。在灭蝗工作中，我写了一篇章回小说体的小说《老阴阳怒打虫螂爷》，投寄给延安《解放日报》，7月间被发表了，这是我公开发表的第一篇小说，内容是写灭蝗工作中破除迷信的思想斗争。此文1951年曾在武汉印过单行本，后来，在1959年收在《戈壁旅伴》中。

1945年底，我在陕甘宁边区盐池县政府工作时，根据我在三边工作几年所接触了解的三边人民在土地革命中的斗争，和我收集的许多三边民歌顺天游，写了《王贵与李香香》。写成后曾念给盐池的一些区乡干部，征求他们的意见，然后寄给《解放日报》。1946年夏天，先在《三边日报》连载发表，九月间，《解放日报》才发表。这以后，曾由新华社用电讯发出，并由延安广播电台广播，不少解放区出了单行本。解放后，又印过各种单行本。

1946年冬到1947年春，我还写过一首诗，题目和具体内容现在都回忆不起来了，只记得是宣传动员人民进行备战（当时国民党扬言要大举进攻陕甘宁边区，备战动员是当时压倒一切的任务），题材好象是从新旧社会生活对比，宣传人民起来保卫边区的幸福生活。这首诗，也在《三边日报》上连载过，写一节，登一期，可能没有连载完，就因战争开始而中断了。这首诗，原稿和剪报我都没有保存，据说延安革命博物馆里展览有一份《三边日报》，那上边也许会有这首诗。

1946年下半年，我在《三边日报》工作时，我还曾想过以盐池县的一首民歌《寡妇断根》为题材写一个东西。这是在我到三边工作以前，发生在盐池县的一个真实故事，主要情节是：一个贫农（原先是破落地主，他自己又是一个抽大烟的二流子），只有一个寡妇老母和妻子，其妻嫌贫爱富，同一个地主通奸，终而同他离婚，并同地主结了婚。贫农告到区上，县上。由于主管干部丧失立场，犯了严重的阶级路线错误，贫农被判输了。这个贫农气愤之余，就跑到白区。一次，当他又返回边区境内准备偷骑地主的马，逃往白区途中，被地主赶上，打死在河滩里。事后，有个名叫王有的民歌作者（他是个有名的民歌作者，盐池乡下到处传唱他的民歌，王有本人又是极其贫苦的放羊老汉），就这件事，编了《寡妇断根》，这首民歌批评县上、区上的干部。县上知道了，就把王有捉起来，关在监狱里，说他侮辱了政府。放出去以后，王有继续唱这首民歌，后来又被关押。这个案件和这首民歌，当时在三边是很出名的。凡在三边工作的人，一般都知道一些。我当时想从王有编民歌坚持真理、同坏干部进行斗争这个角度来写，并想过一个题目《三代》，和一些零星的片断设想。但考虑到这个题材很难处理得好，因之后来也就放下了。当时主管处理这个案件的干部，名叫孙璞，的确犯了错误。解放后，听说在银川工作时，又犯了同样丧失立场的严重错误，受到纪律处分，并在全党通报过。王有这个民歌作者，解放后仍在盐池乡下劳动，他的儿子据说是生产队的支部书记。我就现在记得的情况，我当时感到难以处理的，一个是这个贫农原先是个破落地主，他自己又抽大烟，又是个不爱劳动生产的二流子，事情发生后，他又逃往白区。再一点是，怕为真人真事所局限。因为当时盐池群众中和许多干部都有许多不满此事的议论，但党内还没有传达过组织上对此事的最后结论。要写这个故事，即令把名字换了，也会使人一下就知道这是写的"寡妇断根"。第三，我当时感到这是一个很复杂的案件，牵连很多党的具体政策，按照我那时的政治思想水平，是很难处理得好的，所以，最后也就知难而退，把这个题材的写作打算，放了下来。当时为这个计划所收集的一些材料，和那时随时想到就零星记下来的一些片断设想等，就装在一个纸袋里，放了起来，这二十几年也一直没有再去翻阅过它。

1947年夏天，胡宗南、马鸿逵匪帮进犯边区后，我曾根据三边地委宣传部的指示（我那时的工作是受地委宣传部直接领导的），为了鼓舞群众对敌斗争，用唱本形式写过一个《阖家英雄传》，经地委宣传部审查，用油印印成小册子，随同《三边日报》一起散发到敌匪帮所占领的地方。这个唱本很短，主要是把三边群众的对敌斗争的故事，编在一起，写全家男女老幼都在保卫边区的战斗中立了功。

1948年，我因病，在《群众日报》半工作半休养，利用空闲时间，写过一个名叫《凤凰岔历劫记》的说唱诗，主要是写三边人民对胡、马匪军的斗争和敌人的烧杀暴行。材料都是我在三边时收集起来的。这个作品，我记不清是否写完了，但至少写了一大部分初稿。这个作品从来没有发表过。也是在这前后（1947年到1948年时），我还写过一个《新烈女传》，形式也是近乎唱本和说唱诗之间的不伦不类的东西。这个作品，可能是从土地革命到边区十年大生产，一直写到胡、马匪军进攻边区。具体故事情节，因十多年再没有翻阅过，实在回忆不起来了。这个作品也没有发表过。其中有些材料，故事情节和初稿中的一些片断、句子，可能被吸收在解放初期发表在《长江文艺》上的《五月端阳》一诗里。

1949年解放时，一直到1952年冬天，这几年中，我主要是编《长江文艺》，只是利用业余时间抽空写些东西。1949年冬天，写过二、三首关于三边人民在解放战争中英雄事迹的短诗（《三边人》、《报信姑娘》等）。1951年访问苏联时，写过六、七首有关苏联的短诗。1952年夏天，参加湖北省荆江分洪工程时，写过几首反映这一工程的短诗。所有这些都收在《短诗十七首》中。

1949年底前后，我曾以在三边工作时所收集的材料，和几份没有写完的简稿，改写成了一首长诗《五月端阳》（第一部），在《长江文艺》上发表过，后来没有再写下去，其中有些材料，吸收在1958年写的《杨高传》第一部中了。

1950年我曾根据我在韶山收集到的有关毛主席少年时代的一些小故事，写了一组（初稿共十六篇）儿童故事，于1952年出版了一本《毛泽东同志少年时代的故事》。

1950年底前后，我还写过一首长诗《菊花石》。

1952年夏天，荆江分洪工程结束后，组织上曾指定我同袁静、孔厥几个人合写关于荆江分洪工程的电影剧本，研究讨论了近一个月。

1952年底至1954年底，我在玉门油矿工作。两年中，除了最后三个月集中写作外，其余一年多时间，都集中精力做党的宣传工作，只是在假日中，偶而写点短诗。在玉门，我一共写了十几首短诗和一首长诗《生活之歌》。这些诗除了几首写酒泉一带各族人民新生活的外，其余都是写玉门石油工人劳动的。这些短诗合编为《玉门诗选》，出过单行本。

1954年夏天，一次从玉门到附近的金塔去参观一个水库工地，这之后，曾写过一首小叙事诗，名字可能叫《鸳鸯池》（？），想以这个水库的建设过程，反映石油工人支援农村水利建设，但因对当地农村生活了解很少，写的很不满意，写了个草稿就放下来了，以后没有再去修改。

在 1955 年初，我离开玉门前后，我曾构思写过一首长诗《党委书记》，也写了些片断初稿，这首诗主要是写一个在战争中多次负伤，最后在解放战争胜利时，奉命转业到石油工业厂矿的党委书记。

从 1955 年到 1956 年 9 月，我在中国作家协会工作的这段时间里，写过一篇童话诗，一篇说唱诗和十几首短诗。童话诗《幸福的钥匙》是响应多写儿童文学作品而写的，写戈壁滩上两兄弟怎样不畏艰难险阻，寻找油田的故事。短诗有一些是写银川人民建设生活的，其余都是关于玉门、克拉玛依石油工人进行社会主义建设的，这些短诗都编在《致以石油工人的敬礼》一书里。说唱诗《银川曲》，原是我在 1955 年冬，在银川和姚以壮、朱衡彬几个人合写的一个反映银川合作化的电影剧本，几经修改，最后还是失败了。我根据这个故事，重新加工改写成了这篇说唱诗。这篇东西出过单行本，后来编在《戈壁旅伴》一书中。

1956 年 9 月到 1957 年底，我在党校学习期间，和学习后陪外宾在各地访问中，一共写过二十多首短诗。内容一部分是写玉门、柴达木石油工人生活的；一部分是关于北京的；再一部分是纪念十月革命四十周年的；和一组描写上海、江苏等地的短诗。这些诗合编为《西苑诗草》，出过单行本。

1958 年到 1960 年我在兰州、玉门等地，主要写了以下东西：

《杨高传》，共三部。

《三边一少年》，这是写解放战争时，一个三边放羊娃，幸福地见到毛主席的故事，此书出过单行本。

《报头诗》，共两本：《第一声春雷》，《我们遍插红旗》。这是我同闻捷合作，配合当时的政治任务，为甘肃报纸写的几十首短诗。

《玉门诗抄》，二集。这是描写玉门和甘肃河西走廊一带农业生产景象的十几首短诗，和一组记述毛主席解放战争时在三边的史实的组诗《难忘的春天》。

《心爱的柴达木》，这是 1958 年秋天，我在柴达木盆地所写的十几首描写石油工人和牧民生活情景的短诗。

《戈壁旅伴》，是我为写作《杨高传》而写的一篇小说，内容和《杨高传》基本相同。

《水姑娘》，这是根据当时甘肃省委的决定，指定要我写的一个关于引洮上山工程的电影剧本，我因过去写过两次电影剧本都失败了，明知道写不好，但省委已作了决定，就只好写了这个近乎小说和电影剧本之间的东西，内容主要是写甘肃引洮工程中的一些先进人物事迹的。

《兰州诗话》，这是我从给各地读者的回信中摘录出来的片断，陆续发表在《红旗手》和后来的《甘肃文艺》上。可能从1959年开始，断断续续一直延续到1962年前后，共约发表了三、四十封这样的短信。这些信，都是根据我当时的认识，对读者来信提出的问题的回答，它反映了我那一时期的文艺思想状况。

《李贡来了》，这是用诗句形式，写一个红色青年医生为甘南藏族人民献身的故事。

1961年前后，我连续几次到国外进行访问，陆续写了二十几首短诗，这些诗，都收到《海誓》一书中。这些诗一般都是按照各次出国时，党指示规定的具体政策方针口径写作的。其中有几首是写日本的，多半都是写的日本民间故事传说。当时的想法是，想通过这些来激发日本人民今天的反美斗争。这些诗，除《海誓》一书之外，还有一首《奈良川的大石桥》，单另出版过。

1961年到1962年，我写过三篇小说：一篇是《马兰》，一篇《五级采油工》，都发表在《人民文学》。另一篇《脊梁吟》发表在《人民日报》上（具体时间记不起来了）。这一篇是通过一个大庆石油工人的故事（因那时大庆还没有公开，只含糊地说是一个新油田），说明在最困难的时候，是祖国的脊梁——工人阶级以自己坚韧的斗争，顶住了困难，战胜了困难。《脊梁吟》就是按这个意思起的题目。

1962年秋天，我到越南去过一次。这以后，又多次接待越南外宾，我先后写过一些有关越南南北方人民斗争和中越友谊的短诗、散文和一首根据越南传说写的长诗《剑歌》。

1963年前后，我给《甘肃文艺》连续写了十来篇题名《祝福随笔》的散文，这些都是写石油工人在最困难那几年开发大庆油田的英勇劳动的。由于大庆那时候没有公开，为了保密，我就根据安达是蒙古语祝福的意思，取名《祝福随笔》。这些散文，只在《甘肃文艺》连载，没有印过单行本。

1963年秋冬，我写过一首长诗《向昆仑》，在《解放军文艺》发表。我在这首诗里，穿插我自己的生活经历，写了我那一时期对国内外形势的看法，此诗后来编在《石油诗》二集里。

1964年上半年，当时为配合大庆油田的公开宣传，我写过几首短诗，和一首长诗《钻井队长的故事》，这些都发表在《人民日报》和《中国青年》上，内容都是写大庆石油工人劳动的。除了长诗《钻井队长的故事》因尚待修改和续写外，这些短诗都编在《石油诗》一集中。

从1964年起，我开始酝酿思考另一个作品。这个作品的题目，开头时想用《团政委的儿女们》，后来又想用过《家》、《团政委之家》、《革命家族》、《烽火之家》、《火焰序曲》等，始终也没有最后确定下来。有一段时间想写成小说，后来又想写成诗，到底用什么形式，一直没有确定下来。初步设想的故事梗概是：抗日战争时和解放战争中，团政委的两个同团战友先后牺牲了，他就把战友的子女收养起来。解放后，团政委转业搞石油，他收养的两个战友的子女也都在石油工地劳动，参加大庆石油会战后，一个儿子被国家派往非洲，援助黑人兄弟。这仅是设想的一个故事架子，整个故事也是时改时变，一直没有确定下来。

我的主要写作经历，就是这样一些。

1968年1月8日

（原载1981年《新文学史料》第4期）

我是怎样学习民歌的

　　《文艺报》编者要我写点学习民歌的经验。民歌，这是劳动人民艺术创作的主要形式之一，这是一个浩瀚的大海。以自己的浅学无知和短暂的摸索学习，要来写什么系统的经验和学习心得，这实在是一件难以胜任的事；加之，由于工作关系，过去自己所接触的也只局限于陕北三边一地（对全国范围来说，这仅是一个很小的角落）；目前又是因事来京，一些必需的材料，皆不在手边。这里所能写的，只是根据最近六、七年来，自己在向民歌学习的过程中，所摸索到的一些片断体会和零星感想。

　　我之开始学习民歌，最初只是在理论上认识到劳动人民是有艺术创造才能的，民歌，这就是人民文艺的主要宝库之一（这当然是在学习了毛主席《文艺座谈会讲话》之后得到的启示）。那时，我尚是一个县、区政府工作人员，一个爱好文艺的青年。我之所以说"只是在理论上认识到"，这是因为：自己在工作中，间或也阅读或试写过若干文艺作品，并且，也还具有相当浓厚的那种和我同样出身的人们、所同具的小资产阶级的自大狂。虽然学习了《文艺座谈会讲话》，虽然自己也没有读过多少文学名著，没有写过什么出色的作品；但是，对人民的文艺，对民歌，在感情上却总是瞧不起的，顽固地认为"只不过就是那么回事"。这之后，不是由于在文艺思想的学习上，而是在政府工作中，所遇到的一件事例，初步地纠正了我对民歌的看法。

因为政府错误地处理了一件离婚案件，并且由此引起了一场人命案件。一个放羊的创作了一首歌：在这首民歌中，不仅深刻、辛辣地批评了某些干部立场不稳，也真切地描述了案件的起因、过程和本质的矛盾所在。当时，我正担负着调查这个案件的任务，这首诗，大大地帮助了我的工作。在当时，我所读过的描述解放区人民生活的新文艺作品中，我还从没有见过如此单纯易解，而又深刻感人的东西。从此，我对民歌发生了强烈的兴趣。我利用工作余暇，不间断的进行民歌收集工作。辑录得最多的是"顺天游"（在陕北三边一带，这也是主要的民歌形式），收集得越多，我也就越发入迷的爱好它。当我读着：

> 一杆红旗半空中飘，
> 领兵的元帅是朱、毛。

> 一人一马一杆枪，
> 咱们的红军势力壮！

> 革命的势力大无边，
> 红旗一展天下都红遍！

> ……

这些具有气吞山河之气魄的诗句时，我觉得自己正置身在一个漫山遍野尽是人群的伟大的进军行列中，人们都尽情的高唱着雄壮的战歌。这歌声，把高山，把大地都震动了。这种情绪，是我在读任何作品，所从未有过的。另有一次，一个乡干部的老婆，给我唱着她所记得的"顺天游"，我是边听边记，当我听到：

> 三姓庄外沤麻坑，
> 沤烂生铁沤不烂妹的心！

这时，我简直被这单纯而又深刻的诗句惊呆了。执着笔，我好久好久的呆望着她！他（她）们，这些在共产党领导下，不仅用生命、血汗创造了新社会，而且也用生命、血汗创作了无数优美诗篇的、纯朴的男女农民们，对我这种近于发傻似的动作，不约而同的大笑起来。

人民、劳动人民是有无可限量的艺术创作才能的。这一真理，只有在这时候，我才是不仅在理论上，而且在感情上认识了它；也是在这时候，我才真正发觉了自己的浅薄无知。小资产阶级的那种自大狂，是丝毫根据也没有的。

如同相信劳动人民创造世界一样的，相信劳动人民的艺术创造才能。只有基于这种认识，才能对人民的艺术、对民歌发生爱情。也只有在这种时候，你才会象进入童话中所说的宝山一样，惊叹民歌这个艺术宝藏的丰富无比了。这是我在学习民歌过程中的第一点体会。我想，对一个有志于向民歌学习者，这恐怕是个起码的态度罢。

劳动人民在共产党的领导下，推动着历史巨轮，无时不在前进。由他们所创造的民歌，当然也是无时不在发展，与时俱新的。民歌的发展，不仅在内容上，在形式上也是同样的。细心的研究者，当会在"顺天游"中，看到革命前的歌词，和革命后的歌词，不仅在内容上由过去的反抗旧统治者，反对封建制度等，发展为歌颂翻身斗争，歌颂新社会的幸福生活，在形式上，句子的构造也逐渐复杂，联唱的章句加多，意境也更深远，比喻、形象也都更生动更多方面了。民歌是时代的历史产物，它是不断向前发展的，这是我在学习中的第二点体会。认识这一简易道理，在我是经过一段痛苦地摸索过程的。这之前，我是把它看作定型的，一成不变的；这看法曾减低了我对民歌学习的信心和兴趣。我想着：民歌是很好的，但它限制太大，不适于表达新的生活和新的思想感情，至多，可以作为"古典作品"欣赏罢了。而当我发现了新、旧社会民歌的不同，发现了民歌的不断发展时，我便又信心十足地热情地继续学习起来。当我又读到：

风吹日晒大雨淋，
世上苦不过受苦人！

以及——

> 前晌死你大（爹）后晌埋你妈，
> 格夹上针线包我另改嫁！

等，看来似乎不太健康的歌词时，我不再感到厌倦难耐了，我了解这要用历史的客观眼光去看待它。同时，我也自然地记起了在新社会里，属于和那些同类的事件，人们却用完全相反的态度来处理了，——

> 一把镢头满脸汗，劳动赛过活神仙。
> 新社会上行自由，好婆姨好汉过到头。

这种用客观的历史眼光，去研究民歌，以及对民歌是发展的认识，是大大有助于你去理解民歌的真正历史价值的。正是由于这种认识，才给了我以用民歌"顺天游"的形式，来表达传述新社会现实生活的信心和勇气。

　第三，对民歌的学习，要整套的学，要从民歌产生的年代和社会环境、当时人们的思想感情，要从当地的风俗习惯，语言特点，甚至当地的历史故事等，都要加以全盘的研究，这样你才能算得上真正的了解了一首民歌。刚到三边工作时，我曾相当长时期的弄不清楚"走西口"、"绣荷包"这两支古老的民歌，为什么传布得如是之广，人们为什么总是把它挂在嘴上！因为政府工作的需要，我在乡村中做过一次社会调查，这之后，我明白了它的原因：原来在革命前，豪绅地主常常把农民们剥削压榨得家破人亡，使他们不能在这块土地上生活下去，使他们不能不离乡别井、丢弃妻子儿女、跑到包头（即所谓"西口"）等地寻求生路。这些"走了口外"的人，除了极少的营商致富、发财"荣归"者外，绝大多数都是异乡流浪人，有的甚至挺而走险"刮野鬼"（当土匪）了，十有九死在异乡。他们虽然"走了口外"，他们的妻子儿女却仍在三边，于是，"捎出带信"，"绣个荷包戴"就成了他（她）们维系感情的主要形式和工具。随着对于这时代痛苦地回忆，人们就一直地歌唱着这两支民歌。另外，在"顺天游"中，有这样的一节：

> 曹俊章你不要"禅"（顽固逞凶之意）
> 红三团上来解决完！

一个陕北老革命同志初唱给我听时，我是一点也不懂的。是他告诉了我：曹俊章是一个团总头目，又顽固又难打；红三团是陕北红军中能征善战的一个团，一听说红三团来了，群众莫不额手称庆，白军团匪皆闻风而逃。不知道这些，你怎么能了解当时民歌呢？不了解当时群众对"曹俊章"的憎恨，和对"红三团"热爱与期望，你是永远也不会了解这首民歌的。

有些研究民歌，或以民歌形式进行写作的同志，不是单纯在韵脚上模仿，就是按着民歌的调子硬填，甚至也有象毛主席在《文艺座谈会讲话》中所已指出的："为着猎奇，为着装饰自己的作品，甚至为着追求其中落后的东西而爱的"等，若其动机尚属纯正，这些，可能都是忽略了学习民歌的基本问题——学习劳动人民的思想感情，以及他们表达传述这些思想感情的方法。实际上这只是对民歌形式上的模仿和皮毛枝节的剽窃。没有对民歌的全面研究，你将永远不会了解民歌的。

最后，写一点我自己收集民歌的方法。这有两种方法：一种是直接的，一种是间接的。我自己是采用前一方法较多的。在我所收集到的近三千首"顺天游"中，除去部分是抄自其他同志笔记中的以外，大部分都是我亲自听唱，边听边记下来的。假若唱者丝毫没有觉察到你在跟着，他（或她）放开喉咙，一任其感情信天飘游时，这对你来说，简直是一种幸福的享受。我将永远不会忘记，当我背着背包，悄然地跟在骑驴赶骡的脚户们的队列之后，傍着一眼望不到头的长城，行走在黄沙连天的运盐道上，拉开尖细拉长的声调，他们时高时低的唱着"顺天游"，那轻快明朗的调子，真会使你忘记了你是在走路；有时，它竟会使你觉得自己简直变成了一只飞鸟……另外，在那些晴朗的日子里，你隐身在一丛深绿的沙柳背后，听着那些一边掏着野菜、一边唱着的农村妇女们的纵情歌唱，或者，你悄悄地站在农家小屋的窗口外边，听着那些盘坐在炕上，手中做着针线的妇女们的独唱，或对唱：这时，他们大多是用"顺天游"的调子，哀怨缠绵地编唱着对自己爱人的思念。只有在这时候，你才会知道，记载成文字的"顺天游"，它是已经失去了多少倍的光彩了！在一次难得碰到的机会里，那是一九四七年六月间，胡宗南、马鸿逵匪军侵占三边时，边区人民十多年间所创造的丰衣足食的安乐生活，被摧残得一光二净，由天堂陷入地狱的农民们，日日夜夜的盼望着自己的军队来解救他们。一个早晨，我听到一个给解放军送军粮回来的农民，边走边唱着：

> 大路上扬尘马嘶叫，
> 咱们的队伍回来了！

那种欢乐兴奋的感情，真会使你感动得流起眼泪来。一直到现在，当我重读起那些我亲自听唱，边听边记下来的"顺天游"时，当时的情景、气氛还都历历在目，长久长久地回旋在脑子里，不会散去。

（原载1949年12月10月《文艺报》第1卷第6期）

致 陈 淼 信

陈淼同志：

......

来信和《菊花石》讨论会的发言记录，都收到了。谢谢你们的关怀，也谢谢所有参加讨论会的同志们对我的帮助。我深深感到，这次讨论会对我的巨大教育作用。

我读了全部发言记录，做为作者，我是同意邵荃麟、袁水拍、艾青、阮章竞诸同志对诗的主题、题材和诗的缺点等所作的分析的。

从内容上说，我是想在这首长诗里，塑造一个忠实于艺术、为艺术创造献身，处在黑暗的旧社会的淫威下，坚贞不屈的无名的民间艺术家的形象。老工匠牺牲后，我安排了他的女儿荷花，为其事业的继承人和其性格的发展。人物虽然是两个，但我是当作一个统一的人物来处理的。我承认我是在写自己。这就是我的基本意图。很显然，我没有完成自己的预定任务。

在语言、形式方面，如象许多同志所指出的那样，我是在有意识地作着一种新的探索。这虽然有点不自量力，但是，我总觉得：对于一个写诗的人，假若没有这么一点尝试的勇气，光只一味的停留在原地，那么，我们的事业将很难前进一步。基于这种想法，我硬着头皮进行了这个一开始就预计到将要遭到失败的试验。事实已经证明，我是失败了。但是，这个失败的经验，至少对于我自己是异常宝贵的。它将在我继续前进的时候，充作引路指标。

这就是我的主要意见。（其他的话，如对若干我不能全部同意的发言等，我就不写了，因为，从记录上看，这已经在讨论会上得到了解决，或者是已经在大多数参加讨论的同志中得到了解决。）

最后，我愿再一次向所有参加讨论的同志，表示我的谢意。这次讨论，不但分析批判了《菊花石》中所表现的缺点，我认为更重要的是，在不少同志的发言中，还提出了我今后所应选取的道路。

李　季

一九五三年十月三日于玉门油矿

（原载1953年《作家通讯》第7期）

热爱生活，大胆创造

——和同代的同行们谈写作的二三感受

第一次全国青年文学创作者会议开幕了。在这个会议上，我们将要在老一代的作家们那里，听取忠告，接受他们丰富的经验。同时，也将使我们这班刚刚开始写作的年轻人，聚集一堂，交谈彼此在创作实践中的甘苦感受，互相学习。

按照解放军战士的习惯，每当战友们相见的时候，总是首先要谈谈各自的战斗经验。根据这种习惯，我愿意和我的同时代的同行战友们，谈谈我自己在学习写作的道路上，所经历过的若干甘苦和二三感受，以作为我和大家交流经验时的见面礼！

前辈作家们在和我们谈他们的经验时，总是反复的劝告我们热爱生活。乍听起来，这的确是"老生常谈"。但是，我从自己不能算作太长的创作生活体验中，却认识到这是一项带有决定性的经验。凡是我用强烈感情热爱着的人、地方和某项工作，我内心的创作欲求，也就特别强烈，特别旺盛。当我执笔写作的时候，也就特别顺利，真象是瓜熟蒂落。而对那些不会引起自己爱恋的人和事物，即使你掌握了大量的材料，写起来却是那么艰难，有时甚至连一个句子也写不通顺；即使你勉强写出来，也是一片灰暗，连你自己也不会喜欢它。

一九五一年，我在"长江文艺"当编辑的时候，曾经收到过一个在部队担任油印工作的同志寄来的一首小诗，题目是"我爱我的油印机"。我非常喜欢这首小诗，一直到现在我还记得诗里的这样的句子：

当我握着油磙，

就象握着爱人的手……

我觉得，假使作者不曾热爱他的工作（油印），他是不可能体会到这种感情的，也决不会写出这样诗句来的。

我在玉门油矿工作的两年中，对这种感情，体会得特别深刻。一直到现在，我若是听到有谁讲玉门油矿的坏话，或者，对玉门油矿（扩大来说，对石油工业）在祖国社会主义事业中的作用，估计不足，都会引起我的强烈反感。这真有点象"远离莫斯科的地方"中的诺文斯克市委书记泽尔肯德那样，他不是把所有不喜欢诺文斯克的人，都看成他的"私敌"吗？

用不着说明，我们说热爱生活，不是连生活中的缺点也去爱它。例如象在农村生活的同志，你怎么能去歌颂四害之一的麻雀呢？你爱一个工厂，难道你连这个工厂年年月月完不成国家计划也爱吗？这些属于生活中否定方面的事物，自然不会引起我们的爱。遇到这些缺点，我们应当以生活中的主人身分，和人民群众在一起，同命运，共呼吸地以全力去改造它，消灭它。当你用自己的手，改变了自然，改变了生活，那时候，你就会十倍、百倍地更加热爱生活，我们不是都有过这样的经验吗？自己种的瓜菜，吃起来，味道特别鲜美。我们热爱生活的目的，是为了改变旧的生活，建设新的生活，使生活过得更美好，更幸福。

对于一个把鼓舞人们热爱生活、改造生活为自己任务的文学工作者来说，我觉得经常地，不间断地培育这种与广大人民群众同命运共呼吸的感情，是极端必要的。缺少这样感情，任何有才能的艺术家，顶多也只能让看者去咀嚼一支雕凿得很精致的蜡烛。这一点，对于我们这班开始学习写作的人，更是特别重要的。不是有一些发表过几篇作品以后，就不安心于自己的工作岗位，不安心自己的工厂、农村生活环境的同志吗？这是很危险的。我自己常常悔恨自己离开实际工作岗位太早了。请想想，象我们这样年纪的人，对人，对社会，对生活知道得这样少，怎么能够谈得上深刻地反映生活呢？

爱生活吧，象爱你爱人那样地热爱生活吧。就是当你成为一个职业的作家时，也不应当对生活冷淡。谁疏远了生活，谁对生活失去了爱情，谁的创作生命也就终止了。

我在开始学习写作的时候，是比较喜爱散文形式（小说、通讯报告）的。一直到开始写作长诗时，我还是决心学写散文，这些年来，由于许许多多的原因，弄得自己骑虎难下。结果，放松了对散文技巧的磨练和学习，而用较多的时间，去钻研诗的写作技巧。从长诗发表到现在这一段时间，证明我并没有很高的诗的才能。虽然也没有任何根据来说明我更适合写作散文作品，我也不相信自己写作散文的才能会比写诗的才能更高一些。但是，企图用散文形式来表达自己的生活印象的念头，却经常诱惑着我。特别是在遇到一些适于用散文形式来写的题材，而自己由于缺乏这方面的修养，苦于不能表现时，我就一次又一次地埋怨自己：你呀，为什么把"行"确定得这么早呢？

我们都知道，青年学生是在中学毕业，升入大学时，才开始分科学习的，这是为了使他在学习专业之前，能够有机会受到完备的基础知识教育。这种基础知识，对于任何一种专业，都是必须的。

我总是这样想：一个青年作者，无论如何不应当过早地把自己局限在一种文学样式的学习中。他应当阅读、学习各种形式的作品，也应当尝试用各种形式写作。只有当他从写作实践中，摸索到某种形式对他特别有兴趣时，也从写作实践中，逐步觉察出自己特别适合哪种形式的写作时，再来定自己的"行"，也不算太迟。很难设想，要一个正在小学二、三年级读书的小孩子，确定他到大学时的学科，或者选择他长大成人后的社会职业，会选得很恰当。因为，这时他不了解大学都有哪些专业学科，社会上都有哪些职业分工，更不要说哪种学科和社会职业对他更适合了。

不仅在开始学习的时候，应当这样，就是当你成为一个专业的诗人和小说家、戏剧家时，也不应当把自己仅仅局限在一个圈子里。一个写诗的人，除了读诗之外，他也应当从散文、戏剧等作品中，学习技巧，吸取营养。我们很多著名的小说家，他们也有着很高的诗的修养和鉴赏能力。一个写不通一封信，写不出一篇特写的人，他也很难成为一个真正的诗人的。

最后，我想谈谈自己在学习写诗时的一些甘苦和二、三感受。

最近这几年，我在学习写诗的过程中，是在走着一条实在不能算是平坦的道路。许多年长的诗人们和读者们，对我提出了善意的批评和忠告。我自己也经常处于痛苦的摸索过程中。这里，我想根据纯粹个人的经验，来谈一谈我在摸索中的一些感受。

我是从学习民歌而开始学习写诗的。这给我带来了很大的好处，它要求我的诗，要具有鲜明的主题思想，要"言之有物"，要有浓烈的民歌情调和生动的人民群众的语言等等，所有这些，都是使我最初写的那些诗，比较易于为群众接受的重要原因。

但是，生活向前发展了，当我们还没有来得及研究生活的这种巨大的变化时，我们的描写对象（也是我们的读者对象）——广大人民群众的思想感情，已经发生了根本的变化。过去三边运盐大道上的成百成千头毛驴，变成了成队的汽车；过去的二牛抬扛，变成了马拉胶轮大车，变成了拖拉机；过去为写一封信，得跑到十几里以外去找识字的人，现在村村有报纸，户户有歌声，一句话，过去的个体农民的汪洋大海，变成了合作化的新农村。

这时候，你要用

> 五谷里数不过豌豆圆，
> 人数里数不过咱俩可怜！
> 庄稼里数不过糜子光，
> 人数里数不过咱俩悽惶！

的调子，来描述这些正在形成中的社会主义的新型农民，那会是多么不协调呵！

新的生活内容，要求给它一个与之相适应的形式。丢开民歌的传统风格，另起炉灶，创造一套全新的形式，这不但在短时期内是不可能的，而且，更重要的这也是不符合新的生活内容的要求。还用旧的一套，上边已说过，这也不行，这就象一位青年同志写给我们一首歌颂志愿军战斗英雄的诗中，把一个威震上甘岭的英雄，比作"常山来的赵子龙"一样不合拍。怎么办呢？道路只有一条，在传统的古代诗歌和民歌风格基础上（对于我来说，特别是后者），根据新的生活内容的要求，和我国五四以来新诗创作的丰富经验（其中也包括着外国文学的经验），创造出一种既为人民群众所喜闻乐见，又能准确地反映新的生活内容的新形式。

这在别的同志，也许是早已解决了的问题。而在我，却是这一年多以来，才逐渐达到这种认识的。在这之前，我曾经象个刚学走路的婴儿一样，摇摇摆摆。这表现在我近年来所写的诗的极不统一的风格上。

"报信姑娘"、"菊花石"和"生活之歌"这三部我近六七年来所写的长诗，标志着我在诗的形式方面摸索的三个阶段。我为自己每一次的创作劳动，感到喜悦，也为自己经常摇摆不定的诗的形式，和新的探索遭受失败而感到苦恼。一开始，我就意识到，这是很艰难的一步，然而也是很有意义的一步。每当我遇到新的困难时，我就想到作为一个写诗的人，他的每一首诗，不但应在诗的主题、思想感情上给读者带来新的东西，在诗的语言、形式方面，也应当给我们的文学，增添一点新的财富。特别是在目前，诗的形式问题还没有得到彻底解决的青黄不接的时候，每一个写诗的人，都应当以自己创造性的劳动，大胆进行新的尝试，为建立若干种为人民群众喜闻乐见的诗的形式，贡献自己的力量。假若大家都是永远停留原地，甚至更坏的，自己不进行探索，专事模仿，那么，我们的诗的战线，将很难向前迈进一步。

我所走过的探索的道路，是既弯曲而又崎岖的，我的探索的经验，也多半是失败的经验。但这些，至少对于我个人，是非常宝贵。

我们的道路，还很艰难而遥远，为使诗达到真正的丰收，为使诗真正成为即将进入社会主义社会的新型公民们的精神财富，我们每一个写诗的人，都应当进行更多地创造性的劳动，又多又快又好地写出诗篇来。

（原载1956年《文艺学习》第3期）

《顺天游》辑者小引

《顺天游》这是陕北、晋绥、内蒙一带主要的民歌形式之一种，这是一种形式最简单的诗。由于它的形式自由而生动，极适于表达、传述人民的生活及感受；所以，所有生活在这里的各种年龄的农民们，不仅都是它的歌唱者和传播者，同时也是它的创作者。人们几乎无时不把自己的生活遭遇和感情欲望，创作出新的《顺天游》。"《顺天游》，不断头"，这是一只永远唱不完的民歌，这是一个永远流不尽的泉源！

辑者有幸在《顺天游》的故乡之一——陕北三边，生活、工作了六、七年，乘工作之余（有时也正是为了工作），从那些农民出身的区、乡干部们，从那些劳动妇女、青年农民和那些最爱歌唱的运输队员们那里，收集了近三千首"顺天游"。这些"萌芽状态的文艺"，大大教育了我，从这些美丽感人的优美诗句中，我得到了难以估量的教益。

把这些被不少人誉为"新诗经"的"顺天游"，编选辑录整理出版，以作为文艺工作者的研究资料：这不仅是许多朋友们多次表示过的希望，同时这也是自己多年的愿望。由于过去长期处在战争环境中，印刷条件困难，辑者不得不把它和自己的行李一起放在背包里，翻过了数不清的高山、河流，在一次急行军中，辑者因病无法携带，寄存了近千首在老百姓家中，被胡、马匪军一火焚毁；不然，读者在这本民歌集中，当可读到更多更美丽的劳动人民所创作的诗句。现在，辑者多年的愿望，终于实现了；苦难而幸福的英勇劳动的陕北三边的人民们，也终于熬过了黑夜，和全国人民一起站起来了！他们，对祖国的再生，是曾载负过重荷的，和称颂他们伟大的英雄业绩同时，读读他们创作的优美诗篇，这将更有助于你对这些祖国"骨头"——劳动人民们的理解。

本集所收"顺天游"计二千多首，其中除大部系辑者亲自听唱，边听边记来的外，尚有一部分系由林平、张源、高敏夫三同志处摘录的，对他们的辛劳与盛意，这里谨致敬谢之忱！

最后，由于时间、能力等的限制，虽然辑者已花费了不少编选功夫，但是记录错误，选得不精，注释不够详尽，甚或次序先后排列不当，以及个别重录等的缺点，都可能多少存在，至希读者和各先生多予帮助和指正。

1950 年 5 月

（原载上海杂志公司 1950-1951 年刊行的《顺天游》）

《菊花石》重版后记

出版社决定重印我在解放初期写的第一部长诗《菊花石》。我愿借这个机会，概略地回顾一下酝酿、构思这部长诗的一些主要情况。

一九五〇年，我在武汉编辑《长江文艺》的时候，为了给儿童读者写作一本关于我们伟大领袖毛主席幼年时期生活、学习故事的作品，曾经先后到湖南长沙、韶山等地，毛主席生活、学习和早期从事革命斗争的纪念地，作过几次短期访问。最后，当我结束工作，准备返回武汉的时候，长沙的同志们，热情地邀约我到湖南一些老革命根据地去访问几天。第二天，我就来到了浏阳。

这是一次令人难忘的不同寻常的旅行。它使我这个一直生活、战斗在太行山和陕北的，年仅二十七、八岁的青年战士，第一次不是在油印的马兰纸本的党史和报纸上刊登的新闻通讯中，而是亲眼看到，亲耳听到，亲身感受到国民党反动派对南方老革命根据地惨绝人寰、令人发指的毁灭性的暴行，以及广大革命群众在使人难以想象的艰难困苦的环境中，同敌人进行可歌可泣的英勇斗争的事迹。我几乎是终日含着眼泪，用激动颤抖的手，边听边作笔记。多少回，我同那些当年赤卫队的老战士们，双手紧握，半天半天说不出话来；多少回，泪珠儿与墨水一起滴落在笔记本上。当时，我真想在这里长期住下来，同这些每一个细胞里都浸透那对党和毛主席无限热爱的，坚贞不屈的英雄人民，一起生活，一起进行重新建设老革命根据地的斗争。在当时，这当然是很不现实的。因为那时我还不是一个专业的作者，我只是一个地方文学杂志的编辑，我只能利用短暂的编辑工作的间歇空隙时间，同生活保持极其有限的一些接触。

当我回到浏阳县城，县上的一位领导同志，向我介绍了恢复发展老根据地工农业生产建设的宏伟计划。谈话中，他随便地讲到了浏阳闻名全国的鞭炮、夏布、菊花石等特产。鞭炮、夏布这是我早在儿童时就听说过的，而菊花石，我却是第一次听到。他向我介绍了菊花石采集、刻制过程，并说这种手工刻制的工艺品，是唯只浏阳才有的特产，极为当地人民喜爱，解放前曾经出口国外，受到许多国家的欢迎。出于好奇心，也出于我在儿时的生活经历中，对旧社会民间说唱艺人，和手工艺工人的悲惨命运的同情和热爱，我接连几天拜访了城郊五、六家刻制菊花石的老工匠。听着他们艰辛的生活经历，听着他们对刻菊花石工艺的热爱，听着他们近乎神话般的关于老一辈工匠的优美动人的传说故事的叙述，我简直入迷了。这些菊花石工匠，几乎都是半工半农（农忙时种田，冬闲时从事刻菊花石劳动），他们和农民的命运是血肉相连的。由于国民党的暴政，和对农民革命运动的残酷镇压，许多人常年都处于难以温饱的死亡线上，其中更有不少工匠，因为参加了农民革命斗争，惨遭杀害，家破人亡，或者妻离子散、流亡异乡。解放前夕，刻制菊花石的手工艺人，濒于绝境。我在他们落满厚厚尘土的刻石案桌上，在长满青苔的草棚角落里，找到了几件他们仅有的菊花石成品，小心翼翼地拭去尘土污泥。我马上被这些精美绝伦的艺术惊呆了。当我再看到一块块尚未经过加工的原石毛坯，两相对照，我不禁对这些巧夺天工的农民艺术家们，从心里油然而生一种强烈地尊崇的感情。我自己也说不清楚，这是人们通常说的创作的冲动，还是由于多年来潜伏在心底深处的某些生活感受，一下集中了起来，就象密布在云层中的电能，突然间凝聚成夺目的闪电一样，当我第一眼看见那颗刚被擦掉污泥，枝叶俱全，花朵怒放的大型菊花石刻时，一个火花在我脑子里闪亮了：我要写一首在湖南农民革命斗争中菊花石工匠命运的诗，它的名字就叫菊花石。

在长沙湖南省工艺品展览馆里，我又仔细地观赏了那里展览的几件菊花石展品，进一步了解了刻制菊花石的历史和工艺过程。回到武汉，在编辑工作的空闲时刻里，那些生铁般面孔上，密布着皱纹的老赤卫队员，那些驼着腰背面带菜色的菊花石老工匠们的音容笑貌，一下就涌上了我的心头，浮现在我的眼前。一连多少个夜晚，他们出现在我的梦境里。诗句象静夜的流星。在散步时，在吃饭时，在公共汽车上，特别是在睡梦中，一句一句冒了出来，以至我不得不在枕头底下，悄悄放支铅笔和一个笔记本，生怕把这些稍纵即逝的诗句忘掉，一从梦中惊醒，就赶快记录下来。

通过对毛主席关于第一、二次国内革命战争时期著作，特别是那篇光辉的《湖南农民运动考察报告》的学习，对照毛主席《在延安文艺座谈会上的讲话》的教导，同时，也从自己的生活基础，以及我这个虽然徒具虚名，实际上当时仅只写过十来篇诗歌、散文作品的青年作者的直接经验考虑，我决心把重点放在菊花石工匠艺人身上，反映他们的苦难生活，反映他们为革命坚贞不屈的斗争经历，和他们刻制为人民喜爱的菊花石所作的非凡的创造性劳动，以及他们为人民艺术的献身精神，以湖南农民革命斗争作背景，从一个侧面，写一个伟大时代的小小插曲。

关于长诗的语言形式。

《菊花石》所采用的"盘歌"和五句体湖南民歌形式并非象陕北顺天游那样，是我一句句、一首首从三边农民那里听来记录下来的。对于顺天游，由于对三边人民生活、语言接触较多，感受较深，我不仅是一个单纯的收集记录者，我甚至能同农村工作干部、和同路相伴赶毛驴的脚户们，以及那些在崖畔上，沙滩里牧放羊群的放羊老汉，即兴地编唱新词，同路交谈。而对于湖南的民歌，我却一无所知。这里，我不能不讲到湘乡的一位姓文的农民，他是我学习湖南民歌的第一位老师，至今我还不能忘怀他。他的家，位在离韶山不远的一个山村里。因为收集毛主席幼年时期生活的材料，我曾在他家里住了几天。他识字不多，也不是一个能编能唱的能手，但他却曾收藏过一本无论是在今天、明天、以至在将来，我们研究无产阶级革命导师、马列主义经典著作家们重视民歌，并亲自收集、整理民歌的极其重要的文献。可惜这本用毛笔写录的无比珍贵的毛边纸本子，在腥风血雨的白色恐怖年代里，被国民党连同其他许多宝贵的革命文物都被付之一炬。而值得庆幸的是他，这个在反动派杀人如麻的浩劫中幸存下来的老赤卫队员，在这本革命文献被焚毁之前，为了学习文化、练习写毛笔字，曾经利用农闲时间，在一个小学生用的土纸练习本上，歪歪扭扭地对照原本抄录了大半本。在他家昏暗的阁楼上，我从一堆杂物里，发现了它。起初，当我在这个本子上第一次看到盘歌和这些五句体的民歌时，我还以为是他自己随便写记的一些在农村中流传的民歌，而当他对我讲述了上述那些情况时，我不禁惊喜得几乎跳了起来。怀着虔诚而激动的的心情，花了近一天时间，我一字不漏地照抄在我的笔记本上。由于语言的限制，其中许多地方方言、土语，我弄不清楚，以至我不得不请这位年近半百的老赤卫队员，逐字逐句给我讲解，一首一首唱给我听。这就是我上的关于湖南民歌的第一课，也是极其重要的一课。

后来，当我到浏阳访问时，在同那些老赤卫队员和菊花石工匠的交谈中，不少时候他们都是声泪俱下，有些甚至是边说边唱。当前边说到的那颗闪光的火花，在我脑际出现时，盘歌和这些五句体的民歌，已经自然地同它融合在一起了。在后来的写作进程中，我越来越明确地认识到，这个题材，只有用这种形式来表现，才最理想。由于当时诸般条件的限制，使我不能象陕北民歌运用得那么熟练自然，但我那时所作的这种尝试，不论对我自己，还是对叙事诗写作形式方面的探索，我始终认为是有积极意义的。那种踏步不前，永远一个腔调，是我所不愿采取的态度。学习前人创造性的经验，特别是认真向广大人民群众创作的民歌学习，并在这个基础上，勇于实践，大胆创新，即使因此而跌上一两次交子，我觉得这也是有意义的。焦裕禄同志说的别人嚼过的馍不香的话，这对每个有志为新诗创作做点贡献的人，不都是应当再三思考的吗？

这部长诗写作过程中，曾经得到当时在《长江文艺》编辑部和武汉工作的文艺界的同志们，多方面的热情支持和帮助。一九五三年在《人民文学》发表前，中国作家协会曾召开了创作讨论会，许多新老诗友们，对它提出了许多宝贵的意见。参照同志们的意见，我反复进行了多次修改。尽管如此，不论在刊物发表和后来由长江文艺出版社印行单行本时，它却保留着思想、艺术上不成熟的印记。而那时候，我已离开武汉，到甘肃玉门油矿，投身到壮丽的石油工业建设新的斗争中去了，不可能再对这部书进行进一步的加工了。

现在因为要再版这部长诗，重新再来翻读它时，我的心情是复杂的。一方面，我对自己这部早年的作品所表露出来的某些稚气，感到脸红，但同时也为当年那股子不畏非议的闯劲，感到鼓舞。当然，我也怀有深深的遗憾心情，心底深处，由于没有能更好地塑造出这些菊花石工匠的完善形象而感到内疚。

目前我的健康状况和工作情况，都不可能使我对它进行过大的加工修改，我只加写了一些章节，改动了若干句子。现在也还是象我在最初发表和出版它时一样，我还是只能怀着偏爱而又不满意的特殊感情，把它呈献给读者。

一九七八年五月八日于北京

（选自1978年10月湖北人民出版社重版）

《玉门诗抄》题记（英文版）

在我们国家里，有着许许多多美丽迷人的地方。有一些地方，以它山明水秀的景色，诱惑着人们；另一些地方，却以它的巍峨的山峰，广漠无际的沙原、戈壁，吸引着人们的心灵。我们祖国的西北，就正是象古代诗人所说的浩浩乎平沙万里的地方。我的生命将近一半的年月，都是在这里过的。

假若你不是一个旅行家，不曾为探测大地的奥秘，骑着被称为沙漠之舟的骆驼，在那些人迹罕到的地方旅行过，你是无论怎样也体会不到沙原和戈壁的魅力的。

想象一下吧：你和你的一群朋友们，骑着一队骆驼，带着水和干粮，每天在坦平的、宽阔似海洋般的大戈壁上行走着，往往好几天看不到它的边沿。在你的全部旅途中，你不要打算看到一棵树木，也很难遇到一片水草，满眼尽是灰褐色的大大小小的石头块。这里是苍鹰、野鸟和黄羊的世界。就连它们也好象不能忍耐戈壁特有的寂寞似的，每逢遇到稀有的旅行者过路时，它们总是站在离你十几步远的地方，向你投射着好奇的目光。除了风季里的狂风的呼啸和苍鹰的嗥鸣外，在戈壁上，再也听不到别的声音。统治着这里的是宁静，永恒的宁静。大戈壁也许当地壳冷却那一天，就一直在沉默着。笼罩在戈壁上的蓝天，也显得分外静穆。

假若你对这辽阔而又单调的大戈壁的景色，感到寂寞和厌倦，而急于要结束这一趟旅行的时候，你突然在路边的小石子堆上，看到一面三角形的地质探勘后插下的小红旗，迎风招展着，或者，当你骑在骆驼背上，带着旅途特有的疲累，恹恹欲睡的时候，偶尔在你视线所及的远方，发现了一个或一群白色的篷帐，你会怎么样呢？你一定会欢叫起来的吧！而当你临近了篷帐，受到一群群"连睡觉时也在歌唱着"的青年男女地质探勘队员们的欢迎时，恐怕你将会以三倍于前的热情，向他们欢呼致意，以你旅人所特别具有的热情，伸开双臂，紧紧拥抱他们的吧！

我的这本诗集中的大多数诗篇，都是在这种场合中写出来的。在荒凉的，人迹罕到的大戈壁，有着成千上万个青年男女，正在为了祖国幸福的明天，贡献出自己的青春。他们用创造性的劳动，把春天带到这从来没有春天的大戈壁上。这就是我的这些诗篇的基本主题。

亲爱的朋友们，充满生命活力的春天，永远都是美好和幸福的象征。对于那些把春天带到从来没有春天的地方的人们，他们这种行为本身，不也正是美好和幸福的吗？

作　者
一九五六年

（选自1957年8月中国外文出版社初版）

《生活之歌》再版后记

第一个五年计划初期，我在玉门油矿工作。这是我最初同石油工人结识，也是我接触我国工人生活的开始。这一时期，我先后写了两本诗：一本是短诗集《玉门诗抄》，另一首稍长一些的，便是这本《生活之歌》。

在此以前，我对工人生活知道得很少，对于在当时被认为是我国新兴工业部门的石油工业，和石油工人的生活，更是一无所知。这些诗集中所出现的人物，都是我描绘石油工人形象的试笔。我的诗的风格，和我的生活基础，都决定了我在描绘石油工人形象的过程中，必须经过一段较为长期的熟悉和探索阶段。这些诗，就是这个阶段的"试产品"。

关于这首诗的主人公——赵明的形象，是塑造得很不成功的。诗的思想深度，和形象的丰满程度以及诗的语言，结构等诸方面，也无疑存在着许多缺陷。但在十年前的当时，我也只能达到这样的地步。使人感到欣慰的是，赵明这一代青年工人，已经成长起来了。他们已经成为、或者将要成为祖国石油工业战线上的骨干力量。现在，在党的召唤、教导下，千千万万个青年人，正满怀热情地走向农村、工矿和各个社会主义建设事业的前线。他们比之于赵明，具有更高的觉悟，也具有更大的热情。祝他们在祖国各个社会主义建设的岗位上，作出比赵明更大更多的贡献，祝他们的青春之花，开得更加灿烂鲜艳！

最后，我要感谢编辑同志，他们还能记得这本在十年前写作的不成样子的小诗，现在又拿它来再版。为了保留我国大建设初期玉门油矿的那种特有的朝气奋发的生活气氛（虽然在诗中是反映得那样微弱），这次再版，除了对个别的字、句和段落，作了些修改和删削外，全诗基本未作大的改动。读者可以看到，这篇习作，多么象一个刚刚学步者的歪歪扭扭的脚印呵！

作　者

一九六三年十一月二十二日夜校后

（选自1964年3月中国青年出版社第8次印刷版）

《致以石油工人的敬礼》附记

　　这个集子里，一共收了26首诗。其中半数以上，是1949年到1952年，在武汉时写的。这一部分诗，曾编入1952年12月出版至1954年停印的《短诗十七首》一书中。其余的诗，都是我在最近这两年中，利用机关行政工作业余时间写出的。除《青年颂》、《缝纫员》两首外，都在报纸刊物上发表过。大多数的诗，在编入诗集时，都作了一些修改。

　　最近这三、四年来，我的心，一直被一种美妙、瑰丽的事业和从事这一事业的人们吸引着。我曾经为它献出过我的微薄的劳动，也曾用我的全部热情，为它歌唱。今后，当我能够再度跃入这个浩瀚大海中游泳的时候，我将愿意为这种令人心爱的事业，继续献出我的劳动和热情。这，就是我把这首写得并不算好的诗，作为这本诗集题名的用意。

作　者

1956年6月，北京

（选自1956年10月长江文艺出版社初版）

《戈壁旅伴》前记

一

收集在这本集子里的四篇作品，是从1946年到现在，我用散文形式所写的全部习作。

当我开始学习写作的时候，原是打算学写特写、小说的。后来，因为一些近乎偶然的原因，使我不无勉强地写起诗来。一些相近的战友们，也都劝我不要"不务正业"，并且告诫我"缺乏那些方面的才能"。这样，我也就把学写散文（小说、特写等）的念头，逐渐冷了下来。但是，有些时候，却不死心，偶尔还想尝试尝试，还想运用这些形式写作，进行一些学习，于是就大着胆子，写了起来。由于只是"偶尔"，也由于自己也觉得缺乏这些方面的才能，所以写得极少。数量少，质量也不高。敢于把这些只能算是习作的东西，集印成书的原因之一，就是想在今后除了写诗之外，还不放弃这方面的学习，并且在可能情况下，再多写一些。

二

这里想对这几篇作品，分别作一些交代。

论时间，第一篇写于1946年7月间，而最末一篇，则是今年3月间完稿的，前后拉了十三四年之久。从作品的形式上看，四篇作品，各不相同：第一篇，是在写作《王贵与李香香》之前的几个月写作的，是想用旧的章回小说的形式，来表现现代生活的一个尝试。最初原想以这种形式，多写几篇（1946年秋天，在延安解放日报发表时，曾加了"'新编今古奇观'之一"的副题，就是这个原因），后来因战争和其他原因，没有再写下去。第二篇，严格说，是一篇说唱诗。第三篇，比较象小说些，但实在说，这也是不伦不类的。最后一篇《水姑娘》，是按电影剧本形式写的小说。在执笔写作的时候，我就有意识地把它写成一个只供阅读而不能排演的"电影剧本"。当它在《红旗手》文艺月刊发表的时候，我给它加上了"电影小说"的名字，我觉得，对于这种不伦不类的文体，给以这样的名字，是更合适一些的。

你看，十几年间，总共只写了这么四篇散文作品，形式和风格上就这么芜杂不堪。这一方面说明了我实实在在缺乏这方面的才能，不善于运用小说这种形式，进行写作，另一方面，我也不想隐瞒，虽然才能不足，但还有些野心，我还想在小说的语言形式方面，作一些不自量力的探索和试验。

以上是我在写作这几篇作品时，在文体、语言、形式诸方面的想法。至于内容，我就不好多说了，这要留待读者去评判它。要说的，只是：一、这四篇作品所写的四个地方（三边、银川、玉门——柴达木和甘肃），都是我曾经比较长期生活过的地方，我一直爱着这些地方；二、由于在语言、形式方面进行尝试、探索的比较多，对人物的刻画就相对不足了，至少在第一、二、四篇是这样的。

三

这四篇作品的前两篇，除曾分别在1946年8月的延安《解放日报》，和1956年12月的《延河》文学月刊上发表过之外，《老阴阳怒打"虫郎爷"》还曾于1951年由武汉通俗出版社以通俗小说形式，出版过单行本，《银川曲》也于1957年8月，由通俗文艺出版社印过单行本。不过这些都早已停印了。

《戈壁旅伴》和《水姑娘》两篇，则都只在《延河》（1958年春天）和《红旗手》（1959年4、5、6月号）两个文艺杂志发表，这还是第一次编入单行本中。

最后，我还应当为《银川曲》一篇，作点交代。这篇作品，原是根据姚以壮、朱红兵两同志和我三人共同写作的一个没有成功的电影文学剧本，由我重又加工改写的。现在，当这篇作品收入这个集子时，理应记下他们的辛劳，并向他们和其他当我写作这四篇作品时，教导、鼓励、帮助过我的战友们，致以同志的敬礼！

作　者

一九五九年六一儿童节深夜于兰州

（选自1959年9月上海文艺出版社初版）

为石油和探采石油的人们而歌

（诗集《石油诗》编后记）

　　第一个五年计划开始的前夕，1952 年的 12 月里，我从曾经工作、生活了四年的武汉，来到当时我们国家最大的石油工业基地——玉门油矿。

　　不是以作家的身分，我是作为一个普通的党的工作干部来到这里的；不是仅只为获取进行创作的生活素材，首先，或者最主要的是想为宏伟的社会主义五年计划，作一名学徒小工，为它的实现，贡献自己一份微薄的劳动。

　　象许多在这里工作的工人、干部一样，我老老实实地在这里工作了两年。假若不是后来由于党的工作需要，调我到另一个地方，按我的原定计划，我是打算更长期地在这里工作、生活下去的。

　　在玉门的两年间，我很少想到写诗的事。我为油矿每一个新的建设成就，感到衷心地喜悦。不论哪一个厂队，没有完成计划，都会使我感到心情沉重，觉得没有尽到自己应尽的一份责任。我完完全全地变成了一个普通的玉门油矿的干部了。以至使得和我一起工作的同志们，时常半开玩笑地提醒我："你简直不象个作家，可不要忘了写诗呵！"

　　随着时间的延长，我越来越深地爱上了石油，和万千个为探采石油的石油工人们。当你看到在沉睡的群山深处，在荒无人烟的戈壁滩上，一队队步行着的、骑骆驼的勘探队员们，不顾风热寒暑，不顾雨雪霜露，年年月月地为寻找石油而热情愉快地劳动着；当你看到在高高的山顶上，在只有黄羊出没的大戈壁上，一台台钻机兀立了起来，钻井的工人们在上下左右四无遮拦的钻台上，听任夏日蒸笼似的火热，冬日滴水成冰的酷寒所包围；当你看到在赤日当顶的时候，在暴风雪席卷山野的时候，在野狼嗥叫的地方，在崎岖不平的山野小路上，一队队采油工人日日夜夜地去巡查油井，修理输油管线；当你看到在人的身体所难忍受的炼油厂的高温度的车间里的炼油工人们，一分一秒地注视着炼塔的仪表，为检修炼塔，冒着五十度以上炽热，钻进炉膛里去……这时候，你怎能不象亲人和你最亲近的战友那样热爱他们呵！而当你看到闪着亮光，放着芳香的黑色原油，经过炼制，炼成各种规格的汽油、煤油、柴油、润滑油等几十种、上百种成品，一车一车运向祖国各地，它使城市、乡村的电灯亮了，汽车、拖拉机在公路上、田野里飞奔，飞机在白云上边飞行……这时候，你又怎么能不热烈地爱上这被称为"黑金"的石油呵！

石油，这奇妙的液体，它以自己的热和光，照亮了我们祖国社会主义的康庄大道，它不惜把自己的生命、躯体，烧成轻烟，为我们社会主义建设事业，提供动力。石油，这奇妙的液体，它本身就是优美的诗，它已经并且还将继续为我们的祖国画出最壮丽最多彩的社会主义大地河山图。

1954年的后几个月，我感到难于抑止自己的感情，我开始为石油和探采石油的石油工人们而歌唱了。在不到半年的时间里，我利用业余空闲时间，写了近两千行诗。收集在《玉门诗抄》里的短诗，和长诗《生活之歌》，都是在这一时间内写作的。

从1955年起，我离开了玉门油矿。人虽然离开了，心却留在那里。不论怎样忙碌，每隔几天，我总要翻翻那从遥远的玉门寄来的《石油工人报》，就象许多在外地工作的同志们，专门订一份家乡的县报来读读一样。每逢见到玉门来的同志，总是象见了家乡来的亲人一样。报纸上每一条关于石油的消息，我都是读了一遍又一遍，感到特别亲切。随着石油工业的飞速发展，一个个新的油田被发现了，被开发了，许多曾在玉门油矿一起工作过的战友们，都调到新的油田工作了。我也把自己的视线，从玉门扩展到柴达木、克拉玛依、川中油田。我为祖国的石油工业大发展，感到无比的兴奋，心，常常象一只关不住的小鸟，从北京飞向玉门，飞向柴达木、克拉玛依，飞到所有有石油工人足迹的地方。收集在《致以石油工人的敬礼》、《西苑诗草》里的一些关于石油工人生活的短诗，就是在这种心情里写出来的。

在大跃进的1958年，我终于又回到了玉门油矿，回到了柴达木，并且访问了我久久思念的克拉玛依。在那次难得的访问中，我还见到全国几乎所有石油工业战线上的英雄好汉们。1958年是社会主义建设的跃进年，这一年，也是石油工业战线上不平凡的一年。我以收集《玉门诗抄》（二集）和《心爱的柴达木》两本短诗集中的二十多首短诗，尽我的全部热情，歌唱了石油工业的大跃进，歌唱了千千万万个石油战线上的红旗手们。

现在，正是1959年的春节，当我正伏在案头，编辑这本以石油命名的诗集时，当我执笔写这篇追怀近五、六年来我和石油关系的文章时，我是充满了感愧交集的心情的。我要感谢千千万万石油工人们，他们以创造性的劳动，冲天的干劲，教育了我，丰富了我；没有他们的劳动，我是连一行关于石油的诗，也写不出来的。我要感谢和我在一起工作过的战友们，他们帮助了我，支持了我，督促和鼓励了我。重新读起这几十首短诗，我深深感到惭愧。我写得太少了，我为我写下的这些粗糙的颂歌，感到脸红。每当我回忆起那些熟识的热情面孔时，每当我读着一封封从遥远的克拉玛依，黄金般的柴达木，以及故乡的玉门油矿，美丽而富饶的川中油田的来信时，面对着那些热情勃勃的希望和期待，有负于英雄的石油工人的自责之感，总是痛苦地折磨着我的心。

窗子外面正响着迎接春天的爆竹，街边上正响着迎接1959年更大胜利的锣鼓，我的心，怎么也平静不下来。我想念着遥远的石油工人兄弟们。我仿佛闻到了石油的扑鼻芳香，我仿佛看到了戈壁滩上林立的井架，我仿佛看到了地质队员帐篷顶上的红旗，我仿佛看到了万千个铝盔下边黑红的石油工人的面孔。亲爱的兄弟们和朋友们呵！在这春天来临的时候，请接受我的祝贺，祝你们在1959年迈开更大的步伐，给石油工业添上更多的翅膀，使它更快地飞翔！

收集在这本诗集中的四十几首短诗，是从近五、六年来我所写的关于石油工人的短诗中选辑出来的。这些诗，大都在报刊上发表过，并曾分别编入《玉门诗抄》、《致以石油工人的敬礼》、《西苑诗草》和《玉门诗抄》（二集）、《心爱的柴达木》等诗集里。除个别题目外，原诗题目、字句都没有改动。先后次序，都按各诗写作、发表时间排列。

当我结束这个诗集的编选工作时，我愿再一次向那些曾经教导过、帮助过、鞭策鼓励过我的同志们，朋友们，表示衷心的谢意，并向他们致以亲切的石油工人的致礼。

1959年春节于兰州

（原载1959年《星星》第4期）

《难忘的春天》后记

在这本以《难忘的春天》为题名的诗集里，选辑了从1949到1958年间我所写作的一百篇诗。

1949—1959，这是我们古老而又年轻的祖国新生的十年。这是胜利的十年，辉煌的十年。在这不平凡的十年间，我们六万万个水手，朝着真理的灯塔所指引的方向，跟随着我们勇敢坚定的伟大舵手，把我们祖国这支巨舰，在不尽的历史长河中，乘风破浪，走过了多么英勇豪迈的航程呵！我们胜利了，我们赢得了第一个十年。这是欣欣向荣，充满春意的十年。这是千秋万代，永世难忘的十年。

这个十年，也是我在学习写诗的道路上，开始学步的十年。尽管我在1945年冬天，并在次一年的秋天，写作和发表了那一部被人称为我的处女作的长篇叙事诗，但是，严格地说，我还不懂得一个写诗的人，应该怎样工作。只是从1949年冬天起，我才开始象学步的孩子那样，比较经常地写诗了。在党的教导下，在读者同志们及许多前辈、同辈战友们热情的关怀和鞭策下，我年复一年地写得多起来了。这十年间，我所写作的几百首短诗和六、七部长诗，就是我在学步的道路上，所留下来的脚印。

这个十年，也是我在诗的语言、形式方面，探索、尝试的十年。从我开始学习写诗的时候起，我从来就不认为自己是一个具有充分写诗才能的人。只是由于若干近乎偶然的原因，才使我不无胆怯之心地走上了这条道路。既然拿起了这个武器，那就应当把它磨得更锋利些，以便更好地战斗。基于这种心情，我总是不满足于已经取得的经验，总是不自量力地、接连不断地给自己提出一个又一个任务，作为自己探索、尝试和追求的目标。就总的方向上说，我一直在探索着怎样使诗为广大工农兵群众所易于接受，乐于接受，以便更好地为他们服务。作为这种探索的第一个成果，就是我在1945年冬天所写的那部长诗。解放后最初的几年（1949—1952），我又试图以民歌为基调，吸收更多的在生活中涌现出来的，适宜于表现新生活的口语来写诗。在形式上，也较多地采用了更易于表达复杂思想感情的四行体。收集在《短诗十七首》里的《三边人》、《报信姑娘》等诗，就是这些尝试的产品。也同是在这一个时期里，我初步地学习和研究了南方民歌（主要是湖南民歌）。为着解决长诗写作中的形式问题，我妙想天开地给自己规定了一项任务：以民歌为基调，广泛采用传统诗、词和新诗的表现手法来写作长诗。这个试验的结果，就是那部虽然经过多次修改，但是一直到今天也不能使自己满意的长篇叙事诗——《菊花石》。1952年冬天，我到了玉门油矿。这时候，我又接触到一个新的问题——怎样用我所已经唱惯了的调子，来歌唱工人和他们的生活？几年来，我以几十首反映石油工人生活的短诗，和一部长诗《生活之歌》，对这个问题，作了回答。去年——1958年，生活瞬息万变，人们的热情如春潮汹涌，干劲冲天。一个写诗的人，应该怎样跟上时代的脚步，并为跃进的大军，献上一支赞歌呢？我和战友闻捷同志一起，尝试着写了几十支短歌——"报头诗"。也是在去年，我开始了我已酝酿十几年之久的长诗的写作。从这部长诗的语言、形式方面来说，它是我在这十几年不断地探索、尝试的基础上，所进行的又一次新的探索、尝试。

十年过去了。我们的祖国，我们的人民，正在自豪地以她辉煌的社会主义建设成就，以她使朋友高兴、敌人惊呆的丰功伟绩，来迎接建国十周年的大庆。比之于祖国的前进步伐，比之于人民的英雄业绩，比之于党和人民所要求于我们的，不论从哪一方面说，我们都作得太少了。但是，对于象我这样一个原本就缺乏才华的笨拙的歌者来说，当我检视十年间所写的作品时，当我编选这本诗集时，却也并不感到脸红。我已经竭尽我的全部才能，全部热情，写了，唱了。我没有虚度年华。我没有为那些微不足道的成就所陶醉，也没有在学习和实践的道路上，故意放慢脚步。限于才能和修养，使得我所进行的那一次又一次的探索和尝试，差不多都没有达到预期的效果，我却从来没有气馁过。"笨鸟虽然展翅慢，总有飞到那一天"。每一次尝试的失败，都为另一次成功，提供了经验。我相信，勤勉可以医治先天的笨拙，学习会使无知变得聪明。

欢庆第一个十年的伟大胜利，就是为了迎接第二个十年更大的胜利。我希望在第二个光辉的十年里，我能写得更多些，唱得更多些，写得更好些，也能唱得更好些！

作　者

1959年5月

（选自1959年8月人民文学出版社初版）

《海誓》后记

　　从一九六〇年五月到一九六一年四月，这一年间，我先后访问了欧洲和亚洲的四个国家。这本集子里的二十几首诗，都是根据这些访问的印象写成的。写作的时间，一部分是在访问旅行途中写成初稿，回国以后修改定稿的，其余大部分是在国外记了几个句子，或者写了一些片断，回到国内以后写成的。

　　这些诗，按照所访问的国家，分为这样五个部分：

　　第一部分共八首，这是记述一九六〇年九月在苏联访问的印象；

　　第二部分共三首，这是在一九六〇年六至七月访问捷克斯洛伐克之后写作的；

　　第三部分共七首，这是同年十月在保加利亚访问时及在归国后写成的；

　　第四部分三首，最初在杂志上发表时，总题是"在国际航线上"，这是记述几次在国际航线上长途旅行途中所闻所见的一组诗；

　　第五部分的六首诗，这是今年三、四月间，在访问日本时及回国后所写的关于日本的诗。

　　一年多以来所写的国外生活题材的诗，几乎全都收集在这里了。还有一些，有的已经写成了初稿，有的写出了若干片断，尚未成篇，这些都因为目前着手另外的工作，只好暂时搁置，留待将来再说了。

　　最后，想就《海誓》、《借刀》两首诗，作点交代。这两首诗，都是写的日本的民间传说。我对日本人民的生活，知道得很少，明知道这些诗是写不好的。但我想作这样一种尝试。我觉得这是一种很有意义的工作。作为一个读者，我是多么希望能够在我们的报刊上，读到这一类的作品呵！我这两首诗，写的是日本古代人民生活的传说。对于比较熟悉国外人民生活的同志们，假若能够写一些反映现代国外人民生活和斗争的作品来，那该是多好的事呵！

1961年十月革命节深夜于京郊

（选自1961年11月作家出版社初版）

《马兰集》书后

　　收集在这本集子里的十篇小说，是我在一九四五年七月到一九七八年九月，这三十多年先后写作的。

　　我是一个不成器的小说作者。虽然从发表第一篇小说到现在，断断续续已经三十多年了，但所得既少，质量也都平平。缺乏才能，固是重要原因，没有把它当作常备武器，勤学苦练，这也是无需讳言的事实。业精于勤，仅仅是偶而为之，这自然是难于写出好小说来的。

　　比之于长篇小说，短篇小说应具有更强烈的时代感。自然，这是应当通过作者精心构思出来的生动有趣的故事情节，以及生活在其中的活生生的人物展现出来的。艺术上应当有所追求，勇于探索，一步一个新的脚印。这是多年来，我对自己写作短篇小说的要求和抱负。回首检视个人的写作实践，不禁令人汗颜。我愿在今后的岁月里，继续努力，争取写得更多些，也力求写得更好一些。

　　承蒙河南人民出版社的同志们不嫌，给了我这个向故乡读者汇报的机会，谨在这本小书付排之际，书此以自勉。

作　者

一九七九年五月廿日

　　　　　　　　（选自1980年2月河南人民出版社初版）

《李季诗选》编后小记

在出版社编辑同志的盛情督促下，时断时续，花了近四个月的时间，总算把这本短诗集，编选出来了。

挥汗中校读完最后几篇小诗，掩卷闭目，感愧交集。我为我所歌唱过的三边、玉门，以及以大庆为代表的百万石油工人，感到光荣和骄傲。同时，也深深为这些给祖国立下汗马功劳的英雄们写得太少，到今天也没有写出几篇自己比较满意的作品而感到脸红。

我大概是属于那种类乎"本色演员"的角色，只能凭靠自己直接地亲身体验和生活实感来写作。从以往很长一段写作经历中，我懂得离开了三边、玉门，和一些我曾或长或短直接参加工作的地方，离开了石油工人，我就很难写出诗来。这是由于我的笨拙所产生的个人局限性的表现。在诗的战斗行列中，我还只是一个不成熟的普通战士。

对于诗，我是有所追求的。1959年5月，我在短诗集《难忘的春天》后记中，曾经写过的那些意见，至今也仍是我所追求的目标。回顾这二十多年来的写作实践，收效甚微，长进不大。把这篇后记，作为附录编在书后，既是自我批评，也有鞭策自己继续努力之意。

象《难忘的春天》一样，这本集子仍然是只选了一百篇诗。这些诗，是从《短诗十七首》、《玉门诗抄》（一、二集）、《致以石油工人的敬礼》、《西苑诗草》、《第一声春雷》、《我们遍插红旗》、《心爱的柴达木》、《难忘的春天》、《海誓》、《剑歌》和《石油诗》（一、二集）等十几本短诗集中，选编起来的。几首篇幅稍长的诗，因将另行出版单行本，就不再收入这个集子了。

　　诗的编排顺序，按写作时间先后排列。在编校过程中，对部分诗的章、句，作了一些文字修改，但均以保留原诗最初面貌为限——何必在读者面前掩饰自己学步期的幼稚呢?

作　者

1978年8月于北京

　　　　　　（选自1980年4月人民文学出版社初版）

评论文章选录

从《王贵与李香香》谈起

解　清

　　李季同志的《王贵与李香香》，从今天起在报上发表了。这是用民歌"顺天游"的形式写的三边民间革命和爱情的历史故事，用"顺天游"的形式描述如此丰富内容的作品，无论是口传的或文字记载的，我还是第一次看到。这诗，不仅题材新鲜，风格简明，而且极生动极有地方特色的为我们刻绘了一幅边区土地革命时农民斗争图画。可以预测这将是广大读者所欢迎的作品。

　　《王贵与李香香》的故事是这样的：死羊湾年轻的揽工汉王贵和美丽的姑娘李香香"交好"。但是，王贵的主人——恶霸地主崔二爷也看中了她。当他调戏李香香碰钉子以后心里就恨死了王贵。这时如火如荼的土地革命运动发展到这里了，崔二爷的毒手第一个就向暗地参加赤卫队的王贵开了刀。在王贵被崔二爷吊打生命危殆的当儿，李香香把他的好同志，红色游击队员们请来了。死羊湾被解放了。革命的烈火把死羊湾变成了活羊湾。分得了土地的农民，"人人脸上放红光"。王贵和李香香也如愿以偿的自由结婚了。他们结婚三天，王贵就报名参加了游击队：

　　　　十天半月有空了，
　　　　请假回来看香香。

　　　　看罢香香归队去，
　　　　香香送到沟底里。

沟湾里胶泥黄又多，
挖块胶泥捏咱两个。

捏一个你来捏一个我，
捏的就象活人托。

摔碎了泥人再重活，
再捏一个你来再捏一个我。

哥哥身上有妹妹，
妹妹身上有哥哥。

捏完了泥人叫哥哥，
再等几天你来看我。

　　看这一对年轻夫妇的感情是多么纯真可爱！但是，革命不是那么顺利的。白军和崔二爷又回到了死羊湾，人民又被打进地狱里。崔二爷害死了香香的爸，把香香软禁起来。腊月二十一，崔二爷要强迫和李香香成亲那天，革命的游击队又进庄来了，故事是以王贵和李香香的团圆结束的。

　　《王贵与李香香》的作者真实的处理了这革命与恋爱的历史故事，写出了革命斗争的曲折历程，人民翻身运动的正义性及胜利的必然性，王贵的不为利诱，不怕牺牲及其对革命事业的不可摇撼的信心，强烈的表现了劳动人民的坚强不屈的高尚的战斗品质。这些被崔二爷们所不齿的"穷汉们"是真正的热爱生活的，他们懂得爱，更懂得在必要时牺牲这个爱去为自己阶级，去为人民服务。作者的诗篇正是由衷的歌颂着这个美善的性格。

　　"顺天游"是边区民间最流行的调子，是一种形式最简单的诗：有一首（两句）表明一个意思的，有若干首（常见的是十首二十首不等）组成一段有情节的歌唱的。它的最大最主要的特征即在于它的形式的自由而生动，是以民间的口语和形象，来表现人民思想及生活的各个方面。在边区工作及生活过的人，很容易或多或少的看出作者在这篇千行的叙事诗里采用了不少民间"顺天游"的原句子和原节；但是，这绝不能说它就不是创作，相反的，这样更增加了作品夺目的光彩。这诗里有着多少惊人的深刻而美丽的诗句啊！读着它的时候，我们不由自主的就会想起一些著名的诗篇。也许正因为作者在有些地方舍不得节省一些动人的句子，偏爱的堆集了他们；同时某些应该展开描写的地方，却不经意的忽略过去了，这不能不说是遗憾。

《王贵与李香香》的创作，又一次说明民间艺术宝藏的无限丰富，值得我们文艺工作者去虚心的学习，这样才能使我们的作品增加一些新的手法，新的意境及新的血液。

《王贵与李香香》的作者李季同志，听说是广东人，在盐池县政府工作。因为喜爱文艺，因为想反映些自己工作里的见闻，就常抽空写些通讯、小说和诗歌，用"里计"，"李季"和"李寄"的笔名向解放日报等处投稿，有不少作品已在解放日报上发表了。作者是喜欢用通俗的形式和手法创作的。他四四年在解放日报上发表的"老阴阳怒打虫郎爷"和去年在三边石印出版的"卜掌村演义"，都曾获得广大读者的称赞。很明显，李季同志不只是一个一般的实际工作者，而且是一个对文学具有修养的人，因此他才能从实际工作发现题材，用他所熟悉的人民语言和形式，很优美的来表现人民的生活与情感。民间文艺创作的搜集者，下乡搜集材料的作家，很难写出十分为群众欢迎的好作品，就正因为他们不能象实际工作者那样深入群众，因而也不能获得最真实、最生动、最确切的材料，即使得到了一些，也由于对人民的生活情感和人民对艺术的爱好体会及了解还不够，故表现出来的常不免浮泛和贫弱。从李季同志前后的作品看来，有着显著的进步。这是他不懈努力的结果。要是他写了一些作品，就骄傲起来，不虚心学习，脱离群众和实际，那么他这种进步就会没有了，《王贵与李香香》或《老阴阳怒打虫郎爷》也就不可能产生了。

《王贵与李香香》是值得我们学习的作品，李季同志的创作和学习方法，也是值得我们学习的。希望李季同志今后创作出更多更好的作品，也希望产生出更多的象李季同志这样的作者。

（原载1946年9月22日《解放日报》）

读了一首诗

陆定一

我以极大的喜悦读了《王贵与李香香》。因为这是一首诗。

自从"文艺座谈会"以来，首先表现出成绩来的是戏剧。那年就有新式的秧歌出场了。《兄妹开荒》现在已经传遍全国。新的戏剧运动，范围非常广大，改良的平剧出现了，《血泪仇》和《保卫和平》等秦腔戏出现了，新式的歌剧《白毛女》出现了。这方面的收获最快，最丰富。戏剧真正到了人民大众里面去了。

其次跟着来的，是木刻。这方面革除了外国气派，采取了中国气派，也有很大的成绩。现在解放区的木刻，代表了中国，在全世界有了地位。

来得更晚些的，是小说和说书，这是最近一两年间才有的。小说里面，如《李有才板话》，《吕梁英雄传》，《抗日英雄洋铁桶》，《李勇大摆地雷阵》等，获得广大的读者，教育了广大的读者，并在小说的领域里展开了新的一页。在说书的方面，有韩起祥编的许多本子，显出民间艺人惊人的天才。

比较来得更迟的，就是诗了。《王贵与李香香》，就是这样的新诗。用丰富的民间语汇来做诗，内容形式都好的，在外面有袁水拍先生，现在我们这里也有了。

我们看到：文艺运动突破一重重关，猛晋不已。出来了新的一套，出来一批新的人物。每一次这样的胜利，都表示了新民主主义文艺运动对于封建的买办的反动的文艺运动的胜利。新的文化在一个一个的夺取旧文化的堡垒。反动的文艺，因为它有"民族形式"，虽然内容反动极了，但在人民之中据有地盘，毒害人民。革命的文艺如果不学会自己的民族形式，即劳动人民所喜见乐闻的形式，那怕内容很好，就不可能在几万万人民的头脑里把旧文艺的影响打倒、肃清。

　　文化的斗争，这是不流血的。但是，不把几千年来的封建文化所筑下的无数保垒一个个的夺取过来，并建立起新民主主义的文化堡垒，那就不会有新的社会。这是一件极其烦难的工作，需要极其坚韧不拔的努力。谢谢毛主席，他给我们指出了道路。谢谢领导文艺工作者走毛主席的路线的许多同志，他们的努力有收获。谢谢新文艺的开路先锋的各位同志，他们在文艺战线上披荆斩棘开出了道路，他们是文艺战线上的战斗英雄。我们离开完成任务还很远，不要骄傲，不要停止。

（原载 1946 年 9 月 28 日延安《解放日报》）

序《王贵与李香香》

郭沫若

　　中国的目前是人民翻身的时候，同时也可以说是文学翻身的时候。

　　人民几乎自有史以来，在贵族奴役之下过着牛马的生活，文学也是在贵族奴役之下过着倡优的生活。

　　近百年来，中国人民虽然逐渐地在企图翻身，但人民意识终没有象今天在解放区里面所见到的那样彻底。"耕者有其田"的口号虽然空喊了几十年，而在今天的解放区的确是兑现了。这使整个的中国历史起了一个彻底的质变。

　　近百年来，中国文学虽然也逐渐地在企图翻身，但终因人民意识的未能彻底，尽管文言变为白话，而白话又成为新式的文言。一部份新文人们的搔首弄姿或怡神旷意，不是比起旧式的倡优来更加顽固乃至无耻吗？因此而在人生实践上堕落到汉奸或反动派的泥沼里的，正是大有人在。

　　意识的贫乏与形式的修饰，可以说有必然的因果。凡是贫于意识或生命者，为求掩饰其贫乏，必然尽力追求修饰的形式。所谓"以艰深文其浅陋"正是这种心理的一斑。假使让我说得更广泛一些，无宁是"以媚妩文其丑恶"。说得更显眼一些，便是贫血的人爱打胭脂。

　　意识健全，生命力丰富，所发挥出的形式必然是自然而健康。这也就是无上的美，它无须乎矫揉做作。这是天足与缠足之异，缠足在今天，谁还能加以"金莲"的赞美呢？

　　今天在解放区之外的"金莲"文艺依然占着支配势力，大家在这种积习之下一时转不过来，而解放区的文艺确实是到了天足的阶段了。这儿有意识的美，生命的美，因而也就有形式上的充分的自然与健康美。

解放区的艺术品，我看见过好些优秀的木刻、剪纸、窗花。用文字表现的我看见过《李有才板话》，《李家庄的变迁》，《吕梁英雄传》，《白毛女》等等，今天我又看见这首长诗《王贵与李香香》。我一律看出了天足的美，看出了文学的大翻身。这些正是由人民意识中发展出来的人民文艺，正是今天和明天的文艺。

欣赏惯了"金莲"的人或许对于这样的诗会掉头不顾吧。那可用不着勉强，随他去。

或许也有人会说："这有什么稀奇！从前的弹词或大鼓书，有的比这更要完美一点"。那也说得差不多。但这儿所不同的是新的意识与新的形式的一个有机的存在。

形式固然是重要的，但更重要的是人民意识。这个意识的获得并不必限于解放区。然而学习这样的形式却必须限于人民意识的获得。

中国的目前是人民翻身的时候，同时也就是文艺翻身的时候。这儿的这首诗，便是响亮的信号。

（原载1947年3月12日香港《华商报》）

《王贵与李香香》后记

周而复

一颗光辉夺目的星星，从西北高原上出现，它照耀着今天和明天的文坛，这就是《王贵与李香香》。

《王贵与李香香》的出现，无疑的，是中国诗坛上一个划时期的大事件。

作者李季不是文艺工作者，也不是诗人，他是在群众当中做实际工作的，一个爱好文艺的人。这首诗，是他参加实际群众斗争生活的珍贵收获，用陕北民歌"顺天游"的形式，写出三边民间革命和爱情的历史故事。从第一行起，到最后一行，洋溢着丰富的群众的感情，生动而富有地方色彩，作者给我们刻绘出一幅边区土地革命时的农民斗争图画。

不仅是题材新鲜，也不仅是风格简明，它给我们提供了新诗写作的严肃课题，说得更广泛一点，它给我们提供了人民文艺创作实践的方向。

如果说过去中国反映人民生活的诗篇，绝大多数的成果，是诗人的诗；这意思是说，是诗人站在旁观的同情的立场，通过诗人自己的感情，对人民生活的歌唱。那么，这儿是产生自人民当中的诗篇。它的思想，它的感情，它的生活，它的语言，完全是人民的，是发自人民内心的真实声音。

小资产阶级出身的知识分子作家，经过思想改造以后，曾经是，现在也还是为一个问题所苦恼着：旧的非人民大众的思想感情否定了，新的人民大众的思想感情还没有完全建立起来。在这个新陈代谢之间，青黄不接之时，旧的那一套思想感情自己是很熟习了，现在是弃之唯恐不尽；对新的，虽然相当陌生，却要努力学习去掌握。这就是为什么作家经过思想改造，都纷纷到群众当中去，到人民大众当中去，有些作家甚至暂时沉默了的道理。只有实际在人民斗争生活当中，自己不再有高高在上的优越感，而成为人民大众当中的一员，和他们共呼吸，共患难，共荣辱，这样才能够写出人民伟大的诗篇，而人民的诗篇也只有在人民大众当中方能产生出来，亭子间和窑洞里的艺术之宫和他是无缘的。

李季和他的诗篇，就是一个有力的注释。在这首诗里，我们看不到旧思想的脉络，也看不到不健康感情的痕迹。

有人说：诗，是语言创造的艺术，诗有诗的语言，广义的这样讲，当然没有谁反对。问题是：什么是诗的语言？什么是语言的创造？这虽然没有明文规定，但明里暗里，仿佛有这样一种倾向：诗的语言是和一般常人的语言不同，是经过诗人精心创造出来的，"语不惊人死不休"，这是一些少数诗人的座右铭。怎样惊人呢？有的念起佶屈聱牙，有的堆砌着言之无物的所谓语言，如果把那些空泛的语汇去掉，一首诗留下给读者的，竟然有限得很，顶多是飘忽得如一阵烟似的感情。

这里边缺乏斗争生活内容的支柱，也缺乏真实感情的基石；因此，眩惑读者的，要靠那一件不合身的文字外衣。

在这首诗里，每一行，都充满了斗争生活，每一行，都是斗争生活的结晶，全篇洋溢着人民斗争生活的感情。作者用陕北民歌"顺天游"的形式写出，说它是旧的形式也可以，说它是新的形式也可以，因为它是在"顺天游"这一形式的基础上发展来的，已不同于原来的面貌。这是中国土壤里生长出来的奇花，是人民诗篇的第一座里程碑，时间将增加它的光辉。

（选自1947年4月香港海洋书屋出版的《北方文丛》
第二辑——《王贵与李香香》）

人民的诗歌

葆瓛

增刊三期所转载的《王贵与李香香》是一篇优美出色极有价值的叙事诗，陆定一同志曾在解放日报上为文推许。的确无论在主题的教育性，故事的描述，人物的刻画，用语的精巧，都堪称为一首成功的人民诗歌。

典型的故事

死羊湾的恶霸崔二爷趁荒年逼租打死了佃户王麻子，掳来他的十三岁的儿子王贵作羊工，无偿价劳动，过牛马生活。劳动人民是一家，王贵受到穷老汉李德瑞的同情和照顾，象是又找到了家，日久天长便和李家的独生女香香发生爱情。"实心实意赛过银钱"，劳动阶级间的恋爱是真实的，香香拒绝了崔二爷的胡调。崔二爷转恨王贵，仇上加仇，阶级仇恨中又多了一个矛盾。

共产党领导革命燃起了农民的积恨，王贵的仇恨如烈火，暗中参加了赤卫军。不幸被崔二爷知道，五花大绑吊在梁上，杀鸡给猴看，恶霸叫全庄的男女来看打王贵；王贵英勇不屈，大骂不止。眼看王贵就要被害，香香连夜给游击队送信，死羊湾被游击队攻占了，农民们分到牛羊土地，死羊湾变成活羊湾，王贵和李香香自由结婚。饮水思源，三天后王贵参加游击队，"一杆红旗大家扛"，王贵有火样的革命热情。

217

敌人又来了，游击队奉令转移，死羊湾暂时被反革命占领了，崔二爷向农民凶狠的反攻，对香香野心不死，害了李德瑞，用调戏、硬吓、软禁的手段来缠香香。但香香坚贞不二，至死心不变，崔二爷发火实行"抢亲"，强婚宴席上坏种们正喝酒赌博得意忘形的时候，游击队突然打进来了，恶霸被捉，农民重获解放，王贵和李香香又团圆了。他们情不自禁的吐露了心声"咱们闹革命！革命也是为了咱"。

这样生动曲折入情入理的刻画劳动人民的故事是少见的，它富有极深厚的思想情感的组织力和感染力。反映劳动人民，教育劳动人民，作者的取材和描绘是典型的，成功的。

现实的教育

这是一个历史故事，但作品的主题是富有极现实的教育意义的，它反映和教育劳动人民对革命的热爱和信赖，在某种意义上，它类似"我是劳动人民的儿子"，对翻身后正在进行自卫战争的冀东人民是适宜的。

恶霸崔二爷的残暴无耻，旧社会的黑暗，王贵的遭遇等情景，将激起人民的同情和仇恨，使他们自然的回忆自己含泪的过去，增长对革命对自己政党——共产党的热爱和拥护。

王贵受刑时的坚贞不屈的革命气节，"我一个人死了不要紧，千万个穷汉后面跟"的忘我精神，香香对恶霸的反抗，"有朝一日随了我心愿，小刀子扎你没深浅"的决心等情节表现，将激起人民的敬仰和钦佩。在残酷的斗争中培育着人民的革命气节，而香香和刘二妈在敌人暂时统治下的表现会启导人民要经得起革命的波折。

游击队的营救王贵，王贵新婚后毅然参军，恶霸地主反攻的凶狠等场面，将激动人民热烈拥爱自己的军队，"一杆红旗要大家扛"，王贵的认识和行动是千百万青年农民的榜样。

这首诗是富有丰富的深远的教育意义，但愿它能广泛的流传起来，深印在千百万农民（尤其是青年农民）的心底。

成功的技巧

诗的写作技巧是成功的，它自然灵巧的表现主题，既非文学外衣下的政治说教，也不是暧昧平淡的琐事描述，它兼具丰满的政治性和艺术性。

本来革命中恋爱故事的体裁是不易处理的，它容易受封建大团圆主义，或小资产阶级温情主义的影响，腐蚀思想，传播软绵绵的气氛。但作者却突破了旧套，完美的融合了翻身，恋爱，武装斗争，写出了革命英雄主义大团圆的典型，革命解救全人民，人民更热爱革命，多么健康的革命情调啊！

对人物性格心理的刻画也是凸出真实的，雇工王贵"爱革命"，"有骨头"，"觉悟高"，"忘我的英雄主义"的描写是栩栩活现的，香香的"爱庄稼汉"，"倔强坚贞"以及刺杀"崔二爷的决心"，又是劳动妇女的阶级气质。崔二爷的统治阶级的思想观点："从来肥羊大圈里生，穷汉们啥也闹不成"，"真龙天子是个谁，死羊湾的天下还姓崔，"是微妙微肖的。

作者又善于用静物来煊染衬托故事和人物，象："一眼望不尽的老黄沙，那一块地不属财主家"，"太阳偏西还有一口气，月亮出来照死尸"，"满天星星没月亮，星光照在他们身上"……多么恰切的描写啊！它加深了作品的艺术性和感应力。

精练的语言

语言是文艺的细胞，这篇诗的用语是精练的，富于表现力的。作者使用了农民的口语和恰切的比喻，既没有欧化的洋噱头，也不是方言土语的滥用的堆砌。看吧，写农民和地主的差别：

> 天气越冷风越紧，
> 人越有钱心越狠。
> 羊肚子手巾包冰糖，
> 虽然人穷好心肠。

写雇工参加革命时的热情：

> 白天放羊一整天，
> 黑夜不眨一下眼。
> 身子劳碌精神好，
> 闹革命的心劲一满高。

写农民翻身时的情景：

> 少先队来赤卫军，
> 净是些十八九的青年人。
> 女人走路一阵风，
> 长头发剪成短缨缨。
> 有了土地灯花亮，
> 人人脸上放红光。

写王贵的革命觉悟：

> 革命救了你和我，
> 革命救了咱们庄户人。
> 一杆红旗要大家扛，
> 红旗倒了大家都遭殃。
> 快马上路牛耕地，
> 闹革命是咱自己的事。
> ……

假如把这种生动的语句念给农民听，它一定会深刻的感动农民而广泛的传咏起来。

冀东人民中，翻身、自卫、生产的模范事迹和英雄是丰富无量的，他们的生活，思想，情感都急烈的变化着进步着。什么时候能出现用民间语言反映这伟大现实增长人民热情和智慧的典型作品呢？我热切的期望着。

（原载1947年3月《冀东日报》增刊，选自周韦编辑的
《论〈王贵与李香香〉》，1950年7月上海杂志公司出版）

《王贵与李香香》

小 凡

在北方曾先后出现了几册优秀的文学巨著，小说方面有《李家庄的变迁》，《李有才板话》，《吕梁英雄传》；戏剧方面有秧歌剧《兄妹开荒》，新歌剧《白毛女》。

诗歌方面，《王贵与李香香》是一颗光耀夺目的黎明前的星星，它的光芒显得出最眩亮。

我曾嗜好地读过一些描写农乡景象的诗，总觉得作者多少有对于农人的实际生活体验得不够，这是因为作者是一个知识分子，没有把自己置身在农民的当中，和他们的感情相融合，而真正的描绘出他们的苦难和欢欣。这正如郭沫若先生在序里所说的，"从人民意识中开展出来的人民文艺，看起来有天足的美"。披一层知识分子感情的外衣，去看农村，写农村。就好象穿着高跟鞋下乡一样，他的路走得那么不自然而勉强。

作者李季是"在群众当中做实际工作的"诗人，他用民歌的形式写出一部民间历史革命的叙事诗。全诗长约一千行，每两行自成一段。可是每一段就都是民间的隽语或流传的谣歌，他把它们凑合得很自然，运用得恰当，表现得很真实。诗里也用到边区的方言，可是并不多；有尾韵，但在有些段章也省掉。诗的句子最长的不超过十个字，"易懂，易记，易唱，易听"。

《王贵与李香香》开头描述民国十九年三边农村的春荒：

民国十八年雨水少，
庄稼就象炭火烤。

荒年怕尾不怕头，
十九年春荒人人愁。

掏完了苦菜上树梢，
遍地不见绿苗苗。

坟堆里挖骨磨面面，
娘煮儿肉当好饭！

一二三月饿死人装棺材，
五六月饿死没人埋。

虽然三边连逢了春荒，可是大财主崔二爷家的粮食是吃不完的，他有三十里宽的地产和不可数计的牛羊，可是"天气越冷风越紧，人越有钱心越狠"，为了他的佃户王麻子还不起租子，便用皮鞭将他打死，并且还拉走了他才十三岁的娃娃王贵，带到家里做长工使唤。

王贵在崔二爷家里真是受尽了折磨："大年初一饺子下满锅，王贵还啃糠窝窝。秋天收庄稼一张镰，磨破了手心还说慢"。

好在"冬天雪大来年冬麦好，王贵就象麦苗苗"一样长大了，刚好那时有个穷老汉叫李德瑞的，很怜惜他的命苦，对他说："讨吃子住在关爷庙，我这里就算你的家"，李老汉有一个女儿名李香香，在王贵的眼中，"山丹丹开花红姣姣，香香人材长得好！一对大眼水汪汪，就象那露水珠在草上淌"。在李香香的眼中："地头上沙柳绿蓁蓁，王贵是个好后生！身高五尺浑身都是劲，庄稼地里顶两人"。光是"交好的心思两人都有，谁也害臊难开口"。后来就彼此不嫌弃地相爱着。

李老汉也是崔二爷的佃户，崔二爷看见香香长的俊俏，想讨她作小，有一次在井畔调戏她，却遭到香香一阵难堪的指骂。

因为荒年，穷人的日子过不了，都想闹革命，暗地里王贵也参加了，可是却被崔二爷知道，打得他"两耳发鸣混身麻，活象一个死娃娃"。多亏香香去游击队报信。"白生生的蔓青一条根，庄户人和游击队是一条心"。这样才打进来救了王贵一条垂死的命，并且把财主们土地分给了人民，"有了土地灯花亮，人人脸上发红光"。"吃一嘴黄连吃一嘴糖，王贵娶了李香香"。这真是"千难万难心不变，患难夫妻实在甜"。

可是后来白军又来了，崔二爷又回到了村子，"长袍马褂文明棍，崔二爷还是那个髁样子"，他打发李老汉去支差，他想香香的心还没有死。可是李老汉一出门就再没有回来，王贵又随游击队打仗去了，"老雀死了公雀飞出窝，香香一个人怎能活"？"一天哭三回，三天哭九回；铁石的人儿心也变软"。香香"手扒着榆树摇几摇，你给我搭个顺心桥"，"隔窗子瞭见雁飞南，香香的苦处数不完"啊！

"黑心歪尖赛虎狼，崔二爷下毒手抢香香"。"七碟子八碗摆酒席，看下的日子腊月二十一"。"崔二爷娶小狗腿子忙，坐席的净是连排长"。正当李香香又哭又是骂，崔二爷笑嘻嘻的时候，"喝酒赌博寨门没放哨，游击队悄悄进来了"！"一人一马一杆枪，游击队的势力壮"！就这样"连长跑了抓排长，一个一个都捆上"，崔二爷自然也不能例外，他"浑身软不塌塌，捆一个老头来看瓜"。王贵和李香香终于团圆了："两人对面手拉手，难说难笑难开口"，挣扎半天，王贵才说了一句话："咱们闹革命，革命也是为了咱！"

这种形式新鲜，内容丰富的农村史诗，它象一块指路碑昭示我们一个诗的新去向，它是一面走在行列前头的大旗，坚定了我们在"民歌"的路上行进的信心。

（原载1947年5月10日《联合晚报》）

读《王贵与李香香》

胡 里

　　当我读完了这一本诗的时候，我完全同意周而复先生在后记中所说的："这是中国土壤里生长出来的奇花，是人民诗篇的第一座里程碑，时间将增加它的光辉。"以及郭先生所说："这儿的这首诗，便是（天足的文艺，人民的文艺，今天和明天的文艺）响亮的信号。"

　　这里写的是一个穷苦人翻身的故事，也是一个农民的恋爱故事，同《小二黑结婚》差不多，因此，这里不打算多说，而想讨论的，是《王贵与李香香》的这种"劳动人民所喜见乐闻的形式"——民歌"顺天游"的形式；作者李季先生是在群众当中做实际工作的，他熟悉那边人民的生活，熟悉这种形式，再加上自己的斗争经验，因而好象不费什么力地如说出一支自己所经历的故事一样地说出了这个革命与恋爱的故事。从第一行到最末一行止，活鲜鲜的语言与丰富的群众感情，使得这个故事更加生动，有力动人。

　　我不知道"顺天游"是怎样的一种民歌，但从这里看到，也许是一类似薛汕所辑发表在《新诗歌》第三期上的《金沙江上》的隽语，一律是两行成一段，好象歇后语一样的，前行点出了一个题目，后行则报导了事实，如此连续下去，把一个故事有声有色的讲出来，不但前后连串紧密相接，而且自然旋律的组织与生动，切实，美丽的语言的运用，直使全诗象一首民歌；无怪乎周而复先生夸耀的说她是："一颗光辉夺目的星星，从西北高原上出现，它照耀着今天和明天的文坛。"

最近以来，在诗出版物当中曾有几本书引起了大家的注意，这便是赵树理先生的《李有才板话》，《马凡陀的山歌》，沙鸥的《化雪夜》，以及报纸副刊上常常出现的《旧调新歌》等。说《李有才板话》也是诗，那正同《王贵与李香香》一样，是借用民间的文艺形式，再将之革旧布新，也就是经过学习改造以后，再用来塑造新的生活事件与人物的，既不高高在文化水平比较落后的民众之上，也不低低于说部唱本等落后的民间读物之中，而是崭新的为"人民大众所喜见乐闻"的一种新诗歌形式，有人说马凡陀的山歌，因为其形式仅仅走出知识分子范围而进入小市民的范围而已，而沙鸥的方言诗，也因为其形式毕竟还是知识分子型的新体诗，都距离广大的人民"喜见乐闻"的路还很远；至于《旧调新歌》那不过是一时应急的东西，目前似乎也没有人专门从事这种东西的创作。自然，这里面还有着现实的社会的生活的诸种问题存在，不能够苛求我们的诗人的，但是，《李有才板话》，尤其是这本长篇叙事诗《王贵与李香香》的出现，无疑的，是中国诗坛上一个划时期的大事件。因为它"不仅是题材新鲜，也不仅是风格简明，它给我们提供了新诗写作的严肃课题，说得广泛一点，它给我们提供了人民文艺创作实践的方向"。

（原载1947年5月18日《联合晚报》）

从民谣角度看《王贵与李香香》

静 闻

王贵与李香香，是我国新文坛上一个惊奇的成就。

和这篇诗风格的单纯恰好成对照，它的意义和价值是繁富的，多方面的。譬如说，它反映了历史转换期的一定社会真实（如果用黑格尔的术语，也可以说，它反映了那有世界史性的现实）；它完成了我们多年来所期望的艺术和人民的深密结合；它创立了一个诗歌的新型范。……

一件成功的艺术品，它的好处，往往很容易使人感觉到，可是要充分说明它却又相当困难。王贵和李香香好象青空白日一样，谁一看到它，就会感到它的爽朗明丽。但是，要对它作一种确切深入的阐明，就不是这样容易了。郭沫若、陆定一、周而复诸先生的序跋，自然尽了提纲挈要的任务，至于那更周详的剖析，探究，还不能不稍待将来。为着在这方面供献一点自己的微力，现在我试从民谣的角度，来把它作些粗略的考察。这对于它的全面说明，或者多少有点帮助。

仿作民谣，本来不算是一件新鲜的事情。从世界各民族的文学史上看，从本国的文学史上看，都不能够说是没有前例的。就我国过去的史实看，那些不自觉地沿袭的不用提了，就是有意仿作的，也正不乏人，象唐朝的白居易、刘禹锡、温庭筠，宋朝的苏轼，明朝的宋濂等著名文人，都曾经多少有意的仿作过民谣。但是，他们的仿作，大多出于偶然的兴致，并不把它当作正大的创作道路。就是新文学运动健将之一的刘半农博士，他写作了二十多首民谣，我们不能不推服他的见识和勇气，并且他创作的成绩也不算坏。可是，比起王贵与李香香的作者，他到底不免逊色了。

在创作意识上，王贵与李香香的创作者，固然不是由于贪爱新奇，也不仅由于热爱人民的艺术形式和思想。他从事这个工作，主要是由于那种正确的理解，更由于那种伟大力量的推动和哺养。他是和人民一起呼吸一起战斗的。他的作品，和本格的民谣血脉相通，骨肉相连。他的创作意识就是人民的创作意识。严格地说，他不是仿作者，他是道地的民谣作家。而且他所代表的人民意识，是进步的人民意识，是人民中先锋队的意识。因此，他的作品不仅是代表人民的，而且是教导人民的。它不仅是重要的现实的反映，同时也正是社会前进的精神的乃至物质的力量。在这种意义上，我们的作者是很少人可与比并的。如果要在世界文学史上找比例，那么，恐怕那位把民众看作自己作品的唯一批评者的 D·伯德尼，多少和它有点相似罢。

形式在艺术上是具有本质的意义的，象大家所知道，艺术的真正完成，是内容和形式的高度统一。形式不能适切地表现一定内容的作品，到底不能算是完全成功的艺术。

在形式或技术上，和在创作意识上一样，普通的民谣仿作者是不容易和王贵与李香香的作者比肩的。在内容上要完全民众化固然不很容易，在语词上，腔调上，要做到完全和人民自己的作品一样，自然更加困难。就是大诗人，在这方面也没有多大把握。象歌德那样的天才学力，并且对于民谣那样的热爱，他被公认为具有民谣气味的作品，也不过是象《野玫瑰》等少数篇章罢了。以白居易的才能和创作上的力求通俗，他的《竹枝词》（仿巴渝地方的民谣）在风貌上到底也不能够怎样迫近民谣。记得二十年前，我曾经和一位朋友译过好些狼人和獐人的歌谣。现在回想起来，实在十分惭愧。我们的那些译文，只是拿原始民族作品里的思想来再创作的新诗罢了。总之，仿作民谣，在形式上要做到那种可以"混真"的境地是相当困难的。这一点，王贵与李香香的作者差不多成就了一个不可思议的奇迹。

"比兴"是中国民谣的传统的表现法。它也是民谣形式上的一种特色。自国风、吴声歌曲，以至现在中国南部各省的民歌，都具有这种特色。在文人作品中，比譬还不是很难能的事，起兴就极少见到了。

因为它和下文的关系，往往是在有意无意间。这正是"自然文艺"的一种特点。文人知识较发达，在这种地方，倒显出无能为力了。好象我们大人比起小孩子来，尽管力量强智识富，但要去模仿他们的"天真"，就不容易成功。从中国文学史上看，这种表现法，唐人以前还偶然可以碰到。唐以后，差不多就绝迹了。《王贵与李香香》在效法民谣的形式方面，很惹人注意，也很叫人佩服的，无疑是这种比兴的表现法。在这篇长诗中，它不但用得很多，而且用得那么好。我们随便举几个例子：

> 瞎子摸路难上难，
> 穷汉们就怕过荒年。

> 风吹大树嘶拉拉的响，
> 崔二爷有钱当保长。

> 毛驴撞草垛没有长眼，
> 狗腿不长人心肝。

> 玉米结子颗颗鲜黄，
> 李老汉年老好心肠。

> 红瓤子西瓜绿皮包，
> 妹妹的话儿我忘不了。

> 上河里涨水下河里混，
> 王贵暗里参加了赤卫军。

我们把它杂在最好的民谣中，是不容易分出彼此的。

其次，王贵与李香香，词汇上，语法上，都是非常大众化的而又艺术化的。因此，在读者的感觉上那么亲热却又那么新鲜。它是"生活的"，同时又是"诗的"。现实生活中的语言还不过是一种"璞"

（石中的玉），要经过琢磨，才成为美玉。我们光称赞作者语言的"人民性"是不够的，它是人民的艺术。它是真纯的诗。是美和健康创造的。在中国现代丰富的民歌中——勤劳纯朴而且智慧的农民的艺术中，我们到处可以闻到这种语言的清纯香气。这种诗的语言的特性，是平易、简炼、隽永和自然。那大城市的通俗文学或职业艺人的作品，在这方面，就往往多少要显得矫揉或庸俗了。《刘巧团圆》对我们不能唤起和王贵与李香香同样的深沉快感，重要原因之一，也就在它语言的诗化程度不够。王贵与李香香的语言，是生活中的诗的语言，是农民的优秀歌咏中所常碰到的出色的语言。

诗是着重感情因素的艺术。因此，它不能不节奏化。说它是"美的节奏的创造"（爱伦坡的话）也许偏敩些。它是音乐性的文学。它的言语不能和散文一样，它必须有它自己的音节。古今中外任何民族的诗歌，恐怕都没有不讲音节的。在一般文化比较粗朴的民族或人民，他们的诗就是歌。自由诗是资本主义发达国家一部分知识分子的产物，在诗的国土中，可说是比较特殊的东西。但是，它在音调上也不是完全和散文一样的。它不过打破那固定的人为的诗律限制罢了。中国地方那么广博、民族那么复杂，生活、思想和感情也那么多样，可是在"诗必须是可以吟唱的"，这点上是没有什么大分歧的，尽管吟唱的声调可能千差万别。民谣的生命，往往正在于它的音乐方面。这是许多民谣学者所公认的。仿作民谣，形式上的努力点之一，也就在于这种音节上。做旧诗的人，因为有一定平仄和押韵法可以遵循，在这方面多少比较容易着手些。至于民谣，他的节奏、腔调等比较灵活，因此也就更加难于捉摸。可是，一个民谣仿作者，如果在这方面不能够打胜战，他的作品就不算得怎样成功。那不是民谣的嫡亲儿女。至多是民谣的义子罢了。王贵与李香香，这点上正象在别的点上一样，是非常胜利的。它不但唱得上口，而且使我们念起来简直象回到故乡，看见亲人一样。它和我们的耳朵那么熟悉。你试把下面几节念念看：

短租子，短钱，短下粮，
老狗你莫非想拿命来抗？

　　大年初一饺子下满锅，
　　王贵还啃糠窝窝。

　　冬天王贵去放羊，
　　身上没有好衣裳。

　　山丹丹开花红姣姣，
　　香香人才长得好。

　　前半晌还是个庄稼汉，
　　到黑夜里背枪打营盘。

　　白生生的蔓青一条根，
　　庄户人和游击队是一条心。

　　太阳出来一朵花，
　　游击队和咱们是一家。

这些都是很谐美的乐音，而且是中国绝大多数人民所熟悉的爱唱的乐音。它不但比那些欧化新诗的音节更自然，也比传统旧诗的音节更活泼。它没有固定的平仄，没有刻板的音步和抑扬，可是念起来却使人感到一种奇异的美妙。它的作者灵巧地应用了许多能构成悦耳的音响元素创造出来的。叠音、半谐音、句尾韵、句中韵、以及相当合理的传统腔调，……一切造成了这篇划时期叙事诗的音乐效果。而这正指明了作者对于人民自己的诗艺是何等精通而且善于运用！我们别以为这诗篇的音乐性是一种外在的、形式的。好的诗歌的音乐必是内容在声音方面的"表情"。它不会是独在的，机械的。在许多地方，我们分明看到作者在怎样使他作品语句上的声音去传达内容的意义。声音本身就是一种说明。我们试举一个例子：

　　太阳偏西还有一口气，

231

月亮上来照死尸。

这两句诗的音节（特别是那两个韵脚）是哀伤的，凄咽的。它本身就是一种悲惨景象的传达。这是优秀的作品（不管民谣或文人的诗作）所同具的。这才算得最有意义的"音乐美"。

一件真正的艺术，一方面固然在传统上应有深厚的根源；可是，另一方面，它又必须是独创的，发展的。它是那么旧又那么新！内容这样，形式上也正一样。完全摆脱了民族优越传统的诗形的作品是鲁莽的。可是，如果在传统的圈子中不能跨出一步，这也不是怎样可称许的，特别是那些在社会转换期所产生的作品，王贵与李香香，不但在创作意识上是进步的，在形式或技艺的范围，也是从坚实的人民传统的土台上高升了的。结构、用语，它都不肯只停留在旧疆界里。光就用语来说，它的绝大多数，是取自人民长久生活中所产生和应用的。（上面分明印着过去千百年历史的痕迹）中间也镶着好些很新的名词，象红旗、白军、革命、同志、平等、赤卫军、少先队，自由结婚……可是，读起来却很自然并没有不谐和的感觉。原因是这些名词所代表的事物，大都在民众生活中已经存在着或就要产生出来。其次，是作者的妙手，善于选择、配合，好象革命两字虽然是新名词，但是说"闹革命"，就觉得非常"民众化"。又象"自由结婚"四字是很新的，可是接上"新时样"三字，就显得熟悉了。在这种地方，作者并没有背离民谣诗人的基本精神。或者还可以说他倒是一个民谣诗人的忠实榜样。说到民谣，有些人以为它必然是非常守旧的。新思想新事物和它不能够有什么缘分。

事实上，民谣自然具有浓厚的传统性。可是，我们却不能把它无限制地夸张。民谣学者 R·V·威廉斯博士说："一首民谣，不是新的，也不是旧的；它和森林中的一株树木那样，它的根柢深埋在'往昔'里，却又继续伸出许多新枝，长出许多新叶，打结新的果子。"这几句话，也可以应用到民谣的总体上。民谣一方面是旧的继承，一方面又是新的生长。在社会变动的时期，那种生长自然更加巨大和急速。这用不到翻检民谣史的事实，只要稍为留意眼前各地活着的民谣，就可以证实了。王贵与李香香的作者，是民众诗艺卓越传统的继承人，同时又是他的发展者。

我们单从民谣的角度，粗疏地把这篇人民翻身时代的新传奇考察一下，它的出色地方，已经尽够我们赞叹和学习了。它真是"一颗光辉夺目的星"！

可是，伟大的创造，不一定是十全十美的。哪一颗大树没有一片败叶或一点虫伤呢？没有一些缺陷的创造，恐怕只是存在我们观念中的创造。现实的东西，大都只有比较上的"完成"。王贵与李香香是一个大胆的尝试。如果它真的没有一点瑕疵，那倒要叫人难以相信了。象这样的一个作品，即使有多少缺陷，它的成就是决不会受损害的。我就把对它所感到的一点疑问提出来向大家商量吧。

第一，它所采用的形式是否极充分地适合于内容？这篇长诗所用的形式，是两句一节，且惯用"比兴"修辞的一种"民谣体"。据说，它土名叫"顺天游"，流行陕北一带民间。我始终没有见过本来的"顺天游"，不能确实知道它到底是表现什么内容的。不过从历史的同现在的同形式的民谣看来，（古代的"西曲歌辞"和现在云南等省的民歌中，都有这种"两句头"的诗体）又从它惯用的有相当特殊的表现法（比兴）看来。这种诗体主要必是用来抒情的。因为情绪大都是暂时的，继续的，比较适宜用极简短的形式和比兴法去表现，拿这种形式（两句一节）来做长篇叙事诗，对于许多须要比较大段地去叙述或描写的地方，多少难免有些不便当。特别是那"一句比兴一句赋"的表现法，多用起来，容易造成"破碎"的印象。中国民间的长篇叙事诗中，有许多是用四句头的体式联缀成的。这也许多少有点牵制，可是比起两句头的好象还有活动的余地些。在长篇叙事的民歌中，比喻的使用已经相当限制，起兴就更用得少了。这点，我们看看孔雀东南飞、木兰词等名篇，就可以大致明白。今后一个短时期中，仿效民间诗体的创作还要继续着。作家们在采用民间形式的时候，对于它和内容主要性质的适应性，能加以更深长的考量，那成功也许要更宏伟吧。

第二，采用民间形式是否要拘执一体？这里所要说的，和前项多少也许有些关联。就是诗中各种情景和形式间相适应的问题。一首抒情诗或小叙事诗，内容比较单纯，形式也就不必求变化。可是一首长篇叙事诗，内容包括悲欢、离合、日常的、异常的等各种很不相同的情景。表现形式如果能够照应着这些情景而有相当变化，那效果上自然会更为完美。我国从前的曲学家曾经说过一定宫调要对应一定情景的话。在诗词学上也有人发表过相似的意见。这是很值得倾听的。王贵与李香香，在许多叙事和抒情的场面都很成功。可是有些描写战争的地方，有人就觉得好象不够浓重、不够强烈。这自然未必全由于形式的问题，作者的生活体验和艺术训练等都是有关系的因素。可是形式因素也不能蔑视。"顺天游"这种短诗的形式，本来恐怕只是用于抒情的；因此，它在描写上是比较简略的，在调子上是比较柔和的。现在要用它去表现复杂的、紧强壮烈的情景，多少就要显得不够劲儿。在中国各种民歌中，恐怕大多数是比较惯于表现牧歌式的情景的。但象"大鼓"那种形式好象就有些不同。据说，它比较适宜于表现那些强烈的场面。因此，我想要民间形式去写一篇情景比较复杂的叙事诗，对应着内容的多样，似乎不妨兼采取各种的形式。关于这一点，我觉得白毛女的做法，是很可注意的。它照应着各种不同的情景，兼用了几种民间歌曲的体式。王贵与李香香，如果也采取这种方法，在"战斗"那类场面的描写上，也许要显得更有声有色些。自然，这种杂揉不同形式在一起的做法，不能够不特别慎重。它首先必须顾到各种形式间应有的谐和。其次，作品如果是对应一定地区人民写作的，就要特别注意到他们的艺术消化力。不要因为有些太生疏的形式而妨碍了他们的感应。

王贵与李香香的成功，反映着人民革命事业的伟大发展。它在诗的进程上已经竖起了一块纪念碑。跟着人民革命事业的更大胜利，巍峨的碑石要接连的竖起来吧。我们在期待着二十世纪的新《伊利亚特》和《奥德赛》！

作者附记：

想写这篇小文的意思早就有了，连简略的底稿也在三四个月前草就了。可是，摆在这里的货色却是这样糟。我差不多没有勇气去面对我的读者。时间不容许我慢慢修改，近日来脑子里老是那么混混沌沌的……一切理由，还是不说了吧。我只希望读者鉴取我的大意。其次，我希望自己将来有充分增订的机会。

（一九四八年五月末日香港）

（原载1948年5月香港达德学院的不定期刊物《海燕》，选自周韦编辑的《论〈王贵与李香香〉》，1950年7月上海杂志公司出版）

人民喜见乐闻的诗

庄 稼

　　我是一个诗歌爱好者，也是一个学习写诗的人，对于诗，我没有啥好的主张，不管形式或内容，我只想把我所见到所听的读诗的人的见解记下来以做诗友们的参考。

　　重庆自生书店的朋友告诉我，去岁上期他们将绿原所著的《童话》五本陈列在书摊上，一直陈列了三个月，后遇到一位颇喜读诗的熟人，才介绍他买了一本，也就是卖脱了这一本。诗集的销路一般都很坏，而《王贵与李香香》，《吴满有》二书有几个人买买也算不错了。

　　这是诗的销路不旺的实情。

　　绿原的《童话》一书，尽管在三月内才销出一本，然而他发表在中国作家第一期上的《你是谁》的情形就不同了。据北碚相辉学院外文系的一个学生说：“当相辉学院的学生，在北碚图书馆看到《中国作家》第一期的《你是谁》一诗后，争相抄录的不下二三十人。”

　　由此可见《你是谁》这诗感动他们之深而使他们珍贵着。更有此可见这篇长诗有它的成就了。然而，这篇诗经人介绍到一个小城市近千人的完全中学，则只有高三下三五学生阅读而已。这是个什么道理呢？文化水准与现实生活的关系。中学生的文化水准低，它那受了玛雅可夫斯基，惠特曼，戴文波（现在美国名诗人，名著有《我的国家》一诗）影响的形式的诗，那会使这些中学生喜读呢？这不能说是文化水准低，最主要的还是因为这不是中国的民族形式的诗。而他所写的内容，这般小城市的学生又无那种生活的感受，所以他们不喜读它了。

但是，凭良心说，它是一篇有它的成就的诗。

这个小城市有一个文艺团体，有会员八九十人，他们喜欢读诗。他们常在我的家里来借诗集读，我的书架上有二百册以上的中外诗集，译诗他们总喜借《芦笛集》（杨卡·库巴拉著）和《我的心呀在高原》去读，对后一本他们又只喜读彭斯的。我问他们为什么？他们说，这两个人的作品，颇有点中国民谣风格。对本国新诗他们则喜读马凡陀的《马凡陀山歌》，沙鸥的《化雪夜》，《林汉清》，艾青的《吴满有》，李季的《王贵与李香香》；尤其是后者。李著的诗这小城市里一共有六本，读者辗转传阅，已把它弄得破烂不堪了，但是还有在百里外的喜爱文艺青年借去阅读并朗诵与农民听。

以上四人的诗这里的文艺青年都曾讨论过，他们对马凡陀的山歌结论是：小市民的情感的抒发，有讽刺味，虽名为山歌，粗犷味还不浓，通俗性还不够。

沙鸥的作品，好处是大胆地使用方言，但知识分子的语言未洗净，也不能代表农民意识，譬如有些地方就颇有商量的，如《化雪夜》中的《这里的日子莫有亮》中农民戴呢博士帽与《林汉清》集中的遵地主的命杀死儿子以求免租的一首。

艾青的《吴满有》，他们的结论是：现实生活的写真，语言也颇通俗，有中国味，比他以前作的更能激动读者了。

李季的诗是最受这一批文艺青年的喜爱了。《王贵与李香香》的故事曲折，周到，紧张，热烈，语言则通俗，自然，干净，朴实，音韵则和谐，响亮。这篇诗读起很顺口，容易记得，青年们的记忆力强，读一遍就可以背诵得几节出来，所以他们喜爱这一篇诗。

以上四人的诗，曾经有人朗诵给农民听过，他们对马凡陀的山歌不大懂，对沙鸥的诗则说莫得山歌味道长，道理确是很有道理的。对艾青的《吴满有》这篇诗则说是要勤扒苦挣才有办法；但是他们又说有些字眼子偕搞不清楚。农民对李季的《王贵与李香香》的朗诵，则高兴极了。朗诵的人是把这诗的故事叙述了，然后才朗诵的，他们虽则对诗中少数的方言还不懂，给他们解释了，也就懂了。农民对这篇诗最喜爱，朗诵一次，还请求再朗诵，并还问着，真有这号事吗？那才好，那才好！也有说，这本劝世文才叫好哩！好听，字眼好听！龙门阵也新，世上真有这事吗？也有人回说，书上有世上有呵。这篇诗是现实的斗争生活的反映，是蜕变于民间唱本"顺天游"的叙事诗。

我如实地把这一个小城市的知识分子和农民对于诗歌爱好的实际情形写了出来。从这里看，今后，我们诗歌工作者要想扩张园地，要想争取广大的读者，我们是非要从现实去取材，非要使用人民的语言来写诗不可了。

这不是批评，更不是主张，仅仅是一个报告。

一九四八·五·十八. 四川渠河一小城

（原载1948年9月《诗创选》第二年第二辑）

谈两篇叙事诗

—— "我们离开完成任务还远，不要骄傲，不要停止"

史　笃

这里说的是《王贵与李香香》和《大渡河支流》。

《大渡河支流》所叙述的是一个地主家庭里的罪恶的悲剧。雪锋在序文里说：

"这是不用说的，这里远非阶级斗争的正面的图景，并且更不是地主土豪们剥夺和残害农民的正面的和全面的写照。然而却是把地主和土豪们在没落期中的'战斗的'性格勾画出来了，也已经突进和展露了地主阶级的心理和整个意识形态。这种性格和心理，在阶级斗争的场合，则在对农民的压榨和残害上极端暴露出来，现在则在对亲生女儿的谋杀上发展到了高峰……"雪锋又指出，这种"建筑在非人的榨取制度及其拥护者的意识形态上"的悲剧，暗示出唯有革命才能解决问题。因为"只有革命才能消灭作为罪恶之根源的榨取制度及其阶级，于是也消灭那意识形态，也消灭这一种悲剧。这是这史诗所没有明言的，然而是它所能给予的唯一的暗示"。

这篇叙事诗的结构相当复杂，其中主要的事件是山耳老太爷的小姐琼枝私通佃农的儿子然福，然福的投军出走，山耳的残害败坏家声的女儿，他的奸占二媳妇，和在外面读书的二少爷的反叛旧家庭，关于二少爷的反叛，雪锋的序文里说："但我以为这只能算是一般地主子弟的一种微弱的叛逆的表示，这样的软弱的'忏悔分子'在现在是颇为普通的，但决不能做为照着这悲剧的一线光。倘若做为一点光，对着这阶级和这家庭的浓重的黑暗是太微弱了。而对着整个中国的革命的大火更是微弱了。这悲剧是绝望的，照着它的是外面的革命的大火光。这阶级和这家庭是必须全部毁灭的，由革命去毁灭。自然，二儿子虽是软弱的叛逆，却也到底叛逆了，然而这家庭和这阶级可决不可能由他而超生。"

从这些根本的问题上着眼，雪锋的序文已经把这篇诗做了适当的估价。我只想补充说，这个罪恶的悲剧，以及那些被连带表现出来的乡村生活的黑暗和腐败，都是通过了一个进步知识分子的眼光而呈现的。这并不是说这是怎样的弱点，不，那只是特点：这是一篇知识分子气比较浓的诗。而它为下层人民所需要。正如知识分子之被下层人民所需要。作为弱点的，我以为一则正如雪锋已经指出的那"叛逆"的光的微弱，再则就是对于作为佃农的儿子的然福的心理状态的把握未能深入阶级根基，虽然也有了若干的接触。就这点而言，《王贵与李香香》胜过它很多。假使我们把这两篇诗一道来看，就可以具体的看到作为诗人的知识分子的自我改造进程。也就是说，两位诗人在思想上所达到的深度的不同和战斗立场的牢实和浮动的不同，是每个细心的读者都不难觉察的吧。

可是这样说一定有人反对。人们会说这是把《王贵与李香香》也认为是知识分子气的诗篇了。我并不是这意思，我只是相信两位诗人都是知识分子。至于知识分子气，未必就要不得；要不得的只是不符合下层群众利益的知识分子气。所谓"知识分子的改造"，并不是改造什么"气"要紧，倒是改造"质"要紧——换句话说，是立场、生活和思想的改造。因此之故，《王贵与李香香》的超越《大渡河支流》颇远，是毋庸置疑的事。何况《王贵与李香香》即使有知识分子气也是很淡的，凭这而判断优劣的人也可以安心了。但是我倒想提到一个比较重要的问题，这就是：假使我们把握内容主要形式其次、内容决定形式、内容和形式的基本的一致，以及内容和形式的又可能不一致这一唯物辩证观点，那末，承认《王贵与李香香》的知识分子气，决不等于削减它的大众性；反之，替它洗刷了一切知识分子气，也并不能够更抬高它的大众性的。而就《大渡河支流》而言，我相信假使它改正了上述的内容上的弱点，即使保持着它目前的风格，每一个真诚的批评者都会感到巨大的喜悦的。

新诗的道路，正如文艺其他部门的道路一样，是中国人民的道路的反映。人民的道路总的说来只有一条，非这一条不可；而分别说来则有许多条，也非有许多条不可，因为人民既不是一个单纯的个体，也不是一个单纯的阶级。在"夺取旧文化的堡垒"和"学习劳动所喜闻乐见的形式"的号召之下，《王贵与李香香》的成就无疑是空前的胜利。假使就这意味而言，周而复在后记中所谓"一颗光辉夺目的星星从西北高原出现"，并不夸张。但是这里就发生两种偏见：第一种是认为这样的"夺取"和"学习"只是一种暂时应变的手段，而不是一条确立不移的道路；第二种却认为这是一条唯一的排他的道路，因而放弃其他道路的开拓。其实道路是每条都可贵的，虽然有缓急之分。有感于此，我所以故意把这两篇诗相提并论，虽然《大渡河支流》的弱点很明显，因而比较容易使读者失望，但是失望正应该转化为更大的努力和更高的期待。

自然，我应该实说，《王贵与李香香》也有它的弱点，并且是值得警惕的弱点。那才子佳人式的"旧思想的脉络"隐隐的存在着，周而复说看不到，我却以为可以看到的。诗人唱得好："唐僧取经过了七十二个洞，王贵和香香受的折磨数不清。"整个诗篇正是在这种传奇的布局之下展开的。当然，这里决不真是什么才子佳人或者变相的才子佳人，因为"不健康的感情"的确是没有了的。但是那"旧思想的脉络"的存在，不免使这诗篇减色。首先是故事的动人性削弱了，其次，也许更重要的，诗篇的格调降低了。我以为它在新起的大众文艺运动里的成就不及《李有才板话》。

然而这并不是根本的弱点。根本问题是生活和语言，而作者是已经有了难得的深入和娴熟了。反之，《大渡河支流》的作者由于战斗生活和下层群众语言的体验和掌握的不够，他的距离成功却是更远一些。

（原载 1948 年 10 月《诗创选》第二年第 4 辑）

《王贵与李香香》读后记

芝 青

　　《王贵与李香香》是一首不到八百句的叙事诗，是写一恋爱与革命故事的诗，它用很美的民间口语和形象，刻画出一幅陕甘宁边区土地革命时代的农民斗争的图画，它是一个历史故事，也是中国活生生的现实。这样一个生动的故事，只有在胜利的人民世纪才会产生，这样一首美丽的诗，只有在新民主主义的中国——解放区才会产生。一个现实劳动人民的故事，又是用劳动人民喜闻乐见的诗的形式记述出来，它对读者是如何富有感染力，因此它就更容易广泛的传播，听说连载这首诗的解放日报来到我们晋绥边区之后，有一些看到它的区村干部，争相阅读，并把它拿回家里给他婆姨很起劲地读，这一点使我感到很大的兴趣，把我对这首诗读后的感想写出来。贡献给爱读这首诗的同志们，作阅读时的参考，觉得这是一件有益的事情。

一

　　诗中的主人翁王贵和李香香的感情与行动本身就是诗，我们的诗人又真实地把这种感情与行动惟妙惟肖地刻画与表达出来了。它有力的唤起我们对生活强烈地热爱，你将经过这首诗更深刻理解到劳动人们，他们是怎样的热爱生活，他们对生活的热情，真是比天也高，比海也深。虽在几千年黑暗残酷的豪绅地主统治的压榨底下，他们的活力还是那样饱满、奔放，没有什么东西能够把它压制，你看那揽工娃是：

> 牛驴受苦喂草料，
> 王贵四季吃不饱。
>
> 大年初一饺子下满锅，
> 王贵还啃糠窝窝。
>
> 穿了冬衣没夏衣，
> 六月天还穿老羊皮。
>
> 秋天收庄稼一张镰，
> 磨破了手心还说慢。
>
> 冬天王贵去放羊，
> 身上没有好衣裳。
>
> 脚手冻得血直淌，
> 干粮冻得硬梆梆。

再看那没娘的女子也不比那揽工娃好多少：

> 女儿名叫李香香，
> 没有兄弟死了娘。
>
> 十六岁的香香顶上牛一条，
> 累死累活吃不饱。
>
> 脱衣麻雀过冬天，
> 没有吃来没有穿。

他们在这样的牛马生活下，他们的爱情却象一团火，他们要求热烈的生活："受苦一天不瞌睡，合不着眼睛我想妹妹"，把王贵这种心理的活动与他的受苦生活来对比想一想，难道不会使你感动的流出热泪吗？这种丰富的生命力，只有劳动人民的儿子才会有。我们的诗人对这种生命力的理解是深刻的，所以能笔下生花，描绘出这样一对可爱的青年农民：

　　　　山丹丹开花红姣姣，
　　　　香香人材长得好！

　　　　一对大眼水汪汪，
　　　　就好象那露水珠在草上淌。

　　　　地头上沙柳绿蓁蓁，
　　　　王贵是个好后生。

　　　　身高五尺浑身都是劲，
　　　　庄稼地里顶两人。

　　如果把王贵和恶霸崔二爷对照一下，那真是一个有如狼似虎的精神可以改天变地，一个虽是过着"窖里粮食霉个遍，崔二爷粮食吃不完。……县长跟前说上一句话，刮风下雨都由他"的生活，但你看他却象行尸走肉，可憎可恨：

　　　　黑呢子马褂缎子鞋，
　　　　洼洼里来了个崔二爷。

　　　　一颗脑袋象个山药蛋，
　　　　两颗鼠眼笑成了一条线。

　　　　张开嘴瞭见大黄牙，

顺手把香香捏了一把。

这里诗人并不是单纯的从相貌举止上来硬把他爱的写成十全十美，把他讨厌的硬写得不是人样，他所描绘出的人物，实在是我们在旧社会天天看到，最熟习的两类不同人样的典型人物。

正因为诗人对农村社会有如此相当深刻的了解，憎爱之情又非常显明，所以在写这对青年男女恋爱时，就不曾流于一般庸俗的或神秘的情调中，而处处流露着阶级的热爱，对这对青年男女恋爱的描写，使阶级的爱达到了一种美化之境。这种爱才是富于生命力，它会变成革命的源泉。听听李香香下面的这几句话，你就会了解这点了：

烟锅锅点灯半炕炕明，
酒盅盅量米不嫌哥哥穷。

妹妹生来就爱庄稼汉，
实心实意赛过银钱。

为什么呢？因为——

香香的性子本来躁，
自幼就把有钱人恨透了；

一恨一家吃不饱——
打下的粮食缴租了。

二恨王贵给他揽工——
没明没夜当牲灵。

这样的爱情诗，这样的恋爱故事，是属于人民的，也是人民所需要的，它不但不会起腐蚀思想与革命作用，相反的，它将最有力的启发读者革命的热情，增强你无限的阶级热爱。在新文艺创作中，象这样的一个主题——恋爱与革命故事，处理得这样自然而真实，我还是第一次读到的。这对新文艺创作思想是一个启发，它在文艺创作领域中，开辟出更广泛的道路。

二

这首诗，不光唤起我们对人民革命事业更强烈的热情，与胜利信念，在这里更亲切的体会到劳动人民的战斗活力，劳动人民的英雄气概。王贵就是充满这种活力与气概的人民化身。王贵不是一个一般的农民，同时他也不是特殊的人物，正如从诗中给我们的印象一样，他是一个平凡结实的可爱的青年农民。

> 手指头五个不一般长，
> 王贵的心思和人不一样。

> 别人仇恨象座山，
> 王贵的仇恨比山高。

> 活活打死老父亲，
> 迩刻又要抢心上的人！

> 牛马当了整五年，
> 崔二爷没给过一个工钱。

王贵是这样一个受压迫的揽工少年，是农村无产阶级。他受的折磨最大，对阶级敌人的仇恨也最深，他是农村人民中的先锋；他的革命火焰自然也就非常旺盛，以至胜过了他那样纯朴深厚的爱情，胜过了他的一切：

> 白天放羊一整天，
> 黑夜不映一映眼。

身子劳碌精神好，
闹革命的心劲一满高。

这种为革命胜利斗争的忘我精神，在敌人的面前便表现出不怕威胁不为利诱，宁死不屈的人民英雄气概；这种气概使敌人失魂落胆，使我们激奋鼓舞。

王贵虽穷心眼亮，
自己的事情有主张。

闹革命成功我翻了身，
不闹革命我也活不成。

跳蚤不死一鼓劲儿跳，
管他死活就是我这命一条。

要杀要刮由你挑，
你的鬼心眼我知道。

硬办法不成软办法来，
想叫我顺了你把良心坏。

趁早收了你那鬼算盘，
想叫我当狗难上难。

王贵这种战斗品质，这种对人民正义事业，对自己阶级的无限忠诚，并不是什么英雄好汉所特有的，并不是偶然的个别人物所特有的，我们有成千成万的这样的革命英雄。这是因为他不但懂得了"闹革命成功我翻了身，不闹革命我也活不成"，而且他更懂得"我一个死了不要紧，千万个穷汉后面跟"，不单由于他是无产阶级，是青年，而且更由于他生长在人民胜利的人民世纪，生长在中国人民有了自己政党——共产党的时代。

正因为如此，即使当分得了土地的农民，"人人脸上发红光"的时候，当他和李香香如愿以偿自由结婚之后，他所想的，不是过美满的幸福生活，而是更进一步的要继续为阶级为人民服务，因为他不但懂得爱，而且更懂得革命：

> 不是闹革命穷人翻不了身，
> 不是闹革命咱们也结不了婚。

> 革命救了你和我，
> 革命救了咱们庄户人。

> 一杆红旗要大家扛，
> 红旗倒了大家都遭殃。

王贵因此对革命的主人翁的感觉是如此强烈，"快马上路牛耕地，闹革命是咱们自己的事"。他的胜利信心象钢铁一样的坚强："太阳出来一鼓劲的红，我打算长远闹革命"。

王贵是这样，香香也是这样，即使当革命在某时某地遭受暂时的摧折，当白军和崔二爷又回到死羊湾村，把人民又打进地狱里的时候，当香香完全陷入豪绅恶霸的陷阱中的时候，她所表现的，也不是绝望的悲哀，虽然她哭得："羊肚子手巾水淋淋"，"面黄饥瘦变了容颜"，然而她却是以必死的决心来对付敌人。"有朝一日随了我心愿，小刀子扎你（指崔二爷）没深浅"，这是当敌人要毁灭她，危难迫在眼前时，她的怒吼。她在那"一天哭三回，三天哭九回"的黑暗日月中，对革命却仍然充满了信赖与希望，还给王贵做了一双鞋，交给刘二妈说："我死后，一定要捎给他！"刘二妈对香香的劝慰，也表现出劳动人民对自己的政党和武装的无限信赖："有朝一日游击队回来了，公仇私仇一齐报。活捉崔二爷拿绳绑，狗腿子白军一扫光。"死羊湾终于又变成活羊湾了，王贵与李香香又团圆了，人民对革命的理解也就更亲切更深刻了："咱们闹革命，革命也是为了咱！"

这首诗每一章，每一节，每一字句中，都贯串了这种人民时代的人民的感情与思想，因为诗人懂得这种感情与思想，所以才能真实地正确的圆满地处理与掌握了这个主题，这也正是对读者最有现实教育意义的地方。

我们有一些农民与小资产阶级出身的同志，革命越胜利，便越想更多的享受革命的果实，满足个人的一切欲望，以至思想上腐化堕落，不但疏远了人民群众，甚至忘记了与敌人的斗争；当革命前进中，遇到一些摧折与困难的时候，却又埋怨消极，悲观失望，甚至退却逃跑。这首诗对于这样的同志，正是对症下药的一付救命丹，对一切读者是一个警惕，一个鼓舞，一个启发。这对受教育尚差，尚缺乏战斗锻炼的新区干部，对正在暴风雨中的，对敌斗争最残酷的边缘区游击区的同志，正是一个宝贵的礼物，一本很好的教科书。当然，它也应该很好的深入农村，深入群众，它将为广大群众所拥护，广大群众也将从这里得到教育与力量。

三

这首诗歌颂了人民的胜利，这也是人民的心声，是一种力量。它不但使我们重温了一遍陕北土地革命的历史故事，也在我们眼前展开了一幅中国人民胜利的图画，使我们对人民翻身运动的正义性与胜利的必然性，获得更亲切、更具体、更深刻的理解，对中国劳动人民，特别是农民的情感思想获得更亲切、更具体、更深刻的体会。你对这种思想与感情体会理解的越深，你就更加懂得人民的政党——共产党为什么会在劳动人民中，会产生象王贵那样成千万的革命英雄；这些无数的英雄们，作为人民革命的骨干，前仆后继，英勇奋斗，冲破了一切艰难困苦，跨过了一切曲折道路，引导中国人民胜利地走上翻身的大路。要体会与理解劳动人民这种思想与情感，不能单从理论上，这往往变成了空洞抽象的东西；就象许多知识分子出身的同志，虽然懂得了许多革命道理，但却与自己的行动不能很好地结合起来，甚至说与行动背道而驰，久而久之，便现出缺乏革命朝气与工作热情。这就是因为对劳动人民情感与思想缺乏血肉的体验与理解的缘故。这首诗正可以有效力启发与增加你这种感情——人民的，革命的，阶级的感情。如果你抱着这样的要求去读它，你就会得到无量的教益。你越仔细读，反复的读，口里就越甜，心里就越热。在你工作之余，你读了它，你不仅得到喜欢与愉快，它也会引你深思入神。所以我再特别向一些知识分子出身的同志们推荐这首诗。

（选自周韦编辑的《论〈王贵与李香香〉》
1950年7月上海杂志公司出版）

略谈陕北民歌"顺天游"与
《王贵与李香香》的创作

林 平

　　"顺天游"是陕北农民最喜欢唱的曲调，他们习惯用这简单的歌曲形式，唱出他们的喜怒哀乐。"顺天游"的唱法是很多的，他们是随着自己感情的奔放，自由的歌唱，是不拘泥于一定的节拍和曲谱的。如果他们唱悲哀的词句时，使你感到悒郁、沉重，以致伤心落泪；唱快乐的词句时，听起来又很新鲜、明朗、有着山野农村的愉快风味。可惜我不会记谱，故我在陕北时，只搜集了关于它的约四百种歌词。它的歌词是收集不完的，陕北农民说："顺天游，不断头"，即是歌词太多，唱不完的意思。读了我搜集的歌词，使我惊讶于民歌艺术的丰富！

　　在我搜集的歌词中，有百分之九十以上是写恋爱的，写得极细腻。这些作品产生，正是反抗封建社会礼教约束最好的诗篇。歌词中用女性的口气唱的为最多。例如我搜集的歌词中，有几段是刻画一个少女盼望她的情人唱的：

　　　　　　三天不见哥哥面，
　　　　　　当天地里许口愿。

　　　　　　三天不见哥哥面，

大路上人马都问遍。
三天不见哥哥面，
口噙沙糖都不甜。

三天不见哥哥面，
崖洼（土墙）上又画你眉眼。

……

用这样简洁、朴素的词句，把这盼情人的感情表现如此饱满，尤其是
"口噙沙糖都不甜"，和"崖洼上又画你眉眼"，两句境界之深，是
很可贵的。同样还有：

上半夜想你睡不着，
下半夜想你把灯点着。

擦着洋火点着灯，
一对枕头短下一个人。

这里可以看出农民创作是不讲究修饰润色的，他们只大胆地唱出自己
真实的感情和愿望。"顺天游"中还有这样的句子：

黑乌鸦落在烟洞头，
回娘家喜欢回婆家愁。

冷子（冰雹）打墙冰盖房，
露水夫妻不久长。

以"黑乌鸦落在烟洞头"来形容人的愁闷，和"冷子打墙冰盖房"来
形容事物的不久长，都是极有深厚的情感的，而且也是生动、新颖的
形容。这可见农民对于诗歌的想象力也是很丰富的。

陕北农民也善于用"顺天游"来歌颂革命，在这方面同样表现了他们不凡的艺术创作才能。在陕北你可以常听见农民们愉快地唱着：

> 鸡娃子叫来狗娃子咬，
> 咱们的游击队来到了。

> 一杆红旗埝畔上（院里）插，
> 咱把游击队接回了家。

这两段歌唱，把游击队进村的热闹情况，和农民对游击队的亲切招待，说得有声有色，就好象我们身临其境一样。在这里他们也并没有用许多辞藻来渲染，但却能表现得如此生动、形象。又如：

> 一人一马一杆枪，
> 一颗子弹推上膛。

> 曹俊章见了着了忙，
> 派上队伍上城墙。
> （注：土地革命时，曹俊章是陕北保安县反动民团头子）

这是描写战斗的歌词，在当时也一定有很大的煽动性，鼓励了革命战士的勇气。

农民是单纯而诚朴的，因此在民歌中表现的感情是真实、深厚，好象他们在劳动中表现得坚韧、有魄力一样。这些都非常值得我们去发掘研究，向他们学习。而特别值得注意的，是这些作品中所表现的朴质而深厚的感情。同时"顺天游"也是我们今天最值得利用的民间艺术形式。

现在，解放区名诗《王贵与李香香》，就是第一个以"顺天游"的民歌形式，和仿效它的内容（就是该诗中很多句子都是"顺天游"中原来所有的），来创造的。

可是，作者没有教条式的去利用它们。首先在内容上说，民间"顺天游"如上所说，是在封建礼教约束下使男女恋爱不自由，而产生的偷情、吃醋、盼情郎等事情为其内容的。《王贵与李香香》也是以恋爱为主题的，但它一开始就是以被压迫剥削的阶级感情：王贵父亲被崔二爷打死，和他给崔二爷白受苦，唤起了同他一样受苦的穷人——李香香父女的同情，进而使王贵与李香香恋爱，而当崔二爷和香香"骚情"时，香香的愤怒：

> 香香的性子本来躁，
> 自幼就把有钱人恨透了。

> 一恨一家人吃不饱，
> 打下的粮食交租了。

> 二恨王贵给他揽工，
> 没明没夜当牲灵。

这里更加深了主题：王贵和香香对地主的仇恨使他们俩的爱情，更结合得紧密。而作者更进一层的把他俩恋爱（个人利益）和革命结合起来。这里以陕北土地革命为背景，王贵参加革命被崔二爷发觉而遭毒打，香香去找游击队救出王贵而结了婚，和后来《崔二爷又回来了》，《团圆》来反复的说出崔二爷之狠毒、无耻，和他俩的恋爱与革命紧密结合（咱们闹革命，革命也为了咱）。这是打破了旧的"顺天游"主题。这也是说明被压迫的劳动人民起来斗倒了恶霸地主后，不但政治、经济上翻了身，而在爱情问题上也得到解放。这是《王贵与李香香》主题极大的成功。

　　作者在利用"顺天游"这一民间歌曲形式时，也抓住了它最大的特点，即是以简单生动语汇，来构成整个诗篇。这使每一场面紧凑，每一句，每一字都是生动、形象，不可弃掉。在该诗第一部四节挖苦菜，写王贵与李香香第一次谈情话，含着害臊的心情（小曲好唱口难开，樱桃好吃树难栽），用对唱来表现，与第二部四节自由结婚：

看罢香香归队去，
香香送到沟底里。

捏一个你来捏一个我，
捏的就象活人托。

摔碎了泥人再重活，
再捏一个你来再捏一个我。

哥哥身上有妹妹，
妹妹身上有哥哥。

这把农民恋爱表现得逼真、逼像，感情表现得如此深厚、朴素，这是极不容易的手法。不然，就会表现成知识分子式的恋爱。

　　总之，《王贵与李香香》不管从内容、形式、语汇等来看，都说明作者在对民间艺术、生活、语言都有个一番深刻的学习和体会的。因此该诗显示着一种新鲜、健康，而又朴素的气氛，读起来使你迷于这个作品中。这正是它获得了在文学艺术上的新生命。文学艺术工作者也只有从劳动人民生活艺术，这个丰富的源泉里去体会、攫取、吸收，才能写出广大劳动人民喜见乐闻的好作品。

　　另外，《王贵与李香香》的作者李季同志，四三年由鲁艺派到三边在乡下工作。李季同志在长期的参加实际工作中体验和学习了农民生活与艺术，可见名诗《王贵与李香香》也不是他偶然的创作。深入实际工作，向民间艺术学习，然后创作为广大劳动人民喜爱的作品。这是值得向李季同志学习的。

（选自周韦编辑的《论〈王贵与李香香〉》
1950年7月上海杂志公司出版）

255

中国新文学史稿（节录）

王 瑶

李季的叙事长诗《王贵与李香香》是得到过广大读者爱好的作品，郭沫若和陆定一都给它写了序。郭沫若说："中国的目前是人民翻身的时候，同时也就是文艺翻身的时候，这儿的这首诗便是响亮的信号。"陆定一就夺取旧文化的堡垒及学习劳动人民所喜闻乐见的民族形式两点，赞扬了它的成功。这首诗是用民歌"信天游"的形式，写陕北三边农民底革命和爱情的历史故事的。死羊湾的恶霸地主崔二爷趁荒年逼租打死了佃户王麻子，房来了他的十三岁儿子王贵作羊工。王贵在崔家过着牛马般的生活，因此受到了老农民李德瑞的照顾，从那里他得到了阶级友爱的温暖，日久了，便和李家的独生女香香发生了爱情。但崔二爷也看中了李香香，当他调戏她碰了钉子后就转恨王贵。这时土地革命运动发展到这里了，王贵暗地里参加了赤卫队；崔二爷知道后，将王贵吊起毒打。正在生命危殆时，李香香把游击队请来了；死羊湾解放了，农民们分到牛羊土地，死羊湾成了活羊湾。王贵和李香香自由结婚了，"一杆红旗大家扛，"三天后王贵就参加了游击队。但革命并不是一帆风顺的，敌人又占领了死羊湾，游击队奉命转移，于是崔二爷向农民凶狠地反攻，害死了李德瑞，把香香软禁了起来。到他要强迫和香香成亲的那天，游击队突然打来了，恶霸被捉，农民重获解放；最后是以王贵和李香香的团圆结束的。故事生动曲折，用很美的民间口语和形象，描绘出了一幅陕甘宁边区土地革命时代的农民斗争的图画。它是劳动人民自己的生活故事，又是运用劳动人民所喜闻乐见的形式表现的，因此就受到广大人民的热烈欢迎了。延安《解放日报》于发表时有文章介绍说：

《王贵与李香香》的作者真实地处理了这革命与恋爱的历史故事，写出了革命斗争的曲折历程，人民翻身运动的正义性及胜利的必然性，王贵的不为利诱，不怕牺牲及其对革命事业的不可摇撼的信心，强烈地表现了劳动人民的坚强不屈的高尚的战斗品质。这些被崔二爷们所不齿的"穷汉们"是真正的热爱生活的，他们懂得爱，更懂得在必要时牺牲这个爱去为自己阶级、去为人民服务。作者的诗篇正是由衷的歌颂着这个美善的性格。

《王贵与李香香》的创作，又一次说明了民间艺术宝藏的无限丰富，值得我们文艺工作者去虚心地学习，这样才能使我们的作品增加一些新的手法，新的意境及新的血液。

"信天游"的形式是两句一首，有时用好几首组成一段情节，形式自由而生动，很适宜于表现人民的思想和生活。民间语言本来是平易简练而又丰富隽永的，这些优美的特点被作者吸收融化在他的作品里，因此就特别自然动人了。其实王贵与李香香的情感与行动本身就是诗，王贵是"身高五尺浑身都是劲，庄稼地里顶两人"。他不只"闹革命心劲一满高"，而且他懂得"我一个死了不要紧，千万个穷汉后面跟"。李香香呢？"香香的性子本来躁，自幼就把有钱人恨透了。"她对王贵的爱情是：

> 烟锅锅点灯半炕炕明，
> 酒盅盅量米不嫌哥哥穷。

> 妹妹生来就爱庄稼汉，
> 实心实意赛过银钱。

因此在他们的爱情关系中，处处流露着阶级的友爱。诗中有许多叙事抒情的场面都写得很好；不过在描写战争的时候，就似乎不够浓重和强烈，这是受到了"信天游"的舒缓形式的限制。故事的传奇性似也太浓；"信天游"的民歌本来主要是以爱情为内容的，这可能也是受了形式的影响。虽然如此，在夺取旧文化的堡垒和学习劳动人民所喜闻乐见的民族形式这两点上，《王贵与李香香》的成就无疑是空前的胜利。周而复说：

> 一颗光辉夺目的星星，从西北高原上出现，它照耀着今天和明天的文坛，这就是《王贵与李香香》。
>
> 《王贵与李香香》的出现，无疑的，是中国诗坛上一个划时期的大事件。……不仅是题材新鲜，也不仅是风格简明，它给我们提供了新诗写作的严肃问题，说得更广泛一点，它给我们提给了人民文艺创作实践的方向。

这话并不夸张，好些有成就的诗人都是从学习人民生活和民间文艺的形式中吸受到丰富的养料的。

（节选自1954年3月上海新文艺出版社第一次重印版）

中国现代文学史（节录）

唐弢　主编

　　一九四六年九月，《解放日报》发表了李季的长篇叙事诗《王贵与李香香》。作品以优美的故事和人民群众熟悉的"信天游"形式吸引了读者，立即受到热烈的称赞，被誉为诗歌创作的一个丰硕成果。

　　作者李季（1922—1980），其时年仅二十五岁。原籍河南唐河县人。一九三八年他进延安抗日军政大学学习，结业后，在太行山区部队里做基层工作。一九四二年冬到"三边"地区工作，先后当过小学教员、县区政府秘书和小报编辑。他是一个业余文艺爱好者，广泛地收集过民歌。在创作长诗之前，他还采用通俗文艺形式写过《老阴阳怒打虫郎爷》，石印出版过《卜掌村演义》等作品，他还用"里计"、"李季"、"李寄"等笔名在《解放日报》上发表过一些通讯、小说和诗歌。

　　《王贵与李香香》全诗共分三部十三章，反映了一九三〇年前后，"三边"地区农民群众在中国共产党领导下开展的激烈斗争；在急风暴雨式的群众斗争背景上，展开了王贵和李香香的爱情故事。作品中的主人公，都是土生土长的贫苦农民的后代，他们的苦难与欢乐，都和反帝反封建的革命斗争的曲折变化紧紧地联系着。作品真切地反映了贫苦农民的解放和革命斗争胜利血肉相联的关系；在歌颂人民革命胜利的同时，热情地歌颂了王贵和李香香忠于革命的精神以及他们纯朴的爱情。他们的圆满结合和革命斗争的胜利，是水乳交融地联在一起的。"不是闹革命穷人翻不了身，不是闹革命咱俩也结不了婚。"

"革命救了你和我，革命救了咱庄户人。"这是主人公发自内心的歌唱，也是作品表达的深刻的主题。

诗作一开头，就在读者面前展现了"三边"农村阶级压迫的一幅幅血淋淋的图画。这里，"一眼望不尽的老黄沙，哪块地不属财主家？"一九二九年"三边"大旱，"庄稼就象炭火烤"，第二年便出现了空前难度的春荒："掘完了苦菜上树梢，遍地不见绿苗苗。百草吃尽吃树杆，捣碎树杆磨面面❶。二三月饿死人装棺材，五六月饿死没人埋。"在这饿殍遍野的境况中，恶霸地主崔二爷家"窑里粮食霉个遍"，他不但见死不救，反而催逼佃户们交租，"饿着肚子还好过，短下租子命难活"。王贵的父亲就是因为交不起租子，被崔二爷活活打死，十三岁的王贵也被迫成了崔家的"没头长工"："打死老子拉走娃娃，一家人落了个光塌塌！"王贵一方面受到地主阶级的残酷压迫，另一方面却受到也是被压迫者李德瑞父女的关怀和同情。随着岁月的更替，王贵和李香香在苦难中长大成人，很自然地产生了爱情。

> 山丹丹开花红姣姣，
> 香香人材长得好。
>
> 一对大眼水汪汪，
> 就象露水珠在草上淌。
>
> 二道糜子碾三遍，
> 香香自小就爱庄稼汉。
>
> 地头上沙柳绿蓁蓁，
> 王贵是个好后生。
>
> 身高五尺浑身都是劲，

---

❶ 《王贵与李香香》一九四六年九月在《解放日报》上发表时，这两句原为"坟堆里挖骨磨面面，娘吃儿肉当好饭"，此处引文采用作者后来修改过的。

庄稼地里顶两人。

玉米开花半中腰，
王贵早把香香看中了。

诗人在这里用了精彩的诗句描绘了这两个由苦命娃长大的主人公的优美形象，点明了他们刚刚开始的火热的爱情。他们是劳动者，浑身充满了力量，焕发出青春的光彩；他们早已尝到了人生的苦难，现在却开始追求人生的幸福。但是，在暗无天日的社会，他们的幸福并不容易得到，他们的爱情遭到了恶霸地主的阻挠和破坏。崔二爷敢于这样横行乡里，鱼肉人民，是因为他占有数不清的牛羊和土地，有反动政权做靠山，"县长跟前说上一句话，刮风下雨都由他"。他是独霸一方的土皇帝，因此，他敢于胡作非为，肆无忌惮。作品开头所展现的这幅活生生的阶级斗争图画，揭示了两千多年来地主阶级压迫农民的情况，反映了一九二七年大革命失败后，反动派加强法西斯专政，对农民群众实行血腥统治的现实。这图画还把作品中几个主要人物之间的关系和他们的身分、经历、思想状态清楚地告诉了读者，提出了故事发展的线索，为下边展开的曲折复杂的斗争作了很好的铺垫，描画出深广的历史背景。这是一个引人入胜的开头。

王贵的性格是从他所处的阶级地位发展成长起来的。杀父之仇，牛马不如的雇工生活，婚姻上的波折，是王贵仇恨崔二爷的现实根源，也是他反抗意识成长的出发点。当革命的火星把"三边"地区土地革命的烈火点燃起来时，王贵是死羊湾首先参加赤卫军的农民。在革命队伍教育下，他的朴素的反抗意识逐步发展成为自觉的革命思想了。他的革命劲头比谁都高："白天到滩里去放羊，黑夜里开会闹革命。""身子劳碌精神好，闹革命的心劲高又高。"革命斗争为他指明了唯一的出路，他也就一心一意地扑到革命斗争中去。当崔二爷发现了王贵参加革命，残酷地拷打他时，他用亲身感受的事实，痛斥了崔二爷的威逼利诱："老狗你不要耍威风，大风要吹灭你这盏破油灯！""我一个死了不要紧，千万个穷汉后面跟！""我王贵虽穷心眼亮，自己的事情有主张"，"闹革命成功我翻了身，不闹革命我也活不长"，

"趁早收起你那鬼算盘，想叫我当狗难上难"。这些坚定豪迈的语言，表现了王贵对革命的认识和忠诚，也表现了他为阶级利益奋斗不怕牺牲的决心。这是王贵成为一个自觉的革命战士的标志。正因为他有了这样的觉悟和认识，所以当死羊湾获得解放，穷苦农民获得翻身，他和李香香结婚时，他就满怀深情地对李香香说："一杆红旗要大家扛，红旗倒了大家都遭殃"，"太阳出来一股劲地红，我打算长远闹革命。"这是他亲身经历的真切体会，也是翻身农民从内心深处发出来的拥护革命的赞歌。他们的爱情的幸福正象革命大树上结出来的甜果子，所以他们由衷地拥护革命。

李香香是作品塑造的另一个成功的形象。她是李德瑞的独生女儿，自小死了母亲，过着贫苦的生活。"脱毛雀雀过冬天，没有吃来没有穿。"她形象俊美，心地善良，勤劳勇敢，爱憎分明，而且具有坚强的反抗性格。她"自幼就把有钱人恨透了"，却实心实意地爱上了王贵。作品不只是写出了她对于爱情的忠贞不二，还写出了她在斗争中逐步觉醒。当王贵遭到毒打时，她为了抢救亲人，明确地认识到游击队是自己的救星。当崔二爷领着白军回村，支走了她的父亲，强迫她成婚时，她的反抗意识猛然增长了，她的火辣辣的反抗性格得到充分的展现。她愤怒地抓了崔二爷的"狗脸""两个血疤疤"；她当众痛斥崔二爷，"有朝一日遂了我心愿，小刀子扎你没深浅！"在孤立无援被软禁的情况下，她更加懂得了自己和王贵是命运相同，患难与共的夫妻，"五谷里数不过豌豆圆，人里头数不过咱俩可怜！"她怀着更加急切的心情盼望革命胜利，盼望游击队快打回来，把"狗腿子白军一扫光"，"公仇私仇一齐报"。这些愤怒的反抗，表明了李香香思想的觉醒和成长，也表达了她对爱情的坚贞和对革命的向往。诚然，李香香是带着不同于王贵的女性的特点来反抗旧社会和追求革命胜利的，这是作品反映的实际情况，我们不应该忽略或者抹杀她身上这些反抗性的特点。这个形象在当时是很有典型意义的，她是千百万劳动妇女的代表，在她身上，体现了广大妇女要求婚姻自主、忠实于爱情的美好愿望，也反映了她们渴望革命胜利的急切心情。

作品对地主阶级代表人物崔二爷的刻画也是生动的。他形象丑恶，内心更狠毒狡诈，他依仗伪政权，勾结伪军，豢养走狗，自立反动武装，任意草菅人命，妄图霸占李香香。他干了种种罪恶勾当，正说明了他是腐朽的封建统治的社会支柱，是广大农民凶恶的敌人。在土地革命烈火面前，他极端恐慌，极为顽固，也极其愚蠢，进行了疯狂的挣扎和反扑。最后，他和他拼命维护的腐朽的封建统治，一起遇到了覆灭的下场，这是历史的必然。作品是通过他自身的合乎生活逻辑的言论和行动来揭示地主阶级反动本质的，夸张和漫画的艺术手段的运用，并没有使形象脱离生活真实，这是一个有个性特征的反面形象，不是一个简单的概念化的反面人物。

王贵和李香香是中国共产党领导下参加了革命斗争的觉醒了的农民形象。他们为了自己的和阶级的利益进行了勇敢的胜利的斗争，他们对于革命的拥护，是发自内心的。这样丰满生动的艺术形象的成功塑造，本身就是对于人民革命胜利的赞歌。这样的形象在新诗作品中出现，意义尤其重大。自"五四"以来，我国新诗创作经历了长期的演进和变化，其间经历了许多斗争。革命的诗人们，为了反映人民群众的呼声，歌唱他们的英勇斗争，作过许多努力，也取得了很大成绩。但革命诗歌存在一个相当普遍的缺点，就是从艺术形式、语言到思想感情的知识分子气，与劳动群众还有着较大的距离。自从延安文艺整风以后，毛泽东同志的《讲话》给广大文艺工作者指出了一条与群众相结合的道路，使革命文艺的发展进入了一个新的历史时期。《王贵与李香香》较之《兄妹开荒》、《白毛女》、《李有才板话》等优秀的人民文艺作品的出现虽然要晚一点，但它在诗歌创作上运用劳动群众所喜闻乐见的形式，来反映他们的斗争生活，并塑造了如此丰满生动的艺术形象，不能不说是一个划时期的创造性贡献。郭沫若称赞这首诗是"人民翻身"到"文艺翻身"的"响亮的信号" ❶，道理也正在这里。

整个作品将近一千行，全部采用陕北民间流传的"信天游"写成，可以说是开风气之先。"信天游，不断头"，它常常是由两句组成表达一个完整意思的短小抒情诗，联唱起来，变化多端，需要驾驭能力。诗人对于这种民歌作过大量的搜集和深入的研究，并由此得到启发，

❶ 《〈王贵与李香香〉序》。

决定采用这种形式来描写这个"三边民间革命历史故事"。作品相当于把几百首"信天游"连缀成章,运用得十分圆熟自如,使得诗作在革命的政治内容和民族形式的运用方面相当完美地统一起来。这是作者遵照《讲话》精神,深入斗争生活,向群众学习所取得的丰硕成果。

在表现手法上,作品也从民歌中吸取了丰富的营养。它采用了民歌中许多精彩的句子,在描写人物形象和表达主题上,发挥了很好的作用。比兴手法的运用,本是"信天游"的特点。作品对此作了多方面的吸收,在具体运用上,也呈现活泼多姿的状态。比兴常常用在每节诗的首句,兴中有比,因比而起兴。如果首句是叙述句,第二句必须用"比",否则诗句便显得呆板不形象,作品是力求避免这种情况的。此外,同一个事物还可引出多种比兴意义来,比如"山丹丹开花红姣姣",是兴中有比,为下句赞美香香人材起兴作比的。"山丹丹花来背洼洼开",也是兴中有比,是为刚刚开始的"交好的心思"不能公开而起兴作比的。作品对于比喻的运用,不但精彩贴切,而且运用得很广泛很自如,这就增强了语言的形象性和表现力。诗句的节奏流畅明快,同时也显得自然和谐,没有生涩干硬的毛病。这些都说明作者对于这种民歌形式和群众语言很熟悉很了解,善于从中吸取营养,致使作品的语言在朴素中具有形象美、音乐美的特点,成为真正艺术化了的诗歌语言。

这个作品在当时出现,确如陆定一同志所指出的,从内容到形式都"出来了新的一套",它在诗歌创作领域里"表示了新民主主义文艺运动对于封建的买办的反动的文艺运动的胜利"。这是在《讲话》精神照耀下产生的第一首优秀的人民的诗篇。

(节选自唐弢、严家炎主编《中国现代文学史》(三)
第十七章第二节,1980年12月人民文学出版社出版)

生活的颂歌

——读李季的《玉门诗抄》

石方禹

最近各地报刊上发表的抒情诗逐渐多起来了，抒情诗所接触的主题，也有了较为宽阔的范围，这对于诗的创作说来，是一个可喜的现象。它说明诗人们对于我们沸腾的、丰富多彩的生活，有了更多的感受和更多的感情的激荡。

李季同志的抒情诗集《玉门诗抄》，是真正来自生活的诗，是对于生活的热情颂歌。在当前诗创作的领域中，不论就诗集所达到的思想和艺术水平，就写作方法和诗的风格而言，都是值得重视的收获。诗集写的是在祖国的西北角，人们为勘探并开发石油所进行的斗争。在这样一个巨大复杂的斗争背景的前面，诗集把读者的视线和全部注意力集中在人的活动上，热情地歌颂了人——那些作为社会主义建设者的人，他们的精神面貌和优秀的品质；由于他们的忘我劳动，生活的面貌正在日新月异地变化着。《玉门诗抄》的作者在他的作品中明显地透露了刻画我们时代的新人的努力，并且也收到了预期的效果。

《厂长》和《师徒夜话》两首诗分别塑造了我们的干部和工人的形象。他们都经受过战争的考验，也都曾经受过伤，但是今天他们又把军装脱下，投身于社会主义建设事业中。关于厂长，诗里有这样一段描写：

> 刀痕是长征时留下的，

抗日战争的纪念在肩膀上，
解放战争中丢了一个手指头，
这一脑袋白头发是转业以后的奖赏。

　　他即使是当了厂长，也并没有忘记敌人还没有完全消灭，说不定哪一天他又要穿起军装。在他的身上，我们似乎看到了我们人民所经历的一条艰辛而光荣的路程，我们曾经赢得战争的胜利，我们也一定会赢得和平建设事业的胜利。在《师徒夜话》里，通过师徒的对话，作者更细致地刻画了两个人的心灵。师傅热心地责备徒弟开闸门时不多用力气，徒弟也正为这事感到焦急，原来徒弟过去是一个侦察兵，他曾经在一家人家的屋顶上整整一夜只身抵抗了一营敌人的攻击，身上负过十几次伤。正是战争中所负的伤使他一使力气就浑身发麻。直到两人夜话时才弄清楚屋顶底下的这一家人家原来就是师傅的家。这时只听见管钳掉在地上，受惊的石头滚下河床的声音。接着，诗人非常含蓄地把笔锋转向夜色的描写作为全诗的结尾，但是留给读者的却是无穷的回味。人们可以设想到师徒二人经过夜话，战斗的血肉感情更加巩固了。在战争中他们有过关连，而今天在祖国的建设事业中，他们又重新汇集，而且更是血肉不可分了。

　　诗人同样也用细致的笔触，描绘了青年一代的光辉形象，象那个刚从学校来到石油地质勘探队的"柴达木一青年"。刚离开北京来到"连个鸟兽也难以看见"的柴达木盆地，生活是艰苦的，几天没有水喝，"一根烟要吸它三天"，工作上的困难就更多了。一次在盆地黑夜冰点以下的严寒中，为了怕冻坏仪器，他脱下棉袄把仪器包掩。

这一夜，仪器当然没有受到损坏，
我们却为他的重感冒忙碌了好几天。
这里的年轻人们都是这个样子，
好象仪器比他们的身体更要值钱。

　　这是多么可爱而又高贵的青年呵，他们生龙活虎地奔驰在盆地之上开发着天然的富源。这一切都不是为了别的，只为了在他们心里燃烧着的一个朴素但却是伟大的愿望：

> 我坐着从盆地里开出的快车回到北京；
> 我们给祖国在柴达木找到了新的油田！

诗人便是这样地在诗的结尾刻画了"柴达木一青年"崇高的精神面貌。诗人不但描写了青年人做了些什么，也为我们解答了他为什么这样做。

在戈壁滩上，在荒漠的山区，人们的劳动的确是艰辛劳苦的，不过人们却以无比的英雄气概和乐观精神征服了它们。就象《我站在祁连山顶》一诗中深情地照料着油井的守卫边疆的战士，虽然山顶上有的只是"连鼻涕也冻结成冰"的严寒和"吹打得睁不开眼睛"的风沙，但战士的心情却是多么的豪迈不羁：

> 在山顶上我一点也不觉得寂寞，
> 整天陪伴我的是那祁连群峰。
> 黑夜里，群山悄悄地隐入夜幕，
> 这时候，来拜访我的是北斗七星。
> 辽阔坦平的戈壁就在我的脚下，
> 行驶着的车队象一群小小的甲虫，
> 排成长列的白云前来把我慰问，
> 乐队总是那高傲的山鹰的噪鸣，

这几节诗句不但包含缤纷的色彩和丰富的形象，而特别是它的浪漫主义的笔法，把守卫山头的普通战士的平凡而又艰辛的工作，描绘成为一幅壮丽的图画，这就使诗中的"我"——战士的英雄气概和豪迈气魄也深深地打动了读者，难道一个劳动者所需要的不正是这一种英雄气概和豪迈气魄吗？在诗集的其它若干首诗中（例如《在那美丽如画的尕斯湖边》），同样地也表现了浪漫主义的色彩，并且诗人在这方面的尝试和成就是应该引起重视的。"革命的浪漫主义是我们的诗歌的本质所特有的"（符尔贡），而我们过去在这方面还探索得很

267

不够。

爱情的主题在《玉门诗抄》中也占了一个不小的地位。爱情是文学艺术，也是诗歌的永不枯竭的主题。几年来我们在表现爱情主题方面的努力显然是不足的，只要有人的地方就会有爱情，问题是不同社会，不同阶级的人们对于爱情有不同的标准和尺度，我们的诗歌应该表现我们这一代青年男女的新型的爱情和新的前所未有的恋爱观。李季同志在《玉门诗抄》中向这个主题进行探索，是值得重视的。《白杨》一诗中表现了一个青年姑娘对于她的为了爱情丢掉劳动的爱人的谴责。她的朋友"当过三次劳动模范"以后，就吊儿朗当起来，"不是在停车场上游串"，就是到图书馆把她来找，眼看模范的称号"可要垮台了"。姑娘感到心焦，她大声疾呼地对她的男朋友说：

> 咱们俩都是青年团员，
> 况且你还是劳动模范；
> 这个道理咱们该都明白；
> 我的爱人怎么能是这样的青年？

这就是对于开始望下坡路上走的爱人的严厉的同志式的批评，姑娘的话中包含着多少恨铁不成钢的心情！可以使人看出：一个人如果抛弃劳动，便要失掉幸福。这首诗强烈地表现了青年男女恋爱中的健康的、朝气勃勃的气象。

《黑眼睛》一诗，则表现了一个姑娘对于劳动模范的钟情和爱慕。这一首诗同样也描绘了姑娘对于她爱慕的人的劳动评价：

> 每逢我们超额完成了计划，
> 那双眼睛就显得分外光亮；
> 若是我们不小心出了事故，
> 它就象阴云密布的天空一样。

于是诗中的男孩子在叙述了黑眼睛姑娘对他的关注以后，便直截了当地对她说出爱情的不可能：

> 至于你要是为了别的什么，
>
> 那末，请你听我说吧：
>
> 祁连山下，有一个牧羊的姑娘……

在这里，诗人满腔热情地歌颂了青年男女恋爱道德上的高贵的道德品质。

《玉门诗抄》这一本诗集在思想和技巧上都达到了一定的水平。大部份诗在描写上都保留着朴素而又娓娓动听的特点，在韵律和格式上也较为严谨工整，给人的感觉是优美的，同样，诗的语言也较为朴素和不加雕琢做作，因之读起来就易于领会并且感到亲切，当然这并没有妨碍诗人在某些地方给以巧妙的夸张和渲染，例如上面说到的《在那美丽如画的尕斯湖边》以及《我站在祁连山顶》等诗所表现的。有些诗，写起来很含蓄、不尽欲言（如《师徒夜话》，又如《黑眼睛》等），留给读者的是更多的想象和回味的余地，不过，也由于过分地含蓄以及注重格式上的严谨，有些诗句便显得晦涩，例如在《石油河》一诗中。

> 炎热时节，你用浑浊的激流，
>
> 拍打着沉默的戈壁。
>
> 寒冬里，在那厚厚的冰块上面，
>
> 你和砾石作着激烈的争辩。

这一节诗里所运用的比喻就不能给人以明快的感觉，并且不能引起读者的丰富的想象和感情上的共鸣，反而妨碍了读者进入诗人所创造的意境中去。这种缺点虽然并没有掩盖了《玉门诗抄》的成就，但也是应该引为警惕的。

象《玉门诗抄》这样真正来自生活的抒情诗集，是我们广大读者所需要的。这部诗集的成功，再一次说明一个简单的真理：诗人们只有投身到群众斗争生活中去，才有可能创造出为群众所欢迎的作品。

（原载1956年4月14日《光明日报》）

李季的《生活之歌》

臧克家

　　一般读者渴望着听到歌颂祖国伟大社会主义工业建设和工人创造性劳动的歌声。在这种迫切要求之下，李季同志送来了他的《生活之歌》，是应该受到欢迎的。

　　这是一篇描写玉门油矿的长篇叙事诗。但是，作为诗人描写对象的不是机器和专门的技术，而是掌握这些机器和技术的人。通过对于一个青年工人赵明忘我的劳动、向前辈学习、发明了新的采油方法的描写，反映出祖国石油工业建设的光辉远景和工人的创造性劳动的价值与意义。

　　作者把这本诗集题名为《生活之歌》，这就表现了其中人物在工作当中的矛盾和斗争。这种矛盾和斗争表现在对大自然的斗争，对一道工作着的人的思想斗争，同时也包括自我斗争。在赵明和他的哥哥身上就表现了前进与落后的斗争。就是赵明自己也不是没有经过内心的矛盾的。他初到这座油井的时候，对于"满身油污的'圣诞树'的确不很喜欢"，做一个石油工人，对于一个初中毕业生，它不象理想中那个样子，只不过是"戈壁上石头那样平凡"，在试验新法得不到成功的初期，他也有过信心不足的动摇情绪，但是我们的主人公却终于以巨大的毅力排除开前进道路中的障碍，达到了创造发明的理想。

　　是一种什么力量在推动着他，使他走上成功之路呢？

　　简单的说，就是劳动生活的磨炼、教育，使他真正认识到了自己的工作看来平凡而实际上意义却是十分重大的。这种磨炼教育，指的不光是前辈尚师傅对他的批评与帮助；他自己的父亲生前对采油事业的忠诚甚至因而牺牲的精神，他的女朋友秀英的父亲被调去休养的时候还舍不开他的方向盘的劳动热情，党的领导人，以及整个环境也都在他的精神上思想上起着决定性的作用。他深切地了解到少出原油完不成计划会造成多么重大的影响！它会影响到煤油厂机器的转动，给志愿军输送弹药汽车的行驶，战斗机因而不能飞上天空，拖拉机只好躺在田地，多少城市会因为缺少了它而放不出光明。他了解到毛主席要出席会议会因为缺少汽油而误事。这样一种思想，就使得自己的工作和整个祖国伟大建设事业联系了起来，成为社会主义事业的一个有机的部分。这样，就鲜明地意识到：

"咱们每一个人的劳动，就是这样的不平凡。"

"毛主席总结建设成绩报告里的每一个小数点，都是咱们日日夜夜平凡劳动的集中表现。"

有了这高度的思想觉悟，劳动生活本身就成为一种快乐。把个人的工作看成为集体事业的一部分，工作的热情、忘我劳动的精神全从这个源泉里喷发出来。这一天，对于许多人，特别是知识分子出身的工作人员有着深刻的现实意义和教育意义。一个人，只有当他了解到他自己工作的真正意义和价值的时候，他才能不计较职位的大小，个人的得失，热爱这个工作，为它贡献出自己的整个力量。

在这本《生活之歌》里面，我们看到各种人物以及他（她）们对待工作和生活的态度。我们看到了热情而勤恳钻研的尚师傅，空着一只袖筒的石书记，还有那个勇敢勤劳的青年女司机——秀英。我们也听到了超额完成生产计划的消息传到的时候，工人们的那种响声震天的欢呼。这种欢呼里含有着最大的骄傲与光荣，对于劳动本身又成为一个鼓动的力量。

在这《生活之歌》里，作者没有把描写的范围只限制在工作和斗争中，他也写了赵明和那位年轻司机姑娘的爱情，他还写了工人们工余之暇的娱乐晚会。他所描写的正如生活本身那样的丰富多彩。当我们听到这一对青年爱侣夜晚在小山岗谈心的语声和从舞会里透出来的手风琴的弹唱，不是觉得十分动听吗？紧张的工作，快乐的休息，这不正是新中国一切工作人员美好生活的写照吗？

作者在描写他的主人公和其他人物的时候，他没有脱离开具体的工作和环境，这样就免掉了一般化、概念化的毛病，作者相当精彩的给我们绘出了这"春风不度"的玉门关的景色，那"沉默的褐色的戈壁滩"、那威力凶猛的狂吼着的大风雪、"那象一尊尊雕像似的苍鹰"、那"稀疏而低矮的骆驼草"……玉门关是寥廓的、荒凉的，但它在读者心中唤起的不是悲哀忧郁的感觉，而是奋发，豪迈的感情。成队的汽车上的喇叭叫醒了这沉睡了千年的大地，要它从地下献出宝来，那"千万盏电灯"一齐开放的亮光，给这深沉广漠的伟大空间，以彻底光明的照耀。这样景色的描写，并不是由于炫耀和追求所谓异地风光，而是为了给与作品中的人物以具体鲜明的背景。在这样的一个有着无限开辟前途的祖国伟大的宝地上，他们在劳动着、斗争着、创造着。他们要：

"把所有的山野都动员起来，
使它们都来为我们的五年计划服务！"

在"一枝山桃""宣告"了春天到来的时候，我们看着我们的主人公和他的同志们乘上的一队车子出发到新的油田去了。一幅无限美好的远景在指引着我们向前看。

这虽然是一首叙事诗，其实也就是对青年的劳动英雄人物和祖国工业建设的一支颂歌。主题意义是很清楚的，抒情成分是相当浓的，自然景色的描写是颇为动人的，这是由于作者亲身体验了这种生活的一个结果。

这首长诗是由八个小节组成的。每个小节都是以主人公的行动为辐凑中心点，所以不显得松懈，语言也很朴素明快。当然，严格一点要求的话，它还是有不足的地方。主人公的性格还可以通过一些情节把它更鲜明突出起来，整个说来，抒情的气氛还嫌淡了一点，这种限制也许是由于作者的生活时间较短及深入不足所造成的。

（原载1955年《文艺学习》第5期）

论李季的石油诗

张景德　宫苏艺

在新中国建立后的三十年里，著名诗人李季同志写了数百首短诗和十余部长诗，其中主要是写石油的。李季的石油诗，采用人民群众喜闻乐见的艺术形式，生动地表现了石油工人的生活，忠实地记述了我国石油工业战线不断发展的战斗历程。他的石油诗，在石油工人中广为流传，深受喜受。李季以自己辛勤的劳作，在人民中赢得了"石油诗人"的美誉。

创作道路上的新起点

解放后不久，李季来到武汉，任中南文联编辑出版部部长，主编《长江文艺》。

李季在武汉的三年里，继续以陕北三边的生活为基础，写了一些长诗和短诗；但是，一个诗人的责任，促使李季下决心，把创作道路铺设到党和革命事业最需要的地方去。

一九五二年冬，李季带着全家老小，冒着戈壁的寒风，来到当时全国最大的石油基地玉门油矿。他到玉门以后，"尽力地忘掉自己的作家身分，从一切方面（从工作、生活到思想感情），把自己变成一个和当地所有人一样的'玉门人'。"（《我和三边、玉门》）在玉门期间，李季一直担任油矿党委宣传部部长的职务，有一段时间还兼任《石油工人报》社社长。经过一个时期的生活，当诗人感到自己的感情难以抑制的时候，就开始拿起笔为石油工人歌唱了。

由于诗人对石油建设者的了解不是依靠猎奇来的一些生活表象，而是真正做到了和石油工人同甘苦、共患难，做知心朋友，彼此能倾谈肺腑之言，因此，诗里塑造的石油建设者的形象真实生动。《石油诗》一集中的《厂长》和《师徒夜话》，分别塑造了石油战线干部和工人的形象。当时，成千上万刚刚脱下军装的指战员，热情地投身石油战线。厂长这个过去的团长，此刻象"在摸弄着心爱的手枪"一样，"对着一叠表报拉计算尺。"诗里有一段这样描写：

> 刀痕是长征时留下来的，
> 抗日战争的纪念在肩膀上。
> 解放战争中丢了一个手指头，
> 这一脑袋白头发是转业以后的奖赏。

这经过诗人精心提炼的细节，形象地再现了厂长的过去和现在。今天，他仍然以战斗的姿态，夺取石油建设的胜利。《师徒夜话》写了一个巧遇的故事：下班后，师傅责备徒弟开闸门时没用力气，徒弟讲出解放战争中他曾只身在一户人家房顶上抵抗敌人的攻击，肩膀受了重伤，恰恰这户人家正是师傅的家。李季是擅长通过说故事来塑造人物的。在这首短诗里，当诗人把师徒二人的关连交待清楚后，故事嘎然而止，笔触马上含蓄地转向静静夜色的描写，以作为全诗的结尾。这样，不尽欲言，使读者在无穷的想象和回味中体会诗人所要表达的道理：师徒之间在战争年代建立起来的血肉关系，在建设油田的战斗中变得更为亲密。通过这一细小的侧面，短诗烘托和映衬出石油工人思想和行动的全貌。《师徒夜话》这首诗意境深邃浓重，剪裁恰到好处，结尾出奇制胜，充分显示出作者高度的艺术概括能力。这种艺术概括能力又是以概括生活的能力作为依据的。

李季这一时期所写的石油诗中，有不少是抒情诗。在这些抒情诗中，诗人不仅仅借助比喻和联想，而且把感情依托于简单的情节和人物形象，在抒情中叙事，在叙事中抒情，寓情于景，情景交融。如《致北京》，诗人在抒发石油工人对北京无限热爱和向往的感情时，写了这样两个情节：

> 一辆油罐车正在暴风雪里驶行，
> 年轻的司机紧瞪着两只大大的眼睛。
> 他在注视着前进的道路，也瞥视着那
> 贴在挡风玻璃角上的天安门的图景。

> 十月里，当你的礼炮，
> 震动着祖国蓝色的天空；
> 是谁在油井区路边的雪地上，
> 歪斜地写了一长串——北京、北京……

这两个情节不仅为抒情短诗创造出动人的意境，而且使作者的感情得到意味深长的抒发。事情常常是这样的，读者可能把这首诗里的一些诗句忘掉了，但却清晰地记得这两个情节。李季的这些抒情短诗，写得这样感人，关键在于这是被现实生活激起的强烈感情的自然迸发。

在这一时期，李季还写了长诗《生活之歌》。诗中塑造一个名叫赵明的青年工人。他中学毕业后自愿回到矿上当工人，为石油工业贡献青春。全诗通过赵明为节约原材料同哥哥争吵，在老工人尚师傅带领下试验新采油法，与女司机秀英恋爱等情节，表现了这个青年工人单纯、火热的性格。这首诗也存在着较大的缺陷。赵明的性格缺乏内在的生活根据，单薄一些，其他人物也不够鲜明。这主要是因为全诗未能充分展开故事情节，矛盾冲突简单化。诗中虽有一些好的章节和片断，如"油矿之夜"出色地描绘了玉门油矿奇丽迷人的夜景，仿佛是一幅绚丽多采的油画，抒发了诗人对祖国石油工业建设的热爱，但写景抒情与塑造人物没有很好的融合，结果有游离的感觉。

在玉门生活了几年以后，李季还曾到过柴达木、克拉玛依等油田，并写了不少短诗。这些诗基本上没有超出诗人在玉门所写的石油诗的主题和题材。

热情的歌唱和新的探索

一九五八年的春天，李季回到了分别三年的玉门油矿。他以饱满的热情，开始了长篇叙事诗《杨高传》的创作。

《杨高传》在诗人心中已经酝酿十几年了。早在一九四五年，为了动员三边人民保卫胜利果实，抗击国民党反动派的进攻，诗人暂时放弃了写《杨高传》的计划，写了《王贵与李香香》。以后，虽然一直没有动笔，但"羊羔"始终活动在诗人心里。

李季最初开始孕育杨高这个形象，是由于土地革命、抗日战争、解放战争时期部队里一些优秀指战员事迹的触发。到了社会主义时期，在戈壁滩上，李季又碰到了"杨高"。他们是从部队转业的建设者。虽然时期不同，地点不同，但他们确是民主革命时期那个"杨高"。于是诗人心里早已孕育的杨高成长了，变得更为丰满高大。杨高这个形象，成了诗人对各个革命时期革命战士，共产党员优秀品质的典型概括。《杨高传》共分三部。第一部《五月端阳》描写孤儿杨高给财主揽羊、从事地下工作、投奔红军和勇敢作战的斗争故事，这是杨高的少年时期；第二部《当红军的哥哥回来了》写杨高在抗战负伤后复员还乡、并以英勇姿态投入解放战争，这是杨高的青年时期；第三部《玉门儿女出征记》是写解放战争胜利后，杨高因伤复员，参加玉门油矿的建设，这是杨高的成年时期。通过杨高这个人物，诗人表现了广阔的时代面貌和深厚的历史内容。

《杨高传》的成就在第一、二部中就已经显示出来了，而第三部的完成，表明李季对于工人阶级形象的塑造和工业题材的表现趋于成熟。无论从革命战士的角度还是从石油工人的角度来看，杨高的形象都是比较典型的。杨高到玉门以后，在社会主义建设中忘我的劳动着。他以坚韧不拔的顽强意志，战胜各种困难，取得一个又一个胜利，终于从一个普通的战士成长为石油战线上一个优秀的基层领导干部。诗人在塑造杨高时，把他放到了社会主义时期工人生活中先进与落后、促进与保守的矛盾斗争中，使杨高的性格得到了比较显著的发展。但长诗的后半部分，即杨高到柴达木以后，由于诗人着重表现杨高与他在解放战争中被敌人杀害的爱人崔端阳的表妹桂叶的重逢，因而使杨高性格的主要方面没有多少发展。产生这一问题的原因是，诗人只注意整个《杨高传》的结构的完整，而忽略了其中第三部分《玉门儿女出征记》中杨高性格相对的完整性。

从李季孕育和创造杨高的过程中可以看到，由于不仅有丰富的民主革命时期的生活作基础，而且还有较丰富的社会主义时期的生活作基础，特别是通过深入生活，诗人深切地理解了石油工人的思想感情，因而能够较好地刻画出杨高的心理和面貌。

《杨高传》在艺术形式上是诗人又一次新的探索。从李季的创作实践中可以看出，他是一个勇于在艺术上探索的诗人。李季一直在探索的目标，是"怎样使诗为工农兵群众所易于接受，乐于接受，以便更好地为他们服务"；探索的具体方向，是"以民歌为基调，广泛采用传统诗、词和新诗的表现手法来写作长诗"。（《（难忘的春天）后记》）朝着这个目标和方向，李季深入生活，在取得劳动人民思想感情的同时，认真研究民歌中的情节、意境、节奏、语言等等，进而探索怎样创造出一种能够吸引人民群众的新体诗歌。诗人这种孜孜不倦的学习精神和勇于探索的精神，可以追溯到他写《王贵与李香香》的时候。

那时，李季是一个县、区政府的工作人员，一个爱好文艺的青年。在毛主席《在延安文艺座谈会上的讲话》的启示下，通过同劳动人民的相处，他不仅在理论上，而且在感情上认识到劳动人民有无可限量的艺术创造才能，因此对民歌产生了强烈的兴趣。他利用工作余暇，不间断的进行民歌搜集工作。搜集得越多，就越发入迷的爱好它，惊叹这个艺术宝藏的丰富无比。陕北三边一带"信天游"是主要的民歌形式，他辑录的"信天游"就有近三千首。正是在民歌乳汁的哺育下，李季写出了内容与形式浑然一体的《王贵与李香香》。

在创作长诗《菊花石》时，若仍沿用"信天游"、显然会出现形式与内容的不协调。诗的内容发生了变化；形式也应相应地变化。于是李季有意识地又作了一种新的探索。诗人以湖南"盘歌"为基础，用富于民间特色的形式把反映南方劳动人民生活的内容表现得相当和谐。这种形式上的探索同所要表现的思想内容是密不可分的。

在创作内容丰富、情节复杂、篇幅宏大的《杨高传》时，采取什么样的形式呢？很明显，"信天游"或"盘歌"这种比较单纯的形式是不行的。丢掉民歌，另起炉灶，又不符合诗人所要探索的目标和方向。于是，李季想到了广泛流传于我国劳动人民中间的民间说唱形式——鼓词。鼓词这种艺术形式具有叙述与代言（摹拟人物、代人物说白动作）相结合，以叙述为主的艺术特点，既善于叙述故事，说唱英雄，又善于抒发感情，适合表现多种多样的内容。民间说唱文学对李季的影响是很深的。还在童年的时候，他就喜欢到演唱场上听曲子、梆子、坠子、鼓词的说唱。参加革命以后，在陕北三边，李季除了用"信天游"写出了《王贵与李香香》外，还尝试着用民族形式写了鼓词《卜掌村演义》、章回体小说《老阴阳怒打"虫郎爷"》等作品。如今，这位有志于使诗与劳动人民更好结合的诗人，在遇到难题的时候，自然会想到劳动人民的艺术创作。这样，鼓词与诗歌结合，成了诗人解决《杨高传》艺术形式问题的一把钥匙。读完《杨高传》，我们感到李季的这次探索是成功的，有成效的。

在《玉门儿女出征记》中，诗人注意发挥了鼓词创作中一般都离不开的"说书人"的作用。不仅用"说书人"把曲折引人的情节和几条发展线索自然地衔接起来，而且常常让"说书人"代表作者站出来评论或点题，以求得叙述更为清楚明白。在使用"说书人"这个角色时，诗人摈弃了卖关子等形式主义的东西，不落俗套，并有所创造。由于有"说书人"存在，全诗的情节也就是在"说书人"的叙述中展开的，对话和内心活动等描写插在叙述之中。这一特殊的形式更严格地要求叙述要简炼、人物语言要个性化。《杨高传》的诗句基本上采取鼓词的句式和节奏。鼓词是音乐性很强的艺术，对于唱词的句式、节奏有一定的要求，目的是为了唱得上口、听得悦耳。《杨高传》采用的是"四三、三三四，四三、三三四"的句式和节奏，如："井架上空红旗飘，照红天照红地照红戈壁。红旗插在井架上，也插在钻工们每人心里。"句式参差不齐，长短相间，运用比较灵活；节奏富于变化，念起来朗朗上口，表现力比较丰富。另外，随着大量口语入诗，《杨高传》的句式、节奏、韵律等也不拘于种种限制，既不刻意求奇，又不因文害义。总之，所有这些都充分显示了李季在诗歌形式民族化上的努力和苦心。

一个诗人不仅应该做到思想上育深刻的见解，而且应该艺术上有独创的精神。李季在《杨高传》的探索中，通过辛勤的艺术劳动，创造了长篇说唱诗这朵开放在诗坛上的鲜花。这是多么可贵的创造精神啊！

石油工人的英雄颂诗

随着我国石油工业飞跃前进的脚步，李季的视线从玉门、柴达木、克拉玛依……，扩展到大庆；又从大庆扩展到胜利、大港、辽河、任丘等石油矿区。

一九六一年初，李季顶着严寒来到大庆，参加了著名的石油会战。一九六四年春天，他写出了歌颂英雄石油工人的长诗《钻井队长的故事》。早在玉门时，李季就和"铁人"王进喜相识，并结成了最亲密的朋友。"铁人"的形象，活动在诗人的脑海里。在大庆，李季从"铁人"身上，从万千石油工人"拚命也要拿下大油田"的奋斗中，又取得了许多新材料，对他们的认识也随之升华。《钻井队长的故事》中的"铁队长"正是这样一个典型。从"铁队长"的身上，可以明显看到他的生活原型、中国工人阶级的先锋战士——"铁人"王进喜同志的形象。这部长诗仍然采用说唱诗的形式，但较多地吸收了新诗的表现手法，音节流畅，形式舒展，诗味浓郁。在李季石油诗的创作历程中，《钻井队长的故事》是从《玉门儿女出征记》到《石油大哥》的一个中间站。

一九七五年春天，李季听到国务院准备在大庆召开全国工业学大庆会议的消息，非常振奋。诗人不顾"四人帮"的政治迫害和严重的疾病，再次来到大庆。在百里矿区，他广泛接触石油战线的先进人物，深入了解石油工人同林彪、"四人帮"所进行的斗争，收集生活素材，并且满腔热情地辅导青年工人写诗，得到广大石油工人的欢迎和好评。但是，由于"四人帮"进行种种阻挠破坏，原定的全国工业学大庆会议未能召开。李季却仍然满怀胜利的信心，于这年的秋天开始了长篇说唱诗《石油大哥》的创作。

《石油大哥》生动地反映了七十年代我国石油工业战线在"向海

279

洋"的进军中,一支以王铁人式的英雄石占海为首的钻井队,冲破"四人帮"的干扰和破坏,战天斗地,取得开发新油田——"海底油田"重大胜利的故事。这部长诗最突出的成就,是直接反映了广大石油工人同"四人帮"针锋相对的斗争。《石油大哥》以前的石油诗,李季主要是写工人群众内部的思想斗争,石油工人与大自然的斗争,而较少从正面描写社会主义时期复杂激烈的阶级斗争。《石油大哥》把石油工人同"四人帮"的斗争作为全诗的主要情节,工人内部的思想斗争和与大自然的斗争放到了次要的地位。这部十章的长诗,从第二章起,就开始展现以石占海为代表的石油工人同"四人帮"的"小螃蟹"吕士元的斗争,一直延续到第八章。长诗通过顶着压力开钻、与流言蜚语斗争、面对面辩论、吕士元现形等情节和场景,集中概括地表现了这场尖锐的斗争。长诗的主人公石占海是王铁人的亲密战友。他十几岁就参加了解放军,在枪林弹雨中成长为"猛虎连尖刀排"排长。全国解放后,尖刀排编成钻井队,排长成为钻井队长。在王铁人的帮助下,他把钻井队带成打不烂拖不垮的"钢铁钻井队"。然而,这样高尚的英雄,却被"四人帮"的爪牙污蔑为"是个带着伤疤的走资派"。在"四人帮"掀起的阴风浊浪面前,石占海带领全队职工坚持斗争,终于取得胜利。石占海的经历与诗人以前笔下的杨高虽有相似之处,但石占海的性格比杨高大大的向前发展了。"四人帮"的"小螃蟹"吕士元是李季石油诗中塑造的一个比较完整的反面形象。他是一个混进石油队伍的血债累累的蒋军连长,在文化大革命中上窜下跳,投靠新主子,充当"四人帮"的爪牙,妄图把石油战线搞乱。但是,在英雄的石油工人面前,吕士元四处碰壁,最后终于现了原形。长诗中,石占海同吕士元斗争的线索组织得错落有致,层次分明。石占海耐心做乔志高的思想工作,带领全队在与风雪海潮的搏斗中钻井等情节线索,也与主线有直接或间接的联系,构成了一幅完整的画面。

长诗在塑造石占海时,还用了不少篇幅写他与"铁人"王进喜的战斗友谊。从在玉门跟铁人学打井,"一根刹把上两只手,两颗心随钻机一起跳动",到"两个队进尺一般快,井架上两面红旗一样红"。在"铁人来了"一章中,诗人设计了石占海梦见王铁人走上钻台来祝贺的情节。这个情节既表现了石油大哥石占海对铁人的无限怀念,又感人地抒写了铁人的崇高境界和光辉形象。象这种富于理想色彩的段落，在李季过去的石油诗中是比较少见的。这是诗人的一个突破。

《石油大哥》是李季顶着"四人帮"的压力，通过深入生活，抱病写出来的。一九七六年，李季在写作《石油大哥》的空隙里，在笔记本上写下四句诗：口含"消心痛"，挥笔画油龙；但求心竭日，油龙腾太空。（《人民日报》一九八〇年三月二十日）《石油大哥》熔铸着诗人的心血和汗水，是生活的结晶，更是斗争的产物。它标志诗人奋勇攀登上又一高峰。

完成《石油大哥》的创作之后，李季再次深入任丘油田生活，写了长诗《红卷》。这首诗塑造的青年女地质技术员万红庆，在李季的石油诗中是一个崭新的人物。万红庆是油田的新一代。在四害横行的日子里，她开着顶风船，冒着黑风恶浪向前航行，向党和人民交了一份红卷。《红卷》的艺术手法新颖独特。诗人巧妙地通过春、夏、秋、冬四个段落，形象地写出难忘的一九七六年。长诗中穿插了一首歌词，十分活泼。从《红卷》的创作中，我们可以看出李季同志那种不懈的创作热情。

读完李季的石油诗，在我们面前出现的是这样一位诗人：强烈的责任感使他不允许自己肤浅草率地写些表面的现象；对生活的无限热爱使他不满足于参观访问和现成材料（虽然这也是必要的）；与群众息息相通的感情使他抛弃了自己作家的身分；自我改造的精神使他在生活中不是仅只为获取创作的素材；艺术上的进取心使他永不停息的对写作形式进行探索。毛泽东同志早就说过："中国的革命的文学家艺术家，有出息的文学家艺术家，必须到群众中去，必须长期地无条件地全心全意地到工农兵群众中去，到火热的斗争中去，到唯一的最广大最丰富的源泉中去，观察、体验、研究、分析一切人，一切阶级，一切群众，一切生动的生活形式和斗争形式，一切文学和艺术的原始材料，然后才有可能进入创作过程。"（《毛泽东选集》合订本817页）这始终是李季同志生活和创作的指南。

当李季刚刚写出第一批石油诗的时候，他曾写道："最近这三、四年来，我的心，一直被一种奇妙、瑰丽的事业和从事这一事业的人们吸引着。我曾经为它献出过我的微薄的劳动，也曾用我的全部热情，为它歌唱。今后，当我能够再度跳入这个浩瀚大海中游泳的时候，我将愿意为这种令人心爱的事业，继续献出我的劳动和热情。"（《〈致以石油工人的敬礼〉附记》）诗人没有违背自己的诺言。二十多年来，他的足迹几乎踏遍了祖国所有的石油矿区，同石油战线的广大职工共甘苦、同劳动，结下了深厚的友谊，为石油战线献出了自己的劳动和热情。

李季的石油诗是中国石油工业发展的英雄史诗，是社会主义文艺创作中的宝贵财富。

（原载1980年《社会科学战线》第3期）

读《玉门儿女出征记》

尹一之

李季同志发表在《解放军文艺》一月号上的长诗《玉门儿女出征记》，是长诗《杨高传》中继《五月端阳》、《红军哥哥回来了》两部之后的第三部，同时，它也是一部可以独立的好诗，是李季同志创作中的重要收获。这部诗，从1949年中华人民共和国诞生的前夕，写到第一个五年计划开始，虽然这是很短的一段时间，但是概括了我国石油工业飞速发展的一个历史阶段。诗中描写了杨高（即杨红志）这个英雄形象，也描写了从部队转到石油工业战线上去的一个英雄的集体。他们为了党和祖国建设事业的需要，放下了枪杆，开始学习自己完全不熟悉的一套工作。杨高是一个从艰险、困难中战斗出来的坚强战士，他的性格特征，概括了革命干部的高贵品质。在他们具有高度觉悟的战斗的集体里，不论是部队转业来的战士，还是老工人，都发扬了革命的光荣传统，赤诚地把自己的一切贡献给党的事业。同志之间充满了阶级友爱和热情的帮助，对于损害党的事业的行为，则是毫不犹豫地进行斗争。诗中人物的性格，都是那样质朴、明朗，充满了革命的干劲和乐观情绪。他们在革命战争中，能够战胜一切敌人，在建设事业中，也能登上一个又一个的科学高峰。这种力量是哪里来的呢？是党的领导，是毛主席的光辉思想，是我们光荣的革命斗争的传统。《玉门儿女出征记》以朴素的阶级感情，以高度的政治热情，鼓舞了每一个读者。

在"小米颂"一章中，诗人描写了转业部队的一个生活片断：伟大的中华人民共和国成立的这一天，这支部队正在向玉门出征的途中，在一个小村子里，挖下地灶，做了一顿小米饭庆祝国庆：

> 山珍海味虽好吃，
> 没小米怎能到咱手中？
> 吃着大米和白面，
> 要记住小米的海样恩情。
>
> 今天会餐没有酒，
> 我提议把米汤倒在碗中。
> 小米汤就是葡萄酒，
> 咱们来划几拳庆祝国庆。

通过"小米饭"这一富有典型性的情节，表现了战士们高度的乐观主义精神，表现了战士对革命战争生活极其深厚的情感。这一章是叙事也是抒情，二者紧密地结合在一起；描写杨高，也描写了集体；杨高的感情溶汇在集体之中。

这批转业的指战员，在走向完全陌生的玉门矿区时，是充满了理想和雄心壮志的。在"玉门矿灯"、"军帽和铝盔"两章里，充分表现了这种战士情感。杨高一来到玉门，就被那井架如林，车如水、灯如星的景象所吸引，他看着这夜明珠一样的矿区灯光，想起了党和毛主席，想起了三边的穷乡亲，想起了牺牲的烈士。因此，他决心把自己的一切献给祖国的建设事业。杨高来到矿区，和许多革命干部一样，过去的一套本领用不上了，一切都要重新开始。当他们脱下军衣、军帽，换上铝盔和工作服时，一面深情地把军帽保存起来，同时也感到：银色的铝盔就是钢盔，工作服就是新的军衣。杨高这时候担任了钻井队的支部书记，虽然他还没有掌握技术，但决心以战斗的姿态当个徒弟，虚心地向老师傅学习技术。他刚来到钻井队时，党委想照顾他这个残废人，但在沸腾的建设生活中，和在前线一样，一个战士的心是关不住的。杨高到了井地以后，一直就住在那里，连三餐饭都托人给他带，一件羊皮袄又当褥子又当被，就这样奋战在井地，一定要攻下技术的堡垒。杨高面对着复杂的任务和艰苦的环境，心里燃烧着一团火，恨不得一夜就变成一个熟练工人，一天就打它一口井。自从他在中央医院休养时偶然和毛主席谈话后，就有一种巨大的力量在鼓舞着他。当井场出了井喷事故时，他不顾一切地冲过去盖井口，当他一次又一次地被喷出的油和气打倒以至昏迷以后，心里还想着战斗！

> 听见谁在喊叫他，
> 又觉得谁用绳拉他上岸。
> 心里还想发脾气，
> 这时候我怎能躲在岸边。

这里对杨高的性格刻画得相当深，自己昏迷后被人救起来，心里还想着不能躲在岸边，表现了这样的人，整个精神状态都溶汇在集体事业之中，对个人是没有任何顾及的。

在"什么是科学"一章里，当了大队党委书记的杨红志，不仅在政治上更加成熟和坚强了，而且也懂得了技术，他一来就和具有严重资产阶级思想的大队长展开了斗争。大队长反对在建设中搞群众运动，借口尊重科学来打击群众的积极性，杨红志毫不犹豫地捍卫党和革命的利益，表现了一个成熟的政治工作者强有力的领导特色：

> 不要拿科学吓唬人，
> 我们党闹革命就是科学。
> 战争胜利靠群众，
> 要建设也得靠群众工作。
>
> 科学不光是计算尺，
> 搞运动鼓干劲也是科学。
> 工人干劲加钻机，
> 这就是我们的钻井科学！

当大队长被撤职，杨红志兼任大队长以后，矿区出现了一个完全新的局面：火热的生产竞赛展开了，机关干部和家属都来参战，发明创造一个接一个，钻井纪录也跟着不断提高。

诗中除了刻画杨红志这个主要人物以外，黄局长、王春洪、桂叶这几个形象也都很鲜明生动，还有一些战士形象，只用了几笔就勾画出来了。在潼关车站，当杨高遇到了政委时，就象见到了亲人一样，他发现四年不见的政委，现在少了一只胳膊，但政委还用开玩笑的口吻说："你这个侦察员倒不坏，头一眼就发现情况改变。"就这样简单两笔，一个具有高度革命乐观主义精神的指挥员的形象，就出现在读者面前。政委当了局长以后去检查矿区，半夜里冒着风沙还跑去看杨高，在那里人多凳子不够坐，政委一甩手把大衣脱下，盘着腿坐在大衣上和战士们拉家常。这都是一些富有典型性的情节，一下就把人物的性格突出了。王春洪是一个质朴、勤恳的老工人，他不仅真诚地帮助杨高学技术，而且还在生活上照顾他。在竞赛中他能够无私地把机器援助兄弟队，在他身上，具有工人阶级的高尚品质。桂叶是一个战斗在戈壁滩上的新型妇女形象，她驾驶着如风似电的汽车，吓得黄羊野马四下奔逃的那种情景，给我们留下了深刻的印象。在桂叶还没有出场以前，就从侧面描写了她三次，第一次是王大嫂到矿区来坐的是桂叶的车，通过王大嫂的口就表现了桂叶；第二次是杨高在石油工人报上看到关于她的报道；第三次就是桂叶开着油罐车和杨红志坐的车迎面过去，但杨红志没有来得及招呼她。这种写法一步深一步地把读者引进书里面去。

《玉门儿女出征记》为我们刻画了闪耀着共产主义光辉的英雄形象，为我们描绘了工业建设中的一个英雄集体，反映了当前的重大题材。在形式上，李季同志所作的民族化与大众化的努力，也是有成绩的。李季同志的诗，有高度的政治热情；有劳动人民质朴的情感，他的朴素，有时甚至给人一种平淡的印象，但这种平淡绝不是笨拙，而是摆脱了那种表面上的华丽与人工的雕琢。我愿意多读些象李季同志这样的好诗。

（原载1960年《解放军文艺》第5期）

谈《杨高传》中杨高和崔端阳的形象

刘岚山

"五月端阳"和"当红军的哥哥回来了"是李季同志近著长篇叙事诗"杨高传"的前两部。诗中写了好几个人物，如盲说书人、崔老妈妈、刘志丹、胡安和胡桂叶等，不过他们在长诗中都是处于次要地位；长诗着重刻画的是杨高和崔端阳。两部长诗发表（现在已分别出版单行本）以后，引起了读者的兴趣，报刊上发表了不少评介文章，探讨了长诗的思想性和艺术，我在这里，仅仅试图探索一下诗人创造的这两个艺术形象。

读完"五月端阳"，仿佛是听了一曲民谣一样。一个"不知名不知姓没有家乡"，无父无母的小羊倌，一开始就把人吸引住了，这不是别的原因，而是因为在半封建半殖民的旧中国，象杨高父母那样被封建地主与帝国主义代理人谋杀了的农民，不知有多少；而和杨高共同命运的更是成千成万！因而，这个从民谣中也是从现实中走出来的形象，是具有概括性和典型性的，并且，在作者热情饱满的笔下，诗意葱茏，读者很自然地被诗人带入他所创造的世界。

自小无家无亲的"不知道热饭啥味道"的孤儿，作为一个先烈的后代，作为受苦人的化身，他不甘心做"羊羔"、被财主当牛马使唤的性格，也是很自然的。由于这些来自生活深处的描写，杨高后来参加革命、热爱革命、以革命队伍为家、为革命不怕任何艰苦困难、不惜流血牺牲的革命乐观主义气概，就有了阶级根源和现实基础，使人一点也不感觉突然。

对杨高的性格的突出刻画，我觉得在"'羊羔'和羊"一章内的对羊的描写，达到了憨厚、浑朴的动人境地。那些出自肺腑的临别赠言、叮咛复叮咛的劝告等，不仅仅表现了杨高对于动物的深厚感情，并且塑造出一个优美的劳动人民儿子的纯朴形象和要改造世界的伟大抱负。而在"入党记"中，杨高因侦察敌情而遭遇战斗负伤，"疼的脸象一张纸，想说话上气不接下气"地汇报敌情后，还自我检讨起来。当指导员摇摇手，劝他不要再说话时，他却对大家笑着说："不要紧——我杨高怎么会随便死了！"这句脱口而出的豪语，既是回顾又是展望，揭示一个革命英雄的崇高心灵，给人以极深的印象。这样一个革命英雄的成长过程，是具有强烈的现实教育意义的。

"五月端阳"以写杨高的成长为主。作者特意安排了几个端阳节的场面，这不仅创造了气氛，加重了色彩，赋予作品以浓郁的民间情调，而且在人物形象和情节发展上也有烘托和衬映的作用。当杨高第一次被白匪穷追而逃入小端阳家，种下第一颗感情的种子，从第二次杨高在崔家养伤起，这种子就发芽生长。因此，杨高的形象就生活在小端阳及其母亲的心中，并且逐渐地突出起来。这是作者在较大的背景上，利用返射来投影的一种方法。运用得很好，然而令人感到不满足的是：杨高这个人物虽然是有血有肉的，但他却好象始终在深水中游泳着前进，人们只看见他的头部，此外就全是浩淼的水波。他淹没在水里。这就是说，这个具体的典型性格和典型环境的矛盾，没有得到最深刻、最集中的揭露，作者对于人物的生活经历写得太多了，例如杨高第二次被地主抓回来放羊的情节，既没有好好地描写，也看不出有什么必要。类似这类交代性质的叙述，诗里还有，正因为这样，"五月端阳"前一部分仿佛一川缓流，没有什么波浪；后一部分——即和崔端阳家发生联系后，才有一起伏。整个说来，这部作品是比较平淡的。"当红军的哥哥回来了"的重点放在崔端阳身上。如果说，前一部的艺术形象刻画得不够集中与突出，以致有平淡的感觉；那么，在后一部中就得到了克服。我认为一般读者更喜爱"当红军的哥哥回来了"的原因在此。

随着时代的进展，杨高通过内战的道路走上抗日前线，多次经过死亡门口，最后带着满身伤痕和一只残废的手臂回故乡三边，这个"五月端阳"中的勇士形象，现在虽然很少出面，却时时生活在后方人的心里。在这个画面上，作者竭力展示端阳的心灵，揭开她的苦难命运，使她的形象突出和生动。在抗战年代里，为了民族解放战争的胜利，母亲和妻子们不能不把儿子和丈夫送上前线。但是，许多年过了，却连一个信音也没有，她们又怎能不日思夜想呢？作者抓住了这个矛盾，竭力展示了含情脉脉的思念前方人的描写，使端阳和母亲的形象丰满起来，从而把革命英雄主义和革命人道主义融于一体，雕塑出中国农村妇女的美丽动人的典型。我想，当人们读到这些诗句的时候，没有会不动心的。请看端阳母亲思念杨高的那颗心的跳动吧：

> 爹娘心上一块肉，昼夜里惦念着前方儿郎，
> 前线胜利后方喜，心连心肉连肉十指连心

而在开荒劳动中获得红旗，被人们称赞后，少女端阳的心又是怎样呢？

> 心里越想越高兴，一遍遍把杨高念在嘴上。
> 这款是因为想着你，念着你的名字就有力量。

她要他在前方不要想她，夜晚要"休息好精神足再打胜仗，"但她却止不住自己的心驰神往，她坐在纺车旁一下想变一只鸟，一下又想到他在前方吃黄米饭，那颗最大的米粒就是自己；想着想着忘了续棉花，续上棉花又想：

> 妹子好比一条蚕，从心里吐丝线千丈万丈；
> 蚕丝也有吐尽时，妹的心里要比那蚕丝还长，
> 又细又白千万丈，从三边直拉到前方，
> 一头拴在妹心里，那一头紧拴在你的心上。
> 雪白的线儿亲手纺，又传冷又传热又传思想。
> 你那里下雪我身上冷，线儿热我知道你打了胜仗。
> 线儿就是妹的心，妹把心扯成线跟你身旁。

一年四季有冷热，妹的心赛过那天上太阳。

这真是一阕描写革命爱情的绝妙好词和一个有情少女惟妙惟肖的图画。

杨高改名杨红志和端阳在母亲去世后寄居坏蛋舅舅胡安家，以及由此而产生的一系列波折，达到了一个高潮，这就是端阳四追杨高。那茫茫风雪夜，那广袤的沙源，那激越的呼喊，那含着哭的责备和那含着怨的袒护，写得相当动人。最后拨开了云雾，太阳重新照临人间！这时候，诗人用许多"笑"字来表现人民英雄们的心情。通过这些笑声，表现了苦尽甘来，展示了光明前景，这是胜利的笑，它在人们心中也会留下如诗里含意深远地所写的形象：

> 说着笑着走远了，
> 雪地上留下了对对脚踪。

又到了一个五月端阳了。这是最后的，也是永远值得人们纪念的五月端阳。由于胡安的出卖，杨高在陕北反击战初期因侦察被俘不屈后，敌人捉来端阳和桂叶，要他们劝降。但是，这两个边区女儿的回答是："既然被抓我们就不打算活，叫我们劝红志那是妄想！"敌人是无比残酷的。与其说为了钱财不如说是为了阶级仇恨，胡安带着敌人捉了自己的女儿和外甥女；而为了阶级仇恨，凶恶的敌人更是什么"天地间残忍事"都干得出来的，现在到了刑场上，端阳和杨高见面了，刺刀在闪动着，端阳呵端阳，怎么办呢？你听敌人在教你怎样说话了：

> 为了我一条命你低头归降

如果你不说呢，那么，敌人又在喊了。

> 兄弟们，把刀刃对准她脖子上！

怎么办呢？三边的女儿呵！怎么办呢？这是最紧要的时刻了！你看看杨高眼里射出充满仇恨的火光，你好象平素和杨高在一起时谈话那样，自然地但却大声地说了：

> 三边的男子英雄汉，
> 三边的女儿铁一般！
> 哥哥你永远不低头，
> 让我们用鲜血迎接明天！

在解放战争最初的时日，在大反攻开始前的最后一刻，端阳就这样英勇地倒下了！这个情节所用的篇幅不多，但对端阳这个英雄人物形象却作了最后的最重要的刻画。在这里，作者甚至没有去写端阳英勇就义前的思想感情，但读者却能在激动中十分了然的。因为她是一个边区人，一个革命先烈的后代，一个劳动战线上的先进分子，一个革命英雄、共产党员的妻子，一个受过千苦万难磨炼过来的姑娘，正因为这样，只要抓住人物的性格特点，简单扼要的几笔也是能够把人物形象突出起来的。

总起来说，在这两部长诗中，崔端阳的形象是塑造得鲜明突出，达到了个性化的；而杨高的性格则比较呆板，个性化还不够，这只是我读了这两部作品后的一些想法，不一定对，提出来供商讨。

（原载1959年7月3日《人民日报》）

坚实的道路，淳朴的诗篇

——试谈李季的叙事诗新作

冯 牧

一

在我们的作家队伍当中，李季同志是一位以辛勤劳动和刻苦钻研而著称的诗人，同时也是一位坚持不懈地探求着新诗与人民群众紧密结合的发展道路的诗人。在几位优秀诗人中间，他的创作量不算是巨大的；他不是一位对一切所见所闻都要发出歌声的多产作家；他的歌声只贡献给他所全心热爱、特别熟悉并且使他深深为之激动的那些事情。他是一位热情的但也是严肃的诗人。他的创作道路告诉我们：对于轰轰烈烈的斗争生活，他不愿意仅仅作一个观察者（即令是满怀热情的观察者），也不喜欢仅仅作一个新事物的采访者。他所以总是把自己投入到火热的实际生活当中去，并且总是长期地安心地在一个地区的人民中间定居下来的目的，并不只是为了体验生活，而且是为了一个更高的目标：让自己成为斗争生活当中的一员，和他们共悲欢、共苦乐，共同创造着生活，然后，才是作一个平平凡凡的群众当中的歌者。他的诗，也不是那种光艳照人、瑰丽多彩的诗。他的诗大都是淳朴的、直拙的、不事文饰的，没有繁缛的比喻，没有词藻华丽的形容；他总是努力用一种质朴而浑厚的情感和语言来构成他创作中的诗意。作为一个诗人，李季同志首先追求的，是深厚的生活土壤。据说诗人是最富于幻想的，然而李季却更愿意成为一个切切实实、脚踏实地的诗人。与其让自己的歌声和思想插上双翅在虚幻的高空和奇妙的海洋上飞翔，他宁愿赋与他的诗章以一双坚实的脚，让它稳步地、坚定不移地在大地上前进。

因此，当我们在李季的诗篇中间时常发现"三边"、"玉门"这样的字样时，当我们看到他对于某一些同类题材往往会从不同的角度反复吟咏时，我们是并不会奇怪的。一位诗人如果真正地钻进了生活矿层的深处，对于它产生了深切的情感，他就再也不会满足于对于某一方面的新生活只作那种浮光掠影的印象式的描绘和歌唱了。或者是暂时收起自己的琴弦，作一个普通的劳动者，或者是满怀深情地纵情高唱，一直唱到尽兴快意，一直唱到广大群众不仅能够接受并且是熟悉了自己的歌声。在这种情况下，诗人李季的诗篇，并非篇篇都是精品；但它们却是多方面地因而也是真实全面地抒发了诗人对于他所讴歌的对象的耿耿真情。比如，他的歌颂玉门矿区的抒情诗集和叙事诗《生活之歌》（它们现在已经成为读者喜爱的作品），虽然其中的水平或有参差不齐的，但是，这些具有不同水平的作品，却能够产生一种综合和概括的力量，为读者展示了一幅关于玉门矿区的斗争生活和人物风貌的丰富而动人的艺术图画。

关心文学创作的读者也许会不无奇怪地发现，几年来（这里当然要把最近的一年除外），李季同志的作品并不是经常在报刊上出现的，有时我们甚至会在相当长的时间里很少听到他的歌声。但是，如果我们认真注意一下这位诗人的创作特点，我们就再也不会为这而担心和惊奇。这是一位在艺术道路上埋头实践的孜孜不倦的探索者。有如一个坚定地稳步前行的旅人，一步步地走着自己的旅程，既不停伫留连，也不奔跑疾驰，但是他要熟悉他走过的每一块土地。因此，我们可以毫不怀疑：这个不断前进的人，在走过一段新路之后，在琴声暂停了一时之后，总会给读者贡献出一些新的东西。《王贵与李香香》是诗人辛勤耕耘的最初的收获，但在这以前，他在熟悉三边人民生活和学习陕北民歌的艰辛道路上已经默默地走过了一段漫长的路程。以后，作为对于南方民歌的初步探讨的成果，他写出了《菊花石》——一部虽然还不够成熟和完美，但却充溢着热烈的劳动气氛和浓郁的民间色彩的诗篇。接着，诗人热衷于使自己成为一个地道的"玉门人"；他爱上了那里的饱孕着油液的肥腴的山谷，爱上了那里的森林般的石油塔和那象石油一样可爱的玉门人——

坚强而勤劳的石油工人。作为他的体力劳动和脑力劳动的共同产物的，是一系列的描绘"玉门人"的优美真挚的抒情诗和叙事诗。在大跃进的年代里，诗人在甘肃黄土高原上扎下了更深的根；他和另一位诗人闻捷一同热情地担当起广播筒和宣传员的任务，用他们的诗歌参加了大跃进的紧张的战斗；他们写了大量的报头诗，这些诗，也许有的不免粗糙，有的还缺少丰满的艺术形象，但它们却和高原上的"花儿"一起，在劳动战线上发挥了巨大的作用。由于他们热情地为高原上每一个重大事件而歌唱，一位领导同志这样赞扬他们："你们的诗，是诗的甘肃大事记。"对于诗人和作家来说，这样的评价，应当被看作是一种崇高的奖赏。

也许会有人这样认为：这样强调诗歌为具体的政治任务服务，难道不会影响作品的艺术质量和较大的艺术作品的产生吗？对于这个问题，诗人李季给了我们一个具体而有力的回答：在执行那些崇高的战斗任务中间，一个诗人不但可以很好地直接为政治任务服务，而且也可以用同样的效率和速度来进行思想和艺术水平较高的长篇作品的创作。具体的例证，就是长篇叙事诗《五月端阳》和《当红军的哥哥回来了》。

二

《五月端阳》和《当红军的哥哥回来了》还不是已经完成了的独立的作品，它们只是一部规模宏大的长诗《杨高传》的头两部；它们中间的艺术形象无疑地还将在以后的篇幅里继续发展和丰满，因此，我们现在还很难对于已发表的这些部分作出全面而准确的判断来。但是，一个确切的事实是：这两部作品发表以后，很快地便引起了广大读者的浓厚的兴趣，并且受到了文艺界热烈的称赞和重视。有的同志甚至把它们赞誉为"革命的英雄史诗。"这当然不是一种偶然现象。这些来自广大群众的赞扬之中是否包含着溢美之词，我们姑且不谈；但我们应当承认，在这些读者反响中间的一个共同论断，却是切合实际的，并不过分的。这个共同的看法是：即使是根据眼前已经发表了的这些部分来看，也可以比较肯定地说，李季同志的新作使他在自己的创作道路上又获得了一个新的发展。这种发展，不仅仅表现在作品所反映的现实生活的广度和深度方面，同时也表现在对于人物形象和生活场景的比较高度的艺术概括方面。

认为这两部作品是诗人在创作道路上的一个发展，我以为并不等于说它们在艺术性的完美上已经达到了一个超越了《王贵与李香香》的新的高峰。我觉得，一定要以这两部作品和《王贵与李香香》加以比较并且要分个高低的作法，是没有什么意义的。我们也没有必要为了这两部新作在某些方面（比如在语言的精炼和形式的和谐上）逊色于《王贵与李香香》，而对它们作过分的吹求和挑剔。我认为，作为文学作品的重要体裁之一的长篇叙事诗的创作，是一项艰难而繁重的任务。它需要长篇小说的高度的艺术概括性和生活范围的广阔性；需要人物形象的塑造和对于生活环境、生活细节的真实的描绘；同时，它又需要有抒情诗的强烈的激情、高度精炼的艺术语言和一切诗歌所必需的鲜明的节奏和格律。我常常这样想，长篇叙事诗的创作恐怕是一项双倍繁重的课题，因而在创作中的成败得失也是不足为奇和可以理解的事情。而在这一形式的创作上所取得的任何程度上的成就，都是值得我们珍视的。因此，李季同志的新作受到了读者的欢迎和赞誉，是十分自然的。

而这两部作品确实也取得了无愧于这些赞誉的成就。

任何一个对于革命人民的斗争史迹有着深切情感的人，任何一个对于陕北人民的斗争生活有着真挚关怀的人，在一开始阅读这首长诗的时候，都会被它深深吸引的。带着一种质朴的艺术上的魅力，它把我们引进了一个充满了尖锐斗争，同时也充满了革命激情的年代里。对于那些年代，对于那些地区，我们是那样地充满了感激之情，我们是那样迫切期望人们能够把那些史诗般壮丽的革命斗争生活用文学作品再现出来。对于陕北人民，对于可以说最能集中地体现出陕北革命人民的一切特点的"三边人"，我们更是充满了一种热烈的敬佩和仰慕之情。我们所以那样喜爱王贵与李香香，他们所以能够在人们的思想里保持着长久的深刻印象，难道不就是由于这两个人物在一定程

295

度上概括地反映了"三边人"的可爱的形象吗？我们切盼着有更多的
"三边人"、更多的陕北老根据地的革命英雄在文学作品中出现，当
然不是出于对于某种地区的特殊色彩的偏好，而是由于这些地区的现
实生活和它的富有特征的人民，在一定程度上表现了革命根据地的鲜
明的代表性和典型性。我们喜爱"信天游"以及根据这一形式而创作
出来的《王贵与李香香》，也不仅仅因为它们的音调激昂，语言优美，
而主要的还是由于它们所集中而形象地反映出来的那种革命人民的
生活特色。我觉得，在这一意义上，再也没有比"三边人"（当然还
有延安人、安塞人等等）更能够集中地表现出北方老根据地的革命人
民的精神面貌和性格特色的了。因此，当我们不久以前听说，在一次
西北高原上的赛诗会上，有人向诗人李季提出了一个热情而天真的问
题：询问着他们心目中的英雄王贵与李香香在新时代的踪迹，我们是
毫不奇怪的；人民满怀真情地盼望在文学作品中出现更多的、更美的
王贵与李香香式的人物形象。也因此，当我们在诗人的新作中，看见
那个崭新的人物形象，那个在性格上深刻地体现了陕北革命人民的特
点的人物——杨高，在我们眼前出现并且一下子就赢得了读者的喜爱
和关怀，我们也是毫不奇怪的。

　　许多读者都认为，这两部作品的主要成功之处，首先是塑造了一
个具有代表性的正面人物——杨高的出色的艺术形象。我认为这种评
价是正确的。在阅读这部作品时，人们不能不为作品中的主人公、坚
强的共产主义战士杨高的成功的、富有感染力和说服力的形象而感到
喜悦和激动。这两部作品还只写到了杨高的前半生的故事，显然，按
照他的生活发展的轨迹看来，这个有着无比悲苦艰辛的生活遭遇，同
时又有着无比乐观开朗的思想性格的人物，这个有着极其深沉坚定的
阶级情感，同时又有着烈火般的昂扬斗志、浑身充满着行动性的人物，
在他生活中的成年时期（也就是诗人在开篇时所暗示过的参加祖国建
设时期），必然会逐步地发展到更加丰满和完整；看来，只有在社会
主义建设的新的战斗当中，这个人物形象才会最后趋于完成。但是我
们应当说，尽管现在我们还没有看到整部作品的全貌，尽管我们现在
所看到的，不过是少年和青年时代的杨高，我们也已经可以感受到这
个英雄人物的突出而鲜明的形象的力量。我们的杨高有着一个多么壮

丽的青春时期！这是一个标志着一个革命战士从自发的反抗斗争走向自觉的革命斗争的时期；这是一个革命力量与反革命势力进行着生与死的决战的狂风暴雨的时期。在这样的到处充满火热的斗争的时期，比起平静的日常生活来，无疑是更加适合于展示一个人的精神面貌和思想灵魂的。

诗人李季在他的新作中，把青少年时代的杨高的性格和思想，描写得绘声绘影，有声有色，真实而动人。这个人物，在诗人的笔下，不是一个缺少血肉和自己的个性的真理和斗争的化身，而是一个使人感到亲切可信的富有旺盛的生命力的活生生的人。他的一言一行都引起了我们的浓厚而新鲜的兴趣；但是我们似乎又很熟悉这个人。我们不只是从他身上隐约地看到了王贵的影子，而且还看到了许多我们曾经那样喜爱和敬佩的一些人们的影子。他俩的头裹羊肚手巾、身披老羊皮、手持红缨枪的英挺的身影，是那样牢固地铭印在我们的脑海之中。可是，你看他们又是一些多么活泼开朗而且富有艺术才能的人。这种人，就好象是战士和诗人的综合的化身。他们总是那样明朗、单纯而热忱，而且总是让天空中经常响彻着他们的高亢的歌声。即使是在遭受着痛苦和艰难的时候，他们也忘不了他们的别具特色的歌唱，他们也会象走在复员回家的路上的杨高那样地唱着：

鸡娃子叫唤狗娃子咬，
当红军的哥哥回来了。

山羊绵羊五花羊，
哥哥又回到本地方。

千里的黄河连山川，
好地方还数咱老三边……

诗人李季是如此深刻地洞悉和熟知陕北人民的这种鲜明的性格特色。这种特色，在杨高身上得到了非常突出、非常有光彩的体现。杨高的一生，是历尽艰辛苦难的一生，但也是顽强战斗的一生。他有着劳动人民最高贵的美德，有着最纯洁的心灵，生活赋予了他一种刚强不阿、宁死不屈的阶级本性。在他身上，也许有着过多的统治者遗下的鞭痕，但是却没有丝毫旧社会的思想意识的烙印。他有一颗善良的心，但对于阶级敌人这颗心却又象是用钢铁铸成的。一个人的性格特色主要是在社会生活的矛盾和冲突中形成的。尖锐的阶级斗争培育了坚强的阶级性格。在这一点上，作者是深刻地掌握了人在生活中的发展规律的。他很少依靠孤立的描述或是独白式的自我介绍来刻画人物。他懂得让他的英雄人物从一进入社会生活开始，便投身在激烈复杂的阶级斗争的漩涡中间；然后让他依照生活的客观发展规律逐渐地成长、壮大。在这里，所谓生活规律并不是以一种简单的、盖然性的条文和概念来发生作用的，而是以一种极其丰富繁复、极其生动活泼的具体的斗争和冲突来推动事物发展的。这样，我们的杨高便极其自然地经常置身在一种不断激荡着的充满了矛盾斗争的生活际遇之中；他必须不断地行动，用一种战士的姿态，战胜一个接连一个的难关，越过一个接连一个的波澜。而这，又使我们感到确乎是出之于一种生活的必然。这种生活必然，在作品中却往往以某种带有偶然性的事件而出现。而这种偶然性（或者叫作巧合），在李季同志的新作中，又常常作为一种人物性格面貌的进一步发展的重要关键而出现。这一点是值得我们重视的；我觉得，只有富有才华的作者才能够运用自如地、不露形迹地发现和创造出这种关键，并通过这种安排使他的人物形象得到更深的发展。我们的英雄战士杨高，就正是在这种规律下丰富着自己的精神面貌的。当孤儿"羊羔"在不幸中遇到了说书人——革命的歌手时，这是一个偶然事件，但是它决定了"羊羔"的一生的命运，阶级觉悟开始在他心中生根发芽。当红军侦察员杨高两次来到端阳家中并且都是在端阳节这一天时，这也是一种巧合的偶然事件，但对于整个作品来说，这又是必然的和必需的；只有在这种偶然形成的场合下，杨高才可能向读者显示出他的性格上的另一些方面：他的深沉的人民情感，那种单纯善良的、带着乡土的芳香的情感。当复员军人杨红志回到了故乡，却意外地遭到了一个不负责任的工作人员的冷淡时，这更是一个偶然的事件；但是，通过这个偶然事件，我们的英雄人物却发出了钢铁般的光亮。他这样宣示道：

我是个残废这不假，

为了党我留下遍身伤疤。

骨折肉烂心不碎，

我这颗鲜红的心还没挂花！

这些动人心魄的诗句，难道仅仅是表现了一个战士的激动吗？自然不是。作者明明是通过了这个令人意想不到的细节，来进一步显示出他的英雄人物的赤诚的灵魂和火热的红心。

诗人便是用着这种巧妙的手段来步步深入地描绘着他的英雄人物的。随着一个个吸引人的事件的出现，他的人物的面貌和性格也一步步地在发展，在丰满。同样是活跃爽朗、英勇坚强、忠心耿耿的杨高，但是，在红军时代站在刘志丹面前的杨高和在解放战争中担任区委书记的杨高，却又给我们带来了各具特点的不同印象；一个有如蓬勃成长的幼苗，另一个则有如枝叶成荫的树木。而在所有章节里活跃着的杨高，在最后终于溶汇成为一个完整而统一的人物形象。

如果说，杨高这个人物形象，无论在思想深度上或者是艺术分量上已经明显地超过了王贵的形象；如果说，这个人物形象比王贵有着更大的概括力量和更高的思想力量；那末，我认为，这两部长诗中的另一个重要人物——崔端阳的形象，却还有着较多的李香香的痕迹和影子。这个人物的刻画，比起杨高来显然是稍逊一筹的。然而，从整个作品中崔端阳所给予读者的感染力量来看，这个人物仍然不失为一个相当真实和生动的艺术形象。有的同志认为，这个人物所以写得没有杨高饱满和鲜明，主要是作者在创作中没有给予这个人物以更多的积极性的行动（比如参战、支前等）；有人甚至据此进一步地认为：作为长诗第二部的重要部分的《风雪夜端阳追杨高》的几节，是缺乏思想内容和积极意义的。他们提出了这样的异议：在那样激烈斗争的年代中，作者为什么不让端阳积极行动起来！让她和杨高一同去作战，一同去斗争！这种论点虽然并非毫无根据，但是，我觉得，用这样一种多少带有主观臆断成分的看法来要求作者，让他把他的人物写成这样的性格或是那样的性格，是不恰当的。我觉得，虽然我也感到端阳这个人物形象还存在着某些艺术上的弱点，按照这个人物的思想状态和生活来看，作者在作品的第二部中确实是较多地描写了她的个人心情，较少地描写了她的积极的行动。这样，相形之下，就使人感到一种思想上和行动上的不够平衡和匀称。我并不认为端阳在雪夜中追赶杨高的行动是一种缺少积极性的行动。相反地，这些章节，不但是全诗中写得比较动人和富有强烈的抒情色彩的部分，并且也是全诗中对于端阳的精神面貌描写得比较鲜明突出、比较性格化的部分。这个少女在雪夜里不顾危险和艰难地追赶着杨高，难道仅仅是为了爱情吗？不是的。她是在勇敢地追求着爱情，但也是在热烈地追求着光明，追求着革命。因此，我认为，恰恰是这几节诗章有力地加强了端阳这个人物的形象，而不是削弱甚至损害了这个形象。正是由于这几节集中地表现了人物的内心激情的诗章，才使端阳的形象在我们眼前明晰起来和站立起来。假如说，在这些章节以前，这个人物的形象还表现了某种程度的淡薄和模糊，那末，在这些章节以后，这个人物的坚定、忠诚而善良的面貌，已经比较明确而有力地显现在我们面前。

使得端阳这个人物形象还不够完美和丰满的另一个原因，是作者在塑造这个人物的过程中，没有能够象对待杨高一样，把她始终如一地、贯通一气地安排在一个更有典型意义的生活环境和更加尖锐而准确的矛盾冲突之中。这样，这个人物就不能在一切写到她的章节中都有着象"风雪夜"那些片断中所显露出来的光彩，我以为，在她生活中占有重要位置的一次斗争——和舅父胡安的斗争，是写得比较平庸的和缺少说服性的。这个看来有些突然的生活遭遇和矛盾冲突，多少显露了一些人为的痕迹；因此，这就不但影响了端阳的性格的深刻化，并且也使胡安这个反面人物的刻画也没有达到和整个作品相适应的成功和生动。这个人物，虽然在整个故事发展中扮演了一个重要的角色，但他的性格面貌却是比较浮泛的和一般化的。

三

一部作品的得失成败的主要标志，当然主要在于人物形象的创造，但是，一个有才华的作家的艺术概括力量除了表现在人物刻画上，同时也应当表现在那能够反映时代面貌的历史特点、生活环境和生活场景的描写上；而一个人物形象也只有置身在一个典型性的生活环境之中，才可能成为典型的、具有概括性的艺术形象。在这一点上，我认为诗人李季在他的新作中也取得了显著的成就。从这一方面来看，应该说《五月端阳》是胜过了《当红军的哥哥回来了》的（当然，后者也有胜过前者的地方，比如：在情节的发展上比较紧凑、结构也比较严密等）。在《五月端阳》当中所描写的主要是陕北土地革命时代的斗争；在这里，作者使人感到，他几乎是驾轻就熟地把那个时期的时代特点和生活气氛描写得非常真实可信和富有艺术感染性。同时，也由于这种关于生活场景的成功的描绘，使得主人公杨高获得了更为充实的生命力。关于杨高和刘志丹谈话以及杨高养伤的那些片断，是写得很有光彩和具有时代特征的；在这些章节中，人物的言行风貌也因而更为鲜明生动。作者并没有把刘志丹作为一个主要人物来着力刻画，这个为人民所热爱和敬仰的革命领袖，在作品中只是出现了一个短暂的时间，而且是悄然而来，倏然而退；然而，他（以及在他周围的人们）却给我们留下了很深刻的印象；在这里，重要的在于：作者在为我们简略然而生动地描绘出了一位革命领袖人物的同时，不知不觉地也把我们带回了那个革命的年代，使我们亲切而具体地感受到了那个时代的生活气息。关于杨高养伤的章节，是整个作品在情节上的一个重要的发展，作品中的几个人物在这里都得到了一个展示他们的关系以及各自的性格的充裕的园地。但是，这些章节，不同时也为我们绘出了一幅革命军队和人民之间生死与共的血肉情谊的动人图画吗？

301

作者很重视作品的情节性，这一点也是这两部作品的另一个显著的特色。看来，这也是诗人在探求作品的民族特色、向民族传统技巧学习的一种努力。这种努力，使他的新作品具有一个非常曲折动听、引人入胜的故事情节；但同时，作者又并没有为了获取更大的戏剧效果而过分追求离奇的情节。在这方面，虽然在整个作品里还没有作到一无暇疵，毫无可议之处，但应当说基本上是成功的。这种成功，不只是表现在故事的引人的魅力上，而更主要的是表现在作者并没有把故事情节简单地当作一种片面追求戏剧性的手段，而是把它当作一种反映人与人之间的联系与矛盾、反映人物性格的构成和发展、反映历史特色和生活环境的手段来运用的。

当我们被长诗中连锁般地陆续出现的故事发展和事件转换所吸引时，我们常会愉快地发现：这些发展和转换所引起的效果，并不仅仅是使我们感到了某种兴趣或是紧张情绪，而且常常同时也展示了人物的灵魂的一些新的方面和新的角落。杨高这个人物性格的逐渐饱满，不正是在连续出现的事件转换中和激烈动荡的生活环境中间形成的吗？也许有许多人会这样设想：在作品里如果过于频繁地出现新的事件，如果人物老是不断地处在行动之中，会不会妨碍作品中对于人物心理活动和生活细节的描写呢？这种考虑自然是正确的。决定一部作品获得成功的重要因素之一，是在人物和故事的发展上，能够作到艺术结构的浓淡有致，有张有弛，层次分明。我认为，这一点通常是比较难于达到的，对于那种以情节性见长的作品，这更是一个十分容易出现的通病。诗人李季在他的长诗中显然是注意到了这一点，因而能够使他的作品作到了结构上的流利自然，从容不迫。在作品里，爱情和战争的线索有着比较紧凑的安排和穿插；有时，出现了惊心动魄的奔涛急浪；有时，又出现了明丽清澈的静水平流；而它们又是亲密地汇集在同一道巨流的河床中奔流前进的。但是，在作品中应当说也还存在着这方面的弱点；比如第二部的某些描写正面战斗的章节，就有着这种忽略浓淡层次的毛病：过多的战火的硝烟，过于持续不变的紧张气氛，多少掩盖了人物的思想和行动上的清晰和明朗。

四

我在上面的评述中已经稍稍接触到了这部作品中的弱点。这些弱点尽管是比较次要的，但也还是在一定程度上损伤了作品的艺术力量的。对于这样一部需要付出巨大的创造性劳动才能够完成的长篇叙事诗作品，我们自然不应当作过多的挑剔。不过，为了使这部作品能够达到更高度的艺术上的完美，在结束这篇文章之前，我还想谈一些关于艺术形式和艺术技巧方面的感想。

我曾经有几次听到过人们这样谈论：李季同志的新的叙事诗创作

是丰富而动人的，在艺术形象的创造上也取得了显著的成就，但是，在阅读这部作品当中，又常常使人感到有某些章节还缺乏浓烈的诗意。这种感触，也引起了我的一些考虑：第一，对于长篇叙事诗来说，诗意（或者叫作一种形象的感染力量）恐怕不能仅仅表现在局部的章节或者诗行上，而更主要的还应当表现在整个作品的艺术形象上；这一点，李季同志的新作无疑地是富有诗的意境和诗的特质的。然而第二，长篇叙事诗虽然有别于一般抒情诗，但也十分必要做到艺术语言和艺术表现上的尽可能精炼和匀称，作到每一节诗行都具有诗的力量。这一方面，李季同志的新作确实是存在着一些值得改进之处的。有一些诗行，虽然有着一种韵文的铿锵，但却缺少诗的意境和形象；有一些地方，叙述和描写还没有作到浑然一体的紧密结合和互相渗透；在有些交待故事情节的地方，过于冗长的叙述代替了艺术的描写，这就不能不使作品具体性和形象性受到了影响。

在艺术形式上，作者在这部作品中创造性地运用了一种传统的说唱和鼓词的体裁；在作品中，作者也是以一个说书人的口吻出现的。这一点，确实是表现了作者在探索民族化和群众化的诗歌形式上的苦心孤诣，而且也应当说是取得了一定的成就的。我深信不疑，这部长诗完全可以采用口头的形式深入到广大群众中间去。

但是，尽管作者在作品中以一个说书人自拟，他写的毕竟还是长篇叙事诗。这样，有些对于说书有着一定作用的诗行，如象：

> 到这儿我可要喝水抽烟，
> 要知道红志生与死，
> 下回书我再来细说细谈。

在阅读时，就显得累赘和不必要了。

当然，在作品中使读者产生了冗赘之感的，并不仅仅由于这一类的不富诗意的诗行。我认为，作者所采用的从头到尾的四行一节的体裁，也是造成了这一弱点的一个重要因素。

一部成功的长篇作品，它的内容必然是丰富繁复、斑驳多彩的。譬如一株大树，它必须有粗壮的躯干和婆娑的枝叶；譬如一支乐曲，它也会有柔美的提琴和高亢的号角。而作品的情节的发展也是有缓有急、有静流也有高潮的；它有时需要喁喁低语，有时又需要放声高唱。而单一的四行体是很难毫无缺陷地完成这个任务的。如果这部作品的诗的体裁能够多样一些，能够随着内容的快慢疾徐、高低强弱而有所变换，我相信，一定会使作品的艺术形式作到更加完美和简洁。如果一件只用两行诗就可以描写得很精当的事情，由于形式上的制约而使它穿上一倍长的衣裳——四行诗，是不可能不造成作品语言上的冗赘现象的。

这就是我在以喜悦的心情读完李季同志的新作后的一些感想。由于只是感想而并未经过认真的研究，当然很可能存在着个人的偏见。但我对于这部作品的期望，是十分真挚和殷切的。我相信，当这部作品在作者的辛勤劳动下全部完成，并且目前的某些弱点也得到了弥补的时候，它将会成为一部对于我们的歌诗发展具有重要意义的完美而出色的艺术作品。

《李季文集》序

賀敬之

李季同志离开我们已经一年多了。现在，经过他的战友、爱人李小为同志以及出版社同志的努力，这部收集了他近四十年中主要诗歌作品和其它形式作品的《李季文集》出版了。

在编辑和出版这部文集过程中，亲人和战友的心情是难以平静的。它的每一个篇目，随时都在掀动着激荡的心潮。它的每一页手稿，都难免被泪水打湿。

当然，这部文集的出版，不是只为了寄托周围战友的哀思，也不是只为了给少数亲人以慰藉。它是为了更多的不相识的战友和同志，为了千百万个"王贵"、"李香香"、"杨高"、"老祁"以及他们新一代的战友而出版的。它不是某些狭小的个人感情的杯匙之水，只是为了供极少数人品啜。它是革命战士心中的洪流，是涌向人民心中的海洋的。

打开这部书，呈现在我们眼前的，是用文句和诗行印在漫长征途上的闪光的足迹。它清晰地划出了一个质朴的农民的儿子，怎样成长为优秀的革命诗人和战士的前进道路。它是时代的记录，是岁月的航标。它使我们重温革命战争时期和社会主义创业时期的战斗历程，使我们的心合着诗句的节拍重又感到历史脉搏的跳动。从三边的风沙到昆仑山的冰雪，从陕北高原的红缨枪到柴达木盆地的钻井架……它唤起我们多少战斗的回忆！它的浓郁的泥土和石油的芳香，它的动人的牧歌和战歌的旋律……使我们怎能不一次次心驰神往！

这部文集在确切地告诉我们：尽管不是所有的作品都达到同样成熟的水平，有的主要作品也还难免存在某些不足之处，而重要地在于，它的作者确确实实是诗歌新园地上的一位开拓者。他的经久传诵的杰出的长篇叙事诗《王贵与李香香》，标志着我国新诗发展史上一个重要的新阶段。这就是《在延安文艺座谈会上的讲话》发表后，在伟大的毛泽东思想指引下，我国整个革命文艺发展的这个新阶段，其中诗歌方面的主要代表者就是李季。全国解放以后，他陆续写出的《生活之歌》、《报信姑娘》、《菊花石》、《杨高传》、《向昆仑》等等长篇叙事诗、大量抒情诗以及其它形式的许多作品，充分说明了他是自一九四二年到他去世前，在这近四十年中的各个历史时期都做出了贡献的。他始终走在同时代诗人队伍的前列中。他在"五四"以后我国新诗发展中应占有的重要历史地位，是毋庸置疑的。

然而，这部文集的出版，却不单是为了回顾历史。这既不是只为满足亲人和战友对往事的追怀，更不是让今天的读者只听到历史的回声。不，这部书决不是只属于过去。更重要的是，它还属于现在和将来。对于向四化进军的亿万新长征战士来说，它仍然是照亮人心的灯火，是催人奋进的号角。对于社会主义新时期的新诗发展本身来说，尽管必须要有新的创造和突破而决不应拘泥于前人，但李季的生活和创作经验中那些具有根本意义的东西，仍然能给予现在和将来的作者们以重要启示，甚至使我们比过去更觉可贵地受到教益：

诗人和诗，要同人民结合，同时代结合。这是一个具有根本意义的道路问题。李季，正是始终不渝地坚持走这条道路的。这是一切属于人民和社会主义队列的诗人们都应当走的唯一正确的道路，也是真正宽广的道路。

是诗人，同时也是战士。这就是意味着，要为人民的利益和愿望而斗争，为革命的和社会主义的时代而歌唱。这是衡量诗人成就大小和诗篇价值轻重的首要之点。李季战斗的一生和作品的艺术品格，都证明了这一点。不论是在革命战争年代，还是在和平建设时期；不论是在病魔威胁之下，还是遭"四人帮"迫害之时，他都是一位名副其实的革命战士和人民诗人。

要抒人民之情，叙人民之事。对于这一点，不能曲解成否定诗人的主观世界和摒弃艺术中的自我。另一方面，也不能因此把诗的本质归结为纯粹的自我表现，致使诗人脱离甚至排斥社会和人民。重要的问题在于是怎样的"我"。诗人不能指靠孤芳自赏或遗世独立而名高，相反更不会因抒人民之情和为人民代言而减才。对于一个真正属于人民和时代的诗人来说，他是通过属于人民的这个"我"，去表现"我"所属于的人民和时代的。小我和大我，主观和客观，应当是统一的。而先决条件是诗人和时代同呼吸，和人民共命运。李季的整个创作和生活实践表明：他是我国新诗历史上一位忠实地抒人民之情、叙人民之事的诗人，同时也是保持着"我"的具有独特艺术个性的诗人。

要坚持革命现实主义的创作方法。"五四"以来新文学的历史告诉我们：现实主义固然不是也不可能是唯一的方法，但事实上它却是整个文艺创作发展的主要倾向。当然，革命浪漫主义的倾向也是重要的，这在诗歌中，特别是抒情诗中有显著的表现。但它是和革命现实主义相通的，在具体的某一诗人身上和某一作品中往往表现出二者的结合。从一九四二年以来的新诗发展中更可以看出：运用革命现实主义方法，以及正确地掌握革命浪漫主义方法，是可以更好地反映社会发展变革的本质真实和人民的愿望与理想，因之也更为人民所接受的方法。打开这部文集，从可以称为土地革命的历史画卷的《王贵与李香香》，到描绘社会主义创业者英雄形象、闪烁着革命浪漫主义光彩的《向昆仑》，使我们有理由说：李季，是为革命现实主义诗歌增加了重要财富的诗人。特别是他的叙事诗，是真正反映了劳动人民斗争生活和思想感情的革命现实主义的诗篇，同时也为正确地体现革命浪漫主义精神提供了例证。他的创作实践告诉我们，革命现实主义以及革命浪漫主义的坚实基础在于：深厚的人民生活的土壤，马克思主义科学世界观的阳光，还有民族、民间以及外国的优秀艺术传统的丰富养料。

永远不停步，始终在探索。李季的成就，特别是他在新诗民族化、群众化方面的成就是人们公认的。但他从来不因此而停步不前。他不仅在吸收民歌和民间说唱方面不断进行新的探索，同时也吸收和运用其它形式而赋予自己的特点。在内容上，他孜孜于他原来熟悉的革命战争年代的火热生活，而同时又毫不停顿地同他的主人公们一起前进，奔赴社会主义时代的崭新天地。在他近四十年的不断前进和不断尝试中，尽管他象一切探索者一样，并不是每一次都能达到预期的成功，但他方向明确，步伐坚定。作为一个党员诗人，他始终坚持在党所指定的岗位：走在人民中间，赶上时代步伐。粉碎"四人帮"、特别是党的三中全会以来，他精神百倍地支撑着重病之身，一面为中国作家协会的日常工作昼夜操劳，一面又勤奋地赶写新作。他用比以往任何时候都更为热烈的感情欢呼新一代作家和诗人的涌现，尽一切努力支持和扶植他们成长。就在他去世前的几天之内，他主持完成了短篇小说评奖并计议着新诗的评奖。"好啊！新战士爬上新的制高点了。"这就是他发出的赞叹之声。"咱们这些老兵决不能满足于不减当年哪！"这就是他同老战友们倾谈的经常话题。

这就是李季。这就是在我这篇短文中不能尽述的这位真正的诗人和战士。

此刻，他的"不能满足于不减当年"的话音又响在我的耳边了。在我的眼前又出现：那天当我赶到他床前已成永诀的情景，那天我的泪水打湿他去世前夕刚写的《三边在哪里》那篇遗稿的情景……我的心情怎么能够平静？我怎么能不又一次痛惜地呼出：是呵，我们失去了他。我们失去的太多了！

但是，我却分明又看见了他。当我在阅读他的这部文集，好象又听到他在呼唤的时候；当我仿佛追寻他的足迹走来，又向他面前的道路望去的时候，我要说：不，我们没有失去。我们不会让他失去。他留给我们的诗篇和开拓者的宝贵经验，是具有长久活力的。是的，这才是李季。这才是我们所熟知的作为真正的诗人和战士的李季！在今天的道路上，他仍然和我们并肩前进。在明天的征途上，我们仍然会同他相逢……

一九八一年七月一日

（选自1982年4月上海文艺出版社第一版）

试谈李季的诗歌创作

卓 如

　　李季是我们所熟悉和喜爱的一位诗人。他生长在河南的一个偏辟山村的农民家庭里，在农村小镇上他度过了自己的童年。当他的青年时代的开始，抗日战争爆发了，李季就走上了革命的道路。他参加了太行山根据地的游击队和正式部队的斗争。以后又到陕甘宁边区三边农村，做地方政府工作。在这期间，他对文艺极为爱好，而革命的实际工作又给予他丰富的滋养，并且锻炼了这位年轻的文艺爱好者，使他逐渐熟悉人民的生活思想感情，熟悉民间的文艺形式，他在实际工作中发现了许多生动的创作题材。于是在一九四三年他就开始了创作的尝试，先后以李寄、里计、李季等笔名，发表了一些以农村生活为题材的作品。反映了农村新旧思想的斗争，颂扬了边区先进人物的模范事迹，描叙了边区政府同群众的亲密关系。这些作品都是采用人民群众喜闻乐见的形式。如《卜掌村演义》就是以说书的形式和人民群众的语言，叙述文教模范崔岳瑞的历史。《救命墙》写的是新的三边民间传说，《老阴阳怒打"虫郎爷"》采用通俗小说的形式，表现三边人民在党的领导下，发挥群众的力量消灭蝗虫灾害，并且反映了新的科学思想和旧的迷信保守思想之间的斗争，最后新的思想取得了胜利。这一切都说明作者对民间文艺的热爱，在早期的创作中，就显示出学习民间文艺的倾向，同时也显示出了作者的创作才能。

一、最初的收获

社会生活是文学艺术的唯一源泉。一切革命的文学家艺术家，必须长期地无条件地全心全意地到工农兵群众的火热斗争中去，观察、体验、研究、分析一切人，一切阶级，一切群众，一切生动的生活形式和斗争形式，一切文学艺术的原始材料，然后才有可能进入创作。只有代表群众才能教育群众，只有做群众的学生才能做群众的先生。毛主席的《在延安文艺座谈会上的讲话》中的这些教导，对李季有很大启发。他通过实践与体验，感觉到群众生活的丰富，认识到劳动人民的艺术创造才能，他在担任实际工作的过程中，接触到陕北的民歌，那些单纯而又深刻的诗句，使他惊叹不已。他开始对民歌这个丰富艺术宝藏进行探索，不间断地搜集民歌，前后共搜集近三千首。在辑录的过程中，他看到民歌无论在内容上或形式上都是不断地向前发展的，他便决心学习民歌，用"信天游"的形式来表达新的现实生活，写出了叙事诗《王贵与李香香》。

李季的《王贵与李香香》发表后，得到了广泛的赞许，大家一致认为这是一篇优美的有价值的叙事诗。陆定一同志在《读了一首好诗》一文中写到："我以极大的喜悦读了《王贵与李香香》"，并且说这样的新诗"是用丰富的民间语汇来做诗，内容和形式都好的。"❶ 其他评论文章也对这首诗的意义和它在我国诗歌发展史上的地位，作了很高的估价。

为什么这部长诗在我国新诗发展史上占有重要的地位呢？

我们知道，毛主席在《在延安文艺座谈会上的讲话》里，批判了资产阶级的文艺思想，反对创作中的小资产阶级的自我表现，反对小资产阶级知识分子的艺术趣味，提倡表现工农兵，提倡从工农兵群众的基础上去提高。毛主席的讲话的发表是我国革命文艺运动的一个重要的转折点，它把文学艺术推到新的阶段。讲话发表后，解放区的文艺运动出现了崭新的景象。戏剧方面最早做出了成绩，出现了一些优秀的秧歌剧。《王贵与李香香》就是在这之后出现的。它从内容到形

---

❶ 见 1946 年 9 月 28 日《解放日报》。

式都有浓厚的人民的色彩，它用人民群众的语言和艺术形式来表现人民的生活和思想感情，而且本身写得完整，和谐。这样人们就自然把它作为在诗歌方面实践毛泽东文艺新方向的最初的收获来欢迎，给以充分的重视和赞扬。《王贵与李香香》之所以在新诗发展史上占有重要的地位，这是它的根本的原因。

《王贵与李香香》从内容到形式都有浓厚的人民的色彩，这就给这部作品带来了它的独创性。《王贵与李香香》故事虽然简单，却有值得注意的革命内容和思想意义。它生动地描写了陕北农民在中国共产党领导下所掀起的轰轰烈烈的革命运动的壮丽图景，歌颂了人民革命的胜利。作者以沉痛、愤慨的笔调勾勒了一幅革命前农村的悲惨的图画：尖锐的阶级矛盾、地主的残酷剥削、农民所遭受的沉重的灾难。但是这些没有压倒勤劳勇敢的劳动人民，相反，阶级的压迫加强了他们的憎恨和反抗精神，在他们的心里更炽热地燃起了革命的火焰，当革命风暴来到陕北农村的时候，他们奋不顾身地投入了革命斗争。在革命斗争过程中，农民的政治觉悟逐步提高，他们的精神面貌发生了剧烈的变化，他们深刻地认识到自己的命运同革命的密切关系。革命的形势再困难，他们仍坚持着斗争，英勇地战斗，终于换来了自由幸福的生活。这一切都是通过一对青年的恋爱故事的曲折过程反映出来的。

革命和爱情的主题在现代文学中是并不罕见的。然而过去描写恋爱和革命的小说多限于知识青年的范围内。而且这种作品有的革命和恋爱两个线索结合得比较好，有的却结合得勉强，使人读起来感到生硬、别扭。《王贵与李香香》在处理这种题材上的长处，就是它把革命和爱情两个线索结合得紧密而自然。它以真实感人的情景，使人们深切地感受到：劳动人民要获得美满生活必须革命，不革命就没有一切。它把劳动人民的个人的命运，爱情的遭遇和革命的斗争紧密地联系在一起，并且写得合情合理，符合现实生活的真实。贫农的儿子王贵，从小就饱尝了辛酸艰苦，父亲缴不起租子，被地主活活打死，自己十三岁就被迫去当长工。唯一的一个心上人又要被地主崔二爷夺去，这一切使他压抑不住心中的仇恨的怒火。但是在封建势力的强力统治下，个人又有多大力量呢？又怎能来报这深仇血恨呢？只有在革命的暴风雨到来的时候，个人也投入火热的革命斗争中，打倒了地主恶霸的统治，掀掉了压在头上的石头，他才可能翻身雪恨。正如王贵所说的："闹革命成功我翻了身，不闹革命我也活不长。"的确是如此，被压迫的人们离开了革命不仅没有任何幸福可言，就连活下去也是困难。王贵和李香香，他们的命运和革命息息相关。革命不仅使他们脱离了苦难，而且获得了幸福的爱情。最后王贵说："咱们闹革命，革命也是为了咱。"这个真理是写得令人信服的。

这篇诗在表现以上的革命内容同时，还写出了人物的性格。王贵是一个质朴的青年农民，劳动锻炼了他的倔强性格和旺盛的生命力。地主的迫害和苦难的折磨，使他具有深刻的阶级仇恨和强烈的反抗性。后来经过革命斗争的锻炼，他的觉悟更逐步提高，更清楚认识到自己的仇恨和斗争是和千百万劳动人民紧密相连的。因而他的革命意志更加坚定，对革命事业的胜利充满着信心。当他落到地主手里，被打得皮开肉烂，满身是血的时候，他不仅没有屈服，而且还坚决反击：

> 老狗你不要耍威风，
> 大风要吹灭你这盏破油灯！
>
> 我一个死了不要紧，
> 千万个穷汉后面跟！

当崔二爷采用利诱的手段时，他一眼识破，毫不动摇。并且不顾自己的死活，大胆揭露地主的阴谋和罪行。这一切都表现了他身上的劳动人民的高尚品质和威武不能屈的英雄气概。

我们在王贵性格里还看到另一方面的特点，就是对生活的热爱、对爱情的真挚。即使在困难的情况下，王贵也从没有失去对生活的勇气，仍然保持着革命的乐观精神。为了香香，王贵不惜生命去搭救，但是在斗争的紧要关头，为了革命事业，为了阶级的利益，他又能毫不犹豫地把个人的爱情放在一边。当他经过数不清的折磨，终于娶了李香香的时候，他也没有被爱情所陶醉，仍是念念不忘革命。新婚后的第三天，他就报名参加游击队去了。这时王贵已经由一个结实的青年农民成长为自觉的革命战士了。

作者在描写李香香时，是充满着感情的：

> 山丹丹开花红姣姣，
> 香香人材长得好。
> 一对大眼水汪汪，
> 就象那露水珠在草上淌。

她不仅美丽，更重要的是她有着纯洁、可爱的心灵，她憎恨丑恶卑劣的地主崔二爷，面对贫苦的农民王贵却爱得那样执着、纯真。这是因为他们的爱情是以阶级的爱为基础，他们同是被剥削被压迫的劳动者，所以爱得那样真挚。

香香这个质朴的少女，不但热情，而且也是机智、坚强的。当王贵被敌人吊打时，她心如刀扎，但她并不是消极地在一边痛苦，而且想办法去找游击队，结果救出了自己的亲人。当革命一时受到挫折，地主又来逼婚时，她在地主的百般利诱威胁下，没有动摇也没有绝望，而是给予有力的回击。后来地主崔二爷下了毒手，她以必死的决心来对付。这些都表现了她的坚强的性格和对爱情的忠贞。

《王贵与李香香》不仅在思想内容、人物形象的塑造上取得了成就，而且诗歌的形式，也是引人注意的，有独创性的。采取陕北民歌形式，而且是采取"信天游"的形式来写诗，在李季之前，曾有别的作者也作过试验，但没有象《王贵与李香香》引起人注意，产生这样大的影响。这主要是因为《王贵与李香香》不但运用了"信天游"的形式，而且对这种形式有所发展。"信天游"是陕北最流行的一种民歌，农民经常用这种形式来抒发自己的感情。但它原来是很短小的抒情诗，表现的内容比较的单纯，李季把"信天游"发展为表现一个完整的故事，表达了较为丰富的内容；这就更加强了它的表现力。"信天游"的形式原来一般都是两句一首，表现一个意思，个别也有几首连接在一起，抒写一个片断的内容。但象《王贵与李香香》那样用对唱、独白、叙述等写法，描绘了许多场面，构成一首较长的叙事诗，却是李季的发展和创造。

在应用比兴方面，《王贵与李香香》也相当充分地吸收了民歌的优点。比兴是中国民间歌谣的传统的表现手法，特别是"信天游"，头一句都是比或兴。《王贵与李香香》中的许多比兴能引起人的想象：

> 一眼望不尽的老黄沙，
> 那块地不属财主家。
> 一个算盘九十一颗珠，
> 崔二爷牛羊没有数数。

这些都是写得相当生动的。又如

> 一颗脑袋象个山药蛋，
> 两颗鼠眼笑成一条线。

短短两句就把地主的丑恶面貌表现出来了。

《王贵与李香香》得到广大读者的注意和欢迎，还因为它的内容和形式的统一，还因为它的艺术上的和谐和完整。《王贵与李香香》的内容是比较单纯的，如果从反映土地革命方面来要求，或许有些读者会觉得它内容比较单薄。但这种比较单纯的内容和"信天游"这种形式正好是适当的，和谐的。再加上全诗从头到尾写得比较整齐，比较精炼，没有什么多余的章节，就更使它成为容易获得读者的喜爱的完整、和谐和优美的诗篇。

二、十年的探索

《王贵与李香香》的发表，给李季带来了名声，但他并没有因这个成功而停步不前。一九四九——一九五八这十年的诗歌创作中，他继续不断地对诗歌创作进行探索，包括对诗歌的形式的摸索。这是由于他没有满足于已经取得的成就。同时也由于"信天游"这个形式适宜表现比较单纯的东西，要表现更复杂的内容不能不寻找别的诗歌形式。李季同志在谈写作的感受时曾说："生活向前发展了，当我们还没有来得及研究生活的这种巨大变化时，我们的描写对象（也就是读者对象）——广大人民群众的思想感情，已经发生了根本的变化。……这时候，你再用

> 五谷里数不过豌豆圆，
> 人里头数不过咱俩可怜！
> 庄稼里数不过糜子光，
> 人里头数不过咱俩凄惶！

的调子来描述这些正在形成中的社会主义的新型农民，那会有多么不协调啊！"❶就是说必须探索和创造与新的生活内容更适应的新形式。十年来，他在创作道路上经历了三个不同的阶段，尝试了三种不同的诗歌形式。

解放初期（一九四九——一九五二年），李季同志在南方做文艺工作。在这期间，过去的革命斗争中的人民英雄形象，荆江分洪中涌现出来模范人物，都在他的心里激荡着，产生了歌唱这些英雄的强烈愿望。于是他尝试着写新诗体的诗，在语言上，应用"适宜于表现新生活的口语"。形式方面，"也较多地采用更易于表达复杂的思想感情的四行体"❷。这阶段尝试的成果，就是那些战斗、劳动和友谊之歌。其中的代表作，要算《报信姑娘》和《只因为我是个青年团员》。

《报信姑娘》和《只因为我是个青年团员》都是青年英雄的赞歌。前一首诗所写报信姑娘的性格是质朴、热情、可爱的。她热爱生活，热爱新社会，她有着崇高的理想。在残酷的阶级斗争中，她是那样坚定、勇敢，最后为了掩护一个侦察员，献出了自己的生命。后一首诗所写的青年团员石虎子是一个坚强、勇敢、乐观、永远忠于革命、忠于职责的通讯员。他在敌人面前，就象松树一样挺拔不屈。他历尽了难以忍受的折磨，终于把被敌人包围在草原上的一队地方干部安全地引出了包围圈。这样的报信姑娘和青年团员的事迹，深深地感

---

❶ 李季：《热爱生活，大胆创造》，见 1956 年《文艺学习》第 3 期。

❷ 李季：《学步十年》，见 1959 年《长春》6 月号。

动着读者。

这些诗篇为什么具有震动人心弦的力量呢？首先，诗中所描写的英雄事迹本身就是一首动人的诗，它给人以强烈的诗的感受，作者用朴素的诗句，塑造了两个鲜明的人物形象，使我们透过他所描写的行动，看到人物的崇高的思想和品质，优美的心灵世界。诗人在歌颂这样的英雄时，把他热爱他们的情感和激动的心情，都灌注到诗行里面了。如《报信姑娘》中所描写的姑娘牺牲后的哀葬场面，在诗人笔下，就连带露的草原、边区的黄土、坚硬的石头，都渗透着他的沉痛的情感。而全诗的结尾是：

> 从此后，草原上到处流传着她的故事，
> 从此后，姑娘的名声传遍四方。
> 母亲们怨恨着自己没有一个这样的女儿，
> 姑娘们把她记在心里当做榜样。
>
> 草原上的人们最爱唱歌，
> 不会唱歌就算你不会生活。
> 姑娘的故事也被编成歌曲，
> 和那些古老的民歌一样四方传播。
>
> 有一支民歌中说姑娘并没有死，
> 是她给解放军带路，一直把马匪军撵在黄河边上。
> 另一支民歌说她已经结了婚，
> 和她救出的那个侦察员，我们的基干连长。
>
> 千百支民歌，万千的人儿唱，
> 每一支民歌都在歌颂着我们的姑娘，
> 每一支民歌都说姑娘并未死去，
> 都说她活着啊——她将永远地活在人们心上！

这些诗句使我们感到诗人对他所歌咏的人物的感情是多么强烈、多么深沉。这种感情增加了诗的感染力。

《报信姑娘》、《只因为我是个青年团员》是用四行一节并押韵的新诗体写的，但它也吸取了一些民歌的长处。它的某些写法和比喻都带有民歌的味道。这增加了这两首诗的抒情的气氛。

在这一时期，李季虽然写了一些新诗体的诗，但他对于诗歌的形式的理想却是这样的："在传统的古代诗歌和民歌风格的基础上（对于我来说，特别是后者），根据新的生活内容的要求，和我国五四以来新诗创作的丰富经验（其中也包括着外国文学的经验），创造出一种既为人民群众所喜闻乐见，又能准确地反映新的生活内容的新形式。"❶因此他这时对南方的民歌（主要是湖南的民歌）进行了研究，企图"以民歌为基调，广泛采用传统诗、词和新诗的表现手法，来写作长诗"❷，结果以五行一节的民歌体为基本形式，写出了长诗《菊花石》，但这次的尝试是并不怎样成功的。

《菊花石》并不怎样成功，原因倒不是由于他采取的这种南方的民歌体不好，而首先由于它的思想内容存在着重大的缺陷。《菊花石》是写刻石工匠父女的遭遇，企图通过他们对雕刻和保全菊花石的坚贞不屈的精神，来塑造出忠实于革命、也忠实于艺术的人物形象。然而，作者预期的目的并未达到。这主要是因为作品主题思想是有很多模糊的地方。

刻盆菊和革命，作者是把它们紧密联系在一起来写的。有的同志说作者想以盆菊这个艺术品来作为革命的象征，从而把对革命的忠贞和为艺术的献身合而为一。但是，盆菊为什么可以作为革命的象征呢？这本身就很勉强。实际上一个刻石工匠刻的盆菊同革命是没有什么必然的联系的。对艺术的忠贞和对革命的忠贞也是两回事，不能把它们等同起来，把盆菊和革命生硬地拉在一起，不仅很勉强，而且也是很难使人理解的。

全诗中写得最突出的是：老工匠父女历尽辛苦，忍饥挨饿，要把菊花石刻成全棵盆菊。为了保全盆菊，老工匠牺牲了生命，他的女儿

❶ 李季：《热爱生活，大胆创造》，1956年《文艺学习》第3期。

❷ 李季：《学步十年》，1959年《长春》6月号。

317

荷花熬过了八年血泪的生活，诗人是想通过盆菊来表现主题思想的，但刻盆菊的意义到底在哪里呢？据老工匠说：

> 我要刻出工匠苦，
> 我要刻出工匠巧，
> 我要人看了爱劳动，
> 我要人看了意志高。

我们读完全诗，对盆菊并没有发生这位老工匠这种热爱的感情，因此刻石工匠的奋斗、献身，就不可能给读者带来强有力的激荡力量。甚至读者不免要提出这样的疑问，老工匠究竟是为革命还是为盆菊献出生命呢？荷花的艰苦斗争到底是忠实于革命还是忠实于艺术呢？虽然作者写了毛主席希望她把盆菊刻成功，游击队同志也非常关怀盆菊，鼓励她赶快刻，国民党反动派军队残杀老工匠是因为他不肯把盆菊献出来，最后敌人包围山洞也是为了夺宝，但是我们很难理解盆菊为什么会有这样大的作用和吸力？为什么从毛主席到游击队同志都那样关心它？为什么敌人也那样重视它？那样一个工艺品对于革命斗争是绝不可能有那么重要的作用和影响的。作者把它和革命平列起来，是一点也不能使人信服的。

由于以上的内容上的缺点，《菊花石》里面的主要人物的行动没有必然性，他们的性格也令人感到有些不可理解。比如作者着重刻画的老工匠，他为什么在革命前就有那样高傲的性格？他又为什么有那种坚定的革命意志，对革命那样忠诚？虽然前面提到了杨团总的剥削，但写得很简短。加上大革命来得很突然，《颗颗红星》这一节写得很单薄。这样一来，人物的性格和革命斗争环境游离了。人物的形象只有一个空架子，不是有血有肉的了。"马日事变"后，老工匠就牺牲了，据说作者写荷花女的用意是安排她作为她父亲事业的继承人并作为老工匠性格的发展，两个人物作为统一性格来处理，因此他的女儿没有独特的个性，只有一个模糊的影子。至于聂虎来，只是一个英雄的概念。

《菊花石》在内容上有很大的弱点，这是它没有获得成功的根本原因。如果只就运用民歌体方面来说，还是写得大致可读的。它的前一部分好象在字句上推敲得多一些，后一部分写得比较加工不够。整个说来，在艺术方面，这篇叙事诗也是不如《王贵与李香香》写得那样单纯、和谐和完整的。

一九五二年的冬天，李季到全国最大的石油工业基地玉门油矿去参加工作。开始两年，他几乎没有怎么写诗，只是做实际工作，他说"我的心，一直被一种美妙、瑰丽的事业和从事这一事业的人们吸引着。"❶到了"一九五四年的后几个月，我感到难以抑制自己的感情，我开始为石油和探采石油的工人们而歌唱了"❷。一写诗就接触到新的问题：如何反映社会主义的工业建设？用什么样的调子来歌唱石油工人和他们的生活？他以收集在《致以石油工人的敬礼》、《玉门诗抄》、《玉门诗抄二集》、《西苑诗草》和《心爱的柴达木》等集子里的近百首短诗来作了回答。在这些诗里，诗人从各个方面描绘了石油工业蓬勃发展的图景，赞美石油工人创造性的劳动，纯朴的爱情，对大自然的顽强斗争，以及他们在大跃进中的雄姿。从他们的生活和斗争中，我们看到了石油工人崭新的精神面貌，看到了他们对劳动生活的热爱、对社会主义建设的热情和不怕任何困难的乐观主义精神。这些诗的调子是朴素明快的。

除了这些短诗外，李季还写了歌颂油矿石油工人的长篇叙事诗——《生活之歌》。它通过青年工人赵明的忘我劳动，用心向老师傅学习，试验成功了新的采油方法，超额完成国家计划的事实，歌颂了创造性的劳动。但这篇叙事诗有较大的弱点。

首先是题材的选择和提炼的问题。必须承认，生活所提供的材料有的本身就是动人的有诗意的，适合用诗的形式来表现，也有的材料或许更要适宜于用特写、通讯报导等散文的形式来表现。《生活之歌》的题材只有一些比较分散的场面，缺乏一个统一的完整的故事。这样用叙事诗的形式来写就不大适宜。在这篇诗里，我们看到了新的采油法试验的成功，赵家兄弟纠纷的和解，青年男女的爱情，但却看不出

❶　诗集《致以石油工人的敬礼》中的《附记》。
❷　李季：《为石油和探采石油的人们而歌》，见1959年《星星》4月号。

那一条是叙事诗的主线。因为情节都没有怎样发展，都没有形成故事，中间的联系不紧，各章似乎都是可以独立的。没有一个能够讲得出来的动人的完整的故事。

作者在处理材料时，常常只是作了一些一般性的叙述，更多的是过程的叙述，并没有把其中的矛盾展开或突出。通篇只不过写了两个方面的矛盾冲突。一个是主人公赵明和他的哥哥赵瑞中间先进思想和落后思想的冲突。旧职员出身的哥哥，对国家财产不爱护，不肯用报废器材，受到批评，两人争吵之后，就把赵明给撵出来了。另一个矛盾是赵明思想上的矛盾和斗争。他开始时感到生活太平凡，有点厌烦，对满身油污的"圣诞树"❶也不太喜欢。试验新采油法没成功，有点动摇，信心不足。但经过尚师傅的教导，秀英的鼓励，也就信心百倍，勇往直前了。新的采油法试验成功后，石书记就告诉他说，他的哥哥要接他回家。看来，这些矛盾都是写得很简单的，一下子都轻易地解决了。新法试验过程中所经历的艰苦和复杂的斗争并没有表现出来。这些人物没有能够在尖锐的冲突中，充分表现出他们的性格上的特点。读者只看到这些人物在某些场合的对话和个别的行动，以及最后做出来的成绩，却看不到他们的内心世界，也感觉不到推动他们前进的精神力量。读者只感到赵明这个青年是多么单纯，而又多么幸运啊！

长诗在艺术上也有推敲不够的地方。比如结构不够谨严，每一章虽然都以主人公的行动为中心，但各个部分都并列起来没有集中刻画人物，没有高潮，结尾也不够有力，语言也有拖沓和散文化的缺点。特别突出的是用过多的一般性的对话来代替生动的描写。象赵明和他哥哥赵瑞的冲突，他们的父亲的性格，尚师傅的教育，赵明思想的转变过程，几乎全是通过对话来表现的。而这些对话都不精采。这有两方面的原因：一是作者没有更好地选择生活中有诗意的语言，却写了一些一般性的比较枯燥的谈话。如《争吵》一章的对话就很乏味。二是作者的加工不够，本来可以写得有诗意的地方也没有能够写出来，比如在一个庆祝国庆节的高大彩牌楼前，传来超额完成采油计划喜讯的场面；人们围起尚师傅和赵明坐的车子跳舞唱歌。赵明看到秀英从

---

❶ 原注："圣诞树"是安装在油井井口上部的采油装置，因其状如圣诞树，故名。

驾驶室里跳了出来，看到哥哥在人丛中歌舞，他对着这样的情景，他的心里汹涌着欢乐、豪迈的感情。这种情感本来可以抒写得激动人心，可是作者却是用平淡的语言来表达的。写得和一般的工作谈话差不多。还有，尚师傅同赵明的一段谈话同样也写得很平淡：

> 去年冬天的一个晚上，
> 我正在井区把油井检查。
> 党委石书记也恰好来到井上，
> 和他一路的还有局长和苏联专家。
> 我们在井上谈了一个通夜，
> 我讲了你爹过去所作的试验。
> 他们听了都很高兴，
> 还要我把换油嘴的操作表演了一遍。
>
> 专家提醒我注意掌握油井规律，
> 准确地记录下一分一秒钟的变化。
> 石书记说采油工一定要作油井的主人，
> 局长嘱咐我有困难时直接打电话找他。

从这很少的摘引你可以看出《生活之歌》的对话不仅冗长，而且乏味得很。在严寒的冬夜、党委书记、苏联专家来到油井上，同老工人作通宵的谈话，这件事情本身原是很感动人的。但尚师傅在叙述党委书记的关怀、专家的热情帮助时，却好象不动声色，一点感情也没有。这是不符合历尽旧社会的辛酸的老工人的感情的。

我们提出《生活之歌》中的对话的缺点，并不是说叙事诗应该尽量少用对话或根本不用对话，而是说应该把诗歌里的对话写得好。《孔雀东南飞》通篇主要是用对话写成，但它写得这样精炼，至今仍闪耀着不可磨灭的光辉。文学作品的语言必须经过作家刻苦的锤炼，就连小说中的对话也要求精炼，生动，有文学的意味，何况叙事诗的对话呢。

三、新 的 尝 试

一九五八年后，李季又在诗歌创作上作了一次新的尝试。这就是他酝酿了十多年的长篇叙事诗《杨高传》的创作。这部长诗是在学习民歌和民间曲艺（说唱文学）的基础上，把民歌和鼓词结合起来，创造了适于表现比较复杂的生活内容和比较曲折的故事情节的形式。这个形式是：单句基本上是七言体（二、二、三），双句基本上是十言体（三、三、四）。这次尝试的新成果虽然尚未全部与读者见面，但从已经发表的第一部《五月端阳》和第二部《当红军的哥哥回来了》来看，应该说作者在创作上是跨出了新的一步。

《杨高传》是作者全部作品中规模最大的一部。它反映生活面比《王贵与李香香》更广阔。它通过主人公杨高战斗的一生，反映了第二次国内革命战争时期，抗日战争时期和解放战争时期的某些生活的真实面貌。在这三个历史时期的波澜壮阔的革命生活中，充满着残酷、激烈、复杂的阶级斗争。我们从刘志丹在陕北三边闹革命，红军长征北上抗日，太行山的战斗，延安保卫战等重大历史事件和战争的烽火遍地燃烧的景象的描写中，看到了革命斗争的某些特点，看到了革命斗争的艰苦、曲折的过程。作品还揭示了革命风暴之所以能够迅速席卷全国，是由于共产党在全国人民群众中的巨大影响，红军的英勇战斗和革命的广泛而深厚的群众基础。长诗中的许多生动、具体的场景，表现了人民同革命军队的鱼水不可分离的关系。在我们的文艺创作中，还是第一次用诗歌的形式来表现如此广阔的历史内容。

作者在《玉门诗抄》里，曾经写了一个厂长的战斗生活：

> 刀痕是长征时留下来的，
> 抗日战争的纪念在肩膀上，
> 解放战争中丢了一个手指头，
> 这一脑袋白头发是转业以后的奖赏。

这可以看作是杨高一生的生活的缩影。他的一生是历尽了无数艰苦的一生，是顽强战斗的一生。在他早年的心灵里，就燃烧着阶级仇恨的

322

烈火和炽热的革命激情。无数革命的战火更把他锻炼成钢铁般的坚强、猛虎似的勇敢、山鹰那样机灵的革命战士。如果说王贵的形象表现了土地革命时期陕北革命人民的某些特点，那么杨高的形象就概括了中国整个革命时期人民战士的某些品质。杨高所走的道路，就是王贵生活道路的继续。在这个意义上讲杨高是王贵性格的发展。

诗人以热情、激昂的笔调，刻画了这个英雄人物的成长，歌颂了他的壮丽的青春。少年时代的杨高，就担当了红军通讯员的重大任务。他以大无畏的精神投入了沙梁上的战斗，接着又在马蹄声中，机警、敏捷地钻在羊群里，骗过了追捕他的敌人。而在《属狗的》那一节里，当我们看到他那样镇静地对付了强盗的盘问，情不自禁地发出了赞叹："这小鬼多么机灵，多么可爱！"这并不是他生来就比别人聪明伶俐，而是由于他的一颗鲜红的心，完完全全地献给了党，献给了革命事业。他的身上充满着昂扬的斗志，所以能在同凶狠的敌人斗争中，以勇敢和机智制胜敌人，在他的心里，除了革命，还是革命。作者通过他复员回来时跟县委书记说的一段话，把他的一颗赤诚的心表露在我们面前：

> 我是个残废这不假，
> 为了党我留下了遍身伤疤。
> 骨折肉烂心不碎，
> 我这颗鲜红的心还没挂花！

正是由于他对党一片忠心，他才具有巨大的精神力量，入虎穴、闯敌阵，在强大的敌人面前，毫不畏惧。黄烟洞保卫战使我们看到这个虎胆英雄真是比石头还硬，比钢铁还坚。他以旺盛的革命意志力，抗住了肉体上的疼痛，以顽强的生命力，战胜了死神的威胁。在敌人百般利诱下，他毫不动摇，在强盗的严刑酷打下，他宁死不屈。

在故事情节方面，《五月端阳》、《当红军的哥哥回来了》不象《王贵与李香香》那样单纯，作者在情节安排上，继承了古代章回小说和传统说唱文学的表现手法。流传的民间说书、评话等文艺形式，为了使听众始终保持着强烈的兴趣，通常要卖关子，在紧要关头，立刻收住，使你非继续听下去不可，以此收到引人入胜的效果。李季这部长诗，在情节发展上，从头至尾总是既紧张、复杂，而又很曲折，一个波浪紧接着又是一个波浪。因此它使你为主人公遭遇严重困难而提心吊胆，也为他闯过重重难关而发出胜利的欢笑。每当小杨高出去送信或侦察敌情，遇到敌人的追捕时，我们心里总是那么焦急，希望他赶快脱险；而到他逃出虎口，胜利完成任务时，我们又轻松地舒了一口气。有些情节看来似乎有点"无巧不成书"，如受伤的杨高恰巧被送到崔端阳的村子里，又让老妈妈抢到家里去养伤；而后来杨高上前线去了，端阳和老妈妈日夜等待着，盼着得到杨高的信息，结果杨高千难万难写了一封信，托人带到青杨畔来，送信的脚户偏偏在路上碰到端阳的狠心舅舅，信又落到胡安手里，以致杨高复员回三边来的时候，端阳在合作社门口遇见杨高，心里就没有主意了，这样就错过了相见的机会。正如一些评论文章所指出的那样，这些节外生枝的情节，看来带有一定程度的偶然性，但是都在那特定的环境里，现实生活中完全可能发生的事情。因此它有真实感，令人信服。通过这些巧合的际遇，引出了许多生动的情节来。就以端阳在路上遇见杨高来说，由于这次重逢来得太突然了，心里一犹豫，就产生了《风雪夜端阳追杨高》动人的情节。通过这个情景，表现了这个三边姑娘的炽热，真挚的爱情：

> 喊声越来近了，
> 这喊声传到了端阳耳边。
> 听见喊声端阳笑，
> 就象是一团火把心温暖。
>
> 使劲翻身想坐起，
> 一双手两只脚不听使唤。
> 心想回答"我在这里"，
> 嘴唇硬舌麻木说话艰难。
>
> 来吧来吧快来吧，

有了你我就能战胜严寒。
只要能见到你的面，
那怕它千架山万道深渊。

来吧来吧快来吧，
为这个日子我盼了十二年。
十二个寒冬十二个夏，
千种苦万般难我都承当。

此外，象《刘志丹和杨高的谈话》、《战太行》、《当红军的哥哥回来了》，都写得相当动人。

总之，从上面这几个方面来看，《杨高传》的第一、二部，应该说基本上是成功的。不过要是按长篇叙事诗来严格要求的话，都还有些不足的地方。

长篇叙事诗和小说、戏剧同是叙事体裁的文学作品，它们有共同的特点，就是通过故事情节的描写，反映复杂的社会生活，塑造人物形象。但诗究竟是诗，它在情节描写上和小说、戏剧有显然不同的要求。诗要求写得更集中、更精炼、更概括、更有诗意。因此比小说有更多的限制，不能对事件的发展过程，故事的来龙去脉，作精密、细致、详尽的叙述，许多可有可无的过程交待就要省略。应该抓住生活中最本质的特点，加以高度的概括，精炼的描绘。同时要以诗人饱满的热情，创造出富有浓厚的抒情色彩的诗的意境。这样才能给读者强烈的感受。

按照叙事诗在情节描写上的特色来要求《杨高传》，那是还有一些距离的。李季同志的这部新作，虽然有的情节安排得很巧妙，有的也写得相当动人。但还是比较缺少高度的概括性，事件的过程描写的多了些，细节交待得过于详尽。这种缺点特别突出地表现在《五月端阳》的开头几章。过程交待得多了，情节就发展的十分缓慢，使人感到冗长，拖沓（情节开展缓慢可能是受传统的鼓词、弹词的影响，这论点已有别的同志的文章中曾提到过）。象写羊羔怎么样变成杨高，一共写了七节，近三百行，其实当中有些内容可以不必都写出来，写两三节，也就行了。这些过于细致的交代，虽然诗人费了一番苦心，却反而冲淡了作品的诗情画意，令人感到单调、沉闷。

　　和这个缺点相联系的，长诗中有一些没有诗意或诗意不浓的章节。象《五月端阳》中的《一九三五年》、《黄河之水天上来》和《当红军的哥哥回来了》中的《十指连心》等，都写得有点概念化。这里，我们要特别提到的是：作者以说书人的身分在长诗中出现，经常在情节将发展到高潮或在转折时，加入自己的插话，但这些插话却写得太平淡了，仿佛不是用诗的语言。比如写到杨高借放羊老汉的掩护，脱了险后，作者就写了一大段说明：

　　　　且不说杨高脱了险，
　　　　经一灾又一灾灾难相连；
　　　　不是我说书的巧安排，
　　　　闹革命就要闯过重重难关。

　　　　不怪我编书心太狠，
　　　　故意让小杨高遭受磨难；
　　　　若不是千万个杨高们，
　　　　你和我哪里能会有今天！

这就好象没有多大必要了，因为主人公所生活的环境和他的种种战斗性行动，已经足够说明这样的道理了。加上这段插话，反而成了画蛇添足了。诗并不要求诗人把所要表现的思想毫无保留地全盘托出来。相反的它倒应该有一定的含蓄，让读者去想象，去回味。我国的古典诗歌常常能使读者从很少的叙述和描写中想象更多更丰富的内容，而且耐人反复玩味。作者在表明自己的创作意图时，也有和上面类似的缺点。其实这部长诗的主题思想，诗人创作的意图，是一目了然的。而诗人却一再表示：他编这本书不是为着讲历史，而是为了今天建设新的幸福生活中，要学杨高复地翻天。这表白好象也是多余的。

　　我们并不是反对作者在叙事诗中以插话的形式把自己的创作意图说给读者听，表示自己对某一事件、人物的态度和意见，而是要这些抒情插话写得更优美，表现更为深刻的内容。我们看到外国的有些著名的叙事诗，诗人也经常出现在读者面前，他有时作为长诗中的一个人物，有时则直接抒发情感，发表议论，以简短的插话，表现他对人物、事件的爱憎情感。然而，这种插话不成为缺点，它们都是作者在感情激动而无法抑制的时候发出来的，因而能够增强诗歌的抒情气氛，并且丰富了长诗的内容，如果不是这样，它们也会成为那些名著的瑕疵。

另外，诗的语言要求有生动的形象，要求精炼优美，要求以简短的诗句表现出丰富的内容和深刻的思想。这就要求诗人很好对语言进行锤炼、选择，使它富有表现力。在这方面，《杨高传》做得还不够。有些诗句没有经过仔细推敲，象"没有受过爹的亲娘的温暖"、"也许是要出发前去打仗"、"男大婚女大嫁礼义之常"、"一双眼直望穿把杨高等"，这些诗句，虽然都遵守了三、三、四的句法规律，但读起来却很拗口，不优美，不洗炼。

李季的这部规模宏大的长篇叙事诗尚未最后完成，我们希望这些缺点和不足的地方，在修改这两部和写作第三部的时候得到克服和弥补。

四、创作的特色

十多年来，李季的诗歌创作的收获是比较丰富的。他不仅创作了大量的反映新的生活内容的作品，而且在努力地探索着自己创作的道路。虽然他仍然在继续摸索，虽然他还没有比较稳定比较鲜明地形成独特的艺术风格，但是他的创作是有着一些特色的。

第一，他热爱生活，和劳动人民有着比较密切的联系，并且热情地为他们唱歌，他的每一部成功的作品，几乎都是一支劳动或战斗的赞歌，都有他的生活基础。这些质朴、浑厚的歌曲，都是献给他所熟悉，所热爱的人们的。

李季不是浮光掠影地、猎奇式地寻找创作素材，他总是比较长期地安心地参加工作。在抗日战争和解放战争中，他有相当长的一段时间，在陕甘宁边区做实际工作。在三边地方政府工作的那个时期，曾由于政府工作的需要，他在农村做过社会调查。这次调查使他对陕北农村革命前的社会生活和革命后的变化，有了较深刻的具体的了解。同时，由于他担任的是基层工作，就经常有机会和群众直接接触，同人民建立了深厚的感情。但是他并不以此为满足，还直接收集民歌，在听民歌的歌唱中，他常被那些"具有气吞山河之气魄的诗句"所鼓舞，为农村妇女歌唱中的单纯、深刻的情感而惊呆，又为送军粮的农民盼到自己军队回来时欢乐兴奋的感情，感动的流起泪来❶。他所以具有这种同人民相通的感情，是由于他在那个战斗环境里，和陕北人民一块生活，一起战斗，同呼吸，共欢乐，较深地理解了人民的思想感情的结果，因此在他的作品中也就能够表达出人民的淳朴的思想感情的。

全国解放后，他仍然和人民群众保持着密切的联系，他同样是满怀热情地投入生活的激流。他首先要求自己成为普通的劳动者，用自己的双手和人民群众共同创造新生活；然后才放开嗓子，纵情歌唱新生活，和新生活的创造者。因此他要求自己长期在一个地方定居下来，先踏踏实实地埋头工作，使自己对生活有较深的感受以后，再进行诗歌创作。他到玉门油矿工作，就是这样做的。一九五二年他到玉门去的主要目的是"为宏伟的社会主义五年计划，作一名学徒小工，为它的实现，贡献自己一份微薄的劳动"❷。他在石油工业基地做了两年工作以后，感到自己的感情难以抑制的时候，才开始为石油工人歌唱。由此可见，他的创作是植根在人民生活的土壤里的。

正是由于这样，所以他的作品大都写他所熟悉的人——三边人和玉门人，他在自己的作品里，塑造了三边、玉门人民的英雄的群象。在这一系列人物中，无论是报信姑娘、青年团员，还是王贵、杨高或者是油矿厂长和坚强而勤劳的石油工人，诗人都是以强烈、真挚的情感歌颂他们，赋予他们以这样一些美德：刚强、勇敢、坚定、忠诚、活泼、乐观，不怕任何困难艰险，热爱劳动，热爱生活，当革命需要的时候，就毫不犹豫地贡献自己的一切。为了表现这优秀的品质，作

---

❶ 李季：《我是怎样学习民歌的》，见《作家谈创作》，中国青年出版社，198—205。

❷ 《为石油和探采石油的人们而歌》，见 1959 年《星星》4 月号。

者总是在人物前进的道路上布满荆棘和暗礁，充满着尖锐的矛盾和冲突。人物的性格和品德，就是在披荆斩棘中，在顽强的战斗里，鲜明地突出地表现出来。这样就使他的那些成功的作品，能震动人们的心弦，使读者由衷地尊敬那些英雄人物，并且以他们来作为自己学习的榜样，愿意和他们一样把一切献给祖国，到最艰苦、最困难的地方去劳动，去战斗，去创造，去迎接光辉灿烂的明天。

第二，向民间文艺学习，运用群众喜闻乐见的形式而又有所发展，他的许多作品差不多都具有不同程度的民歌的某些优点，这也是李季的诗歌创作的一个特色。李季十多年来一直在努力向民间文艺学习，从劳动人民的创造中吸取营养，学习劳动人民的思想感情和丰富多采的表现手法，并且加以变化，大胆尝试，写出了一些有民歌格调，又有自己的特色的诗歌。他最早辑录陕北民歌"信天游"，就用"信天游"的调子歌唱三边人民的生活。在武汉工作期间，他对南方的民歌（特别是湖南民歌）进行了研究，以五行一节的民歌形式，写出了企图反映连云山人民的革命斗争的作品。最近又吸取民歌和鼓词的长处，创造了两者间杂的形式。虽然有的尝试不怎样成功，但他并没有灰心、气馁，失去尝试的勇气。同时他也注意学习古典诗词和五四以来新诗以及外国诗歌创作的经验，来充实自己。他对自己的作品有这样的要求："每一首诗，不但应当在诗的主题、思想感情上给读者带来新的东西，在诗的语言、形式方面，也应当给我们的文学，添一点新的财富。❶"《王贵与李香香》、《菊花石》和《当红军的哥哥回来了》以及其他诗篇里，都可以明显地看到民歌影响的痕迹。另外，由于民歌的熏陶，李季在诗的语言上也富有民歌的色彩，他多用劳动人民所惯用的口语。没有欧化的倾向。以上这些，使李季的作品具有民族的特点，民歌的格调，为广大读者所喜爱。

第三，我们看到李季很喜欢用叙事的体裁。他的诗歌差不多都是用叙事形式来表现的。这是同他所写的内容分不开的。他的诗可以说几乎都是写英雄的青年男女（他虽然也写了三边的美丽、迷人的自然风光，大戈壁的瑰丽的夜景，那是为了烘托人物的）。叙事性的作品，

---

❶ 李季：《热爱生活，大胆创造》，1956年《文艺学习》第3期。

便于反映复杂的社会生活，展示人物的性格，这或许是他喜欢采用这种体裁的缘故。他的叙事诗并不只是客观的叙述，常常具有抒情的成分。他的抒情是质朴抒情，没有华美的辞藻，没有雕琢的痕迹，但却令人感到诗人的感情是那样真实，那样自然。他那些成功的诗具有一种朴素的美。

李季的创作历史虽然还不很长，但他所走的道路不是平坦的。他是在不断摸索中前进。在他探索的过程中，有过成功的喜悦，也有失败的痛苦。他探索道路总的方向是：要使诗歌与群众密切地结合，"要使自己的诗歌为广大工农兵群众所易于接受，乐于接受，以便更好地为他们服务"❶。正是这个正确的方向，给他的诗歌创作带来了相当丰富的收获。这些收获，同他的勤奋也是分不开的。他说，这些年来，他是竭尽自己的"全部才能，全部热情"，为人民歌唱❷。他深深懂得：土地是不会辜负辛勤的劳动者的。你耕耘得愈深，收获也愈丰富。最近的十年，除了上面提到的那些长篇叙事诗和短诗外，他还为少年儿童写了《三边一少年》和《幸福的钥匙》。一九五八年，还和闻捷一起，写了几十支短歌——"报头诗"（收在诗集《第一声春雷》和《我们遍插红旗》里）。

十多年来，李季在诗歌的形式方面的探索作了很多的努力。尽管摸索了多年，尚未找到一种比较稳定比较鲜明的便于表现新的生活内容，又具有自己独特的艺术风格的诗歌形式，但这个探索是有意义的。我们希望诗人继续探索，继续前进，写出更多更好的表现我们的伟大时代的壮丽的诗篇。

（原载1959年《文学评论》第5期）

❶ 李季：《学步十年》，1959年《长春》6月号。
❷ 李季：《学步十年》，1959年《长春》6月号。

一个违背事实的论断

——评卓如的《试谈李季的诗歌创作》

冯　牧

　　不久以前，在我们举国欢腾地庆祝建国十周年的日子里，我们曾经读到过不少论述十年来我国文学艺术的发展与成就的文章。这些文章，或者是从文艺的某一领域出发，回顾和总结了我们所走过的阳光灿烂的道路，论列了我们所收获的丰硕的成果；或者是从某一些作家的创作实践出发，综述和剖析了他们十年来在党的文艺思想指引下所进行的艺术的探索，探讨了他们在建设我们的崭新的社会主义文学事业当中所付出的辛勤的劳动。这些文章，大多数都能够准确地全面地和满怀热情地为我们描绘了十年来我国文学艺术事业在蓬勃发展中所呈现的足以令人欢欣鼓舞的新的面貌。在我们眼前展现的，已是一片绮丽的春光和繁花似锦的美景。虽说我们没有丝毫自满的理由，但我们却可以毫无愧色地断定：我们十年来在文学创作以及其他方面所取得的成就，应该说是远远超过了过去的三十年。虽说我们距离我们决心攀登的无产阶级艺术高峰，还有着一段艰辛的路程，但我们却可以满怀信心地确信：现在在我们眼前展开的，已是一派重峦叠翠、群山环峙的景象了。

　　我们怎能不热烈地为我们十年来的创作成就而欢呼呢，怎能不热烈地为毛泽东文艺思想所培育出来的累累的果实而欢呼呢！

　　然而，在这一片由于欢庆十年来的成就所汇合而成的欢乐的合唱中间，我们也听到了一些不和谐的声音。

我认为，发表在《文学评论》去年第五期上面的卓如同志所写的《试谈李季的诗歌创作》，就是这样一篇发着不和谐的噪音的文章。

卓如同志给自己规定的课题，是对于李季这样一位为广大读者所熟悉的作家的创作道路，进行一次全面的艺术考察。如果这位论者能够具备着应有的关怀社会主义文学成长的政治热情，并且能够根据毛主席曾经那么明确地阐明过的批评标准和艺术观点来作为自己的思想的指针，无疑地，他所做的将是一项不论对于作者或是广大读者都会大有裨益的工作。通过这样的文章，我们将可能看到一位富有才能的作家在社会主义的阳光雨露下如何日益成长壮大起来；我们将可能看到一位劳作辛勤的诗人在毛泽东文艺思想的武装和教导下，如何开创着自己在艺术创作上的康庄大道。这样的文章，将可能使我们产生这样的印象：虽然我们现在在论述的只是一位作家的成就与成长，但同时也是在从某一个侧面和某一个局部，在论述着我们整个社会主义文学创作的成就和成长。

然而，卓如同志的文章却不仅没有使我们获得丝毫这类的印象，而且可以说是为我们带来了几乎相反的印象。在他的文章里，为读者所仔细地描述的诗人的形象，几乎是一点也不象我们素所熟悉的诗人李季的形象。可以说，他为我们描绘的诗人的形象，是一个多少被歪曲了的、被涂上了一层暗影的形象。

大半是出于巧合，在我读过了卓如同志这篇论文以前，我刚刚读过了诗人李季的十年来的诗歌选集《难忘的春天》。我觉得，即使是这本远不能概括诗人全部最高成就的诗集（因为其中没有包括作为诗人的重要成就的叙事长诗），也足以使我们对于这位诗人产生一种鲜明而确定的印象了。在我们面前的这位诗人，是一位热情充沛、劳动辛勤和收获丰硕的诗人，是一位长期地深入地投身到火热的斗争生活当中，并且竭尽才智地为它而歌唱的诗人，是一位坚持不懈地探寻着诗歌群众化道路并且不断地提高着自己的创作质量的诗人。尽管也有过某些失败的探索和平庸的作品，但总的说来，这位诗人却无疑地是一直在和我们的伟大革命事业在一同前进着的。十几年以来，诗人李季所走的道路，是一条脚踏实地、平坦坚实的道路；十几年以来，他可以说是一直在不停歇地沿着这条由毛泽东文艺思想所照亮的道路稳步地前进着。

但是，卓如同志给我们描绘出来的诗人李季却是怎样一番景象呢？根据他整篇文章在读者头脑中所引起的总的印象来看，我们这位诗人仿佛并不是一位在党的文艺思想哺育下逐渐长大和成熟的优秀的诗人，而是一位只是在《王贵与李香香》当中闪现了刹那的才华之后，便一直在艺术的道路上徘徊摸索，甚至在走着下坡路的平庸的诗人。根据这位作者在他的文章里《十年的探索》一节中的冗长而详细的叙述，似乎是我们这位诗人十年来所作的努力，除了《报信姑娘》等一两首短诗值得首肯以外，此外只不过是一些庸碌的徒费心劳的摸索和尝试。他在文章中甚至这样主观地断言：李季的诗"差不多都是用叙事形式来表现的"。因此，作者对于李季的那些以成百首计的抒情诗，那些应当被视为诗人的成就的一个重要方面的歌颂工人农民、歌颂社会主义的大量的抒情诗，在文章里几乎是采取了一种"略而不述"或是"述而不作"的笔法，基本上给轻轻抹掉了。然后，在对于《杨高传》这部叙事诗给予了一个"基本上是成功的"的肯定的评价之后，作者毫不犹豫地给诗人李季的创作道路做出了一个总的评价："李季的创作历史虽然还不很长，但他所走的道路不是平坦的。他是在不断摸索中前进。"可是，十几年来，我们这位"摸索"着前进的诗人是不是摸到了一条明确的方向呢？卓如同志的回答是：没有。根据他的论断，李季"尽管摸索了多年，却尚未找到一种比较稳定比较鲜明的便于表现新的生活内容、又具有自己独特的艺术风格的诗歌形式"。

这便是卓如同志对于诗人李季的创作道路所判断的总的评语。

但是，我必须说，卓如同志所作的评语，是不公正的；他所作的论断是有背事实的。他在这里充当的是一名不公正的裁判员。

这种不公正，并不是主要表现在对于某些具体作品的个别的评述上。对于这些方面的不同的意见，我认为并没有争辩的必要。任何一个读者都可以根据自己的感受对于诗人的任何一篇作品持有自己的看法：他可以认为这篇作品是成功的，也可以认为是不那么成功的。在这些方面，我们几乎是没有多少必须同卓如同志争论的意见。甚至他对于某些作品的褒贬揄扬，有时也还是不无可取之处的。可是，就

333

他的文章的总的倾向来说，就他用以对李季的全部创作道路进行分析所运用的批评标准来说，就他在整篇文章中所表现出来的对于社会主义文学事业的远非热情的情绪和态度来说，我觉得都是值得和卓如同志进行一次认真的争辩的。我决不认为李季是一位在思想上和艺术上都已经臻于成熟完美的境地的诗人，更不认为他的作品全部已经达到了完善无瑕的高度的水平。相反地，我觉得李季还是一位比较年轻的、正在实践中不断地努力提高自己的诗人；他不仅写出了许多优秀的为人传诵的好作品，也写作过一些在艺术上粗糙的和不够精美的作品；而且即使是在他的有些成功的作品里（如象《杨高传》），也并不是不存在着某些局部的弱点的。可是，对待这一切，都可以有着两种绝然不同的甚至是针锋相对的看法。一种看法是：作为一位在斗争生活中成长起来的诗人李季在创作上所表现出来的若干弱点和不成熟的地方，正好是具体地反映了社会主义新文学在从幼小趋向成熟过程中的一种极其自然和不足为奇的现象。在这里，重要的在于应当看清作家为自己选定了什么样的前进方向。如果他所坚持的是一个正确的方向，是和群众密切结合的方向，是全心全意为共产主义思想而奋斗的方向，那么，即使是我们从他身上还可以发现某种由于还不成熟所产生的缺陷与弱点，我们也会以一种鼓干劲的精神对于诗人的成就与弱点给以全面的而非片面的判断，并且会满腔热忱地确信：这些缺陷，只是一些前进中的缺陷，而且是无损于诗人的主要成就和主要特点的缺陷。

也还有着另外一种看法。这种看法是，对于我们的正在成长和健全着的文学创作的成就和缺点，不是怀着一种应有的政治热情和积极地促进新事物成长的愿望，不是运用无产阶级的艺术标准来对于作家和作品进行全面的历史的分析，而是以一种冷漠轻视、百般挑剔和品头论足的态度和情绪，根据一些过时的陈腐的资产阶级艺术教条，来对一些正在前进着的事物进行一种苛刻的、泼冷水式的评判和分析。

令人遗憾的是，在卓如同志全篇文章当中所时时流露出来的，恰恰正是这样一种看法。这种建筑在陈旧的艺术教条上面的看法，不但使他在对待李季同志十年来在创作上所获得的明显而踏实的进展熟视无睹，缺乏一种应有的热情，并且在对于李季作品中的某些缺点进行分析时，也时时公然地挥舞起了他的资产阶级艺术标准的解剖刀。比如，这位作者在对于《杨高传》当中的某些抒发议论的诗节大加贬抑的同时，他竟这样写道：

> 我们看到外国的有些著名叙事诗，诗人也经常出现在读者面前。他有时作为长诗中的一个人物，有的则直接抒发情感，发表议论，以简短的插话，表现他对人物事件的爱憎情感。然而，这种插话不成为缺点，它们都是作者在感情激动而无法抑制的时候发出来的，因而能够增强诗歌的抒情气氛，并且丰富了长诗的内容。

我们自然不能认为李季的长诗中的一切抒情的插话都是诗意盎然的；的确，它们中间的有些诗行是写得比较平淡的。但不管怎样，它们所抒发的、所表现的思想却大都是借以体现作品主题的健康的思想；这些思想，即使是诗意不浓吧，它们比起某些外国资产阶级作家所写的叙事诗当中的插话所散发出来的个人主义、感伤主义或是悲观主义的思想，总是高尚得无可比拟吧！使我们百思不得其解的是，作为批评家的卓如同志，对于我们的创作当中的某些比较粗糙的新事物，为什么会表现出这样的轻蔑和抵制的态度，而对于那些外国叙事诗当中的抒情插话，却又是那样不加区别地表现了那样的发自衷心的崇敬和钦慕之情呢？

其实，我在这里所摘引的，只不过是卓如同志文章中间的一个比较突出和露骨的例子。实际上，在他的整篇文章当中起着主导因素和贯串作用的，或者说，我们这位批评家用来对于诗人李季及其作品进行剖析和评判的主要观点，并不是别的，恰恰就是由上述这段引文所鲜明地流露出来的那种陈腐的资产阶级的艺术法则和批评标准。我认为，正是由于作者基本上是依据了这一标准，而不是基本上依据了无产阶级的艺术观点和批评标准，因而才使他最后竟然得出，诗人李季十年来一直是在艺术的道路上徘徊摸索，并且在走着下坡路这样的悖谬的论断来的。

（原载1960年《诗刊》2月号）

335

读李季诗歌创作漫笔

马铁丁

　　有一种人，仿佛脚步移动得挺快，但是，认真地计算一下他所走过的旅程，其实并没有走出去好远；另一种人，一步一顿，步子迈得大，走得稳重，象是长途中的骆驼，任重道远。你听到的只是有节拍的驼铃声响……李季，就是这样的。他有时很少写东西，有时简直没有写东西。他在酝酿，他在探索，他在为新的跨步作认真的准备。

　　从一九四五年，李季写《王贵与李香香》算起，到一九五九年为止，一共十四个年头，这中间究竟写了多少呢？

　　长诗：《王贵与李香香》、《菊花石》、《生活之歌》、《三边一少年》、《五月端阳》、《当红军的哥哥回来了》、《玉门儿女出征记》等七部。

　　短诗：《致以石油工人的敬礼》、《玉门诗抄》两册，《西苑诗草》、《心爱的柴达木》、与闻捷合写的报头诗两册，共七部。

　　散文：《毛泽东同志少年时代的故事》、《戈壁旅伴》（其中包括一个电影剧本《水姑娘》）。另外，还有散布在《人民日报》、《文艺报》、《红旗手》、《文艺学习》、《长春》等等报刊上的创作经验谈、生活经验谈。

　　长诗、短诗，差不多平均每两年各一本，数量是不少的，从今天的诗界水平看，质量也是属于上乘的。他走得不慢，而是相当快的。

　　一开始，李季就是在毛主席文艺思想的直接指导下走上诗坛的。

　　中国的革命的文学家艺术家，有出息的文学家艺术家，必须到群众中去，必须长期地无条件地全心全意地到工农兵群众中去，到火热的斗争中去，到唯一的最广大最丰富的源泉中去，观察、体验、研究、分析一切人，一切阶级，一切群众，一切生动的生活形式和斗争形式，一切文学和艺术的原始材料，然后才有可能进入创作过程。❶

毛主席这一至理名言，始终成为李季的行动的指南。

　　李季，在劳动人民中，在生活的土壤里，根扎得深，从这肥沃的土壤里所长出来的诗歌之树，粗壮高大，枝繁叶茂，果实累累。李季笔下的英雄形象，是在劳动人民的哺育下，是在革命的集体里，是在火热的斗争中逐步站立起来，丰富起来的；李季诗作的非凡的叙事才能，有着浓郁乡土气息的民歌体裁，是由于直接从劳动人民的口头创作中吸取了营养；李季所追求、所经常苦恼的又是如何使自己作品能够为更广大的群众所接受。李季对革命、对党、对劳动人民有着深厚的感情。

一、深厚的革命感情

　　李季的感情，李季对党、对毛主席、对革命生活、对劳动人民深厚的爱，不是狂飙式的、火山爆发式的，而是朴质的、浑厚的、深沉的。它不是烈酒，一喝到嘴里，就辣得喉咙发痒，而是一种醇酒，后劲很大；你多喝几口，对他的诗，多读几遍，你就会沉醉在他的诗的情节、诗的语言、诗的意境中去；他紧紧地抓住你，随着他的怒而怒，随着他的喜而喜。

　　在李季的诗里，爱憎分明；在李季的诗里，没有那种吞吞吐吐、躲躲闪闪、晦涩阴暗的意境或诗句，总是象我们常见的北京九、十月的天气，万里晴空，明朗爽快。

　　当我们读到《难忘的春天》、《幸福的时刻》、《小米颂》、《羊

---

❶ 《毛泽东选集》第3卷，第862页。

羔回家》、《刘志丹》、《骨折肉烂心不碎》这些诗篇和章节的时候；简直无法抑止心头的激动。一九五八年春，在《难忘的春天》里，诗人浮想联翩，从毛主席住过的房子，用过的桌子，散步过的地方，夜晚的灯光，亲手栽下的一株杏树等等，作了一系列生动的描绘和感情充沛的抒情吟咏。

在这里，可以看到：毛主席的日常生活和整个国家命运，历史发展方向的内在联系：

> 轻轻地，不要撞着这张桌子，
> 不要看它模样笨拙又是柳木，
> 他就是在这张桌子上，
> 扭转了整整半个世纪的历史，
> 决定了六万万人的生活道路。
> ……
> 在那个黑云压顶的春天❶，
> 我们亲爱的领袖曾经昼夜坐在它的跟前。
> 它和领袖一起承受过压在人民身上的苦痛，
> 又一起把整个祖国命运的重担承担。

从这里，可以看到毛主席和劳动人民的亲密联系：

毛主席把春香、小桂花抱到自己的躺椅上；毛主席从出水病中救活了再娃年轻的生命；毛主席的青马给劳苦的兰兰家推过磨；毛主席和农民群众一同追悼过在前线牺牲的担架队员，毛主席指明了前途，坚定了大家的胜利信心；毛主席这三个字从来是、现在更加是：鼓励人们前进的一个巨大的力量。你听一听吧：人们对毛主席房子里的灯光，又怀着多么深厚的感情啊！

> 灯光照亮了夜路，

---

❶ 这是指一九四七年春天，当时国民党反动派彻底撕掉了和谈假面具，迫令中共代表团撤返延安，随即派军队向陕北及山东解放区发动"重点进攻"。

灯光照在我们心上。

半夜里，孩子被恶梦惊得大声哭叫，

妈妈拍着他说：不要怕，你看那盏灯还在亮。

不是神话，

不是传说，

拾粪老汉看见十年前那盏灯又在发光，

这是天大的喜事啊——

莫不是他又要来到我们村上？

从这里，也可以看到毛主席的艰苦朴素，平易近人。毛主席住的房子，毛主席用的东西，毛主席的穿戴衣着，没有一丝一毫特殊的地方，完全是个普通劳动者。

在《幸福的时刻》里，我们更可以看见：毛主席是伟大的，却又是平凡的；是严厉的，却又是慈祥的；毛主席的高大身影，毛主席的声容笑貌，毛主席抽烟时的火星闪动，都历历如在的目前；仿佛毛主席和杨高谈话的时候，你就是在场倾耳旁听的人。

当我们读到"羊羔"找到了红军，杨高回到县委会那些章节，不能不情不自禁地一下子把自己的心和党的心紧紧地贴在一起：

听他给说书的牵拐棍，

指导员一双手把他紧抱。

问他是不是陪过绑，

名字是不是叫个"羊羔"？

问清了来由拍手叫，

指导员对着战士们笑：

"四下寻来到处找，

这一回可把小'羊羔'找到了！

可怜的娃娃快站好，

从今天你算回到家了；
红军就是你的家，
你就是我们大家的小'羊羔'！

真是情景交融，语语传神，李季所以能够写得这样亲切动人，是和他个人的经历分不开的。当李季到八路军的时候刚刚是十七岁的少年，是党，是八路军的双手把他抚养成人，他个人的经历和他的阶级感情紧紧揉在一起，那感情是那么缠绵、那么浓郁。他把党当作自己的母亲，是真正地发自内心深处的。

在《小米颂》里，诗人写着：

今天会餐没有酒，
我提议把米汤倒在碗中。
小米汤就是葡萄酒，
咱们来划几拳庆贺国庆。

诗人对小米的感情，其实也是对革命生活的怀念，对生产小米的劳动人民的怀念，对三边、对延安、对解放区的怀念；对和自己一处吃小米饭的战友们的深情流露。

在一切高尚、真挚的感情中，最高尚、最真挚的感情，莫如对党的感情，对毛主席的感情，对革命生活的感情，对劳动人民的感情。诗人李季忠实地、生动地、深刻地传达了这种感情。这感情是我们战胜困难、展望明天的巨大力量的源泉！

二、革命诗歌的新页

具体体现毛主席文艺方向，在诗歌方面，李季的《王贵与李香香》揭开了新的一页。

一九四五年，日本帝国主义者无条件投降了。怯于对外、勇于对内的国民党反动派立即调转枪口，向共产党、向人民解放军、向解放区、向全国的劳动人民进攻。三边，地处国民党反动派进攻的最前线，李季，当时脑子里酝酿的本来是《杨高传》，为了动员边区人民保卫胜利果实，保卫边区，抗击敌人的进攻，暂时放弃了写《杨高传》的计划，写了《王贵与李香香》。这部诗作，是为当前的政治服务，是尖锐的阶级斗争中的直接产物。

就当时说，《王贵与李香香》的出现，不仅对陕甘宁边区，而且对所有的解放区、国民党统治区，都有极大的现实意义和教育作用：

"近百年来，中国人民虽然逐渐地在企图翻身，但是人民意识总没有象今天在解放区里面见到的那样彻底。'耕者有其田'的口号虽然空喊了几十年，而在今天的解放区的确是兑现了。""中国的目前是人民翻身的时候，同时也就是文艺翻身的时候。这儿的这首诗，便是响亮的信号。" ❶

"这是一个历史故事，但是，作品的主题是富有极现实的教育意义的，它反映和教育劳动人民对革命的热爱和信赖，……对翻身后正在进行自卫战争的冀东人民是适宜的。" ❷

以反帝反封建为主要内容的新民主主义革命纲领，集中体现了当时全国人民的意志和愿望，全国人民又在这个纲领之下积极地行动起来。

打开《王贵与李香香》一看：鲜明的阶级对立，尖锐的阶级斗争，广大农民从自发的反抗，走向在共产党领导下，展开轰轰烈烈，波澜壮阔的革命运动。

一方面是"一眼望不尽的老黄沙，哪块地不属财主家？"另一方面是"冬天里的草木不长芽，旧社会的庄户不如牛马！"

这岂仅是死羊湾，而是整个旧中国农村的一个缩影。

> 二十四马队前边走，
> 赤卫军、少先队紧跟上。
> 马蹄落地嚓嚓响，
> 长枪、短枪，红缨枪。

---

❶ 郭沫若：《关于王贵与李香香》。
❷ 《冀东日报》：《人民的诗歌》。

> 人有精神马有劲，
> 麻麻亮时开了枪。
>
> 白生生的蔓青一条根，
> 庄户人和游击队是一条心。

星星之火可以燎原，作家的时代感应神经是最敏锐的，从这段简洁生动的描写里，可以看到天地为之色变，山岳为之动摇的革命声势，革命风暴！

从崔二爷身上反映出整个封建阶级及其总代表国民党反动派的残忍、没落和腐朽，从王贵身上反映出中国广大农民所奋斗过来的道路。

王贵与李香香的个人的命运，他们在爱情上的离合悲欢同整个时代的命运，息息相关，脉脉相通。

> 革命遭难她也受苦，
> 革命发展她就幸福。

这是报信姑娘的生活历程，也是王贵与李香香的生活历程，也是全中国劳动人民共同的生活历程。

广大农民一经共产党的领导，结束了千百次轰轰烈烈的农民暴动、又千百次以悲剧为结局的历史命运。王麻子的惨死，那是旧中国、旧时代农民的共同遭遇，而王贵与李香香的觉醒、大团圆，象征着一个新的历史发展方向——广大农民在共产党领导下，推翻旧统治，建立新社会，以一个胜利又一个胜利，迎接着幸福的未来，美满的明天。

《王贵与李香香》，在相当宽度和深度上概括了当时的时代面貌：广大农民的觉醒过程，波澜壮阔的农村阶级斗争。

《王贵与李香香》的出现，在新诗歌向民歌学习上，在新诗歌与广大劳动人民相结合上，在树立为中国人民所喜闻乐见的民族风格上，在内容与形式的和谐合拍、浑然一体上，是一个新的跨步，是一次成功的尝试，是新诗歌发展过程中的一块丰碑！

三、高大的新英雄形象

> 说书人愿唱红旗歌，
> 谁要是红旗手我都作传。

的确的，在李季笔下塑造了不少红旗手，塑造了不少新英雄人物形象：王贵、李香香、杨高、端阳、桂叶、报信姑娘……这中间，我以为杨高的形象，是高大的，丰满的。他对革命事业是无限坚定的，他对明天是无限信赖的，他对迎接和克服困难是无限勇敢的，他对党、对劳动人民是无限忠诚和热爱的，他对爱情是无限坚贞的，他对敌人是恨之入骨的。……

树高千丈，叶落归根，这些优美的英雄品质，并非从天而降，而是在两个最最基本的条件下成长起来的：一个是他出身于并植根于劳动人民和革命集体之中，一个是他自觉地听党的话，服从党的领导，积极地、主动地去完成党所交给的任何最艰难的任务。

有了前一个条件，他才不会有种种个人主义的考虑，才不会感到孤单和脆弱，才能坚定和勇敢；有了后一个条件，他才不致在政治上迷失方向，才能用不断革命的思想来武装自己。作者差不多无时无刻不照顾到这两个条件对他诗作中主人翁所起的决定性影响；而这，又和作者对党、对毛主席、对劳动人民、对革命生活有着深厚的感情分不开的。

杨高这些优美的品质是性格化了的，并非某种或某几种道德观念的化身。

还是让我们来看一看杨高成长的过程和战斗的经历吧。

杨高的成长过程，大体可分三个时期：《五月端阳》中是他的少年时期，《当红军的哥哥回来了》中是他的青年时期，《玉门儿女出征记》中是他的成年时期。

在少年时期，在他还没有参加红军部队之前，这期间，他有着朴素的阶级感情，从小具有反抗精神，与反抗地主的同时，他追求着一个合理的人生。他和羊群的一段对话，写得极其生动；他形式上是对羊讲，其实是吐露出自己对生活的追求和愿望，仿佛是幼儿对玩具讲话，其实是吐露自己的心声一样。"乏了地上卧一卧，冷了时靠一起大家取暖。肚子饿了忍一忍，到天明再上那青草坡。……渴了也得忍一夜，太阳出来再下沟喝。……要是野狼半夜来，千万不敢乱跑乱嚷。"

这里所讲的乏了、冷了、饿了、野狼来了，也是他自己所常常遇到的。他无非是希望乏了能休息一下，冷了能有衣穿，饿了能吃饱。野狼是带有象征性质的，他希望免于受地主的压迫和伤害。……

他无意中遇到盲人红军宣传员。使他懂得了红军是同情穷人的，红军是不怕死的，红军是和他杨高站在一起的。他参加红军的目的，既朴素而又简单：参加红军为活命，参加红军能翻身。

他终于找到了红军，他从流浪儿变成为革命大家庭里的小通讯员，他的思想认识也跟着提高了：从单纯的为自己翻身，发展到为世上千万穷人翻身，而千万穷人翻身，一定要靠共产党的领导。

他的勇敢、机智的天性，从为个人翻身服务，发展到为革命事业服务：他躲在羊群里，躲在崔妈妈家里，逃避了敌人的追捕，完成了送信的任务。

他的思想认识的提高，是党、是指导员、连长、整个革命集体教育他的结果，他的勇敢、机智，一方面，表明了他的聪明，另一方面，这勇敢、机智，又不仅是属于他个人的，同时是劳动人民集体的勇敢、机智，阶级的勇敢、机智，很难设想：没有放羊老汉和崔妈妈的掩护，他能够顺利地逃出白军的虎口。

在整个少年时期：他曾两次遇红军、两次在青杨畔养伤、三次过沙窝，把这些作一个比较，是很有意思的：

第一次遇红军是偶然的——替盲人红军宣传员牵拐棍；在走路的时候，杨高替盲人牵拐棍，而在思想上却是盲人替杨高引路；因此，第二次遇红军并参加红军队伍是他主动去寻找的了。

第一次过沙窝，行动是个人性质的，目标为个人翻身，所遇到的敌人，是沙窝里的自然暴君。

第二次过沙窝，他是班长的助手，目标是送信——是个革命任务，但是，比较单纯的任务。

第三次过沙窝，只身深入白区——虎穴，侦察敌情。

第一次在青杨畔时，他虽然在危急中和端阳躺在一个被窝里，但他对端阳并没有留下什么深刻的印象："杨高心里忘不了，放羊老汉和端阳妈妈。"端阳本人在杨高心中并不占有显著的位置。

第二次在青杨畔，他对端阳已经开始有一种朦胧的感情：

"我和端阳还年轻，长大时我一定把她照看。"

在党的领导下，在革命的集体里，在劳动人民的怀抱中，杨高成长起来了，千万个杨高成长起来了。他们成长得如此快，如此之生命力旺盛：仿佛象秋天的夜晚躺在玉茭地里，可以听到它的拔节的声音。

开往敌后，转战太行，杨高进入了他的青年时期。他参加了响堂铺、关家垴、黄烟洞等三次战斗，又三次负伤。作为一个复员军人，他回到了三边："当红军的哥哥回来了。"

在《当红军的哥哥回来了》这本书里，关于杨高，虽然着墨不多，但是，他的思想面貌更加丰富、清楚，有所发展了。

首先，他和党的关系更加深厚，他对党的感情更加浓郁。《没家的人》、《骨折肉烂心不碎》这两节，写得何等动人。

> 服从组织离部队，
> 走一步一回头噙住泪花，
> 想不到回到边区来，
> 成了颗驴粪蛋来回踢踏。
>
> 我是个残废这不假，
> 为了党我留下遍身伤疤。
> 骨折肉烂心不碎，
> 我这颗鲜红的心还没挂花！
>
> 县委书记你说吧，
> 党叫做什么我就做啥。
> 只要我还有一口气，
> 活一天我就要听党的话。

这个孤儿出身的杨高，始终如一地把党当作比自己亲人还亲的再生父母，他受了没人了解他的委屈，一头栽在母亲的怀里，痛哭一场。我们遇到过多少这样的革命英雄，他们在残酷的战斗中，指挥若定，面不改色；而一回到党的怀抱里，扑簌簌地掉下眼泪。读了杨高落泪这一节，使我们联想起许许多多类似的情景。

也许有人说，这是不是杨高向党夸功自傲呢？不是的，是杨高坦率真诚地把自己的内心的活动，和盘托出，向党倾吐。他把自己的心和党的心连在一起，无所顾忌。

其次，共产主义的理想，开始在他胸中萌芽：

> 南南北北建工厂
> 拖拉机遍地跑把地耕种。
> 人人读书学文化，
> 不要它十来年把社会主义建设成功！
>
> 指望在打败蒋贼后，
> 进工厂当一名学徒小工。
> 论起来我最喜欢电灯匠，
> 手一按那机器天地通明。

这个理想，自然比较朦胧，也比较简单，然而，却是一个农民出身的共产党员所可能想到的，是合情合理的。就当时来说，已经比"参加党为了抗日"、"参加党为了分土地"的思想，远远胜过一筹，也比抽象地认识参加党为了共产主义，前进了一步。

第三，他受到了新的考验——敌人的监狱和刑场的考验。他虽然在幼年时期，在侦察敌情的时候被捕过一次，与盲人红军宣传员同绑法场陪过一次绑，但是，反动派监狱和刑场那种全套折磨人的方法，他并没有经受过。这一次他被马匪逮捕，那就大大不同了。敌人用高官厚爵、锦衣玉食引诱他，他没有低头；敌人用种种酷刑威胁他，他没有低头；敌人抬出了端阳、桂叶来劝降，他更没有低头。他体现了凛然可风的、高度的革命骨气！他丝毫没有丧气的表示，他信任着自己的力量，畅想着社会主义、共产主义的明天。

第四，他对端阳的爱情，从朦胧一下子明确了。他忠于自己的爱情，在《一尊石象》中，他对青杨畔的凝视，在《媒人》中，他口唱着"信天游"那种高兴、甜蜜的劲儿，可以看出：他对端阳的爱，是既强烈又专注的。

大规模的战争基本结束，建设时期开始了，杨高进入了他的成年时期。

他到了玉门石油矿区，他用在战争中的勇猛精神同样用到建设工作上来。当四号矿井发生井喷事故的时候，他毫无顾忌、毫无畏惧地跳进了油坑。

但是，建设工作毕竟有和战争不相同的地方：他要攻克科学文化的堡垒，其困难也许比攻破敌人的工事还要大。

他的耳边响起了毛主席的话，感到一身都是劲。他没有在文化科学堡垒的前面退缩，始终保持着持久的、饱满的热情。

他在政治上更加成熟了。他以"人民解放军"这个光荣的称号来策励大家的工作积极性。他以自己的热情之火来点燃大家的心灵，使成为社会主义建设的熊熊大火！在《思想问题》、《谈谈爱情》这两节里，生动地表现出：杨高已经找到了、掌握了打开这些心灵的钥匙。

他热情地支持群众的积极性、创造性，同时与迷信专家的保守观点展开斗争。他在政治上更加成熟了，同时，科学技术上也入了门了，他率领着玉门人在新的地区——柴达木盆地，展开了新的战斗，为祖国大规模地开采石油，快马加鞭。

在爱情上也有了一个美满的结果，端阳牺牲后，他最后和桂叶结了婚。

诗作通过重重困难、重重尖锐的矛盾斗争，完成了英雄人物形象的塑造。

革命英雄之所以成为革命英雄，革命英雄之所以有力量，"树有根，水有源"，根源在哪里？根源在党那里，在劳动人民那里。杨高，一个无依无靠的孤儿，由于他吸了党的、劳动人民的奶汁，生根、发芽、开花、结实，成为一株参天大树。杨高成长的道路，难道不正是千千万万个革命英雄成长的道路吗！？

有千千万万个杨高和群众生活、劳动、战斗在一起，我们所以有今天；有千千万万个杨高和群众生活、劳动、战斗在一起，我们也就更有信心地去展望和迎接明天！

毛主席说过："革命的文艺，应当根据实际生活创造出各种各样的人物来，帮助群众推动历史的前进。"❶

无疑地，杨高，这个革命英雄人物形象的创造，将会起着帮助群众推动历史前进的作用的。千万读者将会从杨高的形象中吸取滋养自己的精神力量的！

再来谈谈端阳。诗作者另一个特殊的才能，是善于刻画和剖解农民出身的新女性、革命女性的心理活动、精神世界。

端阳是那么赤胆忠诚；忠于革命事业，忠于爱情。

敌人逮捕端阳，本来是要她来对杨高劝降的。她不但没有劝降，反而更加坚定了杨高的斗志。

> 端阳抬头定睛看，
> 红志❷的眼睛里怒火冲天。
> 摆一摆头发对着强盗脸，
> 那声音象巨雷响彻沙滩：
>
> "三边的男子英雄汉，
> 三边的女儿铁一般！
> 哥哥你永远不低头，
> 让我们用鲜血迎接明天！"
>
> 红志高喊："妹妹你说得好，
> 让我们用鲜血迎接明天！
> 鲜血铺下胜利路，
> 狗强盗，看你能再活几天！"

---

❶ 《毛泽东选集》第 3 卷，第 863 页。
❷ 即杨高。

一个刘胡兰式的造型塑像，兀立在我们跟前，那么雄伟高大。从一个少女的柔情中，我们突然听到了虎啸狮吼！

当爱情的利益和革命的利益不能两全的时候，她毫不犹豫地把自己的鲜血献给了革命。正是在这里，表现了她对杨高爱得深沉：她希望自己的丈夫是一个顶天立地的英雄好汉，当奴才生，生而犹死；当主人死，死而万古长青！

端阳的想念杨高，同是一个想，但是，在不同的条件下，不同的想法，不同的思想活动方式。作者打开端阳恋情的窗户，差不多把每一角落都搜索到了。

端阳在青杨畔想杨高，是通过各种劳动活动，发出种种联想，例如通过开荒、纺线、绣荷包、做军鞋，在这些上面吐出条条无形的线，一头牵在端阳心上，一头牵在杨高心上，然后，在这些线上拨动，弹出美妙的声响。

想得这末细腻、周到，只有在青杨畔才有可能，才和周围的环境调和。那时，端阳和端阳妈妈，虽然过着清贫的生活，但是，家庭是愉快的、和睦的。两个人一心想着前方，因此有条件把感情的发辫，一条条理得很清楚。虽然是端阳在想，想的着眼点，是替杨高设身处地，希望他吃饭的时候，吃到端阳手种的小米，希望他穿鞋的时候，穿到端阳手做的军鞋。总之，希望在他的心灵上得到安慰。

端阳在宽井胡安家里想杨高，环境就改变了。她落在陷井里，失去了最亲近的妈妈，舅舅又随时都在威胁着她。桂叶虽然是同情她的，但，桂叶并不当权，对改变端阳当前的处境，不能有决定性的作用，端阳感到力量孤单，她希望杨高能赶快回来，帮助她跳出火坑：

> 哥哥你快回来吧，
> 我盼你数遍了满天星星。

> 十颗星星九颗明，
> 为了你我望穿一双眼睛。

象在青杨畔那样细腻的思想活动，这时就不可能有那种闲情逸致了。

《风雪夜端阳追杨高》几节里，端阳的相思集中在一个"追"字上面。她的心情是迫切的，希望很快能追上；是热烈的，作者用天寒雪夜来烘托、陪衬；是坚贞、深厚的，用大风黑夜、冰天雪地来考验她。

《玉门儿女出征记》里的桂叶，是端阳的再现和继续。

茫茫的戈壁滩上，一轮皓月当空，大家围着篝火，一位少女大方的、热情的唱着"信天游"，数说着自己的身世；从她唱的内容、从她唱的情调和意境中，你不能不想起端阳，仿佛端阳死了，又仿佛端阳还活着。是的，端阳的爱情，端阳的成长，都是由桂叶来完成的。端阳和桂叶是在一条长途的跑道上接力赛跑的两位女英雄、两位新女性。

提起杨高和端阳，就会很自然地谈到王贵与李香香。

我们并不要求作者把现代人所可能有的思想强加于历史人物身上。但是，作者力图随着时代前进的脚印去塑造与时代精神相合拍的英雄人物形象，乃是难能可贵的。

王贵，基本上还是革命民主主义的思想：推翻封建阶级的统治，分得土地和牛羊，婚姻自主，有个美满的妻子。

杨高已经不止于此。他的思想中有了社会主义、共产主义因素，而且一步步地发展起来，成为支配他的行动的力量。

王贵所经历的时代，究竟比较短——土地革命时期。杨高所经历的时代，差不多是一部现代革命运动发展史。

一个革命者所可能经受过的考验，几乎杨高都一个个经受过了。经受过战场的考验，敌人监狱、刑场的考验；不仅经受过文化科学的考验、爱情的考验，还有自然暴君——风暴雨雪的考验。而每一个严重的考验，又都揭开了杨高精神世界的一个侧面。从战争中体现了他的勇敢、机智；从敌人的监狱和刑场中体现了他对革命事业的赤胆忠诚，对敌人的刻骨的仇恨；在文化科学面前体现了他坚韧不拔的毅力；在爱情上体现了他对爱情的纯洁、坚贞。……

他的心灵世界的美是多方面的，同时又是统一的，这就是：他对革命事业的坚定，稳如磐石；在战斗中、工作中又充满着敢想敢说敢做的青春的活力！

这里，想附带地谈一谈，一九五〇年作者所写的《菊花石》。这部作品，作者又勇敢地作了一次新的尝试。作者企图表达另一个新的主题思想——歌颂热爱劳动、热爱生活。这就是说，作者企图通过这部作品来表达自己的美学观点。

在《徒训》一节里，作者写着：

> 朵朵菊花天生成，
> 枝枝叶叶胜人工，
> 工匠必看万朵菊，
> 枝长叶合记心中，
> 画竹要有竹在胸。

> 九月遍地菊花黄，
> 石菊要比真菊香；
> 石菊花样年年新，
> 真菊岁岁一样黄，
> 巧夺天工真工匠。

> 天生菊花虽然巧，
> 人刻石菊价更高。
> 工匠鲜血何处去，
> 滴滴流进石菊里，
> 石菊单凭鲜血浇！

意思是很清楚的：自然是美的，劳动中所创造的第二自然更美！

作者的意图是大体实现了的：老石匠、聂虎来、荷花的热爱劳动，热爱劳动果实，在劳动中的呕心沥血，读者还是可感可触的。

缺点在于：聂虎来和荷花的爱情，刻盆菊的劳动，这个故事时代背景——大革命失败前后，这三条线没有能够拧在一起，彼此之间缺乏内在的，必然的联系。

这部作品，在形式上是《王贵与李香香》到《杨高传》之间的一个中点站。不管在探索的过程中存在着多少缺点，方向是正确的，作者企图从民歌中、从古典诗词中吸取养料，从而开辟一条道路，而且作了具体的实践，时间远在一九五〇年，这是可贵的，十分可贵的！

四、娓娓动听的叙事才能

作者善于说故事。作者抒情、写景、状物，在很大程度上是通过叙事来完成的。

让我们先来谈一谈作者说故事的本领从何而来？还在童年的时候，作者就喜欢到曲子、梆子、坠子、鼓词的演唱场上找寻心灵的安慰。他的糖果钱也都买了七字断之类的小唱本。可以说，从小爱听古人节义事，装了一肚子的故事。

一九三八年到陕北，接着在部队里当指挥员，由于工作的需要，他经常编一些革命故事，作为政治教材。

一九四三年到陕北三边，最初当小学教员，一下子又跌在革命故事的大海里。关于这，作者有一段自述：

在课余时间和假日里，我对两件事情最感兴趣。第一是和学生们一起，在城墙上下里外乱跑。我的这些学生们，年龄大些的，不少都是当时在衣服上缝着红布条的少先队员。就是那些年纪较小的，也从他们父兄那里，听说过许多革命战争故事。他们引我到半山上的城墙高处，对我指点着红军最先从哪里爬上城墙，白军在哪个炮楼里死守。他们讲得生动而又逼真。

使我喜欢的第二件事情：每天晚饭后，或者在晚上下了自习以后，和一群群的学生们一起，听他们唱土地革命时代的民歌，讲土地革命时代的革命历史故事。讲故事时，常常一个人刚刚讲完，接着就会有好几个人起来补充、纠正。一个故事往往有好几个结尾，这个说是他亲眼看见的，那个又会说，他哥哥亲口对他说的。他们常常争得脸红脖子粗的，相持不下。❶

---

❶ 引自《戈壁旅伴》。

作者单独的抒情诗很少，他的抒情往往是在故事中间，随着故事人物思想感情的变化，来那么几句，或者一段，很能起着画龙点睛之效。

小杨高找到了红军了，诗人写着：

> 谁见过蓝蓝的天空上，
> 鸟儿头一回展开翅膀；
> 参加了红军的小杨高，
> 就象这只鸟一个样样。
> 谁见过青青的草原上，
> 马儿头一回奔向牧场；
> 参加了红军的小杨高，
> 就象这匹马一个样样。

几笔一点，小杨高活蹦乱跳、心境畅快的形象的浓度，就大大加强了。

杨高找到了端阳，唱了一段"信天游"：

> 蓝格英英的天上遮乌云，
> 哥有心看妹听说妹妹嫁了人。
>
> 一壶清水当成酒，
> 谎言谎语把我害个够。
>
> 满天星星半个月亮，
> 迟来一步你不要记心上。
>
> 太阳月亮轮着转，
> 到头来咱俩又团圆。……

你不仅听到杨高的声音，还仿佛看到杨高甜丝丝的样子，不仅看到杨高高兴的样子，还可以摸到他的跳荡着的一颗温暖的心。

诗作者在说故事的过程中，展开一幅绚丽多采的风俗画、风景画。关于这，可以说在他的诗里，俯拾皆是，你可以看见蓝蓝的天，白色的羊群，辽阔的沙原，一排排的窑洞，人们盘膝坐在炕头上谈心。

> 平展展的黄沙似海浪，
> 绿油油的草滩雪白的羊。
> 蓝蓝的天上飘白云，
> 大路上谁在把小曲儿唱。
>
> 下了沙梁进草滩，
> 一片绿海望不到边。
> 草滩滩骆驼成对对，
> 对对儿骆驼对对儿船。

随着当红军的哥哥回来了，黄沙、草滩、蓝天、青草、羊群、骆驼，一切欣欣向荣，生意盎然。使你置身于物华天宝、人杰地灵的境界里。

写刘志丹的那一段，不仅写出刘志丹和群众的亲密关系，而且窑洞、土炕、茶壶、羊腿巴烟袋……随着满窑的人一起亲亲热热、和和乐乐、高高兴兴，使我们想起身在陕北那些年月里，和陕北人民一起生活的许多欢乐场面。陕北独特的乡土人情，活灵活现。

作者所构思的故事，情节紧张，曲折多变，起伏穿插，环环相扣，充分吸取了章回小说中的许多手法，同时又舍弃了其中不合生活真实、生活逻辑，故意卖弄关口的糟粕。

作者又常常在故事中套故事（例如地主和毛驴的故事，傻大姐看戏的故事），借以烘托某些场景和气氛。

在故事中，作者常常以说书人的身分站出来说话。某些评论文章说，故事的本身已经说明了问题，不必多此一举。就诗论诗，这种意见，当然也是无可厚非的。但是，似乎他们还没有完全了解李季，李季写诗，他总是千方百计地，力求劳动人民，特别是农民群众能够听懂，因此，在某些段落里，作者站出来点题；我们设想，如果我们不是一个知识分子的读者，而是不识字的农民、或识字不多的农民在用耳朵听，那么，用说书人的身分站出来讲话，不仅不是多余的，而且是必要的了。

五、朴素生动的民歌风味

大家知道，李季的诗有相当大部分是民歌体，他是学习民歌最有成效的一个诗人。那么，他又是学什么？和怎样学的呢？

他首先从学习民歌中，便于使自己的思想感情和劳动人民的思想感情取得一致，从民歌中吸取那些健康的因素，去掉由于受剥削阶级思想影响而产生的那些糟粕。

如果说，那些消极厌世的思想感情常常和旧文人作品联在一起，那么，积极的、乐观主义的精神常常和民歌联在一起的。

高尔基说过：

355

> 民谣与悲观主义完全绝缘的，虽然民谣的作者们生活得很艰苦，他们的苦痛的奴隶劳动曾经被剥削者夺去了意义，以及他们个人的生活是无权利和无保障的。但是不管这一切，这个集体可以说是特别意识到自己的不朽并且深信他们能战胜一切和他们敌对的力量的。❶

从李季学习民歌的经验中，正是证明了高尔基的意见的正确性。

李季曾经收集到了这样一首"信天游"：

> 一杆红旗半空中飘，
> 领兵的元帅是朱、毛。

> 一人一马一杆枪，
> 咱们的红军势力壮。

---

❶ 《苏联的文学》。

革命的势力大无边，
红旗一展天下都红遍！

李季说，这些气吞山河的诗句，给予他极大的感染。

从这儿，很容易使我们想起李季描写革命战争那些激动人心的诗句：

马蹄落地嚓嚓响，
长枪、短枪、红樱枪。

红樱枪擦得耀眼亮，
鬼头刀带红布银光闪闪。
风卷红旗旗不倒，
你这杆大红旗我们扛起。

李季的诗中，充满了革命乐观主义的精神，我想，也是和他注意在思想感情上向民歌学习有关的。李季说，当他读到"大路上扬尘马嘶叫，咱们的队伍回来了。"那种欢乐兴奋的情景、气氛，"长久长久的回旋在脑子里，不会散去。"

其次，学习民歌丰富的表现生活的能力，朴素生动的语言，流畅自然的音节。

山丹丹开花红姣姣，
香香人材长的好。

一个算盘九十一颗珠，
崔二爷牛羊没有数数。

太阳偏西还有一口气，
月亮上来照死尸。

> 草滩上骆驼成对对，
>
> 对对儿骆驼对对儿船。

用红姣姣来衬托香香的美，用算盘来衬托地主的富有和贪涎，用太阳偏西，月亮上来衬托凄惨的气氛，用骆驼比做船，衬托草滩的辽阔浩瀚……这些形象鲜明，语言优美，节奏有致的诗句，正是在民歌的基础上加以选择、提炼和发展的结果。特别值得提起的是，作者充分运用了民歌中比兴的手法。

李季学习民歌，他不满足于现成的书面材料，总是喜欢亲自听亲自记，又不是普通的听、普通的记，而是首先使自己沉醉在那诗的意境、气氛和感情里。

> 假若歌唱者丝毫没有觉察到你在跟前，他（或她）放开喉咙，一任其感情信天飘游时，这对你来说，简直是一种幸福的享受。我将永远不会忘记，当我背着背包，悄然的跟在骑驴赶骡的脚户们的队列之后，傍着一眼望不到头的长城，行走在黄沙连天的运盐道上，拉开尖细拖长的声调，他们时高时低的唱着"信天游"，那轻快明朗的调子，真会使你忘记了你是在走路，有时，它竟会使你觉得自己简直变成了一只飞鸟。……另外，在那些晴朗的日子里，你隐身在一丛深绿的沙柳背后，听着那些一边掏着野菜，一边唱着的农村妇女们的纵情唱歌，或者，你悄悄的站在农家小屋的窗口外边，听着那些盘坐在炕上，手中做着针线的妇女们的独唱或对唱……只有在这时候，你才会知道，记载成文字的"信天游"，它是已经失去了多少倍的光彩了。❶

李季是最熟悉"信天游"这一民歌形式的。他在"信天游"上很下了一番苦工夫。但是，他并不以"信天游"为满足。他总是在诗歌形式上不断地进行探索：有一个时候，他曾经用四行体的自由诗来写作；有一个时候，他又企图把民歌和古典诗词揉合在一起。最近，他

---

❶ 《文艺报》一卷六期：《我是怎样学习民歌的》。

又在民歌与鼓词结合的基础上写了《杨高传》，他总是企图用嫁接或杂交的办法，培殖出一种根深、茎粗、叶肥、花茂、实累的新的品种来。

应该说，诗人的每一次探索都是有所收获的。举例来说，象篇幅浩瀚、情节复杂、内容丰富的《杨高传》，如果仍用两行一组的"信天游"来写，无论如何是承受不了的。用目前"三四、三三四、三四、三三四"的形式来写，究竟比"信天游"前进了一步，究竟比较能够表达复杂的生活内容。前进中还存在着缺点，那是自然的，丝毫不足为怪。

有一篇评论文章说，李季虽然在自己的创作道路上进行了多年的探索，但是，"他还没有比较稳定比较鲜明地形成独特的艺术风格。"

我以为这个意见未必是正确的。这个意见把诗歌形式和作者的艺术风格混为一谈了。

比如说，郭沫若同志写旧体诗，也写新体诗。写旧体诗有四言，有五言，也有七言，写新体诗，有自由诗，也有民歌体，然而，郭沫若的艺术风格仍然是一致的。就是他的诗，和他的小说，剧本等等，艺术风格也是一致的。

李季用各种形式来写诗，又从何证明他的风格就不稳定呢？就没有自己独特的风格呢？

李季的诗是有着比较稳定的艺术风格的，是有区别于别人的独特的个性的，即使不注上李季的名字，读者凭自己的经验，也可以辨别那是李季写的。比如说，李季在自己的诗中所体现出来的对革命事业的朴质、淳厚、深沉的感情，浓郁的民歌味道等等，就都是李季的独特艺术风格的重要组成部分。

连到自己独特的艺术风格都还没有，那么，李季的诗，究竟有无价值，有多大价值，也就很可以怀疑的了。这个意见，是符合于李季诗的实际情况的吗？看来，未必如此吧？

六、深入生活、深入实际

一九四三年初，李季到陕北三边，一直做地方政府工作、党的工作，历任小学教员、三边专署教育科干事、三边报社社长等职，一直继续到一九四七年。

全国解放以后，他又在玉门石油矿区生活了两年，任矿区党委会宣传部长。

他紧紧地掌握了两条：一是先是群众的学生，然后是群众的先生；一是先是群众中的一员，然后是作家。

他在群众中、实际工作中，一不满足于参观访问（虽然也是必要的），二不满足于体验生活。在群众中生活就在群众中生活，在做实际工作就是做实际工作，在生活和现实的土壤里生根，完全抛弃自己作为一个作家的身分。

> 很早的时候，好象听人说过这样的话：你要描写什么人，你就必须变成这种人。这当然是一种不可全信的、近乎绝对化的说法。但从我自己和三边、玉门的关系中，却使我懂得了，从心里爱着一个地方，把你自己变成一个不折不扣的当地人，这一点，对于一个象我这样的作家，是多么重要。在三边工作的那些年，我还不是一个文艺工作者，在旁人眼里，在自己心里都只是一个普通的农村工作干部。到玉门去的时候，情况有些不同，因为在这之前，我已经是一个专业的文艺工作者了。总结了三边的生活经验，我尽力地忘掉自己的作家身分，从一切方面（从工作、生活到思想感情）把自己变成一个和当地所有人一样的玉门人。这当然是困难的，但却不是不可能的，经过几个月的努力，连最熟悉我的同志，也不得不好心地告诉我说：你简直一点儿也不象作家，可不要忘了你的本行哪！❶

一点也不错，要准确地反映劳动人民的思想感情，首先必须自己取得劳动人民的思想感情。这，不能单凭作家自己主观的愿望，重要的在于作家自己的实践。

李季的诗中，对党、对毛主席、对革命生活、对劳动人民怀有那

❶ 《文艺报》一九五九年十八期：《我和三边玉门》。

么深厚的感情，难道是偶然的吗？不，是作者把自己的心和群众的心贴在一起，因此，才有共同的语言，才有互相交心的可能和条件，作家向群众打开了自己的心灵的窗户，群众也就自然而然地向作家打开自己的心灵的窗户了。把两条思想感情之河，完全疏通，那么，也就流到一起去了！党和毛主席是劳动人民的意志、愿望最完美的集中的体现者，条条江河通大海，作者的深厚感情也必然地通到党和毛主席那里去了！

学习民歌民谣的人，何止千万，然而，李季的胃口特别好，特别能把民歌中的精髓溶解消化，这又是为了什么？难道是偶然的吗？不，是作者以劳动人民的思想感情去体会、研究民歌中的意境、情节、言语，因此，一触即通，他们彼此之间本来就是相通的呵！

在李季的诗中，有着绚丽多采的风景画、风俗画，那高山流水，戈壁沙丘，羊群骆驼，井台钻塔，绿草红花，窑洞房屋，一切生意盎然，难道那是偶然的吗？不，因为劳动人民在那些土地上，在那些环境里休养生息、劳动斗争，祖祖辈辈，多少年代灌注了自己的心血。劳动人民和自己的生活环境，和自己亲手所创造出来的劳动果实不能不有着深厚的感情，李季正是以这种感情去描绘、去反映他所曾经生活过的地方的事事物物的。

李季比较长期地在三边和玉门，这不能说李季就满足于这两个据点了。

全国解放以后，李季曾经考虑继续回到三边去，但是，大规模的建设时期开始了，反映工业题材的作品，特别是诗歌却又是那么少，显然，这是难以满足全国读者在这方面的要求的。李季以一个革命作家应有的责任感，去熟悉他所完全不熟悉的生活，因此到了玉门。同时，一个作家老耽在一两个固定的据点，毕竟会限止眼界的开拓。李季又在开始考虑到另一个新的据点扎根去了。

事实上，这几年来，他是到过不少地方的。他到过荆江分洪工程工地，到过引洮工程工地，以及其他一些地区。

党、劳动人民，永远是哺育作家的母亲。

七、短　诗

　　李季的短诗，其中主要的都已收集在《难忘的春天》这本书里了。在李季的短诗里，有新英雄人物形象，有在社会主义建设中的沸腾着的生活画展，有歌颂中苏友谊等等的政治时事诗。

　　《三边人》中的担架队员，《只因为我是一个青年团员》中的石虎子，《报信姑娘》中的拐腿女娃，《厂长》中的厂长，都有一个共同的特点：坚定、勇敢、机智、豪迈、乐观。

　　即使在短诗里，作者也是通过叙事、说故事来完成英雄人物形象的塑造的。举例来说，青年团员石虎子，参军后被编在通讯班。他是爽朗乐观，爱唱爱笑的人。我们有一队地方干部被敌人包围了，团部决定派石虎子插进敌人的包围圈，把被包围的人带出来。在通过敌人封锁线的时候，石虎子被捕了，他在敌人兽性的酷刑之下，若无其事，终于逃脱了敌人的魔掌，完成了艰巨的任务。

361

　　　　　火炉里抽出了烧红的枪探条，
　　　　　大腿上对穿了一道指头粗的眼。
　　　　　咱们的石虎子真是一块石头，
　　　　　你看他紧咬着嘴唇怒瞪着眼。

　　　　　受伤的老虎总要吼叫，
　　　　　青年到底还是青年。
　　　　　听呵，他竟忍疼唱起歌来：
　　　　　"一枝枪，三颗手榴弹" ❶……

石虎子坚强乐观的英雄形象，显得多么高大！

　　我们再来看看李季诗中沸腾着的生活画展：

---

　　❶　这句话是一首军歌中的第一句。

阳关大道，
又平又宽。
车马拧成一条绳，
走路的人儿不断。

阳关内外，
黄沙满眼。
处处逢人皆亲人，
大店小店歌声满。

"西出阳关无故人"，阳关之外，在旧文人的笔下向来是满目凄凉的。拿现在比过去，那么，热热闹闹和冷冷清清，心胸舒畅和愁眉锁眼，适成一个鲜明的对照。

一队勘探队要到昆仑山去找铁矿，诗人写道：

九月秋风沙原黄，
路过草滩见篷帐。
白布帐篷插红旗，
骆驼牧放草原上。
停车问路借水喝，
一群青年围车旁。
热情好似一盆火，
又推又拉进篷帐。

正在谈话队长来，
一声令下收篷帐。
疾风掠过沙滩草，
翻沙越岭进山岗。

不见驼队见队旗，
红旗飞舞昆仑上。

就凭这些猛虎将，
何愁没有万吨钢！

昆仑山高，人们的精神境界、劳动热情更高，社会主义的激情，饱满充沛，闪闪发光。

在歌颂中苏两国人民友谊的一组政治时事诗中，我以为《彩虹颂》写得最好。把苏联十月革命的道路比为通往人间天堂的七彩长虹，比喻确切生动，构思精巧。

李季的短诗，又常常是他写长诗的一种准备：

从石虎子我们会想到杨高，从厂长我们会想到黄局长，从红头巾我们会想到桂叶，从《我问昆仑山》《登昆仑》《千军万马闹昆仑》我们会想起《昆仑山狂想曲》。

八、在探索中前进

李季是这样的一个诗人，不断地向自己提出新的奋斗目标，然后又向着这个目标探索、前进。

但是，李季在思想上的探索和追求，看来没有象他在诗歌形式上的探索和追求那么强烈。作者在《难忘的春天》这本书的后记里，谈到他的创作历程，主要是谈诗歌形式问题，思想问题几乎没有谈到。李季对共产主义的理解，并表现在他的作品中的（例如《昆仑山狂想曲》），没有能够超出当代其他许多作家的水平。在李季的笔下，将来的共产主义社会，是社会生产力的高度发展，是社会财富的无限丰富，是文化水平的普遍提高，这当然是不错的。但是，那时人们的精神世界究竟如何？诗人就几乎没有或很少接触到。作为一个作家——灵魂的工程师是应该接触到的。这不能不是一个缺陷。就是在杨高这个英雄人物的塑造上，也有若干败笔。第三部中，杨高的英雄形象就不是那么丰满。杨高到柴达木去的一段，和前面缺乏有机的衔接。到这里，杨高的形象也没有明显的发展。

诗人在诗歌形式上的每一次探索，都是或大或小有所收获的。但是，如何做到形式和内容，完全合拍和谐，天衣无缝，还有待进一步的努力。一般地说来，诗人的不少诗句，还缺乏磨炼，有着冗长拖沓的毛病。

作者通过嫁接或杂交所培植出来的新品种，都是刚刚出土，值得高兴的，它们终于出土了。但是，究竟幼小，缺点是难以避免的。还需要培土施肥、修枝剪叶，加强田间护理工作。

诗人严守在点的基础上照顾面的生活方式，诗人也勇于去熟悉他所不熟悉的生活。这些都是可贵的。但是，如何进一步以马克思列宁主义、毛泽东思想的高度思想水平，去高度地、形象地概括时代的面貌，应该提到议事日程。

诗人的全部作品中，也还有些缺点较大的作品，例如《生活之歌》。知识分子出身的赵明，如何变成一个有忘我劳动精神的先进分子，缺乏充分的根据，他的自我思想斗争及其解决，过分轻易和简单，仿佛知识分子的思想改造不是那么困难的。因此，主人翁没有能够站起来。当然，这部作品歌颂了创造性的劳动，也不乏好的片断和章节。

诗人作品中的若干缺点，和他的全部作品比较起来，那是白璧之瑕，无损于他整个作品的光辉成就。

1960年1月23日

（选自1962年上海文艺出版社版《不登堂集》）

沿着和劳动人民结合的道路探索前进

—— 略谈李季的诗歌创作

安 旗

在当代优秀诗人中，李季的创作历史不算很长，创作的数量也不算最多，似乎也不以才华见称。但是在我们的文学事业中，在实践毛主席文艺方针的道路上，李季的创作对于我们却是富有启示性的。

《王贵与李香香》是李季的第一个优秀的作品。这部长诗从一九四六年九月在延安《解放日报》副刊发表以来，已经十四年了。这十多年来，我们的文学艺术有了很大的发展，出现了很多优秀作品，但是《王贵与李香香》一直闪耀着不可磨灭的光辉。每一次重读它，总是使人感到那么新鲜，那么激动人心。

这个作品何以具有如此充实的生命力呢？它的根本意义何在呢？

记得《王贵与李香香》刚发表后，当时中共中央宣传部部长陆定一同志就在《解放日报》上写了一篇短文，对这个作品表示了热烈的欢迎。陆定一同志在这篇短文中，不仅指出这个作品"是用丰富的民间语汇做诗，内容形式都好"，而且对这个作品的出现从新文艺发展史上给以这样的评价：

> 我们看到，文艺运动突破重重关，猛晋不已，出现了新的一套，出来一批新的人物。
>
> 谢谢毛主席，他给我们指出了道路，……谢谢新文艺的开路先锋的各位同志，他们在文艺战线上披荆斩棘，开出了道路。

这里所说的"新的一套"和"开路先锋"应该怎样来理解呢？我们知道，"五四"以来的新诗有很大的成绩，它打破了旧诗格律的镣铐，实现了诗体大解放，从而反映了勇猛的反帝反封建的时代精神，教育了广大的青年知识分子。这自然是指进步的革命的新诗。但就是进步的革命的新诗也有着根本性的缺点，这就是，没有和劳动人民很好地结合，诗人和劳动人民在生活上和思想感情上都有很大距离。新诗基本上是以革命的知识分子的思想情感和语言来反映现实的。诗中虽然也或多或少反映出劳动人民的身影，但基本上是从人道主义和空想社会主义的观点出发来表现劳动人民的贫困生活和悲惨命运，只有少数诗人除外。因此，"五四"以来的革命的新诗基本上只是"表同情于无产阶级的……文学"❶。

毛主席的《在延安文艺座谈会上的讲话》使新文艺运动进入了一个新的历史时期，给新诗指出了一条彻底和劳动人民结合的道路。这是"五四"以来的先驱者们所企图解决而没有能够真正解决的大问题。

延安文艺座谈会以后，戏剧首先做出成绩，以《白毛女》等作品为代表；其次跟着来的是木刻，逐渐有了中国气派，以古元等人的作品为代表；小说方面，赵树理的《李有才板话》等也做出了榜样；最后在诗歌方面出现了《王贵与李香香》。

《王贵与李香香》通过一对劳动青年男女的悲欢离合，不仅真实地反映了劳动人民被压迫被剥削的生活情况，而且反映了劳动人民起来参加革命斗争的壮烈事迹，这一切又是体现在劳动人民喜闻乐见的艺术形式之中。这样一来，这部长诗就突破了"五四"以来新诗基本上是以革命知识分子的思想感情和语言来反映现实的那种状态，而是用劳动人民自己的思想感情和语言来表现劳动人民；并且不再是从人道主义和空想社会主义的观点出发描写人民受苦受难，而是站在无产阶级立场表现劳动人民自己起来解放自己，表现劳动人民将要左右历史的巨大力量。劳动人民在这里不再是抽象的、模糊的，不再是消极

---

❶ 一九二六年郭沫若发表了《革命与文学》一文，主张"文学应当是表同情于无产阶级的社会主义的写实主义的文学"。

的、被动的，不再只是被侮辱被损害的，而是历史的主人。劳动人民作为历史主人的形象，在诗歌中表现得这样真实，这样鲜明，这样动人，在新诗发展史上不能不首推《王贵与李香香》。

这就是为什么陆定一同志称《王贵与李香香》以及当时其他一些作品为"新的一套"。这"新"，不仅是对封建的买办的文艺而言，对于"五四"以来的新诗，《王贵与李香香》从内容到形式也是新的一套，所以陆定一同志把它列为"开路先锋"。在为工农兵服务的道路上，《王贵与李香香》不仅起着先锋作用，而且由于它的无产阶级的革命内容和优美和谐的艺术形式的结合，还有着示范作用。

这就是《王贵与李香香》的生命力所在，这就是《王贵与李香香》的根本价值所在。

这个作品的成就是怎样得来的呢？我们知道，《王贵与李香香》的作者李季同志在当时只不过是一个普通的区乡工作干部，一个爱好文艺的青年。因此，曾经有人说，《王贵与李香香》的成功是李季拾了"信天游"的便宜。这种说法显然是不对的。试问：普天之下哪里没有丰富优美的民歌？就说"信天游"吧，它在陕北遍地都是，为什么偏偏只李季拾到这个便宜呢？显然，民歌虽然是没主的东西，却不是任何人都可以拾这个便宜的。这里有着一个思想改造的过程。

李季开始也和一般的知识分子一样，原来也是看不起民歌的，认为民歌"只不过就是那么回事"。李季注意民歌是延安文艺座谈会以后的事。毛主席的讲话给他很大的启示，从这个讲话，他开始认识了马克思主义的历史唯物主义的真理。后来在实际工作中间更多地接触到劳动人民和他们自己的创作以后，他才逐步改变了原有的知识分子的自大心理，对人民、对人民的创作发生了感情。他生活在劳动人民中间，工作在劳动人民中间，他随时随地辑录着民歌，愈搜集得多，愈使他入迷，愈使他信服劳动人民的创造力量。这样，李季才对民间流传的这个革命故事发生了兴趣，并且决心用民歌"信天游"的形式把它表现出来。显然在《王贵与李香香》的创作中，作者在思想感情上的变化是有着决定作用的。假若没有这个变化，即使碰到《王贵与李香香》这样的题材，即使遍地都是"信天游"，"也不过就是那么回事"，那就没有这个作品的产生。因此，《王贵与李香香》的产生，

367

是作者在思想上发生了从一个阶级到另一个阶级的变化的结果，是作者和劳动人民通了心的结果，是作者实践毛主席文艺方针的结果。

从延安文艺座谈会以来，我们的诗歌已经出现了更多的为人民喜闻乐见的作品，但是和劳动人民结合的问题仍没有得到普遍的彻底的解决，和劳动人民结合的经验还没有得到很好的继承和发扬，因此，《王贵与李香香》这个作品，不仅在新诗发展上有着重大的历史意义，而且在我们目前的诗歌创作中，仍有着重要的现实意义。

《王贵与李香香》获得成功以后，李季仍然作为一个普通的工作干部继续生活在群众中，一直到全国解放。在这里，他打下了坚实的生活基础，建立了他的生活根据地，李季后来创作上获得的成就，都是和他这一段踏实的生活分不开的。

解放后，李季到了南方工作。湖南民间的"盘歌"和当地的革命传说又深深地激动了他，于是在这个基础上产生了又一首叙事长诗《菊花石》。

这部长诗写的是一个刻菊花石的老工匠立志要用他的毕生心血完成一件杰作（刻一个完整的盆菊）的故事。

作者曾经在一九五三年给邵荃麟同志的一封信里谈到他创作这首长诗的意图：

> 从内容上说，我是想在这首长诗里，塑造一个忠实于艺术，为艺术创造献身，处在黑暗的旧社会的淫威下坚贞不屈的无名的民间艺术家的形象。……
>
> 在语言、形式方面……我是有意识在作一种新的探索。

这种新的探索的具体内容是什么呢？我们从诗人的十年选集《难忘的春天》后记中知道，这种新的探索就是："以民歌为基础广泛采用传统诗词和新诗的表现手法来写作长诗"。

应该肯定诗人这种意图是好的，而且在这个长诗中，这种意图大体上也是实现了的。

长诗的主人公老工匠虽然在封建剥削之下，"苦熬一年连嘴也顾不住"，但他仍不放弃自己心爱的手艺。他不愿把自己的心血供地主去玩弄，宁肯以很贱的价钱卖给劳动人民。他也不满足于糊口度日，而想使自己的创造性的劳动永远留在世界上。为了刻出一个完整的盆菊，他茹苦含辛地熬过了许多年月，他付出了巨大的劳动。在这些地方，诗人李季写下了许多这样动人的诗句，例如：

> 石匠下水凿石头，
> 工匠刻石思虑稠，
> 几多清晨到黄昏，
> 几多灯盏添新油，
> 几多青年变老头。

> 朵朵菊花白如雪，
> 花嵌石中硬似铁。
> 刻石人要有钢铁志，
> 一生一世不停歇，
> 老子死了儿孙接。

又如：

> 性情高傲手艺巧，
> 缺衣无食难温饱，
> 钢钻似筷花是饭，
> 端碗清水对着石菊笑。

特别是在"训徒"一章中，老工匠对他心爱的徒弟虎来所说的那些金石之言，包含着多少劳动人民的心血和智慧啊！

> 学刻石菊无捷径，
> 手执钢錾刻一生；
> 为它生来为它死，
> 为它受罪为它穷，
> 心血熬尽才成功。

学刻石菊心要专，
夏不知热冬忘寒。
刻菊就是刻自己，
工匠身影花上现，
人老花儿永鲜艳。

在这样一些地方，诗人出色地表现了老工匠对于艺术的忠诚，对于劳动和创造的热爱。在这些地方，诗人也是在写自己，写自己对于艺术的创造的甘苦的体会。这些诗句写得如此深刻动人，正由于诗人倾注了自己的心血和亲身的体验。

诗中写众乡邻热爱盆菊、关心老工匠，帮助他油盐柴米，给他凑钱医病，希望他早日完成刻盆菊的工作。这些地方都表现了劳动人民对于艺术的热爱，表现了老工匠所献身的艺术是属于劳动人民的。后来，闹起了革命，老工匠做了工会主席，接着豪绅地主领着反动武装回到农村，对革命群众进行大屠杀，烧了工会烧农会，逼着老工匠要"盆菊"。老工匠不愿让自己的劳动创造的艺术落入敌人之手，在敌人的淫威之下表现了宁死不屈的精神：

烧柴单烧竹子柴，
砍了竹子笋又来；
穷人翻身不怕死，
一人死了万人来，
杀了前代有后代！

最后，为了忠于艺术，为了忠于革命，老工匠终于英勇地献出了自己的生命。

长诗《菊花石》的确塑造了一个刚强的民间艺人的形象，这个形象是富有典型意义的，他体现了劳动人民高贵的性格，尤其是对于劳动的诗意的表现，把劳动写得如此诗意葱茏，更是"五四"以来的新诗中罕有的。这是长诗的成就，也是长诗的基本的东西。

这种内容上的成就是和它的形式分不开的。长诗富于民族民间特色的形式把上述内容表现得相当优美和谐，相当主动感人。因此可以说诗人在湖南盘歌基础上吸收传统诗词和新诗来写长诗的新的探索也应该得到肯定。

《菊花石》这首长诗中强烈感人的东西，和《王贵与李香香》一样，不是别的，就是劳动人民的思想感情和语言，评价《菊花石》也必须从和劳动人民结合这一根本问题上来着眼。

自然，《菊花石》也还存在着缺陷，这就是在长诗中诗人多次赞叹的盆菊和革命之间缺乏有机联系。这一艺术构思上的缺陷，使得这首长诗虽然经作者多次修改仍不能达到浑然完美的境界。在人物性格上，严格要求起来，老工匠的形象也还不够十分丰满，两个次要人物荷花和虎来更不能使人满意。这是和上述缺陷有关的。作者把人物局限在刻盆菊这一事上，而盆菊又和革命缺乏有机联系，因而人物未能在阶级斗争中充分表现他们的性格。长诗的前半部仅仅简略地提到杨团总霸占产菊花石的芙蓉河，剥削靠菊花石为生的工匠们，但老工匠一家和杨团总之间的阶级矛盾却并未通过特定的情节表现出来；长诗的后半部虽然展开了对残酷的阶级斗争的描写，这种描写也真实动人，却只是作为背景来处理，因此人物也未在斗争中得到充分的刻画。这些都是《菊花石》的缺陷和不足的地方。但即使如此，也并不能改变这首长诗的基本情况，《菊花石》仍不失为一部较好的诗篇。

但是某些人对《菊花石》的评价却很不公正，例如卓如的《试谈李季的诗歌创作》一文 ❶就是这样。卓如的文章仅仅抓住盆菊和革命的联系的问题，就认为"这个作品没有获得成功"，认为"人物的形象只有一个空架子，人物性格令人感到有些不可理解"，甚至对老工匠提出这样莫名其妙的责难："作者着重刻画的老工匠，他为什么在革命前就有那样高傲的性格？"卓如的文章除了只就民歌体的运用上认为写得还"大致可读"外，对《菊花石》几乎是完全否定了。这是无论如何不能使人同意的。《菊花石》并非没有缺点，但缺点毕竟是些次要问题，绝不能只看到这些次要地方，而忽视了这个作品的主要地方，忽视了这个作品在内容上和形式上体现了诗和劳动人民结合的

---

❶ 载《文学评论》一九五九年第五期。

这一点。这部长诗真实地揭示了劳动人民的精神世界，表现了劳动的诗意的美，使作品具有刚健清新的艺术魅力。这在新诗创作中还是不可多得的。

从对《菊花石》的不公正的批评中，我们看见这实质上是文艺批评的标准问题——对一个文艺作品的成败得失，是主要从它的艺术形象所体现出来的政治思想倾向来估计呢，还是仅仅根据个别艺术问题？就是说，是政治标准第一呢，还是艺术第一？卓如关于《菊花石》的否定意见正是把艺术标准错误地摆在第一位的结果。

一九五二年冬天，李季到了玉门油矿。在玉门，在石油工业战线上，李季建立了又一个生活根据地。在新的生活基础上，他写了不少热情歌颂石油工人的诗歌。

李季新近在创作上的一个重要收获《杨高传》，是诗人孕育了十多年的一个作品。据诗人自己说，早在《王贵与李香香》之前，"小羊羔"的形象就已在他的心中诞生了。

李季在一九五八年写的一篇小说《戈壁旅伴》，可以说是《杨高传》的一个详细提纲。在这篇小说中，作者以第一人称的方式谈他怎样认识杨高的故事。第一次听到人讲杨高，这个杨高是土地革命时代的一个红军的"小鬼"；第二次在百团大战的优秀战士和指挥员的名单上看到杨高的名字，这个杨高是一个副排长；第三次听到杨高，这个杨高是三边的一个区委书记；最后，在戈壁滩上又碰到一个杨高，这个杨高是一个从部队转业下来的石油地质勘探大队的政治副大队长。作者说："我听到的三个杨高，的的确确就是他一个人。"从这里我们可以窥见杨高这个人物的孕育过程，他是诗人李季从各个革命时期积累的一些优秀革命战士形象经过艺术概括的产物。

在杨高身上，我们可以看到他集中了革命战士的宝贵的品质，但他又有自己的特点。这个人物有艰苦曲折的经历，却具有无比开朗的性格；他在阶级敌人面前那么勇猛，那么机警。但在劳动人民面前他的心地却又是多么单纯、多么善良。他遍身都是剥削阶级和敌人给他留下的鞭痕和创伤，但他那一颗心却是永远鲜红的、纯钢般的。这是中国历次革命战火中锻炼出来的最可宝贵的性格，这样的性格在我们革命队伍中是富于典型性的。的确，杨高对于我们是一个"熟悉的陌生人"。试回忆一下，试在你的生活中寻找一下，你就可以发现杨高式的人物，也许是你的领导人，也许是你的老战友，也许是你新结识的一个同志，他们都有点象杨高，杨高身上似乎集中了他们的优点。他是那么完美，那么鲜明，那么理想。这是一个达到典型化的革命战士的形象，共产党员的形象，通过这个人物的形象，诗人李季第一次在诗歌中反映了如此广阔、如此壮丽的历史内容。

《杨高传》的成就在第一部《五月端阳》和第二部《当红军的哥哥回来了》中已经奠定了基础。最近，诗人又发表了第三部《玉门儿女出征记》，完成了整个长诗。

《玉门儿女出征记》是写杨高在全国解放以后从部队转业到玉门油矿的故事。这个战火中成长起来的英雄人物在陌生的现代工业战线上表现得怎样呢？这是读过《杨高传》第一、二部的读者十分渴望知道的。长诗的作者在《玉门儿女出征记》中基本上给了我们满意的答复，他真实地表现了杨高如何投入新的战斗，如何克服新的困难，如何从一个普通的战士成为祖国社会主义工业建设中的一个坚强的基层领导干部。

在"玉门灯光"、"军帽和铝盔"等章节中，诗人出色地表现了杨高走上新的工作岗位的精神状态。大戈壁的雄浑的气象，玉门油矿的奇丽的夜景，在他心中激起了狂喜的感情。这不仅仅是由于"高高的天来宽宽的地，这地方正合咱当兵的脾气"，更重要的是由于杨高深深感到："这是一场新战争，党把我派到了最前线上"。为了党的事业南征北战，永远在最前线上，这是杨高生活中的最大愿望，最大快乐，因此他一到这"千里戈壁万重山"的地方，他一到这"车如水灯如星机器轰响"的地方，不但丝毫没有荒凉的感觉和畏怯的情绪，反而是感到称心如意，兴奋得一夜没合眼，充满他心头的是一派旺盛的斗志："党啊党啊你放心吧，在这场战斗里我一样刚强"，的确，一踏上新的岗位，杨高就表现了他那一贯的顽强的战斗作风。在"战士的心"前后那些章节中，我们看见为了早日学会新本领，他刚担任钻井队支部书记不几天，就要求和老工人出身的队长王春洪订一个师徒合同，从此以后就废寝忘食地学习起来，"恨不得一天打它一口井、一夜间学成个熟练工人"。是什么使他这样着急呢？"恨不得早早发现它几个大油田，让党再不要为石油操心。"因为这是党所急需的，社会主义建设事业所急需的。在这里，不由得使人想起他还是一个红军小鬼时，一听说有任务要派他就迫不及待的情景，那时他的连长说他："没扣火你就想跑出枪膛！"的确，他到现在仍然是那个老脾气，只要党一指向那里，他就直奔目标。这种为党的事业积极献身的要求，简直成了他的天性。

在"什么是科学"一节中，杨高的性格更获得了新的突出的表现。为了高速度钻进，为了超额完成钻井任务，工人群众要求打破陈规，采取新的措施，而管生产的大队长却象个小商人似的怕这怕那，于是在作党委书记的杨高和代表资产阶级思想的大队长之间发生了尖锐的冲突。当钻井队要求开双泵，大队长在电话上对工人群众的合理要求大发脾气横加压制时，杨高实在忍不住了：

> 踢倒凳子跳过去，
> 茶杯里白开水洒了一桌，
> "党委会批准你开双泵，
> 若要是出事故责任归我！"

当大队长拿"专家"和"科学"企图吓住杨高时，杨高表现了毫不畏惧的精神，和大队长的资产阶级思想进行了坚决的斗争。他说："不要拿科学吓唬人"：

> 科学不光是计算尺，
> 搞运动鼓干劲也是科学，　　.
> 工人干劲加钻机，
> 这就是我们的钻井科学！
>
> 祖国盼油如盼血，
> 你却在办公室天天穷磨。
> 压制群众泼冷水，
> 怕事故怕错误单为个"我"！

在前面"新交的朋友"一节中，我们看见作支部书记的杨高对老工人出身的队长王春洪是多么的谦逊、他们的战斗的友谊是多么融洽无间，但当他面对这个代表资产阶级思想，压制新事物的大队长时，却是毫不客气，毫不迁就。他并不觉得自己不是专家，就低了一等，不敢领导，而是理直气壮进行了斗争。因为他依靠的是党的正确路线和工人群众的集体力量，"依靠党和群众我怕什么？"——这便是他的无限勇气的源泉。这便是杨高的"天不怕地不怕"的性格的实质。在这里，党委书记的杨高的形象是表现得相当出色的。

《玉门儿女出征记》不但完成了杨高形象的创造，而且还写出了社会主义工业战线上的高级干部黄局长，老石油工人王春洪，油矿女司机桂叶等几个人物。特别是王春洪这个人物，虽然着墨不多，但是已经使人能够想见他的声音笑貌，他的性格和心灵。试将王春洪和作者的另一叙事诗《生活之歌》中的尚师傅比较就可以看出，作者在塑造工人形象上已经有了新的进步。

《杨高传》在形式上又是一次新的尝试。在语言韵律上和故事情节的安排上，都可以看出是在向民间说唱学习，但又不是简单的模仿说唱。作者的这种写法不仅是为了便于表现长诗的比较丰富曲折的内容，也是为了使这部作品能够突破知识分子读者的范围，通过民间艺人的演唱，普及到劳动人民中间去。《杨高传》在形式上的新尝试再一次表现了诗人李季努力使诗歌和劳动人民结合的苦心。

关于《杨高传》的缺点，已经有好几篇评论文章谈到了。认为这部作品不够精炼，恐怕是一致的意见。诗人自己也承认作品存在这个问题，准备在最近期间将先后发表的三部集中在一起通盘考虑，作些修改和压缩。为了使这部作品更臻完美，力求精炼，再加修改的工作是十分必要的。

但是叙事诗的精炼问题不只是力求作到"句中无余字，篇中无长语"就能解决的。彻底解决这一问题必须在情节和细节的选择和提炼上下工夫。仔细阅读长诗的各个章节就可以发现，有些地方并没有用多少笔墨，人物就活了。例如《五月端阳》中，杨高投奔八路军的情景，端阳母女送杨高上前线的情景，以及写刘志丹的那些笔墨；又如在《当红军的哥哥回来了》中端阳对杨高的思念，杨高复员回到三边的一系列的情景；再如《玉门儿女出征记》中，"军帽和铝盔"、"什么是科学"，这样一些章节，都给人留下深刻的印象。长诗的全部故事情节过些时候可能记不清楚了，但这些地方却是令人难忘的。这是因为这些情节和细节都经过选择和提炼，经过诗人的心血熔铸过，达到了典型化，这些情节和细节对于人物性格起着积极的甚至不可缺少的作用。但可惜并不是全诗所有地方都达到了这种程度。有些地方一般化的叙述代替了典型化的情节和细节，诗人虽然用了很多笔墨，却没有起到丰富人物性格的作用，甚至起了相反的作用，冲淡了人物形象，给人以模糊沉闷的感觉。所以有人觉得长诗的某些地方缺乏诗意，这问题显然是和不够精炼有关的。

对于叙事诗来说，要达到精炼，除了首先必须注意情节和细节的精选外，还需要善于利用诗歌艺术所长——抒情，而适当避开诗歌艺术所短——叙述和交代复杂的事件，在情节上可以跳跃而前，不必寸步不遗；寸步不遗，在叙事诗中是吃力不讨好的。这恐怕也是《杨高传》写得不够精炼的原因。

关于这个作品可能还有其他一些缺点，各人有各人的看法，这倒不必强求一致。但有一个问题却必须搞清楚，这就是刘岚山同志《谈〈杨高传〉中杨高和崔端阳的形象》一文❶中关于杨高这个人物的评价问题。因为这个问题关系到《杨高传》整个作品的成败。刘文开始认为："这个从民谣中也从现实中走出来的形象，是具有概括性和典型性的"，但后来却又说："杨高这个人物虽然是有血有肉的，但他却好象始终在深水中游泳着前进，人们只看见他的头部，此外就完全是浩渺的水波。他淹没在水里。"最后这篇文章给杨高下了这样一个结论："总起来说，在这两部长诗中，崔端阳的形象是塑造得鲜明突出，达到了个性化的，而杨高的性格则比较呆板，个性化还不够。"

关于端阳的形象的成功程度这里姑置勿论，刘岚山同志关于杨高的评论是使人不能同意的。杨高这个人物虽然在第三部中才最后完成，但在一、二两部中应该看得出成败的基础了。按照刘岚山同志的意见，既然这个人物在全诗的前面两部中都是"淹没在水里"，都是

❶ 载《人民日报》一九五九年九月八日。

呆板的，缺乏个性的，那么第三部就很难挽回这种局势，这显然是说杨高这个人物是一个失败的形象，而这实质上也就等于基本上否定了这个作品。

对这个作品为什么会有这样的看法呢？仔细研究起来刘文前后是自相矛盾的：既说这个形象具有概括性和典型性，却又说它比较呆板，缺乏个性。不知道刘岚山同志所说典型性是什么意思？难道缺乏个性的呆板的形象会是艺术上的具有典型性的形象吗？大概刘岚山同志所说的典型性实际上是指共性，是说杨高这个人物只有共性而无个性吧？否则这种前后矛盾的论点是无法解释的。杨高这个人物，作者着力写他从给地主放羊时候起就养成的那种不畏艰辛，乐观刚强的性格，写他对羊儿的温柔，对革命的忠贞，他的歌声，他说书的能耐，和他那种革命英雄主义的乐观情绪，宁死不屈的钢铁意志，都使人无法忘怀，使人看得到他的容貌，听得到他的声音，感觉得到他的精神品质，这明明是一个既有共性又有个性的艺术形象。

自然，长诗写得还不够精炼，某些情节和细节缺乏典型性，这就影响到人物的典型化的深度。但这只是说明这个人物写得还不够十分丰满，还没有达到完全典型化的程度。至于作者在这部作品中已经达到的基本成就，在创造无产阶级新英雄人物这一重大课题上的成绩，是不能低估的，更不容抹煞。

除了《王贵与李香香》《杨高传》和《菊花石》这三部长篇叙事诗以外，李季还有几个比较短小的叙事诗和一些短诗。这些小叙事诗和短诗中也有不少佳作，但它们的成就和特点大致不出这三部长诗的范围。这三部长诗是李季创作中比较突出的峰峦，从这三部长诗已经可以清楚看出李季创作的基本成就和特点，因此其他作品就不一一分析了。

李季在创作上的成就是怎样获得的呢？从李季的成就我们可以得到什么启示呢？

从李季这十多年的创作来看，可以发现，这是一位勇于探索的诗人。这十多年来，他一直在不断探索中前进。《王贵与李香香》的成功给李季带来了巨大的名声，对于一个青年作者来说，这是一个带有危险性的关口，我们曾经看见不少青年作者在这样的关口上，不是停

滞不前，就是走上向资产阶级方向"提高"的绝路。但李季胜利地通
过了这一关。他没有躺在使自己成名的处女作上，也没有向资产阶级
方向去"提高"，而是探索着一条新的道路。"一直在探索着怎样使
诗为广大工农兵群众所易于接受、所乐于接受，以便更好地为他们服
务。" ❶ 如何使诗歌很好地和劳动人民结合——这就是李季所探索的
东西。为了探索和劳动人民结合的途径，在生活方式上，他总是比较
长期地在一定的地方担任实际工作，他不愿意仅仅猎取一些表面的生
活现象，而是努力深入到劳动人民的生活和心灵世界中去，努力作到
和劳动人民通心，在学习民歌上，也不是对民歌形式的模仿，而是从
民歌中学习劳动人民的思想感情，以及他们表达这些思想感情的方
法，在这基础上创造人民群众喜闻乐见的形式。

由于方向和方法的正确，李季在十多年的探索中获得了重要的成
果，不仅写出了丰富的优秀的作品，而且逐渐形成自己的艺术风格，
洋溢着劳动人民的思想感情，因而每一部作品都给人以刚健清新，朴
素自然的感觉——这就是李季的艺术风格的特色。

自然，李季在探索中并不是一帆风顺的，并非每一次探索都成功，
事实上李季是走过一些弯路的。在全国解放初期，当他面临新的生活
时，当新的主题和题材需要在诗的形式上有所变化、有所革新时，是
在原来的民族民间的道路上继续探索求得解决呢，还是离开原来的道
路另寻门路？对于这个问题，由于缺少经验，李季是曾经有过摇摆的。
在解放初期的几年间，他写了一些四行一节的自由体的短诗和小叙事
诗，这些短诗和小叙事诗，虽然都是健康的，而且其中不乏优秀作品，
但仔细研究起来，可以发现这样一个事实：几乎其中写得比较优美动
人的地方都是吸取了民歌因素的，而离开了民歌的地方就失去了光
彩、失去特点。关于这一段经历，诗人自己在《在延安文艺座谈会上
的讲话》发表十五周年时，曾经作过这样的检查：

> 前年我在甘肃银川的时候，曾经遇到一位老同志，他问我现
> 在干甚么，我说还是老本行，他说："怎么没有看到你的作品呢？"

---

❶ 见李季：《难忘的春天》后记。

我就找了一些给他看，他看了说："我有很多看不懂，是不是太洋气了？"这话使我感触很深。过去我写的《王贵与李香香》，在不识字的人中间都很流传，这几年来写的东西却有人看不懂。后来我检查了一下，的确太洋气了，自己下决心要改，要恢复我原来的风格。

（《人民日报》一九五七年五月二十三日）

这一段小小的弯路绝不能改变李季的艺术风格的基本面貌。从《王贵与李香香》、《菊花石》到《杨高传》这三部代表作中，我们看见在李季的作品中和劳动人民结合的特色是一脉相承的。这一段小小的弯路，对于诗人也并不是没有意义的，它使诗人看清了哪里是诗歌的阳光大道，哪里是自己的灵感和才能的源泉，从而更加坚定了诗人沿着和劳动人民结合的道路探索前进的决心。

关于李季的艺术风格，卓如的《试谈李季的诗歌创作》一文同样也表现了虚无主义的观点。他一方面抽象地肯定李季的探索是有意义的，另一方面却说李季"还没有比较稳定比较鲜明地形成独特的艺术风格"。在文章结束的地方，又再一次强调说："尽管摸索了多年，尚未找到一种比较稳定比较鲜明的便于表现新的生活内容，又具有自己独特的艺术风格的诗歌形式。"这就是卓如的文章给李季的诗歌创作所作的最后结论。

多年探索还没有自己的艺术风格，试问李季的探索的意义又何在呢？显然卓如的看法只能导致这样一种有害的结果：使人觉得李季十多年的辛勤探索是徒劳的。

固然，为了表现新的主题和题材，李季曾经在语言形式上有过不断的革新和变化，这种革新和变化显示了诗人对毛主席文艺方针的正确认识：和劳动人民结合不是一劳永逸的，人民喜闻乐见的形式不是一成不变的，生活向前发展了，作品的内容有了变化，诗的语言形式也应该有相应的革新和变化。反映南方劳动人民生活和斗争的《菊花石》，假若仍沿用"信天游"的形式，显然就会出现形式和内容严重的不协调，因此诗人就在湖南盘歌的基础上进行新的创造，反映广阔的历史内容的《杨高传》，假若仍沿用"信天游"或"盘歌"这种比较单纯的语言形式，诗人也会感到很大困难，因此，又必须进行新的探索和创造。这些新的探索和创造正显示了诗人李季在和劳动人民结合的道路上不断前进的可贵的品质。大概这就是卓如所谓的"不稳定"。那么卓如所要求的"稳定的"风格和形式，又是什么呢？

无论是在《菊花石》等作品❶的评价中，或是在李季的艺术风格问题的议论上，卓如的文章都表现了一种书生习气。看不见李季创作中的主要的东西，而只抓住一些细枝末节斤斤计较，闻不到我们社会主义文学中新鲜的气息，只拘泥于一些陈腐的教条，用这种方法来研究我们的文学，自然会走向虚无主义。

在某些人印象中，李季是不以才华见称的。李季自己也说："从我开始学习写诗的时候起，我从来就不认为自己是一个具有充分写诗才能的人。"的确，李季给人的印象是质朴的；诗如其人，无论写什么，总是那么老老实实的，甚至有些地方使人感到笨拙。但李季宁失于拙，却不伤于巧，他从不以浮夸的感情和华丽的词藻来骗取某些读者暂时的赞叹。但是，从《王贵与李香香》《杨高传》和《菊花石》这几部优秀的和比较优秀的作品看来，李季绝不是没有才能的诗人，即使他的创作还存在一些缺点，但在忠实地表现劳动人民的思想感情和声音笑貌上，李季总是基本上成功的。这是社会主义时代的诗人最可贵的才能。由此可见，诗人的真正才能绝不是凭空创造一些什么，也更不是一些玩弄词藻的雕虫小技，而是善于向人民学习，学习他们的思想感情和语言，善于在丰富的民间文学的基础上进行创造。

从李季的创作中我们可以看到，毛主席所指示的和劳动人民结合的道路是一条通向胜利的道路，谁勤勤恳恳地沿着这条道路前进，谁的才能就能获得永不枯竭的源泉，谁的探索就会得到丰收的果实，谁的创作就会显现出充实的美和光辉。

一九六〇年二月二十日

（原载1960年《文艺报》第5期）

---

❶ 卓如《试谈李季的诗歌创作》一文对李季的反映石油工人生活的叙事诗《生活之歌》也作了否定的批评，这种批评也是使人不能同意的。本文为了集中评价李季的三部代表作，故未涉及，准备在另一篇谈反映工人生活的诗歌的文章中讨论这一问题。

这样的批评符合事实吗？

朱　寨

　　发表在今年二月号《诗刊》上的冯牧同志的《一个违背事实的论断》和发表在今年第五期《文艺报》上的安旗同志的《沿着和劳动人民结合的道路探索前进》，都对卓如同志的《试谈李季的诗歌创作》（发表在一九五九年第五期《文学评论》上）作了严厉的批评，因而引起了读者对卓如同志文章的注意。我就是其中一个。单看他们的文章，我觉得他们的批评是有道理的。但是，当我通读卓如同志的全文以后，再按照他们具体批评逐点细读，便发现他们给卓如同志文章下的根本否定的结论，是过于主观武断了。

　　卓如同志的文章对李季十多年来的诗歌创作，特别是他在诗歌形式方面的探索，作了一个比较详细的论述。看出来作者是花了工夫的，态度是严肃认真的。确实，卓如同志所描述的李季十多年来走过的艺术道路是不平坦的，不是一帆风顺、直线上升的。迂回曲折的前进过程，是否完全符合李季走过来的艺术道路的实际情况，当然不能成为定论。但卓如同志在这描绘中所表示出来的对李季的创作的肯定精神应该是无可怀疑的。她认为李季前进的方向是正确的，在这个方向上，这些年来一直竭尽诗人的全部才能和热情为人民歌唱，取得了相当丰富的收获，在诗歌形式的探索方面作了很多努力，在不断探索、曲折前进的过程中，显示了诗人的勤奋，预期会取得更加丰富的收获。这样的意思表达得是很清楚的。

　　卓如同志的文章的确是有缺陷的。第一，在举国欢庆建国十周年的前夕，对于李季这样一位诗人进行评论，应该更集中在他正确执行毛主席的文艺方针上，对他的创作成就和成功经验给予充分的评价，通过这样的评价，证明毛主席文艺方向的正确，为建国十年来的文学成就提供生动的例证。这样就更能符合读者的要求。第二，对作品的具体分析论述虽然是有热情的，作了充分的肯定，但一到对整个作品和作者的创造道路下一比较全面的论断时，便有时在一些结论性的语句中使用了一些保留的字眼，象"大致"、"相当"、"初步"等。第三，对李季诗歌创作的艺术分析，虽然对作者作出了肯定的评价，这方面有评价者自己的见解，但没有发挥开来；而对某些艺术缺点的分析却过于详尽，以致有些减弱了肯定方面的评价。从这几点来看，的确需要提出，卓如同志对李季诗歌优点和成就的肯定，应该更着重些、更热情些。但是，客观的读者会看出，这些缺陷在整篇文章中显得有些不和谐，应该说，是属于部分的缺陷居多。至于安旗同志和冯牧同志分别谈到的卓如同志对《菊花石》和李季的抒情诗的估价问题，我认为这不是什么缺陷的问题。因为关于《菊花石》这部作品和抒情诗在李季诗作中的地位至今还没定论，应该容许提出不同的意见，更不能因为意见不同，因此就给这种意见下一个立场错误的结论。总之，虽然卓如同志的文章离读者的更高要求还有一定的距离，但文章的基本立场和总的方向是不应该受到严厉责难的。虽然文章中确实存在着个别不和谐的保留字眼，但无伤于整篇文章对于李季的创作道路的热情肯定的基调。

对于这样一篇文章，批评者下了怎样的结论呢？冯牧同志说"在这一片由于欢庆十年来的成就所汇合而成的欢乐的合唱中间"，这是一篇"发着不和谐的嗓音的文章"。安旗同志认为卓如同志的文章表现了一种虚无主义错误观点的"书呆子习气"。他们最后一致的结论是：对社会主义文学缺乏政治热情，而拘泥于陈腐的资产阶级的艺术教条。也就是说这是一篇基本上错误的文章。

我们看他们是从哪些方面，根据什么，作出了这样论断的。

如冯牧同志自己说的，在"对于某些具体作品的个别评述上"，他认为"几乎是没有多少必须同卓如同志争论的意见"，并且他认为卓如同志"对于某些作品的褒贬抑扬，有时也还是不无可取之处的"。

但他又认为在对李季创作的总的评价上和批评标准问题上，他与卓如同志存在着不可调和的分歧。

关于头一点，他说卓如同志给李季的创作下了这样一个"悖谬的论断"："诗人李季十年来一直是在艺术的道路上徘徊摸索、并且在走着下坡路"。

如果是这样，确实是一个"悖谬的论断"。但这不是卓如同志文章的论断。

我想先就卓如同志对《杨高传》的评价作例子，具体地说明这点。因为《杨高传》是李季近来的主要诗作，可以作为标志着李季创作最近进程的作品。如果卓如同志认为李季"一直是在艺术道路上徘徊摸索，并且走下坡路"的话，我认为首先应表现在这上面，就是说表现在对标志着李季最近取得的主要成就的否定上。卓如同志从几个方面详细地分析了《杨高传》的成就。关于这几方面的主要评价论点是这样的：在内容和人物性格的塑造方面，"它反映生活面比《王贵与李香香》更广阔"，"如果说王贵的形象表现了土地革命时期陕北革命人民的某些特点，那么杨高的形象就概括了中国整个革命时期人民战士的某些品质。杨高所走的道路，就是王贵生活道路的继续。在这个意义上讲，杨高是王贵性格的发展"。在诗歌形式方面，是又"作了一次新的尝试"，"在学习民歌和民间曲艺（说唱文学）的基础上，把民歌和鼓词结合起来，创造了适于表现比较复杂的生活内容和比较曲折的故事情节的形式"。对于它的成就在我国诗歌创作上的意义，则认为"在我们的文艺创作中，还是第一次用诗歌的形式表现如此广阔的历史内容"。认为在作者整个艺术道路上来说，"跨出了新的一步"。这样的评价，绝不能说只是给予了一个"走下坡路"的评价。而且卓如同志在对《杨高传》进行评价时，恰恰是与《王贵与李香香》作了比较的，而认为《杨高传》在某些很重要的方面超过了《王贵与李香香》。这怎样能说卓如同志认为李季"只是在《王贵与李香香》当中闪现了刹那的才华"呢？单从卓如同志对《杨高传》的评价上，冯牧同志也应该纠正自己的那种错觉。

其次，是关于冯牧同志认为被卓如同志"基本上给轻轻抹掉了"的抒情诗的问题。这里首先有这样一个前提：什么是李季诗歌创作中的主要成就，也就是说能够代表李季诗歌创作的主要面貌和特征的是什么，是长篇叙事诗还是短诗、抒情诗？根据我们一般读者的印象，是前者，而不是后者。卓如同志主要从李季的几部长篇叙事诗上探讨了李季的诗歌创作，探讨了李季为了表现更广阔的现代生活内容对长篇叙事诗的形式上的探索，这无论如何不能说卓如同志是为了歪曲诗人形象，有意"抹掉了"冯牧同志认为的另外"一个重要方面"。何况卓如同志并没有完全忽略这方面。比如她对《报信姑娘》和《只因为我是个青年团员》的分析就是放在"那些战斗、劳动和友谊之歌"的抒情短诗的范围内，作为诗人在这方面进行"尝试的成果"的"代表作"加以肯定的。冯牧同志说，卓如同志对于这些诗的论述是"除了《报信姑娘》等一两首短诗值得肯定以外，此外只不过是一些庸碌的徒费心劳的摸索和尝试"。从卓如同志的文章，我们读不出这样的意思。

不能说冯牧同志没有丝毫依据。比如卓如同志文章中有这样一句话："他是在不断摸索中前进。"这"摸索"就是冯牧同志手中紧紧抓住的证据。其实，在卓如同志的文章中，紧接在这句话的后面，对这句话解释的句子中，连着用了两个"探索"。在另一处用了"摸索"这个词的一段文章中，也连着用了三个"探索"。这都被冯牧同志略去，而单抓住"摸索"这两字，在"摸索"和"摸"上作文章。他竟从这上面引伸出这样一段文章："我们这位"摸索"着前进的诗人是不是摸到了一条明确的方向呢？卓如同志回答是："没有。"用"探索"也好，用"摸索"也好，卓如同志所指的是"李季在诗歌形式方面的探索"而不是在"方向"上的探索或摸索。冯牧同志引为证据的原文本来是这样的：

> 尽管摸索了多年，尚未找到一种比较稳定比较鲜明的便于表现新的生活内容，又具有自己独特的艺术风格的诗歌形式，但这个探索是有意义的。

冯牧同志把"但这个探索是有意义的"肯定意思的话给删掉了，并把表示一段话未完的逗号改成句号。这种为了达到自己批评别人的目的而断章取义制造根据的作法显然是不对的。而且，即使按照冯牧同志"引文"，依然可以清楚地看出，这段文章所指的探索或摸索是在诗歌形式方面，而不是说李季还在摸索方向。卓如同志在文章中一再明确肯定了李季的方向是明确而正确的，并说因此"给他的诗歌创作带来了相当丰富的收获"。冯牧同志发出这样的问题是无根据的，他拟定的答案也是纯粹的虚构。

上面就是冯牧同志批评卓如同志歪曲了诗人形象的主要论据和论点。现在我们来看看冯牧同志自己为我们描绘的诗人形象是怎样的呢？

> 我决不认为李季是一位在思想上和艺术上都已经臻于成熟完美的境地的诗人，更不认为他的作品全部已经达到了完善无瑕的高度的水平。相反地，我觉得李季还是一位比较年轻的、正在实践中不断努力提高自己的诗人；他不仅写出了许多优秀的为人传诵的好作品，也写出一些在艺术上粗糙的和不够精美的作品；而且即使在他的有些成功的作品里（如象《杨高传》），也并不是不存在着某些局部的弱点的。

用他所描绘的这幅形象来与卓如同志描绘的诗人形象比较，卓如同志到底在哪些地方作了歪曲、涂上了暗影呢？如我们不能说卓如同志比冯牧同志对李季的肯定和赞扬要多一些，更热情一些，至少是绝不低于这样的评价的。为什么冯牧同志这样评价就是正确的，卓如同志这样评价就是错误的呢？

冯牧同志说卓如同志的文章的"主要观点"是资产阶级的艺术观点，对于李季创作的评判根据的是陈腐的资产阶级艺术法则和标准。但他的批评却是缺乏事实根据的。他的根据是抓住了卓如同志文章中"外国的有些著名叙事诗"如何这样的一段话引伸出来的。卓如同志的那段原话是这样：

> 我们看到外国的有些著名叙事诗，诗人也经常出现在读者面前。他有时作为长诗中的一个人物，有时则直接抒发情感，发表议

385

论，以简短的插话，表现他对人物的爱憎情感。然而，这种插话不成为缺点，它们都是在作者感情激动而无法抑制的时候发出来的，因而能够增强诗歌的抒情气氛，并且丰富了长诗的内容。如果不是这样，它们也会成为那些名著的瑕疵。

显然，这里有些提法是笼统的，不妥当的，而且只举外国的有些名著作范例，也表现了忽视自己本国遗产的思想。我想这段话的过错也不过如此。即使对这段文字作孤立的了解，只要整段通读下来，那主要的意思也很明白，作者不是在这里特别推崇外国的有些著名叙事诗，而是结合了"外国的有些著名叙事诗"的范例和瑕疵，提出了作者自己对诗人在作品中直接插话、抒情、发议论的一种见解。这种见解对"那些名著"也不例外。冯牧同志在摘引这段文章时，和上面的作法一样，把后面这两句话"如果不是这样，它们也会成为那些名著的瑕疵"删掉了。这样整段文章的意思就走了样。接着就在"外国"字眼上大加发挥：

> 但不管怎样，它们（指李季的诗——引者）所抒发的，所表现的思想却大都是借以体现作品主题的健康的思想，这些思想，即使是诗意不浓吧，它们比起某些外国资产阶级作家所写的叙事诗当中的插话所散发出来的个人主义、感伤主义或是悲观主义的思想，总是高尚得无可比拟的吧！

下面还责问道：

> 作为批评家的卓如同志，对于我们的创作当中某些比较粗糙的新事物，为什么会表现出这样的轻蔑和抵制的态度，而对于那些外国叙事诗当中的抒情插话，却又是那样不加区别地表现了那样的发自衷心的崇敬和钦慕之情呢？

就是按照冯牧同志的"引文"来看，至少也可以看出，卓如同志推崇的是外国有些著名叙事诗的抒情插话的方式和技巧，而不是它们的抒情插话的内容，更不是"某些外国资产阶级作家"在插话中所散发出来的"个人主义、感伤主义或是悲观主义的思想"。更不是对这种思想内容的插话"表现了那样的发自衷心的崇敬和钦慕之情"。难道外国的著名叙事诗，全部都是资产阶级的文学，就没有社会主义的文学吗？冯牧同志竟对此发出这样的感慨和责难，倒真是"使我们百思不得其解"。

安旗同志跟冯牧同志有些不同，她倒是在对李季的个别具体作品的评价上，与卓如同志存在着分歧。而在对李季的基本评价上却与卓如同志似乎没有什么差异，甚至很多意见相同。虽然她没有公开说明，但实际上是这样的。卓如同志说李季"他是在不断摸索中前进"。安旗同志也说："这十多年来，他一直在不断摸索中前进。"卓如同志说："在他探索的过程中，有过成功的喜悦，也有过失败的痛苦。"安旗同志也说："李季在探索中并不是一帆风顺的，并非每一次探索都成功，事实上李季是走过一些弯路的。"卓如同志说："这个探索是有意义的。"安旗同志说："这是一位勇于探索的诗人。"关于李季探索的内容，两人都是援引了作者同一的自我说明：一直在探索着怎样使诗"为广大工农兵群众所易于接受、所乐于接受，以便更好地为他们服务"。卓如同志把这概括为"要使诗歌与群众密切结合"。安旗同志概括为"如何使诗歌很好地和劳动人民结合"。如果说有区别，也仅仅是词句这样的一些的区别。

对于李季的抒情诗的估价安旗同志也是与卓如同志基本一致，而与冯牧同志的估价倒是有出入。安旗同志认为"除了《王贵与李香香》、《杨高传》和《菊花石》这三部长篇叙事诗以外，李季还有几个比较短小的叙事诗和一些短诗。这些小叙事诗和短诗中也有不少佳作，但它们的成就和特点大致不出这三部长诗的范围。这三部长诗是李季创作中比较突出的峰峦，从这三部长诗已经可以清楚看出李季创作的基本成就和特点，因此其它作品就不一一分析了"。卓如同志与她不同之处，就是主要从长篇叙事诗而没有从短诗、抒情诗论述李季的创作成就和特点的时候没有作这样的说明，用冯牧同志的说法，不过是"略而不述"和"略述"的"笔法"区别而已。

尽管如此，安旗同志也与冯牧同志一样，对卓如同志的文章也采取了一种很严厉的态度,或者用她的话说"无论如何也不能使人同意"的态度,并且得出了与冯牧同志一致的论断。

安旗同志是从以下两点上达到她的论断的:一是在卓如同志"在李季的艺术风格问题的议论上",一是在卓如同志"在《菊花石》的评价中"。

安旗同志引来作为证明卓如同志对李季的艺术风格"表现了虚无主义的观点"的例子,也就是被冯牧同志引来证明卓如同志说李季还没有摸到一条明确方向而实际却不过是讲诗歌形式问题的那段文字。这里就不再重引了。经过她的转弯抹角的解释,最后也附和到冯牧同志的结论上去。她说:

> 多年探索还没有自己的艺术风格,试问李季的探索的意义又何在呢?显然卓如的看法只能导致这样一种有害的结果:使人觉得李季十多年的辛勤探索是徒劳的。

她的这种说法更容易使人迷惑。不看卓如同志的文章,仅看安旗同志的引文和解释,确实容易使人提出这样的疑问。但只要翻开卓如同志的文章就会发现,卓如同志是在用"创作的特色"作为标题的一整节中分析了李季的艺术特色的。虽然他没有用艺术风格的名称,他分析、肯定的李季的"一些创作特色"是重要而富有诗人个性特征的特色:第一,"他热爱生活,和劳动人民有着比较密切的联系,并且热情地为他们歌唱","他的每一部成功的作品,几乎都是一支劳动或战斗的赞歌",是"质朴、深厚的歌曲"。第二,"向民间文艺学习,运用群众喜闻乐见的形式而又有所发展,他的许多作品具有不同程度的民歌的某些优点"。第三,"很喜欢用叙事的体裁","他的诗差不多都是用叙事形式来表现的","他的叙事诗并不是客观的叙述,常常具有抒情的成分,他的抒情是质朴的抒情","感情是那样真实,那样自然"。应该说,这就是李季的艺术风格。而卓如同志却用"创作特色"这个名称,而不用"艺术风格",又说"他还没有比较稳定比较鲜明地形成独特的艺术风格",其实这个结语与他自己的实际分析是自相矛盾的。这确实是文章的缺点,而这个缺点的产生,和上面我们关于整篇文章的缺陷中指出的有一点一样，是在对作者下一个全面的评价时有些保守。我认为马铁丁同志对这一点的批评是比较恰当的："把诗歌形式和作者的艺术风格混为一谈了"（见《收获》一九六〇年第三期一六一页）。有缺点是应该受到批评的，但不能象安旗同志那样，抓住在这个问题上的个别缺点，就说卓如同志在整个问题上都是错误的，"虚无主义"的。虽然卓如同志没有能给自己的分析作出恰当的概括，但我觉得安旗同志对李季的"艺术风格"的概括并不更使人满意。为了保持原貌，把安旗同志的这段文字全部引在这里：

> 由于方向和方法正确，李季在十多年的探索中获得了重要的成果，不仅写出了丰富的优秀的作品，而且逐渐形成自己的艺术风格，摆脱了知识分子的习气，洋溢着劳动人民的思想感情，因而每一部作品都给人以刚健清新，朴素自然的感觉——这就是李季的艺术风格的特色。

简单地说，安旗同志认为李季的风格就是"清新刚健，朴素自然"。这样的概括，难道就比卓如同志讲的三点创作特色更能鲜明地标志出李季的艺术风格吗？

仅从两方面的结论语句来看，确实安旗同志的评价（"逐渐形成了自己的艺术风格"），较卓如同志的评价（"还没有比较稳定比较鲜明地形成独特的艺术风格"）要充分些。但从对李季艺术风格的实际分析来看，如果不能说卓如同志更充分的话，至少并无肯定与否定的区别。而就两个结语包含的对李季艺术造诣和前程的期望来说，倒是卓如同志对李季同志寄予了更高的要求，更大的期待。我想在一位"勇于探索"、总不满足自己已有的成就的诗人看来，不会认为这就是出于贬抑的恶意吧。

对于《菊花石》的估价，安旗同志与卓如同志之间确实存在着基本不同的分歧。卓如同志认为《菊花石》"并不怎样成功"。他提出的主要理由是："作品主题思想有很多模糊的地方。这主要表现在作品的中心内容石匠刻盆菊与革命关系的联系问题上"。卓如同志关于刻盆菊与革命之间的联系提出了一连串疑问，都是作品本身不能回答的问题。这些漏洞都是产生在刻盆菊与革命联系勉强，这一主题思想上的根本漏洞。安旗同志也承认"这一艺术构思上的缺陷"，并说，因此使得这首长诗虽经作者多次修改仍不能达到完美的境地。同时安旗同志实际上也承认卓如同志指出的另一重要缺点，由于主题思想和基本结构上的缺点，使得人物性格有些难以理解，"不是有血肉的"。用安旗同志的说法："老工匠的形象也还不够十分丰满。两个次要人物荷花和虎来更不能使人满意。这是和上述缺陷有关的"。分歧在于不同的结论上。卓如同志因此认为《菊花石》"并不怎样成功"。安旗同志不同意卓如同志的评价，而认为上述的缺陷"毕竟是些次要问题"。我们再看一看安旗同志对于《菊花石》的正面评价是怎样呢？从她对《菊花石》内容的概述中可以看出。她说："这部长诗写的是一个刻菊花石的老工匠立志要用他的毕生心血和精力完成一件杰作（刻一个完整的盆菊）的故事。"她认为"长诗《菊花石》的确塑造了一个刚强的民间艺人的形象"，按她的评价说："这个形象是富有典型意义的，他体现了劳动人民高贵的性格。"尤其是从"对于劳动的诗意的表现，把劳动写得如此诗意葱茏"这点上给予了极高的评价，认为"是'五四'以来新诗中罕有的"。且不说这与她关于这首诗的缺陷的意见是否矛盾。就她进行估价作品的角度和标准来说，确实如她所说的，"这无论如何不能使人同意的"。

《菊花石》发表后，所以受到文艺界和读者的重视和讨论，因为诗人在《王贵与李香香》成功地采用了信天游民歌形式之后，再次采用南方的盘歌民歌形式表现不同的生活内容，表现了诗人在艺术上新的探索努力。而受到人们注意的更主要的原因是作者企图要表现的广阔的革命内容。也是在这点上，人们指出作品存在的根本缺陷和问题。尽管从这样的角度不一定就能对作品作出恰当的评价，但这种批评的角度应该说是正确的。因为这是根据毛主席的文艺批评原则，把政治标准放在第一，把艺术标准放在了第二。卓如同志正是首先从作品的思想内容上指出《菊花石》"没有获得成功的根本原因"。他认为这首诗只就它运用民歌体方面来说还是"大致可读的"，但由于思想内容上的"根本原因"，他认为"并不怎样成功"。反过来看安旗同志，正是从相反的角度上对《菊花石》进行评价的。因而，如果抛开作品的主要内容，具体说，如果抛开《菊花石》的革命斗争的生活内容和革命的思想主题，根本谈不上把握住了《菊花石》的"基本情况"。如果不是直接为了革命的目的，而只是用"毕生心血和精力完成一件杰作"的"民间艺术"的劳动，是值不得我们革命的诗人这样倾心讴歌的。这样"民间艺人的形象"，就他所处的革命环境来说，也不可能是"富有典型意义的"和"体现了劳动人民高贵的性格"。

安旗同志不根据作品的思想内容，而一再从表现了抽象的"劳动的诗意和美"，从抽象的"刚健清新的艺术魅力"这样一些抽象的艺术标准上肯定了《菊花石》。这种作法，正是把抽象的艺术标准放在了第一位，而把政治标准放在了第二位，或者说干脆放到一边。然而安旗同志反而对卓如同志提出这样的责问："对一个艺术作品的成败得失，是主要从它的艺术形象所体现出来的政治思想倾向来估计呢，这是仅仅根据个别艺术问题，就是说，是政治标准第一，还是艺术标准第一？"我觉得这里问得很有意思。只是安旗同志把应该是提给自己的问题提给了别人。

就是说根据这样的两点，安旗同志给卓如同志的文章下了这样的结论：表现了一种"虚无主义"的"书呆子习气"。

冯牧同志也好，安旗同志也好，他们对卓如同志文章的论断，都一致地引伸到这样一个严重的结论上去：卓如不仅是对李季这个具体的个别作家的歪曲和贬低，而且是对我们整个社会主义文学的冷淡。用他们的原话说，就是"对社会主义文学事业的远非热情的情绪和态度"（冯牧同志的话），"闻不到我们社会主义文学中新鲜的气息"（安旗同志的话）。反过来又证明卓如同志由于这种对我们整个社会主义文学的错误态度，才对李季作了歪曲和虚无主义的论断。他们的这种论断方法如果仅限于对卓如同志的文章的，问题还小一些。事实上，他们这种论断方法，就是把个别作家与一般社会主义文学等同起来或混同起来的个别等于一般的论断方法，当作了可以普遍运用的公式，甚至是完全正确的批评根据。这在冯牧同志的文章中表白得最明确、坚决。

开始，冯牧同志要求卓如同志的文章应该产生这样的"印象"，

"虽然我们现在论述的只是一位作家的成就成长，但同时也是在从某一个侧面和某一个局部，在论述着我们整个社会主义文学创作的成就和成长"。对于卓如同志论述的具体对象来说，提出这样的要求，并不是毫无道理的。但这并不适用于对一切作家的论述的要求。因为并不是任何一位作家的创作，都能反映我们整个社会主义文学创作的成就和成长的侧面和局部的。就是对于我们社会主义文学具有相当代表性的作家，也不能要求所有的作品都达到这样的要求，更不能因为指出了这样的作家的创作上的缺点，批评不够十分妥当，就判定作者是"对于社会主义文学事业的远非热情的情绪和态度"。因为我们整个社会主义文学是一种新兴的富有朝气的文学，在党的领导下，总是沿着完全健康正确的道路向前发展的，缺点总是次要的，而且在前进中不断被克服的，而对于一位具体的作家来说却并不一定如此。不能把整个社会主义文学的一般情况完全套用在个别作家身上，更不能把对整个社会主义文学的一般估价套用在对不同的个别作家的评论上。而冯牧同志却正是这样作的。因此他要求对个别作家的创作，只能肯定成绩，而不能讲缺点。冯牧同志在补充说明他对卓如同志的批评意见时，说得很具体。他说："作为一位在斗争生活中成长起来的诗人李季在创作上所表现出来的若干弱点和不成熟的地方，正好是具体地反映了社会主义新文学从幼小趋向成熟过程中的一种极其自然和不足为奇的现象。"而且似乎要人们一定确信，只要一个作家选定了正确的前进方向，他的艺术道路就会是平坦的，创作的成绩就会是容易取得的，缺陷是不足为奇而且会自然克服的。这并不符合客观实际。事实上并不是每个朝着毛主席的文艺方向努力的作家都取得了同样的成就；就是一个有成就的作家，并不是他的每一进程都是顺利的，每一部作品都是成功的。正确的方向，不能代替作家在这一方向下必要的坚持不懈的努力，不能提供给作家现成的成果。因此，就要求我们的评论工作除了对在正确方向下前进的作家取得的成就给予热情的赞扬和总结这一主要的任务之外，还要求对他们的探索努力给予认真的分析，对于他们创作中的缺点给予热情的批评。两者是相辅相成的。而冯牧同志却把两者对立了起来。

这个一般与个别相混合的批评公式是不正确的，会产生消极影响的。虽然我相信冯牧同志提出这样的批评标准是出于一种好的愿望，是为了维护我们社会主义文学。但是，从这个好的愿望上产生的批评公式，在客观上会不会产生这样消极的后果呢？它至少使人对于评论当代作家这个课题感到棘手，动不动就会犯下对整个社会主义文学估价不当的政治性错误，使人对具体作家的缺点采取回避的态度。希望冯牧同志和安旗同志加以冷静的考虑。

与这点相联系着，他们从卓如同志的文章又一致地引伸出了另一个严重的结论：资产阶级的艺术观点和艺术标准。他们甚至在用词上都是相同的："根据一些过时的陈腐的资产阶级艺术教条"（冯牧同志的话），或是"只拘泥于一些陈腐的教条"（安旗同志的话）。冯牧同志举出一个他认为是"比较突出和露骨的例子"，就是联系到"外国的有些著名叙事诗"关于诗人在作品中作抒情插话的那一段文字。关于这点我们上面已经分析过了，就不再赘述。安旗同志引证的两个例子，关于李季的艺术风格和《菊花石》的评价，上面我们也分析过了，也不再赘述。此外，他们认为卓如同志的基本观点就是资产阶级的艺术观点。用冯牧同志的话说："在他整篇文章当中起着主导因素和贯穿作用的，或者说，我们这位批评家用来对于诗人李季及其作品进行剖析和评判的主要观点，并不是别的，恰恰是上述这段引文（就是上面我说的那段引文——引者）所鲜明地流露出来的那种陈腐的资产阶级的艺术法则和批评标准。"这样说，卓如同志文章中的一切，（至少是主要的）艺术分析都成了资产阶级的了。这种笼统论断，令人感到茫然。再加上他们自己并没有从正面具体论述什么是正确的艺术观点和标准，就更使人感到茫然。实际上他们给资产阶级的艺术观点这个概念一个过分广泛的解释，而又仅仅是从这个消极方面对艺术分析作了严厉的限制。这种在艺术问题上轻易加以政治性结论的作法也是欠妥当的。这些都难免使人在艺术分析面前感到为难。这种消极的后果也是冯牧同志和安旗同志应该考虑的。

冯牧同志和安旗同志在批评卓如同志的文章中提出来的一些对问题的一致或不一致的看法、观点，即使我个人不能赞同，但我也认为可以提出来讨论。这种争论对我们学术研究是有益的。正如我们常说的：真理愈辩愈明。但他们所采用的那种带有某些共同特点的批评方法是不应该提倡，而应该废止的。这就是以上一再引证分析了的那种方法：断章取义、引伸武断。虽然我们不愿意使用这样的字眼，但事实是如此。这种论证的方法，根本是错误的。因为它完全违背马克思主义的实事求是的科学态度。

列宁在《帝国主义是资本主义最高阶段》法文版和德文版序言中有这样一段文章，可以说比较集中地说明了他在论证问题时的严肃认真的科学态度和科学方法。他说他不是从"单个例子或单个材料"，而是从一切有关的"材料的总和"中得出自己关于某一客观事物本质的结论的。他附加说明道："在社会生活现象极端复杂的情况下，随时都可以找得到任何数量的例子或单个事实来证实任何一种意见的。"这应该是我们都熟悉的话。虽然这里指的是对社会上某一复杂的客观事物的论证，但这种实事求是的科学的论证方法是具有普遍意义的。当然，一篇文章没有某一复杂的社会生活现象那样复杂，但要想从中寻找出证实某种意见的字句，也并不是很困难的。冯牧同志和安旗同志，就是从卓如同志的文章中挑选出个别不够妥当的字句作例子，而对全篇文章下一个全盘否定的论断。也是列宁说的："例子不是证据。"（《列宁全集》三十三卷一七六页）何况，他们引为例子的引文，经过他们的删节、引申，已经是面目全非了呢。这与列宁的论证问题的态度和方法多么不相符，简直是背道而驰。这种远不是实事求是，远不是科学的态度和方法，不是我们应有的，这是与我们的根本态度相违背的。毛主席说："共产党不靠吓人吃饭，而是靠马克思列宁主义的真理吃饭，靠实事求是吃饭，靠科学吃饭。"毛主席说："无产阶级的最尖锐最有效的武器只有一个，那就是严肃的战斗的科学态度。"象这种断章取义、引伸武断、扣大帽子的方法，也可以称为毛主席所说的"吓人战术"，同样是"对敌人是毫无用处，对同志只有损害"，是一种无益而有害的方法。（以上均引自《毛泽东选集》第三卷八五七页）建立在这种方法上的论断，不可能是符合实际情况的，因而不可能是正确的。

如果这种错误的论证方法的影响仅仅是限于冯牧同志和安旗同志少数几个人范围之内，我认为就没有公开提出批评的必要。而是因为他们是在社会上有一定影响的评论工作者，他们的文章相当严重地表现了这种态度和方法，为了避免这种态度和方法发生影响或广为传播，我才觉得应该提出这样也许是过分的批评。又为了照顾到一般读者的阅读方便起见，不得不作比较详细的叙述，甚至连作者自己也感枯燥无味的引文对照和说明。目的还是为了使广泛的读者对这个问题注意。我们希望因为这次的争辩能引起对李季及其他作家的评论工作更加深入、更加生动活泼的开展。

（原载1960年《文学评论》第3期）

李季的艺术道路

孙绍振

一

　　毛泽东同志的《在延安文艺座谈会上的讲话》发表以后，在解放区，新诗的风貌发生了根本的变化。劳动农民，革命战士的形象和他们的感情、趣味第一次在新诗领域取得了应有的地位。二十多年来，自由诗第一次退居次要地位，民歌体或以民歌为基础的新诗成为主要形式。这是一个思想上感情上朝气蓬勃、诗风上发生巨大变革的时期，也是形式上勇于革命而且取得了丰硕成果的时期。不管是新诗人还是"老"诗人（其实他们年龄并不老），他们都勇敢地去探索新的美学境界，找寻新的抒情格调、新的想象途径了。标志着这样一个变革的最初的战略性胜利的信号，就是李季的《王贵与李香香》。

　　李季当时还是一个县级政府工作人员。象当时解放区许多青年文艺爱好者一样，他学习了《讲话》，并在实际斗争中经历了深刻的思想磨炼，改变了小资产阶级立场，走进了劳动人民生活和感情的深处，开始致力于大众文艺创作。在长诗写作以前，他曾经利用民间故事传说、采取群众口语，以章回体小说、说书等通俗文艺形式写过《卜掌村演义》、《救命墙》和《老阴阳怒打虫郎爷》。在思想上、生活上、艺术上有了这些准备以后，他才根据一个流传得相当广泛的故事，创作出这部叙事长诗的。

　　他后来回忆说，他曾经象许多新诗的爱好者一样"瞧不起民歌"，他说，他认识到民歌动人的艺术力量，"不是由于在文艺理论学习上"，而是由于在斗争实践中看到了民歌的社会价值。他说："在当时，我所读过的描述解放区人民生活的新文艺作品中，我还没有见过如此单纯易解而又深刻感人的东西。从此我对民歌发生了强烈的兴趣。"他开始利用业余时间收集民歌，一下子收集了三千多首陕北的"信天游"，在他面前展开了一个新的艺术境界，他当时激动的心情"是读任何作品所从未有过的" ❶。

《王贵与李香香》完成于一九四五年十二月。发表后不久，中共中央宣传部长陆定一就在《解放日报》上撰文推崇。在国统区，郭沫若称它为人民翻身和文艺翻身的"响亮信号"，茅盾则更誉之为"这是一个卓越的创造，说它是民族形式的史诗，似乎也不过分"。

《王贵与李香香》以一对青年农民的恋爱曲折过程为线索，展开了三十年代陕北土地革命血与火的斗争的历史画卷。爱情矛盾和阶级矛盾交相发展，上升为阶级的正面搏斗。武装斗争的初步胜利，使爱情得到了顺利发展。长诗显示了李季所特有的革命传奇风格，他不轻易地让他心爱的主人公得到大团圆的美满结局，而是把一时的顺利当作新的斗争的转折，从而在革命的曲折历程中经受了更严酷的考验。很显然，长诗反复强调的主题是革命成败对于爱情和幸福的决定性作用。正如王贵对李香香所说："不是闹革命穷人翻不了身，不是闹革命咱俩也结不了婚"。在新诗史上，这是第一次把恋爱自由的实现和武装斗争的胜利艺术地结合了起来。正是因为这样，长诗的主题就不限于两个青年、一个村子的变化了，而是反映了陕北土地革命的伟大历史潮流和农民走向自由解放、争取幸福生活的胜利道路。

表面上看来，男女主人公曲折的悲欢离合的传奇性情节和三十年代革命加恋爱的作品有某种近似之处。但是，它却有全新的风貌。首先，这里的革命不是在想象中美化了的、象某位诗人所说的"戴着白手套"的那种抽象的、象征性的革命，更不是如鲁迅所讽刺的"哎呀，哎呀，我要死了"的那种病态化了的感情游戏。在这里，爱情是强烈而坚定的，不可动摇的，但却是从属于革命的，革命胜利是爱情胜利

❶ 李季：《我是怎样学习民歌的》，见《文艺报》一卷六期。

的先决条件，个人命运和武装斗争的成败是紧密地联结在一起的。

这里的主人公也有苦难，其命运严酷的程度甚至比在《大堰河》和《老马》中所描写的更甚。但是，王贵即使被打得死去活来，李香香即使在失去自由、遭到囚禁、遭受逼婚的时刻，也没有新诗中常见的那种被摧残到精神麻木的表情，相反，李季善于在苦难的考验中显示人物精神美的光彩。在这里，新的美学原则是：描写苦难不是最高任务，而是为革命英雄主义的品格提供客观环境。这样的劳动者的苦难就不再是诗人同情、怜悯的对象，这样的英雄主义也没有戴上诗人所赋予的虚幻的光圈，而是实实在在，平凡而又崇高，质朴而又光彩的英雄本色。写苦难而没有被污辱被损害的精神创伤，写英勇的气概而没有自发性、原始性乃至盲目性的狂热，这正是李季所开拓的新的美学境界，是一种新的美学原则的具体表现。李季在长诗里显然在追求创新，他在贯彻新的美学原则的过程中成功的舍弃了因循的惯性。

长诗反复地抒写了王贵和李香香陷于绝境时的精神状态，他们并没有因此而绝望和哀叹，也没有消极地期待着救世主的降临，长诗着重刻画了他们在武装斗争的背景下威武不屈，坚贞不二的动人表现。他们胜利的信念不是来自天生的美德而是生活磨炼的结果。李季没有象三十年代的某些作品那样，超越历史的环境，让他心爱的人物替作者做理性的说教，而是让人物自己很有分寸地按着环境所允许的限度行动，把作品的思想精神艺术地展示出来。

长诗中农民的解放和幸福的争得，主要不是依靠外来力量，而是从内部发展起来的。长诗对土地革命的描绘颇有独创性，对武装斗争从秘密到公开，从幼小到壮大的描绘也是值得称道的。长诗的抒情趣味，显然是受到《白毛女》的唱词的启示的，但是，在新诗中，按照工农群众的生活趣味来塑造工农新人的创作原则，却应该说是在《王贵与李香香》中形成的。

忠贞的爱情也是男女主人公光辉形象的重要组成部分。这种打着鲜明的阶级烙印的爱情，在新诗中开拓了一种新的美学境界：

烟锅锅点灯半炕炕明，
酒盅盅量米不嫌哥哥穷。

在新诗中已经有过许多抒写爱情坚定不移的篇章，但是这里的爱情却是新诗里所不曾表现过的；这里的艺术表现方式也是新诗人所不敢想象的。它既不浪漫，也不神秘，好象不属于新诗已经习惯了的美学体系。这里的"烟锅"和"酒盅"，显示的是物质生活的贫乏，并不需要掩饰。这种朴素的诗情，自有一种朴素的表现方法。它的艺术细节不是取之于新诗现成的形象仓库，而是从产生这种感情的环境中去提炼的。当然，作为诗，总是要通过想象加以美化的，不过这里美化的原则和想象的方式发生了变化：

> 山丹丹开花红姣姣，
> 香香人材长得好。

把姑娘比作花，这是很古老的手法了，但是这里的花，不是新诗从外国诗中借来的玫瑰，也不是古典诗歌中常见的桃李或牡丹，却是陕北群众的常见的山丹丹。对于陕北的农民和战士来说，生活中屡见不鲜的事物进入了艺术领域，自然在欣赏时会产生一种快慰的惊异，其程度当然要大大超过玫瑰或牡丹。而在李季，他正是要力避因袭新诗现成的形象，到主人公生活的环境中，用主人公的心灵去重新感受发现并摄取新的形象。例如：当李香香被囚禁时，她思念王贵的情景，诗人是这样写的：

> 满天的云彩风吹乱，
> 咱俩的婚姻叫人搅散。
> ……
> 阴洼子里糜子阳洼子里谷，
> 哪里想起你哪里哭！

受难的妻子思念远离的丈夫，在诗中完全靠农村日常生活、大自然现象和跟农业生产劳动有关的事物（如风吹云彩、糜子、谷子等）来构成比兴形象。这一切在缺乏农村生活经验、对农民的感情缺乏了解的人那里是引不起兴趣的，但是，这些事物对于农民，却是与他们的命运密切相联的，这就构成一种崭新的诗的境界。

> 羊群走路靠头羊，
> 陕北起了共产党。

　　把要歌颂的对象比作"头羊"，没有劳动者的感情，是无论如何也无法想象的，新的感情带来了新的美学标准。《王贵与李香香》中的这种独创的艺术描写，正体现着李季美学的革新意图。在新诗中已经有了许多形容漂亮小伙子的美好词语，但李季在描写王贵苦难身世时却用了"羊羔落地咩咩叫"，在王贵与李香香谈情时，是"地头上沙柳绿蓁蓁"，"马里头挑马四蹄银"。如果缺乏劳动群众的感情用"羊羔""沙柳""马"来形容年轻人是不可想象的，但是这都正体现着劳动者的美学观念。当这些形象进入新诗以后，就以其新颖和特异，为新诗艺术的发展揭开了新的篇章。李季好象是第一个揭开了民歌的艺术宝库似的，他把这么多美妙的形象奉献给了新诗。

　　这部长诗还把一种与新诗的比喻不同的起兴手法带到了新诗中来。它好象有点粗疏，不象新诗那样逻辑联系紧密，但却很有表现力，相当自由，为想象的跳跃提供了方便。

　　长诗情节曲折，但李季回避过程的交代，在多数情况下是用人物的对白来暗示过程的推移，大量地省略了行动描写，加上人物独白和对白的生动自然，使这部长诗没有隘于叙事，而是在叙事中渗透着抒情。在"五四"以来的叙事诗中，这部长诗达到了少有的抒情与叙事的统一。也有时它是得力于直接借用民间文学的传统手法来概括过程，把过程净化。如："头一枪惊醒坐起来，第二枪响时跳下炕"；又如："太阳偏西还有一口气，月亮起来照死尸"；"一天哭三回，三天哭九转"，把过程的阶段用匀称的时间量来表示，对于劳动群众来说正是他们喜闻乐见的表达方式和想象方式。

　　"五四"时期在新诗中发生的美学变革主要是从外国诗歌取得借鉴的；《讲话》以后在新诗中发生的美学变革则是从民歌取得借鉴的。这说明任何美学变革的历史任务都是不能靠个人的才能去单独完成的，但是个人的才能却能把历史的精华集中起来。李季的才能在于他借助于民歌而没有停留在民歌的基础上。虽然他袭用了大量的民歌原句，表现了当时他对民歌艺术的消化尚嫌不足（正如"五四"时期郭沫若对惠特曼排比式呐喊消化不足一样）。但是，他还是有创造的。他不同于当时许多学习民歌的新诗人之处，正是在于他没有照搬。他没有欣赏民歌中某些落后的东西。起初他感到民歌的某些方面"限制太大"（用他的说法叫做"定型"），后来，他看到了革命后的民歌在内容上和形式上"不断发展"的趋向，他才对民歌形式有了新的信心。（见《我是怎样学习民歌的》）李季热爱民歌，但并不爱它的"定型"，而是爱它的"不断发展"。在《王贵与李香香》中，我们可以看出来，李季刻意追求突破和发展。在内容上，李季总是力求把"信天游"的传统形象和革命斗争的时代风云结合起来，用传统的艺术色彩来描绘时代的画卷（如："千里的雷声万里的闪，陕北红了半边天"），刻画人物形象（如："羊肚子手巾缠头上，肩膀上背着无烟钢"）。李季不单摒弃了民歌的落后成分，就是对其中的健康成分也立意革新。在形式上李季不满足于因袭，"信天游"一般都局限于在自然背景下描写劳动生活，而《王贵与李香香》却把曲折的传奇情节放在广阔的社会背景下展开。为此，他一方面充分发挥"信天游"两句之间想象的飞跃性能，留下极大的空白；一方面又使各联之间保持一种灵活的联系，使之形成富有想象弹性的情节顺序。李季还采取了新诗分部、分章的结构方式来构成一部长篇叙事诗。在许多学习民歌的诗人中，李季之所以能达到这样高的艺术成就，重要原因之一，就是因为他既热爱民歌而又不拘泥于它的传统形式。

《王贵与李香香》的情节虽然曲折，但许多地方失之过分简略，因而历史环境的描绘显得薄弱；人物行动的刻画也逊于其独白和对白远甚。其结果是主要人物之间性格区别并不显著。但不管怎样，对《王贵与李香香》这样的内容来说，运用经过改造的"信天游"形式，还是适应的。这种适应是相对的，到了建国以后，李季面临着更为广泛复杂的社会生活，面临着文化水平更高的读者，他又感到这种形式不适应了。他又要进行新的突破，向新的艺术天地进军了。

二

建国以后，和艾青、田间等诗人所追求的用抒情形象来表现新的时代、新的生活不同，李季（还有阮章竞、张志民等）所探求的主要是从描绘具体的人物经历和具体的劳动场景出发，来反映社会主义建设和改造的新风貌。李季认为：离开了生活，"顶多也只能让读者去咀嚼一支雕刻得很精致的蜡烛"❶。在他的抒情诗中也往往带有单纯的情节，即使那些没有情节的抒情诗，也常常有现实的具体的而不是想象的场景描绘。属于这种风格的作品，动人的事迹多于奇妙的想象，不象"五四"以来的许多新诗那样，用大量的直接抒情塑造诗人的自我形象，揭示诗人的内心世界，它主要是描绘在改造客观世界的重大社会变革中的工农兵斗争经历。以《王贵与李香香》为代表的这种诗风从四十年代到五十年代曾经影响到整个新诗的发展，许多诗人的抒情诗增加了叙事的成分；群众化的感情和诗人的自我形象的统一，成了普遍的追求。虽然取得了这样的成就，发生了这样大的影响，但是李季并不满足。开国之初，他仍然致力于突破。直到一九五六年他还说自己"经常处于痛苦的摸索过程中。"

从一九五○年到一九五三年，李季写了长篇叙事诗《菊花石》。长诗用南方民歌体写成。在章法上是五行一节，句法上比"信天游"更整齐，每行基本上是七言句。在比兴手法上，似乎并不比"信天游"丰富，但有"信天游"所没有的南方生活色彩。李季在作品中呈现了一种新颖的民歌风格，其中不少章节的语言是精彩的。例如：

> 春穿棉衣夏穿单，
> 秋凉没有夹衣衫，
> 寒风刺骨飘雪花，
> 手指冻僵泪冻干，
> 老天下雪不下棉。

---

❶ 李季：《热爱生活，大胆创造》，见《文艺学习》一九五六年第三期。

　　《菊花石》的不足，首先是在主题思想上。李季用了很大的热情去歌颂老工匠刻石劳动技艺的高超，用石菊的艺术价值来体现劳动价值，并且还以它和剥削者的矛盾，来表现劳动者品质的高贵，唱出了一曲劳动创造的颂歌。石菊既然成了劳动艺术和劳动品格的象征，其重要性就被强调到高于经济价值和物质生活需要了："为它生来为它死，为它受罪为它穷"。"刻菊莫为几斗粮"。这样就使形象抽象化到了离开了生活现实的程度。老工匠的女儿荷花和徒弟聂虎来的爱情就是建立在这样的基础上的。甚至当革命形势高涨，聂虎来去参加革命，仍然把艺术（刻菊）和革命作了平等的分工。把献身艺术和献身革命等量齐观，这显然使作者感到根据不足，于是长诗又强调表现忠于刻石菊是对于革命领袖敬爱的表现（献给毛主席），同时突出了与要夺取石菊的白军的冲突。很明显，在《王贵与李香香》中成为风格特色的革命传奇色彩，在这里却失去了生活的基础，以至把生活的真实和艺术的真实一起失去了。虽然作者把斗争的背景放在大革命前后农民运动的风暴中，特别是"四·一二"以后土地革命的烽火中，但是作品中石菊的形象的性质和工农武装割据的斗争没有必然联系，革命形势的发展也就不能和主人公的命运变化紧密地融合起来。作者把这个历史阶段的矛盾中心集中到对劳动艺术的忠诚上来显然是不够典型的，因而把石菊的刻成和革命胜利硬扯在一起作结局，自然是一种象征性的，概念化的。因为这不是对现实生活描绘的概括，而是作者对石菊威力和意义的主观夸大。

　　《菊花石》的失败说明，李季还没有找到属于他自己的新的主题，其根源是他对南方革命根据地的生活比较生疏。生活不足，便求助于象征，这与李季的艺术个性是不相容的，幸而此后李季没有再重蹈这个覆辙。

　　当时苦闷着李季的首先是跟上生活前进的步伐，他需要建立新的生活根据地；其次还有形式问题，他需要创造新的形式。他意识到"生活向前发展了"，"人民群众的感情已经发生了根本的变化……这时你再用

　　　　五谷里数不过碗豆圆，

人数里数不过咱俩可怜。
庄稼里数不过糜子光，
人数里数不过咱俩凄惶！

的调子来描述这些正在形成的新型农民，那会是多么不协调啊。"❶
很显然，李季感到了以民歌为基础的形式，不足以充分表现新的生活，
他致力于突破民歌的局限，这种局限包括内容的局限（基本上是反映
农村生活的）和形式的局限（节奏的固定）以及形象的局限（传统的
比兴方式和传统的形象），此外，还有章法的局限（例如：固定为两
行一节或五行一节）。这样，李季诗歌的主题、人物、语言和形式都
起了很大的变化。他自己说："试图以民歌为基调，吸收更多的在生
活中涌现出来，适宜于表现新生活的口语来写诗。在形式上也较多地
采用了更易于表达复杂思想感情的四行体。"❷虽然，他在这里说"以
民歌为基调"，但是，读者却感到，在他后来的抒情诗中民歌的基调
被新诗的基调取代了。

　　改变了一种诗行的形式，就意味着改变了一种对生活进行加工的
特殊手段，放弃了一种形式，也就意味着放弃了一种已经稳定地达到
了的艺术水平。同样，用另一种艺术形式写作就意味着要重新探索把
生活素材提炼、净化为艺术形象的特殊规律。对诗人来说，实际上是
要在生活素材面前重新确立诗和非诗的界限。

　　从一九五〇年到一九五三年，李季处在探索新的主题和新的形式
的过渡阶段。这种新旧交替的特点明显地表现在《短诗十七首》中。
这本诗集中最为人称道的是《报信姑娘》，它从主题到人物，仍然是
《王贵与李香香》的延续，只是形式变了。那个为了给游击队报信而
牺牲了的姑娘，其精神和气质与李香香给游击队报信有许多相同之
处。虽然她和李香香一样也有一个打游击的爱人，作为一个人物，她
却没有李香香把革命和爱情交融在一起的丰富感情世界。这是一个未
完成的形象的胚胎，我们后来在《五月端阳》中看到了她的发育和成

---

❶ 李季：《热爱生活，大胆创造》，见《文艺学习》一九五六年第三期。
❷ 李季：《难忘的春天》后记。

长。在《报信姑娘》中，李季第一次采用了当时流行的比较自由的新诗的形式。由于民歌中那种现成的表达方式不能直接用到新诗中来，《短诗十七首》中一些最动人的作品并不是以新诗的表现艺术取胜，而是以生活内容的生动取胜的。他在《光荣的姑娘》中这样写："不需要寻找华美的词藻，来把她的形象渲染；她那英雄事迹本身，就是一首动人的诗篇"。显然，李季还没有在英雄事迹以外发现更多的诗情，正因为这样，他更依靠情节。他的抒情诗，这时往往带一定的情节性。离开了情节他的诗作就显得平淡了。

李季在掌握新诗这种他并不熟悉的方式方面进展得很快。在他的后来的诗作中开始出现溢满友谊的浅蓝色酒杯，满天飞翔的和平鸽，出现了风暴背景上的海燕，象征着革命的钟声等等。李季的联想和想象的天地突破了农业生产以及与之直接联系的大自然现象，他运用新诗的手法叙事，有时也达到了五十年代初期新诗难得的精练。如写敌军侵入村庄：

> 一阵寂静紧接着就是一阵混乱，
> 皮鞭和刺刀的影子在每家的窗户上显现。
> 再接着是成百声令人心悸的惨叫，
> 到最后，笼罩着村子的依然是黑暗。

虽然，这样的语言有些不精练（如"紧接着""再接着""到最后"是散文的逻辑顺序），但是，这种有层次地用较多的细节把握过程的特点，是和民歌那样单纯的概括方式有很大的不同的。不过，总的说来，诗的质量是远逊于《王贵与李香香》的。有些则是明显的粗糙，如写敌人的凶残"死的最惨的是那个老汉，身上总扎了一千个刺刀眼；另一个妇女，再过几天就要做月子，强盗剖开了肚子，血流几尺远"。这好象不过是把素材作散文式的罗列。这时，李季执着于生活，往往忽略了艺术的净化。

这个时期李季在准备着一个突破，但真正的突破还是他到了玉门油矿，并且在那里建立了第二个生活根据地以后。当旧的生活敏感区和新的生活敏感区融合的时候，李季就概括出他自己的新主题，新人物，并且比较自如地掌握了新形式，他打破了他习惯的叙述情节的顺序，更进一步掌握了新诗的抒情方式。标志着这个突破的是他的《玉门诗抄》。

在五十年代初期和中期，李季以豪迈的工业建设图景吸引了广大的诗歌爱好者。《玉门诗抄》的副题是"春风普度玉门关"，显然是和唐人的诗句"春风不度玉门关"作历史的对比。李季是最早把大西北荒凉的自然风貌和社会主义工业建设的英勇劳动结合起来的诗人。在他笔下，石油河在冰块下面"和砾石作着激烈的争辩"，石油工人"正把辽阔的戈壁划入市区"。李季善于把艰巨的劳动、荒凉的大自然与建设者的豪壮胸怀交织起来表现。在他笔下，那藐视困难的气概，创造生活的喜悦都极其鲜明地体现了五十年代的时代精神。李季的这些作品尽管在艺术上还不能说是成熟的，但他却适应了五十年代初期阶级斗争主题向大规模经济建设主题的转变的潮流。一种伟大时代的历史转折感渗透在他自称为"石油诗"的作品中。最明显的是《阳关大道》，虽然这里仍然是"三百里荒沙没有人烟"，但是，"沙漠上的牡丹"敦煌城却是一片繁荣景象：

党河大桥，
座落在敦煌城南。
桥下是滚滚的流水，
桥上的大路，直通阳关。

阳关大道，
又平又宽。
车马拧成一条绳，
走路人儿不断。

阳关内外，
黄沙满眼。
处处逢人皆亲人，
小店大店歌声满。

这首诗没有象李季的许多诗一样写人物，写情节，而是写了一个场景，生活的浓度、感情的深度、语言的精练，都达到了当时新诗的高水平。诗人不过写了一条路，却充满了生机勃勃的时代气氛。荒漠的背景为繁忙的视觉和听觉形象淹没了。这里不再是"西出阳关无故人"的荒凉塞外了。这里着重写的是诗人对环境的感受，人与自然、人与人关系的改变引起的一种新鲜情绪。在写这一类生活的欢乐颂歌时，李季并没有回避沙漠的荒凉，李季象当时的许多新诗人一样，一方面热烈地唱着新生活的繁荣，一方面又并不回避生活中的不足。在《我们的油矿》中，李季笔下的新城的建设者就是这样：

> 没有必要对你隐瞒城市的缺点，
> 我们实在需要一个美丽的公园；
> 虽然我们每天可以看到壮丽的戈壁日出，
> 虽然我们每年可以看到六月天雪飞祁连。

《王贵与李香香》中的革命战士已经成为社会主义工业建设的领导人，他们对着报表拉计算尺，真象"摸着心爱的手枪"，他们"上车的动作"，多么象当年上马的姿势啊：

> 刀痕是长征时留下的，
> 抗日战争的纪念品留在肩膀上。
> 解放战争中丢了一个手指头，
> 这一脑袋的白发是转业以后的奖赏。

这时李季不再依靠情节来概括人物的漫长经历了，他不再用"小叙事诗"的形式写作抒情诗了。他从生活中提取了少量概括性很高的、有某种想象弹性的细节，集中到统一的主体形象上。在《旗》中，李季这样写勘探队员：

> 他们的双脚走遍了祁连山的每个山峰，
> 他们的汗水曾流进陕北的黄土层里。

歌声惊走了戈壁上的野马群，

欢笑驱走了处女地上的静寂。

　　这种以局部细节概括不同生活侧面的方法，在五十年代初期乃至中期还是很新颖的。李季就是这样描绘了在大西北沙漠上创造新生活的建设尖兵，揭示了他们为创造新生活而甘愿忍受艰苦的高尚的精神境界。

　　对于如何在抒情诗中描绘英雄形象，李季所进行的探索是很有特色的，他力图正面表现先进人物感情的豪迈。他并没有象贺敬之和郭小川那样，也没有象公刘那样把自己的感受作为反映时代风貌的焦点，他也不象闻捷那样以一种牧歌情调来表现劳动和新生活的喜悦，在欢乐的场景中渗入诗人优美的情思。在李季的作品中，基本上没有诗人的自我形象，也较少以直接抒发诗人胸臆为主的篇章。他的语言不及白桦、雁翼、邵燕祥、流沙河那样多彩，他的想象常常是直线的，不象李瑛那样曲折，但是他却以他质朴的风格和深厚的生活内容，在五十年代独树一帜，在表现生活的深度上所取得的成就弥补了在构思上平直的不足，他作品中所共有的那种生活的光华是当年许多风华正茂的诗人所不及的。如写戈壁滩地质队员饥渴的情景："人们连做梦都在摸着那早已干了三天的水壶。马呀，饿得回过头来咬自己的尾巴。"李季的人物是现实的人物，艺术细节也很少带着想象的奇妙色彩。他在描绘场景和人物方面迈开雄赳赳的步伐，但在想象的空间中他却缺乏灵巧的翅膀。李季的这种写实风格在五十年代初期和中期对许多青年诗歌爱好者有过广泛的影响。他们的新诗往往过分重视生活现实图景的描绘，而在艺术想象方面显得拘谨。这正说明，在当时，人们对反映时代风貌和抒发诗人胸臆方面的理解还比较朴素。但是，从诗的艺术规律来说，是不能回避生活和想象的关系的，在这方面理解上的偏颇，不能不影响到诗人在艺术上的进展。

　　一九五四年李季还写了《生活之歌》，这虽然是一首叙事诗，但在叙事上并不成功。故事的主人公是才从中学毕业的赵明。新当石油工人，满怀激情幻想，后来克服了对"每天都是上班下班"的"厌烦"，在老工人尚师傅的带领下，取得了厂党委书记和苏联专家的支持，进行新的采油法试验，于是，他和他的保守的哥哥发生了矛盾。最后，由于新采油法获得了成功，赵明进一步明确地认识了创造性平凡劳动的不平凡的意义。长诗明显地受到当时在国内广泛流行的某些苏联作品的影响，对生活中严峻的矛盾，只是作了片断的侧面烘托，不论是赵明和他哥哥冲突的解决，还是赵明自己思想感情的变迁，都没有经过激烈曲折的斗争。李季似乎也无意去展开矛盾，只是用它作为一种线索来构成抒发感情的环境和气氛，而不是追求特定环境中性格逻辑的必然发展，因而人物是比较模糊的。长诗在当时却受到了欢迎。这是因为，它较早地表现了五十年代青年献身祖国工业化的热情，写出了在艰巨劳动中创造生活的自豪。长诗还写到了建立在创造性劳动基础上的兄弟感情和爱情，展现了那些向困难进军的尖兵们美好的心灵世界，从他们对戈壁滩夜景的赞美，到他们的手风琴和舞会。在这里，困难（包括大自然的严酷和思想感情的冲突）都是轻而易举地得到解决的。这在某种程度上，是五十年代青年，也是诗人自己思想的特点。

409

正是因为这样，李季和当年许多诗人一样是以单纯的颂歌去反映那个时代的。在他的笔下得到充分展示的是忘我的劳动热情，友谊的温暖和爱情的幸福，矛盾在自然而平静的发展中渐渐地消失了。五十年代是颂歌的时代，新诗史上的这一章，也是充满颂歌的一章，这是由当时比较迅猛发展的经济建设和人民热情的普遍高涨决定的。但是热情而庄严的颂歌和揭示生活矛盾的战歌还没有很好地结合起来。这样，就影响了作品的思想深度，并显示了颂歌的局限。"我们的年纪，正是生命的春天，宽广的道路，展示在我们面前"，这是现实生活的主要方面，但是，这条道路并不是永远宽广而平坦的。到了一九五六年，短篇小说和报告文学开始大胆地、正面地揭示生活的矛盾了，并显示了生气勃勃的思想锋芒，但李季写于一九五六——一九五七年间的《西苑诗草》，仍然囿于颂歌的方法，他写下了这样的诗句："飞吧，自由地飞吧，天上的白鸽，地上的姑娘。"这以后，李季还陆续写他的传统主题，一九五八年，出版了《玉门诗抄二集》，虽然其中不乏动人的诗情，如"一顶铝盔就是最高的奖赏"等等，但是，往往流于现象的罗列，也就不象《玉门诗抄》第一集那样广泛地得到年轻读者的爱好了。这是因为在一九五七年以后，我们国家的政治和经济生活都发生了曲折，甚至一度发生了严重的困难，这时单纯用颂歌的方法去表现生活就显得不足了，在有些诗中，李季所特有的生活情趣也淡薄了。而那些内容比较深厚的作品，却又常常和他本人以前的一些作品在形象上有些重复。我们隐隐感到李季的创作有些停滞。但是，诗人不但没有感到这种停滞，反而被一种空乏的政治热情掩盖了。这表现在"大跃进"期间，李季和闻捷在《甘肃日报》上为配合政治宣传而写报头诗中。对于当时的浮夸风，李季是不可能有清醒的判别力的，因而对于他的诗脱离生活的危机，他也就不可能有客观的认识。但是李季究竟是李季，当他不能对他尚未充分理解的生活作出新的概括时，他宁愿把主要精力放到自己心灵中已经熟透了的人物和生活中去，当他对新诗的形式不能进一步开拓新的天地时，他宁愿回到他所熟练地掌握了的民歌形式上去，并力求有所创造。这样，从一九五八年七月到一九五九年十一月，就写出了他的《杨高传》三部曲。

三

《杨高传》是经过李季长期孕育的。诗人在陕北革命根据地工作时曾经听说过红小鬼的传奇故事，在解放战争期间又听过区委书记杨高的英勇事迹，而在一九五四年，在柴达木又遇到了成为地质勘测大队政治副大队长的杨高（见《戈壁旅传》，上海文艺出版社，56—74页）。长诗的第一部《五月端阳》描写了孤儿杨高给财主揽羊，从事地下工作，投奔红军英勇作战的故事。杨高在危急之际得到牧羊人的帮助，披着老人故意丢下的老羊皮袄混在羊群中，躲过白军追捕，在端阳家得到巧妙的掩护，后来又发展为爱情线索，长诗中的这些情节连同许多细节都直接取之于原始素材。李季是特别善于通过这样的情节赋予他笔下的革命和爱情以曲折的传奇色彩的。

长诗的第二部《当红军的哥哥回来了》，以抗日战争和解放战争为历史背景，写杨高受伤复员还乡，"骨折肉烂心不碎"，领导游击战争，但与崔端阳长期失散，崔端阳孤独地与自己的舅父为代表的恶势力进行斗争，后来在风雪中与杨高见了面。象《王贵与李香香》一样，经历了曲折斗争的爱情随着革命步伐一起走向胜利之后，又经受了严酷的考验，二人在敌人刑场相见，威武不屈，崔端阳英勇就义。

长诗的第三部《玉门儿女出征记》写杨高在解放战争胜利后复员参加玉门油矿建设。这个忘我的革命英雄虽然残废了，仍然成为生产建设的先锋。他从一个战场上的勇士变成了一个向科技、向大自然进军的悍将。

杨高的形象无疑是王贵的形象、"石油诗"中的那个"厂长"的形象以及《向昆仑》中的主人公等形象的一个总结。杨高象王贵一样认识到个人的命运与革命成败的密切关系，个人的幸福离不开革命战争和建设事业的顺利发展。在参加革命之前，他经历了种种非人的磨难，从贫困和艰难中磨炼出来的奋不顾身的斗志是王贵与杨高的共同特点。被压迫者求生存的强烈愿望引导他们自发投奔革命队伍，为了求得解放，他们宁愿忍受痛苦的磨难，甚至作出最大的牺牲。杨高高于王贵之处在于他不仅仅是为本人的命运而奋斗的。为了改变祖国的落后面貌，他能够自觉地牺牲自己的一切，从个人的健康到忠实的爱情。最后，象《生活之歌》中所写的那样，随着革命和建设事业的顺利发展，为祖国带来光明前景，也就为个人带来了幸福。象在《王贵与李香香》中一样，李季在《杨高传》中仍然善于把革命的曲折和爱情的曲折交织起来，让阶级斗争形势成为个人命运转折的决定因素。在长诗的第一、二部中，李季往往以革命的失利来考验他的英雄，革命的坚定和爱情的忠贞相统一使人物带上了传奇的绚烂光彩。在长诗的第三部，李季以生产斗争中的事故（井喷）磨炼他的英雄。但是，由于没有和爱情的曲折交织起来，就失去了李季的传奇性了。在李季笔下，情节的发展的触媒往往仅仅是由于客观形势的变动。因而，他常常求助于某种巧合（或者"巧错"）、某种偶然性导致人物命运的变化。有时又离开人物以孤立的章节去描写历史背景的特点。他很少象闻捷那样把个性的因素和环境的因素交织起来导致情节的复杂变化。《杨高传》在表现历史环境和人物个性上虽然化了很大的篇幅，但仍然是比较薄弱的，这在长诗的第三部《玉门儿女出征记》中表现得比较突出。当然，长诗的第三部的不足主要原因还是对社会主义建设时期的矛盾性质把握得不准确。虽然，诗人经常在顽强学习和英勇劳动中表现人物，而且往往把人物置于死亡的边缘上，给读者的印象

411

仍然是英雄事迹的外在表现多于对英雄内心的独特展示。第三部开头一连几节，一千多行，除了生活场景的罗列和人物经历的说明以外，还没有展开贯穿全局的矛盾和冲突。老是在劳动和休息、工作与健康之间制造矛盾，这样，传奇的情节没有了，人物也模糊了。

长诗采取说唱的形式，以七言句和三三四的十言句交替出现，这是有利于叙事的形式。《杨高传》不象《王贵与李香香》那样袭用大量的"信天游"的比兴方式，而是广泛运用了赋的手法：

自己——想着——自己笑，
转眼——来到了——党委会旁，
下了——汽车——往里走，
不小心——撞在了——电线杆上。

为了解决大量叙事与抒情的矛盾，李季往往在人物命运紧急关头或在紧急关头之后，展开连续运用比兴手法的抒情。如果说杨高的形象主要是凭借动作性很强的情节来塑造的话，崔端阳的形象则主要是凭借大量的抒情独白。端阳的形象的特点与李香香一样，主要是通过她对爱情的忠贞表现了她对革命的忠贞。虽然在一开始端阳是革命的感情多于爱情的吸引，但在革命的严酷考验过程中，爱情却显出了稀有的坚定。端阳的性格在长诗的第二部《当红军的哥哥回来了》中有比较充分的表现，特别是一连四节的"风雪夜端阳追杨高"，动作性和抒情性比较统一。而在《姑娘的心》中，虽然没有紧张的动作性，基本是抒情性的内心独白，但是，由于传统民歌的表现方法运用得自然、得体，也显得十分动人。如端阳在纺线时的心情：

妹妹好比一条蚕，
从心里吐丝线千丈万丈；
蚕丝也有吐尽时，
妹的心要比那蚕丝还长。

又细又白千万丈，

从三边一直拉到前方；
一头拴在妹心里，
那一头紧拴在你的心上。

但是总的说来，《杨高传》中这样精彩的抒情片断是不多的。长诗的
叙事往往淹没了抒情。而那些说书人的插话，对于形成气氛，也是没
有好处的。

李季创作中生活与艺术的矛盾，在他六十年代的诗作《向昆仑》
（载《石油诗》第二集）、《海誓》、《剑歌》和《李贡回来了》以
及七十年代的《石油大哥》中仍然没有得到解决。要把新诗在四十年
代达到的水平和《讲话》以后新诗的艺术成就结合起来，这样的历史
任务不是李季一个人完成得了的。但李季已经向这个任务发动了攻
坚，并且在开辟道路的斗争中取得突出的成绩了。新起的一代诗人正
在李季已经开辟的道路上走来了，并且在纠正李季艺术上的偏颇。这
就是以贺敬之、郭小川、闻捷、公刘、李瑛为代表的五十年代诗坛新
秀，他们将开拓出更为广阔的道路，创造出更高的成就。

1980.3 定稿。1981.6 稍作删节

（原载1982年《文学评论》第3期）

《中国文学》（节录）

〔苏〕尼·特·费多连柯

李季是抗战时期出现的一位天才的青年诗人。他的长诗《王贵与李香香》是战争年代的一部杰出的作品，在中国非常流行。长诗在创作构思和艺术技巧上都是很突出的，它形象地反映出了陕甘宁边区革命农民的斗争生活，他们所进行的这种斗争，就是全中国的英雄人民所进行的革命斗争的一个缩影。

钟敬文教授指出："《王贵与李香香》是我国新文坛上一个惊奇的成就……长诗中反映了人民革命事业的伟大发展。《王贵与李香香》在诗的进程上已经竖起了一块纪念碑……它的语言是非常朴素的而又艺术化的。因此，它激动了读者并给读者以新颖的感觉……它是人民的艺术。它是纯真的诗。"❶

一九二二年，诗人李季生于河南省唐河县山区小村镇的一个贫苦家庭里。诗人的童年时代是在故乡度过的，他在家乡附近的学校念书。他进入少年时代后，中国的抗日战争爆发了。于是他于一九三八年中学毕业后，便进了中国共产党创办的军政大学，当时有爱国热情的青年都投奔到那里去。一九三九年到一九四二年，李季在八路军部队里当政治指导员。一九四三年他被派往陕甘宁边区的一些地方政府的机关工作。就在这个期间里，他的处女作《王贵与李香香》，在陕甘宁

---

❶　钟敬文：《从民谣角度看〈王贵与李香香〉》，《论〈王贵与李香香〉》，上海杂志公司出版社1950年版。

边区的报纸上发表了。这是他早在部队工作时，就一直酝酿的一部作品。作品问世后，立刻博得了文艺界的赞扬和好评。这部作品，是以边区农民革命斗争的史实，作为基础的。

农民害怕的一个姓崔的恶霸，死羊湾的人民叫他"崔二爷"。在灾荒的年代，农民王麻子因为交不起租子，被崔二爷迫害致死。王麻子的十三岁的儿子王贵，又被崔二爷抓去抵债，当了他家的拦羊工。崔二爷胡作非为、专横霸道，少年王贵遭受他的残酷压迫，经常挨打受饿。王贵是在苦水里长大的。老贫农李德瑞，处于被压迫的地位，命运也是很悲惨的，他非常同情王贵。共同的社会地位、相互的信任和支持，把他们联系在一起了。

作品的另一个内容，是王贵与姑娘李香香的爱情故事。李香香是贫农李德瑞的独生女儿。李德瑞的其他孩子都饿死了。青年王贵和姑娘李香香之间逐渐建立了友谊，随着这种友谊的不断发展，他们之间产生了强烈的爱情。但是淫荡的崔二爷却要霸占香香，破坏他们之间的爱情，结果遭到了李香香的坚决拒绝。于是，崔二爷就把他的愤恨转嫁到王贵身上。这样，个人的仇恨同阶级的仇恨就交织在一起了。作者以巨大的社会变化为背景，表现了地主崔二爷和雇农王贵之间复杂和激烈的斗争。积极的勇敢的游击队战士王贵在这一搏斗中战胜了崔二爷。

以上是这首长诗的故事情节。作者用诗的形式，表现了爱情同中国人民革命斗争的密切联系，长诗反映出中国千百万人民群众在战无不胜的共产主义思想的鼓舞下所从事的壮丽事业的巨大意义。正因为如此，所以这一现实主义的长诗的教育意义及其对于中国读者政治觉悟的形成，所起的影响才如此巨大。

长诗《王贵与李香香》写成于中国人民解放斗争的火热的年代，它受到了读者的热烈欢迎。郭沫若评价说：这部长诗"正是由人民意识中发展出来的人民文艺，正是今天和明天的文艺。"❶作家周而复评价说："《王贵与李香香》的出现，无疑的，是中国诗坛上的一个

---

❶ 郭沫若：《关于〈王贵与李香香〉》，《论〈王贵与李香香〉》，上海杂志公司出版社1950年版。

划时期的大事件。"全诗"洋溢着丰富的群众的感情。"❶

长诗的最大的优点是作者选择的主人公，不是远离现实的、公式化的、抽象的劳动者，而是我们同时代的具体的人。作者令人信服地描写了中国农民的思想面貌的发展变化，以及他们所具有的谦虚、心灵美、热爱劳动的品质。他用简洁的然而却是准确的语言描绘了主人公的业绩，并揭示出他们的英雄事业的意义。

李季创作的特点是温婉的。以发自内心的抒情和鲜明的形象展示了新中国农村的图景。李季在作品中，描述了在被解放了的土地上的人民的自由劳动，扩大了他们的视野，促进了他们在政治上和文化上的提高，以及唤起他们为实现新的、崇高的理想而勇敢的斗争。

除了长诗《王贵与李香香》外，李季还创作了一些散文作品：特写、短篇小说和中篇小说。

作者在自传中曾说："我特别喜欢民歌。"李季对民歌的发展道路和民歌的那种使艺术家激动的思想内容是很感兴趣的。李季的创作具有敏锐性、原则性，他捍卫和坚持现实主义文学的最重要的原则。

（节选自《中国文学》第七章《诗与歌》的第八节，莫斯科国家文学艺术出版社1956年版。杨宗建译。）

---

❶ 周而复：《〈王贵与李香香〉读后》，《论〈王贵与李香香〉》，上海杂志公司出版社1950年版。

李季的《海誓》诗

龙　韵

这几天收拾一下杂乱的书架，偶然被一本诗集的封面吸引着，那是诗人李季的《海誓》。前一阵刚看过日本葛饰北斋的"富岳三十六景之十二"的"神奈川的浪涛里"，印象还深。这题名《海誓》的诗集，封面画的也是海浪翻腾，风格有点象日本"浮世绘"版画，内容表现则各有不同。诗集《海誓》的封面，是画一个少女坐在接连海涛高卷的岩石上，望着相隔碧波万顷的一个远方的小岛。

诗人从一九六〇年五月到一九六一年四月曾先后访问欧洲和亚洲四个国家，这本诗集的二十几首诗都是与访问国家有关的诗作。其中于一九六一年三、四月间诗人与其他中国作家访问日本，写了六首有关日本的诗，其中《海誓》一诗，就是根据日本古代民间传说写成的，而且还以这首诗的题名作为这本诗结集的书名，封面设计采用了日本浮世绘版画创作风格，意义是深长的。

《海誓》——内容是写一个日本古代少女渴望幸福生活的故事，这是一个有关日本古代人民生活的传说。从封面画看，在伊豆半岛的对岸有一个小岛，这小岛名叫初岛，就是封面画的一个坐在岩石上的少女隔海瞭望着的那个小岛。这个少女是生长在伊豆半岛上热海（地名）地方的。诗人从一位日本作家获知这一感人的民间传说，便写了诗，诗开头介绍说："多少年以前，热海的一个名叫阿初的姑娘，爱上了初岛上的青年右近。初岛是个人多地劣的穷苦地方，右近不敢相信阿初对他的爱情。阿初对着大海向他起誓。右近就同她相约，每夜渡海到初岛相会，百日满时，他们俩就相爱结婚。"

我再拿起书看，仿佛看到这个坐在岩石上的叫阿初的少女，正要跃下大海朝初岛游去。但诗人在诗的首段便写出这是第一百个夜晚了，过去九十九个夜晚，右近都在对岸——初岛，点燃起信号为阿初引路。唯独这最后一夜——第一百个夜晚，诗就是把阿初姑娘在最后一次下海的情景写出来了：

> 没有星星，
> 没有月亮。
> 今夜的天呵，
> 为什么这样黑？
> 今夜的水呵，
> 为什么这样凉？
> 今夜的海呵，
> 为什么起了这么大的浪？

阿初跃入黑茫茫的大海，怎么也不肯回头。日本人民和我国诗人都有着同一的想法："海边的女儿，千年岩石一颗心。黑风吹，猛浪打，怎挡我出海的船儿要前进！""就是大海着了火，火海里也要游到头。"诗和传说看来是歌颂爱情坚贞，但两者都是另有深刻寓意的。

右近为阿初点燃的那盏指引方向的灯火，诗人把它美化为"爱情的火焰"，在最后一夜却被恶人扑灭了。阿初就是在这样恶劣情况之下，给黑海吞没了。这是一个古老民族过去的传说，这是一个少女过去对幸福的幻想。而这个民间故事，证明了幸福不会从幻想得来，诗也刻画出一个有着勤劳气质的少女，要到一个穷苦的地方去而不以为苦的心愿。

（原载1973年4月2日香港《大公报》）

阿初和阿诗玛

龙　韵

　　读李季《海誓》一诗，才获知一点有关日本古代人民生活的传说，虽然所知仅是其中一个民间故事，但我觉得是可贵了。

　　根据我国古老民间传说写成长篇叙事诗的作品，我读过有好几种，其中有流传于云南省傣族的长诗《娥并与桑洛》，这是一个反封建的爱情悲剧的民间传说；有一部也是流传于傣族人民的叙事诗《葫芦信》；还有一部流传在云南省大理白族自治州的叙事诗《望夫云》，这里歌颂古代白族青年追求自由生活和幸福爱情的故事。也读过一部根据广西壮族民间传说创作的叙事诗《百鸟衣》，是叙述一对青年男女为了自由幸福，对土司作出坚强不屈的斗争经过。

　　中国古代民间传说和日本古代民间传说，都有一些共同的地方，例如反映人民生活，都同样有着深厚热爱和美好愿望，描写劳动人民就有着勤劳、勇敢、善良、纯朴的高尚品质。

　　《海誓》诗中的阿初姑娘，她是怀着对幸福的幻想而葬身在大海深处，谁扑灭指引她方向的灯光呢？这不是什么狂风，而是比狂风更可恶千倍万倍的罪恶的灵魂。诗人有感而写道："……东方的天空，已经亮了。可是，亲爱的阿初姑娘，她是永远也看不到就要出现的太阳了呵！就在彩霞展露的时候，她被蓝色的大海吞没了。"

　　由中国诗人根据日本民间传说创作的叙事诗《海誓》，和它的内容有些相似的，是我国云南省撒尼族流传的长篇叙事诗《阿诗玛》。且先看这篇叙事诗的故事内容："阿诗玛生长在农家，是一个聪明、美丽而又能干的姑娘，当地有钱有势的热布巴拉想娶她给自己的儿子作媳妇，阿诗玛不肯答应，热布巴拉就带着打手把她抢去。阿诗玛的哥哥阿黑追到热布巴拉家里，和热布巴拉父子斗智、比武，都胜利了，才把妹妹救出来。可是热布巴拉不甘心失败：当阿黑带着阿诗玛渡河的时候，他（热布巴拉）放下洪水，把阿诗玛冲走了。"

阿初和阿诗玛，都有着同一的命运，一个给大海吞没，一个给山洪卷走，这是恶人打的坏主意把她们暗算。这两个中日两国的好女儿，都是为了追求光明，为了自由幸福作出坚决斗争，虽然牺牲了，可她们坚贞不屈的精神，长久以来，都活在人民心里，广泛流传于人民口头上，而且都以诗传了。

人民对善良、纯朴的阿初和阿诗玛的怀念，大家都愿她们还生存人间。从口头传说发而为诗的《海誓》有句谓："我们要驾着爱情的船儿，飘游四方倾心歌唱：唱你唱我唱唱咱俩，唱天唱地唱唱海洋。东边的天上已经发亮，蓝天上出现了万道霞光。霞光虽然无比美妙，我们的爱情比它更久长。"

对于阿诗玛，人民同样疼爱她，因为她"长到六、七岁，就会坐在门坎上，帮母亲编麻线了，长到八、九岁，就会把网儿揹在背上，拿着镰刀挖苦菜去了"。但人们认为当时应山歌姑娘已排除洪水早把阿诗玛救起来了，传说她还活着，从此人们向十二崖顶喊阿诗玛的名字，便有人在对山以同样的声音回应着——"阿诗玛！阿诗玛！阿诗玛！"

（原载1973年4月5日香港《大公报》）

《中国当代文学史稿》（节录）

林曼叔　海枫　程海

　　在延安时期，象赵树理的作品一样受到中共文艺界推崇的还有李季的诗歌创作。李季，河南人，出身农民家庭，抗日战争时期在陕甘宁边区做农村工作。一九四五年间用陕北民歌"信天游"的形式写下了长篇故事诗《王贵与李香香》，发表于延安《解放日报》副刊，陆定一认为这是"用丰富的民间语汇做诗，内容形式都好"❶的诗作。《王贵与李香香》虽不算是甚么伟大的创作，但它是中国新诗历史上第一个用民歌形式写成的长篇故事诗，在这个意义上说是值得肯定的。不过这还是属于利用旧形式的范围。诗歌的发展，也就是说，文学的发展，是不能依靠对旧的搬用或模仿，而是要靠新的创造。这以后，李季颇想寻求一种新的形式来从事叙事诗的写作。在当代的中国诗坛上，还没有一个诗人象他那样写了这样多的叙事诗，前后写的叙事诗主要有《报信姑娘》、《菊花石》、《向昆仑》、《生活之歌》和《杨高传》（三部）等等。这些作品在艺术表现上极不平衡，但可以看出，某些吸取民歌的表现形式的篇章是写得有些特色的，虽不是那样光艳照人，瑰丽多采，还纯朴而直拙。但是读之无味的诗作也是有的，象《生活之歌》就是这样。

　　李季和田间一样，很想能够写下较有规模的，或者说想通过诗歌的形式表现较为广阔的时代生活风貌，写出具有史诗意义的诗作。这

---

❶　转引自卓如：《试谈李季的诗歌创作》《文学评论》一九五九年第五期。

就是写作经年的长篇叙事诗《杨高传》。全诗分为三部:《五月端阳》、《当红军的哥哥回来了》、《玉门儿女出征记》。作者通过杨高的生活道路表现出抗日战争、国内战争到建设时期的生活和斗争的面貌,并企图把民歌和鼓词结合起来,创造适合于表现比较复杂的生活内容的形式。这种形式就是:单句基本上七言(二、二、三),双句基本上是十言(三、三、四),但整部作品从头到尾都保持这样的节奏,缺乏必要的变化,读起来就难免有单调的感觉了。同时由于在内容方面,作者因为可以拉长而未能讲求精炼,在某些地方显得沉闷拖沓。正如安旗所指出:"在艺术的完整性和精炼上,《王贵与李香香》实在是一个很难逾越的高峰,《杨高传》虽然反映的生活的深度已经达到一个新的高峰,而在这一点上却还有待作者更大的努力。"❶也可以说,李季还没有写好这样长篇巨构的具有史诗性质的诗作的把握。

除了吸取民歌的表现特点去从事叙事诗的创作,李季也用自由体写下不少抒情短诗。李季自一九五二年冬,就到玉门油矿去体验生活,经过了一段时间的沉默,终于在那里写了一些表现工人创造性的劳动,那种纯朴的感情,那种对大自然的顽强斗争的诗篇,作者把这些诗称为"石油诗",大都收集在《致以石油工人的敬礼》、《玉门诗抄》、《玉门诗抄二集》、《西苑诗草》和《心爱的柴达木》等集子里。虽然有某些小诗描写工地生活的情景和远征人的思想感情,也还清新,象《我站在祁连山顶》:

> 象一个守卫边疆的战士,
> 我昼夜站在祁连山顶。
> 我站在那雄伟的井架下面,
> 深情地照料着我的油井。
>
> 虽然是严寒封锁了大地,
> 虽是风沙吹打得睁不开眼睛;

---

❶ 安旗:《革命的英雄史诗——读〈五月端阳〉和〈当红军的哥哥回来了〉》,《文艺报》一九五九年第六期。

不论甚么时候我都不愿离开一步，
哪怕是寒冷得连鼻涕也冻结成冰。
在山顶上我一点也不觉得寂寞，
整天陪伴我的是那祁连群峰。
黑夜里，群山悄悄地隐入夜幕，
这时候，来拜访我的是北斗七星。

辽阔坦平的戈壁滩在我的脚下，
行驶着的车队象一群小小的甲虫。
排成长列的白云前来把我慰问，
乐队总是那高傲的山鹰的嗥鸣。

我见过黎明怎样赶走黑夜，
我见过破晓前最后熄灭的那颗晨星，
我见过坐着第一辆车去上工的兄弟，
我见过金光四射的太阳怎样升上天空。

但比较起来，这些诗篇并没有甚么突出的色彩，内容也显得不深厚，并没有象某些批评家所评价的那样高。李季既未能在民歌里探讨出甚么成功的路来，再回头来写自由体的诗就颇有点从头学起似的，甚而至于不如一些新起之秀来得有劲而时有引人瞩目的火花。

（节选自1978年4月巴黎第七大学东亚出版中心版
《中国当代文学史稿》第十二章《诗歌》的
第三节《延安时期产生的几位诗人》）

《中国战争年代的诗歌》（节录）

〔苏〕列·叶·切尔卡斯基

　　1922年，李季生于河南省唐河县山区小村镇的一个贫苦家庭里。抗日战争开始时，李季才16岁。1938年他中学毕业后，进了中国共产党创办的军政大学。毕业后，他被派到八路军部队里当政治指导员。1943年起他在陕甘宁边区的三边担任教师和当在地人民政府的机关工作，并积极从事文学活动，创作了一些短篇小说、特写和诗歌。这些作品，大部分发表在《解放日报》上。

　　1945年李季创作了长诗《王贵与李香香》，这是中国现实主义诗歌的最好作品之一。长诗采用了多用比喻和注意韵律的民歌形式，这是陕北群众所熟悉的传统形式，即完整的、常常是格言式的"二行诗"为一节（信天游）。这种形式容易为群众所接受，因而长诗很受群众欢迎。解放后多次再版，并在长诗的基础上改编成了歌剧。

　　《王贵与李香香》是一部反映边区农民革命斗争和新人成长的较长的诗篇。这首诗是从描述1929—1930年死羊湾的农民遭遇到旱灾开始的：

　　　　一九二九年雨水少，
　　　　庄稼就象炭火烤。

　　　　瞎子摸黑路难上难，
　　　　穷汉就怕闹荒年。

荒年怕尾不怕头，
第二年的春荒人人愁。

但灾荒年并没有使地主的心肠变软，相反，他们却更加狠毒。长诗的主人公王贵的父亲，因为交不起租子，被崔二爷用棍子打死：

毛驴撞草垛没有长眼，
狗腿子不长人心肝。

一根棍断了又一根换，
白落红起不忍心看！

太阳偏西还有一口气，
月亮上来照死尸。

拔起黄蒿带起根，
崔二爷做事太狠心！

打死老子拉走娃娃，
一家人落了个光踏踏！

冬天里草木不长芽，
旧社会的庄户人不如牛马！

青年王贵和姑娘李香香在饥饿和困苦中成长。他们相信未来，向往美好生活。但崔二爷却要破坏他们之间的爱情，企图抢走王贵的心上人李香香。

社会生活的内容——暴风雨般的革命活动，经过作者认真地选择和提炼成为作品的题材，这是完全符合生活的真实情况的。李季令人信服地表明，他作品的主人公的性格和世界观是如何在火热的阶级斗争中发展变化的，以及他们又是如何增强了这样的信念：只有革命才会给所有贫苦农民带来自由和幸福。

> 领头的名叫刘志丹，
> 把红旗举到半天上。
>
> 草堆上落火星大火烧，
> 红旗一展穷人都红了。
>
> 千里的雷声万里的闪，
> 陕北红了半边天。

长诗的人民性促使它在全国广泛传播。李季坚定地说："我国历史上最伟大诗人的最好的诗是人民心灵的声音，因为这些诗表达了人民的夙愿和期望。我们时代的诗人也应该代表人民说话，但如果在他们的诗篇中没有人民性，那么这样的诗人就会象衣着华丽而内心很不充实的妇女。"

1949年以后，李季完全投身于文学工作。他创作了长诗《生活之歌》（1954）、《杨高传》三部曲（1958—1959）和儿童长诗《幸福的钥匙》，出版了诗集——《战斗、劳动和友谊之歌》（1952）、《致以石油工人的敬礼》（1956）、《玉门诗抄》（1957）等。

50和60年代，直到"文革"前李季工作非常勤奋，他是中国最有盛名的和拥有广大读者的诗人之一。

在他的创作中，关于苏联的题材占了特殊的地位。他于1951年和 1959年两次访问了我国，并且创作了不少关于歌颂列宁、苏联人民和中苏友谊的诗篇。

（节选自《中国战争年代的诗歌》，莫斯科
科学出版社1980年版。杨宗建译。）

资料目录索引

李季著作系年

1935 年

砖墙上的诗（诗）

1935 年春作；未发表，署名李振鹏；
未收入集子（下面与此种情况相同者，
不再一一注明。这里所说的"集子"，
不包括后出的《李季文集》）。

1936 年

不平（诗）

1936 年夏作；未发表，署名李振鹏。

1942 年

破晓（小说片断）

1942 年春作；未发表。

在破晓前的黑夜里（通讯）

1942 年秋作；载 1943 年 1 月 12 日延安
《解放日报》，署名李寄。

1943 年

退却（小说）

1943 年春作；未发表。

生活在春天的孩子们（诗）

1943 年春作；未发表。

寄八连的同志们（散文）

1943 年春作；未发表。

在汾河平原上（通讯）

1943 年秋作；未发表，署名李寄。

1944 年

课井村的识字组（通讯）

1944 年春作；载 1944 年 1 月 24 日延安
《解放日报》，署名周培基（系李季
代周培基写）。

李兰英怎样教娃娃识字——介绍一种
新的社会教育形式（通讯）
载1944年8月15日延安《解放日报》，
署名李和春（系李季代李和春写）。

盐池二区五乡文教工作活跃（通讯）
1944年8月作；载1944年9月6日延安
《解放日报》，署名李寄。

卜掌村演义（说书）
1944年秋作；1946年10月7—10、12—
14日延安《解放日报》连载，署名李
寄；1948年太岳新华书店初版；1951
年人民出版社再版；后又收入1980年
2月河南人民出版社版短篇小说集《马
兰集》。

1945 年
复员军人赵连秀（通讯）
1945年夏作；未发表。

救命墙——三边民间传说（民间故事）
1945年夏作；载1945年7月20日延安
《解放日报》，署名里计。

老阴阳怒打"虫郎爷"——新编"今
古奇观"之一段（小说）
1945年7月作；载1945年9月12日延
安《解放日报》，署名李季（下面凡
未注明署名者，均同此）；1950年10月
武汉通俗图书出版社初版；后收入
1959年9月上海文艺出版社版散文小

说集《戈壁旅伴》；又收入1980年2
月河南人民出版社版短篇小说集《马
兰集》。

王贵与李香香——三边民间革命历史
故事（诗，原题《太阳会从西边出来
吗？》）
1945年12月作；1946年夏《三边报》
连载；1946年9月22、23、24日延安
《解放日报》连载；1947年4月华北新
华书店、香港海洋书屋分别刊行；吕
梁文化教育出版社、晋察冀新华书店
等相继刊行；1949年陕甘宁边区新华
书店发行；1952年3月人民文学出版社
出版。

429

1946 年
寡妇断根（小说片章）
1946年秋作；未发表。

边区人民生活（宣传诗，题目系编者
所加）
1946年冬作；1947年《三边报》连载。

1947 年
阖家英雄传（诗）
1947年夏作；未发表。

1948 年
新烈女传（诗）
1948年6月18日作；载1981年7月《奔
流》第7期。

凤凰岔历劫记（诗）

1948年秋作；未发表。

白发与绉纹（诗）

1948年10月作；未发表，署名章何紫。

1949 年

五月端阳（诗）

1949年春作；载1949年6月《长江文艺》创刊号。

报信姑娘（诗）

1949年11月7日写成，1950年1月修改；载1950年4月《人民文学》第1卷第6期；初收1952年12月中南人民文学艺术出版社版诗集《短诗十七首》。

三边人（诗）

1949年冬作；载1949年11月5日《长江日报》；初收1952年12月中南人民文学艺术出版社版诗集《短诗十七首》。

我是怎样学习民歌的（理论）

1949年11月作；载1949年12月《文艺报》第1卷第6期；初收1950年9月上海杂志公司版民歌集《顺天游二千首》。

同志，你可认得他——三边农民的传说（诗）

1949年12月作；载1950年1月21日《长江日报》；初收1952年12月中南人民文学艺术出版社版诗集《短诗十

七首》，改题《列宁》。

只因为我是一个青年团员（诗）

1949年12月作；载1950年4月《中国青年》第36期；初收1952年12月中南人民文学艺术出版社版诗集《短诗十七首》。

1950 年

在《长江文艺》改版座谈会上的发言（摘要）

1950年1月21日作；载1950年《长江文艺》第2卷第1期。

《顺天游》辑者小引（理论）

1950年5月作；未发表；初收1950年9月上海杂志公司版民歌集《顺天游二千首》。

邵二兴巧遇"红旗飘"——南北奇观之一段（小说）

1950年4月作；载1950年5月7日《长江日报》，署名章何紫。

签名就是力量（诗）

1950年5月作；载1950年5月20日《长江日报》，署名章何紫。

关于《邵二兴巧遇"红旗飘"》（创作谈）

1950年5月作；载1950年6月4日《长江日报》，署名章何紫。

钢和铁（故事）

1950年夏作；载1951年6月1日《长江文艺》第4卷第5期；初收1951年8月中南人民文学艺术出版社版《毛泽东同志少年时代的故事》。

勤学的儿童（故事）

1950年夏作；载1951年6月《长江文艺》第4卷第5期；初收1951年8月中南人民文学艺术出版社版《毛泽东同志少年时代的故事》。

组织起来（故事）

1950年夏作；载1951年6月《长江文艺》第4卷第5期；初收1951年8月中南人民文学艺术出版社版《毛泽东同志少年时代的故事》。

劳动能手（故事）

1950年夏作；载1951年6月《长江文艺》第4卷第5期；初收1951年8月中南人民文学艺术出版社版《毛泽东同志少年时代的故事》。

一条棉裤（故事）

1950年夏作；载1951年6月《长江文艺》第4卷第5期；初收1951年8月中南人民文学艺术出版社版《毛泽东同志少年时代的故事》。

黑色的大米饭（故事）

1950年夏作；未发表。

黄瓜（故事）

1950年夏作；未发表。

纸、墨、笔（故事）

1950年夏作；未发表。

实事求是（故事）

1950年夏作；未发表。

一个伟大的母亲（故事）

1950年夏作；未发表。

鱼鳞儿闪着白光（故事）

1950年夏作；未发表。

蚱蜢（故事）

1950年夏作；未发表。

敬贡茶（故事）

1950年夏作；未发表。

戴红凤帽的人（故事）

1950年夏作；未发表。

"皮蛋"（故事）

1950年夏作；未发表。

勇猛前进，抗美援朝保家卫国志愿军（诗）

1950年11月作；载1950年11月12日《长江日报》。

菊花石（诗）
1950年底—1951年3月初稿，1957年
2月修改；载1953年8月《人民文学》
第7、8期合刊；1957年6月长江文艺
出版社初版。

憎恨之歌（诗）
1950年作；初收1950年12月中南新华
书店出版的"抗美援朝文艺丛刊"中
的多人合著诗集《憎恨之歌》，后收
入1956年10月长江文艺出版社版诗
集《致以石油工人的敬礼》。

1951年
初步的收获（讲话）
1951年2月4日讲；载1951年3月《长
江文艺》第4卷第2期。

我们的城市（诗）
1951年春作；初收1952年12月中南人
民文学艺术出版社版诗集《短诗十七
首》。

秋收小唱（诗）
1951年秋初稿，1952年10月修改；载
1954年9月《陕西文艺》第9期；初收
1952年12月中南人民文学艺术出版社
版诗集《短诗十七首》。

我们来到了莫斯科（诗）
1951年11月8日作；载1951年12月
15日《光明日报》和1951年12月《长

江文艺》第5卷第8、9期；初收1952年
12月中南人民文学艺术出版社版诗集
《短诗十七首》。

十月的莫斯科（诗）
1951年11月11日作；载1952年2月
《长江文艺》2月号；又以《莫斯科的
冬天》为题，改动几个字，载1952年
4月1日《人民文学》3、4月号合刊；
初收1952年12月中南人民文学艺术
出版社版诗集《短诗十七首》。

致托尔斯泰幼儿院的小妹妹们（诗）
1951年11月17日作；载1952年4月
《人民文学》3、4月号合刊；初收1952
年12月中南人民文学艺术出版社版诗
集《短诗十七首》。

苏联人民和我们在一起（诗）
1951年11月19日作；载1952年2月
《长江文艺》2月号；初收1952年12月
中南人民文学艺术出版社版《短诗十
七首》。

当拉起手风琴的时候（诗）
1951年11月29日作；载1952年4月
《人民文学》3、4月号合刊；初收1952
年12月中南人民文学艺术出版社版诗
集《短诗十七首》。

列宁格勒有一个青年（诗）
1951年12月12日作；载1952年2月

14日《长江日报》；初收1952年12月中南人民文学艺术出版社版诗集《短诗十七首》。

1952 年

种仇恨者要报偿（诗）
1952年3月作；载1952年4月《长江文艺》4月号。

鸟斑——荆江分洪工地小故事（诗）
1952年6月12日作；载1952年7月《长江文艺》7月号；初收1952年12月中南人民文学艺术出版社版诗集《短诗十七首》。

寄亚历山大·克拉西尔尼柯夫（诗）
1952年6月作；载1952年11月9日《长江日报》；初收1952年12月中南人民文学艺术出版社版诗集《短诗十七首》。

光荣的姑娘（诗）
1952年6月作；载1952年7月《中国青年》第11期；初收1952年12月中南人民文学艺术出版社版《短诗十七首》。

建设祖国，保卫祖国（歌词）
1952年9月作；载1952年10月《长江文艺》10月号。

欢迎与期待（诗）
1952年9月作；载1952年10月《长江文艺》10月号。

赠瓦日克（诗）
1952年10月21日作；未发表；初收1952年12月中南人民文学艺术出版社版诗集《短诗十七首》。

贺功信（诗）
1952年作；初收1952年12月中南人民文学艺术出版社版诗集《短诗十七首》。

1953 年

戈壁滩上的石油城（通讯）
1953年春作；载1953年8月《争取持久和平，争取人民民主》第35期。

在玉门油矿生活——给作协书记处的信（摘要）
1953年春作；载1953年6月《作家通讯》第1期。

石油河（诗）
1953年春作；初收1955年4月作家出版社版诗集《玉门诗抄》。

客店答问（诗）
1953年春作；载1954年6月《新观察》第11期；初收1955年4月作家出版社版诗集《玉门诗抄》。

月牙泉（诗）
1953年春作；载1954年6月《新观察》第11期；初收1955年4月作家出版社版诗集《玉门诗抄》。

阳关大道（诗）

1953年春作；载1954年6月《新观察》第11期；初收1955年4月作家出版社版诗集《玉门诗抄》。

养路工（诗）

1953年春作；载1954年6月《新观察》第11期；初收1955年4月作家出版社版诗集《玉门诗抄》。

玉门速写（散文）

1953年夏作；载1953年8月《文艺报》第16号。

白杨（诗）

1953年秋作；载1953年9月《说说唱唱》第9期；初收1955年4月作家出版社版诗集《玉门诗抄》。

将军（诗）

1953年秋作；初收1955年4月作家出版社版诗集《玉门诗抄》。

酒泉（诗）

1953年秋作；载1954年6月《新观察》第11期；初收1955年4月作家出版社版诗集《玉门诗抄》。

夜光杯（诗）

1953年秋作；载1954年6月《新观察》第11期；初收1955年4月作家出版社版诗集《玉门诗抄》。

厂长（诗）

1953年秋作；初收1955年4月作家出版社版诗集《玉门诗抄》。

关于《菊花石》长诗——复陈森同志的信

1953年10月13日作；载1953年《作家通讯》第7期。

致北京（诗）

1953年冬作；载1954年10月1日《北京日报》；初收1955年4月作家出版社版诗集《玉门诗抄》。

我站在祁连山顶（诗）

1953年冬作；初收1955年4月作家出版社版诗集《玉门诗抄》。

我们的油矿（诗）

1953年冬作；初收1955年4月作家出版社版诗集《玉门诗抄》。

师徒夜话（诗）

1953年冬作；初收1955年4月作家出版社版诗集《玉门诗抄》。

"社会主义老头"（诗）

1953年冬作；初收1955年4月作家出版社版诗集《玉门诗抄》。

1954 年

白杨河（诗）

1954年春作；载1954年6月《新观察》第11期；初收1955年4月作家出版社版诗集《玉门诗抄》。

在那美丽如画的尕斯湖边（诗）
1954年春作；初收1955年4月作家出版社版诗集《玉门诗抄》。

嘉峪关（诗）
1954年5月作；载1954年6月《新观察》第11期。

红头巾（诗）
1954年6月作；载1954年7月《人民文学》7月号；初收1955年4月作家出版社版诗集《玉门诗抄》。

黑眼睛（诗）
1954年6月作；载1954年7月《人民文学》7月号；1980年5月由瞿希贤谱曲，载1980年5月《歌曲》第5期；初收1955年4月作家出版社版诗集《玉门诗抄》。

正是杏花二月天（诗）
1954年6月作；载1954年7月《人民文学》7月号；初收1955年4月作家出版社版诗集《玉门诗抄》。

鸳鸯池（诗）
1954年夏作；未发表。

收割（歌词）
1954年8月作；载1954年9月《河南文艺》第17期。

油砂山（诗）
1954年冬作；载1955年2月《旅行家》第2期；初收1955年4月作家出版社版诗集《玉门诗抄》。

我问昆仑山（诗）
1954年冬作；载1955年1月《旅行家》第1期；初收1955年4月作家出版社版诗集《玉门诗抄》。

旗（诗）
1954年冬作；载1954年11月15日《人民日报》；初收1955年4月作家出版社版诗集《玉门诗抄》。

写给阿拉尔革命烈士墓的话（诗）
1954年冬作；载1954年11月16日《人民日报》；初收1955年4月作家出版社版诗集《玉门诗抄》。

柴达木一青年（诗）
1954年冬作；载1954年11月19日《人民日报》；初收1955年4月作家出版社版诗集《玉门诗抄》。

柴达木小唱（诗）
1954年冬作；收入1965年2月作家出版社版诗集《石油诗》（第1集）。

谢谢你的手风琴（诗）
1954年冬作；载1955年1月《长江文艺》1月号。

生活之歌（诗）
1954年作；载1954年11月《中国青年》第21—22期；1955年4月中国青年出版社初版。

1955 年

读了罪犯们的密信（诗）
1955年6月作；载1955年6月《文艺报》第11号。

走向生活（歌词）
载1955年6月《山西文艺》6月号，又载同年《歌曲》第2期。

幸福的钥匙（儿童诗）
1954年7月初稿，1955年10月修改；载1955年11月《长江文艺》11月号；1956年4月上海少年儿童出版社初版。

理想（诗）
1955年冬作；初收1956年10月长江文艺出版社版诗集《致以石油工人的敬礼》。

有三条清清的小河（诗）
1955年冬作；载1956年1月《新观察》第3期；初收1956年10月长江文艺出版社版诗集《致以石油工人的敬礼》。

阿拉善牧歌（诗）
1955年冬作；载1956年1月《新观察》第3期；初收1956年10月长江文艺出版社版诗集《致以石油工人的敬礼》。

在我们居住的地方（诗）
1955年冬作；载1955年10月《新观察》第19期；初收1956年10月长江文艺出版社版诗集《致以石油工人的敬礼》。

送××回玉门（诗）
1955年冬作；载1957年2月《长江文艺》2月号；初收1958年5月作家出版社版诗集《西苑诗草》。后收入1980年人民文学出版社版《李季诗选》时，作者改题为《送同志回玉门》。

我们和党（诗）
1955年冬作；初收1956年10月长江文艺出版社版诗集《致以石油工人的敬礼》。

新早船歌（诗）
1955年冬作；初收1956年10月长江文艺出版社版诗集《致以石油工人的敬礼》。

我想念（诗）
1955年冬作；载1956年5月23日《中国青年报》；初收1956年10月长江文艺出版社版诗集《致以石油工人的敬礼》。

缝纫员（诗）

1955年冬作；未发表；初收1956年10月长江文艺出版社版诗集《致以石油工人的敬礼》。

青年颂（诗）

1955年冬作；未发表；初收1956年10月长江文艺出版社版诗集《致以石油工人的敬礼》。

银川青年歌（诗）

1955年冬作；初收1980年4月人民文学出版社版《李季诗选》。

党委书记（叙事诗片章）

1955年冬作；未发表。

1956年

给作协书记处的信

1956年1月作；载1956年《作家通讯》第1期。

我心爱的柴达木（歌词）

1956年1—2月作；载1956年2月《歌曲》2月号，宋立成配曲。

热爱生活，大胆创造（创作谈）

1956年春作；载1956年3月《文艺学习》第3期。

珍惜每一秒钟（诗）

1956年5月作；初收1956年10月长江

文艺出版社版诗集《致以石油工人的敬礼》。

他们来自石油河边（诗）

1956年5月作；载1956年4月《中国工人》第8期；初收1956年10月长江文艺出版社版诗集《致以石油工人的敬礼》。

关于"百花齐放，百家争鸣"方针的发言

1956年6月作；载1956年《作家通讯》第6期。

致以石油工人的敬礼（诗，后改题为《敬礼，克拉玛依》）

1956年初夏作；载1956年5月23日《中国青年报》；初收1956年10月长江文艺出版社版诗集《致以石油工人的敬礼》。

致以石油工人的敬礼·附记

1956年6月作；未发表；初收1956年10月长江文艺出版社版诗集《致以石油工人的敬礼》。

银川曲（散文）

1956年7月作；载1956年12月《延河》12月号；1957年8月通俗文艺出版社出版，后收入1959年9月上海文艺出版社版散文集《戈壁旅伴》。

怀石英（诗）

1956年9月作；载1957年2月《长江文艺》2月号；初收1958年5月作家出版社版诗集《西苑诗草》。

给一个石油地质探勘队员（诗）

1956年秋作；载1957年2月《长江文艺》2月号；初收1958年5月作家出版社版诗集《西苑诗草》。

寄铁衣甫江（诗）

1956年秋作；载1957年2月《长江文艺》2月号；初收1958年5月作家出版社版诗集《西苑诗草》。

给作协书记处的信

1956年12月作；载1957年《作家通讯》第1期。

初步计划（创作计划）

1956年12月作；载1957年《作家通讯》第1期。

1957 年

致柴达木的少男少女们（诗）

1957年元旦作；载1957年2月《长江文艺》2月号；初收1958年5月作家出版社版诗集《西苑诗草》。后收入1965年2月作家出版社版诗集《石油诗》（第一集）时，题目改为《致柴达木的兄弟们》，诗句也略有改动。

致水手（诗）

1957年1月作；载1957年1月8日《中国青年报》；初收1958年5月作家出版社版诗集《西苑诗草》。

诗人乎？蛀虫乎？（评论，与阮章竞合写）

载1957年9月《文艺报》第23期，署名李季，阮章竞。

白鸽（诗）

1957年春作；载1957年12月15日《羊城晚报》；初收1958年5月作家出版社版诗集《西苑诗草》。

北京的诗（诗）

1957年春作；载1957年12月《长江文艺》12月号；初收1958年5月作家出版社版诗集《西苑诗草》。

苏联展览馆塔顶上的红星（诗）

1957年作；载1957年12月《长江文艺》12月号；初收1958年5月作家出版社版诗集《西苑诗草》。

红领巾（诗）

1957年春作；载1957年12月《长江文艺》12月号；初收1958年5月作家出版社版诗集《西苑诗草》。

夜登景山（诗）

1957年春作；载1957年12月《长江文艺》12月号；初收1958年5月作家出版社版诗集《西苑诗草》。

北京车站（诗）

1957年夏作；载1957年12月15日《羊城晚报》；初收1958年5月作家出版社版诗集《西苑诗草》。

告别（诗）

1957年秋作；载1957年12月《长江文艺》12月号；初收1958年5月作家出版社版诗集《西苑诗草》。

彩虹颂（诗）

1957年10月作；载1957年10月《诗刊》10月号；初收1958年5月作家出版社版诗集《西苑诗草》。

列宁（诗）

1957年10月作；载1957年10月《诗刊》10月号；初收1958年5月作家出版社版诗集《西苑诗草》。

我有一条红领巾（诗）

1957年10月作；载1957年11月4日《中国少年报》；初收1958年5月作家出版社版诗集《西苑诗草》。

列宁的塑像（诗）

1957年11月作；初收1958年5月作家

出版社版诗集《西苑诗草》。

我走过茫茫的西伯利亚（诗）

1957年11月作；载1957年11月7日《中国青年报》；初收1958年5月作家出版社版诗集《西苑诗草》。

玉门人想巴库人（诗）

1957年11月作；载1957年11月6日《人民日报》；初收1958年5月作家出版社版诗集《西苑诗草》。

南京素描（诗）

1957年11月作；载1957年12月《旅行家》第12期；初收1958年5月作家出版社版诗集《西苑诗草》。

灵谷塔前（诗）

1957年11月作；载1957年12月《旅行家》第12期；初收1958年5月作家出版社版诗集《西苑诗草》。

玄武湖的秋天（诗）

1957年11月作；载1958年1月《人民文学》1月号；初收1958年5月作家出版社版诗集《西苑诗草》。

"友谊号"游船（诗）

1957年11月7日作；载1958年1月《新港》1月号；初收1958年5月作家出版社版诗集《西苑诗草》。

致上海（诗）

1957年11月7日作；载1958年1月《新港》1月号；初收1958年5月作家出版社版诗集《西苑诗草》。

黄浦公园（诗）

1957年11月作；载1958年1月《人民文学》1月号；初收1958年5月作家出版社版诗集《西苑诗草》。

江南草（诗）

1957年11月作；载1957年12月6日《人民日报》；初收1958年5月作家出版社版诗集《西苑诗草》。

那小小的窗口（诗）

1957年11月作；载1958年1月《人民文学》1月号；初收1958年5月作家出版社版诗集《西苑诗草》。

这儿永远是春天（诗）

1957年11月作；载1958年1月《人民文学》1月号；初收1958年5月作家出版社版诗集《西苑诗草》。

长江桥头赠友人（诗）

1957年11月作；载1958年1月《人民文学》1月号；初收1958年5月作家出版社版诗集《西苑诗草》。

1958年

戈壁旅伴（散文）

1958年1—2月作；载1958年4月《延河》4月号；初收1959年9月上海文艺出版社版散文集《戈壁旅伴》。

玉门春（诗）

1958年春作；载1958年3月11日《人民日报》；初收1958年10月作家出版社版诗集《玉门诗抄》（二集）。

玉门人（诗）

1958年春节作；载1958年5月《人民文学》5月号；初收1958年10月作家出版社版诗集《玉门诗抄》（二集）。

最高的奖赏（诗）

1958年春节作；载1958年5月《人民文学》5月号；初收1958年10月作家出版社版诗集《玉门诗抄》（二集）。

《争论》（一）（诗）

1958年春节作；载1958年5月《人民文学》5月号；初收1958年10月作家出版社版诗集《玉门诗抄》（二集）。

《争论》（二）（诗）

1958年春节作；载1958年5月《人民文学》5月号；初收1958年10月作家出版社版诗集《玉门诗抄》（二集）。

悼（诗）

1958年春节作；载1958年5月《人民文学》5月号；初收1958年10月作家

出版社版诗集《玉门诗抄》（二集）。

铁山方一日（诗）
1958年春节作；载1958年3月11日
《人民日报》；初收1958年10月作家
出版社版诗集《玉门诗抄》（二集）。

好诗大家看（诗）
1958年3月作；载1958年3月30日《陕
西日报》。

寄白云鄂博（诗）
1958年春作；载1958年4月《诗刊》4
月号；初收1958年10月作家出版社版
诗集《玉门诗抄》（二集）。

春节寄友人（诗）
1958年春作；载1958年4月《诗刊》4
月号；初收1958年10月作家出版社版
诗集《玉门诗抄》（二集）。

我们的杨师傅（诗）
1953年初稿，1958年夏修改；

黄河桥上看凌花（诗）
1958年2月作；载1958年5月《旅行
家》第5期。

夜住打柴沟（诗）
1958年2月作；载1958年5月《旅行
家》第5期；初收1958年10月作家出
版社版诗集《玉门诗抄》（二集）。

车过乌鞘岭（诗）
1958年2月作；载1958年5月《旅行
家》第5期；初收1958年10月作家出
版社版诗集《玉门诗抄》（二集）。

黄羊镇（诗）
1958年2月作；载1958年5月《旅行
家》第5期；初收1958年10月作家出
版社版诗集《玉门诗抄》（二集）。

金和银（诗）
1958年春作；载1958年5月《旅行家》
第5期；初收1958年10月作家出版社
版诗集《玉门诗抄》（二集）。

出了嘉峪关（诗）
1958年春作；载1958年5月《旅行家》
第5期；初收1958年10月作家出版社
版诗集《玉门诗抄》（二集）。

题玉门东站路标（诗，后又改为《题
玉门车站路标》）
1958年春作；载1958年5月《旅行家》
第5期；初收1958年10月作家出版社
版诗集《玉门诗抄》（二集）。

向西去！（诗）
1958年春作；载1958年5月《旅行家》
第5期；初收1958年10月作家出版社
版诗集《玉门诗抄》（二集）。

难忘的春天（诗）

1958年3月作；载1958年6月《诗刊》6月号；初收1958年10月作家出版社版诗集《玉门诗抄》（二集）。

回三边（诗）

1958年春作；载1958年6月21日《人民日报》；初收1959年8月人民文学出版社版诗集《难忘的春天》。

一九五八年写作计划

1958年4月16日作；载1958年《作家通讯》第1期。

给作协书记处的信

1958年4月作；载1958年《作家通讯》第2期。

我们的杨师傅（诗）

1953年初稿，1958年夏修改；载1958年4月《民族团结》第4期；初收1958年10月作家出版社版诗集《玉门诗抄》（二集）。

三边一少年（诗）

1958年5月1日作；载1958年6月《长江文艺》6月号；1959年2月中国少年儿童出版社初版。

祝丰收——寄安振同志（诗）

1958年端阳节夜作；载1958年6月22日《甘肃日报》；初收1959年3月作

家出版社版诗集《对唱河西大丰收》。

喜讯（诗）

1958年元宵节夜作；载1958年3月14日《甘肃日报》；初收1958年10月敦煌文艺出版社版诗集《第一声春雷》（"报头诗"第一集）。

天生泉（诗）

1958年8月3日作；载1958年4月2日《人民日报》；初收1958年10月敦煌文艺出版社版诗集《第一声春雷》（"报头诗"第一集）。

第一声雷春（诗）

1958年4月21日深夜作；载1958年4月26日《甘肃日报》；初收1958年10月敦煌文艺出版社版诗集《第一声春雷》（"报头诗"第一集）。

牡丹花开五月天（诗）

1958年5月8日作；载1958年5月10日《甘肃日报》；初收1958年10月敦煌文艺出版社版诗集《第一声春雷》（"报头诗"第一集）。

欢呼第三颗吉星高照大地（诗）

1958年5月15日夜1时作；载1958年5月16日《甘肃日报》；初收1958年10月敦煌文艺出版社版诗集《第一声春雷》（"报头诗"第一集）。

人人来种幸福树（歌词）

1958年5月24日作；载1958年5月28日《甘肃日报》；初收1958年10月敦煌文艺出版社版诗集《第一声春雷》（"报头诗"第一集）。

祝贺（诗）

1958年6月2日作；载1958年6月3日《甘肃日报》；初收1958年10月敦煌文艺出版社版诗集《第一声春雷》（"报头诗"第一集）。

定西人民技术革命交响曲（诗配画，与闻捷合作）

1958年6月作；载1958年6月10月《甘肃日报》，署名李季，闻捷；初收1958年10月敦煌文艺出版社版诗集《第一声春雷》（"报头诗"第一集）。

向先进生产者致敬！（诗）

1958年6月作；载1958年6月15日《甘肃日报》；初收1958年10月敦煌文艺出版社版诗集《第一声春雷》（"报头诗"第一集）。

高山运河颂（诗）

1958年6月17日作；载1958年6月18日《甘肃日报》；初收1958年10月敦煌文艺出版社版诗集《第一声春雷》（"报头诗"第一集）。

我坐上了第一列小火车（诗）

1958年6月作；载1958年6月20日《甘肃日报》；初收1958年10月敦煌文艺出版社版诗集《第一声春雷》（"报头诗"第一集）。

欢唱第一炉钢（诗）

1958年6月22日深夜作；载1958年6月23日《甘肃日报》；初收1958年10月敦煌文艺出版社版诗集《第一声春雷》（"报头诗"第一集）。

高山运河狂想曲（诗）

1958年6月24日作；载1958年6月25日《甘肃日报》；初收1958年10月敦煌文艺出版社版诗集《第一声春雷》（"报头诗"第一集）。

两只喜鹊并排飞（儿歌）

1958年6月作；载1958年6月26日甘肃《工农文艺》；初收1958年10月敦煌文艺出版社版诗集《第一声春雷》（"报头诗"第一集）。

毛主席笑了（诗）

1958年5月28日作；载1958年6月3日《甘肃日报》；初收1958年10月敦煌文艺出版社版诗集《我们遍插红旗》（"报头诗"第二集，与闻捷合著）。

红旗歌（诗）

1958年6月2日作；载1958年6月6日甘肃《工农文艺》；初收1958年10月

敦煌文艺出版社版诗集《我们遍插红旗》（"报头诗"第一集，与闻捷合著）。

新卖报歌（诗）
1958年6月11日作；初收1958年10月敦煌文艺出版社版诗集《我们遍插红旗》（"报头诗"第二集，与闻捷合著）。

飞天词（诗）
1958年6月14日作；初收1958年10月敦煌文艺出版社版诗集《我们遍插红旗》（"报头诗"第二集，与闻捷合著）。

我的献礼（诗）
1958年"七一"前夕作；载1958年7月1日《甘肃日报》；初收1958年10月敦煌文艺出版社版诗集《我们遍插红旗》（"报头诗"第二集，与闻捷合著）。

红旗上面绣红星（诗）
1958年7月12日作；初收1958年10月敦煌文艺出版社版诗集《我们遍插红旗》（"报头诗"第二集，与闻捷合著）。

永做党的文化兵（诗）
1958年7月14日作；载1958年7月15日《甘肃日报》；初收1958年10月敦煌文艺出版社版诗集《我们遍插红旗》（"报头诗"第二集，与闻捷合著）。

我们决不允许（诗）
1958年7月17日作；初收1958年10月

敦煌文艺出版社版诗集《我们遍插红旗》（"报头诗"第二集，与闻捷合著）。

大家倒比小家好（诗）
1958年7月18日作；初收1958年10月敦煌文艺出版社版诗集《我们遍插红旗》（"报头诗"第二集，与闻捷合著）。

打狼歌（诗）
1958年7月20日作；载1958年7月21日甘肃《工农文艺》；初收1958年10月敦煌文艺出版社版诗集《我们遍插红旗》（"报头诗"第二集，与闻捷合著）。

英雄渠上唱英雄（诗）
1958年7月24日作；载1958年8月6日《甘肃农民报》；初收1958年10月敦煌文艺出版社版诗集《我们遍插红旗》（"报头诗"第二集，与闻捷合著）。

寄战士（诗）
1958年7月25日作；初收1958年10月敦煌文艺出版社版诗集《我们遍插红旗》（"报头诗"第二集，与闻捷合著）。

献给小麦元帅——青年突击队（诗）
1958年7月作；载1958年7月26日《甘肃日报》；初收1958年10月敦煌文艺出版社版诗集《我们遍插红旗》（"报头诗"第二集，与闻捷合著）。

工农兵文学剧院开幕献诗（诗）

1958 年 7 月 31 日作；载 1958 年 8 月 2 日《甘肃日报》；初收 1958 年 10 月敦煌文艺出版社版诗集《我们遍插红旗》（"报头诗"第二集，与闻捷合著）。

挑战（诗，题目系编者所加）

1958 年 7 月 31 日在作协兰州分会成立大会上即兴之作；未正式发表，李笑侨在《红旗高举，百花怒放》一文中引用。李文载 1958 年 8 月 26 日《文艺报》第 16 期。

黄河征服者的抗议（诗）

1958 年 8 月作；载 1958 年 8 月 5 日《甘肃日报》；初收 1958 年 10 月敦煌文艺出版社版诗集《我们遍插红旗》（"报头诗"第二集，与闻捷合著）。

把侵略者早早埋葬（诗）

1958 年 8 月作；载 1958 年 8 月 6 日甘肃《工农文艺》；初收 1958 年 10 月敦煌文艺出版社版诗集《我们遍插红旗》（"报头诗"第二集，与闻捷合著）。

五月端阳（叙事诗《杨高传》第一部）

1958 年 7 月 7 日完稿；载 1958 年 9 月 24 日《收获》第 5 期；1959 年 5 月作家出版社初版。

在甘肃生活及创作（创作谈）

1958 年 8 月作；载 1958 年 9 月《作家通讯》第 8 期。

再祝丰收（诗）

1958 年 8 月 25 日夜作；载 1958 年 9 月《红旗手》创刊号；初收 1959 年 3 月作家出版社版诗集《对唱河西大丰收》。

丰收歌——昆仑山下即景（诗）

1958 年 8 月作；载 1958 年 8 月《诗刊》8 月号。

寄新洮河（诗）

1958 年 8 月作；载 1958 年 10 月《红旗手》10 月号。

万紫千红一齐开（诗）

1958 年 9 月作；载 1958 年 9 月 24 日《甘肃日报》。

昆仑山放歌（诗）

1958 年秋作；载 1958 年 9 月《文艺报》第 18 期；初收 1959 年 2 月百花文艺出版社版诗集《心爱的柴达木》。

友谊颂（诗）

1958 年秋作；载 1958 年 11 月 7 日《甘肃日报》；初收 1959 年 2 月百花文艺出版社版诗集《心爱的柴达木》。

登昆仑（诗）

1958 年 9 月作；初收 1959 年 2 月百花文艺出版社版诗集《心爱的柴达木》。

虎将歌（诗）

1958年9月作；载1958年11月《新观察》第21期；初收1959年2月百花文艺出版社版诗集《心爱的柴达木》。

千军万马闹昆仑（诗）

1958年秋作；初收1959年2月百花文艺出版社版诗集《心爱的柴达木》。

二进柴达木（诗）

1958年9月作；初收1959年2月百花文艺出版社版诗集《心爱的柴达木》。

一听说冷湖喷了油（诗）

1958年9月作；载1958年12月《诗刊》12月号；初收1959年2月百花文艺出版社版诗集《心爱的柴达木》。

给一个地质勘探队员（诗）

1958年秋作；载1959年1月《文艺红旗》1月号；初收1959年2月百花文艺出版社版诗集《心爱的柴达木》。

四川姑娘（诗）

1958年9月作；载1958年12月《红岩》第12期；初收1959年2月百花文艺出版社版诗集《心爱的柴达木》。

柴达木（诗）

1958年秋作；载1958年12月《文艺月报》12月号；初收1959年2月百花文艺出版社版诗集《心爱的柴达木》。

茫崖赞（诗）

1958年秋作；载1958年12月《文艺月报》12月号；初收1959年2月百花文艺出版社版诗集《心爱的柴达木》。

油砂山和昆仑山（诗）

1958年秋作；载1959年1月《文艺红旗》1月号；初收1959年2月百花文艺出版社版诗集《心爱的柴达木》。

过冷湖（诗，后改为《车过冷湖》）

1958年9月作；载1959年1月《文艺红旗》1月号；初收1959年2月百花文艺出版社版诗集《心爱的柴达木》。

阿拉尔有一伙小老虎（诗）

1958年秋作；载1958年12月《文艺月报》12月号；初收1959年2月百花文艺出版社版诗集《心爱的柴达木》。

各路英雄会天山（诗，与闻捷合写）

1958年秋作；初收1959年2月百花文艺出版社版诗集《心爱的柴达木》。

致天山（诗）

1958年秋作；初收1959年2月百花文艺出版社版诗集《心爱的柴达木》。

克拉玛依之歌（歌词，与闻捷合写）

1958年冬作；初收1959年2月百花文艺出版社版诗集《心爱的柴达木》。

上游歌（歌词）

1958年10月作；初收1959年2月百花文艺出版社版诗集《心爱的柴达木》。

敬酒歌（诗）

1958年10月6日作；初收1959年2月百花文艺出版社版诗集《心爱的柴达木》。

哭英雄（诗）

1958年冬作；载1958年12月《红旗手》12月号；初收1959年8月人民文学出版社版诗集《难忘的春天》。

先行兵（诗）

1958年11月4日作；载1958年11月5日《甘肃日报》，署名李捷（李季、闻捷合写）。

党的儿子——献给全省青年积极分子大会（诗）

1958年11月10日夜作；载1958年11月11日《甘肃日报》，署名李捷（李季、闻捷合写）。

喜报（诗）

1958年11月16日作；载1958年11月17日《甘肃日报》，署名李捷（李季、闻捷合写）。

《兰州诗话》之一（创作谈）

1958年11月作；载1959年1月《红旗手》1月号。

当红军的哥哥回来了（叙事诗《杨高传》第二部）

1958年12月完稿；载1959年1月《人民文学》1月号；1959年6月作家出版社初版。

1959 年

初步计划（创作计划）

1959年1月初作；载1959年1月《作家通讯》第1期。

《兰州诗话》之二（创作谈）

1959年1月作；载1959年2月《红旗手》2月号。

希望再开一朵花（评论）

1959年1月作；载1959年1月31日《甘肃日报》。

最好的诗

1959年1月31日下午积肥时急就；载1959年2月1日《甘肃日报》，署名李捷（李季、闻捷合写）。

怒眼望富利——寄越南友人黄忠通同志（诗）

1959年2月作；载1959年3月《文艺报》第6期。

水姑娘（小说）

1959年3月作；载1959年《红旗手》4、5、6月号，署名于一凡；初收1959年9月上海文艺出版社版散文集《戈壁旅伴》。1960年作者以《高山运河交响曲》为题，改写为电影小说，在1960年1月17日《电影创作》第1期上发表。

《兰州诗话》之三（创作谈）

1959年2月作；载1959年3月《红旗手》3月号。

在高山运河工地上——引洮上山工程散记（通讯）

1959年2月作；载1959年8月《红旗》第8期。

谈诗短简（创作谈）

1959年3月作；载1959年5月《长江文艺》5月号。

《兰州诗话》之四（创作谈）

1959年3月作；载1959年4月《红旗手》4月号。

为石油和探采石油的人们而歌（《石油诗》编后记）

1959年春作；载1959年4月《星星》第4期。

《兰州诗话》之五（创作谈）

1959年4月作；载1959年5月《红旗手》第5期。

喜读《引洮上山工程史》（评论）

1959年5月作；载1959年5月10日《甘肃日报》。

《兰州诗话》之六（创作谈）

1959年5月作；载1959年6月《红旗手》6月号。

十年来的探索和尝试（《难忘的春天·后记》）

1959年5月7日作；载1959年6月《长春》6月号，又载1959年《文学书籍评论丛刊》第6期；初收1959年8月人民文学出版社版诗集《难忘的春天》。

《戈壁旅伴·前记》

1959年6月作；未发表；初收1959年9月上海文艺出版社版散文集《戈壁旅伴》。

《兰州诗话》之七（创作谈）

1959年6月作；载1959年7月《红旗手》7月号。

我们的毛主席笑了（诗）

1959年8月作；载1959年9月2日《光明日报》。初收1958年11月敦煌文艺出版社版诗集《我们遍插红旗》（"报头诗"第一集，与闻捷合著）。

我和三边、玉门（创作谈）
1959年8月作；载1959年9月《文艺报》第18期。

新河颂（诗）
1959年9月号；载1959年10月《诗刊》10月号。

普天同庆（诗）
1959年9月30日作；载1959年10月1日《甘肃日报》。

玉门儿女出征记（叙事诗《杨高传》第三部）
1959年11月完稿；载1960年1月《解放军文艺》1月号；1960年5月作家出版社初版。

大跃进的颂歌和战歌（评论）
1959年冬作；载1960年1月《诗刊》1月号。

1960年
苍山洱海间的万朵金花（散文）
1960年1月作；载1960年《新观察》第2期。

玉门女儿行（诗）
1960年3月作；初收1964年3月百花文艺出版社版诗集《剑歌》。

都在一面红旗下（诗，后改为《在同

一面红旗下》）
1960年3月作；载1960年5月《收获》第3期；初收1960年3月百花文艺出版社版诗集《剑歌》。

赠同志（诗）
1960年3月作；载1960年5月《收获》第3期。

心花怒放进茂名（诗，外一章）
1960年3月作；载1960年3月26日《光明日报》。

在金塘露天矿（诗）
1960年3月作；载1960年4月《人民文学》4月号。

新山海经（诗）
1960年3月作；载1960年4月《人民文学》4月号。

"茂名速度"赞（诗）
1960年3月作；载1960年4月《人民文学》4月号。

我们从玉门来（诗）
1960年3月作；载1960年4月《作品》4月号。

访南充（诗）
1960年3月作；载1960年4月《诗刊》4月号。

龙女（诗）

1960年3月作；载1960年4月《诗刊》4月号。

相见欢（诗）

1960年3月作；载1960年4月《诗刊》4月号。初收1980年4月人民文学出版社版诗集《李季诗选》。

车中谈话（诗）

1960年3月作；载1960年5月《收获》第3期。

《兰州诗话》之八（创作谈）

1960年4月作；载1960年5月《红旗手》5月号。

油城春晓（散文）

1960年4月作；未发表。

甘肃跃进歌（歌词）

1960年5月作；载1960年6月《红旗手》6月号。

英雄一千四百万（歌词）

1960年5月作；载1960年6月《红旗手》6月号。

《兰州诗话》之九（创作谈）

1960年5月作；载1960年6月《红旗手》6月号。

我们走进群英聚集的会场（诗，与闻捷合写）

1960年6月作；载1960年6月4日《光明日报》，署名李季、闻捷。

李贡来了（叙事诗，原题《李贡传》）

1960年6月作；载1960年7月《红旗手》7月号；1963年2月百花文艺出版社初版。

诗的时代，时代的诗（与闻捷联合发言）

1960年7月作；载1960年7月《文艺报》第13、14期；后又载1960年8月3日《人民日报》和1960年8月《红旗手》8月号，均署名李季、闻捷。

《兰州诗话》之十（创作谈）

1960年7月作；载1960年8月《红旗手》8月号。

《兰州诗话》之十一（创作谈）

1960年8月作；载1960年9月《红旗手》9月号。

《兰州诗话》之十二（创作谈）

1960年9月作；载1960年10月《红旗手》10月号。

雨夜吟（诗）

1960年9月作；载1960年11月9日《人民日报》；初收1961年11月作家出版

社版诗集《海誓》。

老人金平山（诗）
1960年9月作；载1960年11月9日《人民日报》；初收1961年11月作家出版社版诗集《海誓》。

新城赞（诗）
1960年9月作；载1960年11月9日《人民日报》；初收1961年11月作家出版社版诗集《海誓》。

难忘库巴水果园（诗）
1960年9月作；载1960年《诗刊》11、12月号合刊，又载1961年2月14日《光明日报》；初收1961年11月作家出版社版诗集《海誓》。

赠彼德洛夫（诗）
1960年9月作；载1960年《诗刊》11、12月号合刊，又载1961年2月14日《光明日报》；初收1961年11月作家出版社版诗集《海誓》。

巴库人问候玉门人（诗）
1960年9月作；载1960年《诗刊》11、12月号合刊，又载1961年2月14日《光明日报》；初收1961年11月作家出版社版诗集《海誓》。

马雅可夫斯基广场奇遇记（诗）
1960年9月作；载1960年《诗刊》11、

12月号合刊；初收1961年11月作家出版社版诗集《海誓》。

夜过莫斯科（诗）
1960年9月作；载1961年2月23日《人民日报》；初收1961年11月作家出版社版诗集《海誓》。

俄斯特拉发（诗）
1960年秋作；载1960年12月5日《人民日报》；初收1961年11月作家出版社版诗集《海誓》。

咏玻璃（诗）
1960年秋作；载1960年12月5日《人民日报》；初收1961年11月作家出版社版诗集《海誓》。

雨帽（诗）
1960年秋作；载1960年12月5日《人民日报》；初收1961年了月作家出版社版诗集《海誓》。

《兰州诗话》之十三（创作谈）
1960年10月作；载1960年11月《红旗手》11月号。

玫瑰村一工人（诗）
1960年10月作；载1960年11月28日《人民日报》；初收1961年11月作家出版社版诗集《海誓》。

451

布加斯电缆厂的女工们（诗）

1960年10月作；载1960年11月28日《人民日报》；初收1961年11月作家出版社版诗集《海誓》。

喀山烈克的玫瑰（诗）

1960年10月作；载1961年11月28日《人民日报》；初收1961年11月作家出版社版诗集《海誓》。

玛丽亚的怀念（诗）

1960年10月作；载1961年1月《红旗手》1月号；初收1961年11月作家出版社版诗集《海誓》。

白施特拉地下水电站（诗）

1960年10月作；载1961年1月《红旗手》1月号；初收1961年11月作家出版社版诗集《海誓》。

血蘑菇（诗）

1960年10月作；载1961年1月《红旗手》1月号；初收1961年11月作家出版社版诗集《海誓》。

爷爷和孙子（诗）

1960年10月作；载1961年1月《红旗手》1月号；初收1961年11月作家出版社版诗集《海誓》。

《兰州诗话》之十四（创作谈）

1960年11月作；载1960年12月《红

旗手》12月号。

"中华烟"的故事（诗，后改为《烟的故事》）

1960年作；载1960年12月《人民文学》12月号；初收1961年11月作家出版社版诗集《海誓》。

一次无声的谈话（诗，后改为《在国际航线上》）

1960年作；载1960年12月《人民文学》12月号；初收1961年11月作家出版社版诗集《海誓》。

飞向北京（诗）

1960年作；载1960年12月《人民文学》12月号；初收1961年11月作家出版社版诗集《海誓》。

1961 年

马兰（小说）

1961年1月作；载1961年2月《人民文学》1、2月号合刊；初收1980年2月河南人民出版社版短篇小说集《马兰集》。

白桦与青松（诗）

1961年2月作；载1961年2月14日《人民日报》。

飞机中望富士山（诗）

1961年4月作；载1961年9月《河北

文学》第4期；初收1961年11月作家
出版社版诗集《海誓》。

大阪歌（诗）
1961年4月作；载1961年9月《河北
文学》第4期；初收1961年11月作家
出版社版诗集《海誓》。

琵琶湖荡歌（诗）
1961年4月作；载1961年9月《河北
文学》第4期；初收1961年11月作家
出版社版诗集《海誓》。

歌——记访日所感并欢迎日本合唱团
（诗）
1961年4月作；载1961年8月4日《人
民日报》；初收1961年11月作家出版
社版诗集《海誓》。

延安夜月（诗）
1961年7月作；初收1964年3月百花
文艺出版社版诗集《剑歌》。

宝塔上天了（诗）
1961年7月作；初收1964年3月百花
文艺出版社版诗集《剑歌》。

一听说鲁艺来了人（诗）
1961年7月作；初收1964年3月百花
文艺出版社版诗集《剑歌》。

喜见延安一同志（诗）

1961年7月3日作；初收1964年3月百
花文艺出版社版诗集《剑歌》。

海誓（诗）
1961年作；载1961年《诗刊》5月号；
初收1961年11月作家出版社版诗集
《海誓》。

借刀（诗）
1961年8月3日作；初收1961年11月
作家出版社版诗集《海誓》。

《海誓·后记》
1961年11月7日作；未发表；初收1961
年11月作家出版社版诗集《海誓》。

奈良川的大石桥（儿童诗剧）
1961年8月作；1962年11月中国少年
儿童出版社初版。

1962 年

石油诗——给一个石油工人祝贺春节
的信（诗）
1962年1月15日作；载1962年2月
5日《人民日报》；初收1964年3月百
花文艺出版社版诗集《剑歌》。

天上边有云（歌词）
1962年4月修改；载1962年5月《诗
刊》第3期；初收1964年3月百花文艺
出版社版诗集《剑歌》。

东西南北任我闯（歌词）

1962年4月修改；载1962年5月《诗刊》第3期；初收1964年3月百花文艺出版社版诗集《剑歌》。

招魂灯——三边旧稿一叶（歌词）

1962年4月修改；载1962年5月《诗刊》第3期。

五级采油工（小说）

1962年4月作；载1962年6月《人民文学》6月号，署名于一凡；初收1980年2月河南人民出版社版短篇小说集《马兰集》。

《奈良川的大石桥·后记》

1962年6月作；未发表。

《李贡来了·后记》

1962年6月作；未发表。

三千笑脸（诗）

1962年8月30日作；载1962年10月《上海文学》10月号；初收1964年3月百花文艺出版社版诗集《剑歌》。

莲蓬（诗）

1962年8月31日作；载1962年10月《上海文学》10月号；初收1964年3月百花文艺出版社版诗集《剑歌》。

眼睛（诗）

1962年9月作；载1962年10月《上海文学》10月号；初收1964年3月百花文艺出版社版诗集《剑歌》。

"九·二"河内即兴（诗）

1962年9月作；载1962年9月27日《人民日报》；初收1964年3月百花文艺出版社版诗集《剑歌》。

相见欢——赠阮文丁同志（诗）

1962年9月作；载1962年9月27日《人民日报》；初收1964年3月百花文艺出版社版诗集《剑歌》。

中秋书简——寄河内的朋友们（诗）

1962年9月作；载1962年10月《人民文学》10月号。

海防有个小姑娘（诗）

1962年10月作；初收1964年3月百花文艺出版社版诗集《剑歌》。

那时候在太行山……——京太线车中一夕谈（诗）

1962年10月作；载1963年4月《人民文学》4月号；初收1964年3月百花文艺出版社版诗集《剑歌》。

《祝福随笔》之一（散文）

1962年12月作；载1963年1月《甘肃文艺》第1期。

祝春捷（散文）

1962年12月作；载1963年1月《甘肃
文艺》第1期。

1963 年

脊梁吟（小说）

1963年1月作；载1963年1月22日《人
民日报》；初收1980年2月河南人民
出版社版短篇小说集《马兰集》。

《祝福随笔》之二（散文）

1963年1月作；载1963年2月《甘肃
文艺》第2期。

活的火把（诗）

1963年2月作；初收1964年3月百花
文艺出版社版诗集《剑歌》。

《祝福随笔》之三（散文）

1963年2月作；载1963年3月《甘肃
文艺》第3期。

寄南天——致越南南方一诗人（诗）

1963年3月作；载1963年5月《长江
文艺》5月号；初收1964年3月百花文
艺出版社版诗集《剑歌》。

剑歌——越南的传说（诗）

1963年5月作；载1963年7月《诗刊》
7月号；初收1964年3月百花文艺出版
社版诗集《剑歌》。

《剑歌·后记》

1963年8月2日作；未发表；初收1964
年3月百花文艺出版社版诗集《剑歌》。

向昆仑（诗）

1963年作；载1964年1月《解放军文
艺》1月号；初收1965年2月作家出版
社版诗集《石油诗》（第二集）。

致以石油工人的敬礼（诗）

1963年12月作；载1964年2月13日
《人民日报》；初收1965年2月作家
出版社版诗集《石油诗》（第一集）。

石油小唱（歌词）

1963年冬作；初收1965年2月作家出
版社版诗集《石油诗》（第一集）。

1964 年

《祝福随笔》之四（散文）

1964年1月作；载1964年2月《甘肃
文艺》第2期。

石油歌（诗）

1964年春节夜作；载1964年3月《中
国青年》第5期。初收1965年2月作家
出版社版诗集《石油诗》（第一集）。

《祝福随笔》之五（散文）

1964年2月作；载1964年3月《甘肃
文艺》第3期。

《祝福随笔》之六（散文）
1964年3月作；载1964年4月《甘肃
文艺》第4期。

心心向越南——给越南诗人阮春生同
志（诗）
1964年3月作；载1965年5月《文艺
报》第4期。

钻井队长的故事（诗）
1964年春作；载1964年5月12日《人
民日报》；初收1979年10月山东人民
出版社版诗集《石油六歌》。

《祝福随笔》之七（散文）
1964年4月作；载1964年5月《甘肃
文艺》第5期。

《祝福随笔》之八（散文）
1964年5月作；载1964年6月《甘肃
文艺》第6期。

血泪和书寄天涯——越南《南方来信》
读后（散文）
1964年5月作；载1964年6月《世界
文学》第6期。

《祝福随笔》之九（散文）
1964年6月作；载1964年7月《甘肃
文艺》第7期。

寄越南兄弟（诗）

1964年8月8日作；载1964年8月
10日《人民日报》。

1965 年

给人民军的一位青年战士（诗）
1965年2月作；载1965年2月11日《光
明日报》。

给河内诸诗友（诗）
1965年2月作；载1965年2月11日《光
明日报》。

怀山庄（诗）
1965年5月作；载1965年5月24日《人
民日报》。

春雷——读越南南方民族解放阵线声
明（诗）
1965年5月作；载1965年5月24日《人
民日报》。

榜样（诗）
1965年5月作；载1965年5月24日《人
民日报》。

送行曲——赠送一位越南同志（诗）
1965年5月作；载1965年5月24日《人
民日报》。

你这个美国兵（诗）
1965年5月作；载1965年5月24日《人
民日报》。

1968 年

我的写作经历

1968 年 1 月 8 日作；载 1981 年 11 月 22 日《新文学史料》第 4 期。

1973 年

赠杨和厚同志（诗）

1973 年 4 月作；未发表。

1974 年

对长诗《历史的主人》创作的意见（谈话）

1974 年 10 月 23 日作；载 1980 年中国作协黑龙江分会《创作通讯》第 2 期，非正式发表。

1976 年

石油大哥（说唱诗）

1976 年秋—1977 年初作；载 1977 年 2 月、4 月《解放军文艺》第 2、3 期合刊和第 4 期；1977 年 4 月人民文学出版社初版。

自勉诗（诗、题目系编者所加）

1976 年 12 月作；载 1980 年 3 月 20 日《人民日报》。

1977 年

大庆儿女想总理（诗）

1977 年 1 月作；载 1977 年 1 月 8 日《人民日报》；初收 1980 年 4 月人民文学出版社版《李季诗选》。

红卷（诗）

1977 年春作；载 1978 年 3 月《人民文学》第 3 期；初收 1979 年 10 月山东人民出版社版诗集《石油六歌》。

毛主席的革命文艺队伍是一支好队伍（理论）

1977 年 11 月作；载 1977 年 11 月 30 日《人民日报》。

1978 年

清凉山的怀念——《闻捷诗选》书后

1978 年 3 月 27 日作；载 1978 年 8 月《战地》增刊第 1 期；初收 1979 年 5 月人民文学出版社版诗集《闻捷诗选》。

《菊花石》重版后记

1978 年 5 月 8 日作；载 1978 年 7 月《长江文艺》7 月号；初收 1978 年 10 月湖北人民出版社重版《菊花石》。

病房三章——暮云期手记断片（小说）

1978 年 7 月作；载 1978 年 11 月《上海文学》11 月号；初收 1980 年 2 月河南人民出版社版短篇小说集《马兰集》。

《李季诗选》编后小记

1978 年 8 月作；载 1980 年 4 月《文艺报》第 4 期；初收 1980 年 4 月人民文学出版社版《李季诗选》。

油乡近事（小说）

1978年9月作；载1978年10月3日《人民日报》；初收1980年2月河南人民出版社版短篇小说集《马兰集》。

石油万里从军行——致连长（诗）

1978年12月作；载1979年3月《收获》第2期；初收1979年10月山东人民出版社版诗集《石油六歌》。

《石油六歌》编后记

1978年12月作；初收1979年10月山东人民出版社版诗集《石油六歌》。

1979 年

在诗歌创作座谈会上的发言

1979年1月作；载1979年1月《全国文联简报》第7期，非正式发表。

摇篮曲（歌词）

1979年1月作；电影《啊，摇篮》插曲。

信天游（歌词）

1979年1月作；电影《啊，摇篮》插曲。

与新疆喀什部分文艺工作者的谈话

1979年1月作；载1979年《喀什文艺》

第3期，系记者报导。

致骆文同志的信

1979年5月22日作；载1980年4月《长江文艺》4月号。

乡音（散文）

1979年6—8月作；载1979年9月12日《人民日报》。

葡萄的传说（诗）

1979年10月作；载1979年12月《儿童文学》12月号。

有一个李文元（散文）

1979年10月作；载1979年11月7日《光明日报》。

1980 年

荆江铁女（诗）

1980年1月作；载1980年2月20日《羊城晚报》。

三边在哪里（散文，未完稿）

1980年3月8日作；载1980年4月《散文》第4期。

李季著作书目

王贵与李香香（长篇叙事诗）

建国前的版本：

太岳新华书店 1946 年 11 月初版。

华北新华书店 1946 年 12 月初版。

冀南书店 1946 年 12 月初版。

大连大众书店 1946 年 12 月初版。

吕梁文化社 1947 年 1 月初版。

香港海洋书屋列为周而复主编《北方
文艺》第二辑；1947 年 3 月初版；郭
沫若作《序一》；陆定一作《序二》；
周而复作《后记》。

希望书店 1947 年 3 月初版。

中国出版社 1947 年 3 月初版。

山东渤海新华书店 1947 年 9 月初版。

晋察冀新华书店 1947 年 12 月初版。

陕甘宁边区新华书店 1948 年 12 月初版。

天津新华书店 1949 年 5 月初版。

北京新华书店列为《中国人民文艺丛
书》；1949 年 5 月初版。

上海新华书店 1949 年 7 月初版。

生活·读书·新知出版社 1949 年 8 月
初版。

建国后少数民族文版本：

延边教育出版社 1955 年 3 月初版（朝
文）。

新疆人民出版社 1957 年 3 月初版（锡
文）。

民族出版社 1957 年 7 月初版（蒙文）。

民族出版社 1957 年 12 月初版（维文）。

黑龙江人民出版社 1979 年 2 月初版
（蒙文）。

建国后出版的其他版本（略）。

外文版的版本：

中国外文出版社（英文版）

1954 年 12 月初版；

1962 年 10 月再版；

1965 年 3 月三版；

1980 年 9 月四版。

中国外文出版社（德文版）

1954 年 12 月初版；

1980 年 8 月再版。

中国外文出版社（法文版）

1958年2月初版；

1963年1月再版；

1980年9月三版。

中国外文出版社（印尼文版）

1957年2月初版。

地拉那出版社（阿尔巴尼亚文版）

1953年初版。

斯里兰卡出版社（僧加罗文版）

1961年初版。

卜掌村演义（说书）

华北新华书店1947年10月初版。

顺天游（民歌集）

上海杂志公司1950年9月初版。

老阴阳怒打"虫郎爷"（短篇小说）

武汉通俗图书出版社1950年10月初版。

毛泽东同志少年时代的故事

中南人民出版社1951年8月初版。广西人民出版社1957年6月初版（僮文）。收入：钢和铁、勤学的儿童、组织起来、劳动能手、一条棉裤。

短诗十七首（短诗集）

中南人民文学艺术出版社1952年12月初版。收入：三边人、只因为我是一个青年团员、列宁、报信姑娘、我们来到了莫斯科、十月的莫斯科、致托尔斯泰幼儿院的小妹妹们、苏联人

民和我们在一起、当拉起手风琴的时候、列宁格勒有一个青年、寄亚力山大·克拉西尔尼柯夫、赠瓦日克、我们的城市、乌斑、光荣的姑娘、贺功信、秋收小唱。

生活之歌（长篇叙事诗）

中国青年出版社1955年4月初版。中国外文出版社1957年初版（英文）。

玉门诗抄（短诗集）

作家出版社1955年4月初版。中国外文出版社1957年8月初版（英文）。民族出版社1958年2月初版（维文）。收入：石油河、将军、厂长、我站在祁连山顶、师徒夜话、"社会主义老头"、致北京、我们的油矿、白杨、红头巾、黑眼睛、正是杏花二月天、月牙泉、酒泉、养路工、白杨河、夜光杯、客店答问、阳关大道、旗、写给阿拉尔革命烈士墓的话、柴达木一青年、在那美丽如画的尕斯湖边、油砂山、我问昆仑山。

幸福的钥匙（长篇儿童叙事诗）

上海少年儿童出版社1956年4月初版。

致以石油工人的敬礼（短诗集）

长江文艺出版社1956年10月初版。收入：三边人、只因为我是一个青年团员、列宁、报信姑娘、我们来到了莫斯科、致托尔斯泰幼儿院的小妹妹们、

苏联人民和我们在一起、当拉起手风琴的时候、列宁格勒有一个青年、寄亚力山大·克拉西尔尼柯夫、赠瓦日克、憎恨之歌、乌斑、在我们居住的地方、我们和党、阿拉善牧歌、有三条清清的小河、缝纫员、新旱船歌、理想、青年颂、他们来自石油河边、珍惜每一秒钟、我想念、致以石油工人的敬礼、附记（1956年6月作）。

菊花石（长篇叙事诗）
长江文艺出版社1957年6月初版。

西苑诗草（短诗集）
作家出版社1958年5月初版。收入：
西苑书简——
送××回玉门、怀石英、给一个石油地质探勘队员、致柴达木的少男少女们。
北京速写——
北京的诗、苏联展览馆塔顶上的红星、红领巾、夜登景山、白鸽、北京车站、告别。
彩虹颂——
彩虹颂、列宁、我有一条红领巾、列宁的塑像、我走过茫茫的西伯利亚、玉门人想巴库人。
江南草——
南京素描、灵谷塔前、玄武湖的秋天、"友谊号"游船、致上海、黄浦公园、那小小的窗口、这儿永远是春天、长江桥头赠××、江南草。

玉门诗抄（二集）
作家出版社1958年10月初版。收入：
兰州—玉门道上——
夜住打柴沟、车过乌鞘岭、黄羊镇、金和银、出了嘉峪关、题玉门车站路标、向西去。
春在祁连玉门间——
玉门春、玉门人、最高的奖赏、争论（一）、争论（二）、悼、铁山方一日、寄白云鄂博、春节寄友人、我们的杨师傅、难忘的春天。

第一声春雷（"报头诗"第一集）
李季、闻捷著
敦煌文艺出版社1958年10月初版。收入：天生泉、喜讯。第一声春雷、牡丹花开五月天、欢呼第三颗吉星高照大地、人人来种幸福树、祝贺、定西人民技术革命交响曲、向先进生产者致敬、高山运河颂、我坐上了第一列小火车、高山运河狂想曲、两只喜鹊并排飞、欢唱第一炉钢。

我们遍插红旗（"报头诗"第二集）
李季、闻捷著
敦煌文艺出版社1958年11月初版。收入：毛主席笑了、大家来唱总路线、红旗歌、新卖报歌、飞天词、我的献礼、红旗上面绣红星、永做党的文化兵、我们决不允许、大家倒比小家好、打狼歌、英雄渠上唱英雄、寄战士、工农兵文学剧院开幕献诗、黄河征服者的抗议、把侵略者早早埋葬、献给小麦元帅——青年突击队。

心爱的柴达木（短诗集）
百花文艺出版社1959年2月初版。收入：昆仑山放歌、友谊歌、登昆仑、虎将歌、千军万马闹昆仑、二进柴达木、一听说冷湖喷了油、给一个地质勘探队员、四川姑娘、柴达木、茫崖赞、油砂山和昆仑山、过冷湖、阿拉尔有一伙小老虎、各路英雄会天山、致天山、克拉玛依之歌、上游歌、敬酒歌、后记（1958年11月作）。

三边一少年（儿童叙事诗）
中国少年儿童出版社1959年2月初版。延边人民出版社1960年4月初版（朝文）。中国外文出版社1960年6月初版（德文）。内蒙人民出版社1964年7月初版（蒙文）。

对唱河西大丰收（短诗集） 李季等著
作家出版社1959年3月初版。收入：李季的短诗《祝丰收》和《再祝丰收》两首。

五月端阳（长诗《杨高传》第一部）
作家出版社1959年5月初版。延边人民出版社1959年8月初版（朝文）。

当红军的哥哥回来了（长诗《杨高传》第二部）

作家出版社1959年6月初版。延边人民出版社1959年9月初版（朝文）。

难忘的春天（短诗选集）
人民文学出版社1959年8月初版。收入：三边人、只因为我是一个青年团员、报信姑娘、憎恨之歌、我们来到了莫斯科、十月的莫斯科、致托尔斯泰幼儿院的小妹妹们、当拉起手风琴的时候、列宁格勒有一个青年、寄亚力山大·克拉西尔尼柯夫、乌斑、赠一个波兰朋友、高山运河狂想曲、厂长、我站在祁连山顶、师徒夜话、致北京、我们的油矿、白杨、红头巾、正是杏花二月天、白杨河、客店答问、阳关大道、旗、写给阿拉尔革命烈士墓的话、柴达木一青年、柴达木小唱、油砂山、我问昆仑山、生活之歌、在我们居住的地方、我们和党、阿拉善牧歌、有三条清清的小河、缝纫员、青年颂、我想念、致以石油工人的敬礼、送××回玉门、给一个石油地质勘探队员、致柴达木的少男少女们、致水手、北京的诗、苏联展览馆塔顶上的红星、红领巾、夜登景山、北京车站、告别、彩虹颂、列宁、我有一条红领巾、列宁的塑像、玉门人想巴库人、南京素描、致上海、黄浦公园、那小小的窗口、这儿永远是春天、长江桥头赠友人、江南草、车过乌鞘岭、向西去、玉门春、玉门人、最高的奖赏、争论（一）、争论（二）、铁山方一日、寄白云鄂博、春节寄友人、回三边、难忘的春天、第一声春雷、牡丹花开五月天、欢呼第三颗吉星高照大地、高山运河颂、祝丰收、毛主席笑了、飞天词、我的献礼、寄战士、二进柴达木、登昆仑、虎将歌、千军万马闹昆仑、过冷湖、一听说冷湖喷了油、致天山、克拉玛依之歌、上游歌、再祝丰收、哭英雄、后记（1959年5月7日作）。

戈壁旅伴（散文集）

上海文艺出版社1959年9月初版。收入：前记（1959年6月1日作）、老阴阳怒打"虫郎爷"、银川曲、戈壁旅伴、水姑娘。

玉门儿女出征记（长诗《杨高传》第三部）

作家出版社1960年5月初版。

海誓（短诗集）

作家出版社1961年11月初版。收入：雨夜吟、老人金平山、新城赞、难忘库巴水果园、赠彼德洛夫、巴库人问候玉门人、马雅可夫斯基广场奇遇记、夜过莫斯科、俄斯特拉发、咏玻璃、雨帽、玫瑰村一工人、布加斯电缆厂的女工们、喀山烈克的玫瑰、玛丽亚的怀念、白施特拉地下水电站、血蘑菇、爷爷和孙子、烟的故事、在国际航线上、飞向北京、"和歌"三篇、飞机中望富士山、大阪歌、琵琶湖荡歌、歌、海誓、借刀、后记（1961年十月革命节作）。

奈良川的大石桥（儿童诗剧）

中国少年儿童出版社1962年11月初版。

李贡来了（长篇叙事诗）

百花文艺出版社1963年2月初版。

剑歌（短诗集）

百花文艺出版社1964年3月初版。收入：玉门女儿行、在一面红旗下、延安夜月、宝塔上天了、一听说鲁艺来了人、喜见延安一同志、石油诗、东西南北任我闯、天上边有云、那时候在太行山、三千笑脸、莲蓬、眼睛、"九·二"河内即兴、相见欢、海防有个小姑娘、活的火把、寄南天、剑歌、后记（1963年8月2日作）

石油诗（第一集）

作家出版社1965年2月初版。收入：石油河、厂长、我站在祁连山顶、"社会主义老头"、师徒夜话、致北京、我们的油矿、白杨、红头巾、黑眼睛、正是杏花二月天、白杨、河、旗、写给阿拉尔革命烈士墓的话、柴达木一青年、油砂山、我问昆仑山、柴达木小唱、我想念、送同志回玉门、敬礼，克拉玛依、珍惜每一秒钟、给一个石油地质勘探队员、致柴达木的兄弟们、题玉门车站路标、玉门春、最高的奖赏、争论（一）、争论（二）、悼、春节寄友人、我们的杨师傅、油砂山和昆仑山、克拉玛依之歌、相见欢、东西南北任我闯、石油诗、石油小唱、致以石油工人的敬礼、石油歌。

石油诗（第二集）

作家出版社1965年2月初版。收入：生活之歌、向昆仑。

石油大哥（长篇说唱诗）

人民文学出版社1977年4月初版。

石油六歌（长诗集）

山东人民出版社1979年10月初版。收入：石油万里从军行（代序）、生活之歌、向昆仑、钻井队长的故事、石油大哥、红卷、编后附记（1978年12月26日作）。

马兰集（短篇小说选集）

河南人民出版社1980年2月初版。收入：老阴阳怒打"虫郎爷"、银川小曲、戈壁旅伴、马兰、五级采油工、脊梁吟、病房三章、油田近事、书后（1979年5月20日作）。

李季诗选

人民文学出版社1980年4月初版。收入：三边人、报信姑娘、只因为我是一个青年团员、乌斑、月牙泉、养路工、石油河、客店答问、阳关大道、厂长、将军、酒泉、夜光杯、我站在祁连山顶、"社会主义老头"、师徒夜话、致北京、我们的油矿、白杨、红头巾、黑眼睛、

正是杏花二月天、白杨河、旗、写给阿拉尔革命烈士墓的话、油砂山、我问昆仑山、柴达木小唱、柴达木一青年、在我们居住的地方、我们和党、理想、银川青年歌、缝纫员、阿拉善牧歌、有三条清清的小河、新旱船歌、我想念、送同志回玉门、敬礼，克拉玛依、珍惜每一秒钟、给一个石油地质勘探队员、致水手、致柴达木的兄弟们、北京的诗、红领巾、夜登景山、北京车站、彩虹颂、列宁、南京素描、黄浦公园、那小小的窗口、这儿永远是春天、江南草、车过乌鞘岭、出了嘉峪关、题玉门车站路标、玉门春、最高的奖赏、争论（一）、争论（二）、悼、春节寄友人、回三边、难忘的春天、第一声春雷、二进柴达木、登昆仑、油砂山和昆仑山、四川姑娘、一听说冷湖喷了油、虎将歌、致天山、车过冷湖、上游歌、敬酒歌、哭英雄、在同一面红旗下、相见欢、玉门女儿行、玫瑰村一工人、血蘑菇、喜见延安一同志、延安夜月、宝塔上了天、海誓、借刀、东西南北任我闯、石油诗、那时候在太行山、致以石油工人的敬礼、石油歌、大庆儿女想总理、《难忘的春天》后记（1959年5月作）、编后小记（1978年8月作）。

李季文集（第一卷）

上海文艺出版社1982年4月初版。收入：序（贺敬之，1981年7月1日作）、王贵与李香香、报信姑娘、菊花石、

光荣的姑娘、五月端阳（《杨高传》第一部）、当红军的哥哥回来了（《杨高传》第二部）、玉门儿女出征记（《杨高传》第三部）。上海文艺出版社在《出版说明》中预告：《李季文集》"收辑了李季的主要作品，按长诗、

短诗、小说、散文、创作谈等体裁编为四卷。第一卷为长诗；第二卷为短诗；第三卷为长诗；第四卷为小说、散文、创作谈等。"（载《李季文集》第一卷）

评介文章目录索引

《王贵与李香香》新歌剧观后感
　　　　　　　　　　海　肖
1950 年 11 月《北京文艺》第 1 卷第
3 期。

读《王贵与李香香》　　　袁　柯
1950 年 4 月 10 日《川西日报》。

对《邵二兴巧遇红旗飘》的几点意见
　　　　　　　　　　曹　霓
1950 年 6 月 4 日《长江日报》。

评《邵二兴巧遇红旗飘》　朱　天
1950 年 6 月 4 日《长江日报》。

《王贵与李香香》读后记　芝　青
1950 年 7 月上海杂志公司出版的周韦
编《论〈王贵与李香香〉》。

略谈陕北民歌"顺天游"与《王贵与
李香香》的创作　　　　林　平
1950 年 7 月上海杂志公司出版的周韦
编《论〈王贵与李香香〉》。

劳动人民的典型儿女　　马振千
1950 年 9 月 17 日《川西日报》。

谈歌剧《王贵与李香香》的音乐创作
　　　　　　　　　　梁寒光
1950 年 10 月 22 日《新民报》。

谈歌剧《王贵与李香香》的剧作
　　　　　　　　　　胡　沙
1950 年 11 月《文艺报》第 3 卷第 2 期。

关于《王贵与李香香》的演出
　　　　　　　　　　牧　虹
1950 年 11 月《文艺报》第 3 卷第 2 期。

对《王贵与李香香》歌剧几个场面的
商榷　　　　　　　　郑永晖
1950 年 12 月《文艺报》第 3 卷第 5 期。

从《王贵与李香香》谈中国新歌剧
　（苏联）格拉西莫夫讲　卢肃整理
1950 年 12 月《文艺报》第 3 卷第 5 期。

《王贵与李香香》观后感
　（苏联）格拉西莫夫讲　山尊整理
1950 年 12 月《文艺报》第 3 卷第 5 期。

新诗篇与新歌剧　　　欧阳山尊
——为《王贵与李香香》的演出作
1950 年 10 月《人民戏剧》第 2 卷第
1 期。

谈新歌剧的形式与内容　　乔　羽
——《王贵与李香香》观后
1950 年 10 月《人民戏剧》第 2 卷第
1 期。

歌剧《王贵与李香香》的写作与修改
于　村
1951年10月31日《天津日报》。

《王贵与李香香》在罗马尼亚的演出
梁寒光
1952年12月29日《人民日报》。

关于长诗《菊花石》的讨论
臧克家等
1953年《作家通讯》第5期。

关于长诗《菊花石》给李季同志的信
陈　森
1953年《作家通讯》第7期。

《短诗十七首》　　　　　赵　敏
1953年4月《文艺报》第7号。

健康的道路　　　　　谢宇衡
——读李季的长诗《菊花石》
1954年1月5日《光明日报》。

对《菊花石》的意见
李建生　杨祚泽
1954年1月《人民文学》1月号。

李季的《生活之歌》　　臧克家
1955年5月《文艺学习》第5期。

对《谢谢你的手风琴》的意见
冯　沛

1955年6月《长江文艺》6月号。

大戈壁滩上的劳动花朵　　张　奇
——读李季的《玉门诗抄》
1955年11月《文艺学习》第11期。

生活的颂歌　　　　　石方禹
——读李季的《玉门诗抄》
1956年4月14日《光明日报》。

美丽的诗篇、动人的人物　沙　鸥
1956年《辅导员》第8期。

长诗《王贵与李香香》　林仲麟
1957年《学生科学论文集刊》第1期。

《致以石油工人的敬礼》　方　屿
1957年《诗刊》1月号。

谈《王贵与李香香》　　俞元桂
1957年《语文教学》第4期。

李季的《王贵与李香香》　公兰谷
1957年《语文学习》5月号。

诗人李季在甘肃（报道）
1958年5月18日《甘肃日报》。

落户甘肃，深入群众，李季诗兴勃发
（报道）
1958年5月22日《解放日报》。

从《王贵与李香香》谈学习民歌
贾 芝
1958年《诗刊》6月号。

"花儿万朵"朵朵红　　　　　郑伯奇
1958年《延河》8月号。

在民歌的基础上发展新格律　宋 垒
——读李季同志新作《五月端阳》(第
一部)
1958年《诗刊》11月号。

《王贵与李香香》出版说明　编者
见1958年12月人民文学出版社版《王
贵与李香香》。

动人心魄的长篇叙事诗　　马铁丁
——《当红军的哥哥回来了》读后记
1959年《诗刊》2月号。

当前新诗歌中可喜的收获　方 殷
——读李季的《五月端阳》和《当红
军的哥哥回来了》
1959年2月《文学书籍评论丛刊》
第2期。

一颗钻天的白杨　　　　　沙 金
——评《三边一少年》
1959年《儿童文学研究资料》第1集。

革命的史诗,英雄的赞歌　葛超海

——读《五月端阳》和《当红军的哥
哥回来了》
1959年4月《读书》第8期。

光辉的年华　　　　　　马星初
——读长诗《三边一少年》
1959年4月16日《新文化报》。

少年英雄的赞歌　　　　夏 蕾
——谈长诗《三边一少年》
1959年《诗刊》5月号。

坚实的道路,淳朴的诗篇　冯 牧
——试谈李季的叙事诗新作
1959年5月《人民文学》5月号。

革命的英雄史诗　　　　　安 旗
——读《五月端阳》和《当红军的哥
哥回来了》
1959年3月《文艺报》第6期。

少年英雄的热情颂歌　　高歌今
——读长诗《三边一少年》
1959年5月31日《中国青年报》。

读《杨高传》中杨高和崔端阳的形象
刘岚山
1959年9月8日《人民日报》。

试谈李季的诗歌创作　　卓 如
1959年10月《文学评论》第5期。

从《三边一少年》想起的　　　戈　茅
1959年《读书》第10期。

读《我和三边、玉门》有感　吴　矣
1959年《长春》11月号。

大跃进的战鼓　　　　　　　吕祥麟
——《第一声春雷》《我们遍插红旗》
读后
1960年1月10日《甘肃日报》。

一个违背事实的论断　　　　冯　牧
——评卓如的《试谈李季的诗歌创作》
1960年《诗刊》2月号。

这样的批评符合事实吗？　　朱　寨
1960年6月《文学评论》第3期。

读李季诗歌创作漫笔　　　　马铁丁
1960年《收获》第3期。

沿着和劳动人民结合的道路探索前进
　　　　　　　　　　　　　安　旗
——略谈李季的诗歌创作
1960年3月《文艺报》第5期。

读《玉门儿女出征记》　　　尹一之
1960年《解放军文艺》5月号。

读李季的散文集《戈壁旅伴》
　　　　　　　　　　　　　王　沛
1960年5月《读书》第9期。

读反映工业建设和工人生活的叙事诗
　　　　　　　　　　　　　安　旗
1960年《诗刊》6月号。

《马兰》　　　　　　　　　马铁丁
1961年3月《文艺报》第3期。

含英咀华　　　　　　　　　邹荻帆
——读书小札
1961年9月《诗刊》第5期。

读《王贵与李香香》　　　　耿　之
1961年11月26日《工人日报》。

马兰草的英雄形象　　　　　二　鳌
1961年12月21日《新民晚报》。

九州生气博风雷　　　　　　袁　鹰
1962年1月《文艺报》第1期。

试论李季的诗歌创作　　　　孙克恒
1962年4月《甘肃文艺》4月号。

新英雄儿女的激情赞歌　　　孙克恒
——读李季的长诗《王贵与李香香》
1962年5月9日《甘肃日报》。

中国作风和中国气派 潘旭澜　曾华鹏
——重读《王贵与李香香》
1962年5月20日《文汇报》。

为大无畏的英雄塑象

吴中杰　高云

1963年1月22日《人民日报》。

小羊羔　　　　　　　　鹤　仙
——一个动人的故事
1963年2月27日《北京晚报》。

现代文学手记　　　　　胡复旦
1963年9月《延河》9月号。

谈《王贵与李香香》　　陶而夫
1963年《北方文学》12月号。

《向昆仑》　　　　　　康　文
1964年2月《文艺报》第2期。

《王贵与李香香》的艺术特色

王敬文

1964年《哈尔滨师院学报》第2期。

《王贵与李香香》和信天游　刘守华
1964年《民间文学》第2期。

革命家常 战士情怀　　·杨　扬
——略谈李季的长诗《向昆仑》
1964年《诗刊》3月号。

对石油工人的颂歌　　钟流　张衡哲
——赞李季同志的《钻井队长的故事》
1964年5月28日《成都晚报》。

《向昆仑》　　　　　　井岩盾
1964年6月《文学评论》第3期。

写不尽革命情怀　　　　谢　冕
——谈李季的长诗《向昆仑》
1964年7月4日《光明日报》。

可亲可敬的“国际迷”　文鹏　匡满
——谈李季长诗《向昆仑》中的老祁
形象
1964年7月29日《北京晚报》。

挥起长剑除恶魔　　　　翟宝义
——读李季诗集《剑歌》
1964年9月25日《郑州晚报》。

关于李季的《海誓》诗　　龙　韵
1973年4月2、5日香港《大公报》。

青春的革命　　　（日本）土岐善麿
——关于叙事诗《王贵与李香香》
1973年4月10日《中日文化交流》第
192期。

诗人·李季先生　　（日本）白石凡
1973年5月5日《中日文化交流》第
193期。

“不是闹革命穷人翻不了身”

陈文忠

——重读《王贵与李香香》
1977年《安徽师大学报》第5期。

471

一朵劳动人民的艺术之花　　高树森
——重读李季的《王贵与李香香》
1977年《徐州师院学报》第3期。

梅花欢喜漫天雪　　　　　邹荻帆
——读《忆铁人》《石油大哥》》散
记
1977年7月《人民文学》第7期。

喜读长篇说唱诗《石油大哥》
　　　　　　　　　　张传斌等
1977年《解放军文艺》第7期。

赞《王贵与李香香》　　　吴欢章
1977年《安徽文艺》第11期。

《王贵与李香香》浅谈　　林　非
1978年《北京文艺》第1期。

扣人心弦　　　　　　　黄加良
——听姚锡娟朗诵《只因为我是一个
青年团员》
1978年2月13日《广州日报》。

说比兴　　　　　　　　杨子敏
——重读《王贵与李香香》《漳河水》
有感
1978年《河北文艺》第4期。

《王贵与李香香》中比兴的运用
　　　　　　　　　　　代　一
1979年《辽宁师院学报》第2期。

以《王贵与李香香》成名的诗人
　　　　　　　　　　　夏　仁
1980年1月23日香港《明报》。

李季同志追悼会在京举行（报道）
1980年3月20日《人民日报》。

雨夜悼李季　　　　　　杜　宣
1980年3月18日《人民日报》。

你永远和我们同在　　　贺敬之
——怀念战友李季同志
1980年3月20日《人民日报》。

哭李季同志　　　　　　阮章竞
1980年3月20日《人民日报》。

悼念李季同志　　　　　孙　犁
1980年3月20《天津日报》。

你仍在油田上　　　　　邹荻帆
——挽李季
1980年3月21日《北京晚报》。

哭李季　　　　　　　　陈宗凤
1980年3月22日《甘肃日报》。

悼李季同志　　　　　　公　木
1980年3月23日《光明日报》。

忆李季同志二三事　　　张　光
1980年3月23日《光明日报》。

472

悼李季   袁 烙
1980年3月24日《西安日报》。

大兵的本色   黎 之
1980年3月24日《羊城晚报》。

悼李季同志   牛雅杰
1980年3月29日《河南日报》。

悼李季同志   吴淮生
1980年3月30日《宁夏日报》。

亲密的战友，学习的楷模   朱红兵
1980年3月30日《宁夏日报》。

悼念诗人李季   饶钰頔
1980年3月30日《宁夏日报》。

伤逝   杜 宣
1980年4月1日《羊城晚报》。

不应该早走的人   冰 心
1980年4月2日《北京晚报》。

热心关怀青年作者的文学前辈
                          丹 琳
——悼念诗人李季同志
1980年4月5日《中国青年报》。

李季与玉门   定 胜
1980年4月5日《石油工人报》。

李季关怀玉门人   陈周文
1980年4月5日《石油工人报》。

怀念"石油诗人"李季同志
                          尤 涛
1980年4月5日《工人日报》。

三边人民的怀念   姚勤镇
1980年4月6日《宁夏日报》。

忆玉门   田 间
——并怀念石油诗人李季同志
1980年4月6日《文汇报》。

怀念李季同志   邱 零
1980年4月8日《喀什日报》。

怀念李季同志   魏绪顺
1980年4月8日《石油工人报》。

忆李季   杨合厚
1980年4月9日《长庆战报》。

石油工人的思念   姜学勇
1980年4月9日《长庆战报》。

李季永远和我们在一起   黎 辛
1980年4月13日《羊城晚报》。

李季关怀玉门人   文进奎等
1980年4月16日《甘肃日报》。

悼李季同志　　　　　　　　　　建　国
1980年4月17日《文学书窗》。

思念　　　　　　　　　　　　　李秀棠
——悼念我的叔叔李季
1980年4月21日《长江日报》。

悼李季　　　　　　　　戈壁舟　安旗
1980年《红岩》第2期。

怀念李季　　　　　　　　里百　锋戟
1980年《创作通讯》（作协黑龙江分
会）第2期。

惊闻李季同志逝世　　　　　　　未　央
1980年《作家通讯》（作协湖南分会）
第2期。

忆李季写作《菊花石》　　　　　李小为
1980年《长江丛刊》第2期。

李季叙事诗的艺术特色　　　　　何宝民
1980年《南阳文艺》第2期。

哭李季　　　　　　　　　　　　付书林
1980年《南阳文艺》第2期。

大地之子　　　　　　　　　　　宇　森
——一个老者的纪念
1980年《南阳文艺》第2期。

怀念李季同志　　　　　　　　　黄子瑞

1980年《南阳文艺》第2期。

诗人和园丁——李季　　　　　　晓　雪
1980年《滇池》第3期。

论李季的石油诗
　　　　　　　　　　　张景德　宫苏艺
1980年《社会科学战线》第3期。

人民诗篇的一座里程碑　　　　　刘焕林
——浅谈《王贵与李香香》（节选）
1980年《广西师院学报》第3期。

一条泥土油香的路　　　　　　　曹　杰
1980年《群众文化》（甘肃）第3期。

文学史册竖诗碑　　　　　　　　秦川牛
1980年《群众文化》（甘肃）第3期。

泥土和石油的歌者　　　　　　　雷　达
——记诗人李季
1980年《新文学史料》第3期。

直到最后一息　　　　　　　　　袁　鹰
——哭李季
1980年4月《人民文学》4月号。

痛悼李季同志　　　　　　　　　沙　汀
1980年4月《人民文学》4月号。

哭李季　　　　　　　　　　　　柯　岩
1980年4月《人民文学》4月号。

长江在为你哭泣　　　　　骆　文
1980年《长江文艺》4月号。

哭李季　　　　　　　　　白　桦
1980年《长江文艺》4月号。

最后的闪光　　　　　　　刘剑青
——记李季同志逝世前两天
1980年《散文》第4期。

延安风骨　　　　　　　　高　缨
——悼李季同志
1980年《星星》4月号。

哀痛忆李季　　　　　　　雁　翼
1980年《星星》4月号。

李季和他的诗作　　　　　孙克恒
1980年《陇笛》（甘肃）第4期。

春天里的哀思　　　　　　王以平
——怀念李季同志
1980年《湘江文艺》4月号。

怀念李季同志　　　　　　沈　毅
1980年5月4日《湖北日报》。

李季学民歌　　　　　　　李向晨
1980年5月11日《北京日报》。

由李季想到闻捷　　　　　张　光
1980年5月23日《西安日报》。

贴心的战友　　　　　　铁依甫江
——痛悼少数民族文学作者的良师挚
友李季同志
1980年5月18日《新疆日报》。

陇上的怀念　　　　　　　曹杰等
1980年《甘肃文艺》5月号。

悼李季　　　　　　　　　王建国
1980年《甘肃文艺》5月号。

庚申之春悼李季　　　　　徐　刚
1980年《甘肃文艺》5月号。

泥土气息与石油芳香　　　刘白羽
——怀念李季
1980年5月《文艺报》第5期。

人有尽时曲未终　　　　　丁　宁
1980年《诗刊》5月号。

说给自己的话　　　　　　杨子敏
1980年《诗刊》5月号。

悼念爸爸——李季　　　　甜　甜
1980年《诗刊》5月号。

悼李季　　　　　　　　　严　辰
1980年《诗刊》5月号。

悼李季　　　　　　　　　田　间
1980年《河北文艺》第5期。

忆李季同志　　　　　　　　　杨子敏
1980年《北京文艺》第5期。

怀念李季同志　　　　　　　　张庆田
1980年《河北文艺》第5期。

悼念李季同志　　　　　　　　延泽民
1980年《北方文学》5月号。

忆李季　　　　　　　　　　　　苏　中
1980年《安徽文学》5月号。

祭"船长"　　　　　　　　　　王家斌
——悼念李季同志
1980年《新港》5月号。

哭李季　　　　　　　　　　　　洪　流
1980年《作品》5月号。

一束红柳祭李季　　　　　　　赵　戈
1980年《解放军文艺》5月号。

悼念李季同志　　　　　　　　齐　鸣
1980年《奔流》第5期。

石油和诗　　　　　　　　　　任彦芳
——怀念李季老师
1980年《奔流》第6期。

难忘诗人一片情　　　　　　　杨世铎
——记李季同志一件事
1980年《奔流》第6期。

李季向我们走来　　　　　　　阙长山
1980年6月3日《常州日报》。

回忆李季　　　　　　　　　　马　烽
1980年《汾水》第7期。

遗篇留待千年唱　　　　　　　李德润
——记诗人李季
1980年《奔流》第7期。

悼念李季同志　　　　　　　　光　群
1980年《芳草》第7期。

汨罗江　　　　　　　　　　　严　阵
——哀悼李季及各位逝世的诗友
1980年《诗刊》7月号。

诗人李季　　　　　　　　　　祁　渠
1980年《甘肃青年》第7期。

一支没有唱完的歌　　　　　　李小为
1980年7月《人民文学》7月号。

铝盔与诗魂　　　　　　　　　李若冰
——怀念李季同志
1980年8月《延河》第8期。

李季的《荆江铁女》　　　　　梁　音
1980年《文汇月刊》第8期。

寄希望于新人　　　　　　　　邢菁子
——忆李季同志

1980年8月《散文》第8期。

在李季同志逝世的日子里　　　吴芝兰
1980年8月《朔方》8月号。

忆李季　　　　　　　　　王一桃
1980年9月9日香港《新晚报》。

《王贵与李香香》诗名的由来
　　　　　　　　　　　　吴泰昌
——作家与编辑故事之二
1980年9月18日《解放日报》。

我只见过他四次　　　　　聪　聪
1980年《国风》10月号。

怀念李季同志　　　　　　田　涛
1980年11月《河北文学》第11期。

哭李季和郭小川同志　　　肖　三
1980年11月《诗刊》11月号。

再从《王贵与李香香》谈起　解　清
1980年11月15日《羊城晚报》。

根深才能叶茂　　　　　　李小为
——回忆李季同志在玉门油矿的生活
片断
1981年1月《长江文艺》1月号。

浅谈李季诗歌创作的特色　匡启镛
1981年《扬州师院学报》第1期。

"这就是生活"　　　　　李小为
1981年2月2日《羊城晚报》。

你照亮了别人，熄灭了自己
　　　　　　　　　　　　李玲修
1981年《榕树文学丛刊》第2期。

我所认识的李季　　　　　黄子瑞
1981年《叙事诗丛刊》第2期。

眺望与探索　　　　　　　李小为
1981年3月8日《光明日报》。

忆诗人李季　　　　　　　杨拯民
1981年3月9日《工人日报》。

团聚　　　　　　　　　　寅　棠
1981年3月10日《郑州晚报》。

"小魔鬼"与《四川姑娘》　李小为
1981年《飞天》4月号。

李季和《王贵与李香香》　刘建勋
1981年5月19日《西安晚报》。

永远面向新的生活　　　　舒　霈
——李季剪影
1981年《飞天》5月号。

党的战士和诗人——李季
　　　　　　　　　　　　吴　象
1981年7月《文汇月刊》第7期。

477

《李季文集》序　　　　　　贺敬之
1981年10月14日《人民日报》。

最初的孕育　　　　　　　　李小为
——忆李季同志在三边生活之一
1981年12月《萌芽》第12期。

忆李季　　　　　　　　　　白　危
1982年《艺丛》1月号。

长诗《王贵与李香香》的艺术特色
　　　　　　　　　　　　　小　全
1982年《广西师范学报》第1期。

由《马兰》所想到的　　　　李小为
1982年2月11日《文学报》。

值得重视的诗篇　　　　　　张器友
——读李季的《新烈女传》
1982年3月《奔流》第3期。

李季创作《王贵与李香香》前后
　　　　　　　　　　　　　李小为
1982年《收获》第2期。

李季的艺术道路　　　　　　孙绍振
1982年《文学评论》第3期。

李季与降边嘉错　　　　　　谢明清
1982年《民族文学》第4期。

三边啊，在诗人的心里　　　刘　山
——怀念李季同志
1982年4月《长江文艺》第4期。

甘为他人作嫁衣　　　　　　李小为
——忆李季编辑生活片断
1982年7月《人物》第4期。

478

后　记

　　《李季研究资料》是中国社会科学院文学研究所主持编辑的中国现代作家作品研究资料丛书（乙种）之一。我们承担这本资料的具体编辑任务后，从1981年冬开始着手进行工作，经过一年多的努力，现在，这本资料终于和读者见面了。

　　李季是中国现代、当代文学史上有较大影响的诗人之一，在国内外都拥有大量读者。对于他的逝世，我们深感惋惜。这本资料的编辑，也是为了表达我们对于这位不幸早逝诗人的纪念之情。

　　这本资料共分六个部分：第一，生平与文学活动；第二，作者自述；第三，国内外研究评论文章；第四，著作系年；第五，著作书目；第六，评介文章目录索引。下面将其中的一些问题作一简要说明：

　　第一，在编写《李季小传》、《李季文学活动年表》和《李季著作系年》的过程中，为力求做到符合实际，材料准确，我们曾广泛地查阅了报刊资料，认真地翻阅了李季的一些手稿以及他生前撰写的有关材料，并访问了一些对李季比较了解的同志。《李季小传》和《李季文学活动年表》的初稿，我们曾先后请黎辛（解清）、刘剑青、周明和柯岩同志审读过，他们提出了不少宝贵意见，并补充、校正了一些材料。特别是黎辛同志，对这本资料的编写工作，始终是很关心的。

　　第二，评论李季创作和回忆其生前活动的文章，数量相当多，它们都是研究李季很有价值的参考资料。但由于这本资料篇幅的限制，我们只选入了一些较有代表性的和读者不易多见的文章，并对其中的有些文章作了节录。《王贵与李香香》是李季的成名之作，也是中国现代文学史上划时期的作品，关于这部作品的评论文章，我们适当地多选了几篇，而对评论李季建国后的作品的文章，我们只选入了少数几篇。悼念、回忆李季的文章有几百篇，涉及了他生前活动的各个方面，我们经过再三斟酌，最后决定按他生活经历的不同时期，分别选入了少量有代表性的文章。

第三，《评介文章目录索引》，凡我们能够见到的，都收入了，但为了节省篇幅，对国内外各家出版的文学史专著，我们概未收入。

在这本资料的编辑过程中，我们虽作了很大努力，但囿于见闻和水平，其中一定会有错误和不妥之处，敬希广大读者批评、指正。

这本资料之所以能够编成，是与多方面的帮助和指导分不开的。除了上面提到的诸同志外，我们在编辑过程中，还不断得到中国社会科学院文学研究所的徐迺翔、沈承宽和河南师范大学中文系刘增杰同志的热情指导。此外，不少图书馆、资料室都给予了大力协助，特别是北京图书馆和版本图书馆的同志们，为我们的工作提供了许多方便。在此，我们谨对以上的这些单位和同志，表示衷心的感谢。

编　者

1983 年 2 月